蒋子龙文集

第 10 卷

难得一笑

龙志亚 题

人民文学出版社

前　言

　　已经大体整理好了随笔卷的篇目,又发现一堆使用电脑前发表的短文章,散文、随笔、杂文和评论都有。若想编进文集还需重新录入、排序,太麻烦、太琐碎,索性放弃了。即便如此,凭现在整理出的这些,也大体能反映出我随笔的面目。

　　自己也没有想到竟写下了这么多短文章。有那么十多年,精神似乎处于一种"过敏期",正如我一篇随笔的题目:《有"感"就"动"》。天地君亲师,神仙老虎狗,看得多,想得多,感触也多,最多的时候一天写三篇。只可惜当初发表时没有篇篇都标出写作日期,只好凭记忆分四辑排出个大概的顺序。

　　后来发觉,自从大量写短文章以来,中短篇小说就写得少了,或根本不再写了。这一发现令自己也很吃惊,甚至有愧悔之感。我原本更看重小说,认为写小说才是自己的"正业",却不理解这种"此消彼长"的现象是怎么发生的? 为什么会发生在我身上?

　　为此我读了相当数量的其他作家的传记,也未能找出答案,只能老老实实地承认自己的写作还是一种"业余爱好",没有长期规划,没有为自己设计"终生主题"。完全顺其自然,用一句当时的话说叫"跟着感觉走"。

　　一九七二年我出版了第一本随笔集《秋窗三语》,一位文艺界的领导人读过之后对我说,你的随笔比小说写得好,一个好作家至少要有两副笔墨,而散文、随笔最能看出一个作家的文字功力。而我们的作家有不少吃亏在文字不过关。当时我对他的话甚不以为然,因我的小说惹起过太多风波,他曾参与处理过一些风波,认为他是用我的左手打倒我的右手,借我的散文、随笔否定我的小说。

但事已至此,我倒也并不后悔。现在重读这些随笔,甚至生出一种充实感。我没有错过这个繁杂多变的时期,以一种最直接最真实的文学方式,记录下了社会象、众生相,以及自己的心路境象。

随笔没有负我。我也不负自己的文学观。

蒋子龙

2012 年 6 月 28 日

目　录

第二辑　论　事

第三辑 说 文

第四辑 讲 理

第一辑

谈　人

活埋和埋活

一个偶然的机会我认识了一位知识界的百岁老人,不知为什么他的家人只说他九十九岁。邻居们笑着说:几年前他就是九十九,老也活不到一百岁,就老也不会生病。老寿星自己承认是一百零三岁,且耳聪目明,思维敏捷,口齿清楚,简直是成精了!

他并不是生活在农村(至今为止发现的百岁以上老寿星大都生活在乡村),也不是没有文化,生活单纯。而是一生都生活在大都市里,经历丰富:当过翻译,当过律师,还行过医……

我像其他见到他的人一样,不论出于礼貌还是出于好奇,都先打问他的养生术,老人说:"我的养生秘诀只有一句话,六十不死就该活埋。"

我不解:"您这种活埋可真埋得好,越埋活得越好。"

"这就叫埋活,越埋越活。不是死埋,埋死!"

我想起一部日本影片《楢山节考》。一个偏僻贫穷的山区,有一个法律般严格的风俗:人活到六十岁就要被活埋。一个大雪天,儿子背着已经六十岁的母亲上山活埋,儿子不忍,母亲则泰然、欣然,说自己死了可节省下粮食给渐渐长大的孙子。老的不去,后辈怎能长大成人?

老寿星的"活埋养生法"显然不是《楢山节考》里的埋法。我继续请教,老人又讲出了一番理论:"英国诗人弥尔顿总结老年人最大的毛病就是贪,到老了什么都没有了,还是有野心。西方人直来直去说实话,东方文明讲究含蓄,不说老年人的缺点,只讲老年人应该注意养生。要养生先养心,用曾国藩的话说叫君逸臣劳,省思虑,除烦恼。所有的中国养生学都叫人要清心寡欲,淡泊无为,定静生慧,据传说活了二百五十七岁的李庆远在《长生总诀》中归纳出十条:打坐、降心、炼性、超界、敬信、断缘、收心、简事、真观、泰定。有多少人能做得到?养生术一大堆,操作起来却很困难。"

老人发明了这个简单易行的办法,一到六十岁就把自己活埋,有了被活埋的勇气和智慧,视自己是该死的人了,就能治贪和消除野心,再要降心、断缘、泰定就比较容易了。他如果不是在六十岁的时候就把自己活埋了,怎能平安度过一场接一场的运动,置之死地而后生?到了九十多岁反而写出了两本书,一下子跻身老年新作家的行列,不全是因为写作的时间长,而是开始写作的时间晚。

把自己埋起来,躲避灾祸和烦恼,干自己喜欢的事。既然是自己喜欢的事就会有助于养生,在自己喜欢中活,活得喜欢。

养生的办法很多,找到一条适合自己的,能持之以恒,就是福气。

人身上有多少泥

《红楼梦》里有一句经常被引用的话:女儿是水做的骨肉,男人是泥做的骨肉。一清一浊,既分得很清楚,又很容易混合在一起。男人们尤其喜欢这么说,喜欢混合。

可,他们中又有谁真的愿意承认自己是一堆泥呢?

人的一生都在躲避泥,天天洗泥,直到洗死。死后还要通身擦洗一遍。擦洗干净以后却要入土为安,最终化为泥土。人都是在土里刨食,最后被泥土所吃。人虽然厌恶泥,却注定要和泥为伴,难解难分,相互转化。

由此看来,无论男女都是泥做的。

摸摸身上的肉,用力掐会痛,用刀子割会流血,怎么会是泥呢?

当你接触水,认真观察水的时候,就由不得你不信。游泳中心有两个池子,大池五十米长,八个泳道,可举行正式的游泳比赛,平时有专业运动员在这里训练。还有一个浅水小池,供初学游泳者在里面练习水性。大池是循环水,永远清澈湛蓝,一碧到底。小池是死水,一周换一次水,换上新水后能清澈两天,第三天就有点像清汤的颜色,第七天就变成了广东的沥汤。我一直在大池里游,只是对小池里的水的颜色感到奇怪,但没有想得太多。

有一次服务员放水清理小池,我走过去看,不禁大吃一惊,池底一层黄乎乎的黏泥。我问服务员这泥是哪来的?服务员对我的大惊小怪不以为然,说是人身上掉下来的。我仍不解:人身上哪有这么多泥?

答:人身上都是泥。

5

看了这一幕,谁还敢说自己"体面干净"呢?

此后再看社交场合那些红男绿女,会场的主席台上那些衣冠楚楚的人物,车站、码头、广场上那些拥挤的人群,觉得和自己一样都有一股泥腥味。下了水池没有一个人能保持神秘感。水真是一种伟大的液体,不仅一视同仁地接待所有裸体,还能测出裸体上的泥。

农民讲,出水才见两腿泥。永不沾水,就不显泥。文明人发明衣服就是为了遮泥,遮住泥就是遮住了羞。所以到处都只见衣服不见泥,人于是就变得大模大样了。

热了容易出泥,即便是刚洗完澡,再一出汗,仍是一搓一把泥。"四清"时有句名言:"让干部下楼洗个热水澡。"历届政治运动都运用热水下泥这一道理。不仅政治运动出泥,体育运动也出泥,如果人站在水池子里不动,池底就不会存那么多泥。谁若不承认自己有泥,一运动泥就出来了,运动洗泥。

大池子里游泳的人更多,池底反而看不到黄泥,因为是活水。活水冲泥,死水存泥。人也是一样,不活动泥就往里长,久而久之,泥把内脏封死,离整个人变为泥土就不远了。

泥养人,泥埋人,人讨厌泥,人又沾泥、生泥。一部人类史,就是生命和泥土相互依赖又相互排斥的过程。

大自然设计的规律就是如此绝妙,没有任何生灵能够违背。人该躲泥的时候就得躲,该承认有泥的时候也得承认。顺其自然,抵制不自然,方能自自然然。

傻子当红

　　演艺界曾有过一段佳话：一位潜质不错的演员名叫姜武，出道多年演过不少神经正常的人物，却一直未能大红大紫。由于千方百计地在电影《洗澡》中争取到一个无足轻重的角色——扮演一个傻子。想不到一炮打红，好评如潮，立即收获了一座分量不轻的"金鸡奖"奖杯。谁都知道，这是沾了傻子的光。过去老听人讲"傻人有傻福"，现在似乎真的到了应验这句话的时候了。

　　一个经常抱怨电视节目低劣乏味的老先生，突然打电话来向我推荐一台他认为非常之好的电视连续剧——《傻子阿甘》。由祖国大陆、台湾和香港的影视界联合拍摄。我一听这名字就感到有些熟悉，不久前好莱坞曾拍过一部轰动一时的电影《阿甘正传》，也是讲一个傻子的故事，主演汤姆·汉克斯为此获得了奥斯卡大奖。《傻子阿甘》的编导者们没有避嫌，用同一个名字公开打出傻子的旗号。

　　想不到这傻子的旗号还就是灵。只要你一想到傻子，立刻就会发觉现代影视已经进入了一个"傻子时代"，世界各地一窝蜂地推出一大堆傻子：香港的长篇电视连续剧《肥猫正传》，表现一个肥肥胖胖的诚实善良的傻子，比正常人还要可爱得多重要得多，据说收视率也很高；奥斯卡影帝达斯汀·霍夫曼演过一部著名的傻子电影《雨人》，获得了极高的赞誉，他演的那个傻家伙，傻得极富哲理，深刻得让正常人有被穿刺的感觉；还有好莱坞当红的女星朱迪·福斯特，也不甘落后地演过一个人见人爱的女傻子，片名是《奈尔》……

　　一些影视剧中傻子当道，傻子走红，傻子成了获奖的保证和票房的救星,傻子让不傻的人傻了眼……这是怎么回事?现实生活中哪有这么多多才多艺的傻子?中国的傻子阿甘是作曲家或者是活雷锋,美国的傻子阿甘是英雄、圣人……所有影视中的傻子个个都正直无私,忠诚坦荡,普施爱心,似乎凡傻子都有近于完美的人性。

人们对傻子表现出来的异乎寻常的喜欢和崇拜,反衬了对正常人的厌恶和失望。

随着人类生存竞争的越来越激烈,某些正常人对正常人的越来越工于心计、越来越精于算计感到恐惧,感到沮丧。同时,物化使某些正常人越来越庸俗,越来越浮浅。相比之下,在一些人的感觉中,倒是傻子不会伤害同类,给人以安全感,并时有惊人之语和惊人之举。所以,敏感的艺术家们便拼命制造出许多关于傻子的童话。

歌颂傻子不等于自己想当傻子,某些现代人的理想好像就是除自己以外别人都是傻子,最好还是天才的傻子,只会创造不会争夺,心甘情愿地永远处于弱者的地位,不想害人也害不了人——你看看,周围都是傻子的世界多么美妙!

理想归理想,在现实生活中可爱的傻瓜毕竟是太少了,现代人往往是一个比一个精明。如果有人仔细研究一下傻子在荧屏上大受欢迎的原因,就知道聪明人是多么的讨厌聪明人了。唐代贤相张九龄早就说过:"高龄逼神恶。"在现实生活中不妨经常当当傻子,有许多美妙的事情也并非不会发生。

去年春季的某一天,纽约各大报纸同时登出一则广告:一美元出售豪华汽车。成千上万的人都看了,看过也就放下了。因为他们都是正常人,或者叫太聪明,一看就认定这是愚人节的把戏,或是一个无聊的家伙在耍小幽默、讲笑话。在这个充满尔虞我诈的社会上怎么会有一美元就能买到豪华汽车的美事呢?除非你是个傻瓜才会相信这样的广告!

生活中偏偏就有这样的傻瓜,这是个男人,根据报纸上提供的地址找到登广告的人,对方竟然还是位彬彬有礼的中年女士,先带他去看汽车,果然是一辆很新的豪华型轿车,前来买车的傻瓜忽然也变得有些开窍,不敢相信了:"您确实是想要一美元就出售这辆车吗?"

"没错,是一美元。"女士的口气非常肯定。

那傻子赶紧掏出一美元交给这位女士,她果真就把车钥匙给了他,并说:"先生,这车是你的了。"

傻瓜接过钥匙兴奋至极,却又忍不住问:"我能知道这是为什么吗?"

女士说:"我丈夫去世了,他在遗嘱中把这辆车赠给他的情妇,但把转赠权交给了我,所以我就以一美元出售它。"

就这样,被认为是傻子的人办了件聪明事,许多自以为是正常而又聪明的人反而失去了好机会。这些人犯起傻来都是真"傻",他们是把自己当傻子,结果非但不傻,反而大智。

有人也想找这样的便宜,而且中国有很多这种看似冒傻气的好事。诸如"一块钱的婚纱摄影"有人就信以为真地找上门去,结果是最低先要交八百八十八元,或高至上万元加入一个"套系",然后才能获得一张一块钱的照片。如果跟商家就广告词进行理论,很容易就被当成是财迷转向的大傻瓜——这可不是影视剧中才华横溢的傻子,而是货真价实的遭人戏弄的傻子。

因为,这些老板真的把别人都当成了傻子。所以,他的买卖也就砸了。

可见,在银幕上欣赏可爱的傻子是一回事,在生活中实实在在地当傻子又是一回事。许多时候,我们把事情搞糟了,错过了一次又一次的好机会,不是因为太傻,而是因为太精。就因为老把别人当成傻子,才干了许多猫盖屎的事。坑蒙拐骗、弄虚作假也屡禁不止……

腌菜何以成"王"

大家不会对海因茨（Henry J. Heinz）这个人感到陌生吧？因为我们至今还在享用着他的创造，比如，你肯定吃过番茄酱、汉堡包或炸薯条吧？

海因茨生于一八四四年，在美国历史上被称为"腌菜之王"。他是世界上最大的食品加工企业的创始人，他的腌黄瓜、番茄酱及冷冻马铃薯，至今外销量仍居全美国第一位，一百多年来独步全球，并带动了汉堡与薯条业的兴起。

他成功的哲学是："忍耐着结实。"

最近读到张文亮先生的《东山再起》一文，别有意味地探讨和剖析了什么是海因茨式的"忍耐"，以及这种忍耐力的来源……在欧洲莱茵河畔，有一块物产丰富的土地，名为"巴伐利亚"，出产着德国最好的蔬菜与葡萄，当地人也个个是天生的好农夫。十九世纪初期，莱茵河畔烽烟四起，巴伐利亚人只好离开家园，带着家乡的种子四处流浪，其中一批远涉重洋，落户于美国匹兹堡东部的一个小镇上，开始拓荒种地，繁衍后代。

海因茨就出生在这里。

为了鼓励种菜，特别是吸引年轻人安于开荒种地，小镇上的一位种菜富农库克，每年都要举办一次马铃薯大赛，当地十八岁以下的年轻人，可以挑一颗亲手所种的马铃薯参赛。一八五一年的马铃薯大赛上有一个最惹人注目的参赛者，数他个子最小，因为他只有七岁，当他掏出了自己种的那颗巨无霸马铃薯，却让众人大大地吃了一惊。他就是海因茨,当时获得了第二名,领到的奖金是六毛二分钱。

就是这不足一元钱的奖金,却让海因茨认为是自己一生中得到的"最难忘的大奖"。是那次得奖为他的一生开启了一道门,他为了种出更好的马铃薯,就需向别人请教有关土壤、水分、施肥、除害及种植季节等等诸多方面的知识。种植马铃薯是一件非常辛苦的劳动,能用自己的辛勤汗水换来成果,让他从小就体验到:"劳作是一种神圣的工作。"

海因茨从八岁开始,就提着个小篮子到餐厅兜售马铃薯,而且不停地琢磨怎样才能卖得更多。

到十岁时,篮子换成一辆独轮车。

十二岁时改用马车……

他渐渐形成了自己的生意原则:"卖出去的东西都要是品质最好的!""一个人只要把平常的事做得比平常的好,就是一种成就。"

于是,海因茨的客户越来越多,而且还有着极好的信誉,连匹兹堡市的一些菜市场都指定要他的马铃薯。他的生意也因此越做越大,开始兼营洋葱、丝瓜、辣椒、菠菜等等。选择卖菜,绝不是一件轻轻松松就能赚到大钱的行业,每天凌晨两点就要起床,把菜分装好,摆放到车上,四点钟出发到市场上去卖。下午,又要到各农场去挑选品质好的蔬菜……天天、月月、年年地如此往复,一干就是几十年。

后来有人想出巨资买下他的公司,劝他说:"你辛苦了大半辈子,理当获得更多的钱,以享受奢侈的生活。"却遭到了海因茨的拒绝,他说出了一段后来被广为传诵的话:"我不在乎你的钱,只喜欢做生意。因为做生意给我一种责任感,赚更多的钱却无关乎责任感,对我是没有意义的事。做生意的责任是卖给顾客最好的产品。我的原则是有品质的生意,比更大的生意重要。我是为好品质工作,不是为钱工作。如果产品拥有好品质,好的顾客就会来,钱自然也会跟着来。"

后来的一系列事情的发生,仿佛就是为了印证他的信条。海因茨在卖菜的时候注意到,家庭主妇在处理洋葱时,常会被辣得流眼泪,淌鼻涕,不停地吸气哈气。他就想怎样能帮助她们,减轻她们的负担?

便决定先把洋葱去皮、煮熟、包装后再卖……就这样他跨进了食品加工业。

没想到这个古老的冷门行业，正要进入新时代的转折点，他碰对机会了，订单如雪片般飞来。紧跟着他又推出了芹菜酱和腌小黄瓜。

对他视为生命的经营品质的真正考验，是在一八七五年八月，他的"海因茨——诺伯尔公司"为了能优先收购到高品质的农产品，曾提前与芝加哥、圣路易斯以及伊利诺伊州的农民签约，丝瓜一篓六十分，菠菜一吨十元……没想到那一年农产品大丰收，市场上菜价大跌，但合约已签，海因茨坚持按合约价进货，光是丝瓜一天就要进两万篓，其他菜更不用讲了，菜多得不得不倒入大海。但公司仍在赔本收购，碰巧又赶上那一年美国经济萧条，一家家的银行倒闭，一家家的企业破产……在这股大潮的冲击下，海因茨的公司也破产了。

但他仍不肯以破产为由不履行合同，让农夫们吃亏。他四处借贷，拍卖自己的住房、厂房、设备……倾家荡产也要坚守信用。海因茨从一个富翁变成背着一身债务的穷人，但他仍然坚持自己的信仰："一个诚实的人不会在商场上倒下。"

海因茨的夫人从娘家借来一点钱，第二年春天，他的腌黄瓜又开张了。他没有能力一下子再跨进其他行业，就守住一瓶瓶的腌黄瓜。匹兹堡周围几百公里，远至纽约、印第安纳、伊利诺伊、密歇根的农民，听到海因茨的公司又开张的消息都非常高兴，纷纷表示只要海因茨想要买的东西，他们就把品质最好的农产品都留给他，别的公司出再高的价也不卖。因为海因茨在最难的时候信守诺言，他不只是一个生意人，还是农民最忠实的朋友！

海因茨以巴伐利亚的配制手法，用番茄的甜去配腌渍瓜的咸与酸，就成了红红的番茄酱。他自己先尝，觉得好吃再让家人尝，然后给马路上的行人尝，过路的司机只要说出吃了这种酱的感觉，就可以随便吃……待到大家都说好吃，他才正式推出"海因茨番茄酱"。

产品一上市，订单就如潮水般地涌来。

海因茨没有被成功冲昏了头脑，仍然坚持"忍耐着结实"的经营手法,要求番茄酱由采收、搬运、制造、酸成甜度、包装、储存以及运输等各个环节,都必须保持最高的品质。他鼓励员工发现问题,凡能指出问题的人可获得一百五十元的奖励……在当时,这可是一笔大钱!

而后又是"鲔鱼罐头"……海因茨渐渐成了真正的巨人。

当时,美国市场上的规矩是"货物售出,概不退换"。海因茨却提出:"售出货品,保证退换。"只要顾客不满意不仅随时可以退换,甚至在吃了一大部分之后不满意,照样可以拿回来退。他认为商业应该是一种互惠的行为,因此保护顾客是卖方的责任。就像农民必须要保护土地的利益一样。他还主张把食品的成分标示在包装瓶罐的表面,政府有权抽查食品成分是否符合标示……

海因茨的这些主张和做法遭到了其他大公司的强烈反对!

也恰恰正是这一场争论,改变了美国的市场生态,为此一九〇六年美国出台了《食物、药品与肉类的检验法》。这是人类历史上第一个保护消费者权益的法案。

好啦,我终于不厌其烦地重复完了海因茨的故事。我之所以愿意重复这个故事,是因为它能再一次地感动我。

第一,海因茨重视品质胜于重视成功。正因为他"忍耐着",所以他才"结实"。始终保持高品质,他的公司就强大,生命力就久远,历经一百多年,仍长盛不衰。对比海因茨,现在的商人似乎更注重机遇。不要说有了赚大钱的机会,就是为赚点小钱都会轻而易举地放弃对品质的追求。极少还有人愿意为保持品质而放弃成功。"忍耐"就更谈不上了,人们都恨不得能一夜暴富。至于这些人的事业"结实"不"结实",那就不得而知了。

第二,启发政府立法。他的做法好就用法律加以保护和推广,还得说美国的法律也真跟得上。现代商业也并非没有好的经验,法律却不能及时地加以规范和肯定,让好的品质固定下来。

当今世界有一个不争的事实,经济的发达程度决定着一个国家和民族的品质。而一个国家和一个民族的品质,又取决于制度的品质,制度的品质要靠法律的品质保证。在好的制度和法律的规范和保护下,经济的品质和民众的素质才能够考量。

我们不妨听听西方人是怎样寻找自己成功的原因的。美国经济学家道格拉斯·诺思和罗伯特·托马斯在《西方世界的兴起》一书里有个著名的观点:投资和创新并不是经济增长的充分条件,更为重要的因素是制度变迁,制度安排适合于有效的企业组织的成长。而"有效的经济组织是经济增长的关键,一个有效的经济组织的发展正是西方兴起的原因所在"。

所以,世界首富比尔·盖茨,以及他创办的在"世界声望最佳公司"排行榜上占据第二位的微软公司,被认为是触犯了美国的反托拉斯法,束缚了技术创新,限制了竞争,对消费者不利,就被美国司法部和另外十几家公司告上了法庭,最后竟然输掉了官司。我忽发奇想,向一些我认识的企业家、公务员、老师、工人和各种各样的文化人,提出一个问题:如果比尔·盖茨和微软公司在中国,这场官司还会输吗?

得到的答案是:不会。

为什么呢? 理由大致如下:盖茨和微软是美国的骄傲,是美国现代文化的标志之一,在中国是不大可能给自己引以为骄傲的人和事抹黑的,这叫"投鼠忌器",保护英雄的美好形象。在美国,无论什么样的英雄,干了违法的事都要追究法律责任。他们常把比尔·盖茨和比尔·克林顿相提并论,这两个人都在各自的领域里有着无可比拟的地位:克林顿两度当选,是美国跨世纪的总统;盖茨富可敌国,控制着全世界近百分之九十的个人电脑市场,是电脑界的总统。同时,盖茨又是克林顿的朋友,经常被总统邀请参加一些令人艳羡的聚会……在中国这就叫"通天",有钱有势到如此地步,在经济不够发达的国家就容易高得让法律够不着了,他想办什么事根本就用不着打官司。敢跟这种人打官司的也不多,纵有不怕死的想打官司,也没有人敢受理……

在诉讼期间,微软公司曾提出一份和解建议,也没有被采纳。纵使让微软股票和纳斯达克技术股创下最大跌幅纪录,并同时带动工业股大幅下滑,也在所不惜!

海因茨当年是少数,就因为他做得对,国家立法保护和鼓励他。

如今盖茨是巨人,犯了法国家就要制裁他!

别说是比尔·盖茨,就是比尔·克林顿又怎么样？出了性丑闻还不是照样要上法庭。按理说这是天大的坏事,丑死了,脏死了！可一旦法庭宣布他没有犯法,他就仍是总统,在美国的民意调查中,其支持率始终居高不下。他像个没事人似的,该说说道道的时候绝不磕磕巴巴,该出头露脸的时候绝不羞羞答答。在这个贱骨头般的世界上,谁还敢老拿克林顿的性丑闻取笑或拒绝他？美国还是美国,美国的总统还是美国的总统。为什么？

一方面是总统丢了面子,另一方面法律又维护了美国的面子。连总统的裤裆失火,法律都不放过,这到底是坏事还是好事？谁还能再轻视这样的国家,再抓住这件事不放？

这也是腌菜能够称"王"的原因。

小的吃香

过去人们喜欢追求大,老婆要当大的,头发要大波浪,浓眉大眼有神,大耳垂有福,屁股大能生孩子……"做小"是很容易被人鄙视的。

但,时尚像风,总是刮过来刮过去,十年河东十年河西。且看社会学家怎样描述今天的时尚:这是一个小头小脑、小声小气的时代,林忆莲的小眼、细眉、小嘴成为人们的至爱。粗声大气的北京腔不再正宗,语调阴柔的南方腔调最为时髦。表要小的,手袋要小的,"大哥大"变成小手机,连"小西红柿"、"小西瓜"都正在走俏市场……

远不止这些,还有小蜜、小姐、小保姆、小金库……甚至连小偷的年龄也越来越小,商场里抓住过六岁的扒手,公安局逮住过八岁的惯偷。成都一名叫"小操哥"的八岁男孩,几乎天天晚上到"迪吧"泡吧,而且抽烟、喝酒、泡妞、划拳、蹦迪样样都来。还有十二岁的未婚少女生孩子。

现代家庭越变越小,一个人的家庭已司空见惯。

作家们也不甘落后,推出了"小女子散文"、"小男人散文"……

世界真的成了"小小寰球",无处不小,满眼是小。

爱"小"是一种什么现象呢?非常值得玩味。人的心态就是反反复复经常变化的,大了想小,小了想大。住小房子的时候想住高楼大厦,住上高楼大厦又想要小别墅。坐大公共汽车的时候想坐小汽车,坐上小汽车了又想要大一号的小汽车!

"小"是相对"大"而言,"小"的走俏是对"大"的反动。

现代人生活压力大,被谁压着?被"大"压着——财大的、权大的、气大的、力大的……甚至连老婆太大了都受不了。美国芝加哥大学社会学教授斯托尔斯贝格经过研究得出结论:"那些女强人的丈夫们大都是病秧子,其健康程度每年以百分之二十五的速度递减!"天哪,摊上这样的老婆谁能不怕?

因此,现代人在自己能做主的空间里,就尽可能地也要当一回老大。自己要想"大"起来,最方便的办法就是让周围"小"起来,放眼都是"小"的,精神上就轻松多了。凡欣赏"小"的人,都必须先把自己置于"大"的位置上,"小"的走红,是叫"大"的给捧起来的。不信就细想想吧,凡"小"的东西都有相对应的"大",如小蜜对大老板、"二奶"住大房子……

社会上流行"小"还有一个原因,大凡"小"的东西至少有三个好处:好使、好换、好丢。经济界有句流传很广的话,叫"船小好掉头"。民间顺口溜里也有一句说"大"论"小"的话:"大老婆一出面,小蜜就滚蛋。"

但是,世界上也还有另一种以"小"取胜的情况。美国有个叫莱斯特的小镇,镇上只有一名叫墨非的居民,正因其小,而今成了名镇。在意大利的首都罗马附近的福卡诺村,有一家世界上最小的餐厅,里面只有一张餐桌,仅能供两人用餐。但环境优美,饭菜鲜美可口,且能为顾客提供有特色的服务。餐厅老板的最大麻烦就是用餐的订单太多,要想到这家小餐厅用餐一般要提前半年预订。

大有大的好处,也有大的难处。小有小的难处,也有小的好处。世界永远都是小中有大,大里有小,就看人能不能把自己的优势发挥到极致。

爱情欺负什么人

一位刚走出大学校门不久的年轻编辑,非常崇拜某女作家,求我写了封引荐信,千里迢迢去朝圣。朝圣归来仿佛突然长大了十岁,知道人间是怎么回事了,知道生活是怎么回事了。过去好长时间了,对那位女作家过的日子还感慨不已。她没有想到自己心目中的文学女神,一代才女,竟然过着近于凄凉的日子——独身一人,请了一个保姆,每隔三天才来一次,帮助收拾一下屋子,做一顿像样的饭菜。在保姆不来的日子里,她便吃剩菜剩饭,或随便糊弄一点,有一口没一口。才刚五十岁出头,按理说正是享受成熟人生的最好时期,功成名就,没有负担,平静自信,理应紧紧抓住中年的尾巴,好好享受成熟的生活和成熟的生命的种种欢乐。她没有,早早地松开了手,提前以老年的心境安详自然地迎接老境的到来。这是为什么?她内心深处怎样认识自己生活中的缺陷?是无可奈何地接受?还是就喜欢这种缺陷?

这位年轻的编辑也是女性,所以感触就格外深切。曾引以自豪的满脑袋现代意识,也受到强烈的震撼,以致动摇并生出许多疑问……

"少年夫妻老来伴儿"——为什么年轻的时候称夫妻,而老了就称"伴儿"?"红颜多薄命"、"赖汉子找好妻"……这些重复了千百年的俗话、套话,至今仍在重复,一定有它的道理。它成了创作上的一个很大的套子,历代都有文人钻进钻出,套来套去,也说明生活里还在不断发生这样的故事。这不能不说是优秀女子的悲哀。

用不着我来饶舌,打开现代社会这本大书,有多少"女强人"被无能的丈夫背叛乃至遗弃;有多少出类拔萃的女性拥有漂亮的容貌、事业的成功、足够开销的金钱等一切令人妒忌的东西,唯独不能拥有令自己满意的爱情,或者曾经有过但没有有始有终。

莫非爱情也是"高处不胜寒"? 这里难道有什么规律可循?

对不同的人来说,爱情的分量也不一样,从重达千斤到轻如鸿毛的都有。有人时刻准备用整个生命去爱,为了爱而生存,视爱情为人生的全部,为追求伟大的爱情即便毁灭了人生也无愧无悔。这是悬空式的伟大恋人,把自己整个吊在了想象中的爱情大树上。任何爱都带有强烈的主观色彩,愈是优秀分子,由于智商高、知识多、想象力发达,这种主观色彩就愈重。而客观现实是,那种伟大的灿烂辉煌的爱情不是很容易就能碰得到的。于是,视情感为自己唯一所拥有的最珍贵的东西,便铸成了天下情人的悲剧因素。

爱情的辉煌在于浪漫,爱情的长久取决于清醒地对感情的把握——这是另一种人的爱情观。不管讲起来多么动听,写在纸上多么漂亮,爱情只是人类生存中的一个重要内容,不是生存的全部。不论所爱的人多么重要,也不可能取代一个社会。正如鲁迅所说:"人必生活着,爱才有所附丽。"普通人往往既需要爱,也不能离开养育这种爱或毁灭这种爱的现实世界。如果不是选择死,而是选择生,就不能排斥理智。理智是人类为了生存而付出的"沉重而又无可奈何的代价",人要生存就不能没有理智的帮助,不要理智就是取消人类的存在。当然,这里所说的理智的"重大功用",并不是单指用它来对付爱情。

然而,古典式或者浪漫式的恋人所信奉的真正的爱情有三个特性:强烈、疯狂、毁灭。这显然是排斥理性的。

理性介入爱情,必然注重现实,讲求实际。这很容易被指责为平实,不懂爱情。而在爱情的波涛中翻船溺水的,常常是那些对爱情懂得太多的人。使爱情和不幸成了相等同的概念。这是因为爱情有欺骗自己的天性——

古今中外举世闻名的爱情和各种艺术作品里的爱情,就是一种美丽的诱惑。正因为真正的爱情难寻,人类基于对爱情的渴望才生出许多想象,编出许多故事,无形中给爱情定出了一种标准。倘没有这个参照系,人间也许会少些爱情悲剧。实际上每个人的爱情都有自己的条件、自己的特殊性,跟谁的都不一样,尤其跟古今中外著名的爱情范例不一样,这才是你的。优秀分子极推崇独特的风格和个性,爱起来却喜欢跟别人比:"你看人家怎样怎样……"

追求理解,寻找知音——其实上帝造出男人和女人是为了让他们相互爱恋,未必是为了让他们相互理解。人际间尤其是男女之间不可能有严格意义上的真正的彻底的全无保留的沟通。你理解你自己吗?往往是似了解非了解会产生一种神秘的情感,成就爱情。一旦彻底了解了,优点视而不见,缺点一目了然,便会生出许多失望,吸引力丧失。如仅仅是一杯清淡寡味的白开水还算是好的,倘若再清澈见底地看到许多毒菌病块,忍无可忍便会分手。所以,许多长久夫妻的长久秘诀,是爱对方的缺点。一个人身上的优点谁都喜欢。而缺点,尤其是隐秘的缺点,只有爱人知道,能够容忍,当然包括帮助,帮助不好仍然是容忍,久而久之变成了一种习惯,形成了一种惰性,相互适应了。这种习惯和适应构成了一种深切的别人无法替代的关系,生理、心理上的一种完全的容忍、默契、理解,胜过浪漫的爱。虽然爱情的光环消失了,换来的是长久而平实的爱情生活。

从某种意义上说什么是婚姻?婚姻就是包容,包容婚姻的缺陷。

高调好唱,但不要说爱缺点,即便是容忍缺点对一个优秀人物来说,也是很困难的。聪明人爱挑剔,会挑剔。凡事都有个限度,不同的人、不同的爱情、不同的家庭,有不同的限度。如果容忍变成了一种下地狱般的痛苦折磨,岂不成了罪孽?有的人要看容忍什么样的缺点,看对方还有没有值得重视的优点。对有的人来说容忍变成了"嫁鸡随鸡,嫁狗随狗",对另一些人则是"夫唱妇随"。

生活中常有这样的事情:某夫妻中的一个曾犯过严重的很丢人现眼的错误,邻里朋友还记忆犹新,可人家两口子又一块上街、散步、说说笑笑,日子过得还不错。当事人、受害者比别人转弯子还快,这是为什么?一个女研究生热烈地爱上了自己的导师,这位导师正值中年,是个有成就的名人。他的夫人知道了,不气,不躁,找到了那位女研究生,心平气和地问她对自己的导师知道多少?他有名气、有成就,别人很容易看到他的优点,很容易喜欢他、爱他。这位夫人又列举了只有她才知道的他的许多缺点和身上的疾病,讲了自己是怎样忍辱负重地帮助他、照顾他,使他有今天还有牢靠的明天。最后坦诚地问那位女研究生:"如果你自信能比我做得更好,我就撤出,成全你们。"结果,在这场感情纠葛中撤出的是女研究生。她没有把握在成了导师的妻子以后还能长期忍受他的缺点和那讨厌的疾病。

现代社会流传着不少害人不浅的观点:"爱情和婚姻是两回事,爱情常常毁了婚姻,婚姻也可以毁了爱情";"享受爱情和享受生活是矛盾的,优秀女子的理想爱情属于一个高尚的社会,无法和世俗的生活谐调"。

优秀女人的感情负担太重了。爱得浅了不够味,怀疑不是真正的爱情。爱得太深了又会患得患失,不仅会爱得没有了自己,还将最终失去所爱的人。说起话来思想很"现代",真正动真情爱上了一个人又很"传统"。我在一次会议上曾听到一位情场得意的老兄发过这样的感叹:"越是优秀的女人越烦人!"

看来,对优秀的女人来说只有两种选择:要么彻头彻尾彻里彻外地"现代",要么保留一颗女人的平常的心。

优秀而又幸福的女人多半都有一颗平常的心,她们活得自然而又完整。为爱情而生为爱情而死的生命倒常常是有缺陷的——尽管这种缺陷也不失为一种美、一种高尚。记不得是哪位先哲说过这样的话:一个婚事顺利的普通人要比一个过独身生活的天才幸福得多。这话也不是没有毛病,因为每个人对幸福的理解不一样。

怀有一颗平常的心,就是愿意回到家庭中过普通人的但是牢靠的生活,驾驭爱情,充实自己的人生。

所谓用彻头彻尾彻里彻外的现代观念武装自己,就是为了对付爱情的从属性和不平等。把人类"最沉重最可怕的一种情感"转化成一种"轻松、自由、信任、豁达"的男女关系。这就是现代爱情的基本特点。

去年二月日本一家妇女杂志《莫拉》做了一项调查,为两种女人打分:一种是以放弃工作专做主妇的山口百惠所代表的温柔贤惠型;一种是以松田圣子所代表的我行我素型,不放弃职业,不舍弃自我。结果是大多数人更喜欢后者。《两性差异》一书的作者韦娜说得更直截了当:"对于男女双方而言,爱情是为生存而战。"

社会继续开放,观念不断变化,带来了许多快速而多变的感情问题。婚姻的缺陷暴露得最多,感情的饥渴者和流浪儿最多,情人最多。几乎冲击了各种年龄各种阶层的人。心里岿然不动者是少数,已经采取了行动的也是少数,大部分人是心里有所动或正准备动。至于怎样动、动的结果如何,那就难说了。

敏感的人总是先动,所以要格外珍重。

残酷的魅力

北京时间十九日晚上,我的电视上出现次数最多、时间最长的一条广告是:"明天上午九点实况转播泰森重返拳坛第一战——我回来了。"

我心里的某个角落突然泛出想获得刺激的欲望,产生了被诱惑的兴奋。然而除去世界杯足球赛期间,我白天极少看电视,心里还拿不准明天是不是会看泰森拳击……

泰森有什么新鲜的呢?曾经是个穷孩子,从小就爱打架斗殴——拳击天才似乎都来自贫民区,有没有富家子弟成为拳王的记录?泰森曾横扫拳坛,但天才也有走背字的时候,四年前在东京被道格拉斯击败,失去拳王宝座。祸不单行又被控告犯强奸罪入狱,也有舆论认为他是被其他更神秘可怕的力量打倒的。总之,泰森有了传奇性和神秘色彩,在监狱又表现好提前释放,还皈依了伊斯兰教……他的拳头还和以前一样吗?这小子会有什么变化呢?

这样一个人物,这样一场悬念迭生、全球瞩目的比赛,岂能错过!

如果他是一位谦谦君子,甚至是一位完人,还会有这么大的吸引力吗?恶和善、坏和好到底哪个更有吸引力?

第二天九点钟我准时打开了电视机,有四个频道都在转播泰森,真是热闹!美国拉斯维加斯米高梅酒店大花园拳击场,汇集了美国社会各界的名流,但气氛并不轻松,各入口都站着荷枪实弹的警察,近一万七千名观众须通过电子检测门方能入场。尽管每张票价高达一千五百美元,最低的也要二百美元,却早已售空。到处可见"泰森卷土重来"的宣传画。气氛真是造得没法再足了!——都是为了要看泰森。

泰森却不那么容易见到。电视上先播放关于泰森的专题片,然后是一场打满十二回合的轻量级拳王争霸战。主持人却一再强调,谁都相信大家是为了看泰森而来,已经离开拳坛四年的泰森还能重现昔日雄风吗?然后又是一场重量级拳王争霸赛,用两个现任的拳王为他打场子,泰森这个昔日拳王未亮相就成了王中王! 是因为他的拳头厉害,还是他身上的新闻多,票房价值高?

在现任拳王打得鼻青脸肿的时候,主持人不断地把镜头切到泰森身上,他终于在保镖的簇拥下进场了。头戴伊斯兰小白帽,面无表情,两颊微陷,略显清瘦。右臂上刺着一个醒目的图案,我拼命想看清,想知道他刺的是什么,很可能是泰森的图腾。看清那个图案对理解他这个人有好处。可惜现场电视导演对此不感兴趣,不给特写镜头。幸好记者帮了我的忙,他说那是"毛泽东头像"!

天哪!世界上真是什么人都有,什么事都可能发生,我怎么也没有想到泰森臂膀上会刺上毛泽东头像!

泰森说,他很尊重毛泽东。他怎么会把自己和毛泽东联系在一起呢? 难道他认为他们之间该有什么联系吗? 倘若毛泽东泉下有知,看到像泰森这样一个一言难尽的拳击手,胳膊上端刺着自己的头像招摇过市,登上众目睽睽的拳击台,会作何感想?

观众们向泰森发出阵阵欢呼,有的叫着他的名字,有的对他挥手飞吻。一歌星出人意外地登台演唱,为泰森出场作最后的渲染。拳击场外却有二十多名男女和孩子步行示威,高喊着"强奸不是体育"的口号。场内场外,反差极大。是抗议,又等于给这场比赛再添一景,色彩更丰富了。

从九点就坐在电视机前等着看泰森,三个小时过去了,千呼万唤,泰森终于要动手了。他面色阴沉,目光凶狠,死死盯住对手。比他高大、粗壮、年轻的麦克尼雷,却目光低垂,不看泰森,或许是不敢,看上去在精神上有点怯。裁判一宣布比赛开始,他却戏剧性地跑着扑向泰森,我还没有看清怎么回事,他就被泰森打倒了。站起来再战,被泰森三下五除二又放倒了,于是麦的教练跑上台宣布认输。共用了一分二十二秒,比赛结束了,这就算泰森胜了。

没有试探,没有预备,上来就是高潮,短促而精彩。和前面两场的沉闷、冗长、没完没了的试探和难分伯仲,形成强烈对比。泰森到底是泰森,拳坛需要他,没有他的拳击简直不叫拳击!但似乎也太精彩了,精彩得不真实、不残酷,像在表演,在演戏。于是观众席上骂声四起,骂麦克尼雷的教练不该中断比赛,骂泰森的经纪人戏弄观众……

总之,大家不满足。不满足什么呢?

等了三个小时,看了一分钟,不过瘾。为什么不过瘾?

没有满足人们对残酷的渴求。人们花钱到这里来,是想看一场泰森的恶斗,或者他把别人打得脸上开花倒地爬不起来,或者别人把他打得血肉模糊。人们对残酷的爱好如同刀锋追求伤口一样执着。从古人让奴隶角斗,然后发展到斗兽、斗牛,乃至规模更大且无任何规则可循的残酷——战争的屠杀。人类对残酷场面可谓百看不厌。泰森之所以受欢迎,因为他是残酷的天才,一分半钟赚了两千五百万美元。人类早就懂得了用残酷发财。

——这是一种有规则的可观赏的残酷,是和平的战争。如同人们喜欢看恐怖片、暴力片一样。局外人甚至可以从电视上像看焰火、看电子游戏一样,欣赏海湾战争的轰炸,这难道不是在欣赏残酷吗?

如果拳头或炮弹向自己头上飞来,残酷降临到自己身上,我想能抱欣赏态度的人就不多了。拳手们则不然,以给别人施以残酷为乐、为荣、为职业、为名利双收的手段。其中最残酷者是拳王,残酷是他们的一种资本、一种力量、一种优势。

残酷的故事从来都最引人关注,残酷的故事经常都会发生。所以欣赏残酷的人们还可以继续欣赏下去。

水中的快乐

现在时髦的话很多，有一句叫"花钱买健康"。于是，人们便有了一种类似疯狂的外出欲和娱乐欲，圣人说智者乐水，游泳也就成了一项热门。水乃生命之源，人一到水里就现出了生命自身的本真和率直，充满欢乐，生机勃发。因之游泳馆里的风景也就变得五彩缤纷，光怪陆离。

先说游。人类游泳的姿势归纳起来无非就是蛙、仰、蝶、自，但在对外开放的游泳馆里，有多少人就有多少种泳姿，五花八门，无奇不有。可以把蛙泳游成"鼠泳"，只露着个脑袋在水面上晃悠；把蝶泳游成"狗刨"，四肢乱扑腾；把仰泳变成"漂死人"；把自由泳游成"垂死挣扎"，看他像是正玩命挣扎，眼看就要沉底，待你过去要救他，他却扑腾出脑袋又向前挪了一块。有人力气大，胳膊抡起来横扫千军，不管两边是男是女，是老人的脑袋还是年轻人的屁股，抡上谁算谁。有的人在水里以慢见长，那个慢劲儿可真叫功夫，像慵懒的胖头鱼缫籽，好半天才摆动一下尾巴。有人慢得几乎就成了游泳池里的"礁石"，倘是"雄礁"，任游得快的人撞一下关系不大，若是"雌礁"就得小心。偶尔还有"鸳鸯礁"，那是情侣在水里嬉戏，大家像躲避水雷一样绕开。当然也有不少人游得很好，女如美人鱼，男如大白鲨……体形就更是千差万别，有匀称的，有前凸后撅的，有瘦如麻秆的，有胖的双手摸不到自己肚脐眼的……想想吧，这样花花绿绿的一池子人，会构成一种什么绚丽的景象！

再说跳。游泳离不开跳，不跳下不了池子。站在池边的高台上，纵身一跳入水。两臂前伸，双腿绷直，池水拍击头顶，嗖一下直钻池底，能体验到一种鱼的快感，那叫美啊！自己觉得美，别人看着不一定美，泳友中爱跳水的人不少，大家常常一起站到台子上，一、二、三高声喊号，同时起跳，声势颇为壮观。但体形不一，跳到空中，有的高，有的矮，有的直，有的弯，有的头朝下，有的平着硬拍……人戏水，水戏人，这就有了滑稽感。但池子边上的人得赶快躲开，一个不留神躲慢了被砸上，可不是闹着玩的。

第三是聊。有人进馆后下池子就游，游完上来就走。有人则不然，把游泳池当成"水吧"，游一会儿聊一阵，常常以游为辅，以聊为主。聊社会，聊家庭，谈股市，说新闻，交换行情，打听消息，甚至利用水里"赤裸相对"的优势谈生意……如果有个漂亮女士参与其中，很快就聚成一群，将泳道头上的台阶全部站满。而且聊起来没完没了，老头们呼哧带喘地游了一圈回来，靠不上岸，水深两米多，伸直腿也够不着底……有一老者甚诙谐，累得实在受不住了只好低头硬钻，前面一片白花花的大腿，怕撞上女士，就冲着粗一点黑一点的拱。

第四是拍。报纸上有文章称，健身应坚持"两拍"。一是拍手掌，促进大脑血液循环。不信可以看看老干部，一个个都活得神满气足，皆因老开会，老鼓掌，活血化淤。于是游泳的时候要用力拍手掌，水花激荡，节奏响亮。是不是真能养脑不敢说，时间长了倒可以练成"水沙掌"。二是拍脚心，医学界把脚掌称为"第二心脏"。俗云："有钱的吃人参，没钱的拍脚心。"这就是说拍脚心跟吃人参有同样的效果，而且不上火，那干吗还不大拍特拍呢？于是，游泳馆里的"拍"声此起彼伏，不绝于耳。噼噼啪啪，啪啪噼噼，或轻或重，或急或缓，有人拍得响亮，有人拍得沉闷，有时几个人同时抱着脚掌比着拍，形成很有气势的节奏，被称为"浴室欢乐颂"。

第五是唱。人一沾水就高兴，一高兴了就想唱。洗澡的时候真有唱得好的，民族唱法、美声唱法、通俗唱法，什么歌都唱，而且一张嘴都带着水音，令人大饱耳福。但只要另外两个人一张嘴，这些唱得好的人就全不做声了。一个是京剧票友，嗓音极其洪亮宽厚，他一叫板，那真能震得房顶嗡嗡响。他换衣服的时候唱,淋浴的时候唱,坐在水池边上唱……大概就是游到半截的时候怕喝水不唱。但是,他每天只唱一个字或只唱半句,比如今天练"呜……",这一早晨就光"呜呜呜……"或者是"听谯楼打罢了……"唱到半截就回去,反反复复只有这半句,本来是不花钱的享受,却变成了折磨。还有一位更怪,专唱流行歌曲。乍一听像歌,却又明明不是那个歌的味儿。他一张嘴,音都是斜着钻出来,而且带钩挂刺,四棱八杈,然后斜刺里劈啦啦向上拔,直不棱登,走腔跑调。不论什么歌经他扯着脖子喊出来,音调全变,旋律诡异,那真能唱得池水变色,乾坤颠倒,好像要大地震!特别是在他来得不巧没有淋浴位子的时候,他便对着淋浴间的镜子,一边往身上涂着肥皂,一边仰着脖子自己过瘾。旁边的人可就惨啦,有人赶紧佩戴"强心卡"以保护心脏,动作利索的草三了四地洗两把赶快逃,正好把淋浴的位子给他腾出来。有位坚持了十几年的老泳友向我抱怨,他说一听见这个人唱歌就血压升高,神经错乱,肥皂在毛巾上搓下去小半块,却不知道往身上抹。我开导他说,把歌唱得像歌不足为奇,世界上好歌多得很,好歌星也有的是,只要我们愿意,想听什么歌、想听谁的歌都不难。但在公共场所能理直气壮地把歌唱得这般恐怖、有如此巨大的威力,让人变颜变色,脑袋发蒙,手足无措,这样的机会人活一生也难得碰到几次。所以在他一张嘴的时候你就赶紧做好精神准备,端正态度,抱着欣赏的心境告诫自己:这种声音可是地上难找、天上难寻,在别处是绝对听不到的,只有在游泳馆脱光衣服洗澡的时候才能有此耳福,机不可失,好好享受……

　　水真是好东西,它一视同仁地接待所有裸体,什么人在水里都会变得真实。

以马为师

狗咬人不是新闻,人咬狗才是新闻。人驯马不足为奇,马训人就有点不同一般。实际上在人训人不能奏效的时候,求助于马往往会有奇效。

前几年有一本英语畅销书《马语者》,讲的是人与马沟通的故事,通过救一匹马实际上是在救一个姑娘,救一个家庭,乃至影射可以借助动物拯救现代人的心灵。

这本书在哲学和心理学上的意义远远大于其文学价值。

美国科罗拉多州监狱不知是不是受了它的启发,用马来帮助改造犯人,收到了意想不到的效果。犯人一般都对管理他们的监狱人员怀有抵触情绪,疑心大,戒备心强,甚至怀有一种莫名的憎恨,不愿意沟通,对马则不会。

于是,监狱就让犯人驯马。通过驯马,犯人无一例外地都爱上了马,白天驯马,晚上阅读驯马的书籍,看有关驯马的录像资料,简直入了迷。

马实在是一种可爱的动物,母马怀胎十一个月才生小马驹,每胎只生一个,比人还金贵,天生就懂得优生优育。农民管马叫"大牲口"——这一个"大"字足以突出了马的高贵和灵性。历史上良马救主的事不胜枚举,马通人性,人越通马性越感到马的善良和值得信赖,犯人们在一种自视优越的感觉中不知不觉地接受了马对他们的教育。

犯人从驯马中体会到任何管教都不是一件容易的事情,懂得了无论是与人还是与动物沟通都是一种技巧。他们有了责任感,有了耐心,生活中也有了一个目标。当他们将来再回到家里和社会上的时候,就会用这种耐心面对生活了。

马不光成了监狱里不说话的管教者,也被一些中学拉去当了"助教"。城市里的孩子大都没有接触过真马,学校开设"生命科学课程",教他们懂得动物的行为、繁殖、卫生,让他们养出一匹健康快乐的马,便一下子把总是惹是生非的学生、有特殊问题的学生以及天资聪颖的学生都吸引到一起。

美国佐治亚州的西贝因布里奇中学,自从有马协助教学以后,学生的学习成绩上升了百分之三十二,缺课率降低了三分之二,公开说"喜欢上学"的学生由过去的百分之二十五提高到百分之九十五。

第一个把马牵进学校的教师西蒙森说:"这些孩子大部分操行有问题,但是为了能控制五百公斤重的马,首先必须学会控制自己。这就是我们的出发点,这是个缓慢的过程,关键是让每个孩子都有归属感。马只是用来吸引他们的。"

"只有人类最高贵"的话是人类自己这么说,人类还有一句话叫做"卑贱者最聪明"。以前是人类使用、虐待和猎杀动物,现在该轮到接受动物的调教了。

这不是退化,而是一种进步,至少证明人类认识到了自己的愚蠢。

而动物们也确实变得越来越聪明,学会了跟人类周旋,甚至敢于同人类对抗。

不只是马,也不一定非得在监狱里或课堂上,只要留意处处都有动物教育人的事情。

耕牛应该说也是最温驯不过的动物,河南有个二流子似的农民,家里唯一值钱的就是那头牛,没事却老拿牛撒气,打牌输了钱要打牛,喝了酒要打牛,受了别人的气也要打牛,有一天耕牛不堪凌辱,回头顶死了这个二流子。

海鸥看上去也是一种很讨人喜欢的鸟,辽宁瓦房店一个姓张的渔民抓了一只海鸥后,立刻有成千只海鸥飞来攻击他,在他的头顶上黑压压像一片轰炸机群,叼走了他的帽子,啄伤了他的脸,直到他放了那只被捉的海鸥,攻击才停止……

俗语说:"兔子急了还咬人哪!"现在,濒临绝境的动物们全都有点急了。如果人类还没有认识到这一点,往后可就够喝一壶的了。

运动生涯

你知道徐福生吗？球迷们大概还不至于太健忘，上个世纪五十年代的国家队队员。二○○三年十月十五日，他骑着自行车在北京大街上与一辆轿车发生了轻微的接触，轿车司机在口角当中挥出一拳，打在徐福生的左耳根子上，随即倒地而亡。

在这儿没有篇幅评论这场事故，我只想说它让人看到了竞技人生的脆弱。一个当年在球场上头顶脚踢，闪转腾挪，能够在急速奔跑中进行拼抢和对抗的人，就这么在大街上被人一拳毙命了？能踢足球的人身体当然要格外好，耐力、速度、强壮、敏捷、柔韧……到他不能踢球了，也就是说这些优势全都用完了，光剩下劣势了：身心疲惫，布满伤痛，有的甚至成为残疾，多者可收获三四项残疾证书。

人们平时看到的往往是运动员最风光的一面：我后横怒起，意气凌神仙，身轻一鸟过，球急万人呼。因此很有些女人认为当今世界最性感的男人都在绿茵场上，贝克汉姆就曾多次被评为全世界的"性感偶像"。可有谁知道，还有一部分球员刚刚四十多岁就失去了性能力……你真的知道什么是运动吗？

滚圆的足球是由好几块并不滚圆的皮子缝制而成，它有接口，有缝隙，有里有外，外面被踢磨得精光，里面和接口处却藏着泥垢和被血汗浸泡的痕迹。它充足了气可风靡世界，然而世间所有充气的东西总有泄气的时候。比赛是短暂的，生活是漫长的，更别提伤痛还会放大漫长。这就是足球人生。一旦和足球结缘，就像中了魔力，足球和人生，球运和命运就再难分辨清楚。球就是人的命，人就是球的魂儿。

其他竞技运动又何尝不是如此？

天津有一足球运动员，因伤痛折磨英年早逝。生前曾留下遗愿，请家属和队友趁黑夜将其骨灰偷埋于球场之下，让自己的魂魄永远熔铸于绿茵场上，为后来的球员加油、助威。生不能看到中国足球扬威于世，死了化成灰也要给中国足球壮胆、保驾。

这是典型的运动人生。赛场上是养小不养老的，它给体育命运添加了一种悲壮美。

赛场上的人生最是酣畅淋漓，波澜壮阔。但也残酷激烈，风云难测，胜败转于一瞬，忽而大喜，忽而大悲。而运动生涯的全部魅力，也正在这里。运动员的命运是由信仰和忍耐构成。可谓运动造人，人生如运动。迈开两条腿，上边顶着个脑袋——这就是"人"字。这个字其实也包容了运动的全部含义：必须奔跑，连续不断地奔跑，被绊倒了爬起来再跑，如同只要有生命就必须活下去一样。

人的生命本身正是如此，无时无刻不处于运动之中，绝对静止就是死亡。

因此运动着的生命充满渴望，如饿虎扑食，鹰击奔兔。唯运动才能最生动地体现出人类生命本质中的这种渴望。有了渴望就会有动力、有感觉，凝聚、爆发、拼抢，发机如惊焱，往纵似风旋。人生突然变成瞬间的事情，输赢往往取决于最后的一秒或百分之一秒、最后的一枪、最后的一箭、最后的一个球……球飞进对方大门就是生，旋进自家网底就是死。

鸟儿有巢，蜘蛛有网，人类有门，有各种各样的门。竞技场上的大门是天堂和地狱的入口处。别看赛场有限，运动生涯却极其广阔。世界上的大多数人终其一生不过是活在自己出生的地区，而运动的生命舞台至少是以整个国家为背景，而他们的视野则必须是整个世界。生命苦短，人生几何，运动使其凝练、精彩，可发挥到极致，瞬间辉煌。有生如此，夫复何求？

人类创造了体育，体育又创造了人类。

赛场是地球的缩小，赛场上映照出现代世界的影像。现代社会的所有元素赛场上都包括了,现代人类的本质也蕴涵在体育运动里。比如足球界有着各种详细的规则,而现实的足坛却纷扰混乱,让球迷几乎不知该抱怨谁?这和庞大的地球现状几乎毫无二致。地球上有多复杂,赛场上就有多热闹。

可见人类既非天使,亦非野兽,不过是个运动员。人类的各种品行体育运动里都包括了。人类所有跟外界接触的部位都是球形的:头顶、眼珠、鼻头、嘴唇、手指肚、膝盖、脚后跟、脚趾肚、屁股……只有圆的东西才能强韧、圆滑,不怕碰撞,且能钻能挤能飞能转。因此足球所代表的体育人生最大的优势就是永不绝望,拒绝胆怯。足球滚圆,滚来滚去,今天败了明天照样滚,气瘪了可以再充气。

你只要一看到足球又在滚动飞旋,立刻就会抛弃所有绝望,重新恢复希望和感动。有时即便是最轻率蛮勇的拼争,却会导致意想不到的成功,随即便让人恢复了希望和感动。

体育运动喜欢铤而走险,在创造中显示力量。因此运动生涯是夸张的,有夸张才有激情,这一场激情的消失便孕育了下一场激情的爆发。有激情热爱运动的人,一般都热爱生活,一阵失望过后随即又燃起一种新的希望。永远都对体育运动怀有特殊的希望和感动。

体育就是人生,就是每个人自己,所以才能成为世界性的拥有最多信众的宗教。而宗教就需在感动中提升。如果你不希望,又怎么会感动?没有感动,生命就会荒芜,变得平庸和倦怠。只有希望才是四通八达的路,路路通向感动,体育运动恰好就刺激了现代人这种感动和希望。

名人效应

任何一个社会都有自己的名人阶层。

这个阶层是由各行各业的英雄和明星组成。

"江山代有才人出,各领风骚数百年。"

一个时代不可以没有自己的英雄。没有时代的英雄,便是没有英雄的时代。那是很沉闷、很令人沮丧的。人的天才肯定得不到发挥。

而天才是一种点燃人的力量。

法国理想主义者圣西门呼告:必须让有天才的人独立,而人类应该深刻地掌握一条真理,使有天才的人成为火炬⋯⋯

重视天才是社会开放发达的标志,不等于崇拜超人。应该说每个人都有可能在某个方面具备特殊的才能。

但不是每个人都能体认并充分发挥自己的才能。正如每个天才不一定都能获得成功、成为名人一样。天才就是"带着自己的灯火寻找到自己的道路"。

尊重天才就是提倡刻苦和勤劳。

重建对英雄的崇拜,也就是对人的崇拜。

名人之所以有名,就在于他们比常人经历了更多的磨难,做出了杰出的贡献。

名人有勇气承担命运,他们的价值在于完成责任。

如:在当代中国名人阶层中占人数最多、分量最重、整体素质最高的是企业家集团。

战争年代,英雄多出在战场上。

"以经济建设为中心"的年代,英雄自然多出在经济界和科技界。

经济运作是一切历史的"第一个前提"和"基本条件","制约着整个社会生活、政治生活和精神生活"(马克思语)。企业家责无旁贷地成了工业社会的重要脊梁。创造千秋大业胜过创造荣誉。

他们不是靠偶然的成功,也不是一夜之间大红大紫起来的。干企业靠欺世盗名是难以成功的,即便侥幸能鼓噪一时,也不可能长久。

据说"企业家"这个字眼是法国经济学家瑟依创造的,entrepreneur 描绘介于资产和顾客之间的人们。这是一些"充满了创意想象和精力、承担风险和制造风险、掌握他人错失的机运、洞悉未来和掌握未来"的人。

企业家同名人一样,有着各种各样的类型。他们取得成功的方法和所走过的道路也不相同。

但有些特点是共有的——

如果将人分为三个品类:倒退型的、停滞型的、进步型的,他们统属于进步型的;

他们最可靠的保证就是自己,无论被放在什么地方,都能把自己集中起来,沉雄自信,踔厉风发;

敢冒最大的风险,击水中流或创造潮流;

是快动作的先锋,不为迷雾困惑,洞烛先机,适应环境变化,捷足先登。

正如王尔德所言:"人真正的完善不在于他拥有什么,而在于他是什么。"

知名人物的德才学识,取决于他们的自修和自律。尤其是成功的企业家,他们的识见和拥有的信息关系着他们的决策,他们的决策正确与否又是企业经营好坏的关键。

他们要协调好企业内部的各种关系,还要使企业本身与外界社会有充分的协调。因企业与国家息息相关,不管企业家情愿不情愿,都必须涉足政治,调理复杂的生产关系。不论他们拥有哪方面的专门才能,这些才能只是帮助他们成为一个通才型的人物。

只有企业获得了成功,才能谈得上企业家个人的成功。

而有些社会名人,凭一技之长就可以响亮自己的名号,如歌星、球星、影星。

名人都是自己那个领域里的成功者,应该是都有自己特殊的才能。

天才还是环境的产物,不会超越历史的局限。在每个名人的成功因素中,经济的必然性(也可称历史的必然性)占主导地位,偶然只是一种补充或表现形式。

现代社会需要一种"名人效应"。

"致天下之治者在人才。"

有些行业很容易被社会时尚推出一两个甚至一批明星。有的昙花一现,有的具有深厚的实力,甚至会成为历史的名人。老实说,在快速多变、竞争激烈的现代社会,能昙花一现也不容易,也很珍贵。正像谁也不会因"一现"而鄙视昙花一样。"一现"毕竟胜于终生不现。

相比之下,社会对于优秀企业家还没有给予应该给予的推崇。经济活动自不必说,当今许多社会活动都是"企业搭台,其他行业唱戏",而台上台下却很容易忽略搭台的人。

发达国家每年都要评选全世界最成功的十大企业、百大企业。顺便也就公布富豪、超级富豪的排名榜。在资本主义世界看来,富裕是成功的标志,因为"人类的目标是最大的福利,而不是最多的人口"。富翁的地位和知名度是其他名人诸如影星、歌星、球星所无法比的。《艾柯卡自传》风靡全世界,长期居畅销书之列,许多人甚至鼓励他竞选美国总统。这个在工业社会奋斗成功的经济巨人,成了年轻人的偶像。

美国的《商业日报》曾这样评论中国的企业家:"他们的责任很大,但权力却很小","他们做几百万美元的生意,自己拿回家的还不如西方领福利金的人收入多。他们可以指挥数千名工作人员,但却不能梦想开除哪怕一个偷懒的门卫人员。他们在办公室会见世界上最有权有势的经济界巨头,但谦虚地称自己是一名公务人员"。

这未必不是我们的优势。在这方面我们也用不着急于向人家学。

但是,我们从西方学来了"选美"、"评歌星"、"奖球员"——这也无可厚非。社会为什么不用同样的热情褒扬著名的企业家呢?

于是,天津社会科学院出版社和《城市人》杂志社编译所编辑出版了《大业千秋》一书。书中不乏企业家的真知灼见。

现代社会结构及科学技术的发展,提高了个人的能力。个人"显示出比以往任何时候都强大的力量","可以更加卓有成效地左右社会的变革"(约翰·奈斯比特语)。个人在实业、科学、艺术上的成功,社会也可以受益。

我们见得太多了:

——一个单位只要调换一个主要负责人,情况就会大变。可以因一个人而生,也可以因一个人而死。

——哪里重用人才,个人的才能得到充分发挥,哪里就活跃、就发达。所以中国改革开放以来变化最大的是乡镇企业富裕阶层、个体经营者群体、企业家集团、部分科技人员和文艺、体育界的新潮人物。

成功者多,名人多,奇人奇事层出不穷,就说明这个时代生机勃勃,充满希望。

同时,传记文学理所当然地成了中国当代文学大家庭中一个重要的成员。

这篇短文,不是宣言,也不是结论,只是一点事实。仅此而已。

成功者的"场"

在会议上有过一两次社交性的接触,听过他一两次简短的讲话,无须认真观察,我便断定他是个人物。

一个成功者,一个正处于事业巅峰的人,其最佳状态常常被别人看作是"神经质"。比痴迷,比执着更强烈。他只生活在自己事业的空间里,任何事情都不能代替这个空间、占据这个空间,别人也无法把他拉出来。即便他的身体走出了工作区域,思想的全部活动还留在那个空间里。悟性是常动的,吃饭、走路、睡觉、做梦、跟与他的工作毫不相干的人谈话,举一反三,总能跟他所醉心的那一套挂上钩。要不就神不守舍,沉默、应付。这不就是人们所说的"神神经经"吗?

这种"神经质"绝不是精神病的前奏。相反,这正是一个成功者最清醒、最正常、最聪明、最有胆识、最有魅力、最富有创造性的时刻。

如物理学里的"磁场",他也有自己的"场"。任何人一靠近他,就会感受到这种"场"的强大存在。

先说天津市对他的"场"的感觉。今年劳动人事部门分配给他们厂的招工指标不足二十名,可是光收到有头有脸的人物写的推荐纸条就五十多张,没有关系也想竞争招工指标的不下数百人。这是去当工人,不是去坐机关、搞外贸、进合资企业!而且工厂在北仓,生产工业泵,不足千人。为什么会有如此大的吸引力?论人数,在大中型企业里它算小兄弟;论创造税利却是大户,在全国同行业中排名第四,胜过许多万八千人的大厂。不管事实如何,人们都喜欢传言这个企业不景气,那个单位亏损,灰暗情绪像幽灵纠缠着经济。工业泵总厂却形成了自己的气候,任何人踏进它的厂区都会感到一种热力、一种生机、一种希望。我曾突然闯去看遍了每一个车间,没有见到一个闲人,大家都在有条不紊地工作——这在当今实属难得。因为它在同行业中有着无可争议的优势,占了七八个全国第一:是全国唯一的生产螺杆泵的专业厂;拥有中国第一家螺杆泵技术研究所;中国机械工业首家在产品质量上被英国劳氏型式认可的企业;建成了亚洲一流的工业泵测试中心……过三五年乃至更长的时间,它的优势会更强大。谁不想投奔光明呢? 所以它对外有吸引力,对内有凝聚力。工人对未来有信心,工作环境整洁漂亮,不愁住房,不愁钱——生产第一线的关键人物可浮动八级工资。

说到钱,他有一条规定,副厂长以下可以拿加班费,他自己则不多要一分钱。因为他一年到头、没黑没白地常在厂里,加班的时间无法计算。一要钱就难免会有人说闲话。跟钱有关的事他坚决不沾边。这是"神经",还是清醒?

他来到工业泵总厂的前三年里只歇过四天班,这不是有点"神经质"吗? 女儿说他是"工作狂,根本不懂生活";夫人是小学校长,也是大忙人。他顾厂不顾家,不等于爱厂不爱家或"爱厂如家"——现代人也许对此很不以为然:一不相信现在还有这种人;二不认为这种境界值得称道。我却以为用这话来形容他不准确,且远远不够。

一个正处于事业巅峰状态的人,必然要以一种"神经质"般的冲动把全部身心倾注到工作上,一个成功的家庭里出了个奇人,是幸运而非不幸。

六年前公司对这个厂没有办法了,才强行把他借来试试,"死马当活马医"。当时他有很好的职位和很好的前程。他把自己的身家性命交给了这个厂。重要的是,他是内行,是个有实践经验的专家。重新规划设计工厂的未来。果然创造出一个又一个的奇迹:打败了日本的同类产品;征服了英国人;开辟了实实在在前途无量的国际市场;生产出一种又一种能拿得住市场,在全国是头一份的产品,成了同行业的排头兵。六年来赚的钱又可以建三个半同等规模的工厂……

缪建新——是这一系列奇迹的灵魂。

现在,国际国内的工业泵行业,都知道"缪建新"这个名字的分量。他是一团烈火,坚定顽强的烈火。人类对某种事业的痴迷,常会出奇才。哈代说:"人生是不大不小的奇遇",自己奇才能有奇遇,才能抓住或创造奇遇般的机会。

同时,人们一谈起缪建新,就会感受到天津工业泵总厂由能量、动量、质量相互作用而发出的强大效应。我称它为工业泵"场"或缪建新"场"。

想当别人

天津有句俗话:"气人有,笑人无。"

"气人有"是气自己没有,"笑人无"的人也会气人有、气自己无——因为任何人都不可能拥有整个世界,拥有别人所具有的全部东西。

人似乎有一种习性,不想当自己,却老想当别人。老百姓羡慕法官,法官认为当老百姓更自在;有权的想有钱,有钱的觉得有权更好;农民认为进城好,城里人觉得到农村发财更容易;个体户想成为知识分子,知识分子想经商……这山望着那山高,一山更比一山高。比起现实,人们更喜欢憧憬。对命运抱怨过多,就会生成许多不满足感。欲望跟自己的实际情况不相称,就容易被欲望出卖。

——这并不等于说人不该有理想、有雄心,有广泛的兴趣和更多的希望。

但,为了影子而抛弃实体,不以事实看现实,而以欲望看现实是不明智的。总以为自己没有的东西才是最好的,才是自己最想要的,从虚幻不断移向虚荣,久而久之,精神落入一种沮丧。如王尔德所说:"野心反倒成了失败者的最后一个避难所。"对自己失去信心了,才想去当别人。人在青少年期总要接受别人的影响,将来要成为像谁谁一样的人物。到成年实现青年时立下的目标,是幸运的成功者。更多的人常常远离自己,不停地寻找自己。人到老年才可守住自己,到那时也只能扮演自己了。为什么老年人一般都性情平和、沉稳,因为放弃了许多东西,只剩下自己了。其实人的生活难得十全十美,各有不同的苦乐。要有确信自己独特的主见,承认并发扬自己的独特性,就有创造力,就能享受自己的生活。如今自我感觉良好的人多了,有危机感的人也多了;相对来说每个人的钱都比以前多了,更不满足的人也多了;抱怨怀才不遇的人少了,有感激心理的人也少了。总之,每个人到世上来都要扮演一个角色,有朝一日"你演完戏下了台,找个合适的位子坐下来,好好观赏。如果你已尽力演过你的角色,坐下来欣赏时你会觉得更充实"。

守住自己

许多人羡慕他,刚五十岁,该有的全有了:职称是编审,到头了;职务是主编,在编辑这一行里也算到头了!

只有他对自己满意不起来,甚至有一种日益强烈的恐慌和危机感。他已没有竞争的锐气,多年来吃太平饭吃惯了,他不相信自己除去当编辑以外还能找到其他工作来养家糊口。

正值盛年,生命应该是硕果累累的成熟期,他却感到自己急剧萎缩,精神越来越封闭,敏感而脆弱……

越来越不会交际了,害怕联欢会、茶话会及各种各样的聚会。见别人热热闹闹,谈笑风生,他却插不上嘴,格格不入。虚伪的套话不愿说,应酬得体的妙语找不到。呆板僵硬,浑身别扭。还容易给人造成许多误解。

越来越害怕上街,害怕去买东西。到国有商店去,怕受服务员的轻慢和冷言冷面;到自由市场去,容易上当受骗,更受不了个体户的纠缠,油嘴滑舌转眼变成恶言恶语,你多看他一眼或碰一下他的东西,都有可能惹出一场麻烦。论嘴他说不过人家,论吵他也吵不过,论打他更不行。忍气吞声心里又搁不下这羞辱,长时间扯解不开,在心里形成一块阴影,便更觉活得窝囊,瞧不起自己。

别人撞了你反骂你没长眼。别人惹了你,你往后退,人家反而向你眼前伸拳头。他心里常冒出这样的念头:如果再年轻二十岁就不顾一切地去少林寺学一点功夫,不为欺人,只求不被人欺。如果以他现有的成就、地位去交换一身能够自卫的功夫,他会非常高兴。他相信艺高人胆大,有本事自保,喘气就舒畅,生活的空间和自由度就大……

现实使他的生活越来越封闭,除去上班就待在家里,不愿与人来往,不愿与外界接触,一切都没有意思。他像个玻璃人,仿佛一碰就碎。越不愿意与外人打交道,免不了非打交道不可时,就更容易受气、受骗。他处处不适应,觉得难以在这个世界上生活下去,他没有这样的能力。这生活属于下一代人。这不是一个诚实内向的人生存的时代……

联合国卫生组织(WHO)公布了健康的新定义:"健康不但是没有躯体缺陷,还要有完整的生理、心理状态和社会适应能力。"

依据此标准,他显然是得了一种"生理、心理状态不完整和缺乏社会适应能力"的病。一个老实巴交的知识分子在处于转型态的社会很容易得这种病。而且社会严酷地拒绝再发给他们一顶"清高、孤傲"的颇为漂亮的帽子遮丑。他们将被公开讥笑,被指斥为"没本事"……

怎样医治他的病呢?

社会是不承担责任的。智者有如下药方:"生活就是更换,在失去一切的情况下要做到容忍一切。"

"最聪明的处世术是蔑视社会的旧习,而且过着与社会习俗不矛盾的生活。"

世界上聪明人很多。如果聪明人得了病,用聪明人的话可以医治,那天下就会太平无事了。

情　结

他感到自己真的很老了。这并不是因为他活得年头长,而是他的回忆太多了。现在没有人还需要他、喜欢他。他自己也不喜欢自己。人生之旅接近最后一站,却发现自己什么也没抓住,只剩下一团沉重的回忆。

越是想忘却的,越是记得牢。越是不愉快的事情,越要想个没完。他这一辈子的收获难道就是跟自己过不去?

他几乎无一日不梦见或不想梦见家乡的人和事,村边的树和那个大水坑……日有所思,夜有所梦,使他的思乡之情与日俱增。他渴望看看老家的房子,见见乡亲和儿时的伙伴,在村东那棵大梨树下站一站,到庄稼地里转一转……这是他活着的最后一个愿望!

在交通工具相当发达的今天,实现这样一个愿望不是易如反掌吗?

对他来说却难于登天。他不敢回家,甚至不敢向别人提起自己是哪里人——当年为了打开根据地的局面,他斗地主、打恶霸,也杀过一些人。这些人的子女都已长大,且多数是致富能手,在村里有钱有势。有亲戚在海外的也多是这样的人家,他们经常衣锦还乡,给家乡捐点款,做点善事,受到省、地、县、乡等各级领导及本村父老乡亲的远接高迎,放鞭放炮,毕恭毕敬,献媚赔笑,比当年欢迎八路军进村还热情。

他回村又将受到怎样的对待呢?欢迎的场面和笑脸是肯定不会有的。冷淡和冷眼无疑是对他的报复和惩罚。倘若背后再有指指戳戳、讥笑嘲骂,简直就是要置他于死地了!

然而他又何错之有?

他可以像当年一样,在夜间偷偷摸进村去。但进村后该敲哪一家的门呢? 人家还会像当年那样欢迎他吗?

越回不了家乡,越想回去。越想回去,越怕回去。他陷在自己设的陷阱里。疚痛于衷,这苦恼深深地钻进他的心里。出于自尊心他不愿意承认,更不能讲出来,这苦痛就越来越膨胀。

他曾经选择了强大和正确,便憎恶忏悔。认为一切忏悔都意味着背叛,都是软弱和怯懦的表现。他无法再从头活过。他的信念像冰一样死板和粗糙,且一点点在融化。

也许真像俗话说的,人生就是骑着马找马,跑得越快,出去得越远,越容易迷失自己。他把自己丢在了什么地方? 困在了什么地方呢?

人为什么要说谎

一对和和美美的年轻夫妻突然吵得天昏地暗,使邻里们想装聋作哑也不行了。我明知夫妻间吵架外人越劝就会吵得越凶,还是走了过去。人家打翻了天,再坐视不管,于情于理都说不过去。

孩子用母亲叫他买油的钱做了他用,且说谎。女人向男人告发,男人下狠手打孩子。女人心疼又护着孩子。男人盛怒,认为孩子说谎就是被女人惯坏的。于是爆发了三口人的一场混战。

我先叫孩子躲到我家去,剩下三个大人就好说话了:

"孩子第一次说谎你们就发动一场这么猛烈的风暴,其结果不是告诫孩子今后不要撒谎,而是给他一个教训,今后说谎要更巧妙些,不让你们觉察。我敢肯定,孩子今后还会说谎,其他孩子也一样。因为我们这些做大人的,没有一个敢说他从没撒过谎,也从没有被人骗过!萨特说:'谎言不是我制造出来的,而是阶级分化社会的产物。因此我一出世就继承说谎。'陀思妥耶夫斯基讲过,唯有那些缺乏机智的人才讲真话。早在十六世纪末一个叫巴托罗缪的西方人就写了本《说谎手册》,赞扬了一大批卓越的说谎者,声称'说谎是上帝赋予人的能力,它使人有别于其他动物'。有些人类学家居然很推崇这一观点。世界每年都举行说谎比赛,去年在英国坎布里进行了一百九十届说谎大赛,并规定'政界要人,不得参赛,因为他们是'职业说谎者'。来自对九十年代新世界道德品质的一份调查报告说,'美国人人都在说谎。总计说谎的占百分之九十一,说谎的男性比女性多'。一九九〇年,英国十个秘书中就有七个为了讨好老板要吹牛……"

夫妻俩被我说蒙了,早已停止了吵架。

"您在鼓励说谎?您是说说谎是应该的,无法禁止的?"

"我刚写了篇短文叫'当代骗坛',所以对说谎的资料倒背如流。目的是让你们先冷静下来,正视生活中存在着大量谎言这样一个事实,就知道不说谎有多么难。正因为难,诚实才更可贵。古人说,人之操履无若诚实。意志薄弱的人难于诚实。其实大智大慧的第一要素是诚实,诚实是生命中最重要的,唯诚实才有真正的人生和坦荡的欢乐。既然如此人们为什么还要说谎呢?为什么对谎言不像对其他罪恶那么深恶痛绝呢?有人说谎是出于恶意,为了欺骗,为了伤人。有些谎言并无恶意,甚至是出于善意,比如:为了保持一份快乐,丈夫饭后高高兴兴地想拉妻子去散步,妻子已经很累了,不愿去散步,为了不扫丈夫的兴,就谎称自己也正想去散步。或者有了不愉快的消息或不幸的消息,如挨批、挨斗、丢钱包、得了绝症,说些保护性谎话,不让对方担忧、生气等等。奥古斯丁认为,谎言有八种。有的时候人们宁愿听信谎言,却不肯听信真话,面对真话是冰,面对谎话是火。世界上没有比人更会创造,更会伪善的物种了,而人们偏偏不是把人想得太坏,就是把人想得太好。谎言就其本质来说是人类对自己的惩罚和戏弄,有善意的谎言却没有有价值的谎言,任何欺瞒都没有永久性,一旦揭穿必然会构成伤害。说谎大师希特勒宣称:'广大的群众容易被大谎言所愚弄,反而不易被小谎言所欺骗。'正是他的大谎言不仅毁了他的国家,给半个地球造成严重灾难,最后也彻底毁了他自己!"

我的话题扯得太远了。但这总比吵架要好听得多,至少不干扰邻里的生活。我准备来几句结尾,然后抽身:

"尽管人生中最困难的是不说谎而生活,但世上绝大多数善良的灵魂必须生活在诚实中,真诚营养灵魂。有些人自己不得已说了谎,却渴望别人对他诚恳。正如卡夫卡所说,不可能存在没有真实的人生,真实就是指人生本身。"

迷　失

他曾经那样害怕退休,叫组织处想办法把年龄改小了三岁。声称当初为了参加革命故意把年龄说大了三岁,现在为了革命工作应恢复真实的年龄。发昏当不了死,最后他还是退下来了。当时真应该叫组织处一下子减去十岁! 翻三覆四,改过来改过去,闹得他自己也搞不清到底哪个年龄是真的,哪个岁数是假的了。

有智者说,一个男人自己感觉有多老,他就是多老。他始终感觉自己没有老,还必须抓住点什么。一个袖珍收音机便成了他的魂儿,一刻也离不开。外出散步举着它,睡觉时把它放在枕边,在家里待着没事也时时刻刻举着它——因为他想听、想看的东西别人不喜欢;别人想听、想看的东西他不喜欢。要想大家相安无事,他只有抱着自己的收音机。百听不厌的是新闻,没有新闻听什么都行,只要有声音。有时没有声音也行,只要举着收音机,就说明他还活得有生气,别人还知道他关心这个世界,跟这个世界还有联系。

他认为自己还没有老的另一个根据,是肝火旺盛。人老了性子都会变绵软,变油滑,谁敢说一个敢怒敢骂、能吵能闹的人老了呢? 他在自由市场跟卖菜的个体户吵架:

"你知道我是谁吗?"

"你就是皇上二大爷还能把我咬下去一块吗?"

他气得浑身哆嗦,打电话叫公安局把个体户抓起来。公安局来人反倒把他送回了家。

他甚至正在丧失生存所需要的智力和体力,却自以为眼睛还能看出许多问题,有太多的想法要说出来,但没有人愿意听他说话。于是他就发脾气、生闷气。

有一天他气哼哼地举着收音机,选自己喜欢的路走下去了。到中午他想回家吃饭,却不知自己身在何处,没有记住来的时候拐了多少弯、经过了多少岔道口。他有雷打不动的午睡习惯,只好选个背风向阳的道坡搂着收音机先睡一觉再说。

到了晚上还不见他回来,家里人着急了,老伴儿找到他原来工作的单位。单位很重视,立刻带支票到电视台登寻人启事。决定第一天晚上登四次,每隔半小时一次。第二天登四次,第三天,中午、晚上各一次。如果还找不到人就继续登下去。其实当天晚上十点多钟,一个好心的农民就把他送回来了。他进门的时候,电视上正播放寻他的启事,还配有一张他的标准像。

他问:"这又是谁死了?"

老伴儿没好气:"这是寻人启事,三十秒钟二百五十块!"

他说:"这老家伙真够饯,都不认识路了,还跑出去干什么?"

老伴儿:"你仔细看看那是谁?"

他勃然大怒:"混蛋,这是谁的主意? 这不是成心寒碜我吗? 让全市的人都知道我是不认识家的老糊涂、老痴呆……我只是散步迷了路,怎么能说是走失?"

寻他的启事按原计划在电视上播放了三天。他成了家喻户晓的老年痴呆症患者。单位老干部处的一个人说:"反正钱也交了,不播白不播,多播几次没坏处,再走丢了就省事了。"

他不再出去管闲事了,也很少说话。偶尔只跟收音机嘟囔几句……

难得一笑

一位年轻的摄影师别出心裁地把相机放在肩膀上，让镜头对着后面，在天津市最繁华的劝业场一带转悠，一边走一边摁动快门。不看镜头，不选景物，可谓胡拍乱照。他认为这样的照片排斥了摄影者的选择和被拍摄者的做作，排斥了一切人为的痕迹，具备最原始的真实，因而也最有价值。

权当试验，他拍摄了五卷胶片。冲洗出来之后，却被自己的"杰作"惊呆了。当我看到这些最自然不过的照片时，也感到触目惊心……

有特写，有大的场面，上面是几百张面孔和各种各样的表情：有晦暗的、猥琐的、迟钝的，有的眼睛盯着地下随时准备捡钱包，有的斜眼看人，有拉拉扯扯的、你拥我挤的、怒目而视的、勾肩搭背的、张嘴大叫或大骂的，或孩子大哭、大人顿足的，就是没有一张笑的，那种温柔的慈和友善的自信的抑或是畅怀大笑、礼貌微笑。虽然这是在没有任何人的参与下由相机自然拍摄的最自然不过的景物，却没有那份平和、宁谧、欣然、无所得失的自然，而是紧张、嘈杂、不安。

应该说中国人最懂得笑的好处，最崇尚笑："尘世难逢开口笑，菊花须插满头归"，"一笑解千愁"，"笑一笑十年少"，"笑是两个人之间最短的距离"……人们愈是大讲笑的好处，鼓励大家多笑，愈是证明笑是多么难，几乎成了一个问题。

于是，聪明人想出了各种让人发笑的办法，分技巧派和心理派。技巧派主张用技巧使人发笑，有缘有故可以笑，无缘无故也可以笑。比如一九四六年在上海的诗人节上，郭沫若上台发表演说，开口时没有说话,却像"天真的孩子似的狂笑不止","竟笑得前俯后仰,放浪形骸",带动大家一齐开怀畅笑,连笑三次,每次"足有五六分钟",传为佳话。这是感染别人和为别人感染而笑,不放过任何笑的机会。技巧派还给人们出主意,平时多照镜子,镜子仁慈,允许所有的人都对自己有美好的评价,所以照镜子会引起自己发笑。还可以把各种人物大笑的画片收集起来经常欣赏,也会令你发笑。至于多听相声、多看喜剧节目,那是谁都知道的。

心理派的主张就比较复杂了。大笑是全人格的展现,人们要想笑就必须开启欢喜无量心。没有自信就没有笑,人们要想笑就须对自己的生活充满信心。常笑者幸福,人们生活得幸福轻松,自然会笑。也正因为人类有痛苦,才又发明了笑。人在动物界是唯一具备笑的机能的动物,不充分的笑实在是辜负了人生。为了让人多笑,美国的威廉·格朗特教授通过研究得出结论:"一般人如每周哭泣超过三次,每次以五分钟计算,那会对身体十分有害。"万不得已非哭不可,每周只哭一两次,每次哭几声就赶紧打住。总之,哭不如不哭,不哭不如笑。

当然不是奸笑、阴笑、冷笑、皮笑肉不笑等让人讨厌的笑。

如谜的人生

圣诞、元旦、春节、元宵……中国进入节日期。贺卡往还,作揖拱手,祭拜神鬼,吉祥话满天飞,为的是祈福、祈寿、祈财,总之是祈求好运。

好运需要祈求,就说明人们还不能有信心地把握自己的命运。节日期间越发对命运生出几分敬畏感,烧香拜佛,格外重视吉利的话,希望能给自己带来好运。

这更增加了命运的神秘色彩。正因为命运是不可知的,所以大家才活得有兴味,活得积极主动,尽心尽力。

倘若每个人从一生下来就对自己的一生了如指掌:会犯什么错误、该有什么成绩、什么时候生病、什么时候死,提前都一清二楚,活着还这么有意思吗? 还会努力吗?

人活的就是这股神秘劲儿。

占卜问卦,求助特异功能——即便是非常相信这一切的人,也不敢把自己的命运完全交付给预言家。因为预言家也不能准确地预言自己的命运。

也曾有伟大的先哲劝诫芸芸众生,"要扼住命运的咽喉"。恶狠狠把命运看成是与生命相对立的东西,不"扼住"它自己便不能活得好。先哲本人是否算扼住了? 扼住了是否真的就好一些?

可见谁也无法洞彻未来。这使不可知又无法回避的人生,有了永久的魅力。不仅每个生命都活得津津有味,而且关于人生的话题谈得最久、谈得最多,而且谈不厌,谈不完。圣贤谈,凡人谈,听别人谈,自己也可以谈,各谈各的,都是自己的感悟,都有自己的道理,又都难以放之四海而皆准。听起来有道理,跟完全瞧着去做是两回事。每个人的先天遗传、后天经历、性格、机遇都不同,人生之路也不同,怎么可能按照一种模式去生活呢?

千差万别的变化莫测的人生才构成了这个多姿多彩的花花世界。

正因为每个人的人生都不同,世上有多少人就有多少种不同的人生,所以,人生之谜才解不透,才能引起所有人的兴趣。

据说人只有在走完人生之路,生命行将结束的时候,才会对自己的一生真正大彻大悟。知道哪儿做对了,哪儿做错了,路应该怎样走,步不该怎样迈……可惜已经晚了。许多人甚至来不及将这至为深刻的许多感悟说出,就已经撒手西去。这些关于人生的真正经验之谈,生命之树上的最后一朵智慧之花,便无法保存下来,对己无益,对人无助了。留下后来的人继续在人生之路上摸索。

所以,智勇之辈在懂事以后,或在生命力强盛的时候,就想解开人生之谜,倘不如意,还有补救和改过的机会。不是听天由命,随波逐流,而是积极地去解、去争取、去创造一个让自己满意的人生谜底。从积极的方面去理解,"扼住命运的咽喉"也是这个意思,告诫人们不要屈服于命运,要掌握自己的命运,或者为自己创造一种理想的命运。厄运来了抗争,不逆来顺受;好运来了抓住,不错过任何一个机会。既不在"贤明的考虑"和"愚蠢的行动"中度过一生,也不愚蠢到很容易就满足的地步。

于是,世界上便有了许多幸运者,他们的人生是成功的。到晚年回味一生的时候,少一些悔恨,甚至没有悔恨,只有欣慰,含笑而去。

人生之谜是人创造的,也创造了数不清的绚丽多姿的人生。就看每个人是被迷昏,还是去解谜。

欢乐的残酷

在十一月十八日的报纸上有两则关于作家的消息：一则是四十二岁的茅盾文学奖的获得者路遥猝然离世，令人扼腕；另一则是七十八岁高龄的一位老作家与小他二十岁的一位副教授喜结连理。

这就是生活。它有巨大的包容性。不论发生什么事情，生活都不会停止。

在这一天还有更多的丧事和喜事同时进行，对某一个当事人来说是碰巧了，纯属偶然。从一个大的范围来看并不偶然，是必然。有人哭，有人笑，喜事和丧事同时到来，生活就是这样强大，脆弱多愁的人认为它过于残酷。

我得到路遥早逝的消息，也是在两个作家开办的一个经营公司的揭幕庆典上。在一片喜气洋洋的气氛中只能默哀一小会儿，暗暗神伤，将头一杯酒不被人觉察地洒到地上，以奠路遥亡灵。然后该说还得说，该笑还得赔笑，甚至该喝还得喝。

倘因一个朋友的死而搅了另一些朋友的喜，就太过分了，会扫了许多不相干的人的兴。在欢声笑语中只你面带哀伤，又会显得做作和不协调。

我方知欢乐有时也会很残酷。

其实生活也像一匹烈马，你若驾驭不好它就会被摔下来。

我原以为路遥有一副"不坏金身"。看上去他也确实像本钱十足，矮胖，粗壮。他自己也许正是这么认为的。据他自己讲，进入写作状态以后，生活就乱了套，全无规律可言，就像小说的情节发展毫无规律可循一样,一切服从他的写作情绪。什么时候饿了,就到外面的小摊子上买点最便当最充饥的东西吃。如果是深更半夜感到饿了,也只好挨着,等天亮后再说。天亮后倘写作又来了情绪,也许把饿又忘了……

他的家呢?

他有家。但他没有协调好家庭关系。据传恰恰是在他病危的时候接到了离婚通知书。据当时在场的朋友讲,他神色如雪上加霜,甚为悲凉。

他可能不知道自己的肝有毛病,即使知道也不会相信有大毛病。他很少谈病,也不见他把自己当病人看。有的人的病也许不比他轻,而且闹得全世界都知道他有病,老像要崩溃,却依然活得好好的。在前几个月路遥曾大病过一次,那是对他的警告。可惜他没有接受这警告,病未全好,他却自以为没有问题了,又去了延安。在延安又发病,送回来就直接进了医院。从此再未出来。

花一万多元装修的新居,未能住上一天。

——这说明他对未来、对自己的生活充满了憧憬。

他是近几年去世的一长串中年作家中最年轻的一个。太可惜了!

他是消耗型的人物,只注意事业的质量,忽视了生活的质量。

而许多大师,恰恰是有很好的生活质量才保证了卓越的生命质量和工作质量。

这生活的质量不只是吃、喝、拉、撒、睡,还包括精神方面的因素,诸如修养、怀抱、志趣、气质等等。

生活如同衣服,人们都穿衣服。但不是每个人都能找到自己的风格,都穿着最适合自己的衣服。

人需不断地学习生活,调整生活,提高生活质量,以适合自己,完成自己。

路遥的生活通向自己的追求,也通向死亡——这最后一条路是谁都躲不开的。他只不过为了实现自己的追求而过早地牺牲了自己的生活,给别人留下了许多惋惜和遗憾。但又不能不承认——

他,却是个勇者。

贵族情结

谁能不羡慕她呢？

她有青春，有美貌，有不算太俗气的气质和交际能力，有高大英俊事业成功的丈夫，有一个三岁的胖儿子，有几十万元也许是上百万元的家财（光汽车就有三辆）。

她还缺什么呢？她想要什么还会得不到吗？

只有她自己知道，她的生活里有重大缺陷，或者叫隐藏着重大危机。

实际上丈夫的公司是以她为主创起来的，当时丈夫刚从部队上回来，对分配的工作不满意，成天愁眉苦脸，一副郁悒不得志的样子。她借助自己父亲那非同一般的力量，使公司站住脚并发展壮大了。当时人们曾称她为"女强人"。如今公司成了气候，丈夫让他的兄弟姐妹外甥侄子把住了各个部门的实权，却不许她过问一句公司的事情。

她的任务就是待在家里，管好家，带好孩子。她无意争夺公司的领导权，也不想让娘家人顶替婆家人，她感到自己要失去的比权力和金钱重要得多。

她当"女闲人"当了两年了，成天无所事事，却感到非常累、非常紧张。头发该怎样梳，眉该怎样描，唇膏该用什么颜色，该戴什么项链，该穿什么衣服，见了人该怎样笑，说话该怎样张嘴运舌，走路该怎样摆腰迈步，怎样坐着才能优雅端庄……只要两个人在一起，丈夫无时无刻无事无处不挑剔她、教导她。在社交场合她常感到丈夫的眼光像锥子一样老在盯着她、提醒她。回到家里丈夫对她的管教就更加肆无忌惮,甚至连怎样铺床,在床上怎样躺,怎样哄孩子,她都一无是处。他的理论是在家里要养成习惯,到外面才能做得像,应该从骨子里换个样儿。

到底应该换成什么样儿?他也提不出一个标准。或者他心里有个标准而嘴上不敢说出来。因为他没有见过真正的"贵夫人",只在电影和小说里感受过贵族的场面和气派。

他爱孩子,需要这个家,也不想抛弃她另觅新欢。只是觉得有了钱就有资格跟着社会潮流走,做个上等人。恨不得让自己的妻子一夜之间就具备公主般的雍容高贵。既是自己的光彩,又可以趁孩子年幼就熏陶他、培养他,使他将来成为不同凡俗的人物。为此他可以不再碰她的身体,对她失去了生理的激情。

她虽着意修饰自己,却日渐憔悴。她感到无所适从,不能出去工作,也不能出去上学。中国目前还没有贵族学校,大学里也还没有开设家政系。丈夫经常是早晨出去,到深夜才回来,她很孤独,却又感到丈夫的眼光时刻在扫射着她。

他为什么不研究一下自己的风度、仪态、言谈、举止?虽然西装笔挺,领带一天一换,尽量做出一副严谨的绅士派头。但越想雅就越俗,僵硬、拘谨,骨子里本就缺少那种高贵的气质,脸上也没有静气,常使自己陷入邯郸学步的尴尬。有时也想做出一种潇洒,但没有那份修养,也缺少足够的智慧,强作幽默,其实是贫嘴滑舌,显出小人得志的浅陋。

现在为什么有那么多绝不是傻子的人在做着贵族梦?这些人当然都是趁点钱的、有势力的和出过头露过脸的。他们的自我感觉总是那么好,也许是故意装成自我感觉良好,以追求贵族化为时髦。

有才能,有作为,有一定的社会地位,见过世面,自视甚高,把自己划到哪个阶层都感到掉价,于是就发现自己身上有一种贵族气韵,吃得开,兜得转,会装腔作势,狐假虎威,摆出一副贵族式的傲慢。攀龙附凤,认个贵族亲戚,拉上一点贵族血统。存了点钱,由于政治的体制的社会的经济的种种原因,不去投资扩大再生产,而是投入消费,一掷千金,拥红揽翠,人贵不贵且不去管他,先享受眼前贵族般的生活最为实惠。穿戴奢华,出入高档或所谓上流社交圈子,或发嗲撒娇,或玲珑周旋,或盛气凌人,用姨太太式的风度混充贵族。如果自己这一代算"交待"了,那么就投资下一代,让孩子从小就享受贵族式的教育,现在是"小皇帝",将来还愁不是贵族吗? 等等,各种各样的贵族情结。

什么是贵族? 他们肯定不是"最后的贵族",难道会成为新的一代贵族?

巴尔扎克说过,培养一个贵族需要三代人的努力。那当然是指资产阶级严格意义上的贵族。当前某些中国人的贵族情结,展示了一种社会心态,颇值得玩味。

——大概也仅此而已。

人会越来越丑吗？

单指外表，不包括心灵。虽然外表的美丑和内在素质有很大关系，内在的良好修养流露出来的气质美，使人有一种超俗的魅力，气质是人的综合指标，反映心灵，直接显示人的文明程度。历史上和现实中都有许多外表奇丑而深具大才者和外丑内美者，内在的才智和善良使他们丑得不俗，丑得可敬、可亲、可爱。

这篇短文无力承担讨论人类心灵美丑的大问题，也不想太多地涉及心灵和外表的关系，只想提出一个简单的也许是愚蠢的问题：人类是越来越漂亮呢，还是相反？

两年多以前，我参观日本奈良的一座著名的神庙。正赶上中学放春假，到处都可以看见穿着校服的中学生。见得多了突然生出一种疑问：这些年轻的学生为什么一点都不水灵？

俗话说，鬼在十七八岁的时候都是漂亮的。日本的少男少女为什么不好看呢？

疑问一经提出，就愈觉自己问得有理。再看成群结队的中学生更证实了自己的感觉。但，这样的问题却不便请教别人，只能自己先找一找答案。

——也许是天太热，我太疲乏了，学生们也累得无精打采。大家都处在智商、情绪、身体的最低潮，我的感觉难免没有误差。

——也许是校服的样式和颜色过于沉闷，严肃整齐有余，生动活泼不足，束缚了年轻人的青春朝气和美貌。学生们被镶在一片片黑色的或蓝色的机械僵硬的色块里，能不让人感到丑吗？

　　我还找出了其他一些理由,却都不能让自己信服这样一个道理:中学生们原本是漂亮的,只是由于外部因素才使他们变得难看了。

　　我开始留意观察人的相貌,随时随地,比较各种各样的人,希望能得到有力的证据,证明人类只会越来越漂亮,而不是相反。契诃夫说过:"人的一切都应该是美丽的:面貌、衣裳、心灵、思想。"为什么人类还有丑俊之分呢?还是丑俊本无标准,纯粹是不同人的不同感觉?

　　一天早晨,我在东京新宿地铁站口见到了令人肃然动容的一幕——上班的人如潮水般涌出了地铁站,他们大都相貌堂堂,服装整洁,目不斜视,脚步匆忙,表现出一种目标明确的坚定、自信、紧张和有秩序。女人也一样,气度不俗,一副重任在肩、目标在正前方的匆忙。万头攒动,色彩斑斓,出站后很快疏散到四面八方,紧跟着又会从地铁里拥出一批。那黑压压急匆匆晃动的身躯,不知为什么让我想到了南极那一片片勇敢可爱的企鹅,晃动着身躯,一个接一个地毫不犹豫地投向大海。

　　日本的成年人可比青年人漂亮多了,尤其在综合的气质上。

　　——我对自己得出的这个结论仍然将信将疑。心里埋下一粒怀疑的种子,就像种下一块病,老想着它,老想求得一个满意的答案。回国后继续观察。

　　先观察自己的儿女,拿出他们小时候的照片,非常漂亮可爱,长大后不如小时候好看,却仍然比我们夫妻漂亮。按照我们家的规律,下一代比上一代漂亮,人随着年龄的增长只会越来越难看,而不是相反。正好否定了我在日本的感觉。

　　"孩子是自己的好",我看自己的儿女可能不公正,不足为凭。

　　我留意邻居、朋友、同事及一切我有条件接触的家庭,有的儿女比父母漂亮,有的儿女不如父母漂亮。后者略多些。苦于没有条件进行三代、四代甚至五代的比较,仍然是一种个人感觉,而不是科学统计。

　　在电视上经常见到漂亮的儿童和青年人,中老年人上镜率低,无法比较。在大街上虽然常常会碰到一些歪瓜裂枣般的年轻人,但总的感觉年轻人比中老年人多,也更鲜艳漂亮一些。我站在学校门口观察上学的中学生，感到一股朝气，漂亮的孩子也很多。我曾在大礼堂观察过开会的成年人——那是中老年人最集中的地方，也曾在公共汽车站认真观察上班的成年人，都没有找到在东京新宿地铁站口的那种感觉。

看来靠我自己观察是找不到一个令我自己满意的答案了，只好到医学院请教我熟悉的两位名牌教授。

听了我的问题未假思索首先开口的一位，语气十分肯定：人类会越来越丑。

他的理由是：环境污染，大自然的生态平衡被破坏，人类接触大自然少了，接触化学物质多了，甚至衣食住行干脆就离不开化学。接受的污染越来越多，人类相貌的总体趋势能不越来越丑吗？想想吧，现在有多少奇奇怪怪的无法克服的疾病在折磨人类，癌症还不知道怎样治，又出了艾滋病、办公室疲劳综合征等等，以后还不知又会出现什么病。电视上天天是药品广告，人靠药埋着，能漂亮得了吗？化妆品太多，拔眉毛，割眼皮，天天用化学物质在脸上涂抹，用画出的脸取代自然脸，一旦洗去化妆品，那脸是更俊了还是更丑了？当你在山清水秀的环境里待上一段时间再回到城市，就会感到城里人的脸不是白而是灰。人会不断变丑的另一个重要原因，就是人类自身的退化。不要说人，就说鸡吧，过去有十斤白、九斤黄。现在我们的本地鸡能长到五斤就不错了。个头越来越小，下蛋越来越小，越来越少。所以我们这个有悠久的养鸡历史的国家只能大量进口外国的肉用鸡和产蛋鸡。外国人是靠先进的科学技术用杂交保持优良鸡种的不退化。但人种的退化目前是无法解决的。更不要说人类还有许多会使自己越变越丑的丑行……

到底是教授，滔滔乎其来，把人类打入了十八层地狱。幸好另一位教授持相反的观点。

环境污染可以治理。由于人类的知识多了，文明程度提高了，杜绝了近亲结婚，人种的退化也可以避免。由于食品营养的极大丰富，人们受教育的机会多了，现代人智商提高了，只能会越变越漂亮。

一个有力的证据,现在人们的身高增加了。以北京为例,父亲一代的平均身高为一百六十六点七五厘米,儿子一代则为一百七十点六厘米,母亲一代平均身高为一百五十四点七八厘米,女儿一代则为一百五十八点七九厘米……

你知道这是为什么吗?

当然最主要的是遗传因素。当代人食物营养的全面改善也不可忽视。还有一个原因是人们的生活节奏加快,大脑神经经常呈亢奋状态,刺激大脑垂体激素的分泌。

还可以再给你补充一条,现代人接触放射性的机会增多了,如透视、日光灯、电视机等等。放射性刺激了人的内分泌激素。所以身体增高也不一定全是好事,更不能证明身体增高就是漂亮了。何况也有资料证明,在发达国家,如美国,人体增高的趋势就停止了。

……

两位教授各执己见,谁也不能说服或否定对方。因为他们都是即兴的信口一答,不是经过深思熟虑拿出的专业权威的理论和数据。正像正常人有时回答不了疯子提出的问题一样,卓有成就的专家往往对一个外行提出的千奇百怪的甚至是可笑的不成其为问题的问题,也不能做出令人满意的回答。

没有关系,人类有许多谜,我心里也有许多谜,再增加一个也无妨。只是,今后我将仍然会情不自禁地观察各种人的相貌,设想未来人类的丑与俊。

强　人　怨

这些年我接触了许多企业家，他们像脊梁支撑着中国经济自不必说。每个成功的企业家都有自己的风格、自己的绝招，包括个性和个人生活。

男企业家和女企业家差别尤其大。

没有人把成功的男企业家称为"男强人"。而成功的女企业家常常被人叫做"女强人"。仿佛女人不"强"就不能成功，不"强"就当不了企业家。男企业家有"后顾之忧"的不多，更少有"后院起火"的，起了"火"也不怕。女企业家则不然，为成功个人付出的代价更大。唯恐"后院生变"，而"后院生变"的确实不乏其人。

她，本是回城的"知青"，当过临时工，泥瓦匠的下手，以后承包了一个商店，经营成全市独特的高档海味店，以后又开了一个饭店。能干，能说，会修饰自己，也会打扮丈夫和孩子，让他们吃最好的，穿最好的。房子是她搞的，里面的装修布置是她亲自设计，亲自找人施工，亲自监工验收，总之家里外边都是她亲自操持。她吸收了别的不幸的"女强人"的教训，绝不只顾工作不顾家，更不回到家里还谈工作，惹得丈夫厌烦。她兴趣广泛，刻苦地想把自己修炼成一个"上层妇女"，带着丈夫打网球，听音乐会，进舞厅。丈夫原有一份比较轻闲的工作，他越清闲越不嫌轻闲，干脆就不去上班了，游手好闲，玩游戏机，看录像。中午到她的饭店去吃，晚上一家人在家里变着法儿地吃，享受家庭乐趣。这不是很美满吗？

当然，他有点不争气，变成了老婆的附庸。这又有什么不好？她就是要养着他,把他打扮得体体面面的,当个专职丈夫。这样他必须依靠她,离开她就玩不转,因而他就不会背叛她。这比找个能干的丈夫要好。男人太能干了往往不能容忍老婆比自己更能干,要求女人要为他做出牺牲。更不能接受老婆比自己名气大、地位高、挣钱多的事实。那些有事业心、有自尊心的男人给"女强人"造成的悲剧还少吗?既然自己成了"女强人",还是有个武大郎式的丈夫安全可靠,不必担心后院会"起火"。

某一天她身体不适突然回家,撞见自己的床上躺着位更年轻的女人。她的武大郎式的丈夫并没有被吓坏,甚至轻轻松松地就说出:"如果你不高兴咱们就离婚。"原来他和这女人已姘识多年,并且不断地把她挣的钱慷慨地送给这女人。他感到在她面前自己不像丈夫,更像儿子,尽管他还比她大一岁。只有在这个女人面前,他才感到自己是个男人。

既然是自己把他惯成了游手好闲的二流子,要么容忍他的吃喝嫖赌等恶习,要么离婚。她被这样一个人背叛和抛弃,比那些被能干的男人抛弃的不幸的"女强人"更不幸!

有人说,男人和女人是不同星球上的居民,从来不能互相理解,因而产生了无穷尽的生活戏剧。

一方强,另一方的个性就有被淹没的危险。为保有自己的生活,便会抗争。倘是男方强,女方往往从对方的成就中获得自己的满足,引以为荣,甚至甘愿牺牲自己,取悦于丈夫。即所谓"每个成功的男人背后都站着一个女人"。

倒过来则不行,成功的女人背后不一定站着个好男人。甚至正相反,女人成功就得战胜男人,也许还会吓跑男人。

成功就是争取变化,而改变都会带来风险,你变了,你的配偶也得变,没有人能保险两个人会朝哪个方向变。男人和女人可以在一次次相互冲击中携手前进,这是越变越好。也可以分裂。

在女企业家们参加的座谈会上,常有这样的情况:当谈起工作上的甘苦,个个都有说不尽的话。而一涉及家庭、个人的生活疾苦,顿时哑然。可见不少人家里都有一本不愿当众念的难念的经。

"女强人"永远都面临着怎样克服传统的根深蒂固的性别偏见,如何使家庭生活和职业生活协调一致的问题。

其实世界上有不少成功的乃至伟大的女人背后站着一个强大厚道的男人,如世界级铁娘子撒切尔夫人、丹麦女王玛格丽特二世等。再低一点,美国一百名最杰出的律师之一希拉里·克林顿,其夫是职业政治家、州长,她被公认为是"美国政治家配偶的最佳形象,既是贤妻良母,又是女强人"。她是美国报酬最高的律师之一,年收入约为丈夫的三倍,同时在十七个国民和法人委员会里担任职务。她的婚姻是新闻界的热门话题,她的名言是:"我的婚姻是完美的,充满了爱和友谊。但很深奥,绝不是油嘴滑舌之辈能谈论的话题。"再低一点,德国妇女佩特拉·赖贝尔,当选为六年一届的韦斯特兰市的市长,她的丈夫便辞去自己热爱的职业,跟随妻子来到韦斯特兰市当专职"妇男",从一个"经理人员变成操持家务的人"。走在大街上人们这样跟他打招呼:"您好,市长先生!"——似乎有点揶揄,其实是说他是市长的先生。他都不在意,并向所有男子建议:"每个人都应操持半年家务,这样他就知道妇女所做的贡献了。"

这些材料都是在"三八"节前后的中国报纸上看到的。奇怪的是中国报纸上却极少介绍中国成功妇女的丈夫和家庭生活。《妇女之友》介绍了六名中国女"阁员",其中有五名看上去似乎有家庭,但对她们的先生是何许人也,只字未提。不知这算不算是对妇女的一种尊重,算不算是"大妇女主义"。这能说明中国成功的妇女不存在家庭问题和感情问题吗?

也许东方的男人即使坚定地站在了女人身后,勇敢地毫无保留地支持了她,也不愿站出来炫耀自己。

日本东京一家女性综合中心开办了"男性改造讲座",风靡一时。她们宣称自己的目的是:"从前许多被作为女性问题来研究的课题,实际上是男性问题。我们希望能重新评价男性的生活方式,以改善男性与女性之间的关系。"从来都是男人教女人,现在轮到女人教男人如何做人了。

中国也正在开展这项"改造男人"的运动——这就是许多地方都在热热闹闹地评选"好丈夫"、"好家庭"。有人怀疑最后能不能评出一个公认的"好丈夫"。因为没有一个男人是大家的丈夫,又怎能"公认"其好坏呢? 我倒觉得这种活动是妇女动员全社会的力量教导男人应该怎样当丈夫、当男人。

女人因男人而定义,男人因女人而存在。男人会当丈夫了,"女强人"的感情悲剧就会少一些。

强 人 辩

曾几何时,颇具震撼力、经常挂在人们嘴上的"女强人"一词,由褒义变成了贬义。

优秀的女性厌恶别人把她称为"女强人"。即使对方是真诚的,也会让人感到这封号里含有某种调侃、同情,甚至是轻慢。一般人也不会把这顶桂冠送给自己真正敬佩的喜欢的女人。常常是漫不经心地起哄式地称呼那些能干的厉害的角色:"谁惹得起她,这可是女强人!""怎么说呢?……她是那种女强人,明白了吧?""够倒霉的,谁叫她是女强人呢……"

这就是症结所在。

本来在现代生活里会经常不断地造出一些新名词,也会经常不断地淘汰一些不再流行的名词,这都是正常的。"女强人"一词没有被淘汰,却由一句好话变得走了味儿……

它体现了一种社会心态的变化。

前几年许多地方都有领导有组织地严肃认真地评选过本地的"第一女强人"或"十大女强人"。现在不再举办这种活动了,而代之以选美,评选各种各样的小姐,甚至是"模范丈夫"。

"女强人"被美女和"好男人"所取代,据说是社会对"阴盛阳衰"现象的一种反抗。可是在一九九二年春天公布的全国评选十佳运动员的投票结果,"巾帼"占了八名,囊括了前四名,把硕果仅存的两名"阳刚"夹在中间。

妇女——是最好的男子汉,强大而又优秀。

为什么"女强人"一词会变了味儿呢？

问题可能出在一个"强"字上，容易让人想到五大三粗、高腔大嗓、风风火火、以自己为中心、母夜叉、河东狮子吼、强悍、强横、强行、强压、强词夺理……而人们一般地来说喜欢同情弱者。尤其是"男子汉大丈夫"，容易对"小妹妹"、"小可怜"、"小娇娇"、"女人，你的名字是弱者"等类型的女人投入激情、爱心和责任感。当然，如果你是女皇，又恰恰需要面首的话，也不会没有"男子汉大丈夫"来应征的。

按一般规律来说，越是优秀，被追求的可能性越大，追求的人越多。但，生活，尤其是感情生活，并不总是发生应该发生的事情。否则人们就不会发明"命运"这个词了。承认"命运"的存在，就是承认人生的难以预测、生命的不可规划。千百年来，人们都想能预测自己的"命运"，按自己的心意设计规划自己的和子孙后代的"命运"，到目前为止还没有人能做得到。

我要做的是动员自己的同事和朋友，对当代"女强人"的"命运"做一番科学的跟踪调查，寻出某种带规律性的东西，对今人后人也许不无警示。

"女强人"这个称号也容易使优秀女人自己误解自己。

强者必有其弱的一面。用武林人物的话说，即便是练就了金钟罩铁布衫、刀枪不入之身，也还会有某个部位练不到，最脆弱，不堪一击。何况不会任何功夫的肉体凡身。

一个向前跑得快的人，脚跟必然提起，身体悬浮，最容易被外力绊倒。

谁能说名歌星毛阿敏不是个成功者、其影响不强大呢？可是又有谁能想得到她名气那么大却会被一个无名小辈再一再二地坑蒙拐骗、打骂、凌辱，直至被赶出家门，"捂着满是血的脸，在大街上游荡，满目凄惨、悲凉，想到了死……"

——这不是一个典型的弱女子的哭诉吗？

香港著名歌星梅艳芳告别歌坛后也讲过一番话："我自走红后，多年来一直戴着强硬的面具，太久了也很辛苦。我毕竟是个女性，也想有个好丈夫,奈何外表太强,好的男人见了我都掉头就走,不敢靠近……"

正是由于许多"女强人"的不幸遭遇,才使她们自己不愿当"女强人"。也使别人改变了对"女强人"一词的看法。

所谓"女强人"的不幸,大致有这样几种类型:

一、女人一旦发现了自己的潜力并迷上了一种事业,就容易"魔怔",一天到晚满身满脑满嘴净是工作,无暇顾家。轻者使亲情疏淡,重者自己的位置被别的女人替代,家庭解体。

二、由于自己太强,丈夫不愿生活在她的阴影里,被一个远远不如她的人抛弃。

三、由于太能干,名气太大或者说成就显著,不仅被女人妒忌,也被男人和社会妒忌,成为谣言追踪的对象,成为小人攻击的靶子,容易遭受陷害和打击,甚至会成为某种社会思潮的牺牲品或权力斗争的受害者。

四、在外面是强者,在家里是贤妻良母,绝不偏废,里里外外一把手,包打天下,事必躬亲。惯坏了孩子和丈夫,俱不争气,坏男人是妻子培养的。为了维持一个形式上的家庭,躲开世俗偏见的攻击,忍辱负重,委曲求全,痛苦自知。

五、曲高和寡或命途多舛,未遇知心知音,宁可选择独身,终年品尝孤独,也不冒险踏入不幸婚姻的陷阱——这一条未必是优秀女子的不幸,说不定是大幸。一九九二年第一期的《妇女之友》杂志,介绍了中国内阁中的六名妇女,其中有一位就是单身。曾任全国第五大企业的燕山石油化工总公司的技术员、技术科长、副厂长、总工程师、副总经理、总公司党委书记、北京市副市长,政绩卓著,且仪表优雅,生活情趣广泛。"酷爱交响乐",喜唱歌,是"漂亮的女中音"。善舞,"她的交际舞舞姿大方洒脱,还时常在工厂'领导服装新潮流'。在出任副市长期间,她的发式又成为北京市许多中年妇女模仿的'样板'"。她的名言是:"要成为生活的主人,不能让别人左右我,更不能让舆论左右我。""不畏人言仍从容,女子到此是豪杰。"

充满魅力和神秘感,内心是强大的。

　　不幸多发生在外强内弱的人身上。大凡"女强人"，都是不同程度的"名人"，她们的不幸容易产生"轰动效应"，被社会舆论大加渲染。

　　不是"强人"的妇女就不会发生这样的不幸吗？恐怕未必，也许更多，只是没有力量形成"轰动效应"罢了。

　　女人遭遇不幸是因其"强"，还是因其"弱"？

　　成为"女强人"离不开这样几种因素：性格、遗传基因、人生机遇、生活环境、所受的教育和训练。"女强人"这个词本身就带着一种对女性的偏见，好像是男人的把戏。

　　为什么没有"男强人"这个称号？是男人里没有"强人"，还是男人就该"强"，"强"也不足为奇？

　　"女强人"应该是指那些要强、坚强、强大、强劲，在工作上有所建树的妇女。统观这样的妇女，还是幸运者占绝大多数。中国有一种世俗偏见，认为女人不论在事业上多么成功，只要家庭生活不圆满就是不幸的。

　　其实，只要是个女人，就有极大的机会获得中国式的圆满的家庭生活。绝大多数的中国妇女都是这样的幸运者。

　　但，一个女人在事业上取得成功，需要个人付出更大的努力，更艰难，是一种更不容易获得的大幸运。两全更好。倘不能两全，如果想干一番事业的愿望大于顺从丈夫保持和睦关系的愿望，那就不要后悔，取得前者的成功也是一种幸运。

　　即便按世俗的标准，综观当今世界上的成功女性，从女王、女内阁成员到女警察局长、女法官、女企业家、女演员、女运动员，也大都有自己满意的家庭和感情生活。

　　所以，"女强人"不仅对社会有突出的贡献。作为一个完整的幸运的人来说，她们也应该受到社会的羡慕和尊重。

　　"女强人"抬不起头来，是社会的不幸，感到羞愧的应该是社会，而不是她们。

人情这把锯

当今世界，人情味淡了，还是更浓了？

看看春节前各单位发东西的情况：凡是过年需要的东西都发，职工想到的发，想不到的也发，真是意外之财，意外之喜。年前的十几天许多单位的出勤率几乎达到百分之百，因为谁也不知道今天又会发什么好东西，不能错过。一个单位好坏就看逢年过节给职工发什么东西，发多少东西。好的单位发的东西自己吃不了用不完，连送礼都够用。而且从单位里分东西心地坦然，不存在欠谁的人情还谁的人情的问题，官的！于是年味浓烈，喜气洋洋，分吃分喝真忙。社会的优越性、单位的凝聚力、人间的温情，就这样制造出来了。"得=德"。

再看看春节前后拜年的队伍，有自发的，有有组织的，热情高涨。年真是好东西，使所有人脸上都挂笑，脾气都变好了，气色明朗而温和。作揖拱手，吉话连篇，春意浓浓。世情被一种祥云紫雾托浮着。聪明人都不愿意在这种时候拨云开雾偷窥人间的不快。劳作了一年，矛盾了一年，更不想让不快在年关仍留在凡间惹祸。

春节是一场伟大的魔术，世界的本质不改，但人人都在变化，人人都利用这次魔幻的机会，花样翻新。今年的花样是从农历腊月二十三以后拜年的队伍就开始出动了，到大年三十的下午收兵。正月初五上班以后拜过的重拜，没有拜过的接着拜。老祖宗有规定，不超过正月十五拜年就有效。总之，最好占公家的时间，坐公家的汽车，有公家的礼品，嗑着联欢会剩下的瓜子。大家都有得无失。

有人总结出一句话："会工作不如会拜年。"

　　真正过年的黄金时间——从大年三十的晚上到正月初四，人们都喜欢待在自己的家里，与家人团聚，吃想吃的东西，看想看的电视节目，享天伦之乐。如果在自己的黄金时间里还要出去拜年，那一定是真朋友，近亲戚，有一等一的交情。

　　谁还能说当代社会缺乏人情味儿？古往今来都有人想恒久地留住春节的美妙："要是天天过年该有多好！"

　　对我来说一年当中幸好只有一个春节，差不多提前一两个月就开始犯愁。由盼过年到半喜半怕到怕多喜少——这个过程不知从什么时候又是怎样发生的。最现实的是今年给谁去拜年？都带些什么东西？亲疏厚薄，微妙关系，无不费心斟酌。

　　以往每年都去拜过的"老关系户"，照例还要去拜，绝不能由自己这一方主动断交。淡漠已成为现代社会的道德，再想交出以前那样的朋友不容易了。尤其不能让工厂的老朋友们骂我"变修"、"忘本"。根据自己的经济条件准备的拜年礼品应尽可能是不太庸俗的新奇实用的。万不可抠搜疼钱，让人感到你是在应付人家，瞧不起人家。

　　更难办的是借拜年还人情，人情债如同金钱债，欠了是要偿还的。办事难，活得也不容易，几乎抬脚动步就得求人，就得欠人情。说一件小事，人活着离不开水，去年夏天我的水管子坏了，住公家的房子，规规矩矩按月交房租，走正门到应该给解决这一问题的房管站去了三趟，也请不来修理工。最后只得找关系托门子走后门送好烟，没水吃的困难才得以解决。你应该把要求得到的变成请求，应该责怪的变成感谢，他们应该干的变成施恩于你。更不要说孩子上学、分配工作、求医看病、联系业务、评职称、分房子等等对一般中国人来说无法躲避且难度更大的事情，怎能不求人！

　　公事私办，私事公办，节外生枝，起伏跌宕，困难重重，环环紧扣。连跟文学毫不搭界的人也喜欢说："这件事真够写一部小说的！"每年都有许多不相识的人自愿为我提供写作素材。事事都像小说，人人都在制造小说材料，可见生活之复杂和离奇。

　　万事无求于人洒脱自在清高自重的境界不属于一般人。一般人活着就不能不求人。而且办一件事只求一两个人往往还不成,谁也不是万能,要朋友托朋友,引线穿针,撒网捕鱼。我改装一回暖气竟欠下了近二十份人情。

人情愈欠愈多,需要去拜年的名单愈拉愈长。我活在世上好像只欠别人的,没有人欠我的。智者早有名言:"人情是一把锯,有来有去。"锯是物质,人情债可以用钱还。而且求人办事,联络人,说服人,用钱有的时候比用感情用道理更有效。钱能解决问题,人自然就轻,情自然就贱。但生活中金钱和人情并不总是成反比——不能简单地认为金钱意识强烈人情就淡漠。现实生活中往往有物质交往人情就在,人情味就浓,有钱能买到一切还愁买不到人情吗?相反,没有物质交换,只剩下人情,那人情也常常靠不住。

这毕竟是商品社会。

问题是限于自己的财力筹办许多份"不太庸俗的新奇实用的"拜年礼品,谈何容易!偏偏我所在的单位又是个清水般的群众团体,过春节什么东西也不发(难怪文人们没有凝聚力)。平时一拖再拖,拖到年关再也拖不过去了,春节必须大还债,"年难过年年难过年年过"。

谁也无法规定无法预测人与人应该保持一种什么样的关系,也不必为人情味的多少担心。世事识不破,人情看不透。正因为如此,不管世界发生什么变化,人们都活得有滋有味。

活着的学问

"活到老,学到老。"——学什么?

学活着的学问。不学难道还不会活着吗?

有可能。甚至会越活越觉得自己不会活。

一个朋友,三年前与他恩爱非常的妻子故去,悲痛中曾发誓不再续弦。最近打电话给我,想再娶。这老夫子终于打熬不住,也属常情。我揣度与他般配的女子应该是温良贤淑的一类……

他却直言震耳:"不要温柔的,要疯狂的。要不惧怕同类,敢吵敢骂敢打架,能保护自己也能保护家里人,会办事会买东西的!"

"你是想找个泼妇?"

"最好是河东狮子吼。"

"你就不怕受气?"

"受老婆气总比受外人气要好!"

他是厚道人,被逼到这一步一定是生活出了什么毛病。我提上一瓶酒去看他,表面上他没有什么明显的令人不安的变化,还是那样静默、那样敏感自尊,一副让人感到从骨子里疲惫的倦容。当酒精渍红了双颊,眼睛才开始有生气,舌头也活泛起来:

"我越来越不适应这个现代文明世界了。一个再简单不过的问题,对任何一种高级或低级动物都不存在的问题——活着,却成了一个天天困扰着我,躲不开又解决不了的大问题。别误解为我是在愤世嫉俗,不满意各种不良风气。要说恨,我只恨自己;要说不满,我只对自己不满。年已半百却不会活了,不知该怎样活。在当代,生存成了一大难题。怕上街,不会买东西:因为不会讨价还价,不敢买个体摊贩的东西;由于怕看别人难看的脸色,不会吵架,不愿进国营商店的门。最怕求人办事,诸事宁可自己受制也不求人。像我这种草民,不上街,不见人,不吃不喝,不求人,又怎么能活呢?怕交际,怕说话,怕开会。在社交场合浑身别扭,紧张而又僵硬,手不知该怎么放,眼不知该看哪儿,脸上的表情不知该怎么做,傻愣着很难受,想加入别人的谈话又插不进去,反使自己更窘更难受。总之,我怕人,想起了人的可怕使我对豺狼虎豹、毒蛇猛兽也生出了一种亲近之感。你说,这是不是一种病态?"

"这叫什么病呢? 你对文明人类太绝望了!"

"包括对我自己的无聊无能,也不再抱有任何希望了。"

他走向了极端。我不想陪着他一块抱怨,只能用另一种极端的理论刺激他一下试试。

"老夫子,你是教语文的,难道还不知道什么叫'活'?'活'就是舌头上加水,水舌转动快,如簧如箭,能舔能谝能哄能杀。所谓不会活就是不会用舌搞关系,不会加水。而人的一生就活在各种各样的关系里,命运的实质是一门关系学。官运亨通,升级发财,在政治风暴中永不会倒,光碰上好事不遇到坏事,都要靠人缘儿。"

"这个世界是一盘棋,人活着只有两种形式:赢和输。赢家和输家又怎么能搞好关系呢?"

"真要那么简单就好办了。连发明复杂难懂的'相对论'的爱因斯坦都说:'物理很单纯,人际关系很复杂。'真诚就简单,虚伪就复杂。而生活从来都是真不真,假不假,真中假,假中真,真真假假。简单的真诚碰上复杂的虚伪就容易受到伤害。"

"有一种理论认为,世界上原本就没有好人与坏人之分,只有生存方式和生存目的之不同。"

"你老兄的悲哀是对生活缺乏一种顺应的弹性,没有跟着潮流走的勇气,又不甘落寞。即便你承认自己是输家也没关系,输到底也就不会再输了——这是一位象棋大师说的话。"

"你好像什么都是明明白白的。"

"不,有时候说起来明白,做起来犯傻。有时候活得明白,说不明白,甚至连许多很明白的事情一说就不明白了,越说越不明白。人能活得明白自然很好,不明白能够糊涂也很不错,就怕既不明白又不糊涂,专跟自己过不去。"

"我就是这种人。"

"我也是,分析别人的时候头头是道,处理自己的这副皮囊却常常落入别人有意或无意设下的陷阱,受到的伤害很多。而且吃一堑并不都是长一智,仍不能做到在心里时时事事处处设防。不会害人的人往往也不会防人。正所谓性格就是命运。"

"这么说,我们两个该抱头痛哭?"

"不,并头痛喝!"

酒是最聪明的哲学家,能使你明白,也能使你糊涂。凡生命都是脆弱的,真正强大的是无生命。

感情的节律

　　她倒下了,也知道自己不会再站起来了。浑身上下从里到外几乎没有一个地方没有毛病。生下第二个孩子之后她的身体就开始走下坡路,三天两头出毛病。已经不记得有过舒服快乐的时候。到医院又检查不出有什么大病。检查不出来的病才是最可怕的病。她像一棵树,从根上开始烂了。只是没想到会垮得这么快。她还不到五十岁——她不是牵挂什么。没有人需要她的牵挂,在家里她是最不幸的。她还相信别人也不会真正牵挂她。对于一个活着也是受罪的人来说,撒手闭眼而去未尝不是一种解脱。但她就是不能平静地等待最后时刻的到来……

　　她这一生好冤哪!不是白活,而是活亏了。所有的人都欠她的,越是最亲近的人欠她的越多。她好悔,好恨。当初她并不是想高攀,结婚的时候她和他肩膀头一般高,她的政治条件和经济条件甚至还略优于他。他成名以后就变得不是人了。每年都有八九个月的时间不在家,拈花惹草,传闻不绝,她的耳根子就再也没有清净过。她也曾想过,自己也可以去找别的男人,那样大家就摆平了。并不是没有男人对她感兴趣,一个女人只要自己放得开,男人多得很。但她仅仅是偶尔想想而已,活得谨慎,活得自重。现在快死了才明白这谨慎和自重一钱不值。她活得窝囊,活得倒霉。死到临头心不甘,出不了胸中这口闷气。孩子是她一个人带大的,家是她一个人撑持,苦撑苦熬几十年,到头来这一切都是为了谁? 他却称了心愿,那些女人中他会把谁领到家里来做老婆呢? 占她的家,用她的东西……连感情这种东西都欺负老实人！

这时候他回到了她的身边，从里到外如同换了一个人。不分昼夜，一刻也不离开她，对她的护理他几乎不相信任何人，喂药、喂饭、端屎倒尿、翻身、擦洗身体，全由他自己动手，凡是能想得起来或说得出来的、听别人讲的、广告上介绍过的高级营养品和补品，他都想方设法买了来，喂给她吃。随她发多大的脾气，说多难听的话，他不急不气耐心哄劝。他们有儿子、儿媳、女儿，他一个也不指靠。"久病无孝子"，不如自己把一切都承担下来。实在熬不住了，在她平稳的时候就趴在她的病床边上睡一会儿，她一动弹他立刻就会醒来。时间短了没关系，一个月两个月也还能顶得住，她在医院里一住就是十个月。由刚开始的三天两头大抢救，到后来渐渐地稳住了病情，他被熬得又黄又瘦，胡子拉碴，失去了人形。他平时是个爱干净爱漂亮的人，这十个月来他什么都不顾了，包括属于他的那个有名有利有风头有女人的世界。同病室的病友和医护人员没有一个不说她好福气，她有一个天上难找地上难寻的好丈夫。

一开始，她以为他是装的。已经知道她不行了，受罪也受不了几天，干脆就漂漂亮亮地把她送进火葬场。后来才看出，他要是装的不可能装得这么像、装得这么久。她折腾得越厉害他越有耐心，他似乎越苦越累心里越舒服。他是真心盼着她挺过来，活下去。真正有福气的是他，或许是他风流过了，或者说风流烦了风流累了，她的病是命运再一次向他倾斜，给了他一次很光彩的赎罪的机会，成全了他当一个好丈夫的名声。难怪他从不流露一点不耐烦，受累越多心里越安定。他尽了最大的力，甚至可以搭上自己半条命，来护理好妻子。救活更好。救不活，他心里的愧疚也会少一些，不再欠她什么，大家真的摆平了。

这说明他的骨子里还不坏，如果不是他细心周到地照顾挽留，她很有可能已经撒手西去了。不是所有负心的丈夫都能做到这一点。他也可以采取完全相反的做法，才刚五十岁出头，摆脱了她不是可以自由自在地风流吗？

又是一年过去了,她除去半身瘫痪不会再有希望康复,其他脏器可是越来越好,吃得好,睡得好,诸事不操心,面色红润得有一种越活越年轻的趋势。他每天上午一次下午一次,用车推着她去公园散步。他不再外出,隔几天到工作单位去坐几个小时的班。他生活中的主要任务就是做饭和照顾她。她的存在变成了对他的牵累,这牵累又是一种成全。

有他的现在,对他的过去还有什么不可原谅的呢?

他们的人生闯过了五十岁大关,婚姻之船也闯过了暗礁险滩,进入了平衡和缓的航道。一般的婚姻好像都要经历这么几个阶段:由相识到相爱,由相爱而结合,结合后长相厮守便生出许多矛盾,发现了婚姻的缺陷,这时候婚姻最脆弱,最禁不住诱惑。或干脆分手;或同床异梦,一方也许是双方都有了外遇;或互相忍让,继续相处,久而久之生出一种习惯、一种适应,爱也许平淡了,但情还有。年纪越大越互相依赖,互相需要。

他躺在她的身边不失眠,睡得踏实,离不开自己的窝。移情别恋是很累人的,他没有精力了,也不愿意再冒险了。

还有一对也处于更年期的老恋人,久别重逢,两个人意外地都发觉对方很消沉,没有激情,没有接触的渴望,甚至没有握手。因为握手显得太生分、太客套。在没有激情没有强烈渴望的情况下,如硬要做出比握手更亲热的举动,又显得做作和不自然。最好的选择是相对一笑,平静而坐。

他们甚至没有什么话好说了。说"情话"已不可能。"情话"就是蠢话,越蠢越可爱。两人过于冷静,没有动情,没有燃烧,没有氛围,哪来的蠢话!甚至也找不到一个热烈的有趣的话题,只能谈身体,谈病。两个人身体都不好,都有病,都有自己的痛苦,交流对病痛的感觉,交换对现代医药和医药广告的看法。积极给对方出主意,该吃什么药,该练什么气功,该吃什么补品……越谈越没劲,好像他们是一对病友,而不是情人。两个都想改变话题,又谈起了经济形势和苏联问题,两个普通的知识分子,对这些"世界大事"又能谈出什么名堂来呢?他们并不是为了讨论国际形势而凑到一块儿来的。为了不冷场再对各自的工作发几句牢骚。反正牢骚随时发随时有。但发牢骚也要看对象,老发牢骚,特别是跟情人发对工作的牢骚,也没有意思。最后真的落到"相对无言"的地步。只好平静地,其实是冷淡地告别了。

费心机寻找借口,坐十几个小时的火车,浪费许多时间、精力,就为了见面后说几句废话吗?

他回去以后很长时间抹不掉心里的懊丧。向朋友们提出了许多问题——

这种冷漠、平静真的是更年期反应吗?现在有点更年期大泛滥。谁做事有点悖情理,谁说话着三不着两,总之人们可能把一切自己不喜欢的事物称做更年期现象。当这对情人知道自己和对方都进入了更年期,说话做事必格外谨慎小心,避免引发对方的歇斯底里。莫不是一般的情人都闯不过更年期这一关?

他发誓爱她,当初曾几次下决心想跟妻子离婚,与她结合。现在看,当初幸好没有迈出那一步。如果真的跟她结合了,还不是重演一次悲剧!现在跟她在一起还远不如跟妻子在一起亲近、自然、自在。只相爱不相守是靠不住的,热烈相爱的情人熬不过平静相守的夫妻。能够长期相处的就是共度人生的家庭,在生理上、生活上互相扶持,总会处出感情,处得习惯。当然能在长期相处中相爱,是更幸福美满的家庭。不能成为眷属的情人,只能靠爱来维系两个人的关系,而爱有春夏秋冬,一旦情尽爱冷,缘也就了了!

爱情也有更年期吗?

宇宙间有一个重要的现象——凡是生命都有其自身的节律性,存在着周期性变化,如:

昙花一定要在子夜盛开,牵牛花必在清晨打开喇叭。

人也一样,与天地相参,与日月相应,随着大自然、太阳、地球和月亮的节律作用,人体内营卫气血的运行也随之改变,器官、思想和感情的每一项活动都按周期运转。俗话说的"春困秋乏",就是人随季节而变化的反应。在凌晨三点至四点,人的注意力处于绝对低潮,如果工作,最容易出事故。而在上午十点至十二点,头脑最灵活,最富于创造性……

人的感情当然也有其节律性。认识这种节律,把握其盛衰,肯定有益于人生——少做到老了让自己后悔的事情,少出感情事故。即便出了事故也会泰然处之:何必怨天尤人,把自己和别人曾经有过的美好的东西全部毁掉,泼上脏水,变成一团丑恶。自己的感情出事故,由自己处置,自己来纠正。

有些事情是感情的节律在起作用,人力不可过于勉强。即所谓"强扭的瓜不甜"!

写到此有必要郑重声明如下:人是感情的主宰和载体,以上理论不能成为喜新厌旧、水性杨花的遁词!

男人的"私房钱"

一个小偷光顾某机关,撬锁翻桌,收获颇丰——几乎在每个男人的办公桌里都翻出了钱,上到机关的领导,下至一般干部,有的数目还相当可观。相比之下,女职员们的办公桌里倒干净得多。

于是引起轰动,报纸发消息,各文摘报刊转载——其新闻价值不在于失窃,而是因为失主是清一色的男人。男人们为什么把钱藏在办公桌里?是"小金库",是"私房钱"。这个小偷偷得好,来了一次男人"私房钱"的大曝光!

那个机关的男干部们的家属开始紧张,追问自己的男人,问出眉目或问不出眉目就争吵……

女人们理直气壮:

"男人私自存钱就是不安好心,或者已经有了外心,不然存'私房钱'干什么?"

"一个正派的好男人就应该及时地把钱如数交柜(公款交给会计,私钱交给内掌柜)。存钱存心,分钱就是分家。"

女人相信把住了钱袋子就是管住了男人。然而真正变了心的男人(女人也一样)用钢丝绳也捆不住。

当今社会,男人有"私房钱"的愈来愈多,却不能简单地认为这些男人就是存心不良。当然不能排除有些"私房钱"存得多了,思想感情乃至整个人都会发生变化。心已变,准备离异的男女各自存钱,不应再视为"私房钱"。它超出了约定俗成的"私房钱"的概念。

公认和自认是和睦的家庭,男人把女人知道的收入如数上缴,把女人不知道的外快放进自己的小钱袋。用于交际应酬,干点自己想干的事情,获得了一种洒脱、一种自由。有人不是说男人在花钱、交友和喝酒上最能见性格吗?

中国男人开始有了隐私——隐私人人都有。但不是人人都有能力保护自己的隐私,只能藏在心里。表面看来中国人好像没有隐私,不需要隐私权。从这个意义上说,男人有"私房钱"可算是社会的一个进步。有经济的独立才有人格的独立——对女人是如此,为什么对男人就不该是如此呢?

经济发达地区的男人们有"私房钱"根本不算是什么问题,是公开的,理所当然的。男人如果没有自己可以任意支配的钱倒是奇怪的。前不久我路过深圳,几位朋友陪我到沙头角逛中英街,几位男人被名牌货吸引,心血来潮,有的花一千多元买了一套西服,有的花七百元买了一双鞋……

他们的举动让我这个"北方佬"有以下几点感慨:

一、他们买的东西不值那么多钱,只是满足一下想得到名牌货的虚荣心。

二、真是财大气粗,不跟内掌柜商量,敢于自作主张地一掷千金。

三、在国外逛超级市场感到好东西、新鲜东西太多,口袋里钱太少;在中国北方逛商场,感到可买的东西太少,口袋里的钱花不出去便显得多了;在中国南方逛商店感到窝囊、不公平,没有安全感,漫天要价,你无法知道那件东西到底值多少钱。

早在好多年前,一些著名的相声演员就开始嘲讽男人怕老婆和"妻管严"现象。人们听了或哈哈一笑,或用掌声响应和赞同,却很少有人对这一富有中国特色的社会现象深长思之——为什么会有这么多当代男人怕老婆?"妻管严"现象是妇女的强大,还是妇女的悲哀?

每个男人怕老婆都有其具体的原因:有短处被妻子抓在手里;做了亏心事心中有鬼;怕家庭解体儿女可怜;妻子地位高或有钱、有海外关系;性格上阴盛阳衰;对妻子爱之过甚怕失去她,诸事万般迁就,久而久之由迁就变为惧怕;大丈夫心宽体胖,不愿多操心多管事,任凭老婆去折腾,并非真怕;做出一种怕老婆的样子,有人管、有人惦念、有人关怀是一种幸福,乐得衣来伸手饭来张口;等等。

所谓男人的"私房钱"其实是对"妻管严"现象的一种挑战。可惜男人们偷偷摸摸地存"私房钱"也是一种"怕"的表现。

不怕者视家庭里所有的钱,包括妻子和儿女挣的钱,都为自己所有,可以随意支配,省得自己费心存放,岂不痛快!——这又走向另一端,该轮到妻子、儿女存"私房钱"了。

一个叫小哈德罗·莱昂的美国人,写了一本自称是《男性解放的宣言》的书,认为男人解放是妇女解放的一种手段。"没有男人的解放,妇女解放的过程可能是漫无边际的苦海"。在心理、生理上是如此,在社会地位、经济地位上也如此。男人的"私房钱"能在社会上引起一场轩然大波,说明我们这个社会太脆弱了,妇女们的神经太脆弱了。一个健康的正常的社会不会老在男女之间谁强谁弱的问题上做文章。

一个文明的社会应该保护妇女的权益。但不能单以妇女的神经为社会的神经。忽视了男人的社会同样也是女人的不幸。小小的"私房钱"里有一个大大的社会问题……

"黄昏"的早晨

在大城市里什么人起得最早？什么人在早晨最快乐？早晨是属于哪些人的？

回答是：老年人，那些生命已近黄昏的人。

有的占据花园，有的占据广场，有的占据较为宽阔的道边，有的围在大树下。哪些人占据什么地方是固定的长期的，各人都有自己的活动区域。

我在这篇短文里要记述的是那些占水的人们。无论春夏秋冬、风雪雨雹，每天早晨五点钟一过，他们便怀着少年般的欢愉和兴奋跳进水里。几乎是天天盼早晨。

这支队伍是庞大的，中坚力量是已经离退休的人，年纪最大的八十四岁，五十岁以下的人是极少数。队伍每年都在扩大，很少有减员的事情发生。冬季活动的大本营在游泳馆，春、夏、秋三季活动的大本营在东湖。没有头领，没有统一的号令，没有层层级别建制，没有各式各样的规章制度，总之谁也不管谁，来去自由，游多游少自由。相互的关系很松散。也许正是这份松散，没有名位权力的争夺，没有利害的冲突，大家心里反而生出一种分寸得体的亲近。这是人们需要的一种自然的亲近，它带来了轻松、愉快、友善，又不会成为对方的负担和对别人构成什么限制或不方便。

水中也会有碰撞，有时几个人拥挤在一条泳道里，难免会"撞车"，头撞疼了头，背碰上了背，他的脚蹬掉了你的泳镜，你的手打了他的脸，这个人翻江倒海游蝶泳使旁边的人呛了水……或者继续各游各的,或者说句打趣的话相互哈哈一笑。早晨见了面,大家不过是点点头,有的连头也不点。但是有谁如果一天没来,大家立刻就觉察了,心里想着他,并生出一种关切,开始打听。谁若是生了病,第一个去看他的常常不是亲友,不是同事,而是老年水军里的"泳友"。谁走得匆忙忘掉了毛巾、拖鞋、肥皂,旁边的人都会替他收起来,第二天早晨再交给他。多少年来,这支队伍里从未发生过什么不愉快,更没出过事故。

这些人里有普通的工人,有各行各业各种级别的干部,包括已经退下来或还在位子上的省市级领导干部,有教授、医生、工程师、演员、作家,总之都是些入世很深的人。为什么跳进水里都成了"世外高人"?

水没有等级观念,对所有赤身裸体一视同仁。"大包群生而无好憎"(《淮南子》),任何人在水中都很容易泡出一颗童心,汲取一种使自己获得快乐的活力。

谁都有这样的体验,人一沾水就放松,放松就想放声,小到洗脚洗脸,大到洗澡。泡在浴池里一舒服就想唱几口,喊两嗓子。有的演员,在台上声如破锣,但进了澡堂子就高亢浑厚,且带水音,怎么喊怎么有,俗称"澡堂红"。

某大学一教授,酷爱京剧里的马派,年已六十有八,每天早晨游一千米。然后站到淋浴的喷头下便放开嗓子唱上两段,他自己唱得过瘾,别人听得过瘾,是水军里受欢迎的明星。

一进游泳馆,一到东湖边,总之是一看见水,脱去衣服,每个人就变得赤裸裸了,也变得真实了。服装是人的伪装,服装将人分成等级。当一片赤裸时,任何虚伪做作便失去了市场,唯真实最自然。尽管老年水军们的身体是什么德行的都有,有的奇胖,有的奇瘦,有的七扭八拐,有的前凸后凹,有的弹痕累累,有的疙里疙瘩。但没有人感到别扭,也没有人自惭形秽。偶尔有高低胖瘦的比较,可以相互打趣一番,没有人会抱怨自己的皮囊。忘记了年龄,忘记了身份,忘记了自己的身体还有什么毛病,实际上也没有人谈论病。仿佛没有一个人身体有毛病。跳进水里,不论多么奇形怪状的身体,全有了生气。

东湖岸边没有淋浴设备,每个人用可口可乐的大塑料瓶在家里装满自来水,上得岸来从头顶一浇,痛快淋漓,乐不可支。秋末冬初,天气变凉,用干毛巾把身体擦热,穿上衣服通体舒坦。感到自己和整个生活都非常洁净。

一老干部,四十三岁得子,六十一岁丧子,得了老年性神经官能症。亲戚要把他送进精神病院,朋友则把他拉进了游泳馆。几个月后生命就出现了转机,精神恢复正常,重新有了活的情趣。

老年人的问题是任何一个社会都无法回避的大问题。中国现有老年人八千万,即将进入老龄化社会。

还有一个统计材料,也令人玩味。目前中国人的平均寿命是六十九岁,而死后有资格在报纸上登讣告的人的平均寿命只有六十三岁。有工作的时候是普通百姓,退休以后还是普通百姓,没有角色转换的问题,生存能力强,活得就长久。多年当领导,一旦离休,需转换角色,学做普通人。挎篮子,看孩子,守屋子,如失群之雁、离群之马,其孤寂只有自己能体味。有人能顺利完成这种转变,有人过这一关则比较困难。

如某夫妇,都是老同志,从小吃食堂,回家有保姆。双双离休后觉得有两个大闲人在家,无需再雇请保姆。到市场上发狠般买回一大堆鲜鱼、鲜肉和各种青菜,然后你看我,我看你,谁也不知该怎样做才能让自己咽得下去……本来不顺心,再吃得不顺口,精神和身体都会吃不消。

有一种理论认为,年龄并不是由岁月来确定的,而是用回忆堆积而成。年岁大的人并不是因为活得年头长,而是因为回忆多。跳进水里就什么都不想了,宠辱皆忘,肩膀又充满了力量,生命又有了情趣,变得年轻了。

水是生命之源,科学家们不是已经证实人是由海豚进化来的吗?在水下举办婚礼以及妇女在水里生产,在西方已不是什么新闻。据说在水里出生的婴儿,既安全、健康,对日后的智力开发又大有裨益。

老子说:"上善若水,水善利万物而不争。"

人离不开水,戏水最快乐,恋水是天性。老年水军们所以活得那么有滋有味,最重要的还不光是锻炼了身体,而且培养了一种健康、开朗的精神。现代过于社会化的人多么需要这种自然的纯粹的人的精神! 它是一股清新的空气。

人的心里都有一种净化欲。水能够隔离开太脏、太累、太烦的尘思。虽然人们在水里各游各的,姿势也千奇百怪,但都能借水而自得其乐,且有一种情的交融、心的沟通。水培养了一种正常的成熟的人际关系。恋水便恋生活,恋人世间一种淡淡的温暖的情谊。

我已经请老年水军里的一位老会计师在统计几个数字:这支队伍的平均寿命是多少? 游泳前后在精神上和身体上有什么差别? 家庭关系如何? 夫妻生活怎样以及独身者想找老伴儿的有多少?

希望不久,我能再写一篇老人和水的赞辞。

会议明星

先提出一个简单的问题：

"哪一种人在电视荧幕上露面最多？"

人们不动脑子就可以回答："当然是歌星、笑星、影星……"

其实未必。电视是现代社会最大的宣传媒介，它靠播放新闻节目把巨大的无法想象的地球，真正变成一个"小小环球"。而中国的新闻大多是会议新闻。所以，谁参加会议多，谁上镜的机会就多。但不能只是当一般的会场听众，要当会议的主角，坐前排，至少是主要配角。

我认识一位副主任，几乎每天都要在电视上露面，少则一次，多则数次，讲话、发奖、剪彩、题字……知名度很高，是家喻户晓的人物。群众称他为"会议明星"。

他名副其实，像演员"走穴"一样每天出现在各种各样的会场上。最忙的时候一天要参加七八个会，要赶这么多会，不可能个个会都从始至终坚持到底，他自称："分身无术，走穴有方。"

每天早晨根据各种会议的时间、性质，排出自己的赶会程序。

先到一个较为重要的时间会拉得很长的会议上去报到。把眼镜放在桌子上，把材料摊开，把钢笔帽拔开压在文件上，似乎随时都要在上面圈圈写写，摆出一副严肃认真地要把会开到底的架势，人却溜到另一个会上去了。人们看到他的眼镜、文件、钢笔还放在桌上，都以为他是去厕所了。

对有些会则采取亮相的办法，公开宣称自己还要去参加另一个会。第一个讲话，讲完就走。剪完彩就走。抽完奖或发完奖就走。该他承担的节目全部演完,该吃的吃,该喝的喝,该拿的拿,大大方方地先撤退还给人以风尘仆仆、辛辛苦苦、热情蓬勃的印象,大家都以热烈的掌声欢送他先退场。

他这样赶来赶去有的会必然迟到。他尽量不让人发觉他迟到了,不穿外套,不戴帽子,不拿包,装出早就来了刚去了趟厕所的样子。

他熟练地运用各种姿势在会海里游泳,才气纵横,如鱼得水。

许多人对他每天参加这么多会甚不以为然。认为领导制造会,领导参加会,自己赶累自己,瞎忙,空忙。

我倒觉得他的做法是明智的、有益的。因为会议是取消不了的。开会能使庞大的机制运转,任何权力盖上会议的图章才有效,一个时代的高度往往体现在某个会议上。尽管人们经常要叫喊几声:"减少会议!"叫喊归叫喊,厌烦归厌烦,会议照开不误,甚至有增无减。

既然会议是铁的存在,个别人抵制是没有用的。聪明的办法是根据自己的条件利用会议施展自己的才能,发挥自己的影响,宣传自己想宣传的,撤销自己想撤销的。

开会就是搞公共关系。

可惜许多人只知道怕会、厌会、骂会、逃会,不知道利用开会这个最现成最自然的手段搞好自己的公共关系。新官上任,开好一个会或发表一篇精彩的演说,就可以征服群众。相反,一个会开不好也可能砸了自己的锅。

这位副主任年届六十有六,精神矍铄,身体硬朗,以前在第一线做领导工作时就非常活跃。现在这个职位,说有权也有权,说没权也没权,他就更加活跃,主要是靠自己的影响发挥作用。有知名度才有名望,有名望才有影响力。默默无闻就无影响。

一个近千万人口的大城市,各门各类,各行各业,一年到头得开多少会!何况他身上还另外挂着几十个头衔:残疾人基金会主席、新闻学会主席、老年人书法协会主席、老年人体育协会主席、钓鱼协会主席等等。他基本上是有求必应,有请必到。上面高兴,主要领导人没有工夫参加的会他可以代表。下面高兴,他随和,有声望,有一副好口才,他的到场提高了会议的层次,壮了声色。

因此,他的人缘好,受到广泛的欢迎。在他那个级别的人物里数他最好请,请到会上也最有风采。请他的地方愈来愈多,他的名声也因之愈来愈大。

他成全了会议,会议也成全了他。

开会就是他的工作,是他生活中的重要内容。他很忙,但很充实。开会多,交际就多,接触的人就多。经常接触各种信息和新鲜思想,使他获益匪浅,不落伍,不守旧,没有失落感,精神比职务和年龄都年轻。身上有一种了解社会的机智,有一种风风火火的生气,有一种即兴表演的幽默。

写到此,我突然生出一种担心:读者不会以为我在主张开会好、多开会吧?

你如果不能阻止地球的旋转,最好的办法就是适应它的旋转,跟着它一块转,而且转出花样,转出学问,转出快乐。但千万不要转得晕头转向。

开飞车的运气

记不得哪位哲人说过这样的话：世界上有两种人最可怕，一种是胆子很大的人，一种是很幸运的人。而幸运的人又比胆子大的人更可怕。

他既是胆子最大的又是最幸运的——至少在我接触过的人中他当之无愧。

他对自己能干的想干的或者在干着的事情，永远充满自信和骄傲。凡是他会干的或他想要干的事，都是干得最好的，保准是超一流水平。包括开汽车——

在穿过十万大山由昆明通往四川、西藏的弯弯曲曲狭窄不平的公路上，一个不知好歹的司机开着大霸王面包车突然超过了他驾驶的日本最新式的巴凌面包车。他开车是从来不服输的，更不能容忍在那么窄的山道上有人竟敢超过他的车！一加油他又把对方超过去了。偏赶上对方也是个像他一样胆子大的人，发疯般地又超过了他。他当然不会示弱，于是两个人便斗上了。你超过我，我超过你，如此这般斗了六个回合，他又领先了。大霸王追上来之后在后面拼命按喇叭。按他的性格应该加速，不再让对方超过去，一路领先到底。他这个非常喜欢争强斗胜的人脑子里突然闪出另外一种念头：这儿山太高，路太弯太窄，算啦，就让他一回吧。于是他减速让道，大霸王一阵风似的超过去。不到一分钟，在下一个拐弯处和迎面开来的一辆卡车相撞，巨响之后也像阵风一样翻到山下去了。像警匪电影片里的场面一样，一连串惊心动魄的响声过后，从深涧底部传来爆炸声。

巴凌车上的人都倒吸一口冷气,如果不是他突然减速,一味拼抢下去,那翻到山下去的可能就是他们。

在现场凭吊一番之后他们继续上路。坐车的人都有点胆寒,大家猜想:他重握方向盘心里也一定会有些紧张,看着前方七扭八拐的盘山公路眼睛一定也会有些发晕,他会小心翼翼、稳稳当当地开慢车了。谁知他上车后一踩油门又是一路飞车!

大家心有余悸,希望他开慢点。

他很不以为然:"出事故不取决于开得快慢,而在于处理得是否得当。处理不当慢也可以出事故。中国到处都限速,事故并不少。外国人爱开快车,事故也不比我们多。当然这跟路面和汽车的质量也有关系……"

他有一整套开飞车的理论,别人也不好再说什么。还因为他不是普通的司机,也不是只知道争强好胜的愣头青。在这个车上数他的地位高、名气大、命最值钱!

他就是赫赫有名的云南宏达实业有限总公司的总经理郭友亮。九二年四十三岁,正处于人生的黄金时期,他不会拿自己的生命,拿宏达那正处在巅峰状态的一大盘事业开玩笑。

他天生就是这种节奏,开慢车就要打盹儿发困。如果别人开车他坐车,还会晕车呕吐。他自称是"天生受累的命"!

他一边开车,还要一边不停地宽慰坐车的人:"开车关键是反应快,还要运气好。实事求是地说,没有人认为我反应慢。至于运气嘛,我好得不得了!"

的确是这么回事。反应迟钝能当总经理吗?他这个总经理可不是上级领导一纸任命给封的。而是他领着几十个人从一个包工队起家,经过十几年的努力,一点一点创出了这片天下。大事不说,单讲业余情趣,所有棋类和牌类,没有他不会玩儿的,而且玩儿的水平相当不错。羽毛球、乒乓球是拥有四千多名员工的全公司的冠军。他第一次打网球,就把那位领他去网球馆的已经练了两年的朋友给打败了。能说他反应不快吗?

要说运气嘛,官运、财运、事业运等等大运,有目共睹,不用说了。单说他开车的运气,十几年来惊奇曲折的事遇到的不少,每一次都是有惊无险。有一次夜晚在市内开车,尼桑车因汽油掺假突然起火。遇到这种情况,汽车万分之九千九百九十九会爆炸。因为是他才有了万分之一的逃生希望。他不仅逃离了汽车,还到居民楼找来好几个灭火器,打开引擎盖,硬是喷灭了火。等于白捡了一辆车。有一次去攀枝花,走进深山野岭,碰上了岔路口,找不到人问路,他犹豫了一下,来了个"宁左勿右"。不仅走对了,还捡了好几条命。倘是走右边那条路,就会被泥石流吞没……

我是不愿意把自己完全托付给运气的,便问他:"你刚才为什么突然减速?是不是有什么预感?"

他说:"预感谈不上,只是觉得山道太危险,不能再争下去了。"

这也叫预感——是有清醒的理智,以事实为基础的推论。

这就是郭友亮的运气——他机敏过人,判断准确。争强好胜,却不争着去死。他无所畏惧,常有惊人的行动,所以他容易成功。人如果缺少惊人的行动,不仅是畏惧的结果,也是畏惧的原因。

尼采有警句:"有创造性的身体为自己创造了精神,并让它作为自己意志的手臂。"

坐飞车的运气

一般人都认为最安全的旅行方法是乘汽车,其次是乘火车,最可怕的是飞行。

其实恰恰相反。飞行是最安全的旅行方法。相对而言危险较大出事故最多的倒是乘汽车。

——这是国内外专门机构公认的事实。是科学的结论,而不是某个人一厢情愿的推论。

我偏偏知道这个结论。我们要去的又偏偏是云南比较偏僻的山区,据说盘山公路又弯又窄,又高又陡,比高黎贡山上的路还难走!一提高黎贡山,给我的印象太深刻,太刺激,太可怕了!从上山到下山,如同经历了夏秋冬春四个季节,忽阴忽晴、冰雹、大风、大雾,有时交替着出现,有时绝不应该同时出现的东西,比如风和雾、雨和雾,竟同时出现。一路上见到的是事故,听的是事故,大家经常说的还是事故。而且一旦发生就是大事故。北京一男性知名作家,还值盛年,经历丰富,见过世面,向窗外望了几眼便魂飞魄散,再也不许汽车向前挪动半步,要求立刻打道回京。可叹,上了山就只能进不能退,没有可供汽车掉头的地方。

这次为我们开车的是云南宏达实业有限总公司的总经理郭友亮。我知道这是个颇负盛名的企业家,但未必是个一流的司机。我总以为这些名人开车多半是为了方便,有利于保持自己一贯的如行云流水般的生活节奏。在技术上讲究实惠,够用就行。像戏曲界的"票友"。不是"科班"出身,又非专职司机,不过偶尔摸摸方向盘,不可能有高超的驾车技术和应付各种紧急情况的丰富经验……

然而,总经理亲自为我们开车,要在艰险出了名的盘山公路上一气跑三百多公里,往返就是七百公里,这是何等的友情、何等的高规格!

他要我坐在最前面司机座位旁边的位子上,他不愿意开哑车,哑就沉闷,沉闷就容易累,就容易走神儿,就容易出事。别人如果都睡觉,他也容易打盹儿。

咦,他可真是与众不同! 从打有公共汽车的那天起,车厢里就挂着一块牌子:"行车期间禁止跟司机谈话"。因为谈话容易让司机分心,走神儿,容易出事故。这成了中国人的一种常识,一种规矩,一种礼貌。他难道有特异功能,可以一心二用,甚至多用?

我并未把自己的顾虑说出来。

谁料他在九曲十八弯的山道上竟保持了八九十公里的车速,路稍微平一点他就开到一百多公里。我心里紧张,还得不停地跟他说话。他挑起的话题很能刺激谈兴,他不仅侃侃而谈,还经常配以手势来加重谈话的分量,有时还侧过脸看看我的眼睛——深刻有趣的谈话不可以没有目光的交流。

我们像坐在一个飞速移动的办公室里,可以尽兴畅谈。渐渐地我由被动变为主动——这样一个绝好的采访机会,如果白白放过,我还算是作家吗? 我向他提出了一个又一个的问题。这些问题刺激了他的智慧,让他的思想兴奋起来,他谈得有时神采飞扬,乐观自信;有时又愤愤不平,阴沉忧怨。至于汽车,就像他身体的一部分,很默契地配合着他极为活跃的思想,又快又稳,没有一星半点不安全的感觉。

刚上车时的那种担心,如果一不小心,如果一走神儿……看来是多余的。"如果"这两个字,在他身上显得苍白无力。

中午我们在一个镇上的小饭馆里吃了饭,饭后再登车其他人都有点困,还有人晕车呕吐。郭友亮想出一个主意,让大家做一个简单有趣的游戏,谁输了谁出节目。车厢里开始活跃起来,叽叽嘎嘎,大呼小叫,还不时地响起各种腔调、各种韵味的歌曲。一唱一闹,晕车的不晕了,想睡觉的不困了。郭友亮开着车也同样参加做游戏,而且输得最少,其智商和反应之敏捷令人惊异。

最后谁想起什么歌,只要起个头大家就跟着一块唱。会几句唱几句,只记得一点调调,而一句词不会的也可以跟着瞎喊。能唱全的歌不多,却能保持车厢里歌声不断,常常这个歌还没有唱完,有人又唱起了另一个歌。郭友亮会唱的歌不少,嗓子也较为嘹亮,一路高歌猛进,直到目的地。

几天下来我完全适应了他,也毫无保留地相信他的车技。感到坐他的车是一种享受——无拘无束,不必有任何顾虑,两个人说说笑笑,他更是妙语连珠。长途不觉长,旅途辛苦不觉苦。因为我看出来他开飞车并不是逞能,也不是一味求快,只是一种才华的表现,跟他做人做事的风格是一致的:追求独特,追求成功。把枯燥疲乏的开车、坐车艺术化,变成交流思想启发智慧的机会。就像一个运动员,他知道自己能跑多快,别人用不着为他担心。

郭友亮似乎生来就是一个赢家,知道自己该怎么做能获取成功。我坐他的车不能不说是一种运气。否则就不可能写这篇短文了。

委　屈

　　编辑部转来山西灵台县一个姑娘的来信,她身有残疾,历尽艰辛上完了大学,又到了恋爱结婚的年龄。生活范围狭小,现实的残酷剥夺了她正常的选择,别人给她介绍了"一个同龄人,在工厂当车工,相貌一般,看上去比实际年龄老得多"。却让她觉得"人品憨厚老实,跟这样的人过一辈子不会受委屈。但不知道没有真正爱情的生活会怎样?爱情是心灵的相投,难道连这最起码的一点都不敢去追求吗?可以受苦难,不能委屈自己的情感和伤痕累累的心"。她还没有答复那位车工,信的最后求助似的发问:"我该怎么办?"

　　我喜欢俄罗斯的一句民谚:"没有比替别人出主意更不负责任的了。"使本来就够复杂的世界上的事情变得更加难办了。就因为到处都有人管不好自己的事却爱管别人的闲事,或滔滔不绝、旁征博引地或好为人师自以为两肋插刀地或不怀好意地为别人乱出主意。我没有回信,这种大主意,一定要由姑娘自己拿,我相信她会作出自己的选择。但姑娘的诚心发问激起我一些想法,借这篇短文说出。

　　因为那小伙子是车工,人又长得一般,且老相,姑娘便断定两人"没有真正爱情"。是大学生和工人不会产生"真正爱情"呢,还是工人本身就没有爱情?正如阶级斗争的年代知识分子争抢"工农兵"一样,如今是商品社会,婚嫁格外注重门当户对。所谓"心灵的相投",其实是学历相当。文化不相当心灵也难以相投。如果有钱,有外国护照,对有些人来说,心不相投并不妨碍以身相许,甚至可以做出心也相投的样子。

姑娘在信中两次用了"委屈"这个字眼儿,一个大学生跟一个"人品憨厚老实"的工人"过一辈子不会受委屈",却要"委屈自己的情感"。也就是说人不受委屈,爱情受委屈。那么找到了爱情,人会不会受委屈呢? 人和爱情似乎不是一码事……

世界上有终生不受委屈的人吗? 我想没有。大多数人岂止受过委屈,还会受过侮辱和伤害,越是大人物、成功者,越是如此。人生常常是"委曲"才能"求全"。有人修养到家了,可以不以委屈为委屈,或者能屈能伸。在爱情上也如此,即便是刻骨铭心的充满浪漫情趣的爱情,也会有误解、委屈、转合、高潮。那些爱情的幸运者,他们自己的感觉也未必像别人羡慕的那样圆满。没有一点委屈就能爱得死去活来? 就能白首偕老? 只不过真正爱上了就不在乎委屈与否。

更何况情感世界里也有欺骗和假相,有些"白马王子"后来发现是无耻小人或绣花枕头,有的貌不惊人,处长了却发现有惊人的优点。世界上的绝大多数人是普通的男女,是这普通男女间产生的情感,使地球上的人类得以繁衍生息,创造文明,兴旺发达。这种情感也许平淡漫长,没有文学艺术中所描写的爱情那么美妙和惊心动魄。但牢靠,自如,相互扶持,共度艰难人生。这种感情你不叫它爱情,叫它什么? 或者叫做老百姓的爱情! 这是一种伟大的情感,功不可没。被人们奉为爱情典范的亚当和夏娃,可没有相互计较门第、财富、学历等等,只因为他们是一男一女。

爱情成为文化,成为文化人的专利品,是后来的事。文化人大谈爱情,向往爱情,在书里谈,在舞台上谈,在荧幕上谈,公开谈,私下里谈,谈了不知有多少年,也无法给爱情下个准确的定义。无法定义的东西就是无法把握,人们越是得不到的东西越喜欢谈论它,越谈越神,越谈越玄,创造了一种与普通人没有关系的"文化爱情",或者叫"艺术爱情"。甚至以为只有这个才叫爱情。从小就心向往之,到了成年却往往追求不到那种神奇的爱情,不得不转个大弯子,过老百姓式的爱情生活,生儿育女,代代相传。许多人从中尝到了普通爱情的欢乐。当然也有人感到痛苦和不幸。所以有人宁愿终身不嫁或不娶,也不降格以求。独身者就没有委屈吗？倘是情感被压抑,无所寄托,实在也是委屈了生命。

姑娘的路就是这么几条,都在眼前摆着,何须别人说明。社会是很势利的,讲求对策和实惠,因为她有残疾,别人才把一个车工介绍给她。社会认为一个身有残疾的大学生和一个文化不高的工人正好般配。然而她大脑没有残,想象力发达,自尊心很强,感情丰富,有理想,有希望,这就是她的痛苦所在。如果她非常有钱或很有名气,也许选择的机会会多一些。然而生活中没有如果……

姑娘凭一面之缘就给车工下了定语,未免过于自信。男女间产生感情无非是两种形式:一种是一见钟情,多发生在"才子佳人"型和"英雄美女"型的人身上。没有惊人的外貌和出众的才华,没有尽人皆知的壮举、伟业、地位和财富,一见之下怎会钟情？普通人一见有好感是可能的。另一种产生感情的办法是多接触、多了解,熟能相知,耳鬓厮磨,日久生情。

委屈也好,幸福也罢,完全看每个人自己的感觉。活着很有趣很重要,但也很实际很琐细,需要勇气和智慧。我想她会根据自己的意志做出适合自己的选择。祝她快乐。

男人的节日

梅兰芳金奖大赛仅生角组就演了八场,群英荟萃,好戏连台,不仅有一大批一流的演员,更有一大批迷恋京剧的一流观众。此举证明了一点:京剧不愧为国剧,生机勃发,实力雄厚。

这些天来不只是京剧界的节日、京剧戏迷的节日,还是男人的节日。近十几年来中国男人何曾这样扬眉吐气过?

七十年代末,中国女性腻烦了舞台上和银幕上的奶油小生式的男人形象,迫于无星可追的寂寞,顾不得女人该有的含蓄和温柔,大声疾呼:中国的男子汉在哪里?中国为什么没有高仓健?

这疾呼引起了广泛的社会反响,把男人的尴尬公开化了,揭穿了一个事实:社会进入了一个"阴盛阳衰"的时代。何为"阴"?何为"阳"?没有人深究,却都把"阴盛阳衰"挂在嘴边。女人逮着理不让人,男人则无言以对。"女强人"层出不穷,各行各业都有,"男强人"至今尚未出现。在许多重要关头,男人们也实在令人泄气,多亏还有中华女儿,多少保住了一部分中华的面子。

比如在上届奥运会的赛场上,中国的男人像女人,拳击运动员上了台难有招架之力,三下五除二便败下阵来,在伟壮、英挺的黑白运动员面前,显得娇弱,让人垂怜。而中国的女将倒像男人,中国队的金牌大部分是她们赢来的。柔道、游泳等项目自不必说,秀美清丽的四川姑娘张山,枪响碟碎,打败了同一个项目中的所有男人。当老将谭良德悲壮地痛失金牌之后,十四岁的小姑娘伏明霞倒有大将风度,轻松自如,甚至带着甜甜的清纯稚拙的能迷倒全世界的微笑,随着她那完美的一跳,什么心理负担呀、精神压力呀,全抛给了别人,她只给自己留下胜利。十五岁的姑娘陆莉得了高低杠的金牌,一个看上去年纪比她大得多的男记者却向她提了一个莫名其妙的问题:你回去准备把奖牌给谁? 当着全世界的观众把小姑娘问怔了,半天不知该怎样作答,好像中国运动员不能自己保留奖牌,必须要送给别人。眼下"马家军"正风靡世界,主力也是一批姑娘。总之,靠姑娘打天下的事情多了。最近,中国游泳队总教练陈运鹏,在接受美国《游泳世界》杂志采访时向全世界公开承认了这样一个事实:"女强男弱是中国体坛目前存在的普遍现象,并不只是游泳一个项目的问题,应当引起大家的重视……"

体育在很大程度上体现了一个国家的政治、经济和文化状态,是综合国力的反映。因此体坛上的"女强男弱"实际是一种社会现象。

生活现实如此,叫意识形态又怎能塑造出让大家喜欢的男子汉形象呢? 妇女们喊哑了嗓子,也不见有真正的男子汉出来,她们渐渐失望了,懒得再提这件事了。文艺界倒也并未闲着,尤其是影视界、戏剧界,下大力气推出这样一批男子汉:蓬头垢面,胡子拉碴,歪叼烟卷,斜眼吊膀,以粗俗充潇洒,以流气做新潮,以玩世不恭当深刻。他们以为自己是中国的当代牛仔,女人们既然喜欢美国的牛仔,就没有理由不喜欢他们。似乎不喜欢奶油小生,就应该喜欢屠夫镇关西。而人们对这些男子汉形象的感觉只有一个字:脏!

近一两年影视屏幕上正面男子汉形象又有老化的趋势,老夫配少妻,或老情夫配小女子。天下老夫少妻多得很,有不少还传为佳话。不知为什么我们影视屏幕上的这些老情人却让人感到不舒服,当他做情爱戏时甚至叫人恶心。他们做作、拘谨又故作洒脱,不能把自己那份恋情提升为一种大家可接受的美。可怜啊,难怪妇女们要抱怨:真正的男子汉在哪里?

眼下则可以理直气壮地回答:真正的男子汉在京剧舞台上! 梅兰芳金奖大赛仅生角组就演了八场,四十八出戏,每出戏都成功地塑造了一个男人形象,而且都是经过千锤百炼的男人。有许多是奇男子、伟男子。大智、大勇、大义、大信。当然也有的大悲、大奸、大滑、大丑。但都是男人,好也好得是真男人,坏也是男人的坏。唯京剧唱出了男人的威风,男人的志气,男人的魅力。在京剧舞台上不存在"阴盛阳衰"的问题。京剧艺术领域目前是硕果仅存的一块阴阳调和的宝地。

只可惜京剧表现的大都是古代的男子汉,并不能证明现代社会不是"阴盛阳衰"。无论怎样社会都不该对此讳莫如深,专家们应该拿出令人心服的论断:现代社会是不是"女强男弱"? 为什么?

难道连这种论断也要等待由女学者们做出吗?

等待车祸

你出过车祸吗？最好没有。

云南一位朋友向我详细讲述了前不久他出车祸的情况——

晚上十点多钟，从玉溪到昆明的高速公路上车辆已经大为减少。我开着一辆桑塔纳轿车，车速保持在一百四十迈左右。突然左边的前轱辘飞走，前车盘擦地，发出刺耳的怪叫。幸好我死命把住方向盘，保持车身的平衡，没有让它大翻个。轿车跌进路边的浅沟，撞上土坡才停了下来。我叫叫自己的名字，摸摸头和脸，活动活动腿脚，证明自己还活着，而且没有特别疼痛的地方，这就是说没有受大伤。

当我庆幸地转头向车外看，突然一个寒战，从脊椎直升到头顶。刚才车子出事的时候倒没觉得害怕，也许是来不及害怕，现在却感到了恐怖：车窗外全是人头，这些人是从哪儿来的？怎么会来得这么快？按理说在前不着村后不着店的地方出车祸希望能碰上人，碰上人就有希望得到帮助和救援。但这些人的表情让我感到危险还没有过去，甚至比翻车更可怕。他们的眼光中没有同情，没有暖意，显然不是来救我的。有的是幸灾乐祸、贪婪和冷漠，我仿佛陷入了狼阵。如果我受了重伤，如果我昏迷了，他们会怎样呢？最大的可能是见死不救，甚至还会把我洗劫一空，把车大卸八块后拿着能拿动的东西扬长而去？

我定了定神，把车窗摇开一条缝，用昆明话向外喊："听着，我没有受伤，你们把我的车子抬到公路上去，我会付给你们报酬。谁也别想跟我玩儿邪的，这一带我熟得不能再熟了。"

我的车果真被抬了起来。在他们大呼小叫抬车的过程中,我把钱准备好,全是十元一张的,厚厚的一沓。我仍旧坐在车里,悠悠荡荡被抬上了公路,在路边上放好。

我还是坐在车里,把车窗摇开一点缝,一张张地往外送钱。待到把手中的一沓钱快发光了,发现外面争着领钱的人还很多。我收起钱,对着车窗外喊起来:"喂,刚才你领过了,又来领第二次,把我当成傻大兵了? 伸一把手就赚了十块,行啦,够便宜的啦,快回家吧。或者看看别处还有没有车祸……"

有的人走了,还有相当多的人不走,仍旧围着车,拼命往里瞧,大概是不相信我没有受伤,如果是我伤得在车里动不了了,谁留下来,谁就还有捞钱的机会。我装好钥匙走出了车门,对他们说:"我要选两个人替我看车,看到明天早晨我的人来,如果我的车不再被损坏,不丢东西,每人五十块钱。"

他们都争着要看车,我挑选了两个年纪比较大的人,对其他人说:"你们还年轻,以后还有机会,快走吧。"

又嘱咐那两个看车的人:"如果我的车夜里再发生什么问题,你们两个吃不了兜着走,躲到哪里我也会找到你们。"我掏出五十元给了其中的一个人,对另一个人说:"你的五十元到明天早晨再给,这是按规矩办事。"

我这样做是经过考虑的,如果两个人都给了钱,我一走他们也会跑掉。这样即便拿到钱的人想走,没有拿到钱的那个人也不会让他走。而那个已经拿到钱的人是绝不会把已经到手的钱再分给别人的……

当晚我搭车回到昆明。第二天早晨让公司的人先去修车,到中午的时候我才回到现场,那个没有拿到钱的看车人还没有走,并帮我找到了昨晚丢失的一支钢笔。我除去给了他应得的五十元外,又多付给他二十元。

这位朋友非常机敏,也很幸运。应该说他遇到的那些"等待车祸"的人也还比较善良朴实。听完这个故事不久,从《新民晚报》上看到一则消息:一九九四年八月十八日凌晨,在浙江桐乡地段发生车祸,两辆卡车相撞,一个人被夹在驾驶楼子里生命垂危,还有两人受重伤跌到路边的田沟里。路两旁站满看热闹的人,却无一人出手救援。不久,四方集团公司的蒋向驾车经过,想先把相撞的卡车拉开,救出里面的司机,但拉断绳子,车头相咬的卡车却纹丝未动。蒋向只得先救另外两个人,救活一个算一个,他一个人却难以抱着伤者翻过高坎儿,于是请围观的人帮忙。围观者立刻高叫:

"出多少钱?"

蒋向说:"你们开个价!"

每人四十元,他花一百六十元雇了四个"民工"把伤者抬上汽车。飞车开到桐乡城郊,不知医院在何方,停车向路边一人打问,那人说:"给二十元钱,我给你带路。"蒋向为争取时间二话不说就甩给那人二十元。到了医院,医生要每人先交一千元急救费,蒋向口袋里已经没有那么多钱了,只好对医生说:"我的货车价值十万,可作抵押,请救人要紧!"又雇人把伤者从一楼移动到三楼手术室,至此,从车祸现场到医院不过几公里路程,蒋向为雇人、问路已花去四百多元……

花四百多元救活两个人的性命是非常值得的。如果蒋向口袋里没带那么多钱怎么办?难道那两个受伤者就该死吗?死的是围观者的道德意识,也许还有他们的灵魂。

靠山吃山,靠水吃水,靠路吃路。有路就有车,有车就难免会出事故,这些吃车祸、发车祸财的人难道就不想想有一天自己或亲属出了事怎么办?也许他们立志终生不出门,但也不要忘了人有旦夕祸福,即便关门家中坐,也可能祸从天上来。如果他们也要外出,请不要忘了多带钱。

领导是一种风景

今年阳春三月,借在上海开会的方便参观了浦东开发区,听上海市副市长、浦东新区管委会主任赵启正讲了两个小时。当时脑子里就闪出一个题目:领导的素质和城市的素质。

此后这个题目就留在了脑子里,挥之不去,又想不透彻,理不出眉目。

为什么赵启正让我想到了领导的素质呢?

他给人以新鲜感。人们习惯性地认为领导干部往往是大同小异的,面孔差不多,语言差不多。而赵启正在两个小时没说一句在这种场合经常能听到的空话、套话、官话和让人很容易猜到的话,也没有故作惊人的刺话、大话。他在介绍浦东的过去、现在和未来的时候充满激情和智慧,信息量很大,各种各样的数字脱口而出,却不枯燥。不经意地以自己的知识和幽默征服了在场的人。上海的作家以他为自豪,外地作家则认为他是个人物,富有和浦东新区相称的现代学者型领导者的魅力。

浦东新区成了上海重要的现代风景,上海人喜欢谈论浦东,外地人去上海想看看浦东,包括外国人。近一年就有十几个国家的首脑和政界要人来浦东参观。赵启正则是浦东的风景,去浦东就要见见赵启正。

一个出色的领导者必然会成为所领导的城市或地区的一种风景。朱镕基曾经是上海的风景,武迪生曾是沈阳的风景,黎子流是现在广州的风景。没有风景的城市,有好的领导人会创造出风景。城市的素质,取决于城市人的素质,尤其是取决于领导者、城市的设计者和建设者的素质。

地区之间、城市之间的竞争,其实是领导者素质的竞争、文化力的竞争。有人说:"企业的领导是市场。"一个地区、一个城市的领导又何尝不是如此!这个人当头儿就能引来资金,打开市场。换个人当头儿就是另一种局面,这样的事例太多了。香港几位著名的富翁曾公开讲:黎子流到哪里当官儿我们就到哪里投资。基辛格也邀请赵启正访美,并且要给他介绍十至二十位美国经济界与金融界最有影响的人物。

民主气氛、集体智慧并不抹杀个人魅力。好的领导者往往都有独特的个人魅力。千人一面、千人一腔便于掩藏平庸。世界上有许多平庸的城市。

平庸是落后,也是浪费。有的东西一开始建设就是落后的,当时也许是有点用处的,几年或长不过十几年便成为城市的赘瘤。赵启正则经常宣传这样一种观点:开发浦东是跨世纪工程,它不仅仅是项目的开发、土地的开发,而且是整个社会的开发,给后代子孙留下一个一流的新城区。我理解这种"一流的新城区"不论过多少年,作为这个时代的象征,成为一种历史文化景观,永远不会落后。正如谁会说北京故宫落后呢?谁会说五十年代修建的人民大会堂、北京美术馆已落后了呢?

城市像需要廉洁勤政的干部一样需要天才的领导者,他们每天都要面对一大堆亟待解决的现实问题,同时他们又能超越解决现实问题的范畴,高瞻远瞩,迅速智慧地做出正确的判断,理出自己现实的又是超前的思想。

这需要对自己的工作有狂热的追求,头脑里有着更多的复杂而有效的神经高速公路网,有高度灵敏的现代意识,有高水准的文化修养和现代科学知识……

能不断创造新的风景的城市是幸运的,风景体现了历史感和文化感,能培养出当地老百姓的地域自豪感。通过老百姓对自己城市有无自豪感,大体可以断定这个城市或地区的领导者工作得好坏。当你到广州、珠海、海口、上海、山东等地,当地人那种优越感、自豪感溢于言表,甚至叫外地人感到很不舒服。相反,也有的地方的老百姓,对自己的居住地并无多少自豪感,甚至有牢骚,有怪话,经常有关于领导者的传言:谁要调走了,谁跟谁不和,等等。这也说明了群众的一种心态。

天下之大,社会之奇,不平衡是存在的,也是难免的。有的地方的厅局级干部的水平也许比另一个地方的市级干部的水平还高;有的人水平很高却未必就能政绩卓著;有的人没有骄人的学历却不一定创造不出奇迹。

随着二十一世纪的到来,每个城市都开始迎接高度信息化社会的挑战,不知领导者们是否也做好了迎接这种挑战的准备?

日本《世界周报》曾称韩国是"人祸大国"。

哪一个国家、哪一个地区、哪一个城市的老百姓都希望多一些风景,少一些人祸。

寻找悍妇

几个朋友难得聚在一起,商量怎样帮一个人的忙。这位仁兄在大学教哲学,刚过五十岁,一副落魄的夫子相,皮瘦发长,懦弱有余而精气神不足,妻子去世两年多了,看上去他活得蛮艰难。当务之急是为他找一个老伴儿,以他的这份书卷气,大家一致认为配一个漂亮贤淑的女人最适合。他却断然反对:"不,我要找一个疯狂而又强悍的!"

大家哄堂一笑,以为他是开玩笑,于是也开玩笑地说:凭咱这身子骨,弄个疯狂的女人驾驭得了吗?孰料他是认真的:"我不想驾驭疯狂,只想受到疯狂的保护。社会变得强悍了,强胜弱汰,一个文弱书生活得已经相当困难了,再配上一个温柔贤淑的女人,岂不活受罪?我需要的是一个强人,是河东狮子吼!你们想,人活着需要衣和食,衣食要去买,买要去市场,市场上漫天要价,你要讨价还价,砍价杀价,甚至还会争扯吵架,弄个温良贤淑的行吗?倘是泼妇悍妇,那就如鱼得水,你不必担心她会吃亏,不占点便宜就算谦虚了。再说住,我的马桶坏了半年了,每逢下雨房顶还漏水,自来水龙头也裂了,我往房管站跑过不知多少次了,人家或者不理不睬,或者三言两语借口没钱没人就把我打发回来了。这本来是他们应该干的,倒变成了我去求他们,偏我一不能争二不会吵三不会递烟送笑,这叫人善被人欺马善被人骑。我生性懦弱,从来没有想过要欺负人,可也不能老被人欺负。世上所有不公平都因胆怯而生,倘我身边有一个恶妻,这些事不用我出头,她自会找到房管站去理论,勇悍所到之处就有希望,必能讨回公道,争得自尊。还有行,我的经济条件不允许我外出时坐出租车,乘公共汽车就

112

要敢冲敢抢能挤,这又是我的弱项。倘身边再带一个温良恭俭让的老伴儿,岂不是要我的好看!以上谈的都是生活琐事,人活着还有一些更重要的事情,比如又要评职称了,需要有人替我去疏通关节,我有两部书稿放在柜子里因为没有钱而不能出版……"

大家终于听明白了,这位仁兄哪里是想找老伴儿,纯粹是想找一个女老板、保护神,至少是想找一个能当保镖的管家,或者是能当管家的保镖。我问:"找一个这样的女人你自己就不怕受她的气?"

他说:"只要她肯嫁给我就是我的人,或者说我是她的人,受老婆的气总比受外人的气要好,两害相比取其轻。何况我在生活中常处于逆境,只能先解决主要矛盾。而女人的勇气是逆境中的光明,能帮我抵御世情的险恶,摆脱困境。"

我自告奋勇可以承揽这件事,因为我认识一个公安局的人,他肯定知道到哪里能找到凶悍而单身的女人。朋友们立刻向我使眼色,责怪我不认真,拿朋友的感情大事取笑。我们这位哲学副教授想找一个强的女人做伴则是非常认真的,并非怄气发牢骚。但女流氓、女强盗、女疯子不在考虑之列。这个女人应该比他强大,里里外外一把手,能够照顾他、保护他。说得再明白一点,我们要给这位朋友找一位年轻的比他小的"母亲"或"姐姐"。这使我想起一位女哲人的话,她说男人永远是孩子,真正强大的是女人。女人之所以强大,因为是母亲,做母亲是个具体、细致、漫长的过程。而男人做父亲则要简单得多,抽象得多。现代工业文明尤其把男人雕琢包装得太精致、太做作,看上去油光水滑、白白嫩嫩,但男人不得不渴求女性的爱护。我不免对朋友按自己的想法续弦多了一些理解和信心。

根在海外

第一次出国的人见到唐人街、唐人城，或第一次去香港、台湾地区及东南亚诸国，很容易发出一种感叹：这跟我们旧社会差不多。

请注意：这感叹并不全是贬义，而是褒多贬少。甚至是带着几分赞叹，但不是对我们旧社会的留恋。这些地方的物质文化比我们的旧社会要发达得多，甚至也不比现在我们生活的条件落后。那人们一见之下，为什么会发出像我们旧社会的感叹呢？

是文化。

或者说是中国文化造成的那种特殊的氛围。

各种各样的图腾、麒麟和各种中国特有的怪兽，红灯绿彩，带有中华民族传统色彩的装潢服饰，还有随处可见的中国特有的吉祥话，儒、道、释三教的名句箴言……

马六甲市有一条中国街，我走在这条街上，只恨自己古书读得太少，闹不好要跑到国外来长点中国见识。离街口不远有一户，锃光瓦亮的红木大门，上漆四个金字："河图洛书"。再往前走，见大门上写着这四个字的人家还很多。我不解，是这家有"河图"和"洛书"？还是此家有人见过"河图"和"洛书？也许是借这个四个字驱邪化吉？我想主人至少是精通《周易》、《洪范》两书和关于这两书来源的神话传说，不然怎敢把这四个字写到大门上。

出于好奇，我敲开了一扇"河图洛书"的大门，一老者迎我进门，他说客家话，交流甚难，我只在他书房里坐了一会儿。老人藏书甚丰，都是发黄的老书，锁在玻璃柜里。我已经够冒昧的了，就没有要求再看他的藏书。

中国文化根脉的一支伸延到这里,在这里不是被保护得很好吗?

高雄市的街道名称,更具有儒家文化的色彩:一心路、二圣路、三多路、四维路、五福路、六合路、七贤路、八德路、九如路、十全路。

有一次聚会,主人称我们为"大德"、"前贤",令人惭愧,却一下子就知道了主人是崇尚道教文化的。

一九九四年,《南海商报》在吉隆坡市举办"国际华文书展",开场是请一群虎头虎脑的中国孩子打鼓,一下子打出了中国气氛,打得大厅里热气腾腾,人心振奋。从世界各地来的作家、出版家,还有读者,都同声叫好,鼓掌不已。当时感动大家的是一股中国劲头,这就是文化的力量——带有强烈中国的文化。

——这些国家和地区有个共同的特点,在经济上相当开放,在保护传统文化上却相对封闭。给人的感觉,物质生活是现代的,文化生活是传统的,但不排斥现代文化,青年人照样可以摇滚,可以追星……

文化是人类创造的文明成果的积累。

中国文化是中华民族几千年来创造的精神和物质成果。

保护这成果并以此为基础求得文化的新发展,被历史和无数事实证明,凡这样做的民族是幸运的。无论经受多少灾难祸乱,文化的根脉不断,民族的元气就在,精神不死,还会重新站起来。日本、德国,战后为什么恢复得那么快,很快又成为世界强国? 就因为民族的大根未断,他们损失的不过是房子、军队、武器弹药……

传统文化当然有消极的一面,世界上哪有没有消极灰暗只有积极光明的东西?"怀疑一切"、"打倒一切",不就消极吗?"文化大革命"伤了中国文化的大根,造成精神危机,道德滑坡,其后遗症还不知要贻害多少年。"文革"结束后,中国人开始积极地修复民族的文化根脉,根一活,科技、教育、经济等就开始有了生机。

文化体现一个民族的个性,只有保护自己的个性,发展自己的个性优势,民族才会强盛。知道自己的个性有缺点,可以注意,可以克服,可以提高自己的修养。不能磨灭自己的个性,模仿别人,或异想天开地想脱胎换骨,重造一个自己。

　　幸好,中华民族的文化根脉,强大且蔓延到世界各地,无论发生什么事,其他东西可以生生灭灭,文化则永远不会消亡。

买王兰珠宝

看中央电视台的一个谈话节目,主持人问嘉宾:经历了抗击"非典"的斗争,哪件事情最让你感动、记忆最深刻? 嘉宾略一思索,回答:王兰当义工。

我心为之一动,似有同感。

王兰,北京大雄珠宝公司董事长。

过去,在一般人眼里最好的买卖、趁钱的大买卖是开银号和经营珠宝店。干干净净,说说道道,有眼光,有身份,不受大累却赚大钱。至今西方的盗窃高手或亡命之徒,都还讲究抢银行,偷珠宝店。几十年来,是珠宝行业里发生的故事,支撑着好莱坞悬念大片的主要情节。

王兰在首都北京有一家自己的珠宝公司,可以想见其做人做事的成功和品位。

她的丈夫是北京304医院的血液科医生,"非典"疫情暴发后报名进入了小汤山"非典"专科医院。王兰再也难以安心,她从报纸上看到一条消息,地坛医院的一些护工因惧怕感染"非典"而辞工了。于是她就给所有收治"非典"病人的医院打电话,要求去当一名志愿护工,却一次又一次地被拒绝。拒绝了再要求,直至北京佑安医院最终接受了她的请求。

佑安医院因第一批收治"非典"病人而名声大震,同时也承受着巨大的"非典"压力,希望她第二天就能上班,并答应每天给她五十元钱的报酬。

王兰明确谢绝一切报酬，重申自己是志愿者，是义务护工。

她将公司交给一个手下人打理，家里还有七岁的儿子和年迈的父亲，全都托付给保姆。第二天准时到佑安医院报到，当即被分配到消毒科。"每天要为好几个病区消毒，十几二十几公斤一桶的消毒原液，一天要搬运一百多桶。有时也为在第一线抢救'非典'病人的医护人员做服务性工作，让公司的人买了水果送来，每个病人一份……"

许多天以后，电视台的记者曾采访过她，问她为什么要这样做？因长时间受消毒水的熏呛，王兰嗓子沙哑，说话很吃力，只简单地说了四个字："回报社会。"

观众或者说社会，又该怎样理解这四个字呢？

在当今中国，一个富翁知道并承认自己的财富来自社会，有回报社会的一份责任，已属难得了。我们在生活中见到的许多有钱人，一张口都是讲自己如何如何地不同凡响，他之所以有钱全因他有挣钱的本事。如果他能到哪儿投资或做一点慈善事业，那就更会以社会和公众的施予者自居。而王兰回报社会的方式，是有可能要付出自己的生命！

当时全国的媒体都在报道"非典"如何危险，传染性如何猛烈，凡是要到第一线去或即将被隔离的人在跟家人告别时都要痛哭流涕，像生离死别。王兰这可不是作秀，谁若不服也这样作秀一番让人看看？她做好了有去无还的准备，"即使自己回不来，相信等儿子长大后也会理解自己的选择"。这也不是一般的捐款所能比的。在王兰做这个决定的时候，还有这样一个社会背景：北京"非典"医院以每月四千元的报酬招聘护工，却无人应聘。媒体为此还做过一番炒作，感叹当今社会有责任感不怕死的人太少了，花四千元的高薪竟招不到护工！

我颇不以为然，"非典"医院之所以招不到护工是把献身和卖身的概念搞混了。四千元如果是工资，对于普通的中国百姓来说的确不低了。可是你要用这个价买人家一条性命，似乎又太便宜了点。人家如果想献身，就一分钱不要。人家如果想卖身，价码就要相当。你出四千元,还要做出一副出了高价的样子,将来人家有个三长两短还要背个贪财的名声,谁会这么愚蠢?目前中国媒体的毛病是太咄咄逼人,自以为是,有时喜欢扮演替弱势群体说话鸣不平的角色,却又常常低估弱势群体的智慧。

如果没有媒体帮倒忙,我相信北京的"非典"医院会招到很多护工。问题是你要事先跟人家说明白,工作有多大的危险性,医院负什么样的责任,被传染上"非典"怎么样,死了怎么样,没有传染上"非典"怎么样……精神是精神,待遇是待遇。参加伊拉克战争的美国兵不就是这样吗?至于战争的意义呀、崇高的美国利益呀、伟大的牺牲精神呀等等,都不否认。但,受了伤会享受什么待遇,阵亡了又会享受什么待遇,都有明文规定,战士们一出征心里就一清二楚,所以才有青年人就是为挣学费而去当兵的。尽责任是尽责任,拿报酬是拿报酬。

因此,王兰做义工,就有了强烈的社会教育意义和精神象征性。她和医务界的许许多多的王兰们代表了这个时代的良知,或者说让人们认识到这个社会还是有良知的,对这个社会树立起信心和好感。

王兰是现代社会的成功者,按世俗的说法是活得很好的人,应该是最害怕伤了自己羽毛的。可恰恰正是她,在非常时期表现出了非常的勇气和高尚。在她以大无畏的行动回报社会的时候,绝不会想到社会还会怎样回报她。

我有一同事要娶儿媳妇,他非常欣赏未来的儿媳,决定到北京王兰的大雄公司去买一件珠宝送给她。我问他,为什么非要特意进京去买王兰的珠宝?天津不也有许多珠宝店吗?他说,珠宝最容易以假乱真,好坏难辨,而普通人是没有能力鉴别珠宝真伪的。买王兰珠宝就没有这个问题,她的珠宝绝对都是真的!

——经历了"非典"的人们都愿意这样相信。

王兰,一个在关键时刻豁得出自己命的人,绝不会、也用不着再去欺骗顾客。人们看见了她的心,当然就信任她的产品。

在非常时期,只要你付出真诚、善意和敢赴危难的勇气,会更容易建立起信任和荣誉。可惜,有不少下三烂商人,在"非典"灾难中专使歪脑筋,弄虚作假,坑蒙拐骗,有的赚了点小钱,更多的是因小失大。

而"王兰珠宝"——成了经过非常时期考验出来的名牌。

这才是金字招牌,是真正能让人信得过的名牌!

舌头的功能

我在报刊上常看到一些奇奇怪怪的关于舌头的照片,便顺手剪了下来。原以为舌头的大小、长短、厚薄或许跟一个人的性别、职业、口才、口福有着某种联系。照片存得多了,就生出疑问,甚至得出了相反的结论。

比如,有一张爱因斯坦吐舌瞪眼作怪样儿的照片,这位科学泰斗式的人物也称得上是幽默大师,谈吐极其诙谐锋锐。他的大脑经科学家研究证实比普通人的大脑重得多,开发利用的比例也高出许多倍。但他的舌头很一般,顶端尖细,呈三角形,耷拉到唇外不过寸许。

还有一张是小品演员黄宏的舌头,这样一条能把亿万人逗笑的舌头,总该有些与众不同吧? 他在墨西哥和一个当地男人比舌头,两个人都拼命向外吐舌,也不过就是一寸多长,毫无惊人之处。倒是在他们身后的几个女人的舌头,长大肥硕得吓人一大跳。那也是一幅巨型的伸舌头照片——我猜测可能是墨西哥或世界长舌大赛的一个镜头。

照片上并排挤靠着八张年轻的女人脸,每个人都大张着嘴巴,努力伸长她们的舌头……哎呀,那是一条条什么样的舌头啊! 比黄宏的舌头长出四倍还不止,如一根根从中间劈开的丝瓜垂挂在唇下。厚实柔韧,抽动灵巧,舌尖浑圆,透出一种强劲的力道。

真是长舌妇啊! 这么一挂大舌头,口腔里怎么就能放得下呢? 真是奇了。

墨西哥人或者是西方人为什么要举行舌头长短的比赛呢? 莫非舌头长大会有什么好处? 这恐怕是用不着回答的问题,只要看看舌头的用处就知道了。

舌头的功能非常复杂：舐取、吸吮、吞咽、品尝、说话、亲吻……舌头能干这么多事，岂不是越大越好？

在中医学里称舌为脾之外候，脏腑精脉多与舌有联系，心气通于舌，"舌为心之苗"。好个"舌为心之苗"——人的心看不到，想要知道一个人有着什么样的心，只要看他的舌头就行了。

但不是只看舌头的大小，大舌头使用不得法也是空占了一个"大"字，小舌头能使得上下翻飞，却能以小克大。主要是注意观察一个人平时是怎么使用舌头的，就能知道他的为人和心眼好坏。

别看舌头这么重要，人的"五官"里没有它，"七窍"里也不包括它，它总是藏在暗处，伸缩自如，动静随心，到需要的时候才会探出头来，狠狠地搅动一番。

会相面的都是相人的头、脸、印堂、眼、耳、鼻等等，没有要相看舌头的。只有医生才看舌头，那是诊断你生了什么病。

有病找舌头，舌头是代表病的。所谓"病从口入"，有舌头的一份功劳。

许多人一生都为舌头所累。古人讲"祸从口出"，凡口惹的祸都离不开舌头。

现在得"长舌病"的人就更多了，你说现代人什么话不敢说，什么笑话不敢讲，什么街不敢骂，什么谣不敢造、不敢传，什么钱不敢赚，什么东西不敢尝，什么屁股不敢舔，什么嘴不敢亲……

用舌头的地方太多了，只恨没有多生几根。

世上不光有长舌妇，男人的舌头也有长得出奇的。去年的《文汇报》上登过一个刑警队长的故事，他亲手枪毙过一个犯人，那是个总爱摇唇鼓舌、惹是生非的家伙，后来被判了死刑。在执刑的时候枪子从他的后脑打进去，偏巧就打飞了他的舌头，落在老远的地方。执刑者没看见，一脚踩上去，软软的，像一片香蕉皮。抬起脚才看清是一根大舌头，足足有五寸多长。

五寸就是半尺呀？这岂不就是个"长舌男"！

物质女人

时下正流行一种说法：女人是物质动物。这是因为，物质出美女。

戴安娜如果不是王妃，没有皇家御用的服装设计师、形象设计师、发型师以及那些专门为她设计的珠宝，还有媒体无尽无休的大力炒作，她的美还能拥有这般征服世界的魔力吗？张曼玉在《花样年华》里也美不胜收，跟那一百多套量身定做的旗袍也不无关系。

去过韩国的人感觉就更强烈了，在大街上见到的女孩子很一般，韩国的肥皂剧里却美女如云，女演员几乎个个是美女，据说大多是整容整出来的"人造美女"，也可称之为"物质美女"。走在中国的大街上也一样，稍微留意过的人都会发现女人比过去漂亮了，可人种并没有改变，是争奇斗艳的服装、饰物和化妆品把女人们装扮漂亮了。

既然物质能出美女，女人们干吗不蜂拥而上，快乐地、自恋地、疯狂地爱上物质！

她们逛商店就跟逛天堂一样，眼光放电，激情洋溢，能在让男人们感到眼花缭乱、头昏脑涨的物质海洋中一下子就瞄上自己想要的东西。视买东西为一种享受，买着自己喜欢的东西是享受，买不着东西单是那在物质中挤逛的过程也是享受。台湾著名形象设计师邓佩琦，评价物质女人应该是具有权威性的，他说："存在于女人和购物天堂之间的忠诚关系，远比她们任何一段恋爱都来得长久。"

物质女人能挣会花，甚至挣五千敢花一万，恨不得用名牌覆盖自己身上的每一寸皮肤。看她们买东西有种世界末日的感觉，似乎是被恐惧在追赶着花钱，挂在她们嘴边的话是："有多少花多少，等三四十岁人老珠黄了,想穿好衣服也没有机会了!"

原来物质女人们想靠丰富而高档的物质给自己以安全感和满足感。所以物质女人经常炫耀的都是物质:

"在月光下,穿着塔夫绸的低胸裙子,喝克鲁格香槟,谈康定斯基。"

"换季的时候,你能连整个衣橱都换掉吗?"

"你能说出上百种名牌(还要用原文),并且亲自实践过吗?"

有位署名贾雨的三十一岁外企白领著文说:"我一个人没事的时候,或者工作一天累了的时候,就放上一盘自己喜欢的CD,最好是舒缓一点的,然后把两个满满当当的大衣柜打开,将正应时的衣服统统拿出来堆在床上,然后一件一件地试穿、搭配,有很多时候这种搭配能给人一种意想不到的好效果。"(以上引文均见《深圳都市报》)

一个人当模特表演给一个人看,不是疯,不是病,不是孤独的难受,是意想不到的美!这种感觉恐怕是还没有资格做物质女人的人难以理解的。

那么达到什么样的消费标准,才算得上是物质女人呢?前不久,《深圳都市报》公布了一项调查:"我国发达城市中,月收入五千至一万元这一阶层的女性,在购买化妆品上的花费与其收入的比例,是美国中产阶级女性的一点五至二点五倍。"

厉害,我忽然由衷地涌起对中国物质女人的敬意,她们表现出了在其他中国人身上少见的自信。为了美,特别是美过美国女人,多花点钱又算什么?不比大吃大喝只落下一肚子臭杂碎强。而且,物质女人的存在标志着国家的经济状况良好,是一种物质充盈、社会稳定的象征。

也有专家说,一旦经济不景气,最先被淘汰出局的就是物质女人,她们为适应形势要转变自己也相当艰难。这是因为物质女人属于另类,其生活建立在相对脆弱的非正常基础上,生活理念也使她们不如其他女人有心计。比如香港"金融风暴"之后失业率增高,几乎就把那里的物质女人都淘汰掉了。

美,原来还要承担这么大的代价和风险。这让我想起二〇〇四年三月十七日雅虎网上发表的一条消息:《抑郁症肆虐娱乐圈,九成港星苦不堪言》。名单上有人们非常熟悉的王祖贤、张柏芝、何耀珊等。我想香港娱乐圈的星们,绝对都是大号或特级的物质女人、物质男人,或许正因为他们的物质太强大了,精神反而脆弱得最容易出问题。有趣的是,她们治疗自己的精神疾患,采用的依然是物质手段。消息上说:"刚刚成为新的香港影后的张柏芝,和谢霆锋分手后人瘦得不成样子,在公开场合又哭又笑,以花钱采购减轻精神上的负担,一年内花掉八百万港元。"

好啊,有钱的人得抑郁症,把钱花完了,抑郁症也好了。就像物质女人,一失业就不物质了。可见物质不论多么丰富多彩,令人眼花缭乱,却还是比精神简单。世界上最复杂、最难以掌控的还是精神。

每个人的一生都有一条向上延伸的精神曲线,活着的意义何在?什么是人生最有价值的东西?现代人之所以物质极大地丰富了,却并不如想象的那么快活,原因就在于人的满足感是来自精神上的感受,而物欲又是永远不会满足的。

任何一个生命都是一个完整的圆,物质的另一半是不可缺少的精神。谁若只想要其中的一半,谁的生活就不再完满,所有的烦恼痛苦都出来了。

婚姻之"痒"

现代人喜欢用一个"痒"字。恐怖主义分子的袭击和自杀性爆炸是世界之"痒",伊朗、朝鲜的核设施是美国之"痒",法国、荷兰的全民公决否定"欧宪"成了欧盟之"痒",男人不男为女人之"痒",妻子施暴乃丈夫之"痒",腐败是官场之"痒",作弊是足球之"痒",甚至连国庆黄金周也弄出个"七天之痒"……这个痒那个痒,仿佛当今世界处处发痒,现代人身上无处不痒。

痒了就要抓、就要挠,现代之痒大多是越挠越痒,越痒越挠,直至挠破,血糊肉烂。然后开始新一轮的痒。而在当今诸多的痒中,似乎唯婚姻中的"痒"最多。

不信咱们就数数看:

"婚姻的一年半之痒。"美国一家研究机构,最近公布了他们经多年跟踪调查研究得出的结论:新婚夫妇十八个月后,新鲜感消失,以前双方隐藏很深的缺点开始暴露出来,从而产生失落感,导致夫妻分道扬镳。

吕娟在《26岁,逃出围城》一文中介绍了中国年轻人的婚姻现状。结婚在一年半之内离婚的最为普遍,最短的只有一个月。以南京一个区为例,在二〇〇五年前三个月的离婚人数中,过不了十八个月之"痒"的占到百分之八十。北京女白领林蕾,在公司加班到晚上十一点钟,那天她有点发烧,浑身酸痛地回到家,见丈夫倚在床上看电视,看她回来都没有动弹,反而发牢骚:"我真是可怜啊,虽然结了婚,袜子脏了都没有人给洗。"林蕾一跃而起,洗完丈夫所有的袜子,第二天离婚。

真是现代烈女,这年头谁还在乎谁?现代人都喜欢以自我为中心,灵机一动,说离就离。何况现在离婚又不丢人,说不定还是大好事。果然,林蕾离婚后两眼放光,整个人好像又活过来了,随心所欲地打扮自己,重新吸引了众多追求者,她于是喊出一个口号:"早结,早离,早开始。"

似乎没离过婚,就不能开始新生活,结婚、离婚不过是人生的预备阶段。

现代人的婚姻如果侥幸闯过了十八个月的第一道坎儿,后边又面临着"五年之痒"。据全国的离婚统计,五年以内的占百分之四十。

这个婚姻的"五年之痒",可能跟第二代出世有关:要了孩子有要孩子的麻烦,不要孩子有不要孩子的问题。鹤岗一美男子剑锋,娶了美女晓雨,婚后生下一女,孩子太小还看不出丑俊,待到孩子稍大,变得又黑又丑,这成了剑锋的一块心病,整天怀疑这不是自己的孩子,要做亲子鉴定。最终晓雨不得不坦白,自己过去就是这样一个丑女,靠美容变成现在的样子,但基因不能美容,故生出的孩子还是像先前的她。两人只好离婚,好离好散,女的反给了男的一笔钱,不知是精神损失费,还是玷污美男基因的赔偿金?看看,美容竟然也能构成现代婚姻之"痒"。(单正平《人造美女的伦理问题》)

现代人经济独立,情感活跃,婚姻的约束力越来越小,家里红旗不倒,外面彩旗飘飘,于是就盛行亲子鉴定。这样一来更闹得现代夫妻容易疑心生暗鬼,搞不清自己的孩子是不是真是自己的,疑心一起,婚姻也就亮起了红灯。孩子也成了现在的婚姻之"痒"。

没有孩子就好受吗?一对年轻的夫妇,婚后三四年没有孩子,男的想要,女的却不要。男的有一次提前回家,看到妻子脱得赤条条正在电脑前跟网友通过网络做爱。这就又多了一条:"网恋",更是现代婚姻之"痒"。

但,千万不要以为"婚姻之痒"为青年男女所独享,过了"五年之痒",再往后就是"十年之痒"。结婚头十年离婚的占百分之五十。后边紧跟着是"二十年之痒",占到百分之七十。

此时孩子已经长成,家庭负担减轻,没有让两口子必须凑合下去的外在压力了,老账新账,或老伤新伤加在一起,就变得不可忍受了。现代心理学证实,夫妻间的关爱是有周期性的,有起伏,分高低,在低潮阶段一点小事就会激起对对方的格外不满,这个阶段处理不好就会走向离婚。

特别是那些有所成就的中年男女,前二十年苦于奋斗,或拼命挣钱,或玩命往上爬,当老境渐近,不可能不产生危机感,一下子会在感情上变得如狼似虎,厌烦了形式婚姻中的冷漠和疲疲沓沓,便想法打破它去追求更有激情的婚姻。

据社会学家的调查显示,当今社会上有一批黄金王老五和单身富姐,他们的存在本身就对中青年婚姻构成威胁。不是有这样的短句子吗:二奶的存在威胁老婆,当二奶成了老婆,别的女人又开始威胁她。大城市里甚至开始流行婚姻猎头,专门负责为富哥富姐寻找"幸福的目标"。

有诱惑就有被诱惑,自然会对婚姻形成巨大的冲击。

婚姻度过了中年危机,越到后边"痒"的间隔就越长了。最近媒体在热炒婚姻的"四十年之痒"。结婚四十年,年龄至少有六十多岁,有的已是七老八十,怎么突然也效法现代小青年闹起了离婚热呢?如上海八十岁老人张翁,嫌老伴儿太节俭,对他大吃大买各种补品多有唠叨,便一纸诉状告到法院,要求离婚。

俗云:"少年夫妻老来伴",当一对夫妻老了,连做个伴的感觉都没有,自然更不可能相依为命,天天大眼瞪小眼地你看着我我看着你,就会谁看谁越看越别扭。

到了七八十岁的这种"痒",应该是婚姻中的最后一"痒"了,可称"老年瘙痒症"。这看起来有点乱,现在的人怎么从一结婚就开始痒,一直到老都痒不够,可谓活到老,痒到老,无时不痒,一生都痒。

"痒"是一种时尚吗?

不,还有比这更时髦的。那就是不结婚也痒,还没有结婚先想到离。眼下时兴这样一种结婚协议:"如果没有两层楼的房,就请准备两间房;如果没有两间房,就请准备两张床。"

还有一首专门为这些未婚先"痒"的男女写的喜歌:"我们要天天相恋,但不要天天相见;要有共同的生活经验,但不要共同的房间;你可与别人约会,但不要让我发现;我偶尔也会出轨,但保证心在你这边。"

——这个歌的别名叫"鬼话连篇"。

"光头"辩

　　无论男女,每个人降生后差不多都经历过一个"光头期",即"剃胎毛"。为的是"憋"头发,好让头发长得又黑又密。就像种韭菜,头一茬出土后要割掉,后边的才会长得粗壮。人们也差不多都摩挲过幼儿的光头,圆润、洁净,无比可爱,越摸越摸不够。然而一进入少年期,再剃光头就有点不妙了,学校一般是禁止学生剃光头的。只有一个地方,进去后不剃光头还不行,那就是少年监狱。

　　我曾被天津司法局聘为"监察员",前不久走进一所监狱,在一个小礼堂里跟未满十八岁的少年犯们有一次交流。他们自带小板凳,排着队进来,按口令坐下后,在我眼前呈现出一片鲜亮而结实的光头,刹那间真有触目惊心之感,显示出一片旺盛的生命力。渐渐又觉得这是一片沉闷的光头,但不卑怯,没有成年犯人过度的或装出来的谦卑。他们光头高抬,眼睛直视,面无表情,显出一种固执和生猛,使我心里生出一种不安,甚至觉得眼前这片光头的模样都差不多。身边的管教告诉我,因为这里边有很多大致相同的"犯罪脸型"。

　　所谓"犯罪脸型",就是额头突出,眉梁塌陷,鼻头趴趴着,带着一种凶悍。我不解,罪犯怎么会有固定的脸型?是先天遗传,还是后天形成?管教解释说先天父母给的少,后天自己作成的多。大家都这么说但不一定有科学根据,干管教年头长了,一眼就能看个差不离儿。脑门骨突气暗,祸患不断;颧高如峰,砍杀三夫;鼻梁无骨,必夭寿没。其实鼻头趴趴着的脸经打,有些"犯罪脸型"干脆就是被打出来的。我问管教这些青少年都犯的是什么罪?他说大多是刑事犯,暴力抢劫,或打架过失杀人。

后来我还请教过一位犯罪学家,罪犯入狱为什么都要剃光头?得到的解答是,往近里说是方便、好管理,如果允许犯人留着各式各样的发型,一个个或长发飘散,或怪里怪气,那监狱就成歌厅了,还得经常为他请美发师。往远里说是借鉴佛教的剃度仪式。但犯人剃光头跟佛门剃度的意义完全不同,佛门将头发视为"烦恼丝","剃"了才好"度",削发是去除烦恼,去除骄傲怠慢之心,去除一切牵挂,了却尘缘。因此和尚的光头代表一种慈和。而犯人入狱剃光头是惩罚,在中国传统里对头发看得很重,是受之于父母的,必须妥为保护,倘有损坏便是对父母不敬。到现在人们不是还会非常珍惜地保存孩子的胎毛吗?罪犯剃光头虽然也有弃旧从新的意思,但更多的是象征惩戒。所以犯人的光头给人以警示。

如今社会心态变了,风尚随之大变,光头的象征意义也变得丰富多彩。企业家以光头显示自信和成功,如史玉柱、柳传志;明星以光头展示特立独行的魅力,陈佩斯、葛优等人见人爱的光头,成了他们的旗帜;艺术家以光头表达不同凡俗的个性和才识,如陈丹青;许多年轻人以光头为时尚,越"光"越酷……

光头大流行,还跟另外一种"从坏心理"有关:学坏安全,坏人沾光。一个明显的例证是眼下中国的影视剧中演坏蛋的演员特别多,演得也格外令人恶心,给人的感觉是到大街上随便抓一个人就能演坏蛋,而且会比真特务还更像特务,比日本鬼子还更像鬼子。"要想成名快,先得学会坏。"当然坏蛋大多是光头。而光头沾光,自古如此。谁都知道鲁智深打死人,为了逃活命才出家当和尚的。《旧唐书·高祖记》也有记载:"浮情之人,苟避徭役,妄为剃度,托号出家。"前天中午的《法制在线》报道了一个案子,一出租车司机被打被抢,倒在路边无人过问,因他剃着光头,两只臂膀上描龙刺凤。在一般百姓眼里,光头文身者即便不是"黑社会",也绝非善茬,以躲远点为好。后来被警察救走,经询问才知道他原本是个很老实的工人,下岗后开出租车老受气,常有人坐车不给钱。家人出主意给他剃光头、文身,果然灵验,坐车的客人跟他规矩多了,时间一长甚至连他也觉得自己牛得不行。不想碰上真的光头流氓,他这个假光头还是吃了大亏。

可见不是什么人都可以随便剃光头的,肚子里要有点货,不管是好货还是坏货。

医德与医寿

前两年老伴儿颈椎出毛病,试过各种各样的偏方,也去过大医院,还两次住院治疗,症状不轻反重。后来到人民医院排队挂上了天津脊柱科创始人田成瑞的号,老先生八十多岁了脊背挺直,好似在为自己的专业做广告。脸上一团善意,眼有精光,这回算是碰上真神了:查得清,断得准,说得明,治得妙,好得彻底。

中国有一批这样的寿星医学权威,北京只中医界就有著名的"四老",上海肝胆第一把刀吴孟超,八十九岁了还做得了七个多小时的大手术,去年亲自主刀做肝胆手术一百九十例。湖南一百零八岁的老中医王昌松,每天上午都要应诊三个多小时……仁者寿,治病救人,积德行善,怎会不长寿!

可是,有这么多老寿星给背着,中国医务界的平均寿命(六十八点三岁)却比国民寿命的平均值(七十一点四岁)低三岁。这是为什么呢?一青年伤了手臂,皮开肉绽地被送到医院,医生缝合好伤口后索要一千五百元治疗费。青年人以及护送他的工友当时只能凑得出一千元,并许诺第二天一定缴齐欠款。不想现在的医院不赊账,医生二话不说将刚缝好的手臂又拆了个皮开肉绽。不管有多少理由,将积德的职业干缺德了,焉能不折寿?

社会上普遍抱怨的"看病难"难在哪里?除去医药费高得离谱、疗效却低得出奇之外,更多的是难在医德、医风上。首先是医生的脸难看,用口罩捂着半个脸都能让病人感到一种不耐烦、不屑,乃至厌恶;人难近,挂了他的号,就坐在他对面,仍觉得被拒于千里之外,很难接近,你花了钱还得不到友善的对待,像在接受他居高临下的施舍;话难听,开始会例行公事或心不在焉地发问,病人则唯恐说得不准确、不详细,病人若问他几句则爱答不理,或模棱两可地应付几句,或莫测高深地吓唬一番,病人若想听到肯定的、明白的话,不托人是不可能的……据《社会学研究》公布的调查数据,中国医生的职业声望排在二十九位,排在政府官员和警察的后面。

而美、德等国家的医生,在诸多职业中其社会形象、职业信誉排在第一位。不要忘了,"看病难"可不光是难了老百姓,让别人别扭的人自己也痛快不了,你对人不耐烦自己也必烦躁,你老端着、绷着自己也会压抑、失衡。老百姓"看病难"难一时,医生难可是天天难、年年难,长此以往还想长寿?

看看吴孟超老先生是怎么做的,见了病人先主动握手,不管是村妇还是民工,有的肝病正在严重的传染期,老先生也全不在意。他说这一握手可得到很多信息,病人是不是在发烧,身上有没有劲,皮肤有没有弹性,更重要的将医生的责任传导给病人,增加病人的信任和信心。就是这么神奇,老先生近距离接触过成千上万肝病病人,却从未被传染过。有这样的仁心妙术、医德广布,必然收获尊敬和亲和,天天接受大量正面信息,恐怕想不长寿都不行。

活的就是个数

　　人活着是一时一刻都离不开数的,吃多少,睡多少,走多少路,住多大的房子,有几个孩子,挣多少钱,今天是哪年哪月哪一天,你是哪年哪月哪天出生的……时间是数字,空间也是数字,历史是数字,现实也是数字,每天你一睁开眼就是数字:几点起床,若不是有急事起晚了,一般都会在床上赖几分钟,或者做一套保健操,比如最简单的揉腹,就得数数,按9的倍数正时针旋转99下,逆时针揉搓99下。起身后坐上半分钟再下地,喝一杯凉水,然后用手指梳头72下,搓脸36下。

　　晨练就更是一串数字,骑15分钟的自行车到游泳馆,准备活动甩臂正向18下,反向18下,下蹲9次,俯卧撑18个,左右腿各压99下,下水游1000米,费时25分钟,其中蝶泳200米,蛙泳200米,仰泳200米,自由泳400米。我曾经试过,游泳的时候不记数,随心所欲地瞎游一气,游到不想游了为止。结果根本游不出兴头来,游上几趟就烦了。

　　瞧瞧,只一个早晨就收获了这么多数字,可见人无论干什么,没有数字的规范就什么都干不成。游泳后在回家的路上经过菜市场,受老伴之命要捎点青菜回去,见一女摊主在左手背以及小臂上记满了数字,显得醒目而怪异。原来活在数字里的不光我一个。数字女摊主的摊位前总是围着比别的摊位更多的人,我想有许多顾客是好奇她手臂上的那些数字。每到清闲要算账的时候,她不是清点口袋里实实在在的钞票,而是对着手臂上的数字念念叨叨,神情专注地沉浸于自己皮肤上的数字里……她辛苦一天就得到了那些数字?我猜她不是简单地在算账,那些数字对她一定还意味着一些别的内容。当她对数字满意时,脸上就会露出笑容,拍拍手,晃晃头,松开头发,然后又三挽两结,让脑后耸起一个高髻,颤颤巍巍地流荡着鲜活的惬意。

干一天能收获几个数字,也应该能让人感到充实和欣慰。我一天的收获也得体现在数字上,写了多少字,或者干了多少别的事情等等。所有人的所有劳动成果、收获所得,最后都可归结为一连串的数字。人的所有规划和目标,最终也要落实在数字上。人活一生的各种不同境界,古人早就用数字界定好了:"十年曰幼,学。二十曰弱,冠。三十曰壮,有室。四十曰强,而仕。五十曰艾,服官政。六十曰耆,指使。七十曰老,而传。八十九十曰耄。"同样,每个人生命的坐标也要用数字显现:你活了多大年纪,上了多少年学,工作了多少年,收入多少,住在多少楼多少号,身份证号码是多少,还有你的身高、体重、血压、脉搏、视力……

一具活生生有灵魂有经脉的极其精密复杂的人体,用一串冰冷而准确的数字就全代表了!别说是一个人,就是一座城市、一个国家,用几个数字也足以概括出它的现状。比如国民生产总值为多少、财政收入如何?即便是偌大的世界,也可用几个数字就说清楚:去年全世界的国民生产总值是三十二万亿美元。仅美国就占去十一万亿美元,分走了全世界的百分之三十还多。这些数字一摊在眼前,人们随即便明白美国人为什么总是那么"牛"了。

据说将人体进行精密解剖得到的数字再制作成人,即以数字化的方法模拟人的形态和机能,就叫作"数字人"。而"数字人",是宇航员行走于太空不可缺少的"保健工具"——注意,由人的拆解而得来的数字再还原为人,专家们就不再称其为人,而叫它"工具"。

你看看,人变数,数变人。人是数,数是人。人玩数,数玩人。有多少人迷失在数字里,甚至搭上了性命,最后都没有真正读懂现代数字化的含义。

死亡的智慧

最近有两则新闻,将其对接很耐人寻味。一则是"科学家疑似找到了野象的墓场"。地球上的大象那么多,它们又不会长生不老,难道找到埋葬死象的地方还很难,发现点踪迹就这般兴奋?另一则是宁夏蒙元历史研究学者王景武,宣称找到了成吉思汗及其他二十多位蒙古帝国和元朝皇帝的墓葬群。而考古界却反应冷淡,充满怀疑。

中国的许多皇帝几乎从登基的第一天起,就开始筹划为自己修墓,以期死后能进入一个万年牢的地下宫殿,继续享受无上的尊荣和奢华,永远不被盗掘。然而绝大多数皇帝的陵墓都被盗过或开掘过了,即使还没有被挖掘的,人们也知道其所在位置。唯成吉思汗陵,竟成为千古之谜,令各国考古专家绞尽脑汁,仍不得其解。尤其在近二百年来,以现代人的精明、现代科技的无所不能,全世界至少有一百多个考察队,费尽周折,旷日持久,动用了航天遥感、地球物理学的地下勘探等尖端技术,像篦头发一样把所有认为能埋葬成吉思汗的地方(也包括王景武发现的线索)都找了一遍,却全都无果而终。

至少在对待死亡的智慧上,"一代天骄"远远高于其他帝王,无论明君昏君、长寿的短命的。关于这一点,所谓"现代死亡学"的奠基者、美国生物学家刘易斯·托马斯,事隔近八百年才悟到:有一天他忽然对自己提出了一个问题,他的后院里到处都是松鼠,一年四季在树上和草地上窜来窜去,但他从来没有在后院里看到过死的松鼠,难道它们会不死吗?显然不是,万物都有生有死。这就是说,松鼠们是偷着死的,死到了被人类看不到的地方。那它们又为什么要这样做呢?仿佛是不经意间地这么随便一问,使他以后有了一个重要发现:动物比人类更会跟这个世界做最后的告别,死得自然而聪明。它们绝不像人类那样大哭大闹地张扬死亡,借最后的告别搞排场。

动物似乎都有这样的本事,知道自己快不行了,就找个背静的地方,独自悄悄地死去。即使体形最大、最招眼的动物,到死的时候也会隐藏起自己。假如有一头大象失检或因意外事故死在明处,象群也绝不会让它留在那儿,一定要将它抬起来,找一个莫名其妙的适当地方再放下。象群如果遇到遗在明处的同类的骸骨,也会有条不紊地一块块拣起来,疏散掩藏到邻近的大片荒野之中。

这是自然界的奇观。地球上的各类动物加在一起比人类要多得多,死亡每时每刻都在发生,其数量跟每天早晨、每个春天让人炫目的新生一样多。但我们看到的却并非到处是面目全非的残肢断臂。假如世界不是这个样子,死亡的事都公开进行,死尸举目可见,那阳世岂不跟阴曹地府一般?再看看人类吧,最会在死亡上做文章,出大殡、办国丧,甚至也可以为了某种政治目的秘不发丧,或借死人整活人……这一切都源于人类对死的恐惧,认为死是灾难,是反常,是伤害,是痛苦,是惩罚,是机会,总之是不自然的。有人死了,活着的人总要议论纷纷,死于什么原因、多大年纪等等,不管真的假的都要惋惜感叹一番,同情一阵,亲的近的还要掉几滴眼泪,实在挤不出泪来也得拉长脸做悲痛状。然后就是送花圈,举行葬礼,安置遗体或骨灰,修墓立碑——如果人类继续这么搞下去,早晚会有一天,地球的土地都将变成墓地。

死的伴随物比死本身更令人沮丧和恐惧。一个人的死,与其说是他自己的事,还不如说是他活着的亲友们的事,于是人类夸大了对死的恐惧。这源自对死亡现象的困惑,把死亡看得过于孤立了。据托马斯的统计,地球上"每年有逾五千万的巨额死亡,在相对悄悄地发生着"。尽管如此,世界人口发展到今天还是有了六十亿之众,倘若自有人类的那一天起就个个长生不死,今天还会有地球人类吗?人类应该为有死这件事而庆幸,是死解放了生。生——死,死——生,不过不断往复而已。人知道该死,才懂得该生。平时用不着老顾虑死,倒应该多考虑生,能体味死的平和,就能透彻生的意义。人生其实就是"至死方休"。

蒙古的"秘葬"习俗成就成吉思汗陵之谜。据说在他葬后要驱赶马群在葬地狂奔,泯灭埋葬痕迹,然后用千骑守护,不许任何人进入禁地。等到来年密林如旧,别人无法看出大汗葬在哪棵树下;或者青草丛生,草原如旧,让人再也看不出埋葬的迹象,千骑方才散去,从此也使墓地成谜。其实在成吉思汗之前,道家更早地洞悉了生与死的转换。庄子出生在两千三百多年以前,当他妻子死后,他蹲在地上敲着瓦盆唱歌,有人责怪他还振振有词:想她现在安睡在天地的大房间里,我若在旁边哇哇地哭泣,实在太不明白生命的演变过程了。轮到庄子自己也快要死的时候,弟子们商议要厚葬他,他却拒绝道:我用天地做棺木,日月做璧玉,星辰做葬珠,万物来送葬,这不是一个很壮观的葬礼吗?还有什么可求的呢?弟子说:我们怕老鹰来吃先生啊!庄子答道:在地上会被老鹰吃,埋在地下又会被蚂蚁吃,把我从老鹰那里抢过来,送给蚂蚁,你们不是太偏心了吗?

既以生为善,又以死为善。现代人反而没有这样的洒脱了,活得越久越不想死,看见别人还活着也不愿自己先死,特别是知道有人永生,就更觉得自己死得亏。岂知世界最平等的事就是死亡,它一视同仁地对待所有生命,早晚都会轮上,该轮上的时候一定会轮上。在这一点上,无法不高看成吉思汗。即便学不了"一代天骄",总还可以借鉴动物对待死亡的智慧。

驾 驶 感

——"汽车狂欢节"畅想

上个世纪四十年代，正处于冷战状态的苏联，异乎寻常地购买了一部好莱坞根据斯坦贝克同名小说改编的电影《愤怒的葡萄》。意在展览美国资本主义制度下的贫困，以活生生的画面教育苏联百姓。不料影片放映不到两个月，就被匆匆撤下，因为影片给苏联人印象最深刻的，不是银幕上所显示的贫困，而是每个美国人都有一辆小汽车！

想想"文化大革命"结束之后，最令中国人惊讶的是什么？同样也是汽车。原以为"世界上那三分之二还没有获得解放的人们，是生活在水深火热之中"，岂料他们竟是坐在小汽车里。而那时中国最吃香的职业，却是"方向盘"和"听诊器"。"方向盘"之所以吃香，是因为"离地三尺，高人一等"。也就是说，汽车比人尊贵，人因车显。

坐公共汽车为什么就没有"高人一等"的感觉？因为没有驾驶感。

长春一汽大众公司二〇〇一年推出了一款"宝来轿车"，被誉为"驾驶者之车"。这种称谓有点怪，难道还有"非驾驶者之车"吗？

后来我到了一汽大众，才闹明白所谓"驾驶者之车"，强调的是一种驾驶感。此车凸显驾驶者的自由，用驾驶感取代乘坐感，即变被动为主动。这诠释了一种全新的汽车理念，颠覆了传统的"坐"汽车的观念。

进入改革开放以来，给人们的思想和行为造成巨大冲击的，仍旧是汽车。著名的华西村富裕起来之后，一次购买了二百五十辆捷达小轿车，排着长队开进村子，曾轰动一时，被媒体炒为佳话。曾自称是"世界第一庄"的大邱庄，视"庄主"禹作敏的坐骑"奔驰600"为图腾，村民们自称,每天早晨起来第一件事就是看看"庄主"的奔驰车在不在,车在便心定神安,一顺百顺……

城市里就更不用说了。有钱人斗富,首先就在汽车上显摆;结婚炫耀幸福也要在迎亲车队上比豪华;甚至连祭奠死人,也要烧一辆纸糊的轿车。现在中国的官场,差不多就驮在奥迪车上,政府不知下过多少文件,规定哪一个级别的官员该坐什么车……可见金钱与权力,乃至人的尊严、追求和理想,都要依赖汽车体现。

中国人太多了,都是一个脑袋两条腿,你湮没在十三亿人中怎么才能引起别人注意?靠汽车就能很容易地做到这一点。汽车成了现代人的标志。就像布什的竞选主管肯·梅尔曼在分析选民成分时所说过的:开豪华车,练习瑜伽,差不多就可以肯定是一个民主党人。开林肯或宝马,并拥有枪的人,才会把选票投给布什。中国的汽车社会也正在逐渐成熟,慢慢地也可以根据汽车便能断定其人的身份。

就这样,人们几乎是在欢欣鼓舞的诱惑中,不知不觉地被汽车改变了,仿佛不是人驾驶汽车,而是人被汽车所驾驶、所追赶。看吧,中国到处都在修路,"要想富,先修路"——已成了不发达地区脱贫致富的万应灵药。为什么修路能致富?路一修好汽车就来了,汽车是财富的象征,汽车的滚滚车轮,可带动滚滚财源。于是,老路在拓宽,新路在无限制地伸延,公路如网一样覆盖了大地。

城市像发烧一样在急剧膨胀,向郊外扩展,一切都是被汽车逼的,为了汽车的便利。汽车的发展引发了一场城市"大跃进"……有史为鉴。

俗云:"上帝创造了乡村,人类堆出了城市。"而汽车,又剧烈地改变了城市,决定着现代城市的面貌。只要稍微回顾一下近一个多世纪以来汽车和城市的发展过程,便一目了然。世界上第一台以汽油为动力的内燃机,是一八八五年由德国人卡尔·本兹(Karl Bcnz)和哥特利勃·代姆莱(Gottlleb Daimlat)发明的。但真正把汽车变为大众化交通工具的,却是美国人亨利·福特(Henry Ford),人们称他的T形汽车,"改变了美国,改变了世界"。

国际上公认的"改变世界商业历史的二十个决定"中,福特汽车公司于一九一四年,给员工开出五美元的日薪,被排在第四位。当时福特汽车的生产线正陷于困境,工人流失率高达百分之三十七,福特不得不雇用近五万人,才能勉强维持只相当于一点四万人的劳动规模。福特希望通过每天向工人的口袋里放进五美元(以前工人的日工资只有二点三十四美元),并将工人的劳动时间由九小时减为八小时,能稳定住人心。不料这一决定竟引起一连串的社会效应,渐渐地竟改变了整个美国的社会结构……由于工人的工资高了,有了购买力,汽车的单纯制造者变成了消费者,汽车的销路大增,自然也就更剧烈地刺激了汽车的生产。而高工资又催生了一批以高级技工和白领为代表的中产阶级,逐渐成为美国社会的中坚。

到一九二八年,约有一千六百万辆福特T形汽车从传送带上投放市场,平均每五个人就有一辆小汽车。当时美国的汽车产量,占了世界汽车总产量的百分之八十五。有了汽车就得修路,道路又刺激了郊区城镇的发展,在那个美国汽车和公路发展的全盛时期,每年建新房八十三万三千幢,其新房建造率是以往的两倍多。每个大城市的边缘地带都有许多新的郊区城镇连片而起,驮在汽车上的美国城市经历了一场戏剧性的空间转换,来了个里外大调个儿,出现了中心区每况愈下,而外围蒸蒸日上的新模式,美国在不知不觉中身不由己地变成了一个郊区国家。

汽车使城里人享受到以前无论如何都享受不到的好处,清新的空气,安宁静谧的环境和大自然风光,既有乡村的全部优点,更兼城市的一切便利(《潜兹暗长的疆界——一百五十年来美国郊区的发展》肯尼斯·杰克逊著,迟越译)。这像不像现在的中国?

郊区化过程过去是,现在仍然是城市增长的重要功能。

可为什么非要说是汽车改变了城市的面貌,而不是电车、火车?电车和地下火车几乎都是直通市内商业区,似乎是在鼓励人们跟市中心保持经济和社会的联系。然而它们是有轨道的,因此是保守的,总是沿着一定的路线往返运行。而小汽车是创新的,有驾驶感,可随心所欲,任意驰骋。

上个世纪末,美国总统胡佛任命了一个委员会,调查美国生活的现代趋势。一九三三年,以《美国当前的社会趋势》为题公布了调查结果,对私人小汽车有如下的描述:

"新交通工具之所以在短期内受到普遍的欢迎,多半可归结为以下的事实:小汽车使车主来去自如,这已是旧的交通工具所望尘莫及的了,汽车备于身边,可供随时驱驰之用;自己驾车外出,路线、目标任意选择,时间、速度随心所欲;行囊包裹之累已不在话下;更可取者,乃是用较小的开销,便可携全家出游。种种方便加大了汽车使用率,也加速了汽车的普及。"

这就是驾驶感的作用。只有拥有自己的汽车,也才可以获得这般美妙自在的驾驶快感。

二〇〇六年夏天,一批作家应《作家》杂志社之邀赴长春参加一个讨论会,题目是"现代工业化进程和文学创作"。我却宁愿称这次文学讨论是一个"汽车狂欢节"——这个"现代工业化进程"最后也可以归结到"汽车的发展进程"上。

讨论会在一汽大众公司举行,其开幕式放在试车场。一批崭新的奥迪和捷达停在路边,任由作家们上去试车。我见作家们个个都眼放精光,依次上去享受驾驶新车的快感。

在这里,驾驶像创作,而乘坐充其量不过是阅读。

这就是驾驶的诱惑。在汽车问世的一百二十年里,惯于喜新厌旧的人类抛弃了许多东西,为什么对汽车的兴趣却有增无减?

是汽车吸纳了现代人的灵魂。

人在学会走路后都要学跑,谁都想当那个"跑得最快的人"。追求速度是人的天性。现代生活中的一切,就更讲究速度和刺激了,一切都要快,进行快,结束快……于是,驾驶感就变得尤为重要。甚至可以说,生活的全部技巧都表现在"驾驶"上。

现代生活仰仗着一种平衡力,而对汽车的驾驶提供了这种平衡力,以及对自我平衡的满足感。是驾驶感将人的占有与消耗的本能发挥到极致……

经历了一番严肃的工业和文学的讨论之后,进入"汽车狂欢节"的核心部分——"第一百万辆捷达轿车"下线的庆典仪式。

中外宾客聚集在总装流水线旁边,后面人头攒动,前面的大屏幕上画面闪烁,主持人带领大家回忆了十五年来,中国第一汽车集团和德国大众汽车公司的合作历程……乐声伴着说笑声,心情烧沸了车间的温度,那辆幸运的刚刚下线的第一百万辆捷达车,集现代人对轿车的万千宠爱于一身,为它欢呼,为它拍照,为它举办专门的音乐会,有关人员挤到前面在它的车身上签下自己的名字……

这场面让我想起所经历过的一个又一个的"工业大潮",或曰"经济浪潮"。上个世纪五十年代,全国的工业兴奋点是造万吨轮,第一艘自己制造的万吨轮"跃进号"却像泰坦尼克号一样,在首航中触礁沉没,具有非比寻常的惊醒和宿命意味;六十年代的重大科技攻坚战是造原子弹;七十年代的工业热点是造万吨水压机……

现在则是汽车。

工业热点表达了经济动向和社会潮流,因此可以说现在的中国到了汽车时代、驾驶时代。现代人把汽车看作是自己意志的表象,在瞬息万变、竞争激烈的商业社会,用钢铁的漂亮壳子把自己包裹起来,不仅有了安全感,让人和人、人和环境立刻就有了一种神秘的距离感。只要一坐进自己的车里,随即就有完全不同的感觉。在跨越距离时有了轻松和舒适感,变奔命为一种享受。

如果是驾驶蓝车或绿车,那是一种收缩的颜色,让车看上去比实际的要小,可在拥挤的大街上尽量灵巧地横挤竖钻,一逞有车之快。倘是开着红、黄两颜色的车,则显得膨胀、张扬,车给人的感觉要比实际的大,这就益发地醒目和娇贵。黑的高贵,白的俏丽……

狂欢节的高潮,是第二天的"汽车庙会"。即一汽大众公司每两年一度的"家属参观日"。有三四万名一汽大众的员工家属,名义是家属,实际上有家属的邻居和朋友、连同家属的亲戚们也跟着一块来了,扶老携幼,笑逐颜开。公司的所有大门都敞开,欢迎这些来汽车厂赶庙会的人们,并发给每人一兜纪念品,里面有精致的汽车模型和宣传材料。

正门前的广场上有文艺演出,铜管乐队正高奏着《迎宾曲》,但看演出的人很少,家属们像潮水一样涌进各个车间。他们要看的是汽车怎么生产出来的,还要找到在一汽大众上班的自己的家里人,看看他(或她)是怎么工作的……每个人脸上都洋溢着满足、自豪和幸福感。是的,家里有个人能在一汽大众工作,制造轿车,那是幸运无比和值得骄傲的。这首先是因为在一汽大众上班能有一份牢靠的高收入,其次是在一个眼下最吃香的企业里干着最吃香的工作,本身就令人艳羡。

在汽车社会,汽车就是具有这么不可抗拒的魔力。

还因为一汽大众赋予了东北这个老工业基地以新的动力、新的经济增长点。它不可能不成为长春人、东北人,乃至中国人关注的焦点。

汽车工业之所以发达,是因为汽车适应了人类生命中的一种特质。人类是喜欢无止境地追求过剩的,贪欲是人的生命特质的一部分。曾经有相当多的中国人把自行车当做奢侈生活的"四大件"之一,现在却没有汽车受不了了。

人类很难舍弃已经获得并且习惯了的便利。

同时,汽车又最接近这个世界的本质。这个世界是寂寞的,又是嘈杂的。汽车给外部世界增添嘈杂,却让它的驾驶者享受车内的寂寞。我看到各种型号的轿车,一辆接一辆地驶下一汽大众的生产线,心想这就是汽车社会的源头……汽车若照这个速度源源不断地拥向中国的城市,会不会有一天将所有的城市街道都变成停车场?

答案是不会的。一汽大众的一位高层管理人员说,中国的城市汽车市场,还远没有饱和,甚至还没有成熟,而农村的汽车市场几乎还没有开发……这就是说,中国的汽车工业还大有前途。另一个最有力的证据是,汽车诞生一百多年了,在汽车工业最发达、也是汽车人均占有量最大的国家,汽车却跑得比我们好。

这说明汽车是理性的。一辆奥迪车有两万个部件,组装在一起跑起来却没有多大声音。这些无计其数的理性汽车,在当今社会构成了一股强大的势力,逼迫着人类社会必须要更科学地管理自己的城市和生活,否则就寸步难行。这比开多少会、发多少文件都更有效。

靠两条腿走路的自然人好管。人所共知中国老百姓"任劳任怨,老实听话"。而身下装了四个轱辘的"汽车人",其距离感、时间感、空间感,乃至责任感、道德感都跟自然人有了差异,这不可能不对现代社会构成挑战。

现代社会如果过不了汽车这一关,今后的种种美妙设想将成为泡影。喜欢汽车,拥有了汽车,不等于就进入了汽车时代,还需尊重汽车的理性和规律,完成汽车对人的挑战。

我从来没有对司空见惯的汽车想过这么多,发过这么多议论,这要感谢《作家》杂志社和一汽大众联合举办的"长春汽车狂欢节"。

祝愿中国的汽车,能够一路狂欢下去!

快乐是单纯的

年末一个冰冷的早晨,我因看错表而起早了,骑车赶到游泳馆时还没有开门。可门前已经黑乎乎地挤站着一堆人,走近细看,几乎都是老年泳友,却像小学生等着开校门一样,紧紧挤挨着铁栅栏。有人还不停地吱哇怪叫:"到点儿了,到点儿喽!"

"呜——哈,呜——哈!"

这是抓空在喊嗓子,有的则发力在跺脚,或猫腰甩臂做着各种准备活动。挤不到前面去的人就在后面转磨磨,弓着腰,提着脚,嘴里噝儿噝儿地抽凉气……黑灯瞎火,不知道的人打从这儿经过,非得被吓一跳不可。离规定的开馆时间还有一刻钟,老头儿们闹得更欢了,就在这欢闹声中铁栅栏自动打开,有人暴叫一声:"冲啊!"

呼啦啦大家争先往里拥。进了大门还要穿过一个大院子,然后进大厅,穿过大厅再冲上二楼,才是更衣间和游泳池。老头儿们能跑多快的就跑多快,跑不太快的一溜小跑,不能小跑的疾走,大家都不再说话,一窝蜂似的争先恐后。我看他们的样子,是真的都想争当第一个进馆的人。这让我感到好奇,游泳馆早进一会儿晚进一会儿有什么关系呢?我不由得也加快脚步,想跟进去看个究竟。

原来这些一年三百六十五天天天早来的人,每天早晨要争好几个第一:第一个进馆、第一个冲进更衣间占到自己喜欢的更衣箱、第一个跳进游泳池、第一个冲进厕所占个好茅坑,老头儿们的保健习惯都不错,想必早晨一起床先灌一大杯凉水,再加上存了一夜或大半夜的腹内垃圾,来到游泳馆就不可能不内急了……无论争到哪一种第一,老头儿们都很快乐,没有争到第一的谈论这个争第一的过程中的洋相,也是一种乐事,同时还夹杂着许多可供大家一乐的其他话题。

一旦进了游泳馆,大家仿佛特别爱逗趣、爱说爱笑,无论谁说什么都很容易引起哄堂大笑。如果这时候谁还不笑,明显地是他有问题。就这样老头儿们每天的快乐从一进游泳馆就开始了,而且这快乐的情绪会延续一早晨,甚至能影响一整天。原来快乐就是如此的单纯,没有高级和低级之分。天下之乐无穷,许多小事就能给人以大快乐。老人们到游泳馆来游泳是为了健身,而快乐就是百验百灵的健身妙招。尽管这看上去有点孩子气,但孩子的快乐是最真实的,不是装的和表演出来的。

根据哲学家梁漱溟的说法,"老小孩儿"是一种很高的境界。即自觉听其生命的自然流行,求其自然合理,"如儿童之能将生活放在当下,无前无后,一心一意,绝不知回头反看,一味听从生命之自然发挥……"当个这样的"老小孩儿"岂是容易的事吗?一个人当"老小孩儿"不容易,大家一起当"老小孩儿"就比较轻松了,快乐也会更多些。

——这也正是游泳馆的魅力。游泳馆里的"老小孩儿"们是将活得简单变成一种习惯。快乐本没有一成不变的定义,自己觉得快乐就是快乐的全部奥秘。而上了一定年岁的人凑在一起集体找乐,比一个人偷着乐还有个大好处。这好处就是能够传染快乐,也能够战胜快乐,即以最大的可能减少乐极生悲的事情发生。

团圆是心的圆满

中秋，是中国人非常重视的传统节日，是心的节日。

托月寄心，意在团圆。月亮每年有十二度圆缺，其中圆极是中秋。三秋端正，月出东溟，太空悠悠，秋光溶溶。婵娟徘徊，桂花上浮，升东林，入西楼。"万里无云镜九州，最团圆夜是中秋。"

这是个充满诗意、最具浪漫情怀的民间节日。中秋月圆，是人的团圆、心的圆满。

"每逢佳节倍思亲"，指的是心的不圆满。

其实任何节日都有一个共同的目的：人团圆，心相依。可惜呀，现代人越来越有一种倾向，将"节日"和"心"分离，变成单纯的身体感官的享受。甚至有本事将所有节日都变成"赚钱节"和"玩乐节"。中秋成了豪华月饼节，或者叫月饼促销节。

有人说传统节日正在淡化，国人（尤其是年轻人）更喜欢过洋节。我却觉得未必，现代人所谓的喜欢过洋节，也不过是"洋节土过"，将所有西方节日都能过成中国式的狂欢节、美食节，图的还是热闹、放松，乃至放纵。比如，西方人过圣诞节讲究安静，连商店都关门闭户。而我们许多所谓喜欢洋节的人，从前一天的平安夜就开始不平安了，蜂拥到酒店、饭馆、酒吧里"可劲地造"，要一直闹到圣诞夜才算进入高潮……此其谓：圣诞不"圣"。

其他诸如元旦等洋节，也大体差不多，学一点表面的花活，骨子里还是一个"闹"字。

当下无论人们怎样议论"国学热"，它带动了传统节日的回归，总是一件令人欣慰的事。近闻德成国学馆,在中秋之夜将组织数百名儿童在河边大道上"持灯踏歌"。孩子们手中的灯光与天上的繁星交相辉映,儿歌和着蛐蛐的鸣叫迎接明月的东升……赏明月、拜月娘、挂彩灯、走月亮,本来都是中秋的习俗。

然后在广场上集合起来,老师向孩子们讲解有关中秋和月亮的知识:一年的秋季,八月的中间,即为中秋。"秋"就是禾谷熟了,将心里的感激和企盼寄托于一轮明月。而月亮是离地球最近的天体,月亮上的一天等于地球上的一个月,月亮上的每一个白天和黑夜都各持续两个星期,月亮上白天最热的时候是摄氏一百二十七度,而夜晚最低气温则达到摄氏零下一百八十三度……

我想大部分亲身参加或看到了中秋节持灯踏歌的孩子,一定会留下诗情画意般美好的印象。通过月亮,感受父母的心,让中秋离自己的心很近。通过中秋,感受传统。

孩子若从小就丢了传统,将来就容易找不到根。现在的父母都希望儿女成才,而成才的儿女多要外出,不忘记圆缺有情的民族传统,就可免得日后六亲远,徒呼一悲风。

特殊监狱

　　说来也怪,自由人总是对不自由的地方怀着某种好奇。人类从原始部落时代就创造了监狱,数千年下来,世界上许多东西都消逝了,连许多庞大和凶恶的动物也灭绝了,监狱却一直存在着,且越造越多,越造越好,并成了人类社会所不能缺少的东西。天津西青监狱占地数百亩,由几幢白色的现代楼房组成。在市内闻惯了汽车尾气和被拥挤怕了的人,走进去会非常羡慕院内的幽静和清洁,空间广阔,空气新鲜。有修剪整齐的草坪,新栽的小树林,碧汪汪的水池……若不是周围有一圈高墙和墙头上的电网,很容易被人误解为是一片不错的住宅小区。只是从外表看没有现代住宅区里那么多的铁窗铁门——这是当今社会一大怪,自由人住的房子铁窗化,真正的监狱文明化!

　　走进监狱的大楼,感觉就不一样了。有的楼内像军营,一间间大房子里铺的是清一色的军用绿床单,一排绿被子也像当兵的一样叠得方方正正。有的楼内则像医院,白床单,白被子,也同样叠得像豆腐块一样整齐。有些房子里的犯人,用相同的姿势在床前静静地坐成一排,腰板儿挺得笔直,双手放在膝头,两眼正视前方——一个个像是在静修。服刑不自由,如果利用这个条件静下心来修炼,一定会受益匪浅。难怪他们看上去身体都不错,有些已经七老八十了,仍然活得劲劲的。

　　有些犯人则在房子里工作——糊纸袋或捆扎塑料花。动作不紧不慢,节奏井然有序。监狱里也有个经费问题,环境要美化,犯人的伙食要讲究营养配餐,更不要说看病吃药,处处都需要钱。监狱长有个很大的压力,就是要到处去给犯人们揽活干。如今许多正式企业的职工都下岗了,要给犯人们找到合适的活干又谈何容易?糊一个纸袋只能赚到两厘钱,糊一百个纸袋才刚够在白天存一次自行车的费用……

随着我对这所监狱的了解越多,就越感到惊讶,甚至生出疑惑:这是监狱呀,还是医院?抑或是养老院、残疾人收容所?按理说监狱是不可接收传染病犯人的,自国家发布"严打"(严厉打击刑事犯罪)令以来,这座监狱就无法拒绝那些又有罪又有病的家伙了。于是里面就关押了许多患有严重传染病的犯人,分别隔离成几个区域:肝炎病区、艾滋病病区、肺结核病区、半身瘫痪者,另有许多六十岁以上的老犯人,最大一个八十八岁!还有一大批哑巴、瞎子和邪教痴迷者……

热闹吧?世界上竟然还有这样的监狱!即便是正式的医院,也会分门别类,没有一家医院会同时收留花样这么多的病人。比如结核病院就不收留肝炎病人。艾滋病病人也不是所有医院都能收治。西青监狱里的艾滋病犯人心里很清楚,纵使他们没有被判死刑,艾滋病病毒最终也会要了他们的命。所以在监狱里无论怎样表现,结果都是必死无疑。因此他们就经常相互打架,还要打得见"红",当干警来拉架时趁势伤害干警,让带有艾滋病病毒的血液大肆散播,以图传染给没有艾滋病的人。真坏!有位干警曾被艾滋病犯人用碎玻璃割破后缝合了六针,所幸当时躲得快,才没有沾染上毒血。

尽管如此,这些有病的犯人在监狱里还是照样会享受应有的治疗。比如,国家每年给每个结核病犯人贴补一千元的治疗费。这让我想起我们机关的在职干部,许多年来每年只能报销四百元的医药费。监狱里那么多年老多病的犯人,经常会有人急性发作,监狱的诊所处理不了,干警就得送他们去医院,还要自己给垫付医药费。这让我非常惊讶,现代社会怎么会有这么多老年犯罪?连《圣经》上都说,"白发是荣誉的冠冕",人会在衰老的过程中学会一切。他们都这么大一把年纪了,能犯什么罪呢?

深入一了解,就更出乎意料了。原来这些老年犯中竟有一半是性犯罪!其中有相当数量的还是奸污幼女。最典型的就是四个老东西合伙奸污邻居家的一个弱智幼女,他们中年纪最大的八十四岁,最小的六十七岁,还有两个七十多岁的。另有一个戴某,经常偷看儿媳妇洗澡,有一天趁儿子不在家把儿媳妇给强奸了,以后竟想长期霸占,遂被儿媳妇告发。还有陈某诱奸了邻居家的幼女。真是邪了,当今社会各种壮阳补肾的广告满天飞,好像无男不虚,无男不痿,年纪轻轻就需要进补,怎么监狱里的这些糟老头子反倒性亢奋,成了性犯罪的主力?他们中大多是独身,或者终身未娶,或者已经丧偶。还有个大致差不多的心态:老了就可以豁出去了,再不干一把死了太冤。都这把年纪了,干了又怎样?殊不知监狱并不排斥老年犯,他们有的被判了死缓,有的被判了无期,这就等于要死在监狱里,真是不得好死啊!他们中最少的也被判了六年以上,问题是凡这种犯罪都格外遭恨,使家里人蒙羞,让邻里厌恶,都恨其不死,希望他们永远也别再回去。当然也就不愿意保他们外出就医。只要刑期未满,他们就只能待在监狱里。有些人刑期满了也不想出去,甚至出去的自己又摸了回来。

老年犯中还有相当数量的是经济犯罪,退休后利用返聘的机会大捞一把。还总以为自己因年老已经变得很有经验,很狡猾,坏不了事。却恰恰忘了,人在变老的同时也会变得很愚蠢。正像英国诗人弥尔顿说的:"人老了染上的那种病叫贪欲!"以前人们都认为人老了会变得性情平和,不急不躁。现在不知是因为生活提高吃得好了,还是受的污染太多,人老了邪火还特别大。西青监狱里就有一些老年刑事犯,有的还为一点小事杀了人。可见老年的悲剧不在于衰老,而在于他依旧认为自己年轻。人懂得在老年时成熟,才是睿智的表现,是生活技巧中最重要的。

最后再提几句监狱里那一大帮哑巴、瞎子,犯的是什么罪?哑巴一般都非常聪明,多是因为偷盗被抓进来的。就是在监狱里,他们也喜欢抱团闹事,常常打群架。所以对哑巴犯要分散管理。瞎子犯就容易集体管理,他们多是重刑犯。其中有个瞎子是音乐天才,自小就弹一手好琴,曾和各大音乐院校的明眼天才一同参加过全国键盘类的大赛,并获得了第二名。进来前有一份很好的工作,还有一位明眼的漂亮姑娘崇拜他的才华,排除了诸多压力嫁他为妻,并生了个可爱的明眼男孩儿。谁料这个瞎子色胆包天,强奸保姆后竟想杀人灭口,将保姆从三楼的阳台上推下去摔成植物人……

罪孽呀! 也许是因为身体器官的残疾,迫使他们变得聪明了;同时又因残疾而将自身的聪明扭曲成一种病态。写到此,我忽然对先哲的一种论断有了新的理解:"善恶没有彼岸,只有多寡。善恶间的斗争永无止境,是它们支配着一切。"这也正是监狱没有因人类的进步而被取消的缘由。

电的传奇

科学家们推想：是电，催发了生命的诞生。人类起源于一场宇宙大爆炸，电光石火，混沌初开，有了光，随后才有了生命。中国传统文化的核心，是"阴阳"。而阴阳交激，产生雷电。无人不怕雷电，将雷电奉若神明。

记得在我七八岁的时候，下洼打草赶上了雷雨，慌慌张张地躲进一间看场的小屋里避雨。小屋里已经挤满了人，大家都很紧张，站在门口的拼命往屋里挤……恶雷一个接着一个，仿佛就在屋顶上炸开，闪电一道连着一道，道道都像要钻进我们的小屋，甚至要将小屋一劈两瓣儿！真正的害怕是没有惊叫，大家吓得连大气都不敢喘，可能还想起了去年夏天雷公惩恶的事。村南头有个叫韩佩十的人，不知是跟谁打完架后拿庄稼出气，一边走一边用鞭子抽打道边的谷穗，突然被一道闪电追上，呱啦一声变成一截烧黑的焦炭，倒在地边不动了。

小屋里憋闷得让人上不来气，平时极有威严、在村里说话很占分量的五林叔终于发话了："今儿个这雷有点邪乎，老围着这间小屋转，没准咱们里边有人做了坏事，雷是来拿他的，不劈了他雷不会走，大伙儿都得跟着倒霉。从现在起咱们挨个都出去站一会儿，没做亏心事的雷不会动你，顶过一个雷后再进来。做了坏事的，雷一劈了他也就雨收云散，咱们大伙儿也就都得救了。我头一个出去。"他说完真的先挤出了小屋，站在雨地里顶了两个雷。雷倒是没劈他，可浑身都湿透了，后边的人却不想主动出去，都向后捎着等五林叔点名。

155

这时从村子方向传来我熟悉的呼喊声,是母亲一边叫着我的名字一边向洼这边跑,手里拿着块遮雨的油布。我忘了头顶上的雷,冲出小屋背起自己的半筐草向母亲跑去,雷电并没有追赶我,可见雷公也不是冲着我来的,便踏踏实实地跟着母亲回家。在雨中还高声朗诵刚学过的课文:"阵阵雷声响连天,想是天爷要吸烟。怎知天爷要吸烟?一阵一阵打火镰!"

以后来到天津上学,才真正理解了美国奇人富兰克林,用放风筝的办法捕捉雷电的意义。大城市里已经非常聪明地将"雷"和"电"分开,所有的高楼顶端都有一根长长的避雷针,避不了的"雷",也多半是沉雷、远雷,很少碰上会在自己头顶炸响的霹雳。而"电",非但不可怕,而且无比可爱,它创造神奇,成就花花世界。

古人讲"石火无恒焰,电光非久明"。而城市人的聪明就在于能让电光"久明"、耐用。城市里无处不电,处处靠电,电灯、电话、电表、电棒、电报、电唱机……最妙的是电车,一条线路一种颜色,绿牌电车围城转,红牌电车到中心公园……在西北角花二分钱能坐到劝业场。进了劝业场才知道,原来城里比乡下黑,在白天还要点灯。其实城里的电灯并不单是为了照亮,更是为了好看。城市在白天显得死眉塌眼,苍白、拥挤、沉重,到晚上灯光一亮就活了,有了色彩,也有了精气神。所谓"光景、光景",有"光"才有"景"。城市里迷人的夜景,说穿了就是"电之景",是电给了城市以生命和活力。

电如此美妙,人们焉能不贪得无厌、多多益善?这种无尽无休的索求,使电又变成了喜怒无常、难以驾驭的"雷电",又反过来开始制约城市,制约现代人。当时我在工厂的一个车间里管生产,头上仿佛时时刻刻都悬着一把剑:"限电"。即"限制使用电力"。刚开始是每周二必停电,后来改为每天限数,只要一用够了数便不管三七二十一地就拉闸……每天早晨,我骑着自行车一到南仓耳朵就支棱起来了,听到自己车间里的五吨锤正铿铿锵锵地砸得地动山摇,心里就一阵畅快,知道有电。如果骑到南仓还一片静悄悄,脑袋登时就大了,上班第一件事就是去跑电。就因为要经常跑电、催电、等着来电,天天跟电玩儿命，我每周差不多得有四天是在车间里值班，也就在那个时候落下一个毛病，至今还改不过来：晚上灯光越亮、锻锤砸得越热闹，睡得越香。灯光一灭、锤声一停，我立刻就醒。

三年自然灾害时期，人度荒。限电，是经济度荒、工业度荒。

一九八二年我第一次去美国，从东部到西部，所有的城市一到晚上都变成灯海光域，每一栋楼都是亮的。我感慨良多：资本主义就是腐败，到处都在浪费，到社会主义国家，从小学一年级就懂得要随手关灯。陪同的人向我解释：在美国有一条规定，晚上下班后必须把办公室的灯都打开才能走，否则出了意外事故，别的部门不好救助，实际就是鼓励用电。当时我差点没吐出一句"国骂"，我们的生产第一线在天天限电，他们这儿竟鼓励用电。地球的另一面，真是什么都反着个儿。原来资本主义"牛"，不是"牛"在别处，是"牛"在电上。

不想没用几年，在电上我们也"牛"起来了，工厂不再"限电"，家家户户都有了自己的电表，过去装个二安培的表算是大的，要经过特殊手续批准，现在十安培的电表也稀松平常了。可电用得越多，用得越方便，人对电的依赖也就越大。所谓现代世界，让人觉得就是电的世界。既然世界的诞生缘于一场大爆炸后有了电，那么世界的末日也将是一场大爆炸，咯噔一声断了电！因此现代人，也可以称为"电人"。自上个世纪九十年代初，我丢了笔改用电脑写作，渐渐便发觉自己的脑子发生了严重变化，我的脑子必须再加上电脑，才是完整的好用的脑子。倘若没有电脑光是我的脑子，无法思维、无法进入创作状态，简直就是猪脑子……或许还不如猪脑子。每当电脑出毛病，比如遭到病毒攻击，或丢了文件，就会急得想撞头，夸张点说像自己的小世界到了末日。幸好神经还算皮实，不然早就跳楼了。于是我就老在琢磨，电给人类的力量装上了翅膀，信息触角无限延伸，极大地节省了人的体力和脑力。可有那么一天，人会不会都变成傻子？或头脑极端发达，四肢却退化成废物？

电这种看不见、摸不得的东西，本来是一种没有重量的流体物质，现在却不仅全面操控着人们的物质生活,还深入地介入了现代人的精神生活。

比如晚上没有电视看,是不是像丢了魂儿一样?尽管有电视你也不一定认真看。就像"魂儿",有的时候人没有什么特别的感觉,一旦魂儿丢了却没法活。

电——正是现代生活的魂儿!

第二辑

论　事

生命中的软和硬

去年一位朋友掉了牙齿，换上一口假牙，洁白而整齐，他却经常抱怨感觉不对了，一下子觉得自己老了。我对此不甚理解，看上去他的假牙比以前的真齿还要漂亮坚硬，只会使他变得年轻了，怎么会发出老之已至的感叹？

前不久我从外面回到家里，有点渴也有点饿，见桌上摆着一盘洗好的名叫红富士的苹果，拿起一个就咬。这种苹果肉质紧密，被我咬下了一大块，却感到自己的嘴里有点不对劲儿，赶紧吐出苹果，才知自己的门牙少了一颗，那颗牙还插在苹果肉里。

这对我打击可不小，对照镜子仔细端详自己的嘴，果然变了——掉了一颗牙不仅使整张脸都变了，甚至连气质也变了，我把双唇噘起来像老大爷，把嘴瘪进去则如老太太。我对着镜子反复演示，一番感慨，一番痛悔，一番愤怒，是谁搞出的这种鬼苹果，还起了这么个怪名字，我对他有"没齿之恨"！

说来也怪，牙齿是人身上最坚硬的东西，到老的时候很少有牙齿不坏的。舌头是软的，且运动量比牙齿还要大。吃东西的时候用牙齿也要用舌头，而说话的时候只用舌头不用牙齿。人活一生，说话的时间肯定要比吃饭的时间长，不要说人到老了，即便是人到死的时候，也很少有坏舌头的。用牙齿把人咬死太难了，而"舌头底下却能压死人"。

原来世间有许多硬的东西最终都要被软的东西所战胜。水是软的能穿透硬的石头，能锈蚀硬的钢铁。硬接受软的保护才能经久耐用,骨头是硬的包在软的肉里才安全,到老了硬的骨头就会变疏松,易断易碎,而软的肉老了则变粗变韧,蒸不熟煮不烂嚼不动,硬的轮毂要配上软的轮胎才转得轻快而又耐磨,即便是火车的轮子,轴上也要垫软的弹簧。硬的枪炮要受软的政治的操纵,等等,难怪比尔·盖茨靠"微软"能成为世界首富。

为什么软比硬会更强大呢?

也许世界本来是由软物质构成的,生命不可缺少的三样东西:阳光、空气、水,都是软的。构成地球的"三山六水一分田",水和田都是软的,山又怎知不是由软变化来的? 硬的钢铁其实是把各种元素烧软后炼成的,硬的陶瓷也是由软的水和土烧成的。把任何物质无限地分解,追到老根上去恐怕都是软的……

由此想到生活,想到男女。人类一直认为男性应该是阳刚之势,雄壮,强硬;女性应该有阴柔之美,温良,娇弱。事实果真如此吗? 即便从生理上讲,男性的所谓硬,所谓强大,是短暂的,是靠一种软性的荷尔蒙物质支撑。一旦这种物质泄出,立刻就蔫儿就软,若非要以软硬论成败,任何男人最终都要败给女人,没有这种失败就没有人类的生息繁衍。

真正强大的是阴柔,是女性。

物质社会发展到今天,男性想维持表面的短暂的强大都遇到了麻烦:目前发达国家已有百分之二十以上的夫妇没有子女,有人预言到了二〇〇〇年,百分之五十的美国男子将没有生育能力(引自 1994 年11 月 18 日俄罗斯《共青团真理报》)。这当然是环境污染的结果。照此下去,有一天男性将会从地球上消失。

为什么环境污染最先受到伤害和受伤害最重的是男性呢? 不正说明了阳刚不刚、硬的脆弱吗? 妇女们曾焦急地呼唤过男子汉,千呼万唤的结果,严格意义上的男子汉不仅没有增多,反而越来越少。有些男子对此感到不好意思。开始借助于手术隆胸,练肌肉,一有机会就脱掉衣服炫耀自己的肌肉,西方人称其为:可悲可叹的"花花硬汉"。这正是男性的一种失败,已经不能通过内涵使女人感兴趣,只能靠外形去加以引诱。

经过这样一番打击,作为一个男人失去了一些自以为是的优势,可以冷静地思索自己的人生经历了:哪些时候硬,哪些时候软,硬的后果如何,软的结果怎样……发现凡是由着性子硬拼、硬碰,都容易惹起麻烦,对自己的伤害也大。凡是软中有硬、外软内硬,效果都不错。软硬相互依存,相互转化,如同烧瓷器一样,是一种水火功夫,一种品质的提升。

到掉牙的时候才开始思考这些问题,虽然有点晚,但总比"死硬到底"好。人到中年以后骨质开始疏松,恐怕更应该重视软功的威力。以柔克刚或以柔养刚、以柔抚万物,但又不同于"老滑头"、"老油条"、"老奸巨猾",才是人生最后一个也是最高的境界。

时　间

人生的全部学问就在于和时间打交道。有时一刻值千金,有时几天几个月几年乃至几十年,不值一分钱。

年轻、年盛的时候,一天可以干很多事。在世上活得时间越长,就越抓不住时间。

当你感到时间过得越来越快,而工作效率却慢下来了,说明你生命的机器已经开始衰老,经常打空转。

当你度日如年,受着时间的煎熬,说明你的生活出了问题,正在浪费生命。

当你感到自己的工作效率和时间的运转成正比,紧张而有充实感,说明你的生命正处于黄金时期。

忘记时间的人是快乐的,不论是忙得忘了时间,玩得忘了时间,还是幸福得忘了时间。

敢于追赶时间,是勤劳刻苦的人。

追上了时间,并留下精神生命和时间一样变成了永恒的存在,是天才。

更多的人是享用过时间,也浪费过时间,最终被时间所征服。

凡是有生命的东西,和时间较量的结果最后都要失败的。有的败得辉煌,有的败得悲壮,有的败得美丽,有的败得合理,有的败得凄惨,有的败得龌龊。

时间无尽无休,生命前赴后继。

无数优秀的生命占据了不同的时间,使时间有了价值,这便是人类的历史。

时间是无偿赠送给生命的。获得了生命也就获得了时间,而且时间并不代表生命的价值。所以世间大多数生命并不采取和时间"竞争"、"赛跑"的态度,而是根据生存的需要,有张有弛,有紧有松。

现代人的生存有大同小异的规律性。忙的有多忙?闲的有多闲?忙的挤占了什么时间?闲人又哪来那么多时间清闲?《人生宝鉴》公布了一个很有意思的调查材料。

一个人活了七十二岁,他这一生的时间是这样度过的:

睡觉二十年

吃饭六年

生病三年

工作十四年

读书三年

体育锻炼、看戏、看电视、看电影八年

饶舌四年

打电话一年

等人三年

旅行五年

打扮五年

这是平均数,正是通过这个平均数可以看到许多问题,想到许多问题。每个生命都是普通的,有些基本需求是不能不维持的。普通生命想度过一个不普通的一生,或者是消闲一生,该在哪儿节省,该在哪儿下力量,看着这个调查表便会了然于胸。

不要指望时间是公正的。时间对珍惜它的人和不珍惜它的人是不公正的,时间对自由人和监狱的犯人也无公正可语。时间的含金量,取决于生命的质量。

时间对青年人和老年人也从来没有公正过。人对时间的感觉取决于生命的长度,生命的长度是分母,时间是分子,年纪越大,时间的值越小,如"白驹过隙",年纪越轻,时间的值就越大,"来日方长"。

时间,你以为它有多宽厚,它就有多宽厚,无论你怎样糟蹋它,它都不会吭声,不会生气。

时间,你认为它有多狡诈,它就有多狡诈,把你变苍老的是它,让你在不知不觉中蹉跎一生,最终让你后悔不迭的也是它。

时间,你认为它有多忠诚,它就有多忠诚,它成全了你的雄心、你的意志。

有什么样的生命,就有什么样的时间。

一个人有什么样的时间观念,就会占有什么样的时间。

爱因斯坦创立相对论,证实时间与空间和物质是不可分割的,任何脱离空间的时间是不存在的,也是没有意义的。人如果能超光速旅行就会发生时间倒流,回到过去。

倘若有一天人类能征服时间了,生命真正成了时间的主人,世界将是什么样子呢?

饥饿的记忆

改变总是快乐的。在路上观看沿途的风景,或想到下一个景观,总会令人激动和向往。但是,行进中也需要停留,难免要回头张望已经走过的路。这是一种习惯,有欣慰,有满足,有启迪,也会有遗憾……

站在两个世纪交替的边缘回顾二十世纪,眼有点晕,头皮发炸,腹部一阵紧缩,类似一种饥饿的感觉——好了,就从饥饿感谈起。

到二十世纪的下半叶,人类文明已经发展到上天(人造飞船“可上九天揽月”)入地(北约的导弹在科索沃可穿透八米厚的钢筋水泥),几乎是无所不能的地步了。但是,联合国的最新报告却称“全世界仍有十亿人,也就是全球近五分之一的人生活在严重的饥饿状态之中,其中有一亿人濒临饿死的边缘,每年都有五十多万人死于饥饿”。

难怪罗马教皇保罗二世,在世界粮食首脑会议上痛心疾首地说,饥饿成了地球的幽灵是对全人类的蔑视,也是对现代文明的蔑视!

饥饿,日甚一日地威胁着我们这个苦乐不均、四分五裂的世界,饱的过饱,饿的越来越饿。二十世纪八十年代初,非洲一场饥荒饿死一百万灾民。到九十年代初,又一场大旱肆虐非洲二十余国,使六千万人受到饥饿的折磨……于是,越是贫穷饥饿的地区,祸乱越多。祸乱一多,政变就多,国家的领导人像走马灯似的换来换去。政变一多,战争也多,而且常常是家贼引来外乱……

二十世纪许多重大历史事件的发生以及历史进程的改变,皆因老百姓吃不上饭,肚子饥饿!

我们不妨先翻一下中国近代史：

一九二九年至一九三〇年，陕西大旱，"饿殍遍野，千里之内人烟渺无"；

一九三一年，湘、鄂等八省水灾，饥民上亿；

一九三三年，黄河决口，饥民三百六十四万；

一九三五年至一九三六年，在全国一千零一个县中，死于饥饿者至少在两千万人以上；

一九四二年至一九四三年春，因连续干旱，河南大部分地区"出现了地狱般的惨象，漯河至周家口大道两侧的麦田中，每隔八步、十步，即有饿殍尸数具，被野狗争食……"（引自《中国人还会不会饿肚子》）

就这样，以反饥饿为导火线，爆发了一起又一起的农民运动和"抢米风潮"。中国共产党领导的现代农民革命，不也是从打土豪分田地为发端吗？打土豪是为了能够分到田地，分到田地能够种粮食，吃饱肚子……这就是最基本的动力。当年美国的国务卿艾奇逊就不无偏激地说："国民党政府在大陆的失败，很大的一个原因是它没有给人民以足够的东西吃。"

饥饿人间，逃避饥饿就成了一种动力。一九五五年我考到天津上中学，原以为在大城市里肚子不会吃亏，岂料粮食限量供应，从农村来的学生饭量大，且无处去摘枣摸瓜以补充肚里的亏空，那是一种丝丝缕缕、绵绵不绝的腐蚀性饥饿。记得真正吃饱过只有一次，那天我去食堂晚了，剩下的几个窝头都是碎的，便跟炊事员矫情，既然你把它弄碎了就应该多给。也是炊事员急于要下班，就把自己的那一份也给了我……可惜这种便宜事不能经常遇到。

当时曾给自己的肚子许愿，参加工作以后就不再让它受委屈。一九六〇年我去太原重型机械厂实习，全国已经开始度荒，买六两蒸米饭，里面有一半是红薯或土豆，吃进肚里不顶时候，很快就又饿了。因太重厂在郊区，周围有白萝卜地，上夜班的时候几个同学就轮流去偷白萝卜充饥。岂料白萝卜是越吃越饿。

按理说，当了兵，保家卫国总应该能吃饱肚子了吧？同年的秋天我穿上了海军军服,在新兵训练基地照样也挨饿。当盛着热腾腾米饭的大筐箩一抬上来,战士们便一哄而上。他们第一碗盛平碗,三下五除二就扒拉到肚子里,再去盛第二碗。这第二碗,就像砸夯一样,摁了又摁,压了又压,直把碗装得成了坟头,然后慢慢地享受,因为没有再盛第三碗的机会了。每顿饭就是这一筐箩,够不够都是它。我是班长,不能抢饭,每次只能吃上一碗。有一天实在是饿得不想作假了,当教导员询问谁还没有吃饱的时候就举起了手,至今我还记得教导员当时看我的眼神,像枪口一样,恨不得一下就把我给毙了,且充满蔑视和厌恶。

这种时隐时现时强时弱的饥饿感一直追随我到七十年代末,后来我出版了一本小说集叫《饥饿综合征》。鲁迅在《狂人日记》里写了中国人的大饥饿:吃人!冰心则写道:"饥饿的确比死还要难受,比受了任何巨大深刻的痛苦还要苦。当你听到肠子饿得咕咕叫时,好像有一条巨蛇要从你的腹内咬破了皮肉钻出来一般;有时你饿得头昏眼花,坐起来又倒下去了,想要走路,一双腿是酸软的,拖也拖不动。"

经典作家们总结出文学永恒的三大主题是:战争、生死和爱情。而中国新时期文学最充满魅惑力的主题之一却是饥饿:右派分子的饥饿、困难时期的饥饿、下乡知青的饥饿、牛棚的饥饿、农民的饥饿……张贤亮最好的作品就是写饥饿的感觉。其实,把饥饿作为重要主题的不只是中国当代文学,获得诺贝尔文学奖的索尔仁尼琴,其成名作《古拉格群岛》就是写饥饿的经典之作。

拥抱的技巧

拥抱——是人类为了表达亲密、亲热、亲爱等等美妙情感的妙不可言的一种举动。不，不只是人类，动物也会拥抱，也有拥抱，在一些美妙的时刻也离不开拥抱。

心理学家早就论证过了，拥抱对调节精神，增进情感，加深交流，改变心理状态乃至促进人的微循环，都有莫大的好处。尽人皆知的例证是运动员在出场比赛前，被教练或亲人拥抱一下，就会缓解紧张情绪，在比赛中能正常发挥，甚至有如神助，有超水平的发挥。

亲人们久别重逢，战友出征或大难不死凯旋，运动员得胜归来或悲壮地失败，朋友历尽劫波后相聚，无论是喜极，还是悲极，都需要拥抱，没有那紧紧的一抱，就不能表达那份特殊浓烈的感情。处于爱恋中的情人们就更不用提了，没有拥抱爱情就不知道该怎么办？

人类需要拥抱是天性，是遗传下来的，每个人都是被抱大的。在幼儿阶段，不会坐，不能站，更不会走的时候，是不能离开母亲和其他人的怀抱的。人在告别这个世界的时候，倘若不幸久病在床，生活不能自理，再一次经历回到亲人的怀抱的阶段，那已经不是心理的需要，而是生存的必需了。哪个人不希望死在自己最亲爱的人的怀抱里呢？

拥抱的方式多种多样，拥抱的技巧层出不穷，拥抱的目的千差万别，影视作品里常可以看到这样的镜头：黑道人物、间谍或一些被坑害苦了的人，在拥抱中悄悄腾出一只手，掏出刀子、手枪或其他武器，给正陶醉在拥抱中的对方以致命的一击！

拥抱用来对付敌手同样有奇效。至少有两大妙用：其一，瓦解对方的斗志,让他产生幻想,还以为你真的对他好或想跟他亲热哪!其二,紧紧地抱住对方就等于捆住了他的手脚,这时候你想出拳脚或动刀子,就便利得多了!

希特勒在挑起第二次世界大战的前期,就曾和英、俄等国签订了友好和互不侵犯条约,在条约签字的时候双方首脑难免要相互拥抱一番。这是多么阴险的拥抱!

在生活中受了伤害的人,很少是因为公开打斗被打得鼻青脸肿的,往往是吃了被拥抱的亏。即所谓"笑面虎"、"笑里藏刀",以你的哥们儿、姐们儿、好朋友的面目出现,这些人不仅会拥抱你的头、你的脖子、你的臂膀,必要时还会拥抱你的腿、你的脚,那样你就更容易被摔倒了。鲁迅就曾提醒人们要横着站,横着站不仅能看到来自前后左右、四面八方的攻击,还能防备拥抱下的暗算。现代的腐化堕落也往往是在拥抱中发生和演进的,人情、爱情、亲情或金钱,都可铸造成手臂,把人拥抱得舒舒服服,晕晕乎乎,以致不知所以。

但是,出神入化地利用拥抱取胜的高手,是美国拳手霍利菲尔德。还记得那场让他一抱成名的比赛吗?他比泰森年长四岁,体重也比泰森轻,风传心脏不太好,且屡屡败给里迪克·鲍。而里迪克·鲍又是泰森的手下败将。美国赌博公司、拳击界的权威以及绝大多数看热闹的观众,公认霍利菲尔德对泰森只有1:7的胜率。因为泰森出狱后仿佛经过再造一般,横扫世界拳坛,如疾风吹落叶,有的用几秒钟,有的用几分钟,便把对手打倒在地。然而就在他史无前例地、登峰造极地创造了自己是不可战胜的神话的时候,却生生被一个大家都不看好的老"病夫"给抱输了。

霍氏打败泰森的诀窍就是:拥抱!

泰森的特长是快攻、强攻、近攻,一上来就猛攻。然而从第一个回合的第一招开始,泰森一扑上去就被霍氏抱住,使泰森的铁拳变成了空拳、死拳。泰森不停地攻,霍氏不停地抱,死抱、强抱、硬抱,缠缠绵绵,难舍难分,每一个回合都需要裁判一次次强行把他们拆开,一次次向他们发出要出拳不要拥抱的警告。然而霍利菲尔德照抱不误。

在拥抱的过程中,瞅冷给泰森来两下。

泰森大概什么都想到了,比如一场恶战、一场近身战、一场速战速决的快战,或者是一场艰苦的持久战,等等,就是没有想到霍利菲尔德会这么亲热地、熟练地、死皮赖脸地、心怀叵测地、反反复复地、有耐性有毅力地不断拥抱他。他先是被抱烦了,想冲开霍氏的拥抱,由于冲得太急被对方一闪一推来了个屁股蹲儿。泰森一跌倒,方寸大乱,渐渐被霍氏的拥抱把性子给磨没了,给抱傻了,不知如何对付对方的两只长胳膊,而不是拳头。这时候主动权就由擅长进攻的一方转移到擅长拥抱的霍利菲尔德手里,想抱在他,不想抱也在他,一旦他看准机会就松开胳膊改用拳头狠揍泰森。泰森先被抱得手足无措,而后是被打得晕头转向,焉有不败之理?

泰森三十年的人生受过两次重大的打击,都跟拥抱有关。第一次是强行拥抱华盛顿小姐,以强奸罪被判入狱四年。第二次就是被霍利菲尔德的拥抱抱掉了头上的光环,其损失不亚于前面的四年牢狱之灾。

西方有句格言:不要轻易松开拥抱着的双臂。还应该再加上一句东方式的格言:小心被拥抱。特别是在不该拥抱的地方被拥抱。

癌 性 格

既然世界上没有重样的人,也就没有性格完全相同的人。不仅每个人各有自己独特的性格特征,有人甚至具备双重或多重性格。就连表面上长得差不多的双胞胎,性格也往往迥然不同。这是因为性格来自先天的遗传和后天的生活经历,由复杂的心理构成,是一个人心理因素中最本质的东西。

也正由于人类性格的太多样和太复杂,人们出于研究、交往和表述的需要,常把各种人的性格合并同类项,加以典型化和类型化。

比如文学家们,老想按门捷列夫编制《元素周期表》的办法,将人物的性格分门别类地进行归纳:智多星型、猛张飞型、奸曹操型、水性杨花的潘金莲型、多愁善感的林黛玉型⋯⋯心理学家更喜欢把人类性格划分成几大类,有的分成"独立型和顺从型";有的分成"理智型、情绪型和意志型";有的根据社交素质分成"优越外倾型、失意外倾型、进取内倾型和自卑内倾型"。

还有人将现代人的性格分为"管理者型——感情外向,开朗活跃,人际关系好,情绪稳定。行为型——富有进取心,容易急躁,人缘差,常引起别人的注意和议论。平均型——不善交际,但适应性强,遇事想得开,心宽体胖。安定消极型——稳定,孤僻,内向,反应迟钝,耽于幻想,常处于被动状态"。

最厉害的就是医学家,他们将人的性格跟疾病联系起来,如美国的心脏病专家弗里德曼和罗森曼通过大量临床和实验,总结出一种"冠心病性格"。其特点是:性情暴躁,争强好胜,心绪波动大,常怀戒心和敌意。这种人醉心于工作,总觉时间紧迫,行动快,效率高,却又缺乏耐心。

中国的癌症治疗专家谢东泽指出,"癌性格"是人体与生俱来的癌基因从"癌"到"症"的催化剂,不良情绪是癌细胞最有效的培养液。"癌症的发生百分之八十与环境因素、个人经历的内心冲突以及性格特征有关,性格癌症有可能引发身体癌症,身体癌症反过来又加重性格癌症。"

虽然癌症的产生与多种因素有关,如化学致癌物质、放射线、遗传、病毒感染等,但现代医学发现没有一个致癌因素能单独引发癌症,许多物质性的致癌因素往往要在精神的参与和作用下才能产生破坏力。

那么,什么是"癌性格"呢?谢东泽归结为:孤僻、抑郁、多疑善感,好生闷气,自我体验深刻却不愿意表露;沉默寡言,处世冷淡;心胸狭窄,常钻牛角尖,容易记仇,报复心强;易躁易怒,忍耐力差;看什么都不顺眼,喜欢抱怨,有外人就跟外人闹别扭,没有别的人就跟自己闹别扭。这就是典型的"癌性格"。再具体说,抑郁好生闷气,并常常带气吃饭易患胃癌;长期处于失望自卑中的女性易患宫颈癌;压抑不得释放、经受克己情绪折磨者易患肺癌;怒气难以自制,又常常压抑愤怒,易患乳腺癌……

这话让人惊悚,却也不必被吓着。很少会有人把"癌性格"的诸多特征都占全了,顶多就是占上一两项或几项。再说谁愿意生来就有一副"癌性格"呢?有时一个人对环境是无能为力的,俗话说"人走倒霉字喝口凉水都塞牙",坏事都叫你赶上了,长期生活在"癌环境"里,性格又怎么能保证不生癌呢?癌症本来就是近几十年才发现的,好像现代社会就容易培养"癌性格"。一个人了解自己的性格并不难,想改变可就不那么容易了,"本性难移"嘛!

但,"难移"并不等于绝对不能移,有人受强刺激会发疯,发疯就是改变。生活中不乏这样的情况,一个人在遭受了重大的事变之后,性格会发生突变。这就看是不是轮到了那一步。据北京"抗癌乐园"的调查,检查出癌症后加重了"癌性格"的患者,早早地都死了,可谓越怕死,死得越快。知道自己得了癌症,试着改变自己"癌性格"的,相当多的"老癌"存活下来。真是应了一句老话:"性格即命运。"

人的性格是自小养成的,既然认识到现代商品社会容易出"癌性格",现代人对自己的独生子女又过于宠爱,就应该注重对孩子性格的培养。社会上不是正在流传着一个给心灵钉孔的故事吗？一个父亲让脾气很坏的儿子每发一次脾气就往门上钉一颗钉子,那个小子有时一天要往门上钉三十多颗钉子,后来觉得钉钉子比控制脾气还麻烦,就渐渐地不再发脾气了。他的父亲又叫他把钉子起下来,门上留下许多钉孔。这位父亲告诫儿子,你每发一次脾气就像这些钉子一样钉到人家的心里,即使拔出了钉子,还会在对方的心里留下疤痕。

现代人时兴逼着孩子自小就学绘画、学弹琴、学外语……能有条件多学一点东西未必不是好事。但,学什么都不如让孩子养成一种优秀的性格。爱因斯坦有言:一个人智力上的成就在很大程度上要依赖性格的优秀,这一点往往超出人们通常的认识。

发票儿的年月

　　饥饿是因为贫穷所造成的物质极度匮乏,对付物质匮乏的办法就是限量供给。

　　于是,二十世纪的中国,经历了一段漫长的票证时期。那时人们手里的钱不多,钱也更不是万能的,想买什么东西还要有政府发给的票儿和"购物证",堪称是聪明的中国人的一大创造。现在,人们谈起眼前生活的进步,也总爱跟发票儿的年代比——此"发票儿"可不是购物后售货员给你的发货票。中国人在票字后面加上儿化音,腔调就显得柔媚且带几分俏皮。

　　在共和国的历史上形容那个年代有专门的用语:"困难时期"、"特殊时期"、"度荒时期"……在老百姓的记忆里那就是个"发票儿的时期"。凡日常生活必需品都限量供应,国家按人头发给你各种各样的票儿,吃粮要有粮票儿,粮票儿又分全国粮票儿、地方粮票儿、粗粮票儿、细粮票儿、单位粮票儿等等;吃油要有油票儿,油票儿又分普通油票儿、麻酱票儿、香油票儿;吃肉要有肉票儿;吃糖要有糖票儿;抽烟要有烟票儿;穿衣要有布票儿,穿棉衣还要再加上棉花票儿;买肥皂要有肥皂票儿;购买工业品要有工业券儿……

　　热闹吧? 新鲜吧? 被物质的极大丰富弄得眼花缭乱,且购物欲顿减的现代人,一定会感到不可思议。

　　历史学家说人类社会的发展总是跛足的,如阿米巴一样蠕动。岁月跟季节一样,也总是冷热交替:新中国的诞生是大热,"肃反"是一种冷;公社化、公私合营是热,反"右"运动是冷;"大跃进"是热,度荒、

"四清"运动是冷;到"文化大革命"又开始热得发胀……发票儿是对燥热而虚夸的"大跃进"的一种矫正、一种承受、一种反省,是个冷峻紧缩的时代,却并不消极。

发票儿体现了中国人的聪明和平等意识,无论男女长幼、级高级低,都一视同仁。票儿是一种限制,也是一种保证,有票儿就有货,有票儿就能活,自己可不必为生活太操心,国家都给你想好了,个人活得单纯,累的是国家。所以那个年代人们对国家的感情不一样,培养起非常强烈的依赖性。

最能代表当时人心态的,是一首著名的在全国获得大奖的诗歌:

> 国家是娘俺是孩,
> 一头扎进娘的怀,
> 咕咚咕咚喝奶水,
> 谁拉俺也不起来!

你看看,"咕咚咕咚"地吮吸有声,而且还任谁拉也不起来!直到几十年后,许多人需要自己打理自己的前途和命运时,想不起来也不行了,才不得不直起腰,离开"娘"的奶头。

那时各种红红绿绿的票儿是领取社会财富的凭证,它淡化了金钱的魔力,你有钱没有票儿照样也买不到东西。这既是对社会消费的压缩,又是对消费的刺激。中国的烟民之所以这么多,大概跟当年发烟票儿有关,每个成年人都可以得到烟票儿,不买对不起票儿,不抽白不抽……

想起来老觉得有点怪,发票儿的年代人们都争着当工人,社会上闲人极少。每到逢年过节各工厂还要加班加点,结果是大家挣钱不多,物质还极大地匮乏。现在表面看起来社会上闲人不少,受大累的人不是很多,物质反倒极大地丰富,真不知人们手里的钱是哪儿来的?

马克思说生产是起点,消费是终点,分配和交换是中间环节。发票儿的年代似乎是有起点没有终点,人们只管拼命干活,消费很少的商品。现在是都愿意待在终点,不想去起点开跑……生活真是变了,它证实奢望往往得到相反的结果,极度压缩不是经济,头脑简单的时候票儿多,知识发达了物质反而多了。

生活比我们强大,不会只按我们的想法行事;我们比生活渺小,必须遵循它的法则。跟共和国一同经历过发票儿的年代,也是一种丰富、一种难得的体验,于是更深信经典作家的论断:困难和阻碍对于任何社会都是健康和力量的源泉。

但并不是所有贫穷的国家都有这样的幸运。据一九九九年联合国开发计划署发布的年度《人类发展报告》称:最富裕国家中的五分之一的人口,却消费着全球商品和服务总量的百分之八十六,全球出口总额的百分之八十二……这就是说,那剩下的五分之四的贫穷的人,只能使用全球百分之十几的物质产品,岂不是仍然处在严重的匮乏之中? 更叫人沮丧的是"有八十个国家目前的年收入比十年前要少,全球有几十亿人,靠每天不足一美元的收入维持生计……"处在这样的状态,不限量发票儿行吗?

然而,连中国人似乎都感到票证的年月已经相当遥远了,更不要说那些西方发达国家了。

人类生活的进步好像就表现在票儿的减少上,现代人的生活中只剩下一种票儿了——这就是钱票儿。即便只有这样一种票儿也还有人嫌麻烦,眼下的时尚是越有钱的人身上越不带钱,叫"一卡在手,走遍天下"。信用卡给了人们一种潇洒又拥有财富的感觉,一种随时可以得到钱的富人的感受和一种虚幻的力量。如果是在网上购物连卡也用不着。

现在越是没有钱的人身上越要有点小钱,买什么东西都是付现钞,还会遇到假钞的麻烦。

人性和狗性

　　农村几乎家家养狗，就是为了看家护院。同样的东西，一到城里就成了"宠物"，一个"宠"字便把狗东西们的身份抬了起来，显得金贵多了。每到早晨，城里的狗们便牵着自己的主人出来遛弯儿——对啦，不是人牵狗，而是狗牵着人。因为中国的许多养狗者就是这样，把狗一撒，让狗在前边胡钻乱跑，自己屁颠屁颠地在后面紧追。有的虽然还系着绳子，也是狗在前人在后，人被狗牵着跟头把势地东一头西一头地瞎窜。由人遛狗，变成狗遛人。见了电线杆或树，它们就抬腿耸屁股地撒上一泡尿，有时候还要在大街上当众撅腚拉屎。大概在家里对着人拉屎拉惯了，出来后自然更要显摆显摆。

　　我每天早晨在去游泳馆的路上总会看到各式各样的狗遛人的景观，想不看都不行，因为狗们常常挡了你的道。俗语"好狗不挡道"，经常在马路上挡道的狗还能好得了吗？久而久之，我只要看到狗的样子，就能猜出它们主人的身份。有些狗只在便道上溜达，不窜到大街中间来，皮毛也比较干净，看上去像个有人宠的样子。甭问，它的主人也穿着干净，面目良善。更多的狗是浑身脏兮兮，伸着嘴到处乱闻乱舔，总想找到点屎吃，有时还堵在马路当中寻寻觅觅，你的车子骑到它跟前了也不让开。甭问，这样的狗主人也干净不了，或蓬头垢面，一身邪气；或披头散发，斜叼着烟卷，趿拉着鞋……脸上又都有一份古怪的自得，还有些骄横。仿佛跟在一条狗的后面，哪怕是一条脏狗、癞狗，也算有了某种资本。

　　这是一种什么心态呢？人仗狗势，狗成了某种标志或象征，好像能养得起狗就不是一般的人。这些人也许确有绝的，前两天的报纸上就有段狗新闻:一个前几年做买卖赚了点钱的人,现在买卖不好做就蹲在家里吃老本,一天两顿酒,每喝必醉,每醉必撒酒疯,打老婆骂孩子,摔桌子扔板凳,杀七个宰八个。这样的人家自然也少不了一条狗,是条哈巴狗,属于那种脏了吧唧癞了吧唧的东西。有一天他高兴,跟狗闹着玩儿没正行,把狗嘴给弄破了一块皮。这下狗可不干了,突然狗脸一翻,学他往常的样子在屋里撒开了狗疯。狂吠着乱扑乱咬,乱顶乱撞,柜子倒了,茶几翻了,电视机摔了,沙发撕破了,屋子里的瓶瓶罐罐全碎了……

原来什么人养的狗就随什么人,主人有什么人性,狗就有什么狗性,主人的德行不怎么样,狗性也好不了。狗仗人势,狗跟人学,这原本没有什么好奇怪的。值得一提的是养宠物的人是否知道这个道理?应该先问问自己把人养好了没有?自己是不是配养宠物?倘若连自己都没有养好,人还缺乏教养哪,再弄个没有教养的畜牲,那不仅不能给自己"抬点儿",反而会给自己和社会添乱。难怪眼下"狗官司"不断,或咬伤了人,或窜上马路造成了交通事故……更奇的是有人状告邻居家的劣种公狗强奸了自己的名种母狗。说邻居家的狗是流氓,实际是说邻居家的人是流氓,名义上告的是狗,其实告的还是人。

任何一个国家都不准宠物在大街上乱窜和随意大小便。所谓保护动物,并不是保护着动物危害人类,更不是什么动物都保护。地球就是这么怪,越是珍稀动物灭绝得越快,每天都在减少,所剩不多的也濒临绝境。有些该灭绝的不仅不灭不绝,反而出奇地子孙兴旺。比如老鼠,据科学家的统计,老鼠比当今人类还多好几倍。这就是说地球上已经有了几百亿只老鼠在到处钻墙打洞,毁坏草地,跟人类争夺粮食,并传播疾病。

本来谁养什么宠物是他自己的事,你在自己的家里怎么宠别人也管不着,可一旦你宠着自己的畜类跑出来祸害别人,那就变成了"万人嫌"。表面上嫌的是狗,实际上嫌的是你这个人,狗是主人的化身嘛。眼下城里人基本上形成了一种默契,见到养狗的赶紧远远躲开。因为看上去像个宠物又确实讨人喜欢的狗太少了,大多是人模狗样,狼心狗肺,狗眼看人低,狗脸说翻就翻,趁早少搭理它!

"说理"之后

人总是有所怕和有所不怕。我怕进电视台,曾在《羊城晚报》上发表过一篇文章,题目叫《不进"综艺"》。记述了我几次被拉进电视台演播室的感受,那都是拍摄一些文化或综艺类节目的情况,无法忍受某些明星人物的傲慢、散漫、没完没了地拖延和浪费时间;也见不得一些当红主持人的那种"话痨病",抢话、插话、随意打断别人的话,喜欢卖弄和自我炫耀。

但,我并非不知道这是不识抬举。人家看得起你才请你在电视上露面,一个有着近十三亿人口的大国,电视台的演播厅是那么容易进的吗?有些人想进还进不去呢。世界上的许多事情就是这么别扭,愿意干的人不让人家干,不想干的人非要他干。

一九九九年夏季,有位我无法拒绝的朋友找到家里,想要我再走进演播厅,参与一场《说理说法》的节目。不等我拨浪脑袋他先讲出一番道理:"我知道你不愿走进综艺节目,但这是'说理说法',单凭这题目就有点意思,对不对?"

我临时寻找着推托的理由:"你知道什么是理吗?它应该是人类的生命之光。凡理,就应具有改造的力量,令人信服的力量。中国的传统哲学里有个程朱理学派,认为'未有天地之先,毕竟也只是理,有此理,便有此天地','宇宙之间,一理而已'。理是能纠正感情的一种智慧,可现在不讲理的地方太多了,不光不讲理,还讲歪理、邪理、私理,公说公有理,婆说婆有理,反闹得该有理的没有理,没有理的有了理……"

朋友一声不吭，似笑非笑地看着我。我就径直往下说："再说法，它应该是社会的良心，是公民间的一种公约。最好的法是能成为人们的习惯，或从人们的习惯中产生，它对所有人都是共通的、理性的、永恒的……这么大的题目，问题又这么多，且如此敏感，你说该从哪里说？说不好还会刺伤一些人，这又何苦来呢？"

朋友夸张地拍了两下巴掌："好，你有这番理论就说明已经被这个题目吸引，开始想这个问题了，你去了把刚才的话再重讲一遍就行。越是敏感的题目越是好题目，不敏感还要你这个作家干什么？如果讲理说法能刺伤人，那就该刺该伤。否则岂不是要伤了公理，伤了法律？"

想想也对，关键是我找不到更堂皇的理由回绝这位朋友，只好硬着头皮走进了《说理说法》的演播现场——是在一所中学里借了一间好像没有窗户的大屋子，密不透风，灯光一亮，奇热难挨。

这倒意外地给了我好感，豪华演播厅肯定要让给综艺类的节目。我每次参与那些节目的录制，无论是到中央台还是地方台，都是在电视台自己的演播厅里，《说理说法》就跑到中学里来了，这恰好显示了它具有朴实和贴近民间的一面。

演播现场没有演艺界的明星人物，我的右边是公安局长，左边是一位民主人士，前面坐着一排穿警服的人，后面是来参与"说理"和"说法"的公民，这让我精神一振，立刻有了要"说理说法"的情绪。这实在是个说话的好场合，平时难得能跟这些人对话，现在面对面地讨论"理"与"法"的问题，说深说浅都没有关系。如果侥幸说出一两句能让他们入耳的话，也算是影响了"理"和"法"，没有白说！

节目进行当中发生了一个插曲，让我突然对这个节目的制作者生出好感。大家都在争论，或者叫做"正论"自己理解的"理"和"法"，以及目前社会上在"理"和"法"上存在的问题。话题比较尖锐，但严肃、诚挚，绝没有出格儿、跑题。有位老太太，看样子像是街道负责人或拥军模范一类的人物，大概是没有真正理解大家的争论，误认为讲"理"和"法"上存在的问题就是对警察不恭。她老人家要过话筒为警察评功摆好,但讲话啰唆,词不达意,说了半天也没有说明白,反而激起了一些年轻观众的反感。在她又一次陷入一个比较长的停顿时,主持人礼貌而又巧妙地从老人手中要过了话筒。

此后,老太太几次还想再发言,主持人都没有再把话筒递过去,就在那一刻,主持人获得了全场的尊重,观众的参与达到了高潮。因为,老太太的讲话确实是跑题了,而且容易让人误解她是有意要当着公安局的领导表明自己是多么的热爱警察。热爱人民警察原本也是好事,但这是个讨论"理"与"法"的节目,题外的话说得过于肉麻了会使全场的人都感到不舒服。

主持人有足够的智慧和修养,当着公安局诸多领导人物的面没有让这样一场有意义的讨论变质,技巧地维护了"说理说法"的品格。我想,众多的电视观众也感受到了这个节目的品格,否则就不会有那么多的人把我当成《说理说法》节目的业余接待员了……

节目刚一播出,就有人找到作家协会,要跟我讲述自己遭遇到的"理"和"法"。还有人寄来厚厚的申诉书,让我为他们"说理说法"。有位五十四岁的老人竟直接闯到我的家里,讲述他的遭遇后就让我为他评理说法……我面对这些具体问题一筹莫展,因为旁边没有了公安局长和节目主持人,我也就失去了在演播现场的那种侃侃而谈的资格和安全感。

至今,我参与的那台《说理说法》节目已经播出半年多了,却还有人找我反映"理"和"法"的问题。就在去年圣诞节前,有个小伙子第二次又找到我,一年前他的妻子被邻居打了,一年来他到处找人,递申诉书,为此还拦过领导同志的车,在大街上下过跪……实事求是地讲是他受了人家的欺侮,得不到公正的处理,而他又是属于那种心眼儿小,碰到事没完没了的人。再说得难听点,像是中了病。

我大声叫喊般地对他说(因为我楼下的邻居正在装修,轰轰隆隆,地动山摇,声音小了他听不到):"你这已经不是理和法的问题了,而是气,是心里那口气出不来,对不对?你拦车、下跪,警察不怪你妨碍公务就不错了,你这样做的结果并没有解决问题,因此不仅没有消气,肚子里的气只会更大了。打官司，人家不值得受理，这样到处找人评理，又不解决问题，就像有一个气管子往你肚子里不断地打气，又找不到出气的办法，难道你想叫自己的肚子爆炸吗？"

我见他愣怔着眼不出声，以为自己的话让他听进去了，就继续说下去："你看看我现在的处境，要说生气应该不比你肚子里的气小。我住的这是七十多年前英国人盖的木结构小楼，到晚上耗子在夹层里跑都能听得到，你想想他们用电钻打眼，抡大锤凿洞，在室内开电锯锯木头，会是什么动静？楼下的新邻居是年轻人，根本不了解这栋房子的结构，只想把旧房子装修成星级宾馆，这样的心情倒也不难理解。负责装修干活的是民工，这个房子反正不是他们自己住，就是把这栋老楼砸酥了又与他们何干？于是就成了现在这个局面，我每天都生活在强地震之中，已经这样折腾四个月了，我无法正常地写作和生活，上个月躲出去很长时间，算计着楼下的装修该结束了，回来才知道离着地震结束还远着呢！我总不能有家不归老在外边飘着，你说我气不气？气又能怎么样？告状打官司，大闹一场，不值得，以后还是邻居。惹不起躲得起，赶紧换房搬家，又来不及。剩下的就只有一条道，给自己放气，太吵了就堵一会儿耳朵，要不到外边去转一圈。古人讲，大理要辩，小理不争。并不是说我们强调说理说法了，生活中的一切事情就都能说出个子丑寅卯，分出个青红皂白。"

来人愣愣地看着我，一副大惑不解的样子，也许心里在问，这个蒋子龙是怎么回事？我来向他反映问题，他反倒跟我抱怨了半天……沉了好一会儿，他才开口："您说我怎么办呢？"

哎呀，我费了半天口舌他根本没听懂，就又提高点嗓门反问："你想怎么办？"

他说："我想要个说法。"

"你想找谁要说法？找我？"

他吞吞吐吐："您比我明白。"

"这么说你是想听一句明白话，回去给你老婆消火？"

"那就白挨打了？"

我也不耐烦了:"你要觉得不划算就再去打对方!"

"咱不能也犯法。"

我不知怎么突然上来气了,也许是叫楼下装修吵得情绪暴躁,向这位倒霉鬼发出来了:"恐怕是没有那个胆量和本事吧?打不好还会再叫人家给揍一顿。那么摆在你面前的还有一条道:自杀。你既然保护不了自己的老婆,还硬充大丈夫到处申诉要说法,想找一个比你更没有本事的作家替你出气,你还活着干什么?去死吧,以死抗议你的邻居打了你的老婆。不过我还得把话说明白,你就是死了也讨不回公道,因为邻里打架而自杀不值得,别人会说你有病!"

他听我竟说出这样的话,有点傻眼了,肯定是以为我也有病,便没再说什么话就走了。事后我非常后悔,又不知到哪里去找他,无法补救我的过错。

但愿他平安无事!

通过这件事也给我上了一课,即便仅仅是说说"理"和"法",也并不容易。若想把"理"和"法"说通说透,就更难了。这个节目的制作者们真是给自己出了个大难题,我只参加"说"了一次,事后就碰到这么多麻烦,摄制组遇到的情况就可想而知了。唯愿他们能坚持下去。

累的幸运

有一段时间,中国一片喊"累"声。

歌手、文人、一些肤浅而故作高深的新潮人物,喜欢说:"中国人活得太累了!"

表达对一个人的怜悯或嘲讽最时髦的一句话是:"他活得太累了。"

这是一种像瘟疫一样蔓延的懒散、放纵和无病呻吟。慢慢腾腾,四平八稳,什么都跟不上趟还老喊累……

他们所说的"累",不是真累。是一种无谓的紧张和约束,是一种漫长的无价值的消耗,是一种愚蠢、一种不幸。其实是一种闲,闲得沉重,闲得烦闷,闲得无所事事又闲出了许多是非。

闲得太累了。

这种"累"是无法用休息恢复过来的。

全世界都知道日本民族是工作狂,因工作过度紧张而累死的大有人在。但日本人从来不说自己活得累。

为什么世上公认不算紧张的中国人,自己却感到"活得累"呢?

好了,现在中国人也找到了治"累"的药方——叫喊活得累的人突然大大减少了。

为什么呢?

说来颇富戏剧性,正是中国人的生活节奏发生了变化,不是变慢,而是变快了,现代社会的紧张感,而不是轻松感,使中国人不再叫喊"活得累"了!

由于市场不仅左右经济,还会强烈地影响社会生活。有市场就有竞争,有竞争就有成功和失败。一些单位开始"放长假",给职工发最低生活费或百分之六十的工资。社会上真正的闲人多了。

他们在经济上失去了安全感,闲得发慌,闲得紧张,没有心思再听那些不愁吃不愁穿的无聊人"聊天"。

他们开始羡慕那些活得累的人。

现代人害怕闲。

累就是有活干,有机会,有希望。现代社会最累的人,都是一些幸运的人——

富翁阶层最累,不要说中国的亿万富翁张果喜、李晓华,就是想找到报纸上公布的那五千个百万元以上的富翁也不容易。

成功的企业家最累,没日没夜,没年没节,要想见他们也不比见个官员更容易。

最累的歌星、影星,最红。坐冷板凳,看似轻闲,却不自在。

累——说明正畅销。

累得春风得意,累得痛快,累得充实,累得轻松。

累——变成了让人羡慕的事。

真正忙得劳累、累得有价值的人,不会抱怨自己活得累。如果他喊累,也是一种真累,累得实在,因而用休息可以恢复过来。

忙累的人是没有时间和情绪听别人发牢骚和无病呻吟的。也可以叫做"饱汉子不知饿汉子饥"。在紧张的充满竞争的现代社会,指望别人的同情和施舍是靠不住的。

市场经济不培养懒汉。

德国统一后,大批失业的东德人到西德去做工,有的做不了三个月就累得跑回来了。跑回来没饭吃,还得再回去。

中国也一样,现在怕累的人不多了。

许多离退休的老干部,享受百分之百的工资,有条件在家里享清闲,也要跑出去搞公司、做生意,甚至可以去守夜看大门。

身兼第二职业第三职业的人多了。

有工作干的人不再嫌累。失去工作的人千方百计托关系走门路,想找一份工作干。而且不再挑肥拣瘦。

几十年大锅饭、平均主义培养的懒散，不知不觉地在变。虽然将来会变成什么样子谁也说不准，未来是无法规划、无法把握的。但没有人敢忽视这种变化了——生活在提高，在前进，打破铁饭碗之后的一种不安全感却像鞭子一样驱赶着人们，不怕累，找累受。闲下来反而感到紧张，怀疑生活出了毛病……

社会在转型，人们的许多观念都将随之而发生变化。有一点可以肯定，这变化将使中国人的生活逐渐和当今世界的大节奏趋于同步！

别　放　弃

近几年来,已作古多年的丘吉尔突然又引起了医学界的兴趣,或者说当今医学尚未解开丘吉尔的健康长寿之谜。他爱喝酒,到晚年也不加节制。抽烟更凶,几乎是雪茄不离唇。更是一位饕餮公,食不厌精,百无禁忌。一生波澜壮阔,几经磨难,大起大落,紧张繁忙,多才多艺。他的许多习惯和做法是违背现代养身之道的,然而他不仅活到八十多岁,而且健康充实。

我想起另一个西方老人的话:"我一天得抽十八支雪茄,到了我这年龄,不抓住点什么是不行的。"

我当然不是提倡老年人都要拼命吸烟。恰恰相反,我本人不吸烟,也讨厌烟的味道。令我多想的是上了年纪的人为什么"不抓住点什么是不行的"?

抓什么?

哪些该抓住,哪些该放弃?

我曾在一个老干部活动中心看几位老年人打门球,为了一个球他们争得面红耳赤,甚至不欢而散,旁边有人说风凉话:"真是一群老小孩,值得吗?"

我在旁边却看得很感动,就是要这份认真,认为不公就要争,就要吵,比赛就得像个比赛的样子。老了不要害怕再一次成为小孩,像小孩子一样热爱人生,热爱生活,热爱阳光,就会增加许多快乐,忘掉许多忧虑,有什么不好?

老小孩式的老年人大都活得轻松,生活愉快,人缘儿好。

我想这就叫"抓住了一点什么"。抓住了自己喜欢干能够干的事情,抓住自己的兴趣、自己的快乐。

我喜欢早晨游泳,通过几年的观察,发现坚持得最好的是六十岁以上的老年人,无论春夏秋冬,冰雪风雨,他们最准时,兴致最高,他们也很少闹病。倒是中青年人,常常三天打鱼两天晒网。或者发懒,不想睁眼,不想起床了;或者感冒了,一连许多天不敢下水。中青年比不过老年,这不奇怪。因为老年人抓住了这件事。这是他们一天中最美最快乐的时刻。经过水的亲吻和拥抱,皮肤光洁,肌肉富有弹性。在水中从精神到肉体的所有紧张都缓解了,优哉,乐哉。大家说说笑笑,交流着现代生活中的各种信息和每个人行之有效的养身之道,每一天都有一个美妙的开始。

"抓住点什么"就是不让自己人未老心已老,人刚老心已死。真正能使老年人悲伤的不是年岁的增大,而是希望的减少。希望少了,生命的动力就少了,欢乐自然也就少了。

其实,老年人的幸福和快乐比一般人想象的要多得多,就看你去不去抓住它。

人都是越老了越更像自己,不要轻易放弃自己。最近,德国《明星》杂志公布了人类医学的最新研究成果,人脑是整个宇宙中最复杂的组织,"它由一千亿个神经细胞组成",到二十几岁以后,每天损失的脑细胞大约才只有一百个。按这一速度,只有在七八十岁以后才会导致记忆衰退,而"百分之九十的人肯定可以精神矍铄记忆健全地活到老。老年人的脑子可以与年轻人的一样灵活"。

一个人自己感觉多老,他就有多老。

老是无法回避的,正像死亡无法回避一样。但谁也不知道它是怎么一回事,会在什么时候发生。与其悲叹老之将至,不如像美国自然主义者巴勒斯那样欣赏老年:

"树叶渐渐变黄的时候是多么美妙啊!落叶之前,请看那丰盛的光泽和色彩。"

美国人的"炒"技

　　还记得那个因携带毒品被新加坡政府处以鞭刑的美国青年吗？这本来是一件丑闻,一桩不折不扣的坏事,美国人却开始大炒特炒,许多大人物出来讲情,把这件坏事很快炒成了世界一大新闻,沸沸扬扬了好一阵子。于是那个青年人挨了鞭子的屁股可值钱了:把他挨鞭刑的故事拍成电影,付给他二百五十万美元,拍成电视片再给他一百万,电视台采访他一次要五十万美元,记者对他的臀部拍一次照、喜欢热闹的人去看一眼他的屁股或者请他露个面(他的脸也因屁股而变得值钱了)讲几句话,都要付给他钱。一个受了鞭刑的屁股竟收益四百多万美元。

　　这才叫因祸得福,他的福全是炒出来的。

　　新加坡设立鞭刑有许多年了,受此刑罚的也不止他一个人。但那些人都白挨鞭子了,他因为是美国人,爱炒、能炒、炒新闻、炒丑闻,捎带着把他的屁股就炒红了。最好他臀部的鞭伤慢点愈合,一旦愈合他的屁股也就值不了那么多钱了。

　　在美国这类事情多得数不过来,只要发现一点可以炒的东西就蜂拥而上,抢炒爆炒。比如涉嫌残杀前妻的橄榄球明星辛普森,案子尚未最后判决,已经有三本关于他的小说出版,其中一位作者得稿酬三百万美元。如果辛普森答应出版自传的话,他可以得到五百万美元。不仅如此,他的邻居在案发前一天目睹辛普森曾与其前妻一起外出,为此这位芳邻接受一个电视台的专访,得出场费五万美元。辛普森行凶用的刀买自一家商店,商店老板向《美国询问报》讲了卖刀经过,也得了一万二千五百美元……美国爆炒辛普森的结果是大家都得钱。一个被炒,鸡犬获益,何乐而不为!

炒屁股,炒性命。最近美国的《提问者》杂志开始炒灵魂。实际是在卖灵魂。该杂志的记者站在大街上,一手持一张二十美元的钞票,一手拿一张把灵魂永远出售给魔鬼的契约,谁愿意在契约上签字,就可以拿走那二十美元。结果有百分之七十七的男人和百分之四十四的女人在契约上签了字拿走了钱。

从前面那两个例子看,美国人很有钱,动辄就花数百万、数十万、数万美元来买版权,买消息。为什么魔鬼只花二十美元就能买得那么多人的灵魂呢? 要知道按欧美的习俗,把灵魂出卖给魔鬼是一种十恶不赦的罪孽。难道美国人穷得会在乎这二十美元吗?

我不认为那些出卖灵魂的人是靠那二十美元活命,他们的"贫困救济金"比这个要多得多,如果肯找个活干,活命更不成问题。他们之所以愿以低价出售自己的灵魂,一是觉得灵魂不卖白不卖,卖了魔鬼也不见得就真能取走。即使真有魔鬼也无所谓,他们已失去了对宗教的神圣感,正如一个奥兰多的三十八岁男人签字后说:"我反正是要下地狱的,还怕把灵魂出卖给魔鬼?"第二是美国人的金钱意识在起作用,喜欢出新、赶潮、我行我素,不论炒什么,最后都是炒钱。

行文至此,我不想对美国人的"炒"技一概否定。商品离不开一个"炒"字,广告就是"炒"。如今任何一个国家的经济能离得了广告吗?

美国人不仅善于利用国内的新闻传播媒介不失时机地大炒一切可以炒的东西,而且利用美国在世界上的特殊地位,更善于动员全世界的新闻传播媒介共同炒美国:炒美国的政治、炒美国的文化、炒美国的经济、炒美国的名人,以及一切美国想让世界知道的事情。美国的新闻很容易就成为世界新闻,像炒屁股、炒灵魂这样的事不就闹得全世界都知道了吗? 美国人创造了一门"炒"学,这"炒"学帮了美国的大忙,这是全世界有目共睹的。

同时,美国人也正在教会世界:要见怪不怪,见怪而炒。炒别人,炒自己,炒别人也是为了炒自己。

地球不是同心圆

在一次纪念反法西斯战争胜利五十周年的座谈会上，一位年轻姑娘语惊四座：我宁愿当亡国奴，也不要战争。她引经据典，萧伯纳说过，从人类中除掉爱国主义者，否则和平世界不会降临。无论日本军国主义还是希特勒法西斯，都是打着为了国家的利益发动侵略战争的，制造了惨绝人寰的罪行……如今现代科学技术发达，地球变成一个村庄，卫星共用，电脑联网，经济也纠扯在一起，你中有我，我中有你，国又怎样亡？奴又怎样当？在经济上依赖国外，老百姓全用外国货，算不算亡国奴？对姑娘的话，有人反对，有人生气乃至愤怒，七嘴八舌却说服不了姑娘。

其实，这位姑娘并不知道什么是战争，只接受了传媒渲染的战争如何恐怖、如何残酷。如今反战是一种潮流，似乎是有文化、有教养、有人道精神的表现。岂知她选择当亡国奴，就是选择战争、鼓励战争。只有不怕战争，才能防止战争，势均力敌，才有和平。一强一弱、一硬一软，战争不可避免。悲惨屈辱的和平比战争更坏。姑娘没有当过亡国奴，哪知个中滋味。这可跟用外国电脑不是一码事。

一个德国挑起了两次世界大战，就因为它强大到自我膨胀的地步，以为天下无敌了。美国独立后，特别是经过"二战"，成了世界头号强国，二百年里打了近四十场战争，没有一场是在本土打的，它有足够的力量把战争拒之国门以外。

战争毁灭人性，人类又靠战争阻止这毁灭，使人回归本性。

战争是人之大欲的激烈化，是一门"破坏科学"。如同有善就有恶、有立就有破一样,多种相互对立的东西一直伴随着人类。战争的危害从第一场战争以后,人类就知道了,却屡禁不止。我见到一份人类学家统计的数字,颇值得玩味:从公元前的一四九六年至一八六一年,地球上打了三千多年的仗,可谓连年战乱!自"二战"结束到现在,五十年里又打了一百三十七场仗!平均一年打两场还有富余。

我不是在宣扬"战争不可制止论",摆出这样一个事实,是想说明当今世界还没有大同,这姑娘说的地球村并不是一个同心圆。

战争千差万别,更不可否认正义之战的进步作用。第二次世界大战结束之后,在政治上诞生了联合国,在经济上诞生了关贸总协定。但是在思想上却联合不起来。当今世界正缺少伟大的思想家,用他们的学说也无法统一全人类的思想。思想极端复杂,目标存在差异,世界怎么能享受永久的安宁呢?

但也用不着悲观,反战的意识可以加强,防止战争的宣传可以大搞特搞,维护和平的条约可以积极签订。最根本的还是强大自己的国家,强化民族的团结。

看当今世界吧,有多少国家发生内战,内乱引来外祸,外人一参与就更乱。满目疮痍,雪上加霜。内乱带来的祸害跟被别国征服同样糟糕。

今年八月是全世界反法西斯战士的节日,但战士们的心境是一样的吗?曾经存在过的南斯拉夫,在"二战"中曾经产生了许多像铁托那样的抵抗英雄。今天仍然炮火横飞,在抵抗谁?谁是英雄?

反法西斯战争的辉煌,在于拯救了人类,决定了历史的走向,创造了无数惊人的战绩、战例,留下了许多关于战争题材的艺术珍品,也创造了许多英雄……战争需要英雄,历史和群众也需要英雄。

今年夏天全世界集体缅怀"二战"中死去的英雄,活着的英雄重新又找回了那种英雄的感觉。大家共同思索战争,用今天的眼光重新认识战争。重看关于战争题材的艺术作品,有些仍激动人心,成了经典之作;有些已不再具有感染力,成为过眼烟云。对反法西斯战争胜利的纪念和庆祝,有组织起来的热情,也有自发的热情,有的前者多一些,有的后者多一些。还有的未必有多少热情……

一九四五年八月,侵略香港的日本战犯田中久一,在广东被处决的时候高叫:"日本战胜而投降真不服气,且看十年之后,谁执亚洲牛耳!"

——现在就听不到这种声音了吗? 且不说地球的上空,战争的阴云还此起彼伏,即便没有战争的地区,和平的争斗一天也没有停止,经济上的、政治上的、文化上的。当今世界还存在着根深蒂固的战争文化,这才是战争的根源。连美国人本尼迪克特都承认:欧美文化是"罪过的文化",日本文化是"羞辱的文化"。

无可否认,人类本性中还存在着丑恶,但文明一天天在前进;历史上好战的力量从来没有停止过破坏,但人类还是把地球建设成现在这个样子。一切善良的爱好和平的人们,不必因忧虑战争而丧失对未来的信心。

现代人的烦恼

　　有家杂志社请我参与策划一项征文："我的烦恼。"这个选题让我觉得有些意思，至少勾起了我的好奇心：世上没有烦恼的人不多，而现代城市人会有哪些烦恼呢？心中却也不是没有疑虑，真正的烦恼很难对人言讲，更别说公开发表出来。佛云，凡有言说，无不虚妄。"征文"征上来的烦恼，自然都会有所加工，别人又如何能客观评判呢？

　　不想，征文的消息一公布，来稿来信异常踊跃，每天有好几包。编辑部的人马一齐上阵还应接不暇，不得不临时雇请一些人，帮助处理这些从四面八方涌来的"烦恼"。如此看来烦恼无处不在、无时不有，而且多种多样、千奇百怪，令人头昏脑涨、防不胜防。

　　一女子在超市行窃被抓，竟然也有烦恼："一进超市手就痒痒，实在是身不由己啊！"一白领丽人有着一份令人羡慕的工作，却也在抱怨："白领就是白白把领到的钱拿去按揭。"一位显然是母亲的人在信中呼天抢地："是上帝创造了老公和老婆，为什么又让老公和老婆创造了第三者？"从信中我竟看不出她是哪一方的母亲。一位学富五车的教授，因知识过多而烦恼："当今世界无法预测、无法规划，一个人知道得事情越多，烦恼也就越大。因为知识的作用正在一步步减小，即便是对那些能够预见的事情，也没有能力控制，往往会使人产生孤立无援的感觉。"

　　征文活动接近尾声时，编辑部要我写一篇总结性的文字。我只能简而约之、大而化之地将所有征集来的烦恼分成四类：首先是来自家庭的烦恼。"空"有空的烦恼，或子女不在身边，老而无助，倘若再赶上生病，就益发孤独难挨，求生不易，求死不得；或丈夫正打腰，属于那种

"妻子基本不碰"的人,日夜守空房、守活寡的女人,没有烦恼才怪哪!但家庭太实的也有实的烦恼,人口密度大,空间小,下岗的、提前退休的、毕业后失业的,或家有啃老族分子……混得好的脾气大,混得不好的邪火也挺多,误解多,常借暴力发泄,有夫妻间的,也有父子、母子或祖孙间的,骂不离口,拳不离手。如果再碰巧家有酒鬼、久病的、染有坏毛病的……那烦恼就更别提了。

其二,来自感情方面的烦恼。当代社会流行煽情、滥情、闪情,于是失恋的、多恋的、乱恋的、恋出麻烦来的人就多。刚上中学的孩子成了"情场老手",老爹老娘的感情却出了危机……甚至连"情场得意"的人也多有责言:"美女对眼睛来说是极乐世界,对心灵来说是地狱,对腰包来说就是炼狱。"与感情问题多而乱相伴随的,是解释现代感情问题的理论也丰富起来,五花八门,林林总总。有正统的,有时尚的,有卫道的,有先锋的……但谁也别想说服谁,平时用来炫耀和扯淡还可以,越到用的时候越说不清,越想简单就越复杂……于是就有了新的烦恼:唾沫是用来数钱的,不是为了说理。对付"一地鸡毛",还是怀念传统的笤帚和簸箕。

第三,找不到工作的就别说了,即便有份工作,烦恼也少不了。被上司误解,无法对话,不能沟通,上边不给好脸,处处小鞋,领导越来越像主子,自己越来越像奴才。前途黯淡,晋升无望。忙的时候想要休息,放假的时候又想上班。穷的时候想多赚钱,有点钱了又担心长不了……总之是没有好受的时候。

第四,来自社会上的烦恼:工资太低,物价老涨,讨价还价容易吵架,一不小心就会上当。自行车被盗,邻居的狗老叫,小区里老拆,大街上常堵……当今世界,似乎成了一个牢骚和烦恼的星球。这才叫穷有穷的麻烦,富有富的难处,现代社会物质过剩,生活富裕,人们的烦恼却并未减少,甚至更多了。

而烦恼又是躲不开的,不能靠简单的规劝就能排解。因烦恼都是具体的,千差万别,"放之四海而皆准"的空洞套话排解不了细微的烦恼,也不可能带来真实的快乐。光嘴上说要乐观是乐观不起来的。

那么,世上有没有不烦恼的人呢?即使在这个视独生子女为"小皇帝"的时代,有光在笑声中长大的孩子吗?埃利斯说过:只有一个地方是乐天派成堆的,那就是精神病院。这就是说,一个正常人对付烦恼最积极有效的办法,就是正视烦恼。有时彻底感受烦恼,用心体味烦恼,反而能有所感悟,能排除烦恼。越是有烦恼,越证明你还活着,而且活得真实。总有一天每个人都会彻底地没有烦恼了,那就是永久地死去。所以要好好玩味甚至珍惜眼前的烦恼。或者用智慧、用行动战胜烦恼。烦恼的滋味是苦的,甚或是极苦涩的,却能成为灵魂的培养液,转化得好是一笔精神上的财富。

深刻往往来自烦恼,而不是欢乐。烦恼和痛苦是人生的导师。世界著名的"烦恼大师"、被鲁迅称为"拷问灵魂"的作家陀思妥耶夫斯基有言:"对于具有高度自觉的深邃透彻的心灵的人来说,痛苦和烦恼是他必备的气质。"所以佛经上把断绝世间烦恼而成就涅槃的智慧,称为"菩提"。没有烦恼如何有菩提?烦恼是自己的,快乐不过是偶尔光顾的客人。欢迎客人,也不能丢了自己。但正视烦恼不等于钻进烦恼中出不来,被烦恼纠缠不休,就构成了对自己的迫害,会扼杀灵魂。"正视烦恼"含有"迎难而上"的意思。

烦恼是有主观性和时间性的。有些在自己看来非常烦恼的事,几乎是过不去了,在别人看来却很简单。过一段时间你自己回头一看,也觉得当初为此那么烦恼真是不值得。每个人都不会烦恼一生,也不会是欢乐一生。生活充满烦恼,但生活也从不会停止前进,所以每个烦恼中人都有理由问一句:我果真值得那么烦恼吗?何况聪明而又爱惜自己的现代人,已经发明许多排除烦恼的办法。

比如对待感情上的烦恼,社会上正在悄悄流行一种简便易行的"周末哭号法"。每到周末,买催人泪下的电影 DVD 或书籍,在家里边看边流泪,随着电影或小说的情节进展,大哭上两个小时后,会睡得很香。以往的失眠症状消失了,情感或工作上的烦恼也得到缓解,甚至能彻底地排除。这似乎已经成了一种时尚。

生在这样一个多烦恼的时代,最需要的就是幽默感。去年春夏两季,韩国民众为了抗议政府进口外国牛肉,或游行或静坐地折腾了几个月,震惊整个世界。以往人们都觉得游行示威是很愤怒的事情,很容易发生暴力事件。特别是举国的民众愤怒好几个月,还不得酿成大的祸乱,甚至要死不少人? 可韩国如此浩大的长时间抗议活动,竟平平安安地过来了,没有发生暴力事件。许多年轻人把示威游行当成浪漫的散步,浪漫着抗议,抗议中享受浪漫;有些示威者带着热咖啡,谁要就给谁倒一杯,友好而温馨,解渴化气;参加游行的高中生,向对着他们虎视眈眈的防暴警察发放玫瑰花,让对立双方的心都柔软下来;还有静坐示威者带着露天电影放映机,给静坐的人群播放美国纪录片《精神病人》……如此这般,他们的抗议行动才能持久而和平。

应对家庭或工作上的烦恼,有人翻出了清人的《半半歌》:"看破浮生过半,半之受用无边。半中岁月悠闲,半里乾坤展宽……酒饮半酣正好,花开半吐最妍。帆张半扇免翻颠,马放半缰隐便。半少却说滋味,半多反厌纠缠。百年苦乐半相参,会占便宜只半。"甚至在西方也流行着类似的段子,恺撒大帝曾威震欧亚非大陆,临终时却嘱咐侍者:把我的双手都放在棺材外面,好让世人看看,伟大如恺撒者,死后也是两手空空!

时下民间常用来排解烦恼的方法还有:"旅游法"、"购物法"、"读书法"……最简单可行的是"运动排除法",卖大力气,出身臭汗,将烦恼毒素排出体外,立刻会痛快许多。还有"精神排除法",具体做法有几种,或将手指脚趾都深深地插进沙子里撩拨,沙子细软柔滑,可散可聚,无孔不入,能过滤人的烦恼情绪。或去照哈哈镜,看着自己扭曲变形的怪样纵情大笑,以嘲笑自己出气。或在门框上挂一只皮球,用前额去撞,撞的力量越大,皮球反弹回来的力量就越大……让人从作用力和反作用力相等的原理中受到启发,以期达到平复烦恼情绪的目的。

正像活人不会被尿憋死,真正撞上南墙还不回头的人是少数。现代人烦恼多,解决烦恼的办法也多。如果你觉得别人的办法不适合自己,就创造一套适用于自己的办法,即所谓一把钥匙开一把锁。只要有锁,就总能找到可打开它的钥匙。

真话难说

一位尚不足六十岁的作家住进了医院,经过一系列现代医疗技术的检查,确诊为晚期肺癌。已无法做手术,也没有必要了。家属却坚决要求医生给开一刀,不能白白地等死。现代医疗技术无论多么先进,终归是隔皮看瓢,打开后万一还有希望呢!把毒瘤多少切去一点,总比一点不切要好吧?更重要的是为了安慰病人。家属告诉他是肺里长一个良性小瘤子,如果不做手术,关于良性的谎言岂不就得戳穿?家属还请求作家协会出面,以组织的名义要求医院给实施手术。于是我们也加入撒谎的行列。医生虽然明知手术对病人有害无益,也只能答应病人家属和所在单位的请求。因为他们也是撒谎者,从一开始就和家属一起向病人隐瞒了真实病情。哪一个癌症患者的家属不是这样做的呢?

从谎言变成了行动,病人的身体被切开了,跟医生预料的一样,决无手术的可能了,原样又缝合起来。绝症在身的病人又白挨了一刀,损伤了元气。得到的只是一句新的谎言:手术很成功,很快就会好的。

所有到医院看望他的人不仅重复着家属提示的谎言,还即兴创造出一些新的谎言,包括他家的小孩子,一副天真烂漫的神态说着大模大样的谎话。没有一个人为此感到有什么不安。相反,倒有一种神圣感、一种悲壮感,都在扮演保护他的角色。大家心安理得地形成了一种默契:只要是为他好,怎么骗他都没有关系。

自以为比对方强大,可以撒谎。出于同情对方,为了让他高兴,也可以撒谎。

他的生活被谎言包围着,也许他的余生就得靠这些谎言支撑着。

他的精神居然真的好转起来。要求看文件;给医生写了感谢信;提出了病好后挂职深入生活的计划;要求再分给他一套房子,他的孩子多,已经给过他两套房子都不够用的;要求专业职务评定委员会把他由二级作家升为一级作家……他的全部要求都得到了满意的答复,人们无法拒绝一个不久于世的人。这些应允又是不可能马上就能兑现的。正因为用不着兑现,别人才答应得那么痛快。

为什么欺骗一个快死的人就不觉得是缺德呢?因为说谎的动机是善良的,是诚实的虚伪,是诚诚恳恳地在说谎。深恶孩子说谎的家长,同时又教孩子撒谎。其实也难得有自己从不撒谎的家长。

有人喜欢这样标榜自己:"你什么时候听我撒过谎?"——这本身就是一句漂亮的谎言。在文艺作品里形容正面人物的正派总是用"他从不撒谎"这类的套话——这又是一种貌似豪迈的谎言。人不能没有真诚。即便是最无耻的骗子,也有知心朋友,也有说真话的时候。同样,什么时候生活中又真正禁绝过谎言呢?

我想找到一种关于谎言的权威解释,却意外地发现许多不朽的人物都说过一些关于谎言的好话:英国人文主义者阿谢姆说:"在适当的地方说适当的谎言,比伤害人的真话要好得多。"法国作家法朗士说:"若是消失了谎言,人类该是多么无望无聊无趣呀!"拒绝任何宗教,宣布上帝已经死了的德国哲学家尼采说:"从来没有说过谎的人,不知道真实是什么。"法国道德家沃夫纳格说:"人人生来都是纯真的,每个人死去时都是说谎者。"

够了,再举下去就有点"谎言广告"的味道了。

恶意的谎言应属造谣、诽谤,不在此列。

美国作家冯纳古特说:"人需要好的谎言,可惜好的谎言难逢,烂的谎言太多。"

一个欧洲大作家到政府禁止垂钓的地方去钓鱼,而且向旁边的人瞎吹:"昨天我从这儿钓了七公斤!"正巧警察走过来,要按他自己坦白的数字罚款。这位作家说:"先生,你不能罚我的款,我是作家,虚构是我的工作。"这算不算冯纳古特所喜欢的"好的谎言"?

那么,人们也可以把成功的创作、美妙的想象视为"好的谎言"。

尽管人们推崇真话,还是搞了一个"愚人节",其实就是说谎者的节日。大大方方地享受说谎的快乐和被谎言欺骗的快乐。

有人称作家为"人精",这位患晚期肺癌的同行,怎么会听不出或看不出大家是在骗他呢?病长在他的身上,即便别人能骗得了他,他的身体、他的感觉还能欺骗他吗?

人,也许更多的是对自己撒谎。所以"人才离自己最远"。不愿或不敢正视的事实,就宁愿相信它不是真的。

一个平时最瞧不起他或许是他最瞧不起的人,听说他得了绝症,来到医院跟他和解,不慎说漏了嘴,捅穿了窗户纸。他奇迹般地开始昏迷,就再也没有醒过来。

是真话害了他,还是谎言害了他?是被欺蒙地活着好呢,还是明白真相后死去好呢?

在为他治丧的日子里人们还议论几句,不久便没有人再去想他了。

节目主持人的年龄

　　人类(尤其是中国人)有个很大的特点:不会忘记自己的年龄和忽视别人的年龄。男女谈恋爱,朋友第一次见面,研究某个人或观察某个人,首先关注的就是对方的年龄。于是询问年龄,便成了中国人人际交往中常用的一句客套话,有时是必不可少的。"你多大年纪?"或问"高寿?"待对方做出回答,便可以开始恭维。如果对方是年轻人,就说:"年轻有为,青春是最宝贵的财富。"如果对方是中老年人,便用一本正经、可指天发誓的口吻说:"不像,不像,您看上去很年轻。"有些未老先衰的人,为了不使自己太难堪,对自己的年龄多说上十岁二十岁,也会赢得一迭声的"不像、不像"的恭维。有些保养得很好的人,碰上这种打问多喜欢故弄玄虚,自得而又自信地反问:"你看我有多大?"这时候你宁往小里说,千万可别说大。人到死了以后,别的都可以不提,活了多大年龄绝不可以省略。

　　可见年龄对人的重要。生命就是岁月的积累。对于被亿万人不错眼珠地盯视、研究、品评的电视节目主持人来说,年龄问题更是藏不得、掖不住,显得尤为重要。

　　人的眼睛是最挑剔的,眼光往往是一个人的审美趣味、气质修养和道德感情的综合反映。它有时通过大脑,有时不通过大脑,直接鼓动唇舌发出一连串让出头露面的人意想不到的评语。而往往第一眼又最重要。第一眼看中了,以后愈看愈顺眼;第一眼看着别扭,往往愈看愈别扭。也有例外,那就是古人说的"俗中清"和"清中俗"。前者初看一般,细看很美,时间长了愈看愈有味儿。后者则是初看很美,细看一般,愈看愈俗。

按一般规律,电视节目主持人应该年轻漂亮。但这个规律只对女主持人是适宜的。当代中国活跃的女主持人,大都是既年轻又漂亮,少有中年妇女。对男性节目主持人,则当别论——

在受欢迎的男主持人中,赵忠祥(四十九岁)似乎算是年轻的了。和杨澜搭档主持"正大综艺",获得了观众的认可,甚至有人说是此节目开播以来的最佳搭档。另外两对受欢迎的搭档是英若诚和倪萍、程之和刘璐。英、程二位先生至少在六十岁以上。

中国的英俊小生如过江之鲫。如果单独主持一场节目,没有比较,好坏还能应付一阵。倘是和一位姑娘共同主持一台节目,尽管小生英俊,面如奶油,却是立见逊色,难以谐调。非得换上五六十岁的老先生,比女主持人大上二三十岁,才稳得住阵脚,观众看了也感到舒服、自然、和谐。

于是,中国眼下时兴"老少搭档"。也许是只能如此。

电视机前的近十亿观众,却难免要提出各种各样的问题:"难道当代男人成熟得晚?难道现代社会使男女智商的发展、生理和心理素质的提高失去了平衡,致使整体气质男不如女,或者说男性比女性退化得更厉害?"

男子的特性和女子的特性都浸透着整个社会生活。电视屏幕上的老少搭档,正是反映了一种很有意思的、令人深思的社会生活现象。人们早就在议论了,在一些重要的体育大赛上,女子往往比男子更能为国争光,体现民族的优越性。女性的平均寿命高于男性的平均寿命,而且差距愈来愈大。可见女性实际上是真正的强性。

更何况电视屏幕还有其独特的审美选择。其选择对某些人来说格外严格,甚至是残酷的。对另外一些人来说则比较宽容。有些人在私下看很漂亮,被推到摄像镜头前就不漂亮了,缺点被扩大了。同样,摄像镜头也能扩大某些人的优点。聪明的主持人知道怎样扬长避短,知道电视屏幕喜欢张扬人的哪些缺陷和扩大人的哪些优点。

赵忠祥就懂得电视,根据自己的相貌特点,"宁拙勿巧,宁涩勿滑,宁丑勿媚",追求质朴、厚博。所以他成功了。

选择一个优秀的电视节目主持人,要比挑选一个好演员难得多。演员在台上或在影视上扮演别人,丑是角色需要,俊也是角色需要,不丑不俊是剧情需要。有戏保着,有艺术程式保着,本人可以躲在故事、角色以及程式的背后。一旦他们以自己真实的面目出现,走进"正大综艺"或"综艺大观"的演播现场,有些是大家熟悉的明星,也显得很普通。一个一流演员,却不一定能主持好一台节目。

电视节目主持人是扮演自己,没有任何遮掩,每一个极其细微的表演、动作,吐出的每一个字,都会被扩而大之。而且面对的是最从容的、没有任何约束的、怀有各种情绪并喜欢横挑鼻子竖挑眼的观众。而主持人又必须依仗别人的注意而存在。一旦观众不再注意你,甚至对你生出几分厌恶,你就该告别屏幕了。

电视的选择对年轻的女性比较宽容。女人的青春如一团火焰,可以照亮四周以及面对她的一双双眼睛。明眸善睐,妙造自然,女主持人美得正是人们心中的梦想,一切都好办了。男人的青春却未必有这样的魅力。多少年前,人们厌恶了奶油小生,于是把一批漂亮的男演员打入冷宫好多年,有的恐终生再难翻身。一批丑的、脏兮兮的、胡子拉碴的、匪气流气的角色占了便宜,得以在影视上扮演所谓真正的"男子汉"——就是找不到一个又干净又体面又有男子气度和力度的男人。总之是男子汉缺货。不过,缺的是青年男子汉,中老年男子汉大有人在。

这体现了电视选择的倾向性。正如服装模特,不论是中国的名模,还是世界的超级名模,几乎都是女性。男模特一上台,总让人(至少是让正统守旧如我的人)感到不是那么一回事,小气、流气、庸俗、古怪,难得给人以优雅大方的感觉。

电视屏幕喜欢扩大女子容貌上的优点和缺点,对女子的气质比较宽容——也许是在眼下无可奈何,难以求全。其实到什么时候也难以找到完美无缺的人,选择时只能有所侧重。相反,电视屏幕对男子的相貌比较宽容,对男人的气质更为重视,英若诚就胜在气质上。

　　不论男女,对一个优秀的节目主持人来说,气质更为重要。"腹有诗书气自华",气质的魅力远比漂亮深刻得多,而且长久不会消失。靠容貌取胜的主持人容易昙花一现,以气质赢人的主持人其魅力可以保持到六七十岁。在中国如此,在外国也如此。美国最近公布了"文化界收入最丰的前四十位人士",其中电视节目主持人占了三席。排在第二位的比尔·科斯比,五十四岁;排在第三位的俄普拉·温福雷,年龄不详;排在第七位的约翰尼·卡桑,六十五岁。

　　电视节目主持人的气质好,不仅能和摄像镜头进行自然的交流,也能和观众进行深刻的交流,影响气氛,打动人。

　　气质是什么?是空气,是氛围,是骨子,是文化,是修养,是经验,是立体的,是综合性的,是无所不在、无法隐瞒的。气质是一切,它让你感受得到,看得到,听得到,像磁场一样吸引着你,包围着你,冲击着你。每个人的气质高下,只要见了面,说上话,对视过目光,就不言而喻了。电视节目主持人在摄像机前,不只是锻炼自己的人格与表达能力,也是在培养全民的品格和说话能力。所以应该把发挥气质的优势放在第一位。

　　目前在中国优秀的主持人队伍里,缺少年轻的男性和中年乃至老年的女性,恐怕也跟气质方面的原因有关。

　　鉴于人们看厌了拘谨、做作、浅俗,主持人能挥洒自如地表达智慧和感情,就会受到欢迎。倘再有自己的风格和独特的个性,女士才华外射,亲切优雅;男士气定神闲,稳健自信,那就更好了。

　　有十几亿人口的泱泱大国,假以时日,是会出现一批电视天才的。

且说"分手"

《三国演义》里有一句著名的话："分久必合，合久必分。"

天下事，合合分分，分分合合。但现在是"合"的时代，还是"分"的时代？

哪个时代都有哪个时代的"合"与"分"。有的以合为体，以分为用，如中国秦、汉、唐、清等几次历史上的大统一。有的以分为体，以合为用。两次世界大战期间自不必说，看当今世界，不也很像中国的春秋战国时期？

第二次世界大战后虽然成立了联合国，但战争何曾杜绝过？大的如朝鲜战争、越南战争、海湾战争，小的有中东战争、阿富汗战争、柬埔寨战争以及许多国家的内战。苏联变成"苏裂"，分裂后又搞联合体。联合体又是"合"。

现代经济正逐渐世界化，大世界变成环球村，也是"合"。

出于政治、军事、经济的需要，成立各种各样的跨国界组织，如北约、欧洲共同体等，这同样是一种形式的"合"。

生活又何尝不是如此？

每个人的一生不知要经历多少分分合合的事。小分小合几乎经常发生。

有难舍难分、生离死分、好散好分、恶打恶分……还有像告别落日一般庄重的分手和各种各样、莫名其妙的分手。

在通往车站的大道边，就公然演出过这样的一幕：

男："行啦，别送了，就此分手吧。"

女的哭得更凶了。

男："你别哭了好不好？"

女："谁叫你说分手来着！分手是永久性的……"

男："那应该说什么？"

女："说告别。告别是暂时的。"

男："那向遗体告别哪？"

我至今还猜不准那对男女是什么关系，在进行一场什么性质的分手。

离婚已不是新鲜事，无论情节怎样曲折离奇，大家早就见怪不怪了。连我们这个文明古老的国家，不是也担当不起"婚姻保险柜"的美誉了吗！

世间还有许多同婚姻一样微妙的合作关系。如小品演员、对口相声演员、运动员和教练员、集体创作人员……

这种合作关系比婚姻更容易受到社会、经济、感情和职业本身的干扰，在困难的重压下也较为脆弱。

中国足球队由于国人爱之太深，责之太切，每断送一次冲向世界的机会，几乎都要换一个教练员。

我们几乎记不住羽毛球和乒乓球的男女双打运动员、混合双打运动员的最佳搭档和较为长久的搭档是谁。也许正因如此，才不能产生举世闻名的冠军搭档。

"拆对儿"是最解气的办法，似乎也是解决问题的最简单的途径。外国运动员更是如此。

世界闻名的美国网球"女金刚"纳芙拉蒂洛娃，因两次"拆对儿"事件，引得举世瞩目。

一次是前不久与她的同性恋女友朱迪的"离婚"官司，闹得沸沸扬扬，不仅对簿公堂，也使自己的私生活曝光于全世界。但她到底是个勇敢的人，当美国篮球"魔术师"约翰逊得了艾滋病，可谓名人名病，在全世界一片同情、一片惋惜声中，纳芙拉蒂洛娃竟敢于站出来唱反调，指责美国人搞双重标准。如果一名"同一二百个男人发生过性关系的妇女患了艾滋病,人们会骂她是婊子和放荡女人,公司会一脚把她踢开。她一生将再也找不到工作","但又有谁指责过约翰逊在性生活上不检点呢?"她说出了"许多人想说而不敢说的话",又赢得了人们的尊敬。

她的另一次"拆对儿"事件,是与长期合作的教练埃斯赖普分手。不是像中国足球队那样,由于重大比赛中失败,也许恰恰相反,是由于胜利。他们合作期间,纳芙拉蒂洛娃在三百一十一场比赛中获得了三百零一场的胜利。

另一位网球明星贝克尔,未满十九岁就摘取了两届温布尔登男子单打桂冠。前不久也与长期合作的教练分手了。据说"是由于一位少女进入了贝克尔的生活",教练责怪"他的得意门生对训练冷漠了"。贝克尔则很固执,声言"他需要一位能使他的发'球'保持实力,并能使他为重大比赛做好准备的教练,而不需要一位只会告诉他何时上床或和谁一起睡觉的父母"。

等等。这是"武"分。

文的最著名的分手要算对口相声演员"拆对儿"了。我已经找不出近十年来成名的中青年相声演员,有谁还在跟老搭档演出。有的"拆"过一次,有的还不止"拆"过一次。

当然,这种分手肯定是"协议离婚",用不着别人说三道四。

但是,相声演员是给生活提供笑声的。他们一对对地拆开,使观众笑不出来,自然要想,要问,要猜测……

眼下相声不景气,原因可能有好几条,"拆对儿"成风算不算一条呢?他们"拆对儿"后,有谁是比原来更好更红了呢?

重新组合后他们的自我感觉不得而知。作为观众,第一感觉是不理解、遗憾、惋惜。见到一对儿配合很好的演员突然拆开,会鼓掌大笑的人很少。

观众接受、熟悉并欢迎他们过去那种珠联璧合式的演出风格,才使他们得以成名。他们重新组合后必须有新的创造,更完美的合作,打出新的风格,重新征服观众。可惜,他们大都还在不自然地重复自己。如同把一瓶酒倒往另一种牌号的瓶子，中途还洒了一部分。既非原装，量又不足。

因为，他们"拆对儿"大概不是为了发展艺术。

其原因可能同婚姻解体一样复杂而微妙。诸如：名位问题，谁在前谁在后；经济问题；个性问题；感情问题；甚至是由于过于亲近，"熟不讲理"，便生出裂痕。

现代社会多变，从传统沿袭下来的处世态度不适用了，像小蘑菇和赵佩如、侯宝林和郭启儒那种"永久牌"的合作搭档，有点天上难找、地上难寻了。

我纳闷儿，出语辛辣、感觉敏锐的相声演员们，为什么不编一个"拆对儿"的段子？

世间之事，变化太多，便企求相对稳定的"合"。

"天道主于变，人道主于常"，天道在变中有常，人道在常中有变。每个人在多变中必有其不变，在变中也有其不易，不易表现在变中。

在现代快速多变的生活中，虽然难于要求人们都能"从一而终"，但不可将自己的品格物化为时髦的喧嚣和金钱的附属品。

凡人都有社会性，个人独立存在的价值和地位，有时要从跟别人和集体的关系中得到体现和肯定。

"合"是相对稳定的不变量，"分"是常变量。

世界还将继续分分合合，合合分分。有人在这分分合合的过程中变强了，有人则变弱了。

酒　话

　　喝酒必须说话。即所谓"酒一沾唇话就多"。"一壶好酒,三五好友",喝酒需要"好友"是为了好说话。喝闷酒醉死人,越喝越愁。

　　最好的下酒菜就是语言。酒之趣在雅,雅就是要说、要唱,吟诗作画,猜拳行令,或哭或笑,或骂或怨,放松,放达,放浪,缓解体内体外的各种紧张。古人云:"饮酒者,乃学问之事,非饮食之事。"

　　今人把喝酒划分为七种境界,主要依据也是喝酒者的语言形态:第一种境界叫"欢歌笑语",第二种境界叫"甜言蜜语",往后依次是"花言巧语","豪言壮语","胡言乱语","自言自语","不言不语"。最后一种境界显然是放倒了。

　　酒是一种神秘的液体,它控制喜欢它的人如魔鬼附体。没有它人类似乎不能成为社会。喜的时候不可无它,愁的时候也不可无它。庆典不可少了它,祭祀也不能没有它。它有营养可健身,据说一克酒精可释放出七千卡热量,饮酒减肥法颇为新潮。它可开胃,闻酒香馋涎欲滴,饥肠辘辘,食欲大振,君不见善饮者喝多长时间的酒便能吃多长时间的菜,有惊人的酒量必有惊人的菜量。酒可做药,李时珍说:"酒,天之美禄也,面曲之酒,少饮则和血行气、壮神、御寒、消愁遣兴。"酒可出智,李白斗酒诗百篇自不必提,与李白、裴曼并称三绝的张旭,"每大醉,呼叫狂走,乃下笔,或以头濡墨而书。既醒,自视,以为神,不可复得也"。酒能壮胆,汉高祖酒后斩白蛇起义,关羽温酒斩华雄。酒可交友,"酒是万能胶,越喝越要好"……

　　现代人更把酒的种种妙处发扬到淋漓尽致的地步。狠灌酒,多布菜,拂其意,逆其情,多方以强之,百计以苦之,看到对方出丑才算是敬,才算喝好了。

某厂,前几年被一股莫名其妙的潮流所裹挟,突然陷入一种困境,资金短缺,产品卖不出去,先是职工医药费不能报销,后来连工资也无着落,只能靠东挪西借。没有特殊的手段难以把这个工厂救活,厂长是个认真肯干的人,就是缺少一点"特殊手段"。他有个很大的优点也许是很大的缺点——不能喝酒。在一次全厂职工眼巴巴盼望着能起死回生的订货会议上,眼看又要吃零蛋。连厂长本人也恨自己不是骗子,正的不行有邪的也行,只要能搞到订货合同,搞到能救急的钱,他丢人现眼也认了。这时候办公室管档案的女干事自愿站了出来,她姿容靓妍,略有紧张更显出女性的妩媚和羞怯,代表厂长到各桌敬酒。一对一,不怕。车轮战,也不怕。嘴角还始终挂着那妩媚的怯怯的笑意。她不仅能喝,还很会说,能喝不能说,是瞎喝、白喝、傻喝。男人们叫好,叫绝,心服、口服、眼服。厂长跟在她后面收获了一批订货合同。工厂突然找到了金娃娃,扭亏为盈。厂长提拔她当了供销科长。

有人总结出一句话:"女人上阵必有妖法。"她自己则说:"当了科长,把胃交给厂;两袖清风,一肚子酒精。"三年后她因喝酒过多,严重地损伤了肝脏而住进医院。工厂职工像崇敬一位英雄一样轮流到医院去看她。

特别值得一提的是跟她的工厂有关系的各单位的头头也到医院去看她,并在她的病床前信誓旦旦地表示:决不因她住院就中断跟她的工厂的合作关系。

颇悲壮。

喝酒成了一种"舍己救人"的壮举,工作就是喝酒。深受其累的人,编出了逃酒的顺口溜儿:"早晨不能喝多,上午还有工作。中午不能喝醉,下午还要开会。晚上不能喝倒,省得老婆吵闹。"

人类可以搞一个"世界无烟日",却不可能搞一个"世界无酒日"。虽然历史上曾有过几次禁酒运动,一些举足轻重的大人物想借助无情的法律手段禁酒,最终也未能把酒禁住,倒是愈禁酒愈多,花色品种愈齐全,乃至出现大量假酒,成为一种社会公害。还不是因为喝酒的人太多,真酒供不应求才会有人造假酒谋利!

许多地区成立了"酒文化协会",也经常有人举办"酒文化研讨会"之类的学术活动。

酒,太值得研究了!

不再浪漫的酒神

自古酒是和雅，和趣，和美妙，和浪漫，总之是和文化联系在一起的：

"造饮辄尽，期在必醉"的陶渊明，终日迷恋酒醉中的世界，"芳草鲜美，落英缤纷"。

嗜酒如命的白居易高唱："身后金星挂北斗，不如生前一杯酒"，"面上今日老昨日，心中醉时胜醒时"。

唐代大书法家，人称"草圣"的"张旭三杯草圣传，脱帽露顶王公前，挥毫落纸如云烟"。

李白是"斗酒诗百篇"的"酒仙"——发明这一封号的杜甫本人，也是地道的"高阳酒徒"。

还有"酒龙"蔡邕、"酒虎"谢灵运、"醉翁"欧阳修、一醉三年醒后和杜康成仙而去的刘伶等等，哪一个不是大才子！

"以水为形，以火为性"的酒，真是妙物，没有它似乎历史会变得乏味，文化会变得单调，世界会变得苍白。

然而，不是所有的人都具备享受酒之快乐的人格力量。尤其是现代人，迷上杯中物之后，成龙成虎成仙的不多，成鬼的不少。

他，是个搞美术的，不能说没有才华——若全无才华当年就考不上美术学院。也发表过一些作品。有一份清闲的令人羡慕的工作，大部分时间可以不坐班。还有一个在外人看来非常美满的家庭。妻子漂亮能干，工作也好，家是她管，孩子是她带，里里外外一切操心的事她全都包了。如此一来，他成了活神仙——知足常乐。又没有太强的事业心,不想在绘画上搞出什么大的名堂。因此,他有充裕的时间以酒为伴。

开始由每天一次、两次,后来变成无场次。别人邀他随叫随到,他对别人以酒代茶。没有酒友便自斟自饮,自哄自乐,照样眉飞色舞。

开始在量上还有所限制,二两、半斤,后来以喝足为乐。每喝必醉,十醉九吐,情态张狂,疯话连篇。

酒泡出了他性格中最脆弱最卑琐的一面。

他是个独生子。独生子可能有许多优点。如果没有有分量的优点,当初他妻子也不会爱上他。现在有酒精壮胆,优点可以不要,缺点任其膨胀扩散。对家庭、对别人,没有责任感,只要自己痛快就行。家里的事横草不拿,竖草不拾,油瓶倒了不扶。自私,任性,更缺乏一个纯粹的男人所应有的正直、自信、坚强和自制力。时间长了,让妻子还尊敬他什么呢?什么也不能依靠他。他不像个丈夫,像个永远长不大的不争气的浪荡子。

每天伺候一个醉鬼是很脏、很累和很恶心的事,容易厌烦和疲倦是很自然的。

酒是香的。烟嘛,据喜欢它的人说也是香的。这两种香的东西到他肠胃里转了一遭再喷出来,就其臭无比。偏偏他又不太自重,床上、地毯上、沙发上、桌子上,随处乱吐。不仅经常制造满屋污秽,冲天恶臭,还同时伴以胡说八道,胡搅蛮缠,摔摔打打。妻子不可能不说他、不管他,他便借着酒力大耍酒疯。

过日子是很实际的。作为妻子得有多大的忍耐力,才能长期经受得住这种恶臭、恶语、恶缠的折磨?

他又不像古代那些大才子,本身有重要的优点可以平衡喝酒带来的不利因素,人家也许是故意借着酒力好更充分地发挥自己的惊世才华。

他除去能喝酒,别人似乎说不出他还有什么特殊的本事。

再一再二再三再四,妻子用尽了办法也不能使他戒酒,便不再管他了。但也不愿再见到他,无法再忍受他了。夫妻关系趋于苦涩,挺好的日子变成一团灰色,成了一种对生命的否定。她提出分手,想结束这种生活,就像脱掉一双烂袜子一样。因为他们才三十多岁,后面的日子还长着哪!

他当然不会同意离婚。亲戚朋友们劝他、骂他,更多的是不理解:有心肝的人怎么会为喝酒而丢掉一个这么好的老婆呢?不是酒鬼似乎就无法理解他,正像不是烟鬼就没有资格对烟说三道四一样。

他清醒的时候承认自己还爱着妻子。但他清醒的时候太少了,大部分时间是更爱酒。一场几乎要拆散家庭的风险才使他戒了十天酒,妻子的情绪刚有一点稳定,还没有答应不再提出离婚,他又故态复萌。虽躲躲藏藏,偷偷摸摸,仍是不醉不休,不吐不快。只是更加没有男人相。

她彻底失望了,心里对他的厌烦又一次深化和扩散。

我以往认为自己很会解劝人,碰上哪位朋友生了病,打了架,被领导穿了小鞋,便站在旱岸上扮演智者,扮演正确和仗义。面对这一对夫妇,却感到无能为力。才知道劝人是很难很累很不负责任的,也不会有真正的实际价值。

于是拿起电话请教一位在检察院负责处理民事纠纷的朋友:

"现在为了喝酒闹离婚的人多吗?"

"多,很多。"

"多到什么地步?"

"多得一言难尽,等我找点材料出来你自己看。"

朋友的材料尚未收到,由于我留心了,才发现每天报纸上、电视里都有酒。原来饮酒过度是世界新潮流。

近二十五年来,英国因酒精中毒而住进医院的猛增十九倍。法国饮酒过量者占百分之九。美国化学研究技师柯伊尔逊承认:美国现有九百万酒鬼,其中几乎三分之一的人因饮酒自杀。苏联在全国性的反酗酒运动中,每年还有一万多人因饮酒丧命……

陶渊明有五个儿子,"皆愚钝不灵"。到暮年才领悟到"盖缘于杯中物",可惜为时已晚。"诗仙"李白,生有一子二女,儿子自幼出游,既无作为，又不知所往，"二女智能低下"，使李白成了没有直系后代的"绝嗣之家"。杜甫才华绝代，从十四五岁成为出名的"酒豪"，一直喝到辞世，给两个儿子取名宗文、宗武，显然是希望他们文武兼备，不幸皆是"茅塞不开，低能庸碌之辈"。

可谓"酒极则乱，乐极则悲"。古代伟人也如此。

酒来则智去——过不在酒而在人。因此有必要提出一个问题：什么样的人才配享受酒的美妙，才能够享受酒的美妙？

酒鬼是为酒所征服，人则享受酒。

享受会议

人的级别往往取决于会议的级别，只要看他参加什么级别的会议，基本上就能断定他是什么级别的人物。

会当官的人没有一个不重视开会的。该他参加的会议你不让他参加或忘记通知他了，他跟你没完。开会是一种政治待遇，是政治生命的标志。

剥夺了某个人参加某种会议的资格，就说明这个人有点不妙了。

作家有职称，无级别，有人担任一些社会职务，那多半也是象征性的、安慰性的，不必认真的。我就有那么个头衔儿，每年要开一次大会，千八百人聚集在一个大宾馆里呆上八至十天。我对大会、长会有一种本能的逃避意识，这头衔挂了至少有五六年，却没有认真参加过一次会议。

这是有点不像话。一些习惯于开会的人，更是无法理解这种逃会的心态，很自然地会猜度我是不是对这个大会有意见？也许是瞧不起这个组织？抑或是神经有毛病？

我实在是没有什么意见，一个人怎么可能对一个庞大的组织和大会有意见或瞧不起呢？如果有也是对自己不满意。我对这个"高规格的、隆重的"，被称为"一年一度的政治生活中的大事"是非常尊重的。正是出于这种尊重，我想大家心照不宣，彼此照顾，客客气气，我不去则大会省事，我也方便，这十来天可以做很多事情。

我是得了"厌会症"，还是"恐会症"？十来天是一眨眼的工夫，为什么我会嫌长？外出旅游十天不嫌长，出国十天不嫌长，只会嫌短，天天吃饭睡觉不嫌烦,为什么开十天会就受不了呢?

我找不到说服自己的理由,今年便规规矩矩地去参加会了。一报到先领了一个黑提包,里面除去会议文件之外,还有一个精美的笔记本,一支钢笔,一支圆珠笔,小纪念品,保险公司的会议保险单,服装公司、钟表店、眼镜店赠送的九折优惠卡,还有领带、衬衫。大会筹备者想得相当周到,如今开会不只是精神会餐,还有一定的物质收获。

一位经济界的朋友见我这副少见多怪的样子,便教导我说:"你经常逃会是会落后时代的。""有这么严重?""开会能体现时代的高度。这种大会是最清廉的了,你猜猜我们公司有一次开会发什么东西?"

我壮起胆子瞎猜,无非是高档电器,总不会发辆汽车,发套房子吧?

"你们作家,太缺乏想象力了。我们弄来一车活鳖,俗称:王八,乃大补之物,市场上百八十元一斤,而且很难买到。工作人员按照到会者的级别高低,把王八也分类排队,级别高的王八大,级别越低得的王八就越小。分活物可比分死物复杂多了。分王八有好几道工序,先在王八背上贴纸条,纸条上写着得主的姓名:李主任、张书记、刘经理、王代表……然后再把这些宝贝分装进兜子。王八一多怎么管得过来,搞得工作人员手忙脚乱,大呼小叫:不好了,李主任跑了,快抓住!张书记钻到床底下去了!哎哟,刘经理咬了我的脚后跟……"

这是对开会的一种创新。既然对会议内容无法进行创造,就在会议的形式和幕后分配上花样翻新。

我发觉开这种大会是很舒服的,官场得意的人大都善于享受会议。只要你沉得住气,坐稳屁股,皮包一夹,不动脑子,不费力气,规规矩矩,坚持到底,就是好同志。而且吃得好——每人每天只交一元钱伙食费,早晨有牛奶鸡蛋,中午晚上六菜一汤。睡得好——在高档宾馆里,高枕无忧。看得好——每天晚上都有电影或文艺演出。说得好——会开会的人熟练地驾驭会议语言,说正确的话,慢条斯理,循规蹈矩。滔滔不绝的废话、空话、套话,中国语言经过这样一番排列组合,变得最没有味道,比噪音还难以令人忍受。使听会的人智商变低,然而发言者却不是傻子。另一种人,心里有火气,或自以为思想深刻、见解独到,便慷慨激昂,逞口舌之快。不说白不说,说了也白说,白说也要说。说出来心里就痛快了,有助于安定团结。

见了熟人招招手,见了朋友握握手,需要的时候举举手,多么轻松。我决心坚持到底,好好休息一下。

然而,只坚持了两天又溜号了。原因是:这么好的会怕上瘾,成了"开会作家"。

当今骂坛

当今这个热闹非凡的世界有足坛、泳坛、文坛、歌坛、影坛、棋坛、曲坛、剧坛、骗坛，还有一个骂坛。这个坛那个坛，似乎都离不开骂坛。

比如足坛，我曾经说过，足球也可称做"骂球"：眼下中国人还有谁不敢骂或不能骂它呢？骂骂中国足球几乎成了一种时髦，笔骂、口骂、雅骂、野骂、笑骂、怒骂、真骂、假骂、单骂、群骂……小骂大帮忙，大骂不帮忙，指桑骂槐，不骂白不骂，骂了也白骂，白骂也骂。不论喜欢不喜欢足球的，懂不懂足球的，不论在什么地方积存的火气，都可以撒到足球上。借着骂足球可以骂领导腐败，骂工厂倒闭，骂拖欠工资，骂物价上涨，骂通货膨胀，骂社会，骂人生，骂命运，骂同事，骂路人，骂家人，骂富骂穷骂赌骂娼骂天骂地骂一切！

这只是当今骂坛的一景。

当你被拥挤在秩序混乱的火车上、公共汽车里，被困在视航班误点为家常便饭又不肯及时作出解释的候机大厅里，当你走在大街上或进了商店，尤其是被挟裹在自由市场的人潮热浪之中，很容易领略到中国骂坛的风光。人生不如意的事常有八九，而当下似乎人人都顶着一脑门子官司，不骂不说话。

千万不要以为当今骂坛只是在靠一些粗人或"下流社会"在支撑。有些雅人和"上流社会"有身份的人同样会骂。或者蔫坏损地骂人不吐核，或者赤裸裸地张口就是国骂。甚至一些名气很大的时髦女士，在公共场合张嘴就是粗话、脏话，而且骂得那样顺溜儿、那样自然、那样有风度。让人感到传统的国骂反而更衬托出新潮女郎的现代气派,脏话就应该属于上等人,粗鄙和高雅是那样般配。骂街简直成了一种时髦。

据报载在某些发达国家,骂人正在变成一种新兴的大有前途的职业。倘你憎恨某人,又不想把他杀死担负法律责任,就去雇请一个骂坛高手。这些高级骂手中有相当一部分是女的,女的撒大泼骂起人来更具杀伤力。她们"骂"到成功,把雇主憎恨的人直骂得昏头转向,两眼发黑,口吐白沫,甚至会气死过去。中国骂坛已将此定为引进项目,第一步是先生产出骂人娃娃。你出门可随身携带,看见谁不顺眼一捏娃娃大腿,娃娃便污言秽语,大骂不绝,兜头盖脸地将对方淹没在骂声之中,直到你出完了气为止。

为什么骂人会成为一种社会时尚呢?社会学家们总结出许多原因,比如:现代生活紧张,快速,压力大,竞争激烈,而且有许多不公正、不合理。有人用骂来表达自己的不满和失意,"一骂解百愁"——简单实惠,且不用承担任何风险。有人活得太累、太压抑,便用最原始的粗话宣泄。可见骂坛人物也有许多令人同情之处。但有人活得春风得意,则用骂来炫耀自己的气势,表现潇洒和玩世不恭。一切都在变,都在转换,没有信仰,没有神圣的东西,还有什么不可以否定、不可以骂一骂?骂坛活跃也可理解为现代人的一种浮躁病。现代疾病五花八门、防不胜防,不治之症越来越多,精神病人越来越多,报纸竟用这样的大标题来提醒人们:《小心!精神病人就在你身边》,更年期越来越长……谁敢说骂手如云不是社会的一种病态?有人是被病"拿"的,或者病态般地生活在脏话中。

最近国内许多报纸转载了据称是国外医学的最新研究成果,说骂人有好处,可平衡心理,有益中国人健康。但没有解释对被骂的人会怎样?我想是有害无益。骂者舌上有毒,听者耳朵染毒,其毒攻心,人不安生,社会也不会安生。

倘若人们为了自己的健康都大骂特骂,无时不骂,无处不骂,那世界成什么样子?那中国足球队就应该获得"挨骂大奖"或"有益健康特奖"!

　　所谓骂街能解气,那是指骂木头,骂沙袋,对方不还嘴你自然可以消气。倘是骂活人,你有来言,他有去语,或者碰上了更厉害的角色,由单骂变为对骂,越骂火气越大。气伤心,怒伤肝,于身体何益之有?迎风撒黄土或迎风吐唾沫,必然也会弄脏自己的脸。

　　骂人解决不了任何问题,只会坏事。敢骂、擅骂者往往和邪恶、贪欲相等。被骂臭的恰恰是他们自己。因此奉劝这些人赶紧治理自己的嘴巴,管住松散脏乱的长舌。

"假" 说

　　几位"大款"、"大腕"类的人物聚餐,当小姐问他们要什么酒水时,他们没有要茅台、五粮液等名酒,而要了两块多钱一瓶的二锅头——这是一种新时尚,愈显其富翁阶层的见识和气派。他们一不是为了省钱,做艰苦朴素状;二不是喝好酒喝腻了,想换换口味。实在是喝假酒喝怕了,而名酒更容易被假冒。不可为了虚名,为了不必要的排场让自己的口和胃吃亏。相对来说,低档酒的假品则很少。他们果然异口同声地称赞二锅头——这才是地道的粮食酒,屋里充满酒香。

　　假名酒砸了名酒的牌子,也可算是假的毁了真的。如同人嘴里的牙,倘有一颗出毛病拔掉,换上一颗假牙,这颗假牙会磨坏两边的真牙。假的对真的逐渐蚕食、磨损,最后只得换成满嘴假牙。整个过程让人觉得假的必然要战胜真的。

　　当今世界还有什么没有假的呢?

　　意识形态方面有假装疯魔、假情假意、假仁假义、假话连篇、假道学、假新闻——假新闻似乎更具"轰动效应"。前一段时间盛传"太空飘浮着十几具宇航员的尸体","采访名人要付采访费"等等,最近证实都不是真的。德国有一杂志《新密友》,专门制造假新闻,其主编向世人堂而皇之地公布自己的办刊指导思想:谈论真理已使人感到枯燥乏味,因此不如谈论"可能是真的"更能吸引人。

　　其他方面的假就更多了:假发、假果、假名、假账、假山、假死、假面具、假钞票、假公济私等等五花八门,假得让人眼花缭乱,真假难辨。感到一种假的侵略、假的恐怖、假的防不胜防。不要问假的有多少,应该问还有多少是真的。

地球是真的,卫星上天要动真的,战争是真的,灾难是真的,强大沾光是真的,落后吃亏是真的,要想获得真正的成功必须靠真的。假可以乱真,在一时一地一物上也许还会毁真、取代真。但假的必须依附真。没有真就没有假。一切假的东西都有其局限性,不可能长盛不衰,所向无敌。造假者必须不断地制造新的假,来代替已经败露的、死亡的假。正是无孔不入的假反而使真更宝贵了。当代人极为珍视的千呼万唤的不正是真情、真话、真品吗?

善良的罪过

许多在大半个中国的电视台播放了两次以上的电视连续剧,有一个共同的主题:鞭挞善良,表现善良的愚蠢和罪过。

《义不容情》里的男主人公,善良厚道,重情重义。弟弟开车行凶,他顶罪进了监狱,九死一生,历尽磨难,出狱后受尽侮辱。其弟精于算计,丧尽天良,再一再二地杀人,他仍念手足之情,给以关照。最后被其弟毒死了他的独生儿子,妻子出走,落得个家破人亡的下场。《重返伊甸园》里的女主人公,美貌,富有,在正常情况下也算聪明,一发善心或到生活的紧要关头,便愚不可及。先是莫名其妙地爱上一个毫不可爱的人面兽心的男人,以后又照顾帮助一个心肠更坏的收养的妹妹,于是自己三番两次地差一点被害死,侥幸未死也不得不装死。每到关键时刻她的善良就表现得极端愚蠢和软弱无能,坏了大事,害了自己,成全了邪恶,搞得自己倾家荡产,躲躲藏藏。直到最后她的善良也无力战胜邪恶,只能靠赌赛马,靠畜牲来决定人间善恶争斗的胜负。最坏的男人,是最坏的女人打死的。可见善良是多么的虚弱无用,可谓成事不足败事有余。

中国大陆的电视剧表现这类主题的就更多了,只是不那么淋漓尽致,不那么会煽情、矫情。

这几乎成了电视剧创作的一个套子:通篇都是善不敌恶,到最后来个生硬的乃至虚假的"善有善报,恶有恶报"的结尾。恶人一般都是仪表堂堂,男的英俊潇洒,风度翩翩;女的倾国倾城,魅力无穷。其性格的主导方面是:自信、坚毅、足智多谋、勇猛果断,掩盖了其狠毒、刁钻和狡猾。邪恶者不屈不挠,总是成功,不能不令人佩服。相反,善良的人,往往老实软弱,优柔寡断,不争气,让人憋气。这种不成熟的善良、没有力量的善良,只不过是以善良的形式在助恶、作恶。

抑善扬恶——成了永恒的主题。

不是以邪恶衬托善良,而是以善良衬托邪恶。善恶相通,且极易转化。善常常喂养了恶,善的终极是恶。善良枯燥乏味,邪恶才是生活中的真正悬念,好戏都在坏人身上。善得恶报成了普遍规律。

于是形成恶人效应:恶越来越多、越强、越大;善越来越少、越弱、越小。社会道德恶性循环,以怨报德、恶有善报,路遇邪恶能躲则躲,能让则让,只要与己无关就视而不见。冷酷,麻木,以恶的恐惧,导致更多的邪恶。恶意到处都有,层出不穷,善意却越来越少……

那么有一天世界会不会沦为地狱?人间丧失了最后的一点善意,只剩下邪恶?我想不会,"善恶是神的左右手",没有善也就无所谓恶了。

艺术的深意来自生活的启示。善不压恶的故事成了一种套子,而且百套百灵,人们百看不厌,生活就该思索是不是出了同样的毛病?

古人教导,不可以善小而不为。而今似乎更需要大善,成熟的有力量的善,能够降恶的善。

节日大搬运

城市陷入夜的迷宫。有零星的鞭炮声,飕飕冷风偶尔送来淡淡的火药味。

大街上汽车格外多起来,送礼大军出动了,且都是机械化部队——各种各样的汽车拉着各种各样的礼物……

礼车喜欢流向市里的几个高级住宅区。

高级住宅区里最畅销的人物门前,往往有送礼的汽车在排队。它们隐藏在树的阴影里或楼角的暗处,车里的人盯着目标的门口。等前一拨送礼的人出来,他们便跳下车抬着东西冲进去。

送礼的不愿意碰见送礼的,主人也不愿意。

某夫人,每到这个时候就变成一个精悍的仓库调度员,耳朵始终听着门外,一有脚步声不等敲门先开门。倘客厅里还坐着别的人,她便向送礼者做个手势。送礼者心领神会,把东西轻轻放下,神不知鬼不觉地抽身而退。

送礼不进屋或放下就走的人,最受主人欢迎。

春节是收获的节日,一年到头了,人们的眼睛都盯着最后的实惠,要大送礼。送什么的都有,送什么人家都敢收。真正是全民总动员,几乎无一家不往外送礼,无一家不接受别人的礼。只不过有轻有重有多有少罢了。大大方方,热热闹闹,光明正大的,偷偷摸摸的,心甘情愿的,不送不行的,嘻嘻哈哈的,边送边骂的,居高临下的,低三下四的……表现出一种物质社会的紧张和负担。人们都变得像块浮冰,在水面上游动,洋溢着欢乐、喜庆、友善和赤裸裸的物欲。

锦绣"钱"程

中国人见面后有一句传统的问候话："吃饭了吗？"现在许多新潮人物见了面却是这样打招呼：

"嗨，赚足一百万没有？"

"还差一点。你哪？"

"早就超过了。老兄得加油啊！"

南方人谈起自己有多少存款或炒股票、做生意赚了多少钱，很随便，很坦然，甚至以钱多为荣。他们也很喜欢直率地向北方人打问有多少存款，直弄得北方人好不尴尬，支吾半天也说不出个准确数字。一是存款太少，羞于启齿，即使说出来人家也不相信，还以为你怕露富不说实话；二是有传统心理障碍，家底不愿曝光。

近来我们的报纸上接连出现关于中国富翁的正面报道，请看标题：《中国出现超级富翁》、《江西农村出了亿万富翁》、《中国私营企业主百万富翁逾五千》等等。美国《纽约时报》也凑热闹，去年八月三十日有一篇文章，题为《中国企业家到了贪婪的时代》……当有人对歌星的出场费过高议论纷纷的时候，更有人在报纸上理直气壮地说："如果有一天，我们能产生一位报酬为万元的歌星，那将是民族的骄傲。"从珠海的科技精英到奥运英雄，一个接一个地重奖，奖得国人惊诧、振奋，心理也失去了平静。

金钱的大潮滚滚而来。成功＝钱，谁也不再否认金钱显示出的这种力量。正如发达国家靠的是经济实力一样。如今年轻人找工作，调换工作，第一要看挣钱多少……

有正常的欲望,生命才有生气,社会才有活力。搞活经济,提高经济效益,"经济效益"就是钱。如果不敢谈钱,害怕钱多,国家就不可能强盛——我们在这方面的教训太深了。

但对一个人来说,"锦绣前程"不等于"锦绣钱程",只有钱未必会"锦绣"。《新民晚报》转载菲律宾《世界日报》的文章说:"马来西亚希望赵剑华赶快引退去当教练,每月五千元美金,有房子还有汽车。因此赵剑华在任何比赛中不可以打冠军,不然中国就不会放人。"不知此言可靠否?庄晓岩的抱怨却是可靠的:"太邪乎,架不住啦。有人说庄晓岩那么老多钱,谁找了她谁合适。我接到一百二十八封信,三十二封是求爱信。我整天搁屋里猫着,不敢出去,家里早让小偷盯上了……好虎也架不住群狼啊。"更不要说为钱害人害己的案件时有发生。

金钱也可以摧毁"锦绣前程"。钱是金造的双戈,可以杀人。

钱是印刷出来的自由,某些有钱的人却恰恰失去了许多自由,变成钱的奴仆。不是他们拥有钱,而是钱拥有他们。一暴发户洋洋得意地说:"我穷得什么都没有,光剩下钱了。"也许他说的是实话,以钱为舵的人生之船既容易在商品世界金钱的汪洋大海里颠覆或迷失,又无法驶进其他领域。

生活丰富多彩,每个人也有各种各样的欲望和需求。但萧伯纳有句名言:"人生有两种悲剧,其一为欲望难遂,另一为欲望得遂。"

黄金黄昏

任何一个社会都提倡敬老。不管是谁都不可能不接触老人。但有多少人真正理解他们，甚而喜欢他们呢？

无论哪一个级别的领导干部，都不会缺少簇拥者，真正的朋友又有几个呢？

当个领导干部不容易，当个普通人就容易吗？如果说一个普通人突然被提拔为领导干部，会遇到许多困难；那么一个领导干部突然变为普通人，所遇到的困难会更大。

他，曾是和平区一家大电影院的优秀负责人，到正式办理离休手续的时候还没有真正理解"离休"这两个字的全部内容，只想到今后可以好好休息一下了。对于一个紧张忙碌的人来说，偶尔轻闲一下是一种享受。对于一个紧张忙碌惯了的人突然陷于无所事事的境地，轻闲，永久的轻闲，人生只剩下轻闲了，这便成了一种最可怕的打击。他开始莫名其妙地烦躁不安，无事可做却又坐卧不宁，心绪郁闷，食欲渐无，天天可以睡大觉了却又严重失眠。一阵躁狂发作，就会用头撞墙或用拳痛击自己的太阳穴。身体无大病却让家人安排后事，想主动拥抱死神。

看来，许多离退休干部是不能忍受自己成了"闲人"这样一个事实，不能忍受不再为社会、为别人所需要。在他们的大半生中用太多的时间当领导、当干部，没有更多的时间过普通人的生活。

也许，正因为如此，他们中的一些人开始学做普通人。认真审视自己的生活，重新估量所拥有的。重要的不是生命中还有多少时日，而是在今后的日子里还有多少生命力。于是许多人又走进了学校，一所特殊的专门培养普通人的学校——和平区老干部局。

中国人均寿命六十九岁。而死后有资格在报纸上登讣告的人平均寿命六十三岁。而和平区老干部志趣协会的几百名会员，经过六年多的试验，他们的精神状态比社会上的一般老年人年轻七至十岁。

这个从生理到心理的转换过程是怎样完成的呢？充满兴趣和快乐，任何人知道了这个转换过程都会羡慕，都会被吸引。

我正值中年，没有资格成为和平区老干部志趣协会的会员。偶然听人谈起每天早晨在水上公园东湖有一支规模不小的游泳队伍。我当过海军，喜欢水，便想去试试。谁料这一试便不可收了，每天早晨五点多钟起床，春夏秋冬、风雨冰雪，全无阻碍。一年多过去了，兴趣有增无减。如果外出，有几天不下水，浑身紧绷绷不舒服。一回到天津恨不得立刻就跳下水，见到那些可爱的老水兵。年轻时也游过泳为什么没有这般上瘾？恋水固然是重要原因，还有一个不可忽视的因素是恋人，恋水中的人际关系。

这支自发地集结起来的水军，各色人等都有，最大的八十多岁。主力是六七十岁的离退休者。大家彼此熟悉，互相关照，有一定的感情，谁几天不露面大家都想着他。但又没亲热到互相妨碍、产生矛盾的程度。自然，健康，平等，舒朗。大部分人已经游了几年、十几年，我的泳龄大概是最短的。到冬天这支队伍一分为二，一部分人回到游泳中心室内游泳池，一部分人继续留在东湖里冬泳。这支水军每年都在扩大却很少减员。我打听了许多人，除一位八十四岁的老先生因年纪过大不再露面了，近几年来无一人死亡或自愿撤出。

水之所以有如此大的吸引力，恐怕不单是因为能满足老年人身体健康的需要，还能调理精神。这支水军队伍也是一个群体，而且是一个多么可爱的群体，在这里既可以联系社会，交流各种信息，获得一份健康人生的不可缺少的人间温情和欢乐；又没有权力的角逐、名利的竞争。水只接待赤裸裸的平等。脱了衣服大家赤裸相见，变得轻松、纯粹、自然，只闻到生命本身的香气。升沉进退全无意义，多了一份云心鹤性。跳进水里,自拥一个物我两忘的世界,达观力行,精神进入一个愉悦的健康的层面。

中国文化强调群体性,"万人如海一身藏"。寻找集体,借助集体完成自己的角色转换,静心沉玩,乃能得旨。倘是一个人,从孤单到孤独,办事麻烦多,困难多,不会有很大兴趣,更难以长期坚持。且看不需要任何考试就能进去的和平区老干部志趣协会都设有什么专业:烹饪、服装剪裁、书画、摄影、园艺、球赛、跳舞、保健、健美、棋类……此文在开篇时提到的那位身体和精神濒临崩溃的老同志,现在是这四百名体健神旺的会员中的活跃人物。

他,曾是区委第一书记,离休后不久唯一的儿子大病后成了植物人。他借助一架相机挺了过来。过去都是别人给他照相,习惯用政治眼光看生活,现在背着相机,骑着自行车,每天东奔西跑,照景,照物,照人,学会用美学的眼光看生活,对生活有了许多新的发现。自照、自洗、自扩,自得其乐。在公园里,帮助情人们和全家出游者按动快门,便乐不可支。自己的作品被发表被选中参加展览,就会唤起一种热爱生活的激情。

由于大量地使用化肥,现在的瓜果蔬菜已经失去原有的味道,该脆的不很脆,该香的不很香,该甜的不算甜。一对老夫妇,一个学会了养花木,一个专爱上了种蔬菜。哪位朋友想吃五十年代的黄瓜或西红柿,就到他们家去解解馋,绝对无毒无污染,恢复了蔬菜在退化前所应有的味道……

细致地写出这四百人的故事将是一部长篇小说。他们的人生已接近黄昏,但确实又进入一生中的一段黄金时间,尝到了做个普通人的自由和轻松。作为领导干部,他们下台了;作为普通人,他们的生活才刚刚开始。

能够寿而康更好。即便不能长生不老,提高生命的质量、生活的质量,在活着的这段时日里,健康、快乐,不受罪或少受罪,不也是人生一大幸事、一大乐事吗?

最后用黑塞的名言作结:"每一个人的生活都是通过分裂和矛盾才变得丰富多彩。没有陶醉纵乐,理性和明智何以存在;没有死神在背后窥视,感官的欢乐又有什么价值……"

论串门儿

现代人串门儿的多了还是少了？

一说少了。根据是城市人几乎家家都有一个长住的"客人"——电视机。每逢节假日，每到晚上，甚至在一切业余时间都得听它一个"白话"。尽管有的时候它很乏味无聊，庸俗烦人，但谁也舍不得或许根本就无法摆脱它。它毕竟还有可爱之处，能把全世界各种各样的人请到你家里来：各国首脑、名人、杀手、黑手党徒、明星、歌星、球星。家家一到晚上都这么热闹，还有心思去串门儿吗？

将心比心，你去串门儿势必要打搅主人一家子看电视，岂不讨嫌？

商品社会教会人们愿意捂着自己的心口过日子。因此现代文明已经意识到现代人面临着一种威胁：互相疏远，互相隔离，各自禁锢在个人专业或业余的狭窄天地里。

这也是不串门儿或少串门儿所致，缺乏心的交流。

世界愈来愈拥挤，正在变成环球村，人与人之间的交流反而少了。下班后都躲进自己的单元住房，同在一个楼里住了几年相互还不熟悉。能够联结大家的是每隔几个月或几年轮上一回的收水电费。便于亲融的大杂院愈来愈少。现在的大杂院也非昔日可比，天热了也不必都坐到门口或大街上去乘凉，家家都有电风扇甚至是空调机。家用电器比人更亲。现代物质文明方便了人类也限制了人类。每个人似乎都难以超越那小小的时空。

物质发达的美国，无聊也发达。有一种叫"无聊者俱乐部"的组织。该俱乐部的主席说:"我们过着无聊的生活,吃着无聊的饭菜,连家庭晚会也是无聊的。总之我们的热情在消失,而无聊却像无边无际的海洋。"中国人看这个主席的"无聊"还有点身在福中不知福的味道。俗话说是烧的。至少中国人能举办家庭晚会的还不多。也不像美国人那么会欣赏"无聊",对"无聊"那么敏感,那么兴致勃勃地成立一个俱乐部。"无聊"而又"俱乐"。

我们更多的是用无聊对付无聊。不无聊又怎么样?只要大家都无聊就行了。

孤独的的确确地流行开来,像更年期反应一样普遍。谁说话声音一走调儿,同事们就会怀疑他是不是更年期到了?作家们玩孤独,知识人谈孤独,有钱的人到歌舞厅、咖啡厅一掷千金驱赶孤独。孤独变成了一种时髦的东西。好的坏的国产的进口的都能一窝蜂搞成时髦的玩意儿,这倒是货真价实的中国特产——现代生活的魔术,魔术般的现代社会。孤独变成社会时尚就轻浮了。

生活单调引起思想苦闷。尽管房间装修得很漂亮——地毯本是踩的,以目前普通人的生活水准能铺上地毯不是很容易,任别人践踏自然心疼。心疼就不欢迎客人来。知趣的客人去了一次就不敢再去第二次。这也是串门儿少的原因之一。没有客人的房间,久而久之便成为主人的坟墓。

另有一种说法:现在串门儿的多了。

不然装门镜的为什么愈来愈多?恐防盗为副,阻止不速之客才是主要的。遇有人敲门先偷窥一下来者是谁,倘是自己不喜欢的人便拒之门外。

也正因为串门儿的人太多,不是才有人在门上贴出纸条:"未经联系请勿打扰"、"谈话不要超过十分钟"、"泰山石敢当"之类的玩意儿?

如今的事情难办,大事小事都得求人。求人就得到人家里去。似乎只有到人家里去才显出拜佛的诚心,说话也方便,容易达到期望的效果。也有相反的情况,人家嫌你到他家里去添烦添乱,能办的事也不给你办了。天下熙熙，无一定之规。

串门儿的人多说明这家主人正畅销。更有人断言，人际关系紧张复杂，飞短流长，跟串门儿也多少有点关系。杨子荣在座山雕面前告状得宠的办法，在现实生活里也很奏效。散播小道传闻，根据自己心理或生理的需要任意歪曲夸张某一件事。借造谣娱人娱己，靠诽谤惑众欺世。于是骂天骂地，骂爹骂娘。永远不满意，看什么都不顺眼。当然对他自己除外。索居寡闻，只通过串门儿人的嘴来"知天下事"，忘记"来说是非者，便是是非人"。这也是一种病态，为孤独所困。长此以往，势必萎缩了自我，却以为自我正在膨胀，感觉甚好。

当然串门儿的队伍里更多的是渴望精神交流，满足思念。要畅谈，要打开思想之门。人活着没有爱的交流不行，没有友情的交流也不行。即便婚姻美满，子女成才，儿孙满堂，再加上一应俱全的高质量的家用电器，也不能代替跟朋友、同学、同事、同龄人在一起的愉快。

也不排除有相当多的人为工作去串门儿，去排忧解难，去助人为乐。

社会愈开放，家庭愈封闭——未必就是不可逆转的"未来大趋势"。人的感情和精神是不会永远封住的。作为补偿，串舞厅、串酒吧、串"卡拉OK"的人日渐多起来。一个文明发达社会的标志之一，就是人们有丰富多彩的业余生活。

忙中也有出错的。

崔老三年前就病休在家,由于身体不好很少出门,再加上干了一辈子文字匠,没有交下几个有经济价值的朋友。渐渐就觉得自己像一张破旧的小票子,不再流通,甚至掉在地上也没人捡了。承蒙领导还没有忘记他,意想不到地在年前为他解决了一个最大的也许是最后的困难——让他搬进了一幢相当不错的住宅楼。原住户某主任有了更高级、更宽敞的住房。

春节前可把崔老给忙坏了,其中有一项不胜其烦的工作,就是老有人敲门,他要不断地开门关门。来者有的抬着一包大米,有的端着一筐鸡蛋,有的提着鱼、虾、鸡、鸭、肉,成箱的水果、点心、糖果,东西多得让他眼晕。还有一些他闻所未闻、见所未见的珍奇物品,裹在花花绿绿的包装纸里,贵重得令他咂舌。他从来都没有这么流通过!

只可惜这些东西都是送给某主任的。他要一遍又一遍地向这些送礼者重复某主任的新址。

小儿子看得又气又烦又馋,便让老爸回自己的房间静养,凡有敲门者一律由他应付。他开门后先竖起一根食指封住自己的嘴,其实是示意对方不要吭声,然后虚掩上门,向屋里努努嘴,随便来者怎么理解都行。总之,是主人不愿意外人进屋,屋里有外人不便见到的人和事。在这种情况下,送礼者如果还是说出了某主任的名字,他也只好让人家把东西拿走。如果送礼者粗心,放下东西扭头就走,他就照单全收下。

反正这是公家的东西,某主任用得我们为什么用不得?某主任吃得我们为什么吃不得?不吃白不吃,吃了也白吃。即便将来事发,有人来追问,他也有话可说:你们也没说清礼物是送给谁的,我还以为就是送给我们的呢!

其实,是不会有人来追查的,这种事谁也不愿意张扬。不知道某主任已经搬了家的人,肯定不是某主任的亲信。送礼的那么多,某主任也不会都记得。送礼者一晚上要送出去那么多,事后也绝不会找受礼者去核对账目。即便以后知道送错了门,也只能吃哑巴亏,不会找上门索赔的。

春节前市场上电冰柜脱销,电冰箱厂加班加点,萝卜快了不洗泥,还供不应求。许多时髦的家庭既有冰箱又有冰柜,都塞得满满的。如果是自己花钱买,决不会如此囤积居奇。一是单位发的,发就是送;二是别的单位送的;三是别人送的,别人送的往往也是别人的单位发的。能不丰盛、能不繁荣、能不喜气洋洋吗?

送礼的高潮从农历腊月二十三就开始了。送的比收的更着急。

拜年提前了,节日在拉长,想送礼的多在除夕之前进行。除夕夜之后就剩下作揖拱手,送上几句甜言蜜语了。即便再有送礼者,也属小规模、小意思,基本上是私人行动了。这完全是适应形势发展的需要——

许多充满自信的人家,根本不置办年货,就等着人家给送。你不在年前把礼送到怎么行!

即便是寻常人家,你提前把东西送去,人家在采办年货时,就可以只买没有而又需要的东西,节省一点钱。现代人都变得实惠了。

最好的东西是自己所没有的东西。以己之心度人,送的最好的礼,应该是对方所缺少的,又是很需要的,新奇,实用。如果不怕花钱,当然是贵重的比轻贱的好,高档的比低档的强。

送的礼要叫人忘不了,除去礼物本身让人家印象深刻之外,还要早送,最好是成为第一个送礼者。"第一"总是让人难忘的。

所以,拜年越来越提前,送礼的队伍越来越庞大,装备越来越现代化。

这是不用提倡,也无法禁止的。

不能简单地说它是优良的传统,是社会富裕发达的表现。也不能简单地说它是社会大腐败,是当代人道德评判上的迷失。

它是一种物质现象,更是一种复杂的精神现象。就像一种精神上的流行性感冒——有越来越多的人相信,要想使用一个人的时候,用钱(或东西)比用嘴(或感情)更有效。人的一生实际上是一门关系学,要想活得好,在生活的拼搏中有好运气,都需要关系和人缘儿。一个单位要想生存,同样也需要好的关系和人缘儿。倘是用公家的钱买人缘儿,正如河水洗船,又何乐而不为呢?

送礼者还可获得一种心理的满足:报答有恩于自己的人,把人情这把锯推过去,报复张口求人时的窘态。俗话说,张口求人时连自己的父母也给人跪下了,还情送礼时则可挺直胸,高昂头。一个下属在给上司送礼时,也可以变成上司的上级,成了施予者。

受礼多的人说明正畅销。

春节期间的冷清是最残酷的。

如果真能禁绝一切送礼,包括亲戚之间的亲情表示,那春节的吉庆气氛将要大大地打折扣。

年年有春节,却不是年年一个样。

每年的春节都有自己的特点。不同的人有不同的感受。今年大街上的送礼队伍多,朋友们来大谈送礼的趣闻,就给我特别深刻的印象。不知明年的春节又将突出什么?

中国"狗热"

国外有一种吃的东西叫"热狗"。

我说的这个"狗热",可不是笔误,颠倒了那玩意儿。

"狗热"就是狗开始大红大紫起来了。当然是人把狗捧起来的,养狗、说狗、赛狗、炒狗价、吃狗肉。出了事故死了一个人,所得的赔偿不如一条好狗所卖的价钱。中国有了狗乐园,园里有狗美容所、狗医院,签发狗户口卡。某地文联"以狗养文",其经验是上了报纸的。城市里更是养狗成风,有人喜欢宠物,养狗为乐、为伴,怡情悦性,无可厚非。只要不影响别人,别人也管不着。

"狗热"是一种富裕的标志,有闲钱才玩得起宠物。社会宽松、宽容,大家才有心境人畜同乐。不能笼统地说"狗热"好或不好。

问题不在狗身上,而在人。狗性需要人性调教。

人的气质、教养参差不齐。狗性也不尽相同,有的伶俐、忠诚、机警、听力奇佳、嗅觉敏锐,有的则贪婪、谄媚、肮脏、苟且。人的德性不怎么样,养的狗其狗性也会更卑劣。在一窝蜂的"狗热"中,大有人以狗为荣,以狗显富,以狗欺人。

我居住的大杂院里有一新贵,就养了一黄一白两条狗,其实是说黄不黄,说白不白,脏脏乎乎;说大不大,说小不小,比狼狗小,比玩赏的哈巴狗大,看外表绝无特别之处或可爱之处。大概就是一般的菜狗或收养的野狗之类。其表现就更令全院的人厌恶。

不论白天黑夜,它们高兴了或紧张了就狂吠一番。一狗吠形,两狗吠声。住着几十户人家的大杂院,"形"和"声"都太多了,因此它们就经常有理由狂吠乱叫一阵,望风捕影,没事找事。其声尖厉刺耳,使院里再也不得安宁了。有客人来,大家谈兴正浓,会突然被这两个畜牲的叫声打断,只能等它们叫完人再说话。到了春夏,午睡能否睡成,完全取决于两个畜牲的高兴还是不高兴。最苦了那些睡眠不太好的老人,有时凌晨三四点钟被狗叫声吵醒,就再也不能入睡了。

有好几位邻居讲,自从院里多了这两条狗,常常做噩梦,或者梦中回到了兵荒马乱的战争年代,鬼子进村了;或者梦见了"文化大革命"……

我倒不太在意狗叫。每天睡得晚,夜深人静,独坐灯下,不时从院子里传来一阵狗叫,让我清醒,有助于驱赶倦意。有两条狗在外边陪着我熬夜,也不错。

可恶的是它们的主人既不锁它们,又不关住它们,它们可自由自在地从狗窝里跑出来戏弄人。视对象不同,戏弄的方式也不同。或采取偷袭的办法,一声不响突然蹿到你身边,把那张湿乎乎、脏兮兮的臭嘴捅到你身上。或者吼叫着,穷凶极恶地扑到你身上。倘若有人被它们吓得掉头就跑,它们就愈加疯狂,还会把两只狗爪子搭到人身上。经常有孩子被吓得哭爹喊娘,变声变调。狗主人看见反而嘿嘿笑:"没关系,它不咬人。"

我当然也不止一次地被偷袭过。好在我有所准备,做出打狗状,它们就退却了。只是感到恶心,根据它们的样子以及它们的主人的品位,不可能给它们定期注射防狂犬病的药针,也不会经常给它们清洗,不知道它们身上会携带着什么传染病的病菌。常被它们偷袭是危险的。却不能真打它们,打狗要看主人,主人是我的邻居,不能为了狗伤了人与人之间的和气。狗主人却不知趣,继续怂恿他的狗,狗仗人势,也愈来愈张狂。邻居们有的怨而不怒,有的怒而不言。人恶有人怕,狗恶也有人怕。人恶加上狗恶,简直就可以享受特权。没有人管,连那些应该管这种事的部门也不管不问。大家都盼着再来一次"打狗运动"——如今连人都不搞运动了,更不会搞狗的运动,只能听任狗运动人。

无奈,又有几户受不了狗气的人家也养起了狗,以狗治狗,进出院子牵着自己的狗保驾。这样一来,谁不养狗谁吃亏,天天被别人的群狗大声叫吵得心神不宁。

我一气之下也找朋友要了一条德国黑贝犬,牛犊子一般,毛色清洁光亮,目光如炬,神威神勇。和我的狗相比,他们那些无名癞狗简直就是耗子。我的家人进进出出,有黑贝犬紧随左右,那些狗远远就躲开了。我好不扬眉吐气。他们是狗仗人势,我只好来个"人仗狗势"。

如果别人也搞来黑贝犬怎么办?我就养两条或者再养一只享誉世界的最凶猛的神太藏獒。那我的全部收入光用来养狗也许都不够……

这场狗大战什么时候能够结束呢?

不便"方便"

　　人们习惯于把排泄粪便称做"方便"。把去厕所称做"去方便一下"。每个人到一定的时候不"方便"都是不行的,它是生命机体新陈代谢不可缺少的一环。在人赖以生存的吃、喝、拉、撒、睡五项活动中,它占了两项。可见其重要性。

　　也许是为了显示这种重要性,现在进厕所的手续变得复杂了,先交费,再领两张便纸,然后才能进去。不论你被憋得脸青了还是腰直不起来了,没有钱是不能进的。

　　随着人们消费水平的提高,拉屎撒尿也有了价格,有的每次两角,不限时间。有的还带零头,一角五分或两角五分,掏钱找钱就更麻烦了。

　　有位老先生头一次要南下旅游,临行前朋友们热心为他出主意。有人建议他带两套睡衣,不管天气多热,不管下榻的地方看上去多么干净,必须穿睡衣睡觉,不得让皮肤直接接触被褥。不得用浴缸,只能站着淋浴。万一不小心染上点难以启齿的病,回来向老婆孩子怎么交代?把老头吓得够呛,真想买美国睡袋带去。

　　他问我有什么建议,鉴于他的前列腺不太好,尿频、尿急,我建议他口袋里多带零钱,单人上街不要带大包,不可采购东西过多。因为车站、码头、大商场、游乐场等人越多的地方,外地人越多、背包的提兜的人越多的地方的厕所,都收费。而且管要钱不管存包。你如果带个大包,掏钱的时候得把包放下,交完钱再背起来,进了厕所又怎么方便呢?这么费劲,这么麻烦,有尿频、尿急症的人受得了吗?如果只带一个轻便的长带小包,必要时可挂在脖子上或用牙咬住,腾出两只手帮助自己,岂不方便?

老先生从南方回来后特意打电话向我道谢:"唯你的建议最实惠,一出去才知道自己真的老了。罗森柏说人老了有四个步骤:忘了别人的名字,忘了别人的面貌,忘了把拉链拉上来,忘了把拉链拉下去。我原以为自己刚到第一步,进了几次收费厕所突然达到了第三步。"

花钱买"方便",据说不在"乱收费"之列。根据有三:

一、外国有收费的厕所。"外国"这两个字是很厉害的,一打出这张招牌仿佛就能堵住许多人的嘴。当今的时髦青年喜欢一首顺口溜:"吸鬼子烟,喝威士忌,得艾滋病,绣外国蜜。"连得外国的不治之症都是一种时髦、一种与众不同的高级标志,还有什么外国的东西不能学、不该学呢? 我未周游过世界,出国时也未专门考察过厕所,不敢断定外国没有收费的厕所。就我所见过的外国一些高级酒店和娱乐场所里的厕所,虽然光可鉴人,有点厕大欺客的味道,但厕所里的侍者的态度则极为热情周到,为方便者开水喉、调水温、递香皂、送消毒毛巾。尽管如此,也只是收小费,而不是规定小费者你可给可不给。收费者你必须给。在大街上、机场、码头上的公厕,从来没有碰上要钱的。更不会像中国有这么多公厕一窝蜂地收费。这是中国特色,不必非得攀扯外国人。

二、收费是为了管好厕所。"管"——是真的,厕所旁专设一小屋是给收费人坐的,一人管收钱,一人管发便纸,还有的再设一个人守门。实在是一种扩大就业的办法。"好"——则未必,许多收费的厕所里该脏的还是脏,该臭的还是臭。收费者的脸色、态度也和厕所十分相称。人都有个习惯,在"方便"的时候不喜欢被人"管",所谓"管天管地,管不着拉屎放屁"。除非是大小便不能自理者。而收费厕所也不会为这种人提供特殊服务。

三、粪便很脏,污染环境,厕所为你提供方便,你就应该交钱。在小学生的课本里就讲解了粪便如何脏同时它又能肥地和养育庄稼。现代人们不是已经开始厌恶化肥,而喜欢吃上自然粪便种出的粮食、蔬菜和瓜果吗？我们是农业大国，是十分珍惜粪便的。前些年常见有些大厕所的尿池里摆着一排塑料桶，墙上贴着纸条："谢谢，请将尿撒到桶里。"近两年，日本和东南亚一些国家盛行喝尿，据说"尿液里含有丰富的维生素，对强身健体，延缓衰老，治疗某些疾病有奇效"。如此等等，收费者以粪便脏为由向"方便"者要钱，"方便"者能够以粪便值钱为由向厕所收费吗？

如今收费的事情很多，抬脚动步就得花钱。既花了钱就是"上帝"，理直气壮地要求得到应该得到的方便，而不是相反。

——这方面为什么不学习国外呢？

当今骗坛

人们都知道当今世界上有足坛、体坛、影坛、歌坛、棋坛、文坛、剧坛等林林总总，热闹非常，似乎忽略了还有一个跟每个人都有点干系的骗坛——

是的，世间确有一个骗坛！

大至国际风云的千变万化中有骗术，所谓"兵不厌诈"，"诈"即骗。小到去市场买了三斤苹果，花的是一流的钱，亲眼看着售货员是从最好的苹果堆里拿的货，回到家打开包，除去上面两个是好的，底下的全是小的、烂的、有虫子眼的。更不要说屡禁不绝、防不胜防的假货、次货。还有漫天要价，你无论花钱多少总有受骗的感觉。要价九百元的衣服一百元买下来了，又焉知这一百元不是多花了呢？有多少老实人敢这样还价呢？前年我到有小香港之称的石狮，有幸到迷宫般的大自由市场转了一圈儿，导游一个劲在耳边敲警钟：这个是假的，那个是不干净的，你不想要的千万别还价，还了价还不要就要挨打……我干脆目不斜视，装聋作哑，如骗坛历险一般。

有人总结出当今骗坛的十大骗术，有人总结成二十大骗术，都还有待补充修改。相信不久会有关于当今骗坛的顺口溜流行。倒是古人，干脆著书立说，把各种骗术公之于众，让世人提防，如《瞒骗奇闻》、《绘图骗术奇谈》、《古今骗术大观》。在《鼎刻江湖历览杜骗新书》里，作者介绍了二十四类八十二则骗术："脱剎骗、丢包骗、换银骗、作哄骗、伪交骗、牙行骗、引赌骗、露财骗、诗词骗、奸情骗、引嫖骗"等等，可谓心机算尽，触目惊心。

骗术无论多么出奇制胜、花样翻新，无非为了骗钱、骗权、骗命、骗名誉、骗地位、骗感情等。骗坛高手习惯于抓、捞、占、拿、夺属于别人的东西，他们自己也互相欺骗、周旋、觊觎、对耗，心灵荒芜、野蛮，长出了角和钩子。生命的厚度变成了一沓钱钞。

这些人一旦欺骗成了本能，说谎变成了正常的生活，就会不断地撒谎，前一个谎言引出下一个谎言，欺骗套欺骗。他就会身不由己地对自己撒谎，欺骗自己，最终落在自己的陷阱里。谁见过靠欺骗发大财的呢？

当一个人失去了他的灵魂，即使他有了名有了利有了权势，又有什么用呢？

诚实地站在阳光里的人们，知道还有个骗坛比假装看不见好多了。采取不承认主义，糊里糊涂，只会有助于骗坛的繁荣。反之，人人警惕，"心灵有觉，百般骗局难侵"，就会使骗坛陷于疲软。

《骗术大全》

　　一个素昧平生的人提着一兜子文稿找到我，自称这是他刚完成的一部四十万言的书稿，书名是《中国骗术大全》，求我给推荐出版社，使此书得以问世。还没容我翻一下他的书稿，他就讲起这本书的价值，滔滔乎起来：这本书保证畅销，哪个出版社敢出它，准能赚上一大笔。文人们何必虚张声势地为下海与否而瞎闹腾，文学本来就在海里，出版一本肥书如同八仙过海……

　　我不得不问了：既如此，何必还要我推荐出版社？他称自己的名气太小，跑了几家出版社都不肯接下他的书稿。我猜测这与名气无关，便接过稿子简略地翻了一遍，主要看它的目录和作者的编书意图。证实了我的猜测，他出于猎奇把当今稀奇古怪的诈骗案例，有报刊上公开发表过的，有从法院里采访来的，有道听途说得来的，统统收集在一起，编成"骗术一百种"。无非是展览各种各样的欺骗技巧，是一本"诈骗入门"，或叫"诈骗犯教程"。有哪个出版社愿冒有可能被查禁的风险而出版它呢？但我又不能说这本书是毫无价值的。他仍然不停嘴地为自己宣传：

　　介绍骗术也是一种揭露。不管出不出这本书，真正的骗子是不会闲着的。没有这本书他们都在暗处，有了这本书还有可能把他们推到明处。新闻传媒，包括中央电视台和《人民日报》，经常让一些诈骗案曝光，目的不也是让骗子成为过街老鼠，让大家增长见识，能及时识破各种各样的骗局吗？出版这本"大全"有没有副作用或有多大副作用，谁敢断定呢？正像《金瓶梅》，争论了几百年，谁也不能否定它的价值，谁也不敢说它一点副作用没有……

我终于能插上话了:您真的认为倘若这本书能够出版便能杜绝或减少欺骗行为?

他略微想了想,十分肯定地回答:不会。十六世纪末,巴托罗缪在《说谎手册》里赞扬了一大批卓越的说谎者,并声称说谎是上帝赋予人的能力,它使人有别于其他动物。这一观点也得到人类学家的推崇。

我说,您这本书该不是从欣赏的角度为各类骗子树碑立传,或者告诉人的骗术是一种特长,是不可避免的吧?您说的那本《说谎手册》刚一出版就被当局干涉并付之一炬。况且说谎和诈骗不完全一样,圣奥古斯丁认为谎言有八种,有些谎言能伤人,有些则无恶意。而诈骗却是一种犯罪。中国古代也出了几本介绍骗术的书,骗子没有绝种,甚至看不出有所减少。您自称这本书是"骗术大全",其实它不是大全,也不可能大全,古代的骗术您这里就没有收进来,明朝的张应俞曾总结出二十四类八十二则。当代的骗术也不可能收全,您记录的都是骗子曾经使用过的,而他们的骗术是经常花样翻新的。这本书如果真的出版了,也会促使他们去想新招。"大全"实际上是"不全"。您应该提出一些让人警戒的东西,比如:哪一类人容易上当受骗? 现代骗子有哪些特点? 怎样防止被诈骗?

他连称有道理,现在最容易被骗的是国家,那些几亿元、几千万元、几百万元的大诈骗案,骗的都是国家的钱。个人被骗个万八千元就是大数了,被骗几十万元的很少。根据我掌握的材料,当官的、管钱管物的、有钱的和贪钱的、恋色的、贪杯的和私欲膨胀的人最容易受骗。穷人和普通老百姓不容易被小骗子骗,容易被大骗子骗,比如"文革"时期的"四人帮"和林彪,骗了多少人? 大骗子坑国家,国家受穷。倒霉的还是老百姓。现代骗子的特点是智商高,胆子大,胃口大,门路广,穷凶极恶,穷奢极欲,无孔不入,无所不用其极,主体行动,全方位出击,一环套一环,被欺骗者自然吃亏不用细说,最惨的往往是那些骗子的同盟,贪小便宜吃大亏,轻了丢钱、丢人,重了丢前程、丢家庭,甚至丢性命!

　　听着他的宏论,我突发奇想:国外有专门研究谎言的专家,中国有这么多诈骗案件发生,也应该有一些专门研究诈骗的专家。眼前这位仁兄既有志于此,将来说不定会成为这方面的权威……

　　又怎知他不是骗子呢? 或者他被人骗过?

　　要想不被骗,第一条就是不相信任何人。坏了,他把我闹得看谁都像骗子,再谈下去说不定我对自己也会产生怀疑。

幽默运动

现代人是耐不住寂寞的。世界杯足球大赛、亚洲运动会、海湾战争，都掀起了一阵阵大范围的狂热。狂热之后便有一种难挨的冷清。因此人们需要不断地制造热闹、制造运动。比如气功，本来是需要静的，前两年却搞成了一种气功运动。各式各样的气功训练班，每天早晨公园和马路边上集结着无数气功爱好者，更不要说最能造成轰动效应的气功表演、带功讲课、气功外交、气功交流会等等，尽管票价很高，仍然购者踊跃。不论是能容纳几千人的体育馆还是可容纳几万人的体育场，都不愁坐不满，过道上还会有许多站立者。人虽然很多，却极其安静听话，叫闭眼就闭眼，叫坐直就坐直，叫放松就放松，手该怎样放，脚该怎样摆，绝对听指挥。一位局党委书记曾发过这样的感慨："我在作报告或传达文件的时候如果有这样的效果就好了！"

眼下，中国正在形成一种更有趣的有益的至少是无大害的幽默运动。小品受到广泛热烈的欢迎，有幽默感的演员身价倍增，《幽默大全》、《幽默艺术》、《幽默小说选》、《文革笑话集》等各种各样的幽默书籍正在畅销。天津正在举办"城市人笑话大奖赛"。某地区的俱乐部成立"笑林公司"，其广告曰：

"笑能扩张肺叶，促进血液循环，造成横膈膜、胸部与腹部三者之间的肌肉整体连带运动，增加血液中的氧。当笑停止以后，脉搏低于正常速率，骨骼肌肉松弛，通体舒坦。笑的好处远胜于同等时间的慢跑、打拳、跳舞等运动。笑一笑十年少，千真万确。而且透过笑可以看人的性格，捧腹大笑者心宽会爱，纵声狂笑者牢靠可信，能笑得前俯后仰者爽直多友,静静微笑者冷静寡言,窃窃私笑者生性保守,随声附笑者乐观热情,捂嘴而笑者城府较深。笑吧,笑吧,没有笑这个世界将不可想象,生活也变得难以忍受。"

幽默不只限于口头上,还落实在行为上。

有人给自己的饭馆取名"上一当"、"吓一跳",生意却很好。可以理解为好得吓你一跳,便宜得吓你一跳。敢公开叫你"上一当",其实是告诉你不会上当。这叫正话反说。

去年我在珠海,听到一位朋友说,一家中外合资的玩具厂推出了会骂人的娃娃,十分畅销。我听了为之心动。美国成立了"国际咒骂学会",创刊《咒骂》杂志,让各种污言秽语登大雅之堂。君子受了气,可以花钱请一位咒骂专家来把对方骂个狗血淋头,不动手也不动口就可以出气。我也决定买一个会骂人的娃娃,对付一切该骂的人和事。跑了好几家商店才买到一个样子很丑的又有点招人喜欢的娃娃,用手一捏就发出一套哇里哇啦的广东话,不知是咒骂还是恭维,匆匆登船来不及请广东朋友破译。回来后当咒骂使用,效果颇佳。正如林语堂所说:"骂人是保持学者自身尊严。凡是有独立思想,有诚意的人,都免不了要骂人。"

如果没有幽默感对当代世界上的许多事情都会感到不可思议。比如,有人根据"驴粪蛋外面光"的原理,发明了一种去皱护肤霜,效能良好,在欧洲尤为抢手(非我杜撰,乃根据《今晚报》1990年11月9日第一版北京专电)。同样也是报纸上的消息,最为庄严肃穆的西藏大活佛钦·洛桑坚赞,向保险公司投了若千万元财产保险,并对保险公司经理说了一番风趣的话:"百分之九十八的藏民都信佛教,活佛是教民和他们财产的保护神。你能给大活佛保险,可见你是更大的神。"

连活佛都有幽默感,普通人倘若再不活得有点情趣,甚至害怕幽默,岂不是一种罪过?

幽默是现代社会、现代人的一种重要的精神现象和人生态度。如今最畅销的供不应求的就是幽默。因为人们崇尚文明,崇尚智慧,崇尚活力和魅力,就必然追求幽默。

不是经常有人叫喊,活得太累、活得太沉重吗?连异常沉重险恶的"文化大革命",都留下了许多说不尽的笑话,无法在人们心头抹去太荒诞、太滑稽的感觉。幽默使中国人渡过了一个个精神难关。

幽默同样也能缓解现代人的心理压力,缓解现代社会紧张的节奏和人际关系。人生既然是一场漫长的障碍赛跑,幽默就可以娱乐社会,干预生活,缓和敌意,修炼灵魂,悟彻人事,调整人生态度,平衡自己的精神,抵抗人生风暴。幽默的戏谑性和轻松感,能调和过度的敏感,保护自己不受到伤害。幽默是对他人的宽容而深刻的认识,对事物新颖而独到的见解,对成功的自省,对失败的自嘲,对命运的一种玩味。

幽默是一种广大而多方面的智慧,是一种横溢的才华,一种积极的生命形态。幽默是一种自然,一种真实。不是耸人听闻、哗众取宠、做作、贫气、挠人脚心或挠人胳肢窝。

当代的生活和艺术中有幽默,但缺少幽默大师。社会环境缺乏一种强烈的幽默效应。所以人们才呼唤幽默运动。去年,台湾电影《妈妈再爱我一次》创票房最高纪录,说明人们隔一段时间就需要找一个地方,合情合理地大大方方地痛痛快快地哭一场。平衡心态,减少活着就免不了的各种未知的说不出的莫名其妙的痛苦。按理说,人们需要笑甚过需要哭,笑也似乎应该比哭更容易些。怕的是不哭不笑不尴不尬雷打不动,表情是个零蛋。

因此,我赞成"幽默运动"。

关于"牢骚"

一串尖刺刺的数字抽打着我的眼睛、轰击着我的耳鼓：

"中国人均国民生产总值，在一百二十八个国家中，总是徘徊在倒数第二十位前后，同索马里、坦桑尼亚这些非洲穷国做伴。"

非洲的穷地是什么样子？

闭关自守又怀着相当强烈的优越感的东方文明，曾把那块地方想象成赤野千里，刀耕火种，茹毛饮血，衣不蔽体。

现代阿Q的子孙们，无论如何不情愿拿自己的生活跟非洲的穷人相比。眼睁你有繁华的城市，拥挤的商场，眼花缭乱的商品。如果你活得比他们好，这说明还有许多中国人活得不如人家。

"一九六〇年，中国国民生产总值和日本相当，到一九八五年只占日本的五分之一；美国的国民生产总值在一九六〇年时超过中国四千六百亿美元，到一九八五年竟超出了三万六千八百亿美元。"

我们跟发达国家的距离不是在逐渐缩小，而是以惊人的速度在扩大。知识分子在惊呼：中国有被开除地球籍的危险！

群众也有这种忧虑吗？警觉和敏锐——中国知识分子的最可贵之处，"先天下之忧而忧"嘛！

然而，警觉和敏锐以及反映这警觉和敏锐的理论成为知识分子的"专利"，被悬在半空，上不着天——天上没有思维，下不沾地——地上没有兴趣关心理论。不是理论的尴尬和悲哀吗？

不是现实对理论做出修正。

而是群众的厌烦情绪和中国人天赋的沉默，把理论"晾"在一边。

时间长了,任何立意鸣高的警言也会变成肤浅的聒噪。

老是一度春秋,一番花谢,一副惆怅!

普遍的麻木——肯定是社会前进的最大障碍。活着胜于自信。思想疲惫造成理论的疲软。

理论不能预见自己行动的最终结果。

模糊了理论和牢骚的界限。牢骚人皆有之,好主意谁也拿不出。

前几天有朋友来讲了个令人笑不出的笑话:

七八位中国当代风头正健的作家,在一个西方国家的讲台上严肃深刻地当然也不失机智地嘲讽每个中国人都感觉得到都能理解的那些弊端,据说在外国人面前掩丑护短是愚蠢的。到会者绝大多数是中国人。一位华侨站起来提问:

"你们发牢骚发了十几年了,从国内发到了国外。请问你们自己为国家做了些什么?"

这个华侨被嘘出了会场。

"人们在批判社会的时候,请不要忘记自己的责任,这责任就是一个孩子留在母亲乳房上的带血的牙印。"——我记得这是恩格斯的话。

当代人以舌言者多,以行言者少,更缺乏那种胜于擂鼓的不言之言。牢骚、浮躁,是另一种麻木。

理论也多"曲思于细者必忘其大,锐精于近者必略于远",失去深刻广大的凝聚民众的力量。理论应荡涤人们心头的大雾。

每个社会都有自己的疾病。美国的骄傲自满。日本的富而不乐,野心勃勃。

我们十几年前就结束了那种亿万人的生活像一台留声机,千篇一律地重复一种声音的生活。精神产品林林总总,物质产品花样翻新。为什么人的精神上反而像得了厌食症?心灵空漠,精气神涣散,仿佛世界上再也没有什么值得坚信不疑的东西了!

社会没有神儿,经济没有神儿,文化没有神儿,政治没有神儿,活着没有神儿……

中医学又信奉神衰则病,神散则亡。万物生于神、养于神,神聚则强,神旺则昌。

因此,经济主义如火燎毛,却又摸不着经济漩涡深处的底蕴!一方面没有钱,一方面票子又很多。贫穷的国度变成钱的世界,钱意味着成功,意味着一切,没有钱寸步难行。

都想做消费的骄子,不愿承担创造的使命。只剩下一个花花绿绿的时髦——如同轻浮的变化无常的女人。我们把自己押到金钱上,同时又是世界经济竞赛的迟到者。我惊奇,戈尔巴乔夫为什么能在世界范围内卷起一股"新思维"的旋风?

我们似乎还无暇顾及或不屑一顾那些与自己似乎不沾边的全人类的价值、人类的生存、战争与和平、不同的社会制度怎样相处等等问题。我们关心什么呢? 理论能否冲破知识分子阶层,在社会上形成"热点"?

"生于忧患,死于安乐"——是中国一句至理名言。忧患而不生,是为何?

哥们儿，你好！

几年前一位很不错的朋友向我要书，我未假思索便在自己新出的一本小说集的扉页上写了："××同志指正"，托人捎去。那位朋友收到书后却甚为不悦，对捎书的人说："子龙怎么跟我生分了？居然跟我打起官腔来了……"自那以后这位朋友就跟我疏远了。

毛病出在"同志"两个字上。我一声"同志"把一个好朋友真的变成了"同志"。

好朋友就不是同志吗？从什么时候开始朋友比同志更近了呢？

以后我在赠书和写信的时候，对称谓再也不敢掉以轻心了，什么人该叫同志，什么人该称先生，什么人可以称兄道弟，什么人什么都不叫直呼其名反而显得更亲近，都要认真对待。我真想暂时放弃写作，下功夫发明一种类似"魔方"般的仪器。这仪器诞生后必将风靡世界，人手一件，随身携带。在复杂的现代人际关系中，见了什么人该怎样称呼，开会怎样排名单、排座次，一转动我的仪器便一目了然，为你提供最佳方案。这是后话，暂且不提。

现在，比朋友更近的是哥们儿。

无论办什么事，有哥们儿就不难。哥们儿多，在社会上就兜得转；没有哥们儿就兜不转。

以前哥们儿多在下层，所谓"江湖义气"，"肝胆之交多在草莽"。现在哥们儿遍布各个领域，以上层为最多。因为现在最打腰最活跃的是上层人物，使用哥们儿的时候最多，哥们儿产生的也就最多。

比如提供项目、通报信息、炒股票、倒卖，靠哥们儿发财。通过

257

哥们儿请领导批字、题词、参加会议。拍了一部电视剧，怎样拉赞助，怎样顺利通过领导审查，怎样在黄金时间让电视台播放，怎样在报刊上造舆论，倘若在重要的环节、重要的部门都有哥们儿就好办了。总之，在当今社会升官、发财、追名、出国等等大事小事都常常需要有哥们儿帮忙。

哥们儿不是行帮，更不是黑社会。它没有组织，没有宣言，没有纲领。它是公开的、合理合法的，是目前最兴旺、势力最大的一种没有固定形式的群体。看似松散实则最紧密。没有条条框框，没有繁文缛节，大家心照不宣，心心相印，一遇到事情是不是哥们儿就泾渭分明了。

种瓜得瓜，种豆得豆，多一个哥们儿多一条路。有哥们儿天大的事不难，没有哥们儿再小的事也难死你。

——这样说江湖味儿未免太重了！

当一个人把社会视作江湖，就说明他对自身缺乏安全感，不得不奉行"出外靠朋友"的哲学。值得玩味的是：多是现代社会的宠儿把哥们儿效应发挥到了淋漓尽致的地步！

社会已经无法规范人与人应该保持一种什么关系。只是不再封闭，不再搞"以阶级斗争为纲"，这个丰富多彩的物质主义时代必然会造就新的人际关系，造就出"新人类"。

法国曾出现过"弄波爵士"（新青年）；英国有"诺普斯"（富裕而受过教育的一代）；日本有"暴走族"；美国有过"嬉皮士"、"雅皮士"（住城市周围有专业技术的青年）、"扬皮士"（有强烈上进心的青年），近年又出现了奉行"新原始主义"的"杰克群体"（打扮上极尽奇形怪状、标新立异，喜欢对自己的身体进行各种自虐性摧残）；中国有"倒爷儿"、"侃派"等等。

"人以群分"，社会松散了，意气相投的人必然紧密起来，形成一股力量，互相帮衬，势力强大，借以保护自己。于是社会上便有了不同阶层的各式各样的哥们儿群体。农民有自己的哥们儿，个体户有自己的哥们儿，知识分子也有哥们儿……

世代转换，竞争激烈，社会节奏紧张，每个人都可以充分展现自己。正如"二八月乱穿衣"，哥们儿现象不过是一种社会现象——

你接受这个社会，也就得接受哥们儿现象。

如果你硬不接受，也不会有人强迫你，你也不能强迫别人非按你的好恶行事做人。

总之，你可以广交哥们儿，也可以做"独行体"，按自己的喜欢选择生活方式。

即便它算不上是社会的进步，也体现了社会的一种宽容。比以"阶级斗争"和"路线斗争"划线，把人分为两种要好得多。

为了对抗险恶、奸猾、推诿、打官腔、疏远，哥们儿间必须"够哥们儿"，至少是互相利用。一旦不"够哥们儿"，便不再是哥们儿了。按理说哥们儿间无论怎样好都没有关系，但不能坑害他人，危害社会，过了界限也不再是哥们儿的问题了……

哥们儿——真是内容丰富又富有中国特色的一个称呼。

中国有奖

"有奖乘车"——如果你运气好,坐出租车也可搬回一台彩电、冰箱或别的什么东西。车费公家报销,奖品归自己,天下就是有这样的美事。

"有奖观影"——如果你运气好,看一场电影,既可娱乐自己,又能发一笔财,白得个千八百元。

如果你运气好,头一台国产××牌空调器,可获特等奖四万元,运气稍差一点可获幸运奖日本东芝牌空调器一台(卖中国货要靠日本货吊胃口,谁还会相信他的××牌空调器呢?不相信他的产品没关系,只要你相信能中奖就行,一样会买他的货)。你运气再差一点也没有关系,他在幸运奖后面还设了十四个等级的奖,从四千元到四百元不等。好馋人!好像人人都有份儿。

如果你运气好,买张新年贺卡可得到一套房子,买辆轻骑可得到一辆轿车。

你到大街上转转,到商店里看看,还有什么东西不搞有奖销售呢?满眼都是有奖!有奖!有奖!"有奖大酬宾","有奖大展销","有奖大出血","又得奖券又九折,谁来我店谁幸运"!

如果你运气好,转这一圈就会发大财,乐死,累死。

可惜,如果只是如果,最虚妄靠不住。对买者是如此,对卖者也是如此。"血"不可能真的"大出",倘是搞"假出血",一次两次也许对商店的效益不无刺激作用,长此以往还有何商业信誉可言?更要命的是毒化了中国人的消费心理……

　　它培养投机性,变正常的消费为撞大运。谁也不可能不买东西,使正常的生活变成了一场又一场的赌博。

　　我甚至相信,在当今这种繁复多变的生活节奏下,什么事情都可能成为一阵风,一刮而过,"各领风骚三五月"。唯独"麻将风",已刮了数年,仍盛刮不衰,直刮得"祖国山河一片麻"。这可能就跟当前这种赌博式的消费方式有关。

　　清初诗人吴伟业曾著《绥寇纪略》,讲明代曾风行一种马吊牌,士大夫们无日无夜地打马吊,荒误正业,明室正是亡于马吊。此话也许有失偏颇,但表现了中国知识分子对因赌博误事误国的激愤。

　　马吊就是麻将的前身。胡适称它是继鸦片、八股、小脚之后的"第四害"。若举国狂打麻将,对一个民族来说是危险。他曾作《麻将考》,初次留学异国,发现麻将已传到国外,成为西洋社会里时髦的游戏,"谁也没有想到东方文明征服西洋的先锋队却是那一百三十六个麻将军!"可是,当一九二七年他重游各国时,却发现麻将在西洋已成"架上古玩",很少有人问津了。因此他发出感慨:但凡"勤劳奋斗"的民族是决不会被麻将军征服的,麻将只能是爱闲、爱荡、不珍惜光阴的民族的"专利品"。所以,"麻将军"只好仍旧回到故土。

　　有奖销售亦如此。有个别商店偶尔为之并无不可,也许倒真有一种刺激性、新鲜感。现在大家一窝蜂地都搞这一套,有奖销售的广告充斥电视、报刊和大街小巷的各种广告牌,到处都有"有奖"的叫卖声。小到小孩子买张贺卡,买个玩具,看场电影,大到兜售奖券的汽车招摇过市,车上摆着彩电、冰箱等耀眼的诱饵,奖券现买现兑,比打麻将还痛快。人们像看一台好戏一样,争先恐后,把汽车围得里三层外三层。然而幸运者极少(也许就没有),人们偏偏都想当那个幸运者,转眼间兜里的钱变成了奖券,不中奖的奖券等于废纸,人们恨恨地撕碎它,随手一丢。汽车周围像春节期间农村的鞭炮市场,花花绿绿的纸屑积有半尺深。碰运气碰了一鼻子灰的人们,目光暗淡,却心又不甘,眼睛里偶尔还闪烁出贪婪、愤怒的光斑。

　　我们没有摩纳哥、拉斯维加斯、澳门那种集中的金碧辉煌的赌宫。但这种"麻雀战"、"地道战"、"各自为战"更厉害！

有人负责为商人们发放营业执照，至于商人们用什么方式推销自己的货物，只要不犯法，就没人管了。倘是"官商"，自由度就更大。但，商业有其自身的规律，商人也有大小之分。靠一些"贼点子"，玩花活，强刺激，小打小闹，只顾眼前不管长远，也许可以发财，可以"扭亏为盈"，却不会成大气候。

真正成大功者，参与创造商品时代并在商品时代占有一席地位者，必然兼顾商业道德和社会道德。既顾及眼前，又有远虑深谋，引导社会消费，培养人们的消费品格。而不是相反，为赚钱腐蚀人们的心理。

一位美国作家这样评论可口可乐公司："可口可乐和自由女神同样象征着美国。"可口可乐创造了一种文化，并把这种可口可乐文化带给了美国人，带给了世界。

所以商业的成功首先取决于产品的成功。产品的成功说到底又是一种观念的成功、文化的成功。中国商界应该把工夫下在产品上和观念及文化上。用培养顾客的赌博心理来刺激销售，从长远来看是饮鸩止渴。

挨骂的足球

中国人眼下还有谁对中国足球队不敢骂或不能骂呢？

还有那个洋教练施拉普纳，一个月前还被捧为中国足球的"救世主"，如今成了"倒霉蛋"，被千夫所指。

骂中国足球似乎成了一种社会时髦，笔骂，口骂，雅骂，野骂，笑骂，怒骂，真骂，假骂，小骂大帮忙，大骂不帮忙，指桑骂槐，不骂白不骂。不论喜欢不喜欢足球的，懂不懂足球的，都可以骂上几句。

人们不论在什么地方积存的火气，都可以撒到足球上。借着骂足球可以骂领导腐败，可以骂工厂拖欠工资，可以骂物价，可以骂通货膨胀，可以骂社会，可以骂人生，可以骂命运，可以骂同事、骂路人、骂家人，可以骂一切！

每个人的各种不满都可以发泄到足球上。

骂过之后中国足球是不是因他（或她）的骂而有所长进呢？这他（或她）就管不着了。但是骂者自己的心里则舒服多了，该干什么还去干什么。火气发泄完了，对领导，对同事，对朋友和家人又恢复了老样子。

于是，社会便有了安定。

据说日本有些大公司，专门在一个大厅里设置公司领导人的胶皮塑像，还预备下棍棒，供那些心有不满的员工手持棍棒，对自己的"领导人"连打带骂。打骂一番之后心平气和了，又恢复了对公司和公司领导人的忠诚，疯狂地投入工作。

中国足球就如同那胶皮塑像。

在中国,足球成了"骂球",或者叫"劣气球"、"泄气球"。

哪一支球队能起到这样的作用? 他们在绿茵场上失败了,在稳定社会情绪上却起着别人无法替代的作用。实在应该给中国足球队发"挨骂奖"!

有人说"骂"是因为"爱","骂得狠"是因为"爱得切"。中国人太爱足球了!

果真如此吗?

我们比德国人、英国人、法国人、意大利人、巴西人、阿根廷人更爱足球? 我们除去骂又用什么来表达这种爱? 中国有多少孩子在踢球? 有多少中学生在踢球? 没有普及哪来的提高? 无论是挑选专业足球运动员,还是选拔国家队队员,挑选的余地很小,就是那么几个人,一年年在"矬子里拔将军"。而不幸又从未拔出一个像拿破仑那样的"矬将军"。

其实,只能说有不少中国人爱看足球比赛。而且这种兴趣也是近十几年来被世界足球杯赛调动和培养起来的。他们看完了外国人踢球,再看中国人踢球,怎么看怎么觉得不顺眼、不凶猛、不艺术。"文化大革命"以前和"文化大革命"期间,中国宠爱的是乒乓球,之后是排球。足球刚被炒热没有多少年。运气不好,再加上球员确实踢得"不凶猛"、"不艺术",竟产生不了一个能成为球迷偶像的球星,便只有挨骂的份儿了!

骂他们对不起我们这个泱泱大国,对不起这十几亿人口,对不起球迷的心脏。看他们比赛提心吊胆,憋气,押宝,受尽精神折磨,甚至会一命呜呼——上海有个小学生看完中国队输给伊拉克以后不就从三楼上跳下去了吗!

多么壮烈、多么可歌可泣可敬可爱的球迷。多么窝囊、多么不值得迷不值得为之得心脏病甚至丢掉性命的球队。

但是,对不起我们这个泱泱大国以及十几亿人民的难道就只有中国足球队吗? 足球队和中国的国情、国力难道不相称吗?

我们有着太多的比足球队的失败更重大得多的失误,但挨骂,谁也没有足球队挨得多。别人挨骂是一时的,足球队挨骂恐怕是长久的,已经被骂了许多年,以后还会被骂下去。即便有朝一日打了翻身仗,除非永胜不败,只要有败仗,禁不住还要挨骂。

世界上哪有永胜不败的球队呢?

所以足球这种运动注定要在骂和捧中存在下去。无非是有的队被捧得多,有的队被骂得多。

中国足球队能挨骂,有人骂,证明还有希望。如果有一天人们连骂都懒得骂了,那才是无可救药了。

名 与 钱

"名"和"钱"——人人都知道它们的含义和关系。就像人人都知道鸡和蛋的含义和关系一样。越是人人都知道的事情,越难说清楚,想要说出新鲜的深刻的话就更难。人们想到"钱",就是一个概念:货币、财富。天下的钱都一样,颜色、图案、形状各式各样,内容相同,所起的作用相同。人们想到"名"就不一样了。世界上有各种各样的"名",从内容到形式都不一样。古人讲究"以名举实"。荀子说:"名也者,所以期累实也。"墨家则把"名"分为"达名、类名、私名"。

今人对"名"的理解和分类就更复杂了——因政治活动而得名,因对人类科学有重大贡献而得名,因拥有财富而出名,因在文化、艺术、体育运动等各种脑力和体力劳动中有卓越的成就而出名。有名副其实之名,也有浪得虚名的名。有大名、小名,大者获得了世界级的名誉,小者只在本民族、本地区乃至本县、本镇、本村有名。有永垂青史之名,有昙花一现之名。有流芳千古之名,也有遗臭万年之名。

哪一种"名"让人们容易跟"钱"发生联想呢?

在过去,"名"跟"钱"很容易分开。甚至钱是钱,名是名。比如:谁会把爱因斯坦和把诺贝尔金质奖章扔给孩子当玩具的居里夫人的名气跟钱联系起来呢?谁会把美国优秀的总统林肯的名气和钱联系起来呢?当年他弟弟向他借八十块钱还债,他写长信讲解怎样做人、怎样靠自己的劳动去挣钱的道理,不肯轻易借钱坑害弟弟。谁会把巴尔扎克、莫泊桑、契诃夫的名气和钱联系起来呢?列夫·托尔斯泰有钱,他是殷实的贵族,原本就有钱,并非用名气换来的。

发明家诺贝尔有钱,这钱是用智慧和勤劳挣来的。他用这钱设立了一个国际规模的大奖,不仅使他自己的名气更大了,也为后世不断地制造世界级名人——当然,这不是诺贝尔奖的主要功绩,也不一定是他本人当初设奖的主要目的。

中国的情况有所不同。

一种人有"名"无"钱"。如司马迁、李时珍、杜甫、曹雪芹等。还有一种人,有权有钱就有名。如皇帝,在他们自己的朝代是最大的名人,也是最大的富翁。现代世界,"名"和"钱"的关系要紧密得多、复杂得多了。

美国总统是世界政坛的头号名人,当总统前要竞选,竞选则需要经费。

日本的首相是名人,却有那么几位首相和内阁大臣因"经济丑闻"而下台。前不久,意大利政府的许多名人,也因钱的捣乱而纷纷倒台。这就是说,钱可以使你一朝成名,同样也可以使你身败名裂。

现代金钱,无比机灵,无孔不入,神通广大得很。它们特别喜欢有权的名、有势的名、有色的名。"钱"喜欢"名"的目的,是为了赚更多的钱! 现代的"名",不喜欢钱的也很少,想借助钱得到更大的名。

中国当下是"钱"在先,"名"在后。"钱"重于"名",有钱不愁无名。有名无钱则有点难受。比如,有许多文人大喊大叫,要卖掉自己的名字,或卖掉一半名字去经商,经商的目的当然是为了赚钱。这些人的名字是不是真的值钱、到底能值多少钱、是否都能卖好价钱姑且不论,他们的急切情态、他们的勇气、他们的雄壮,难道不是受了市场经济的鼓舞吗? 说得通俗一点不就是受到钱的鼓舞和诱惑吗?

"名"这个东西同"钱"一样,越炒越多,越炒越大。叫卖一番,成了新闻热点,成了人们茶余饭后的话题,名气不仅没有丢,反而更大了。上来就先赚了一笔!

也许有人对此不以为然。

你却不能对现代社会已经改变了人们的名利观视而不见。过去,中国的文化推崇清高、淡泊、宁静、"功成不受爵,长揖归田庐"、闲云野鹤,两袖清风。一提到"名"和"钱"就认为不是好东西,是俗的、脏的。现代商品社会剧烈地改变了人们的观念,开始光明正大地堂而皇之地追求金钱和名誉。我们的报纸天天在宣传经济效益好的单位,宣传各式各样的富翁,他们的致富之道,他们的生活习惯,他们的趣闻轶事,他们怎样比富斗富。有钱不仅不再是坏事,而且,先富起来的光荣,"富在深山有远亲"。门前车水马龙,家里高朋满座,外出前呼后拥。当委员,当代表,参政、议政。

江西的张果喜,十四岁当木工学徒,真正是白手起家,埋头苦干,在七八年前差不多就是中国首屈一指的富豪了。但他重实际,不图虚名,躲避舆论界、新闻界,如神龙见首不见尾。最近两年他藏不住了,中国的第一个亿万富翁能往哪里躲?正是得风气之先,成了最大的热门人物。连任两届全国人大代表,想不出风头都不行,风要把他举到头上。

因为他有钱,所以他成了名人。而且他的名气,让人感到有分量,实在。受到更多的人的羡慕和敬重。

当今"钱"连着"名",有"钱"就不愁没"名",因此发财成了出名的捷径。

原江西省省长倪献策,"因违纪被免职",当时闹得全国沸沸扬扬,可以说是"身败名裂"了。许多比他职位低的干部栽了那样的跟头之后,都销声匿迹了,倪献策却赴海南经商,成立海南华夏实业发展公司,"几年时间投巨资数亿元包片开发过一大批有影响的高科技项目和旅游工程"。最近又在青岛经济开发区投资二十一亿元,使他再次成为新闻人物,重新有了名声和地位。而且比他当省长的时候名气更大。

挽狂澜于既倒——赶上了这个商品时代,以自己的才能创造财富,以财富挽回名誉。"钱"代表一种力量、一种价值、一种身份。在商品社会,"钱"可以买到很多东西,可以兑换很多东西,包括"名"。一切都可以用钱来衡量——有人不愿意或不敢正视这个现实,那是另一回事。

因此,贫穷不再光彩。虽然目前大多数人还没到鄙视贫穷的地步,却在自觉或不自觉地躲避贫穷、害怕贫穷。基于此,才会有这么多的名人"下海"。他们不能炒地皮、炒股票、炒外汇,只有一点名气,炒炒有何不可?

会炒的人,虽只有三分名气,但可炒到十二分,花样翻新,成倍增长。不会炒的人,虽有十分名气,只能当三分使。一个好产品,也要多做广告,有了名气之后才能赚钱,何况人乎?钱是财产,知识是财产,才能是财产,健康是财产,名誉当然也是财产。名气有时是价值的凭证。名誉本是心灵的活力。人们爱名誉不能排除也为它所能带来的利益。

所以,"钱"和"名"是可以互相依存、互相转化的。

古人有句话说绝了,别看天下人这么多,熙熙攘攘,其实只有两个人,一个是为名的,一个是为利的。"役万虑以求荣,开百方而逐利。"

"钱"和"名"是人生的两大诱惑。詹姆斯说,"拥有"的本能是人本性的基础。"钱"和"名"刺激了社会竞争,现在不过是到了君子言利、名人言利的时代。

有人感叹,仿佛一夜之间中国土地上突然冒出了许多富翁。其实真正有钱的人是极少数,有小钱的人多,拥有大钱、称得上是超级富翁的人微乎其微,根本不能和国际上的富翁相比。中国一片喊富、闹富、乍富、比富,正说明穷!

同样,中国现在的名人也像草一样多。名企业家、名劳动模范、名专家、名教授、名学者、名作家、名记者、名演员、名歌星、名运动员、名个体户、名票、名模……还有谁不可以冠以"著名"呢?这一点也像钱,以前最大的票子是十元一张的,现在五十元、一百元一张的大票子非常流通,一个人外出,钱包里倘没有几张这样的票子,如同没有带钱一样。"大款"们买东西,更是必须用大票……

商品社会不可能否定"钱"和"名"的诱惑。但是,若有意无意地倡导争名逐利,必然败坏社会风气,助长腐化堕落,欺世盗名,用钱买名、买势,拜金主义盛行。现在不就有人比着一次能烧掉几千元人民币吗?

一桌酒席吃掉几十万元,几千元一瓶的"拿破仑十三"一喝一箱,喝得外国富翁瞠目结舌!并不发达的中国,眼下却掀起了一股令发达国家吃惊的疯狂消费潮。

这个阶段也许是难免的,不必大惊小怪。但是,它无疑也将毁掉一批人——当然是有钱的人和有名的人,普通人在旁边已经看得很清楚了,钱使许多名人露了原形,骨头发轻,脸子发贱,有缝就钻,真是盛名难符!有些所谓富翁,也被钱烧得五脊六兽,不是他有钱,而是钱有他。养狼狗,雇保镖,修防原子的别墅,再拉上铁丝网,嫖娼纳妾,吸毒豪赌……

三百多年前,资本主义尚在萌芽阶段,塞缪尔·巴特勒就预言了:"黄金是全部文明生活的灵魂,它既可以将一切归结为它自己,又可以将自己转化为一切。"

美妙灿烂的黄金谁都想占有它,将它吞下去则必死无疑。"钱"和"名"也一样,它诱惑着人们,考验着人们。拥有它可能是现代人生的一种成功的标志,但不一定就拥有了幸福和快乐。

幸福和快乐属于那些不愁吃、不愁穿,过着普通生活的人。

政治金钱

李某是全省著名的"农民企业家"。他自称:"给个县长都不换。"

他的"名"是怎么"著"起来的呢?

他首先是得益于有"政治头脑"。当许多人经历了一次又一次的政治运动之后对政治厌烦了、惧怕了,想远离政治。凭着农民的聪明,他却认为在中国这块土地上想要干成点事必须借助于政治。于是七拐八绕认识了省委主要负责人,这位负责人为他批条子、下指示,先后让银行给了他近两亿元的贷款。这种贷款有大人物做保证,银行不敢不贷,而且知道这钱贷出去如同肉包子打狗——有去无回。李某也确实没有想过还要归还这笔钱。

他抖起来了,发起来了。有国家银行和省委大头头做后盾,能发不起来吗?

有人生气,有人眼红。生气和眼红都没有用,不是所有人都有李某那样的胆量和机遇,省委领导也不可能给每个人都批条子。群众只好发牢骚:"这年头撑死胆大的,饿死胆小的。"

每年春节,省委领导带着孙子、孙女,坐车专程去给李某拜年,后面还跟着一大群记者。

对李某来说这是何等威风、何等光耀,又上电视,又登报纸,不花钱的大广告。更重要的是他能经常出出风头,跟领导人握握手、照个相,在电视上露露面,在报纸上成为新闻人物,就证明他正走红、正跑风。借钱容易,买好东西容易,走后门容易,企业好办,工作好干,没人敢惹。有些不大不小的官想要见省委领导,还得走他的门路。

他是农民，却玩弄政治于股掌之上。得心应手，左右逢源，不仅财源茂盛，而且头上还有不少的荣誉称号。

四邻八乡议论纷纷，说头头把国家银行的钱给了他，他要大头，把小头变成现金返回给头头，他是头头的私人银行行长。三天两头往领导家里跑，把他用得着的头头都喂胖了，一年四季，到什么时候送什么东西。

这都是心里不平衡的人背后发议论，谁也没有抓到什么。即便抓到了李某送礼，又能证明什么？又能怎样？

省委领导深入基层，扶植乡镇企业家，和农民交朋友，不仅符合党的政策，顺应时代的大潮流，而且说明这个领导人作风深入，联系实际紧密。一切都堂堂正正，光明磊落。

政治就是这般阳刚气十足。

据说资本主义制度有"金钱政治"——用金钱买政治或参政议政，给政治施加影响和压力。有钱的人想清高想远离政治是不可能的。想操纵政治，想在政界寻找自己的代言人，倒是很正常的。这样做的一个主要目的，如果不是自己想当政治首脑，就是为了获取更多的金钱。

中国眼下深感头疼的是"政治金钱"——用政治兑换金钱。这种兑换不是等价的。因为政治权力对某些人来说是党和国家给的，是无本的，甚至是"不劳而获"，或"小劳大获"的（如"说你行你就行，不行也行"的官儿们），可以减价，可以贱卖，给钱就卖。吃亏的总是国家，损害了国家的政治形象，损失了大量属于国家的金钱。

上面提到的那位所谓"农民企业家"李某，就是靠"政治金钱"发的家——也就是说借助政治势力把国家的钱变为自己的钱。

这样的企业家有多少？

这样发财的人有多少？

不会少，当今富翁阶层的大多数。发政治财，即发国家财。国家穷了，某些政治上有神通的人富了。

一个政治人物的批条可以卖到几万元乃至几十万元。为什么一张纸条可以这么值钱？这张纸条就是一项特殊优惠政策,是一项大买卖获得成功的保证,可获利几百万元乃至数千万元——这不是用政治赚钱吗?

有了政治后台就可以开公司,炒房地产,搞进出口贸易,倒买倒卖紧缺物资。近水楼台先得月,先得消息,先走一步,先捞一把,一路绿灯,畅通无阻。甚至可以走私,搞非法交易……一些有大政治背景的人先富了起来,在海外有了大宗存款——这是绝大多数中国人连做梦都不敢想的事。

"大跃进"、"文化大革命"对中国经济所造成的破坏,有目共睹,且统计出了数字。这些年有多少人利用手中的政治权力,把大量国家的钱糟蹋了或转化为私有?该怎样计算?

——这就是"政治金钱"的破坏力。

报纸上披露了一个数字:中国每年公款吃喝花掉一千亿元——真是吃喝大国! 世界上没有第二个国家敢这样吃法。这不是财务的问题,在财务上曾卡过许多次,整过许多次,都没有根本解决问题。因此应该说是政治问题,是政治体制问题。南方人管这个叫"吃阿爷"——公款就等于没有主的钱——也就是"政治金钱"——本事大吃大头,本事小吃小头,沾点边儿喝口汤,没有本事又沾不上边儿的就什么也吃不到。吃了白吃,不吃白不吃。

商品大潮势如排山倒海,社会开始崇尚土包子式的文明:炫耀富有,哪怕是假富、虚富、浮肿。一切都不如马上发财,最要紧的就是捞钱。这使一些掌权者一下子变成了弱者,权力不能给人以绝对的满足了,金钱倒可以买到许多欢乐。经济上缺乏安全感,使一批领导者对自身的价值产生了怀疑,担心下台后会沦为城市贫民。与其"有权不使过期作废",不如趁早将权力兑换成金钱。于是——

政治,或者说这些人手里所掌握的那一级政权,失去应有的品格,甚至转变了性质,向金钱折腰,直至屈下一膝。为自己的家属、亲戚、朋友、有特殊关系的商界人物,批条子,透消息,给政策,通关节,让他们大发,自己沾光。

这种政治和金钱的交易，与把经济搞活和以经济工作为中心是两回事，只会极大地损害国家经济。

政治只为少数有钱的人提供保护和方便，政治的性质就变了。

令人费解的是，当今社会上大大小小掌握一定权力的人，绝不会是最贫穷的一群。为什么正是他们中的一些人对金钱更贪婪，对造成权力和社会的腐败应负首要责任呢？使我对某些发达国家行之有效的"以富养廉"的办法，在中国是否也有同等效果，产生了疑问。

这恐怕又是政治问题。

政治家考虑的是怎样对历史负责。

而政客只考虑自己下台以后怎么办，眼睛紧紧盯着钱，"其他的一切都去他妈的吧！"

有些人靠"政治金钱"发了财以后，反过来又对政治表示出极大的蔑视。一位曾不可一世的农民企业家是这样做的：一方面他要不断地制造新闻，上电视，上报纸，甚至不惜重金买记者、买镜头、买版面，要当这个委员，那个代表，参政、议政。同时他又公开向手下人讲，买通一个部长只要五千元就行，谁多花一分钱算你失误，扣你奖金！买个局长两千元，买个处级干部嘛——五十斤大米加二十斤玉米面……政治、权力、领导人，在他眼里就这么不值钱。凡见到官衔比他大的人，他第一句话必问："你一个月挣多少钱？"得到回答后就撇撇嘴：还不如我这里一个打工仔挣得多，还不够我抽烟的！一些人大代表和政协委员，在北京参完政议完政之后，去他的村子参观，或者说去朝拜"致富典型"，看看这位名扬四海的人物是什么样子。他却不给面子，不肯出面"接见"一下，只叫下边的人放放他的讲话录音，或者叫他的儿子摇着扇子，穿着拖鞋，傲慢地向所谓的中国的"议员"们训导一番。

当政治向金钱屈膝，政治必然会受到金钱的戏弄和鄙视。

而中国的政治又不可一日无典型，通过典型引导社会。典型就是一个时代的宝塔尖。当下的"致富典型"，可以更容易地得到大量"政治金钱"。典型越多，"政治金钱"花费就越大。

既然典型是政治根据自己的需要扶植起来的，它命中注定是短命的。没有永久的在任何政治时代都吃香的典型。

政治会经常风云突变——这是政治的规律。不只中国如此,任何一个时代、任何一个国家的政治都是如此。

所以,从眼前看能得到"政治金钱"是很便宜的事情。从远看贪用"政治金钱"则是极其危险的。靠"政治金钱"建立起来的财富,也最容易被政治风浪吞没。倘若谁有了钱之后,就自以为可以买政治、玩弄政治了,那他就会被吞没得更快! 想想禹作敏以及过去许多风云一时的典型人物吧……

个体户和领导者

前不久某市一家私营酒楼开业,省市两级的党委、政府、人大、政协、工会、妇联、共青团、公安、检察院、法院、税务局、银行、工商局等几十套领导班子的主要成员以及各界的头面人物,都接到了印制精美的请柬。请柬上写明不仅设便宴招待,还有纪念品相赠——这是很能激发人的想象力的:这位老板在省城的知名度决不亚于省长,甚至是个比当省长更令人羡慕的人物。有胆、有识、有好运气,起步早,得风气之先,是第一批发起来的人。眼下拥有五家企业,全省最大的金银珠宝店是他的,在其他省市还有分店,人称"金王"! 就说这家酒楼,论规模也许不是全省最大的,但品位肯定是最高、最有特色的,尚未开业就已经被"炒"热了,想去他的豪华间吃饭的人早就开始排队了。此人出手不凡,每有举动,必是高招。他会给来宾送什么纪念品呢? 反正不会是一般化的大路货,肯定是大家意想不到的东西。有人甚至想到,"金王"送礼不会没有金,即便不是金项链、金戒指,至少也应该是金手链、金耳坠之类的玩意儿……

开业庆典非常成功,高规格,大气派,隆重而热烈。由于省里的要员都出场了,请电视台和各报社的记者们就很容易了,甚至不请自到。被推为当天全省的重大新闻,在各种新闻传播媒体上都占据了头条的位置。其巨大的社会效应、广告效应以及此后会带来的经济效益可想而知。饭后礼仪小姐用清亮悦耳的声音宣布:请各位嘉宾三天后持请柬来领纪念品。

真是会吊人胃口! 要送什么值钱的东西值得这样折腾人? 莫非

礼品太贵重了一时准备不及？有些清高的人肯定不会在三天后再专程来领纪念品，这老板是为了省下一笔钱？人们东猜西猜不往歪处猜。

三天后有请柬的人几乎都来了，有的是自己来的，有的是叫秘书或司机来的，领到的纪念品是个普普通通的笔记本——这确实出乎大家的意料，但又不能说它不是纪念品。有人不相信领到的会是个普通的笔记本，把它拆开，翻烂，也没有找出更值钱的东西。于是这件事又一次在社会上引起轰动效应。有人说这位老板故意拿达官贵人耍着玩儿，他过河拆桥，自己发了财就不拿这些当官的当人看了。也有人说吓死他也不敢得罪这些当官的，原来他准备了一条金项链，由于纪律检查委员会出面干涉，不得已改送笔记本……老板莫测高深，不作任何解释。不管别人怎么说他都成功了，全社会为他做广告，他成了传奇人物，他的买卖更兴旺了。

每个时代都有自己的中心势力，借以引导群众，影响整个社会结构。眼下这个时代的兴奋点在金钱上。人们喜欢到商界去寻找英雄，如同战争年代需要到火线上去寻找英雄和模范一样。个体户便成了时代的宠儿，被神化了，他们的富有被扩大了。有些人一想到个体户就想到钱，他们腰缠万贯，一掷千金，送礼不犹豫，给红包很大方，仿佛个体户都是傻帽儿，凡事都用钱砍，给他们办事不会白干。而且个体户给钱不要收据不下账不会出事不要白不要！有这回事吗？果真如此，他们还会发财吗？即便他们确实很有钱，可以自己胡造，也不会让别人胡造他的钱。当今世界被金钱撩拨得抓耳挠腮，头昏脑涨，人人迷恋眼前的功利，眼睛盯着最后的实惠。都想自己多捞点，别人少分点，或者让别人什么也得不到。人们习惯于抓、拿、抢购和夺取，根本不想偿还，不想赠送和奉献。只要钱变成上帝，人很快就变成兽，怎么可能要求富翁阶层会成为"雷锋团"呢？除非他的钱是白捡来的，或者是你给他的，他才会拿出千分之一或万分之一，很大方地送给你。送礼都是为了更多地获取。

钱能恶劣地扭曲人性，贫穷也能使人沮丧。然而"穷疯了的"并不一定是社会上最贫穷的普通百姓。官场上的拜金主义更能使人的心灵变得荒芜野蛮，甚至长出角和刺。某些掌权者患了"金钱饥饿症"，就会使一级权力或一种体制"穷疯了"，而权力穷和体制穷是最可怕的和最危险的。

一些个体户深知这些领导人的心态，愿意用自己的钱包充当领导人的小金库，以此为自己换取更大的利益。有钱的人到一定的时候必然要参与政治，需要在政界找到自己的代言人、代理人，让政策向自己倾斜，让权力为自己服务。中国一些成了气候的个体户已经这样做了——

一些领导干部别人要想见他们很困难，甚至连同级或下级干部为了公事想见他们也不容易。而他们家的门永远向个体户开放，有钱人不仅随时可以登堂入室去找他们，还可以召之即来。一个个体户曾当众宣扬，他如果想叫某领导者八点钟来，那个领导者不敢八点五分来——这些暴发户也太不给我们领导人面子了！他们已经不是求领导办事，而是使唤领导人。买便宜地，买便宜房，进口货物免税，低价买高价卖，消息灵通享受各种优惠政策，别人办不到甚至无法想象的事，个体户都能办到。

似乎钱多自由就多，越有钱越容易赚钱，有了肉都是有钱的人先吃头一口。于是，聪明的中国人总结出赚钱的五种方法，或者叫五个等级：第一等就是权力赚钱；第二等用钱赚钱；第三等用智能赚钱；第四等用机器赚钱；最后一等是用体力赚钱，就是指普通劳动群众，靠体力挣钱可以温饱，顶多"小康"，要发财则是不可能的。

用钱买权，或发权力财，必然造成社会道德真空，崇尚实利主义。腐败、堕落也就不足为奇了。

个体户们可以"钱"程无量。

那么领导者呢？

空　间

　　去年大旱,从开春就盼雨,盼到过了雨季还没有下得一场像样的雨。我的名字跟龙沾点边儿,最怕缺水,身上仿佛都干透了。到快进秋的时候才终于迎来了一场连阴雨,一时兴奋,就蹬上自行车想冒雨围着外环线兜一圈儿。于是抄近道,穿楼群,向市外急奔。谁知楼群像迷魂阵,一片连着一片,大区里套着小区,顶着雨我蹬出了一身汗,四周还是楼群,仍看不到我渴望一见的雨中田野,只觉得身子却被两旁的建筑给挤扁了……是从什么时候开始的,城市就是楼,楼就是城市?五十年代我在天津四十中学读书,学校的北面是一大片树林,沿着子牙河堤绵延数里。出校门往西走上几分钟就是稻田地,到秋天,放了学可以去稻田沟里拣小螃蟹,回家用油炸了吃。曾几何时,那仿佛就成了童话!

　　想起来真是幸运,我曾经经历过五十年代,还曾经在农村里生活过!一位管城建的领导干部跟我讲过一件事,有个开发商为了多出房,不仅见缝插针把空地都盖了楼,还把房间设计得特别小,卫生间简直就是鸽子窝,人的屁股坐在马桶上脑袋就得伸出门外……这样的楼房当然得炸掉,重新进行规划和设计。

　　现代人对城市的规划和设计,最重要的就是对环境的规划,设计出空间。深圳有个布吉镇,在特区的关卡以外,距深圳市区可能有百里之遥。夜深人静的时候我乘汽车在高速公路上还要跑半个多小时。就是这么偏远的一个所在,房地产业却火爆得很,不仅有许多深圳人到布吉买房,还有百分之二十的房子被香港人买去,百分之三十的房子被外省人买走。其中有一个原因：他们善于利用"广场效应"——布吉镇坐落在龙岗区，不只是布吉如此，在龙岗，区有区的广场，镇有镇的广场，村有村的广场。龙岗中心区的"龙城广场"，占地十四万平方米，置身其中顿觉天地开阔，神清气爽。广场中心有韩美林设计的青铜巨型飞龙雕塑，也能令人心魄为之一动。龙岗区下面有个横岗镇，广场有八万平方米，每天一早一晚都有上千人在广场上健身、散步、跳舞、唱歌。在没有修建这个广场的时候，横岗镇的房价每平方米只有二千元，有了广场以后房价飙升到每平方米四千元。可见空间不是浪费，反使周围的地皮大增其值。现代人买房首先要挑环境，环境就是空间，面对广场、面对绿地的房子总是先被人买走。这些年大连一直都很热闹，一般老百姓能说得上来的还不就是城市漂亮了。城市漂亮在哪里呢？广场大了，绿地多了，道路宽了……一句话：空间大了。空间大，人的活动自由就大，紧跟着心气就不一样，感觉也不同了，可以随意打扮自己的心情。

但，不是所有城市都有大连和布吉那样的自然条件。地球无法随着人们欲望的膨胀而变大，提供给人类的自然空间是有限的。因此，英国早就开始了一项将人变小的研究（见 2000 年第 3 期《美国文摘》）。此项研究的第一阶段目标是将现在的人缩小一半，平均身高七十至八十厘米，让人人都变成侏儒。人一变小，房子就显得大了，汽车也变大了，地球空间无形中等于增加了一倍。而消耗和污染却至少会减少一半。想得倒是蛮好，十几年过去了却不见英国人公布其研究成果。

现代社会崇尚巨人，身高一米七以下的男人被视为"二等残废"。特别是在竞技场上，身高力大总是沾光。现代人又把体育捧成了宗教，于是就造就了一个巨人时代。不知英国人的"小人研究"是准备给自己用呢，还是想用来对付别人？如果是先用于自己，一定会跟美国人分享这一成果，他们首先将自己变成侏儒，会带动世界时尚的大变化，人将以小为荣、为美，越小越精，金刚钻小可揽大瓷器活。他们倘是先想把别人变成小人国，那未免太歹毒了。比如把经济上的竞争伙伴、赛场上的对手、战场上的敌手都弄得只有他们的大腿高,那他们岂不就沾了大光!

　　人的生存需要空间。人类为了争夺和占有空间,可谓挖空心思,今后将会更不择手段。一个现代城市的魅力,不是看它堆积了多少楼房,而是看它营造了什么样的空间。

直击死刑

　　还记得二○○一年四月二十一日上午,中央电视台用三个多小时的时间直播重庆、常德两处法庭对"杀人狂魔"张君的公开审判,中间还插播了侦破此案的一些重要细节。节目制作得比同类题材的电视剧还要精彩。法庭最后宣判了对十四个人的死刑,让亿万百姓亲身感受到了什么叫"官法如炉"。张君等人的小命要回炉再造了!

　　但,以后执行死刑的过程,不知为什么没有播报。他们的罪恶以及这桩系列抢劫杀人大案,只有在他们的死刑得到执行后才算画上句号。人们目睹了他们杀人,也应该见证他们的死刑,才能更深刻地体会法律的尊严——这是一种没有感情的智慧。古人讲"刑,百姓之命","刑生力,力生强,强生威,威生惠,惠又生于力"。法律的程序越是为民众所熟知,就越有约束力。

　　几乎就在这前后,在太平洋的另一侧美国,要对六年前制造了一百六十八人死亡、五百多人受伤的俄克拉荷马大爆炸的凶犯蒂莫西·麦克维执行死刑。按以往惯例,美国只能允许有三十多个人目睹死刑执行的全过程,且不准携带任何拍摄器材。此次死刑却破例进行电视直播,声称"可以畅通无阻地满足人们对此次死刑执行过程的参与欲望,让美国观众乃至全球观众都能看到这一档极其精彩和令人亢奋的节目"。如果有人不满足于从电视上目击死刑执行过程,还可以到现场亲眼目睹。一时间,成千上万的记者、观看者和示威者云集死刑执行地特雷霍特市,各路商家也大肆炒作,把死刑的执行视作捞钱的好机会。当地假日酒店的二百二十七个房间早已预订一空,其他的宾馆、饭店也全部爆满……过去只是一个小镇的特雷霍特,一下子变得比过节还热闹,财源滚滚。

人们为什么会对观看执行死刑有这么大的兴趣呢? 这让我想起前不久亲眼见识的死刑执行过程,现在把它写出来,请读者诸君看看它真的是那么有意思吗? 今年三月初,我应外地朋友之邀参与策划一部公安题材的作品,获准去看"毙人"。上午八点钟,法院一上班我们便跟着警车去看守所提犯人。犯人有两名,都是小个子,且都很年轻。一个姓沈,只有二十四岁,面目粗邪,几个月前他为一户人家装修新房,主家对装修质量不满意,从应付的装修费中扣下一千元,并叫他返修某个地方。他心中有气,带着一把菜刀来到主家,见只有年轻的女主人在,就将其打昏,正欲强奸的时候,那女子又醒转过来,沈某便挥刀将其砍死。另一个姓刘,二十一岁,面目还有几分清俊,看上去不像个杀人犯,可他杀人的时候却不眨眼。有一天他碰到个外地人问路,脑袋一热(或者叫一混)认为那人身上有钱,就掏出刀子把对方给捅死了。最后却只从死者身上搜出了一千多元钱。

两个案情就是这么简单,杀人动机和杀人手段也可以说是极其愚蠢和残忍。警察将他们的手铐、脚镣打开,换上法院的手铐、脚镣。因为看守所死刑犯的手铐、脚镣用螺丝拧得很紧,开启不容易。而法院的手铐、脚镣是可以用钥匙打开的,等一下验明正身和押赴刑场的时候,拆卸起来方便。沈、刘二人知道自己的死期已到,却显不出有什么恐惧、沮丧或失态之相,偶尔还和警察搭讪两句闲话。法院的人和看守所的人在一个大本子上办理了交接手续,这应该就是他们的"生死簿",名字从这个本子上一勾掉,就算是从人间彻底消失了!

他们被押上警车,一步步地向死亡靠近。看守所在城市的西部,法院则在城市的东部,警车要横穿大半个城市,又正值交通最拥挤的时候,警笛发出刺耳的尖响,长鸣不止……权当是拉着两个就要执行死刑的人游街示众。车队回到法院就立即开庭,庭长宣布了法律对沈、刘二人的最后裁决,并下达了执行死刑的命令。法警将他们押到法庭外面的回廊里坐下,问他们有什么遗嘱。刘某低声嘟囔了几句,法警一一记录下来。沈某则没有什么可说的,却向法警要烟抽,法警把一支香烟放进他的嘴里,并为他点着火。等他们说完了想说的话,吸完了在世间的最后一支香烟,法警便打开他们的手铐,改用细麻绳,把他们的双手背到后面和脖子捆在一起——这就是人们见惯了的"五花大绑"。人被这样一绑,就露出了死相,脑袋只能低着,如果在行刑的时候想叫喊,法警一拉麻绳他们就得闭嘴。法警一边捆还一边问他们:"行吗?紧不紧?"他们顺从地配合着,好像怎么摆弄都行,已经没有当初行凶杀人时的杀气了,一副大大咧咧、听天由命的样子。但不再说话,脸上的神情也略显沉滞。

过去有些犯人,一听到下达执行死刑的命令,有的瘫软,有的立刻"瞳仁转背"双目失明,还有的故意喊唱一两句,以壮胆或表示自己不怕死。故意装出不怕死,恰恰表明还是怕死。而现在的死囚,大都像沈、刘这样持一种无所谓的麻木态度,死就死,活就活,活得愚蠢,死得糊涂,视生命如儿戏。我以为这才是最可怕的,正因为对死无知,所以才会乱杀人,最终导致自己被杀……真应该让更多的人观看死刑执行过程,接受关于死亡的教育。不重视死,又焉能珍惜生?

警笛重新响起,共有九辆车,一个不算小的车队送他们上路了。我有些感动,不管怎样他们也是两条生命,法律能用这样的阵势为他们送行,也算对得起他们曾经到这个世界上走了一遭。一路上所有的行人和车辆都为这个车队让路,大家似乎知道这个车队要去干什么。警车在前面引导着出了市,一直跑到远郊,七拐八绕地驶上一条坎坎坷坷的土道,碾起了扑天的黄尘。车队最后停在一块荒草地上,这里荒僻有余,却实在没有想象中的刑场气氛。法警跟我解释说:"咱们不像美国,美国哪儿执行死刑,哪儿就热闹,就发财。咱们的人认为毙人的地方晦气,谁也不愿意让刑场靠近自己,就只好先在这个地方凑合着。"我有些惋惜,不知是为法律,还是为这两个即将要告别现实世界的人。这么齐备威严的死刑执行仪式,最后竟结束在这样一个偏僻荒芜的地方。

沈、刘从警车里被拉出来了,警察让他们在荒地上面南跪下——

犯了罪的人都得要跪着迎接死,是被强迫作最后的谢罪吗?我发现在刘某的后背左侧画着一个白色的圆圈儿,而沈某的后背上则没有。法院的院长告诉我:"白圈是医生画的,那是心脏的位置,便于行刑者瞄准。因为他不是汉民,枪决时要打心脏,然后还要把他的尸体交还给他的家人,按着他们民族的习俗去安葬。"这时我很想看看两名死囚的脸,却不可能了,因为不能站到他们的前面去。两名法警端着步枪在他们的后面站好,旁边一声令下,枪响了。

沈某一声未吭就斜着扑倒在地,子弹从他的后脑打进去,嘴变成一个血窟窿,鲜血汩汩而出,在干草地上画出一道暗红,正好和他的尸体组成一个不规则的"人"字。刘某由于是打心脏,虽然身子也向前扑了下去,但并没有死,还在抽搐、扭动。一法警持手枪又朝他的心脏补了一枪,这下他不仅没有死,反倒发出了一种呻吟声!这种哼哼唧唧的呻吟声,始终是一个节奏,没有起伏,呆板而刺耳,简直不像是从生命体里发出的声音,令人毛骨悚然!

刑场上鸦雀无声,大家默默地等了一会儿,大概都没有想到刘某的心脏会有这般强劲的生命力。他仍在一声接一声地哼哼,为了尽快结束他的痛苦,法警又用步枪对准他的后脑补了一下,只见他身子一颤,地上冒起一股白烟,便不再动,也不再出声。两条邪恶的生命才算真正结束!

我说不清当时心里是什么感觉,怪怪的极不舒服。提前做好了会呕吐的准备,却并没有呕吐。也许还有些惋惜,却不一定是为这两个人,而是为人的生命,就这么简单地从人间消亡了?沈的尸体被送往火化场,刘的尸体被送到大路边交给他的家属,大家也都各乘自己的车散去,继续自己的生活。

"非典"之"非"

在中文里，"非"和"典"本是两个互不搭界的字眼儿。然而，在二〇〇三年早春，它们赫然扭结在一起，组成一个令人毛骨悚然的词汇——"非典"！

"非典"是"非典型性肺炎"（SARS）的简称、俗称，甚至可以说欠通顺。专业人士更习惯于叫它"萨斯"，台湾则干脆把它译成"杀死"。然而就是这样两个强拉硬扯在一起的别别扭扭的字眼儿，其流行和传播速度却已经超过了"非典病毒"本身。并用极短的时间创造了文字学上的奇迹：使用率最高、知名度最大，令人闻之色变，看见这两个字就更是如见鬼魅。以这个词的出现为标志，宣布世界进入了"非典时期"！

"非典"的全部要害就在这个"非"上，之所以能造成全世界的恐慌也在于一个"非"字。人类诊断出艾滋病只有二十多年，却已经造成了二千五百万人的死亡；至今全球每年有近六亿人感染流感，其中重症的死亡率约占百分之十；每年还有三百五十万人死于肺结核……而全球到目前因"非典"死亡的不过区区数百人，为什么会造成如此巨大的恐怖？以至于连咳嗽两声都被认为可以杀人，女乘客因为在出租车上咳嗽就被司机强行赶下车，新加坡一店主半夜偶咳竟吓跑正入室行窃的盗贼，马尼拉人金·达图把身边一个打喷嚏的男人用刀子生生刺死……我们则全民大喝中药汤，只要有人说出什么东西能抗"非典"，那种东西便立刻身价百倍，市场上告罄。有些街道的老太太自愿组织起来，日夜巡逻，张贴告示，盘查行人，用抓坏蛋防小偷的办法抗击"非典"。防"非典"本来格外强调保持空气新鲜,而许多人竟连续几个晚上大放鞭炮,不惜污染空气,也要以辟邪驱魔的那一套保佑自己。

新加坡心理卫生学院公布了他们的调查:"目前全世界百分之三至百分之五的人口患有非典强迫症,有的会一小时洗手无数次,双手明明是干净的,还要没完没了地洗,直至把手上的皮都搓烂,还是无法控制住再洗的欲望。"一九七五年诺贝尔医学奖获得者、美国病毒学家戴维·巴尔蒂摩解释了这一现象,他认为人们是喜欢被吓唬的,这是人的一种本能——从危险中获得刺激。而媒体对"非典"的渲染正好让人们得到了这种刺激。

"非典"之"非"为什么会如此可怕?非就是否,就是反,就是无规则和极端的不合理。不知它从何而来?也不知它要把人类带往何处?它祸害人间已经好几个月,制造了大的混乱,可它到底是个什么东西,全球的医学专家们还莫衷一是。只知道它诡异善变,死缠烂耗,无孔不入,防不胜防。

"非典型"就是反典型,反传统,反秩序,反文化,搅乱一切现成的生存习性、人际关系、社会形态、政治意识等等。"非典"嘲笑公式,戏弄套子。

你不是讲亲情,讲血缘,讲爱恋,讲哥们儿义气吗?不管多亲多近的人,一得了"非典"立马隔离,曾经跟"非典"碰过一面、沾过一点边也立马隔离,一律不准探视。隔离服、隔离房、隔离区,隔离隔离,隔着"非典",如隔万重山。死了也要立马烧掉,甭想搞这个风俗,那个传统,也没有人敢闹丧。即使是与"非典"全不搭界的健康人,在日常生活里也特别增加了距离的观念,人多的地方不能去,人少的地方也要跟他人保持两米的距离。以邻为壑,见人如见病毒,害人之心不可有,防"非典"之心不可无。

现代人不是爱说话吗?家里说,外边说,电视上说话成了节目,报纸上对话成了文章,真话假话、空话套话、鬼话谎话、车轱辘话……现在可好了,光让你闭上嘴还不行,还得戴上口罩!连正在结婚的新郎新娘们,也只能戴着口罩拥抱接吻,让人觉得要把这"非典之爱"进行到底,还真有点不容易,需冒很大的危险。有人为了加强隔着口罩接吻的效果,便在口罩中央画一个鲜丽的靓唇,令人见而思吻,却不能真的去吻。也算是望梅止渴吧。还有人觉得天天被封着嘴太难受,就在口罩上写字,五花八门,无奇不有。但口罩再大也无法将想说的话都写出来。

讲究卫生,提高人口素质,我们喊了许多年,却没有"非典"几个月见效大。医生们像幼儿园的阿姨一样,每天都通过媒体不厌其烦地向全国人民讲解怎样洗手、怎样漱口、怎样冲马桶……大人孩子都照着做。谁还敢说我们不卫生? 人人身上都有了消毒水味儿。

"文山会海"反了多少年? 收效甚微。为禁止用公款大吃大喝,中央也不知下了多少文件,可谓屡禁不止。"非典"一来,立竿见影。尽管"非典"使我们在经济上损失惨重,但也不能不承认,全国的会议费和公款吃喝的费用会节省不少。

还有弄虚作假,欺上瞒下,也都被"非典"治住了不少。病毒是真的,死了人是瞒不住的,不说实话不办真事,"非典"就要火烧你的连营。

西方有些悲观的医学家推测,"非典"会永远陪伴着人类,人类也将研制不出克制它的疫苗,就像至今没有研制出克制艾滋病的疫苗一样。若果真如此,人们恐怕不得不面对一个事实:有"非典"的世界再也不会恢复原来的样子了。

现在的人们普遍抱着"熬过这一关"的想法,只要你不感染上我,现在让我怎么做都行,等挺过这一阵子,咱再彻底解放,给"非典"来个大反扑。问题是有没有那样的机会? 真若那样,这场"非典"大灾算是白闹了。

纵观人类文明史,从来都伴随着跟疾病,特别是大规模传染病的斗争,同时又不断地接受疾病对人类行为的约束和规范。十六世纪欧洲爆发天花,借着航海事业的发达将病毒传向世界,累计死亡三亿多人。以后是鼠疫,几乎灭掉了欧洲人口的百分之三十。到了十九世纪,人类进行了所谓的"第一次卫生革命",却仍然又出现了肺结核,古称"肺痨",几乎就是无法治愈的绝症,死亡人数达到两亿多人。进入二十世纪,在疾病的追杀下,人类发明了各种抗生素和疫苗,医药卫生条件和营养状况都有大的改善,天花等传染病才得以根除。直到一九四五年,雷米封、链霉素问世,才控制住了肺结核。但,到了二十世纪八十年代,有了抗药性的肺结核竟卷土重来。人们曾以游戏的态度对待性,结果艾滋病就出来游戏人类,给现代人的私生活敲响警钟。"非典"则显然是朝着现代社会的公众意识和公共秩序来的……

据联合国卫生组织的一份报告称:"近二十年又有三十多种新的传染病发生,病菌进化的速度非常快,并在变异过程中培养起了抗药性,以超强的生殖力繁衍生息。药物对病菌失去作用的速度,与科学家发现新药物的速度差不多。"这就是历史,这就是现实。

"非典时代",一切都不再典型,就像拉登突然成了美国的"非典",美国又"非典"了伊拉克一样。你说这个世界还有"典型秩序"可言吗? 由此引发开来,思维不变,怎么能治得住"非典"? 病毒赖以存活的是人体,任何鬼魅都是人创造的,最可怕的还是人类自身。既然"非典"都上身了,就要弄明白"非典"要干什么? 它想对人类警告些什么? 这需认真思索"非典"都"非"了些什么?"非"后的世界又将会确立些什么?

"老"字两题

1. 何 谓 老?

在人们的印象里,人生最可怕的莫过于死。仅次于死的应该就是老——因为人一老就更接近死亡。但,最近的一份人类学家的调查报告却显示:世界上每年横死(即死于意外的天灾人祸)的青少年人数远远高于老死的人。这就是说,离死亡最近的并不一定都是老年人!

有一次我去一家医院的脑系科看望朋友,见到许多人在楼道里排队等待看头痛病,有些竟是十几岁的孩子,还有二十几岁的年轻人,真正的老年人倒不多。这使我惊骇不已,为什么会有这么多年轻的头颅反比老年人的脑袋容易出毛病呢?

前不久在美国《读者文摘》上看到一篇文章,部分地解答了我的疑惑。文章中说,现代人应该换一种角度来理解"老"——在今日社会,"老"的概念正在发生奇变。事实上专家已经发现,"变老"甚至意味着"变得更好"! 这不是对老的安慰,而是有科学根据。人的力量在很大程度上取决于智慧,而智慧来源于大脑。现代医学已经证实,以大脑的死亡来判定人的死亡。

——人脑是宇宙中最为复杂的组织,由一千亿个神经细胞组成,其中有许多还要与一万个其他神经细胞直接联网。正是这些总重量不超过三磅的灰色潮湿的物质,使人类创造了诸如航天、登月等奇迹。

过去人们对脑细胞的死亡和老年的健忘症、痴呆症有许多可怕的误传,说人的大脑从二十五岁以后每天要死亡十万个脑细胞,思维的衰退和健忘是不可避免的。现代科学家们经过长期的观察和精确的计算,得出了令人鼓舞的结论:"人到二十几岁以后,每天损失的脑细胞大约只有一百个,按这一速度只能在五六十年以后,也就是说在活到七八十岁以后,才会出现记忆力衰退的现象。"慕尼黑大学记忆治疗中心的心理学家约尼茨则说得更具体:"在六十五至六十九岁的人中,只有百分之二至百分之三会得健忘症,到了八十岁以上,记忆力衰退的比例才会增高。现代科学已经确立了一个基本的事实,百分之九十的人肯定可以精神矍铄、记忆健全地活到老,而且老年人的脑子可以与年轻人一样灵活。"

由此,我想到社会上早就存在着的一种现象,医生、科学家、音乐家、教授、画家等等,都是越老越金贵,也就是说这些职业是越老成就越大,越值得信赖。特别是画家,不光越老越值钱,死了以后其画作会更值钱。贝多芬在四十七岁时对一位朋友说:"现在我知道怎么作曲了。"雨果七十三岁写了《九三年》,莎士比亚在晚年创作了《李尔王》……我们在欣赏艺术家的作品时,总会发现一个从早期、中期到成熟的过程,艺术家的思想和表现手段是越来越精纯,使他们最终能处理十分棘手的难题。

科学家也一样,世界著名的天体物理学家、宇宙黑洞的发现者钱德拉塞卡,在六十三岁的时候忽然放弃自己驾轻就熟的课题,开始重新分析当物质消失在一个黑洞里时会发生什么现象,到七十三岁最终完成了关于黑洞的研究,确立了在科学界不朽的地位。十九世纪的物理学家瑞利,在长达五十多年的研究生涯中,在各个不同的领域都做出了富有创造性的贡献,尤其是在后期,做出了最著名的成就——发现了氩气。在他六十七岁的时候,他的儿子问他对托马斯·赫胥黎的一句名言的看法,赫胥黎曾说过:"在科学界,一个六十岁的人的作为只会弊多利少。"瑞利回答说:"如果你只做你理解的事,不和年轻人发生矛盾,就不至于一定会像赫胥黎说的那样。"这里有一句话非常关键——"不和年轻人发生矛盾!"

不挡年轻人的道,老就是宝,可以充分发挥老的优势。比如,年轻人遇到外来的攻击,往往会矢口否认、竭力辩白,而老年人则更多地依赖智谋、幽默和利他主义的新创意等积极手段去加以化解。上了年纪的人更能容忍生活中的一些蠢事,处理生活危机时会感到压力较少。就好像被塞在一架缓慢而拥挤的电梯里或汽车里一样,很少会看见老人烦躁发火,那都是愣头儿青们的反应。每个人都要花费很长的时间才能弄清自己是一个什么样的人,而年纪大的人个性早已经显现出来,很清楚自己在想什么,喜欢什么,不喜欢什么。也知道自己是谁,变得跟自己更容易相处,就像结婚时间越长,越有可能保持姻缘一样。

可见人老了的确有许多优势,更容易知己和知人,更清楚自己的力量,更明白自己的目标,老人的世界也变得更大,老了还会活得更为超脱……所以古人在造字的时候就造得非常形象和贴切:"老谋深算"——老了谋略才深,算盘才精;"老奸巨猾"——如果老了都得健忘症、痴呆症,如何奸得了,猾得过?还有"老古董"最值钱、"老酒"最醉人、"老辣"最精到、"老练"最难得、"老拳"打人最痛、"老板"、"老成"、"老鼻子"、"老江湖"、"老羞成怒"……

但是,如果你上了年纪还想挡住年轻人的道,那就是另外一回事了,最后必然会被扳掉。因为凡是有生命的东西总要消亡——这是不可更改的规律。

我举了这么多例子,却并不等于说只有脑力劳动者大脑衰退得缓慢和寿命最长。至今世界上活过百岁的老寿星却都是从事体力劳动的农民或山民,他们思维清楚,大多还能生活自理。可见,老有许多未知的秘密,人人都会老,却不等于人人都知道"老"是什么?人人都说当今社会进入了老龄社会,那么"老"在哪里呢?

2. 老的忧虑

先别说人,连地球都衰老了——体积膨胀,直径不断伸长,自转速度在不断减慢,就像人老了变得臃肿发胖、行动迟缓一样。地球的负重却还在层层加码,降落到地面上的宇宙灰尘逐年增加,光是接纳宇宙间落下的陨石每年就有二千六百亿至七千二百亿块。热带雨林急速减少,土地沙化急剧增加,每天都有一百多种生物灭绝……于是,疲惫不堪的地球每年都要在内部发生十万多次地震,人能感觉到的有三千至四千次之多。

奇怪的是,把地球折腾成这个样子的地球人类,反倒活上劲来了。寿命逐年延长,企盼了几千年的长生不死之术,有望能得以实现。科学家们已经发出了豪言:到二十一世纪中叶,人的寿命可达到一百三十至一百五十岁,下个世纪将活到自己想活的岁数。但是,科学家们说的是人能够活得长,并不是说能永葆青春。也就是说,人该老还是要老的,说不定还会老得更快,只是老而缓死,或老而不死,在漫无尽头的长寿中活着,却不知生活的目的何在,剩下的最后几十年,要完全依赖别人的护理,这样活着还有什么生命的质量可言?

去年才刚刚四十二岁的世界首富盖茨就放出风说要退休,他并不是出风头,又想炒作自己,而是实实在在地感到自己老了,领导微软帝国已力不从心。他说:"电脑软件是个迅速发展的产业,充满危险和风险,无法想象一个五十岁的人——不管是我还是其他什么人,能担当起领导微软公司的重任。"他说的是实话,在这个竞争激烈的网络时代,盖茨到了这个年龄才想到要退休已经是相当保守了。在新经济前沿的一些行业里,正流行一到三十五岁就退休。到三十岁就有了恐慌感,不知什么时候就会歇菜,或被扔出去。

高科技的发展造就了一个年轻的市场,现代经济创造了"一种男性青春期文化,一切毫无节制"。世界上有许多高效益公司的总裁是三十岁以下的年轻人,在当今对资源的热潮中,最惹人眼目的是"傲慢自大的年轻资源"——在华尔街,在硅谷,在所有想追赶潮流的地方,绝对形成了一个年轻化的倾向。这么多的新投资都放在了高科技上,而高科技是建筑在熟练的技术上,今天的技术只能今天教,不是三年前教的。经验一文不值,它只意味着你的技术已经老了。在高科技时代,到二十五岁时刚刚离开学校四年,就有了老的感觉,因为你的技术已经老了四年。如果你在硅谷，二十五岁最好已经挣到了钱，因为你已经完了。倘若在一个行业干了七年，那就是一条恐龙了！

这些站在新时代潮头的"白领"和"金领"阶级，一个个都赚了大钱，尚且整日活得紧张兮兮，落伍得如此迅捷。那些活得更为艰难的普通人岂不要老得更快？——这就是现代游戏规则。在所有行业，所有地方都同样处在年轻人的圈子里，新一代不断涌现，一切正在变得越来越年轻，把所有人都卷入社会达尔文主义的疯狂竞争。这种竞争的残酷还在于把跑得最快的人再拉出来比赛，就像奥运会比赛，最后只能有一个冠军，其他人都是失败者。

而且这些年轻的昂首阔步的成功者，有自己标榜的东西，按照自己的方式生活和行动，不需要从上一代手中接过权力，因此就不需要前辈，根本不理睬老家伙们。像盖茨这样的人，富可敌国，说退休两片嘴唇一碰就出来了，退不退他都能终生享用不尽。对其他人来说退休可就没有这么轻松了，那是生命中的一道坎儿啊！好像人一退下来就什么都完了，趁着还没走能抓到点什么是什么。因此又引发了一种所谓的"五十九岁现象"——即人在离退休之前格外胆大妄为。贪污受贿，胡作非为，过了这个村就没有这个店了嘛！

如今，倘能按着过去国家规定的年龄退休算是幸运的了，许多单位由于经济状况不景气，纷纷出台自己的土政策，什么"内退"、"病退"、"退养"……总之是要你提前回家。这还有没有个规矩？到底什么时候算老总该有个标准吧？古代是有规定的，《礼记》上说："人生十曰幼，学。二十曰弱，冠。三十曰壮，有室。四十曰强，而仕。五十曰艾，服官政。六十曰耆，指使。七十曰老，而传。八十九十曰耄。"按照这个标准三十岁才可以成家，四十岁出去当官做事，到六七十岁才能称老……足见古人的生活节律是何等地从容不迫。人们都说古代人的寿命短，依照这个公式却显然比今人要老得缓慢。

现代人老得快，寿命长，退休又提前了，老而不死的时间特别长，在这一大段日子里可怎么打发呢？谁能判定几十年以后的通货膨胀率？一个人到底要积累下多少钱才足够养老送终的？更不要说还会老而无终。还有人在没退休之前也未必就有能力积攒下大钱,退下来以后又没完没了地活着,到那个时候四世同堂五世同堂已不新鲜,十世二十世同堂也稀松平常,但满堂都是老人,满眼一片白发,谁养活谁呀?谁为谁送终呀?生命的本质取决于身体,还是取决于心灵?

扯远啦,扯远啦,我们这一代是赶不上那样的盛世了,还是多为眼前操点心吧。

病　毒

　　过去得了什么病说什么病,没事谁会关心病毒是个什么东西呀?现在可好,"非典"天天在给人们上病毒课,正所谓"道高一尺,魔高一丈"。难怪医学专家们都用"从未见过"、"没有经过"这样的字眼来形容"非典"。一会儿说"非典"病毒来自动物,一会儿又说不是,至少目前无法证明;一会儿说"非典"病毒变异很快,转瞬间已经发现有六种变异,一会儿又说"非典"病毒变异很慢,"其稳定性出人意料",日本科学家已经绘制出冠状病毒"家谱",称"'非典'病毒的历史可能有几十年了,是数十年前由鸡的冠状病毒祖先分离出来的(病毒果然也有祖先,也是一脉相承)";一会儿说两三个月就能研制出抗"非典"病毒的疫苗,一会儿又说要研制出疫苗至少需要三五年时间,甚至永远也研制不出"非典"疫苗……这些莫衷一是、大相径庭的说法,证明现代医学还没有真正抓住这种病毒,尚停留在瞎子摸象的阶段,摸着腿的说大象像柱子,摸着鼻子的又说大象像蟒蛇……

　　世间要人命的绝症很多,癌症、艾滋病就很厉害。但绝大多数人并不因此而丧失安全感,觉得它再厉害也跟自己不搭界。而"非典"就不一样了,给整个社会罩上了一个不干不净不保险的阴影,把所有人都扭结在一起,谁也脱不了干系。他喘口气连着你的健康,你咳嗽一声能把旁边的人吓一跳。怀疑一切,人人自危,恨不得把整个地球连同人类一块放进消毒水里泡个透。这样说并不证明它是一种"促进团结"的病毒。恰恰相反,"非典"病毒的本质是排斥,是拒绝,是隔离,是疏远。其险恶之处就在于离间人类社会,得病的要隔离,治病的也要隔离,怀疑得了病先隔离起来再说,没有得病的健康人也要时时自我隔离。反对接触,取消联系,蔑视畅销,破坏人气。提倡人跟人之间、人跟物之间、物跟物之间,消毒、消毒、再消毒,防范、防范、再防范!

然而,越是这样人们反而越加重视家庭,重视亲情,重视爱。在"非典"最猖獗时北京的离婚率也明显下降。从媒体上天天都可以看到亲人送别,同事壮行,眼泪,鲜花……有"非典"的生活变得真实而严酷,感人又教人。

医德体现了这个时代的良知,给社会以精神的投光,让人感到即使"非典"时期,仍有真诚,有温暖,有希望。

1. 现代人的脆弱

据报载,湖南农村最近冒出了不少能医治"非典"的巫婆神汉,装神弄鬼,煽风点火。本来跟"非典"病毒还远未沾边的农民们,被他们一吓唬就毛咕了,送钱送物,顶礼膜拜,点红烛烧纸钱,祭鬼神求上天,用以躲"非典"保平安。为此湖南省委决定派出八万名机关干部下乡,平均每个村两名,帮助农民去迷信抗"非典"。

人们很可能会以为,太过偏远贫穷的农村难免落后,落后就容易愚昧。那么我所居住的大城市天津,在五月上旬,连续近一周的时间每到晚上都大放鞭炮,恍若又过了一个春节。而眼下正是抗"非典"需要清洁空气的时候,却搞得城市里乌烟瘴气,火药味冲天。搅动了一个直辖市的这么大响动,其实就是被一句谣言煽起来的:说某个区施工铲死了一条蟒蛇,凡不想被蛇仙报复的就赶快燃放鞭炮,吃桃罐头,以驱邪辟凶。可笑吧?现代人就这么怪,脆弱到对无论多么荒诞不经的东西也宁肯信其有,不肯信其无。

贫穷有贫穷的脆弱,发达有发达的脆弱,愚昧落后可以脆弱,高学历高文化也可以脆弱。北京的大学多集中在海淀区,伴随着"非典"病毒的肆虐,在海淀的清河附近就出了一条"半仙街"。即将毕业的大学生们,敏感地意识到"非典"使就业形势严峻,纷纷到"半仙街"上求仙问卜,为自己指点迷津。中国如此,其他国家也如此。由于担心美国可能会袭击朝鲜核设施,韩国正掀起一股"出逃风"。你看,战争还八字没有一撇儿,年轻人就先想到跑。对梨花女子大学的调查是百分之四十的人将离开,对延世大学的调查是百分之九十二的学生将放弃服兵役(摘自5月8日美国《基督教科学箴言报》)。

"非典"这么快就在全球造成过度恐慌,也跟现代人过于脆弱有关。菲律宾众议院司法委员会主席利苗兰近日宣布,因在公共场所打喷嚏会传染"非典",将被视为恐怖主义行动。在菲律宾被当成恐怖分子则有可能被判终身监禁,并处以一千万比索的罚款。脆弱正借助于"非典"病毒在蔓延,大有发展成一种新流行病的趋势。

2. 美国的霸气和小心

美国奉行实力政治,将单边主义的游戏玩得滚瓜烂熟。像对伊拉克,说打就打,根本不把联合国呀,这个盟、那个体的当回事。但是,二〇〇三年三月十四日,世界卫生组织首次公布了"非典"疫情,美国却比世界上的任何一个国家都重视,立即启动"紧急指挥中心",向各地卫生部门和医院紧急发布加强对"非典"监控和防治的指导原则,将"非典"列入隔离检疫的传染病清单,允许卫生部门对拒绝接受检查的疑似患者进行强制隔离。

因此,当国际上"非典"疫区的感染和死亡人数剧增的时候,美国却是例外。作为一个人员流动频繁的大国,全美仅发现五十六例"非典"患者,迄今还没有死亡的记录。"今年二月,弗吉尼亚州劳登县医院收治了一名从中国返回的老年妇女,据信是美国确诊的第一例'非典'患者。劳登县医院马上把这名患者送入'负压病房'隔离,医护人员换上防护服,并迅速向卫生局报告情况,卫生部门立即派出两名传染病专家指导抢救工作。目前,这名患者已经病愈出院,没有传染给家人和医护人员。"(见2003年5月8日《参考消息》)

"非典"病毒就是人体内的拉登,用极端神秘的恐怖手段摧毁人的肺。美国人对恐怖袭击的"神经过敏"和"早有准备",帮了他们的大忙。

3. 危机管理

"非典"真让人长了不少见识,最近我才知道"危机管理"是非常重要的一门专业。这固然因为我孤陋寡闻,缺少识见。但也不能不承认此项专业没有得到社会足够的重视。

国内研究危机管理的专家、中国人民大学公共管理学院副院长张成福教授在接受采访时说:"非典"流行反映出我们社会很多深层次的问题,是相关部门的疏忽促成了它的流行。这不是一般的公共卫生危机,可能还带来连锁反应,如经济、政府信任等问题。"非典"使体制中的条块分割、部门封锁的毛病彻底呈现出来。长期以来报喜不报忧的做法,面对负面事件时难以迅速做出正面回应。在政府与市场的关系上过分追求市场化,导致一些政府部门以追求利润最大化为原则,提供公共服务的职责被削弱……"非典"病毒果然厉害,表面看它攻击的是人的身体,若想真正控制它,却要做更大范围的消毒,医治社会、政治和经济上的"非典"病毒。社会肌体干净强健,信息通畅,"非典"便无机可乘。

当今世界什么事情都有可能发生,可谓危机四伏,强化"危机管理",势在必行。

狗　娘

　　狗的娘——自然还应该是狗。现在可就难说了,人类开始争当狗娘。每天清早,狗娘们的大呼小叫,构成了"小区晨曲"的主调:

　　"宝贝,慢点,妈妈跟不上你。"

　　"大内,我的乖儿子,那是什么呀就撒着欢乱舔?"

　　"小白,看谁来了? 快向阿姨问好,来个KISS!"

　　"亮仔,别追你爸,他去给咱买早点,快回到妈咪这儿来。"

　　宝贝、大内、小白、亮仔等等都是狗的名字,而遛狗的女人总是这么堂而皇之地与狗以母子或母女相称,大模大样地便成了狗爹狗妈。而狗儿们,尽管只会叫不会说,也无须做亲子鉴定,就狗模狗样地成了人类的狗儿狗女。

　　狗娘们是快乐的。俗云:孩子是自己的好。狗也是自己的亲,这从她们说话的语气和神态上完全可以看得出来:高腔大嗓,旁若无人,不管她们的狗儿子和狗闺女是否应声,她们竟自照说不误,自问自答,表情夸张。狗儿们不搭腔,则表现出一种傲慢和尊贵,自顾自地乱窜、乱嗅、乱舔,撅起屁股乱拉屎,抬起后腿乱撒尿。狗娘们的喋喋不休,反显出一种贱、一种炫耀,脸上洋溢着人以狗荣的骄傲感。

　　你只要生活在城市里,就无法躲避狗娘们与狗儿们这种卖弄的卖乖的对话,她们似乎是专门表演给别人看和说给别人听的,以便让更多的人分享她们的幸福和满足。特别是一听到谁家的孩子没有考上好学校,谁的儿女不孝顺,谁家进了小偷,狗娘们就更来劲了,话也更多:"你看看我说对了吧? 养孩子哪如养狗好哇。养个孩子得着多大的急呀,生下来有没有毛病,是不是聪明,孩子还不等断奶竞争就开始了,要上这个班那个班,要走这个门子那个关系,拿钱堆,用话哄,天天操碎了心。孩子争气的,上完学拍拍屁股就扔下你走了,你守着空巢,还得天天为他们担心。倘若孩子不争气,学坏了或上学上不好,吃你的花你的还经常惹你生气,就好像上辈子你欠了他们的。养个狗就不一样了,绝对不会跟你顶嘴、惹你生气,更不会给你出难题,永远对你忠心耿耿,百依百顺。每天我只要一进家门,你看它那个亲热呀,门一响就扑上来了,往你怀里扎,往你脸上拱,不知道怎么哄着你高兴。其实,我的两条狗每天只要花上十几块钱就足够了,二斤精肉是要保证的,其余的就是窝头、胡萝卜、黄瓜,多吃粗粮和青菜它们排便痛快。"

"你不能养两只狗,两口犬是个'哭'字,不吉利。要么养一个,要么养三个……"

就这样我在这儿听两句,到那儿听两句,时间一长还真长了不少见识。

"昨天夜里我的黑妹来例假了,弄了我一被子。"(原来母狗也会来"例假"!)

"别提了,我的大利又发情了,老往我腿上蹭。"

"那你可得小心了,晚上就别再搂着它睡了,人家可都说,女不养狗,男不养猫。"

"我试过了,不行啊,不让它进被窝死活不干,没完没了地跟你撕扯!"

"那就赶快送它去狗妓院,花二百多块钱能待上一个星期,把那点劲儿折腾完就好了。你放心,狗妓院里的母狗都是服过避孕药的,光负责跟发情的公狗交配,却不会生出杂种狗。"

嘿,真是新鲜,人开妓院算犯法,狗妓院却公然纳客、买卖兴隆。这岂不是狗比人坏?还是人坏得不能再坏了,让宠物替代自己去干坏事?我就此请教一位养狗的朋友,他甚为不屑:"你这是少见多怪,皆因不养狗,完全不知道狗的妙处,看来我真得给你上一课,好好讲讲狗文化。"他口若悬河,滔滔不绝地论起了狗的种种优越:"狗逛妓院有什么新鲜的,狗还有医院、美容院、护理院、保健院,狗的美食店、时装店、培训学校,要进高级的狗学校,培训费一次就要交三四千元。你不能还抱着过去的陈旧观念,认为人类不能享受的狗也不能享受,世界上的贫困人口有十亿多,可在刚公布的世界十大宠物富豪榜上名列榜首的德国牧羊犬'金特四世',从女主人那里继承了一点四亿欧元的遗产! 以前有句老话叫:人比人气死人。人跟人比不了,现在人跟狗比也比不了,会被气死的还是人而不是狗。再告诉你一个信息,眼下狗的墓地也卖得很火,比葬人的墓地价格还高。你到狗墓地去看,给狗上坟的人一年四季络绎不绝。现在的时尚是,祖坟可以不扫,狗坟不能不扫。这就是时代的变化,人跟人的感情越来越轻淡,人跟狗的感情越来越深厚。美国有的州已经开始在议论跨物种婚姻的可能性,当然不是为了性或繁殖的目的,而是出于那种类似夫妻之间的确确实实存在着的感情。既然宠物经常在主人的遗嘱中被指定为遗产继承者,为什么就不能选择用正式的仪式来宣誓承诺自己对宠物的感情和爱呢? 婚姻作为一种社会和精神上许可的伴侣关系,不一定只局限于人类之间,只要这种关系的双方有明确的感情和相互陪伴的愿望……"

"打住,打住!"我赶忙拦住他的话头,"狗又不会说话,你怎么知道它愿意跟人结婚? 既然狗这么好那么好,你预计到什么时候,正讨论批准人跟狗结婚的国家会选出一条狗来担任州长,甚或是当总统?"

"嗨,你这不是抬杠吗? 还别不告诉你,这也不是不可能。好几年前就有的国家选羊和驴当议员,既然动物可以当议员,为什么就不能当总统?"

呜呼,这我就无话可说了。狗若掌了权,会不会反过来把人当宠物来养? 真要到那个时候,说不定狗们会先立法,让自己的狗律师跟人类打一场官司,头一条就是划清界限:你们人类把地球糟蹋成这个样,自己繁衍出了那么多后代,又管教不好,眼看着自己种类越来越不可救药,就又来打狗的主意,谁知你们安的什么心? 别怪我们狗眼看人低,狗脾气说翻脸就翻脸,如今该轮到你们人不如狗了,看我狗爷怎么整治你们这些两条腿的家伙……

美国游戏战争

人有一种本性,喜欢从危险中获得刺激。极度的危险,反而能演绎出游戏的效果。因为危险和游戏在本质上有相通之处:追求惊险、刺激、出人意料。危险里包含着游戏因素,游戏可以刺激人去追求惊险,并缓解惊险带给人的恐惧。

当今世界上的游戏高手非美国人莫属,对战争都要游戏一番。像灭掉一个国家、推翻一个政权、通缉战争要犯,是何等重大、严肃和带有机密色彩的事情,而美国竟让辛辛那提的游戏纸牌公司,将通缉名单设计制作成五十四张扑克牌。在他们眼中的暴君、独裁者变成了"黑桃 A"、"方片 7"……将森冷的肃杀通俗化、流行化、娱乐化。纸牌除去发给战士,还公开销售,在纸牌问世的前十天就销出去七十万副。据该公司的销售负责人阿莫鲁索估计,很快就可卖出一百万副。他说消费者会觉得这副纸牌是历史的一小部分,上面的面孔和文字都相当有趣,有收藏价值。美国人的奇思妙想经常能让世界惊奇。

无独有偶,前伊拉克驻联合国代表杜里,看到自己的国家被颠覆之后,面对记者说出的第一句话竟是:"游戏结束了!"记者问他"游戏"指的是什么? 他回答是伊拉克战争!

你看看,战争本是一种大规模的杀戮,可在战胜者和失败者眼里都成了游戏! 这倒显得那些游行集会、义愤填膺地反对战争的人是咸吃萝卜淡操心,皇帝不急太监急。

那么,美国人为什么能以游戏包装战争,给血腥的杀戮加进游戏成分? 这无疑与世界进入传媒时代有关,可以将一场大规模的真杀实砍,变成一场电视里的战争。在电视里看打仗,自然要追求收视率,编辑得惊险、刺激、引人,便越看越像游戏。战争一打响,英国的传媒老大BBC的老记们就激动地说:"这是多么难得的契机啊!"于是他们便"活生生把战争变成了二十四小时的实况娱乐节目,让大家轻松得仿佛在电影院看连场电影,一边吃着炸薯条、爆米花,一边看电视里飞机扔炸弹。"

无怪乎台湾作家罗兰写文章抱怨,孩子们一放学就兴奋地往家跑,说要赶快看美国打败坏人的电影。甚至这场战争的策划者之一、美国国防部长拉姆斯菲尔德禁不住夸赞说:"媒体带着我们坐云霄飞车,忽上忽下,甚至二十四小时内就上下好几次。"

伊拉克战争确实被传媒剪辑得太像一部精彩的娱乐大片了,大投资,大制作,气势恢宏,阵容强大,全是国际大牌明星出阵,且都有上乘的表演。敌对双方的两个一号人物,性格鲜明,生动饱满。布什在扔炸弹的同时,周末不忘到戴维营度假。而且有了快感他就喊:"感觉很好!""我们正在慢慢剥萨达姆的皮!"萨达姆在挨炸的同时也频频出镜,忽而在室内给将军们打气,忽而上街到群众中走走。当然,有危险的动作,还是要让替身演员完成。并让手下人散布关于他不死的神话,说"他的手臂里植入一种特殊宝石,可保刀枪不入。他乃九命怪猫,其母是巫师,用咒语就可保护他的安全……"你还别说,战争都结束快两个月了,萨达姆硬是活不见人,死不见尸,偶尔还会弄些录像和书信出来,游戏美国佬。

最富喜剧天分的还数伊拉克新闻部长萨哈夫,铁嘴钢牙,肉烂嘴不烂,美国的坦克快顶上他的屁股了,还在死不改口:"我可以百分之三百地向你们保证,巴格达城里没有美国士兵,永远都不会有!"他坚信此时在他的国家说什么远比做什么更重要。澳大利亚的媒体赞许道:"他用精神抖擞的贝雷帽、厚颜无耻的笑和更加厚颜无耻的否认,为我们的日子增添亮点。"他还被许多国家评为"否认先生"、"滑稽阿里"。甚至连布什都很欣赏他:"他是我的人,他很棒。有人指控我们雇用了他,让他在那里开讲。他是一个经典。"

这是多大的玩笑，堪称经典游戏。不仅戏弄了伊拉克，也戏弄了世界舆论。

要论这部大片的剧情，就更称得上是紧张激烈，悬念迭生。一上来就是"斩首行动"，吊足人的胃口。紧跟着就是"震慑和畏惧"。美国要"震慑"谁，让谁感到"畏惧"呢？许多人看不明白，想当然地理解为是震慑伊拉克。错，伊拉克是消灭的对象。美国通过这场战争真正想要震慑的是当今世界。它说打就打，把联合国完全晾在了一边，使其颜面丧尽，变成了一个只会争吵不休的团体。而联合国也确实一点办法都没有，现行的国际规则不得不屈从于美国的实力政治。就连其他反战的发达国家也没有一个敢拍案而起，登高一呼：你打他我就打你！相反，大家只是一味地强调人道主义救援和战后重建……显得无奈而无力。这就等于说你炸吧，炸吧，你在前边炸，我在后边给你收拾，等你炸完了我再帮着建……

这不是很滑稽、很荒诞吗？然而竟没有人觉得它滑稽。正经八百的滑稽，道貌岸然的荒诞，就更可笑。这样一台大戏你还能说不深刻？这样的战争你还能说不是游戏？真是舞台小世界，世界大舞台。美国前任中央情报局长詹姆斯·伍尔西，在伊拉克战争最激烈的时候到加州大学讲演，称世界"一战"和"二战"之后延续了四十年的冷战是第三次世界大战，而这次伊拉克战争是第四次世界大战。他认为当今世界正处于摧毁各种交织在一起的联盟的过程中，一切都有待攫取，如同进入另一个创造过程。美国的媒体更是直言不讳：十二年前发动海湾战争的老布什只想恢复世界秩序，而现在的小布什是想改变世界。

有了这样一群角色，战争的细节自然就更像电影一样好看了：有心理战、蒙骗术、误会法，让自己的导弹打自己的飞机。为增加惊险性，设计了英雄救美、单骑突进。为了凑趣还要有动物表演。美国兵训练了九条大西洋宽吻海豚，帮助水下排雷；迫使一百万只迁徙中的候鸟改道，给美国轰炸机让路。对方则表演步枪打飞机，举着白旗打黑枪，假装欢迎搞伏击，还有地道战、地雷战、游击战……一部戏要想卖座,还需迎合潮流加进一些煽情和带色儿的东西,如:美国有二十名女兵火线怀孕,在萨达姆长子乌代的豪宅里发现大量情书和美女照片,而且还有交战方总统布什两位千金的玉照……

军事专家们称这次战争是人类历史上第一次大规模的真正意义上的信息化战争。信息化就是电子化、网络化。三月三十日的《纽约时报》道出了其中的秘密:玩具源于战争,武器出自玩具,美国的玩具商和军方互相学习,互相启发,共同提高。五角大楼的发言人格伦·弗勒德说,M-16步枪就是在美泰公司生产的一种玩具的基础上研制的。他们从玩具和电子游戏中寻找原型和创意,用来开发战场武器。无人驾驶侦察机是从模型飞机中受到启发,快装弹药的突击武器的灵感来自超级水枪,无人驾驶遥控车得益于电子游戏控制板……还有,游戏和娱乐业提供的战争场面和故事情节,帮助了军方了解在战场上或反恐战争中可能遇到的情况。"如今的新一代士兵,从小是玩着电子玩具和电子游戏长大的,二者的密切关系与生俱来,也就是说美国军人从孩提时代就接受了信息战争(或曰游戏战争)的基本训练。"

原来美国大兵的本事是从小在游戏和娱乐中锻炼出来的。他们不是故意给战争涂抹游戏色彩,而是真正地在游戏战争,把战争当成游戏。所以他们的背上都驮着一个小山般的大背包,里面有各种现代通讯设备、巧克力糖果、纸箱子马桶等等。可以在巴格达街头伴着枪声跳踢踏舞,看着满城的大哄抢当儿戏……伊拉克战争真称得上是游戏打败了萨达姆的虚张声势。在美国的游戏战争面前,那些传统正规的战争理念,都成了堂吉诃德式的思维。

大家之所以没黑没白地观看这场电视里的战争,跟现代人喜欢游戏的本性不无关系。游戏人生,游戏文字,游戏官场,游戏情场……成天把一个"玩"字挂在嘴边,上网是玩儿,泡吧是玩儿,外出是玩儿,在家是玩儿,恋爱是玩儿,离婚是玩儿,犯罪是玩儿,杀人是玩儿,吃喝玩乐,寻欢作乐。孩子闹着玩儿就把老师或家长给杀了,老板们不管做多大,有人问起总是潇洒地说不过是玩儿玩儿罢了……

由于大家都这么爱"玩儿",自然就对游戏入迷。这是因为现代人的生存压力太大了,社会学家总结出现代人的十大压力:来自个人财务上的压力、职业上的压力、责任太多造成的压力、婚姻上的压力、性方面的压力、健康方面的问题、孩子的问题、孤独、亲戚、邻居等等。真是活着就有压力,只要喘气就是压力。

在这样一个游戏时代,最苦的就是那些老实巴交的人,老想按正义和非正义的公式给战争定性……可看着看着就被人家的游戏给弄糊涂了,你说打人的闹着玩儿可以理解,怎么挨打的也像闹着玩儿?平时牛皮吹得震天响,这个师,那个队,号称十万精锐,到真打起来狗屎不如,眨眼间就作鸟兽散。这倒正应了萨达姆公开宣布过的信条:"政治是什么?政治是口说做一套,心想做另一套。然后既不做口说做的,也不做心想做的。"原来他也是在做游戏,是游戏自己,游戏了自己的国家、军队和人民。

在这个痞子时代,有些事情正经八百地讲效果不一定好,嘻嘻哈哈地游戏一番,说不准事半功倍。美国游戏战争,却成了现代战争的地地道道的教师爷,每隔几年就打一仗给你看看,拿着导弹当教鞭,以战场为课堂,教给你应该怎样打仗。人们看着像游戏,学起来却是非常认真的。从古到今,人们对战争就没有产生过这么大的兴趣,前一段时间环球村里哪一个人、哪一个角落不谈论这场战争?好像人人都成了军事家,议论得失,评点成败,指指戳戳……眼下又改成谈论"非典"了。

游戏不断有新花样,世界也不再是原来的样子,要不停地变换花样折腾人。美国人想玩儿"单边游戏",这种游戏随意性很大,无固定规则可言。但,是游戏就要有对象,有对象就是双方的游戏。你游戏战争,战争也必游戏你。你以游戏的方式搞恐怖,恐怖也会游戏你。

拉登是美国的"非典",美国也"非典"了伊拉克。最近国际绿色和平组织效仿美国也制作并发行了一套核国领导人的扑克牌,布什的头像成了黑桃 A,普京是红桃 A……这就是当今世界,你游戏他,别人游戏你。人们曾以游戏的态度对待性,结果艾滋病就出来游戏人类。"非典"也是如此,制造出非典型的无秩序和非典型恐怖来游戏人间。

美女病毒

　　时下流行"人造美女"，就好像世上还有不是"人造"的美女。"造"即"做"，格外强调"人造"牌，是指由父母"造"出来以后，再经别人的手加工细做一番。这种美女可以大批量生产，源源不断地满足市场需求。

　　消费社会嘛，形成了蓬蓬勃勃的选美经济、选美文化，造就了一种有目共睹的美女强势。凡美女就容易畅销，当明星，做模特，拍广告，上封面，傍富翁，嫁官员……无论干什么长得美了都沾光，包括真杀实砍地打仗。

　　在西非的利比里亚内战中，有一支威名赫赫的反政府的娘子军，其首领被誉为"黑钻石"。当地的政府军一提到她的名字就胆战心惊。这位"黑钻石"，芳龄只有二十二岁，骁勇善战，足智多谋，领导着反政府武装对政府军节节进逼，终于在去年八月迫使总统泰勒下台。由于她一直拒绝向媒体透露自己的姓名，"黑钻石"便成了她的名号。最近有美国记者采访了她，形容她真是"酷毙了！"那一身打扮无论到巴黎，还是米兰，都绝对称得上时髦：头戴红色贝雷帽，上身是一件背部全裸、低胸的大红兜肚儿，连吊肩带都省了，只靠两条红丝带系着。所以，女性胸部特有的曲线充分凸显，透着非洲女性特有的大胆和泼辣。她的下身穿一条蓝里泛白的紧身牛仔裤，腰间松松地系着一条宽式皮带，上面反插着一把锃明瓦亮的手枪和一部手机。左手腕上戴着时尚手表，表带也是红色的；右手腕上套着两只象牙手镯，脖子上挂着一个纯金饰物，而墨镜始终是吊在胸衣上（秋叶《传奇黑钻石》）。

世界上有数不清的各种各样的武装,也有数不清的各式各样的统帅,独美女领袖成了"黑钻石"。就像在伊拉克战争中美国兵死了不少,当了俘虏的也有,唯独美女林奇出了大风头,又拍电影,又写传记。还有更厉害的,那就是"美女炸弹",在伊拉克和中东制造了一起又一起的自杀性爆炸,造成死伤无数。

然而这类"美女杀手"并非伊拉克和中东的特产,俄罗斯美女玛丽亚·伯格,就是让国际刑警组织最头疼的恐怖女杀手,先后在全球参与了十六次恐怖活动。为捉拿她归案曾悬赏十万美元,可是连奉命去捉她的联邦调查局探员都为她的姿色所迷,反成了任她驱使的裙下之臣。多年来死在她手上的情人不计其数,所以才被称做"黑寡妇"——这是一种致命母蜘蛛的称号,每次交配后都要吃掉雄蜘蛛。

但,"黑寡妇"再厉害也只是一个人,而本·拉登训练出来的"美女肉弹",却有八千余名,身上注射了HIV病毒,又经过专门培训,然后经由加拿大到美国。她们个个拥有天使般的面孔、魔鬼般的身材,能讲一口流利的美式英语,身着迷你超短裙,脚踏性感细高跟鞋,花枝招展、婀娜多姿地进出于游乐场所,使出浑身解数勾引美国军人,成就美事。只要她们每人能让一千个美国大兵染上艾滋病,就可以荣获"圣战"烈士的称号,会在天堂有一席之地。所以这些"拉登美人"个个都视死如归,不留后路地献身到底。令美国人防不胜防,忧心忡忡,惊呼"美女病毒"比起毒气和其他任何生化武器都更可怕(《上海译报》)!

拉登的影响并不只限于领导基地组织发动恐怖袭击,自美国的"9·11"事件之后,在世界范围内形成了一股"拉登效应"。各行各业、各个角落都有人在学习和借鉴"拉登经验",活学活用,举一反三。如"电脑黑客",制造出一批又一批更具杀伤力的电脑病毒,频繁地攻击和破坏电脑网络。还有一些女人,自愿效法"黑寡妇"或"拉登美人",以性作武器,俘获敌手或报复社会。只要她们出击,就十拿九稳,频频得手,而且不惜伤及无辜。谁叫男人天性喜欢美女哪,性诱惑从来都是人类行为最强大的动力之一,美女病毒攻击的正是男性社会最脆弱的致命点。

二〇〇四年第2131期《文摘报》以一个版的篇幅,转载了一篇有关中国"美女病毒"的报道。原湖南《娄底日报》的政法记者伍新勇,网罗当地欢场中有些姿色的小姐,组成一支类似"拉登美人"式的队伍,指使她们去跟当地的官员们做爱,然后带着留有这些官员精液的安全套找他领奖。根据官员的级别高低发给数额不等的奖金,俘获一名正处级干部可得一百元,副处级八十元,正科级五十元,副科级三十元。有的小姐一天可收入一千元,可见其效率之高。这些精液被伍新勇冷藏在冰箱里,随时用以要挟那些官员,迫使他们都成了他手中的工具。

SARS和禽流感之所以能造成世界性的恐慌,是因为病毒变异,使人难以辨认,摸不着抓不住,一时想不出对策。美女病毒的杀伤力也来自当代美女们的变异,令男人们死了还不知道自己是怎么死的。有的喝了一罐美女递给的饮料被麻翻,有的在做爱时或在睡梦中成了美女的刀下之鬼……《半岛都市报》载文,青岛一女士一口气扇了她前夫三百多个耳光,自己竟累得倒在地上。《北京娱乐信报》报道了复旦大学在读女博士生伍某,长期殴打中国社科院的博士后丈夫王某,除去咬、抓、掐之外,还动用过电蚊拍和菜刀……

变异是一种潮流,最典型的就是美国得克萨斯州三十二岁的漂亮空姐陶森,嗜好亲眼目睹执行死刑,在过去的十一年中,她跑遍全国各地亲眼见证了一百零三次行刑,沉迷于享受这种毛骨悚然的快感之中,且毫不隐讳地说:"当见到一个死囚坐在电椅上像一条鱼般被烧熟,或者被枪杀、被注射毒针处死,现场所看到的和听到的一切以及用鼻子嗅到的血腥气味,令我有充电般的感觉,精神为之一振。它比滑雪、跳伞和笨猪跳加起来的刺激度还要高,我无法摆脱这种魔力。"你看看,女人们,特别是美女们都是怎么了?

憎恨和报复成了她们的常规武器,这很容易让男人们重弹"女人是祸水"的老调。萨达姆到底是被谁出卖的,至今还莫衷一是,但流传最广的一个版本是他的第二个老婆告密。最近,萨达姆在写给大女儿拉格阿德的信里似乎印证了此说:"我所相信的人、所依靠的人和离我最近的人背叛了我……我被捕的经过与细节和去年十二月美国军队所介绍的完全不一样。"谁离他最近,又是他最相信的? 自然是一直跟在他身边的第二个老婆嫌疑最大。这还让我想起古巴革命英雄切·格瓦拉,也因情妇海蒂·塔玛拉的出卖而遭杀害。尽管萨达姆和格瓦拉不能相提并论。

其实,女人不过是一面具有神奇而美妙魔力的镜子,美女病毒的肆虐反映出男性社会的问题。当男性社会极力挖掘并推崇美女的观赏价值时,男人们自己却显得要多蠢就有多蠢,还要给自己找出一堆托辞,什么"英雄难过美人关"、"好男不跟女斗"等等。然而,在美女病毒流行的今天,要想当英雄似乎就非得能过美人关不可。不妨再举一个国际人物为例,他就是另一个古巴的民族英雄菲德尔·卡斯特罗,身高膀阔,顾盼神飞,在美国人的眼皮子底下执掌古巴的国家最高权力快半个世纪了。按理说他身边不会缺少美女,可从未听说他闹出了什么跟女人有关的绯闻。是不是就因为他对身边的美女提防得好,才得以成为当今世界上掌权时间最长的国家领导人? 请不要误会,我并非主张男人们要不近女色,奉行独身主义。只是想提醒那些经常瞄着美女或被美女瞄上的人,小心病毒!

除非你已经准备好了:"宁在花下死,做鬼也风流。"

圣诞之"圣"

人们在填写履历表或作自我介绍的时候,大都爱表白自己是唯物主义者。唯物主义者即无神论者。因此,中国大概不能算是基督教国家。却不知从什么时候开始,纪念上帝之子耶稣降生的圣诞节竟成了中国的一个大节。

从前一天的平安夜开始人们就不再平安,蜂拥到酒店、饭馆、酒吧里"可劲地造"。没有本事的,吃上一夜、喝上一夜、喊上一夜、跳上一夜也就撂倒了,有本事的要一直闹到圣诞夜才算进入高潮……本来嘛,狂欢哪有一天就完的。中国人平时拘谨惯了,遗传基因里有着太多的拘谨,好不容易能彻底放松一下,要玩尽兴了怎么不得闹上个三天两天的!

中国没有狂欢节,自己的那些传统节日都有特定的内涵,放肆不得。而圣诞节是从外面引进来的洋节,于是就把它当成了中国的狂欢节。

反正基督也不是我们的,闹下大天来也没事。

已经记不得有多少年了,每当十二月二十六日早晨我骑车去游泳馆的时候,一路上的所有饭馆都门户大开,烟气腾腾,杯盘狼藉。有的还把桌子摆到马路边上来,酒瓶子横倒竖歪,喝酒的人也横倒竖歪,有的歪在桌子上,有的倒在门外边的台阶上,带着狂欢后的满足和疲惫。感谢上帝,这可真是一个酒徒的"圣诞",没有信仰的"圣诞"。

其实,提前两个月各大商店和酒楼就开始推出各种打着圣诞旗号赚钱的花样,各路商家都铆足了劲要搭圣诞的车捞上一票。而中国人又偏偏喜欢把什么节都当成购物节,平时许下的愿到过节的时候还,平时不敢花的钱到过节的时候那钱就不叫钱了,叫王八蛋,花光了再赚。这可不就成全了商家。

可见,中国的圣诞首先是商家的节日。

一个洋节突然间就在中国大热起来,归根结底也还是靠商家炒起来的。而眼下的中国,正恨不得天天有节过,日日是圣诞。

那么,圣诞总不能没有一点"神圣"的意味啊?

圣诞节前我带着三岁多的孙女进超市,她见到光怪陆离的圣诞树就不走了,很想伸手去摸摸树上垂挂着的各种漂亮的小盒子。我告诉她,那里面装着各种各样的礼物,不可以把人家的礼物摸坏了。她便踮起脚尖,用指尖小心翼翼地在每个小盒子上都轻轻碰了一下……那份珍爱,那份羡慕,让我心痛。她摸着摸着忽然发问:这些礼物是从哪里来的呀?

于是我俯身向她讲了圣诞和圣诞树的故事:过去有位善良的农民,在圣诞节这天收留了一个流浪的孩子,用热腾腾的食物招待那个孩子过了个温暖舒适的圣诞夜。第二天那个孩子要离开的时候,扬手折下一根树枝插在地上,树枝随即就长成一棵树,树枝上还挂满了礼物。那孩子指着大树和树枝上的礼物说,我以这棵树来感谢你的善心和盛情,每年的今天,树上都会为你长满礼物……

我给孙女讲着这个已经讲过许多遍的故事,忽然心有所悟,觉得圣诞其实是一个经久不衰的童话,它应该是属于孩子的节日。

而每一家的孩子又是这个家里老人的圣诞。

唯愿物欲横流的现代商品世界不要毁了这个美好的童话,让圣诞不"圣"。

为城市招魂

　　古希腊哲学家曾说过,幸福的第一要素就是出生在有名的城市。我们的祖先就有过这样的幸运,因中国曾经是世界上城市最发达的国家。在十九世纪中叶以前,包括唐代的长安、宋代的汴梁和临安、明代的南京、清代的北京,都是当时世界上最大最繁华的城市。

　　现在呢? 由世界著名旅游杂志《CONDENAST TRAVELER》评选出的"世界现代新建筑奇观"的排名榜上,没有一座中国建筑。相反,建筑学界倒有一种颇为流行的观点:一种现代城市病正在蔓延,致使许多中国城市失魂落魄,找不到北。用成都规划设计所所长郭世伟的话说,八十年代,中国在建筑设计规划领域还没有准备好就开始了大规模建设,迷失了方向,中国城市在建设中丧失自我,变得很难从外观辨别它的历史和文化了(见《参考消息》2002年10月24日)。那么,这种城市病有哪些症状呢?

　　病症之一:不研究历史,缺少文化品位,却急功近利、喜新厌故,毁坏了城市文脉。比如北京,曾是世界上最伟大的艺术贡献,却把钢铁、化工等大工业都建在上风头,渐渐地污染就开始覆盖全城。

　　往好里说是某些官员想在自己的任上大有作为,把能看得见抓得住的好事、大事都做完,剧烈地改变城市面貌,不给后人留下空间,企图有口皆碑、功德圆满地被载入史册。结果是拆了建,建了拆,先是建起一片片的"工人新村"、"干打垒",随后又拆掉"新村"建"大板楼"。现在该拆了板楼建小区,早建的小区又过时了。二〇〇四年初,我见到天津红旗南路东侧和河北大街的旁边,有些刚建成的楼,甚至是所谓别墅式的小楼,还没有住人,就又开始拆掉。前任官员题的字,后任就得铲掉,铲掉前边的后边还照样有人再往上题。所以,我们建了半个多世纪,也拆了半个多世纪,城市就从来没有消停过、干净过,老是尘土飞扬,处于地道战状态。

为什么我们的许多建筑物,落成之日就是落后之时?

真正的繁荣应该是重建多于毁灭,欧洲保护城市早有现成的经验:你想创造政绩建新的,到别处去建,不许毁我老城,它说不定比你那个新的还值得珍惜。像北京的城墙、城楼,当年不动脑子就稀里哗啦地都拆了,现在想起来还令人心痛,追悔莫及。中国历史博物馆以及北京天文馆等一批著名建筑的设计者、九十二岁的张开济老先生,在接受记者采访时就极力呼吁保持城市的历史命脉。他说第一次到北京,先进入眼帘的是宏伟的东南角楼,角楼上面是碧蓝碧蓝的天空,下面是城墙和城楼,一队骆驼正缓缓行进,真是好一派北国风光! 到北京后看了那么多美不胜收的文物古迹,一下子傻了,我这个上海人才头一次晓得我们中国有多么伟大! 有这种感觉的并不是我一个人,有一次我正在天坛欣赏祈年殿,旁边有位外国妇女情不自禁地说:"我能站在这里看上三天三夜也看不厌。"(见 2002 年 12 月 11 日《羊城晚报》)

城市的建筑应该像树的年轮,一圈一圈凝固住不同时期的历史和文化。一个国家或一个城市,要靠它的历史和文化所浸润、所托显。幸好当年还没有连紫金城也一块给拆了,否则,没有故宫了北京还能成其为北京吗? 就像埃及,如果没有金字塔也是不可想象的。法国之所以是法国,因为有别处无法比拟的大教堂、博物馆……伦敦引以为荣的则是大本钟、议会大厦、白金汉宫、威斯敏斯特大教堂等等,几乎都是十八世纪以前的建筑。这些优美的古建筑提升了城市的文化品位,让生活在其中的人们有意无意地接受了历史和文化的熏陶。还有罗马、巴黎、莫斯科、圣彼得堡这些驰誉世界的名城,其辉煌都无不来自历史文化的投光。就连爱丁堡这样的小城,当你走进去也如同走进了历史的圣殿,它完好地保存着自十一世纪以来各个时期的代表性建筑,让人无法不被震撼,不对它充满敬意。也正因为它自身有丰厚的文化氛围,才能连续几十年举办盛大的国际文化节,并把它办成了世界的名牌文化节,成为爱丁堡的象征。甚至连历史短暂的美国,随便走进它的城市,也能感受到强烈的历史感、文化感和地域感。如万国建筑博览会般的芝加哥,彩虹般的金门大桥则是旧金山的历史绶带……这就足以说明,靠历史和文化的长期积淀,培养了城市的精神气质,反映出城市的本质。所以人类文明越是现代化、国家越是发达,就越重视自身的历史。

城市的灵魂,是由当地的历史风俗和地域文化所铸造。甚至可以说,城市的存在本身就是巨大的文化现象。地理风貌、建筑特色、历史遗迹、文化景观、众生心态、市井沉浮,以及生产和交换、扬弃和诱惑、生机勃发的繁衍发展、博大恢宏的无穷蕴藉……都构成了一个城市的强势生命。但养育文化的,却是人的心灵。是人的心灵不断对城市加工翻新,心灵是印章,城市不过是印迹。反过来,现代人的心灵所能得到的最重要的感染,也首先来自城市。由此可见,城市丢了魂儿,人的精神就会涣散,城市很可能就将变为卢梭所说的"人类的垃圾堆!"

我们不是经济大国,但至少还是一个历史大国吧?曾经有过悠久而灿烂的文化传统,或许正因为我们的历史太长了,传统资源太丰厚,反而不重视历史。大量的城市建设以失去历史感和砍断文化根脉为代价,换来的是一些不伦不类、半土半洋的玩意儿,甚至是在重复西方几十年前的错误。如果说历史是一个城市的记忆,我们的城市病患的是失忆症,已经到了不能不为之招魂的地步。灵魂散失已经找不回来的,就得考虑重新为自己的城市铸造灵魂。

有人也意识到了这种浅薄,却图省事想在数字上做文章:吹嘘自己的城市已经建城几百年乃至千年了,要劳民伤财地搞一系列大规模的庆祝活动,靠大轰大嗡的虚张声势抬高城市知名度。这只会反衬出缺少历史文化的无奈,徒使自己和城市更加尴尬。

病症之二:贪大求多,城市急剧膨胀。实际是一种浮肿,如同抽自己的脸以充胖。

当今世界上有几个国际大都市？获得公认的似乎就只有纽约和伦敦。皆因要成为国际大都市须达到一些约定俗成的指标，并非只靠一个"大"字就行。可只在我们中国，就不知有多少城市都提出要争当国际大都市！似乎只要按中国习惯性的表态方法，敢于"争"，就真的能够当上。有的城市自觉个头已经不小，干脆就自说已经是国际大都市了。反正这种大话又没人跟你较真、跟你对质，自己爱吹什么就吹呗。问题不在于能不能当上国际大都市，当上如何，当不上又如何？关键是这种"贪大求洋"的心态。

青岛、大连、天津、上海、成都、重庆……老祖宗给我们的城市留下了多好的名字。可有些人老想在城市名称的前边再加上个"大"字："大××"、"大××"……听上去像结巴嘴，真不嫌绕舌头。什么都要大，喜欢当老大，城市便像摊煎饼一样漫无节制地向四外扩展。二十年前，我骑着自行车可以很轻松地穿过天津市，无论是从南到北直着穿，还是自东向西地横着过，都不费什么劲。为了买到一件紧缺的东西，骑着自行车在全市转一圈是很自然的事。近二十年里城市人口并未增加一倍，相反，倒有许多国家大企业萎缩和被拆散，可城市的规模却扩大了不止一倍。楼比草长得还快，见缝插针有块空地就盖成房子，时时处处都能感到建筑物对人的挤压和蔑视，空间在缩小，活动受局限，城市像注水的肉一样膨胀起来，可惜这种膨胀不过是水肿。

不仅城市要大，广场也要大，道路更要宽大，而且越宽越不嫌宽。尽管中国人多地少，却恨不得把所有的土地都变成通衢大道，似乎只要大道通畅，大家就都能奔小康了。仅是从天津市区到塘沽，就有两条高速公路、一条轻轨，还有一条不比高速公路窄的一级公路。"要想富，先修路"，已成了中国尽人皆知的"致富经"。但什么事都不能极端化，路越修越多、越修越宽，为什么塞车现象却越来越严重？城市效率真正提高了多少？我不禁想起过去的农村多用独轮车，乡间小路网络化，土地利用率极高。现在是高速公路网络化，其作用无须怀疑，但也不能不看到大量的土地，甚至像川西平原那种世界上最好的土地，正渐渐地被混凝土覆盖……进步也可以隐含着倒退，一阵风刮起来就不顾一切,这方面的教训我们经历的还少吗? 城市建设也一样。

好吧,既然什么都大起来了,房子就更不能小,楼要又大又高,有些机关的办公楼有意建在高台阶上,高高在上,傲视群民,谁想从正面进入,不爬几十级台阶就甭想摸得着大门。人需要象征性的东西,单位大、权力大或者金钱多,似乎房子就得大。财大气粗,也要在建筑上体现出一种霸气,一争高下。有些单位甚至因建大楼而被拖垮,不然哪来那么多烂尾楼? 在天津最繁华的南京路黄金地段就裸露着两座三十层灰污污的高楼框架,每次陪外地朋友在它跟前经过,无论我把天津说得再怎么好,人家也晃悠着脑袋心存疑虑。

我在城市里生活了半个多世纪,骨子里却从没把城市当成自己的家,潜意识老觉得城市不是自己的。这或许跟我确实来自农村有关,于是就有意识地询问一些在本市出生的人,他们是不是理直气壮地认为城市是自己的? 没想到他们的回答也都很迟疑:哪会有那样的感觉,城市这么大,这么杂,什么人都有,怎么可能认为是自己的?

这就怪了,外来人和土生土长的城里人都不觉得城市是自己的,那城市是谁的呢?

城市属于欲望。它集中体现了现代工业社会的品质:激烈地竞争,疯狂地追逐,冒险的机会和偷懒的机会一样多,成功的可能性和失败的可能性一样大。当今世界上最富有的阶层居住在城市里,可是据联合国难民署公布的数字,目前全球有十亿赤贫人口,其中七点五亿是生活在居无适宜住所也无基本福利设施的城市地区。

你看看,“大”的东西暗影也多。任何“大”,也必有其“小”的一面。

城市现代病症状之三:志大才疏,眼高手低,照抄照搬,千城一面。前不久,天津一位朋友乔迁新居,请我去温居,进门后感到非常熟悉,竟跟珠海我儿子的房子一模一样。这令我恍然大悟:原来中国的建筑设计是批量生产的,从南到北,无论城市大小,建筑物基本上是用标准件、复制品组装起来的。难怪现在的城市千篇一律,都像用一个模子扣出来的。楼房差不多,街道差不多,广告招牌差不多,连那个惨白的麦穗灯都是一个型号。

像刚建市不久的阿尔山市,位于大兴安岭腹地,有着绝佳的自然环境,却建了一些在哪里都能看得到的俗楼,令人无比痛惜。"养在深闺人未识",至少最宝贵的东西还保留着,保持着自然的清新、美妙、纯洁和质朴。在经济利益的驱动下,没有规划好就急于开发,如同把一个少女丢进了欢场,涂脂抹粉,忸怩作态,世面是见过了,可自身最大的优势、最宝贵的东西也丢掉了,而且再也找不回来了。还有一些著名的古城,也弄得面目模糊了,比如成都,上个世纪六十年代我第一次去的时候,真被它的气韵迷住了。而现在再走在成都的大街上会产生身在天津或郑州的错觉⋯⋯城市的特色在一个个地消失,全成了"拙劣的堆积物的拙劣复制品"。

历史之所以要在这样一个地方产生这样一个城市,是因为每一个城市都是不可替代的。差异即美,有差异才有丰富,每个城市的自然条件不同,界定的空间不同,城市理念和行为形象也不同。建筑构成了城市的视觉景观,建筑个性是城市精神最直观的表达,是一个地域、一个时代的风格、时尚及技术条件在建筑上的反映。抛弃了这一切,完全不顾自己城市的历史文化底蕴,"天下建筑一大抄",粗制滥造,俗不可耐,轻而易举地就抹杀了城市的个性。

而个性恰恰是城市的精气神,是主心骨,是一个城市的信心之源。城市的魅力取决于城市的个性,个性体现了本地人的意识和性格。但,城市建筑的个性,又必须是从生命内部放射出来的,是从灵魂里自然而然流露出来的东西。或者说个性也是一种思想,是经过深思熟虑而形成的成果,它反映了一个城市的文化基因及价值取向。

给建筑艺术下任何定义,都必须从个性出发,否则就与艺术不符,跟创作无关。真正的建筑艺术是绝不重复,一切都独一无二。正因为建筑有个性,城市才有活力,会形成自己的氛围,使整个环境显得独一无二。去年在一个全国性的文化论坛上,一位广东学者嘲笑浦东的东方明珠是"上海的睾丸"。我倒认为这是对上海最好的恭维。世界上有些名头非常响亮的城市是得益于有个不一般的塔。如巴黎的埃菲尔铁塔,伦敦将塔和桥结合起来,东京和多伦多的塔也成了城市的标志性建筑……而中国,各大城市几乎都有自己的高塔,还不都是一根圆柱子支着一个球,毫无创见。你不能不承认上海的东方明珠塔不仅是全国最奇特的,也应该能排进世界名塔之列。

彼得·波特所说的,在宇宙的中心回响着的那个坚定神秘的音符"我"——就是个性。一个民族没有自己的建筑风格,不管外表多么张扬,骨子里也是失魂落魄的。没有个性、没有灵魂的建筑就是死建筑,塞满了死建筑的城市,表面上张狂,骨子里却有股子穷气,谁有钱谁就是大爷,想在哪儿建楼就在哪儿建,房地产开发商就是设计师,他们想盖个什么奶奶样的玩意儿谁也管不着……这本身就是一种病态,欲望的膨胀导致了城市病态般的膨胀。

我前年去英国时听到伦敦市民在讨论伦佐·皮亚诺大厦该不该建,据说到现在还没有发给它建筑许可证。这是一座三百米高的尖形建筑物,建成后将给伦敦的天空中增加一个"漂亮的锥体",成为又一座标志性建筑。但伦敦的天空不是属于政府或某个开发商的,它属于整个伦敦和伦敦市民。尽管大厦的开发商一再许诺,这座大厦"绝对符合环保要求,建成后将直接用泵从地下抽水,利用太阳能光板为楼内供暖,还要修建一些花园改善自然通风……"但不获得伦敦民意测验的赞同,就甭想动工。这就是对城市的尊重,有了尊重才会珍惜和保护,才会小心翼翼地规划和建设。

而造成现代城市病的一个重要原因就是房地产过热,商人们看重的是自己的利润,只顾在城市大桶掘金,至于城市会变成什么样哪管得了那么多。当今社会各种人的各种欲望都想通过城市实现,城市怎么能不得病?于是规划和建筑上的城市病,又带来了城市人口剧增、就业困难、环境污染、能源紧张、热岛效应、交通拥挤、社会财富分配不公、贫富差距拉大、犯罪率上升……

既然是谈病论因,我可能就说得重了一些,甚或有危言耸听之处,这就请读者诸公自己掂量了。城市病也因城而异,因人而异,轻重各不相同,但意识到城市建设有毛病的人多起来了,这就有了治愈城市病的希望。唯愿别再重蹈覆辙,猛下虎狼药,掀起新一轮的大拆大迁热。

由"非常"到"正常"

"非典"灾难进入反思期。

人们反思最多的是"非典"暴露出来的道德问题：个人品德、社会公德、公共卫生道德等等。比如，"非典"为什么会在中国这么多地区和城市蔓延？截止到二〇〇三年五月二十八日，全球有"非典"病人八千二百四十例，仅中国内地就占了五千三百二十三例。二〇〇三年五月五日出版的美国《时代》周刊亚洲版，其封面大标题是："SARS NATION"（SARS国度）。我们愤怒归愤怒，理智归理智，这次似乎很难以简单的断然否定来回击侮辱。

"非典"看上去是被控制住了，但谁也不敢保证它还会不会卷土重来？就像台湾和多伦多那样。人人心里都估摸着，今后也许不会再像以前那样过日子了。那人们希望今后能过一种什么样的日子呢？至少要活得干净一些，经历过非常灾难以后的正常，不应该重复以前的那种正常。这也就是国际生命伦理学会的前任会长、哈佛大学公共卫生学院教授丹尼尔·维克勒提出的——"以公共健康捍卫人的尊严"。

现代人的尊严，不是光靠你自己活得体面就能维护的。而"公共健康"必须要有公共道德做基础，做保障。毋庸讳言，"非典"灾难是一场公共卫生的危机，它暴露了现代社会潜藏的精神和道德危机。中央电视台记者王志讲过一段他的采访经历，深刻地刺激了我。社会上流传的"毒王"是确有其人的，他不仅是最早感染"非典"的，也有着极强的传染性。先传染给他的家人，然后就在社会上和医院里传染了一片，有两名医生和一名护士，为抢救他而被传染，最终以身殉职。他是名副其实的"毒王"。当王志提出要采访他,想借以提醒世人,他竟张口索要五万元钱,没有钱就不接受采访。所以,社会上至今只知有"毒王",却不知"毒王"为何许人也?他是怎样称王以及到底毒到了什么程度?

再比如,河北出了一个该判死刑还未来得及判就先死了的"非典"病人。他是一家公司的总工程师,去北京探视生病的女儿,自知染上了"非典"。便打电话让其妻租了一间房,然后便私自逃离北京。在此后的几天里,他分别到不同的洗浴房去大洗慢泡,每顿饭还要到不同的餐馆去吃喝。这显然是在故意传播"非典"病毒,他觉得自己要死了而别人还活着,心里不平衡。直到在一家洗浴房里昏死过去才被揭破真相。

还有其他许许多多匪夷所思的怪事,致使非典疫情扩散开来,造成人心惊慌。所以,全国抗击"非典"斗争的转折点,是从中央撤掉两个政府高官开始。然后国家便一个接一个地颁布法令:抗"非典"不力的要撤职、开除,后果严重的依法处治;身染病毒却隐瞒疫情,故意传染给他人者,要判刑十年以上直至死刑;谣言惑众、制造恐慌者,同样会受法律制裁;借"非典"危机坑蒙拐骗、敲诈勒索者,也要被绳之以法……

同时,中国许多城市都立法重罚陋习。北京规定,吐一口痰罚款五十至二百元。上海人大常委会重新修订城市环境卫生法,对吐痰、便溺、乱丢垃圾等陋习可处以最高为二百元的罚款。自四月二十六日至二十九日,在四天的时间里上海出动一万二千名执法人员,处罚了随地吐痰者三百二十四起。每处罚一个,周围的群众就鼓掌称快。可见随地吐痰已经成了人人厌恶的恶习。但,有人乱吐乱丢有本事,身上却没带那么多钱怎么办?上海市民呼吁加上这样的条款:"对无钱缴罚款的人,叫他用无偿劳动作补偿,穿上特制的服装,到公众比较集中的地方做擦洗痰迹的劳动或打扫卫生。"

如果在香港随地吐痰,则罚得更重,由过去的六百港元提高十六倍多,改罚一万港元。在新加坡随地吐痰要罚一千美元……这说明各地方的人都对随地吐痰深恶痛绝。二〇〇三年五月十四日,天津出动一千二百名执法人员,分成多路在繁华商业区、车站及主干道开展"抗击'非典'改陋习、随地吐痰处罚你"的宣传活动。一上午有九百二十六名随地吐痰者受罚,处以最高限额十元的罚款。这可能是因为天津人收入低,执法者心慈手软,罚得有点温情脉脉。所以随地吐痰的人也多,派出的执法人员只相当于上海的十分之一,用了八分之一的时间,抓住的随地吐痰者却是上海的三倍!

中国人随地吐痰,在世界上是出了名的。有时因一个人的一口痰会搞得其他中国人都很没有面子,甚至很没有尊严。对一个国家来说,既然你是国际社会的一员,就要承担相应的义务,要顾及它国对道德规范的期望。对一个人来说,只要你承认自己是社会的一分子,同样也要承担维护社会公德的责任。何况能够借痰传播的"非典"病毒,不仅让你丢面子、丢尊严,还会丢性命。性命攸关,就促使人们在"非典"灾难中思考许多伦理道德的问题,包括对社会责任和道德责任的认识。于是,社会舆论提出了"以德治典"、"以德防病"的命题。

德是教养,是知识,是人格的力量,也是一种约束。中国古写的德字是,上面一个"直",下面一个"心",有一颗正直的心就是德。而现在的德字,是两个人十四条心,还要在心的上面横上一根杠子。现代人七根肠子八条肝花,向善的决心并不总能十分坚定,很容易屈服根深蒂固的陋习。更何况我们有那么多人口,人口素质问题喊了许多年提高并不明显,没有严格的法制约束,怎么能形得成一个德字?

因此,在抗击"非典"的过程中,始终伴以各种各样的法规。目的就是要建立一种卫生的公共社会和健康的公共道德。这就要求社会公正,给每一个人的健康和长寿的机会均等。不能因某一个人的陋习,影响他人的健康。所以丹尼尔教授说,法律和警察也是"公共健康"的组成部分。

公共道德危机不解决,"非典"走了还会再来。即使"非典"不来,还会来一些其他更要命的"典"!据权威部门统计:"百分之十的中国人患有甲型肝炎(在美国、日本,这一比例只有百分之一);大约有五百多万人患肺结核病,在世界上排名第二,且其中许多病例具有抗药性。"据全国防治艾滋病中心预测:"到二〇一〇年中国将有一千万艾滋病病人,这意味着中国将成为艾滋病病人最多的国家。"

　　面对这样一种卫生状况、健康状况,我们还敢大松一口气,说"非常时期"过去了? 如果想不白经历这场"非典"磨难,就应该借非常灾难动用非常手段,建立起正常的公共道德规范和正常的"公共健康"制度,才有可能以后不会经常出现"非常"。正如先哲们所言,美德是每个人自己的礼物。而陋习,也是你自己的罪。

以重典治"非典"

好哇,二〇〇三年五月十四日的《羊城晚报》,公布了广东在抗击"非典"中被撤职和开除公职者的名单。他们中有医院和卫生院的院长、副院长,门诊部负责人,防疫组组长,以及护士、会计等等。或因擅离职守,或临危退缩,或弄虚作假哄抬医药费……

在此之前,北京、湖南、广西也都公开处罚过临阵逃脱的医护人员。同时,近一个月来,全国还有一百二十名官员因防治"非典"不力而受到惩处,其中大多是因"迟报、瞒报、漏报疫情"。

——这就是"透明"。

对高尚者要称颂,对有功者要赞赏。对制造种种罪过的卑劣者,也要惩罚。治"非典"需用重典。非常时期嘛,如果只是一味地大哄大嗡,很容易被误解为拿丧事当喜事办。

中国抗击"非典"是以四月二十日为转折点,撤掉卫生部部长张文康和北京市市长孟学农的职务,疫情公开,政治透明。于是,才能举国总动员,并获得国际社会的理解和支持。不然,真不知会是一种什么样的后果。

如今是媒体时代,家家有电视有报纸,也就拥有了这个能看得见摸得着的世界。连在伊拉克打仗都看得一清二楚,发生在自己国家的"非典"又怎么能瞒得住? 只有公开,才能动员群众。要公开就得公正,和群众心里的小九九对上号,才能获得社会和民众的理解。

几乎跟我们在佛山发现第一例"非典"病人的同时,美国于去年十一月五日在纽约发现了两名"黑死病"患者,此病又称"腺鼠疫",

死亡率为百分之十四,比最初对"非典"死亡率估计要高。"由于具有透明有效的沟通机制,这一事件可能引起的恐慌和混乱被提前平息和转移"。全纽约人都知道了这件事,但没有人紧张,因为知道发现了"黑死病"的同时,也知道了这两个人的病是怎么得的,不是恐怖分子的生化武器袭击,不会传播实际上也就真的没有传播开来。

到今年二月,美国的弗吉尼亚州劳登县医院又收治了一名从中国返回的老年妇女,据信是美国确诊的第一例"非典"患者。劳登县医院马上把这名患者送入"负压病房"隔离,医护人员换上防护服,并迅速向卫生局报告情况,卫生部门立即派出两名传染病专家指导抢救工作。目前,这名患者已经病愈出院,没有传染给家人和医护人员。

二〇〇三年三月十四日,世界卫生组织首次公布了"非典"疫情。以美国那样一个强横傲慢、完全不把联合国以及任何一个国家放在眼里的国家,却比世界上任何一个国家都更重视这一卫生通告,立即启动"紧急指挥中心",向各地卫生部门和医院紧急发布加强对"非典"监控和防治的指导原则,将"非典"列入隔离检疫的传染病清单,允许卫生部门对拒绝接受检查的疑似患者进行强制隔离。所以,当国际上"非典"疫区的感染和死亡人数剧增的时候,美国却是例外。作为一个人员流动频繁的大国,迄今全美仅发现五十六例"非典"患者,且还没有死亡的记录。

我们是"非典"的重疫区,真正引起重视却比美国晚了一个多月。这不是一般的迟钝。以"非典"迅猛的传播性,正是这一个多月的时间,就把北京以及周边地区害惨了,并严重损害了中国在国际上的形象。这不是人人都心知肚明的事实吗?这样的卫生部长若不撤掉,天理难容!

自闹"非典"以来我没有戴过一次口罩,没有喝过一口中药汤。不是不想戴,也不是不想喝,只是信不过"非典"肆虐时期商家们突击出来的口罩和中药。无须特别留意,只是碰巧在电视新闻里看到一些报道,就足以触目惊心。山东一夜之间就冒出了"口罩村",回收医院用过的旧纱布,漂洗一下就缝成口罩,每人一天可以缝制一千多个。不光山东有这样的"口罩村",全国到处都有。如昆明新彪牌汽车座套厂,"非典"一来"连夜改行缝制卫生口罩"。北京昌平一个修鞋摊也改产口罩……多了,似乎没有人不能缝制口罩,也没有什么东西不能缝进口罩,如碎布片、旧棉纱、坏泡沫、再生棉、卫生纸等等。这样的口罩戴到嘴上防不了"非典"还引不来别的病吗?药也一样,只讲许多抗"非典"的药方里都少不了的金银花,里面却掺了干树枝和杂草……人们听见风就是雨,竟敢大喝这样的药汤子,真可谓中国特色!

就在某些下三烂商家,挖空心思想借国难发邪财的时候,却忽略了"非典"带来的真正商机。如,中国政府今年计划拨款十二亿元,用于疾病预防控制机构的建设。四月二十三日,国务院又决定,中央财政设立总额为二十亿元的"非典"防治基金——这才是商家真正应该盯住的大蛋糕!国内外真正有眼光的企业都通过"非典"病毒的猖獗,重新估价和认识中国乃至世界的医药市场,纷纷关注疫苗业。也请看看他们的节奏:

四月上旬,美国政府卫生官员召集美国和欧洲的十几家大制药公司开会,商议"非典"疫苗的研发工作。为了加快研发进度,美国国立卫生研究院正在与公共和私立研究机构磋商协议奖励制度以及设立专项资金等。

四月中旬,加拿大的研究机构揭开"非典"病毒基因排列,并立即在美国申报专利。

四月三十日,英国制药巨头葛兰素史克首席执行官加尼尔表示:"公司将与竞争对手合作,寻找可能的'非典'疫苗。"

到五月初,一家美国制药公司为"非典"申请的药品专利已近六十项!

与此同时,那些靠邪门歪道坑蒙拐骗的不法投机商,也受到了严惩。

为商如此,为人也一样。同样是二○○三年五月十四日,天津出动一千二百名执法人员,分成多路在繁华商业区、车站及主干道开展

"抗击'非典'改陋习、随地吐痰处罚你"的宣传活动。一上午有九百二十六名随地吐痰者受罚,处以最高限额十元的罚款。半天时间抓九百二十六个吐痰者,可不是小数!然而执法者又体现了平民城市的"平民关怀",又想罚,又不想得罪人,罚十块钱不疼不痒,只罚出了吐痰者的怨气,说不定下次还吐,甚至会吐得更多。因为心里觉得亏,报复上一次的挨罚,就再多吐几次。就像前一段时间有人乱放鞭炮没人管是一样的,今天你放,明天我也放。它污染的不只是空气,还有人们的精神,非年非节,鞭炮乱响,人心恐慌,助长迷信。没有喜事当然就是丧事。

都是随地吐痰,在香港过去要罚六百港元,现在提高十六倍多,罚款一万港元。另外两个直辖市北京和上海,一个"非典"疫情比天津重,一个则比天津轻得多,都规定"吐一口痰罚款二百元"。北京还设了个下限:"不得低于五十元。"注意,是一口。吐得多,罚得多,连吐连罚。这才叫罚,直罚得吐痰者肉疼,才会有记性。要知道,我们在国际上被称为"吐痰大国",这是何等的耻辱,不动真格的怎么能洗刷得干净?

也许有人会问,有人随地乱吐有本事,身上却没有那么多钱,死猪不怕开水烫,你又能把他怎么样?上海市民呼吁加上这样的条款:"对无钱缴罚款的人,叫他用无偿劳动作补偿,穿上特制的服装,到公众比较集中的地方做擦洗痰迹的劳动或打扫卫生。"

自四月二十六日至二十九日,在四天的时间里上海出动一万二千名执法人员,处罚了随地吐痰者三百二十四起。而天津只出动了十分之一的执法人员,用半天时间抓到吐痰者却是上海的四倍,比较一下数字,效果竟是如此悬殊。而这数字背后的内容,恐怕就更令人思索了……

"非典"病毒无论多么邪行,总有过去的时候,或者平稳地陪伴人类走下去。到那时我们能留下什么?为抗击"非典"付出了这么大的代价,难道"非典"一过又一切恢复老样子,像有人恶毒咒骂的那样"吃得像猪,活得像耗子"?若真是那样,"非典"走了还会再回来。可是我相信,生活不会再是老样子了,中国人的生存形态将有剧烈的改变,"非典"培养出来的习惯有些会坚持下去。这就要有机制和法度的保证。

山城意象

在设计学上认为,每个城市都有自己的"城市意象","意象"的高下,决定了城市规划设计上的优劣。在中国的大城市中,重庆是著名的山城,其"城市意象"便格外突出,能给人以强烈的冲击。

还在上个世纪的六十年代初,我第一次到重庆,包里带着一本"革命经典"——《红岩》,怀着一种近似"朝圣"般的好奇和敬重,想真切地缅怀"在烈火中永生"的英魂。历史证明,这确是一座英雄的山城。抗战最艰苦的时候,日本鬼子疯狂地往重庆丢下了三万多枚炸弹,却并没有把重庆炸垮,反把烈性的重庆性格,锤炼得益发刚烈。这使得当时的美国总统罗斯福都感佩不已,向重庆赠画并亲笔题词,以表达他的敬意:"我钦佩重庆的男女市民,他们坚定镇静,不被征服,这足以证明恐怖主义对于争取自由之民族,不能毁灭其精神!"

这就是重庆精神。重庆的传统,成就了重庆的英雄情怀。历史教科书上讲,早在十三世纪,重庆就特立独行地抗元三十六年,被称为"上帝折鞭之处"。世界上任何一座伟大的城市,都能深刻地理解灾难和恐惧,同时也懂得胜利的荣耀。重庆厚重而特殊的历史文化积淀,铸造了城市的灵魂。这灵魂中既有英雄气节,又富平民意识。或者说,英雄气节寓于浓郁的平民意识之中。重庆人性格中的普遍特点是热烈、豪壮、勇迈、坚忍,这正是培育重庆英雄气的营养液。

以前我之所以能够多次去重庆,是因为我所工作的单位跟重庆几家"大三线企业"有业务联系。当时在我的心目中,重庆的军工生产是有传统的,是国防工业的一张王牌。"大三线"就是中国的大后方、大本营,是重庆无以计数的"兵工人",成就了英雄城市的英雄壮举,造就了许多能征惯战的将军。民间向有"巴出将,蜀出相"一说,远的不提,只说近前,刘伯承、聂荣臻等,就都是从重庆走出去的。

重庆又是美食之都,它的饮食文化最能体现重庆这种"英雄的平民"或"百姓是英雄"的城市意象。更复杂的不讲,单说一个"重庆火锅",热气腾腾,红油滚滚,上面漂浮着一层耀眼的红辣椒。但几口下肚,辣和麻便不再是主要的,主要的是香。满口、满座、满屋……任何人坐在这样的火锅前,豪兴会情不自禁地喷薄而出,火爆、火辣、血热、情浓,它既是大众的,又是高端的;既是平民的,又是英雄的。所以"重庆火锅"能不知不觉、不动声色地就征服了全国。从南到北,无论是能吃辣的,还是不能吃辣的,哪里都有重庆火锅店。

一个城市的灵魂,就这样融进了当地的民气、风俗和地域文化之中。

山城的"城市意象",就是重庆的文化品质,是它的宣言书,能凝聚一个城市的人心。而养育文化的,则是人的心灵。人的心灵会不断地对城市加工翻新,心灵是印章,城市不过是印迹。当然,现代人的心灵所能得到的最重要的感染,也首先来自城市。由于城市的个性突出,使重庆本身便形成一种巨大的文化现象,其地理风貌、建筑特色、历史遗迹、文化景观、众生心态、市井沉浮、生产和交换、扬弃和诱惑、生机勃发的繁衍发展、博大恢宏的无穷蕴藉,构成了一个城市的强势生命。当许多大城市的人以抱怨和发牢骚为时尚的时候,你在重庆却随处都可感受到当地人对自己城市的喜欢和信任,他们对城市的深刻理解和从心里生发出来的赞赏、感激与骄傲,让外地人感动和羡慕。

这就是重庆的生命力,重庆人的心气是重庆繁荣发达的强大动力。

在重庆的"城市意象"里,还有一个显著特征:刚烈而柔媚,经典而时尚。既"英雄气壮",又"儿女情长"。人所共知重庆还是"美人之乡",这不单是指它出了多少美女,而是指重庆形成了一种美女心理定式和美女文化,连重庆人都相信自己这里多美女,人心变得柔软,整个城市散发着浓郁的情感气息。甚至影响到城市是有情的,建筑是有情的,环境是有情的……两江环抱,翠山托扶,城市建筑与山水风光糅合为一体,景中有城,城中有景,使重庆的空间充满了动感,错落有致,层次分明。就像重庆的姑娘,清丽自然,泼俏多智。

无论是世界还是一个国家,每个时代都有一座城市作为它的象征。巴黎是十九世纪的象征,纽约则代表了二十世纪……中国八十年代的城市发展代表作是深圳、广州,九十年代是北京、上海,进入二十一世纪就是重庆了,它似乎代表着现在和未来。可见,重庆是个幸运的城市,幸运不一定是"赶得早",而往往是"赶得好"。当中国对现代"城市病"有了相当的体会,认识到在当代城市建设中的诸多弊端之后,重庆成了中央直辖市,对城市的规划和设计自然就不一般了……城市最集中地代表了人的欲望,体现了现代工业社会的品质:激烈地竞争,疯狂地追逐,冒险的机会和偷懒的机会一样多,成功的可能性和失败的可能性一样大。于是,人们又隐隐地感觉到,城市对人的限制和挤压越来越严重,空间在压缩,建筑像摊煎饼一样向四外蔓延,交通阻塞,热岛效应,能源紧张,城市变得大同小异,个性消失……

而城市的魅力恰恰取决于城市的个性,它须强烈地体现本地人的意识和性格。就在大城市像患了流行性感冒一样雷同化的时候,重庆反而强烈地突出自己的城市个性。文化不可能全球化,这就是重庆的"城市意象"体现出来的优势。重庆的意象,丰富了现代人对城市的想象力,人建造城市,城市也在塑造人,是重庆人建造了自己的城市,城市同时又成就了重庆人的性格。这是一座人与城和谐、城与自然景物相协调的城市,将山城的优势发挥得淋漓尽致,能不令人称羡!

论 自 杀

1. 自杀的神秘性

你可知道,每年的九月一日是"世界预防自杀日"。

在当今数不胜数的这个"节"那个"日"中,唯有这个"预防自杀日"最令人不可思议,毛骨悚然。朗朗乾坤,杲杲红日,人们好像都活得劲劲的,好模好样的设这么一个日子干什么?这就说明自杀真的成个事儿了,已经司空见惯,到了不预防不行的程度了。

先不管别人,说说我们自己。据北京心理危机研究与干预中心发布的资料:中国每年有七十万人死于各种伤害,占前三位的是交通事故、自杀和溺水。其中有二十五万人死于自杀(占全球自杀者的百分之二十),近二百万人自杀未遂。平均每两分钟就有一个自杀者和八个自杀未遂者。

要预防自杀,就需先了解自杀。可我们对这么多人自杀又知道些什么呢?

老话说:"蝼蚁尚且惜命",何况人乎! 正常人最大的恐惧就是死亡,为什么有人偏偏要去找死?在医学科学无比发达的今天,人类却不能不承认还无法全部破译自杀现象。有些自杀看上去是没有任何缘由的,笼罩着不能解释的神秘性。

比如,谁能说得清风华绝代的张国荣,一个从容的完美主义者,为什么要急匆匆地选择一种惨不忍睹的方式了结自己的生命?据悉他生前曾向朋友透露过："最近被一只鬼魂缠住……"

美国旧金山的金门大桥，自一九三七年建成至今，已经有一千二百人选择了跳桥自杀。其中有一对父子的死经常被心理学家当作典型案例使用。在所有目击者的眼里这是一对快乐的父子，两个人说说笑笑，父亲一会儿把儿子抱在怀里，一会儿扛上肩头，两个人还不断地拍照，或父亲给儿子照，或请人给父子合影。就是这样一对令人羡慕的父子，突然间，父亲把儿子抱起来从大桥上扔了下去，紧跟着自己也纵身而下。在事后的调查中也没有人能说得出他们自杀的理由。

SARS 和禽流感都具有传染性，你信不信，自杀也有传染性。一九八六年四月八日，日本年轻的女歌星冈田有希子跳楼自杀。此后的十天内有二十多人模仿冈田跳楼而死，两个月内竟有一百一十四人跳楼自杀。日本学者将这一自杀模仿秀称做"冈田有希子症候群"。

日本还有全家一起到自杀胜地青木原寻死的，日本作家称："这是外国没有而为日本特产的自杀。"还有更难理解的，中国人为汽车起牌照，喜欢挑个吉祥数或整数。美国学者在研究金门大桥自杀现象时发现，自杀人数每当接近整数时，四百九十九、六百九十九、八百九十九、九百九十九，自杀者便会突然暴增，都想当那个第五百个、六百个、八百个、一千个自杀者。

"死后原知万事空"，却还非要凑个整数，这不是有病吗？

不错，自杀是一种病。有时还找不到病因，无法救治。媒体曾大量报道过南京长江大桥上义务救助自杀者陈思的事迹。有天上午一个红衣女孩在跳江的一瞬间被他抱住了，然后磨破了嘴皮子，直劝得那女孩脸色转暖，才送她下桥，他原以为又救活了一个。不想下午这个女孩又来了，在离他还有三百多米远的地方，两手抱头跃入江中。

如此名目繁多、方式多样的自杀，看起来太复杂了，让声色犬马的现代世界困惑不解。人们每看到身边发生了自杀事件，都会大惊小怪，连呼不可理解，甚至无法问出个究竟。其实，真要有机会究问自杀者，连他们自己说不定也讲不出非死不可的理由。

实际上想要查清人落到自杀境地的各种因素是徒劳的，人们之所以愿意追问这类事情,是因为人类喜欢为自己的行为找出理由。

2. 自杀的话题

二〇〇三年秋天,我接到了访日的邀请,鉴于手头正被长篇缠着,还有当时的中日两国的民间气氛,都让我缺乏外出应有的热情。组织者以为我是由于以前曾访问过日本而积极性不高,就特别征求我的意见:还想看看日本的哪些地方? 除去此次访问所必须完成的文学活动之外,另有什么要求也都可以提出来……如此我便不好再拒绝,而且不提个要求似乎也对不住人家一番盛情。要求什么呢?

富士山是日本的象征,山头终年积雪,笼罩着一团神秘而圣洁的气象,要了解日本,就该去看看富士山。可日方极少安排中国作家去富士山,将要和我同行的作家中有两位是研究日本文学的专家,一位曾二十七次东渡日本,另一位也去过十一次,却都没有去过富士山,莫非有什么不便? 然而就在这座被日本人奉为"圣岳"的山脚下,却有一块自杀的"胜地":青木原森林。于是,我就借这个机会提出想去看看富士山下的青木原。

这实际上是两个要求,如果你们的圣山有什么忌讳或已经封山,不便让外国人攀登,那山下树林总是可以看的吧? 不料我的这个要求让日本的同行大为惊骇,猜测不已。在我们到达东京的当天晚上,日本文艺家协会理事长、日本艺术院院士黑井千次在欢迎宴会上致辞,匆忙将必不可少的客气话一说完就忍不住向我发问:"为什么想去青木原看看自杀的地方?"

幸好我是有准备的,事先想到了东道主可能会问我为什么会对自杀胜地感兴趣? 其实他们还不是一样? 死亡是文学创作的永恒主题,同样关于死亡的话题,也永远富有魅力。

我在致答辞时也用最简洁的语言表达完对主人盛情的感谢,然后就进入正题回答主人的提问:"自杀困惑着当今人类,而根据世界卫生组织公布的统计资料,日本是世界上自杀率最高的国家之一,我看到的是一九九八年的数字,每十万人中丹麦有自杀者三十一点五七人,日本是二十六点二人,德国为二十点九人,美国十一点五人……这是不是跟日本文化崇尚自杀有关?我想要了解日本文化,似乎不能不去感受青木原的自杀胜地。"

紧跟着有人询问有关中国自杀的情况,根据我的记忆,中国大陆每十万人中有十七点零七人,香港是十一点三人,台湾地区为十九点一人。中国虽然不是自杀率最高的国家,由于人口多,基数大,自杀者的人数加起来也非常惊人。

一扯到自杀上,那天整个晚上大家的话题就离不开它了,绕来绕去总是跟死有关。在场的日本作家中有五位是国家艺术院院士,讲了各自对自杀的看法和与自杀有关的信息。有时导致一个人(哪怕这个人的社会形象是成功而强大的)自杀,似乎并不需要特别的理由。越是看似没有理由的自杀,就越是恐怖,越难以预防。

不要说人,大自然中的鲸鱼、海豚等动物,不是也有成批自杀的吗?人类以现代最发达的科学技术手段,同样找不出动物们集体自杀的原因。或许正像哲人所说:死是很奇怪的东西,但还是没有旁观者所感到的可悲的百分之一。

传说佛陀也曾肯定过弟子的自杀行为。叔本华在《论自杀》里就说得比较简单:"不妨把自杀视为向自然的挑战。"

自杀是非自然的。凡非自然的死亡,总是神秘的。

而神秘最具魅惑力,所以一切神秘的作品都长盛不衰,包括恐怖小说、惊悚电影等等。

3. 自杀性格

当今人类有三大精神疾患:抑郁、精神分裂和自杀。

抑郁会导致精神分裂,抑郁和精神分裂又都可以导致自杀。一生以"硬汉"自诩的海明威,五十五岁获诺贝尔文学奖后不久,因对文学和创作能力的失望,患上了严重的抑郁症:情绪经常出现大的波动,感到眼球十分干燥,没有眼泪——这是一种抑郁症的典型症状。到六十岁时已经发展成精神分裂,经常嘲笑和辱骂妻子和客人,产生了病态的固定观念:一次轻微的汽车相撞,会害怕自己要坐牢;时常感到美国联邦调查局的间谍在跟踪和监视他;尽管他在银行有足够的存款,却认为自己买不起房子……终于在六十二岁的时候吞枪自杀。当时他一并发射了两颗子弹,其中一颗炸破了天灵盖,血液和肌肉组织飞溅到了天花板上。

据悉,抑郁者中的百分之六十至百分之七十有自杀意念,有百分之十会自杀成功。

抑郁症钟情于这样一些人:性格孤僻内向、偏执暴躁、敏感多疑;虚荣心过强、责任感过重;情绪不稳定、容易焦虑和绝望;兴趣寡淡、缺乏关爱;还有一少部分是过于冲动的外向型性格的人。当然,这只是内因,能够抑郁成病,还要有外因。这外因最主要的有:

工作压力过大。有关部门做过一个公开的问卷调查,其结果是在中国的企业家和都市白领中,有百分之八十的人承认工作压力太大,百分之七十五的人发生过失眠、心慌、恐惧、易怒、自卑、自怨、情绪低落、食欲不振、性欲减退等症状。我曾读到过这样一些新闻:广东茂名年仅二十九岁的企业家冯永明,在家中割腕自杀,留下的遗书中说:"现实太残酷,竞争和追逐永远没有尽头……我将到另一个世界寻找我的安宁和幸福。"一位上了《福布斯》富豪榜的企业大名人,在北京一个顶级夜总会里突然发作,掏出一沓沓的钞票砸向身旁的小姐:"给你,给你,都给你!"事后他又后悔,不知道自己是怎么回事。还有个企业家开着自己的宝马车故意往树上撞,以至于把自己撞进医院躺了两个多月。

情感上遭受过打击和伤害。比如童年的生活有过不幸、曾失去过亲人、发生过婚变、自己生活中遭受过严重的打击等等。媒体上关于这类的报道很多,因情自杀或因情杀人。有这么一位感情生活弄得一塌糊涂的老板,每到晚上就将自己反锁在房子里,用老婆的化妆品浑身乱抹,然后就在屋子里胡乱蹦跶,直到闹腾累了,倒头就睡。第二天像没事人似的到公司里继续吆五喝六。因情感问题而陷入抑郁,是全球性的问题,古已有之,不过于今为烈罢了。甚至像贵为奥地利皇子的克隆普林茨·鲁道夫,竟成了世界上最著名的因抑郁而不要皇位也不要命的典型。在他还不到两岁的时候,其母伊丽莎白皇后就离开了家,而这位皇后就是大名鼎鼎的"茜茜公主"。这给鲁道夫的心灵造成极深的创伤,小小年纪就得了抑郁症。长大后便借酗酒和放纵麻醉自己,三十岁时和刚满十七岁的情人玛丽·菲特塞拉一起开枪自杀。

能够造成抑郁的还有缺乏信仰、宿命性的狂热或消沉、极端孤独、疑神疑鬼、偏执狂……先割下自己的耳朵送人然后再自杀的梵高,说的最后一句话是:"苦难永远没有终结。"这被认为是抑郁症患者的经典独白。

而发达的现代医学目前还不能科学地解释出抑郁症的病因。一说是血清素和其他化学物质的水平低造成的,一说是大脑化学物质失去平衡造成的,还有一说是长期的紧张和焦虑伤害了大脑细胞……目前流行的所有抗抑郁症药物,都得在服用几周后才开始见效,对症状严重者如果偏巧又碰上了不愉快的事情,现服药可就来不及了,想死的人足可以死几个来回。而且医学界也承认,目前的抗抑郁药对大约三分之一的病人不起作用。

看来至关重要的还是要调理好自己,别得上抑郁症。已经意识到自己心情抑郁的,不要瞒着,不要不承认,该怎么治就怎么治,抑郁症不丢人。据世界卫生组织的统计,全球完全没有心理疾病的人口比例只占百分之九点五。在心理学家看来,简直无法想象一个人会没有心理问题。看看,现代人抑郁一下还是随大流、赶时髦,特别对于"三有人士"(有权有名有利)就更是如此。蓝领阶层想得抑郁症,还不一定能得的上哪。

4. 自杀的程式

心理学家总结出"自杀五部曲":产生自杀意念—下定决心

自杀—行为出现异常并思考自杀方式—选择自杀时间与地点—实施自杀。

完成这个程式最短的只需几分钟,最长的可用几十年。

如诺贝尔文学奖得主川端康成,还在盛年的时候就写下了《临终的眼》:"我孑然一身,在世上无依无靠,过着寂寥的生活,有时也嗅到死亡的气息。"又过了三十多年,他才终于以自杀结束了自己的生命。可以断定,在三十多年的时间里,死的念头就一直跟随着川端康成,他只是在等待着一个契机,让自己的精神达到死亡的临界点。

这令正常的人十分惊奇,一个人脑子里经常装着死的念头,难道并不像没有这种念头的人所想象的那么难熬吗?日本民族确是有股艮劲儿,即便决定要死,也要按部就班地规划好,等待最佳时机和水到渠成的那一刻。

日本文学史上的另一位重量级人物芥川龙之介,在自杀前留下遗嘱《给老友的信》:"我近两年来净考虑死的问题。"他是怎么考虑的呢?"上吊,有失体面;溺水,因我会游泳故成功的可能性极小,侥幸成功一定比上吊更痛苦;卧轨,有悖于自己的爱美之心;用手枪或刀子,临时会因双手颤抖而失败;跳楼,死相定然惨不忍睹。经反复斟酌,决定使用毒药。"

瞧瞧,虽是自杀,却要死得体面,尽量还要给人留下美感。

还有一个同样也死于自杀的日本著名作家三岛由纪夫,肯定了这一点:"一切形式的自杀,都有演技的意识。"而最讲究程式,也最能体现日本传统武士精神的是切腹自杀。如果有条件,切腹前要沐浴洁身,穿一袭白袍,用白布裹住刀或剑的把柄,单膝跪倒,昂首挺胸,反手自戳。

有的还要举行一个仪式,冈仓天心的《茶人之死》里就描写了茶人利休为自己要切腹自杀而举行了"临终茶仪式"……这使死亡具有了一种宗教感,将死升华为艺术。

切腹时旁边还要有人当场见证,如同观众,让死亡更像一场演出。

据说人在切腹后并不能马上死去,快了也要几个小时才能断气,慢的则要熬上两三天,需慢慢感受死亡的过程和酷烈的痛楚。想要速死,就须请别人帮忙,再狠捅几下,或搅动一番。

除去日本人,再有非常讲究自杀程式的就数中东的"爆炸性自杀"了。那也需要有时间筹划和准备,或单刀赴会把炸弹绑在自己身上,或驾驶着汽车、飞机作为自己的殉葬品。

即使是服毒、跳楼、吞枪、投水、上吊、割腕、抹脖子等等比较简单快捷的自杀,实施起来只需几分钟甚至几秒钟,但也少不了上面提到的五个步骤,要想救助就得赶在前面。

凡想自杀的人,没有不露痕迹的,越是内向的、多疑的、孤僻的、偏执型的人,其行为异常越明显。倒是虚荣心强的、外向型情绪化的人,平时极力掩饰,被一点不顺心的事触发,突然下了死念,恰巧身边又没有人,那就危险了。

二〇〇一年十月十五日傍晚,在一间装修豪华的大办公室内,北京千翔通讯公司董事长祝凤生,像往常一样走到窗前,凝视着满天红霞,看上去像是陷入了深深的沉思。员工们已经习惯了老总喜欢在这个时候站在窗前想问题,公司的许多重大决策就是在这个时候成形的。然而,这一次,祝凤生慢慢地打开窗户,纵身跳了下去。

这种生活里的强者,其致命的脆弱往往被人忽视。其实在不久前,祝凤生的妻子和年仅六岁的女儿被入室行窃的歹徒杀害了。一个人遭遇了这样的祸患,怎么可能情绪不出现异常？一个老总式的人物,每天得有多少人在揣摩他的心思,在对他察言观色,却独独看不出他下了想死的决心……

5. 自杀的背景

哪个年龄的人容易自杀？

据世界卫生组织公布的材料证实:十五岁至三十四岁是自杀的高峰年龄段。

还是以自杀最高的日本为例。他们做过一种"你想过死吗？"的问

卷调查,作出肯定答复的:

初中生占百分之二十四点五;

高中生有百分之三十四点五;

大学生是百分之七十五。

这可是个惊人的比例!日本著名作家三岛由纪夫,生前也曾一度是青年人的偶像,又是在壮年时切腹自杀,他的观点或许更接近自杀者的心境:"日本人以年轻人的情死为美,美人理应夭折。"自杀也好,情死也好,只限于年轻之时,若是美男美女便更加好。

自我破坏是青春的本质性冲动,它只是意味着青春处于"肉体性状态"。到青木原寻死的人中就有相当大的一部分是青年情侣,还有一些是成群结伙的少年,三五好友结伴赴死,这几乎成了一种风气。你看看,他们把去死当成了泡吧,当成了派对。

所以有些青少年自杀看上去并不需要理由,只是对血液和死亡有兴趣,忽然性起就有自杀的冲动。这也证实,日本文化确实有崇尚自杀的一面。

还是那个三岛由纪夫在《情死论》中管这叫做"日本人的自杀赞美"。但他也承认,在这种自杀赞美中缺少了人类意志的悲剧内容。对自杀这种人类意志的行为本身,实际上还处于暧昧不清的状态。

从许多自杀者留下的遗言可以看出,他们认为在这样一个灾难频仍、充满恐怖和血腥的世界上,以自杀的方式结束"为生活而生存的悲哀",是好事不是坏事,是高尚不是卑怯。正如芥川龙之介所说:"若是甘于进入永久的长眠的话,即使我们本身不会获得幸福,但肯定会为世界带来和平。"

这有点像自杀者的宣言。无论如何,这至少应该承认是有勇气和有尊严的。

古今中外,哪个民族,哪段历史,都有自杀者,而且自杀榜上有许多是社会的精英。我甚至忽发怪想,现代日本是世界上自杀最多的国家之一,同时又是"二战"后崛起最快的国家,德国同样也如此。像日本这样一个面积只是美国的一个零头,还不及俄罗斯三十分之一的小小岛国,竟是世界上第二号的经济强国……当然这不能归结为是由于自杀的人多,而在自杀这个问题上体现出来的一个民族的文化性格,却跟这个民族的强弱不是没有联系的。

我的推想并不是没有根据,《世界卫生统计年报》称:世界自杀率最高的前几名都是发达国家,德国、瑞士、日本、芬兰……而贫困的非洲大陆自杀的人很少。如此看来,越是活得艰难,就越觉得好死不如赖活着。

还有,名牌大学的学生自杀率高于普通大学的学生;

社会地位高的专业人员自杀率高于普通人群;

受教育程度高和生活水准高的人自杀率高于低学历和低收入的群落……

还是说刚离去不久的张国荣,拥有三个亿的资产,可以说集万千宠爱于一身,要风得风,要雨有雨,可谓享尽世间的荣华富贵。但有谁知道隐藏在这些背后的痛苦、无助和绝望?

上帝真是公平,在这方面多了那方面就要少,这儿亏了那儿补上。

6. 自杀的预防

德国伦理学家包尔生有句名言:"懒惰是自杀的最好预防药。"

真是妙论。按传统习惯都是鼓励人要勤奋、勤奋、再勤奋。懒惰就要挨饿。现在挨饿成了养生的高招,"饥饿疗法"不是正在全球流行吗?当然,这种吃饱了撑的去找饿,和因贫穷而挨饿不是一码事。

所以,对那些因成功而感到压力巨大,因富有而活得发腻,因盛名之下而精神崩溃的人,要大声断喝:懒点,懒点,再懒点!

懒得把权,懒得发财,懒得出名,懒得离婚,懒得有外遇……这样的人当然也懒得自杀。因为自杀多少也要费点事,还要有勇气。

这可不是开玩笑,西方发达国家正掀动一种潮流:厌烦无休止的激烈竞争,调低生活速挡。自"9·11事件"之后,许多美国人认为"美国梦"破灭了,年复一年的生活提高,患抑郁症的人数却呈现爆炸式增长,比四十年前多了十倍。就像美国学者自己所说的:"美国和欧盟创造了巨大的财富,但代价是他们的公民都患上了抑郁症。"他们生活越好,感觉越糟,因为生活越好人们渴望得到的东西就越多,对现实的满足感反而越来越小。

跟自己竞争是一件很孤独的事,五年前还只有百分之三的美国人感到孤独,今天这个比例已经上升到了百分之十三。甚至像举世艳羡的奥斯卡影后哈莉·贝瑞,在第一段婚姻结束后竟想自杀,"觉得自己一钱不值,好像一个失败者"。

工作压力和信息重负比以往任何时候都更加严重,迫使许多西方人叫暂停。英国人被称为"欧洲的工作狂",平均每周工作四十四小时,比法国人平均多干六小时,比德国人多干五小时,比美国人多干一小时。如今却有三百万英国人加入"放弃竞争,回归简朴"的运动。他们说最宝贵的东西不是消费和拥有许多并不真正需要的东西,人需要的东西非常简单。

说到底,预防自杀的最好方法还是轻松起来、快乐起来,没有抑郁和其他精神疾患,自然就不会寻死。然而,快乐最容易,也最难。至今科学还未能揭示出人的头脑中产生快感的原理。一般人只是想当然地认为快乐就是吃喝玩乐,或者与爱情和美丽的风景联系在一起。其实,现代科学家们认为,快乐还是个谜,微妙而具有多面性。美国新奥尔图兰大学精神病学家罗伯特·希思,甚至异想天开地在病人大脑深处植入一根电极棒,以电刺激让他们产生快乐,以期治愈抑郁症、精神分裂和自杀情结。真难为医学家了,被逼得什么招都想出来了。结果,科学家们得出结论,电极刺激出来的是欲望,并不是自然的快乐,一断电抑郁的照样抑郁,想死的还是要去死。

其实,用不着那么复杂,想得越复杂越不好办。寻找快乐也是人的一种天性,俗语说偏方治大病,有些非常简单的办法就可以找到快乐。像睡一夜好觉,身心自然会有焕然一新之感。散步或做一些其他活动,即使并不激烈,身体也会分泌神经肽,这是一种能帮助大脑清除压力反应的化学物质。烦了就用腹部做一会儿深呼吸,或洗个热水澡。别封闭自己,多参与一些实际活动和精神活动。与周围保持一份融洽的关系,能够对别人表现出理解和温暖,也能容忍他人的不足与缺陷……

营养学家甚至还开出了能让人快乐的食物名单:香蕉、大蒜、鸡肉、南瓜、菠菜、全麦面包等。本来活着很简单,不必人为地复杂化。活着是好事,人有各种各样的活法,哪种方法活好了都是快乐的。人们不是常说"人生有三百六十条路"嘛,何必非去走死路。

死,不是路。死了就没有路了。

走近司法

　　人们的生活正变得无比活跃：经济活跃，社会活跃，每天都有各式各样的层出不穷的"活动"，令人眼花缭乱、应接不暇。最近天津司法局和媒体共同策划了一个作家"走近司法"的活动，令人觉得新奇，顿生联想。光是"走近司法"这个题目，就兴味深长，原来我们刚开始"走近"司法，司法部门需要借助强大的媒体来组织、号召和推动，才能让作家们"走近"……这说明我们离着"司法"还有些距离，司法在许多人的心目中还是神秘而冷峻的。但，已经能看得见、摸得着。而且是司法本身在召唤你走近它，这要比你单方面地想走近它会容易得多、亲切得多。我以为这个标题非常准确地表达了当今社会的司法现实。

　　这个现实可用两个字来概括："躲"和"找"。

　　先说"躲"。不是指犯法后想逃避法律制裁，而是指众多的守法公民也有一种躲避司法的意识，对司法敬而远之，不愿意惹麻烦。谁都知道司法无比重要，你还是用它去治理国家吧，去管理别人吧，最好一辈子也别跟我沾上边。这既有历史习俗流传下来的对法律的误解，也有法律本身的原因，它使坏人敬畏，也让好人难以接近。正像老话说的："为了一只羊上堂，最后还得再赔上一头牛。"《新约·马太福音》里也说："你们不要论断人，免得你们被论断，因为你们怎样论断人，也必怎样被论断。"为了不被审判，而躲避审判别人，这用来劝善可以，却并不符合人类的现实。现实是自从有人类以来，就从没有间断过审判和被审判。历来正是人们这种想远远躲开司法的心理，有意无意地纵容了犯法行为。

但，现代人更多的还是找法，尽管找到它并不轻松。

有过丢失，才谈得上"找"。我们曾经历过"彻底砸烂公检法"的年月，然后又在相当长的时间里不是法对人有权威，而是人对法有权威。认人不认法，人治代替法制，法轻权重，权大于法。然后是国家开放，社会转型，经济活跃，人心浮动，追名逐利，竞争激烈，翻云覆雨，沸沸腾腾……这时候人心思法，开始找法。没有规矩不成方圆，家事国事天下事，事事都有游戏规则，你要想进去，就得遵守人家的规则，否则就被排斥在外。甚至连子女讨不到学费也可把父母告上法庭，老年人拿不到赡养费也同样可以将子女送进法院……

于是，公证处、鉴定处、律师事务所、会计师事务所、法律咨询中心、法律援助中心等等各种组织机构，真如雨后春笋般破土而生。尽管如此，有些司法部门也还堆积着审理不完的案件。各种传媒也纷纷开辟法律节目，每天的新闻里几乎都有关于案件的报道，五花八门，无奇不有。最近一期的《报刊文摘》转载了一则消息，湖南有位年近七十的老人，几年前因打赢一场官司而拿到了法院的判决书，他应获得十一万元的赔偿。可是六年过去了，他却分文没有见到。老人感到身体一天不如一天，不知道还能不能熬到赔偿兑现的那一天。于是就举着那份判决书到长沙火车站公开叫卖，本可得到十一万元的判决书只卖六万元。这有点像天方夜谭，匪夷所思，若不是白纸黑字登在国家公开发行的报纸上，怎么敢相信？你说那位老人是已经"走近"了，还是仍在"寻找"？

中央电视台有个节目叫《说理说法》，法的生命是理，理的完整就是法。人与法并行，天下才能安稳。人胜于法，必然会以情代法，情迷法乱，法乱德颓，法败国弱。正如苏东坡所言："以物与人，物尽而止；以法活人，法行无穷。"刑，百姓之命；狱，天下之性命。这是历史得出的经验。司法之事确乎关系着百姓生命，人民群众的安全就是最高法律。而民众的安全又跟国家命运攸关，刑能生力，力可生强，强又生威，威再生惠，惠转而生于力。

在新版《辞海》的"司法部"一条中有这样的注释："中华人民共和

国建立时设立,一九五九年撤销,一九七九年恢复司法部建制。"我不查《辞海》还真不敢相信,司法部在法治国家是大部,有的排在政府各部的最前面,有的位置仅次于外交部。而我们这么大一个国家竟有二十年时间没有司法部。这可真是"老和尚打伞——无法无天!"难怪当年毛主席曾不止一次地在讲话中引用这句民间歇后语。看来不光是普通公民,就是我们整个国家也确实还有一个"寻找司法"的过程。但《辞海》里并未解释中国为什么二十年不要司法部?我想是由于中国的政治体制不同,不可能照搬西方的"三权分立"制,因此司法部并不像字面上让人感觉的那么必不可少。

世界上曾有不少人妒忌美国人的幸运,说他们格外受到上帝的垂青,开国时"国父"华盛顿竟坚辞不当国王,一下子将国家的体制捋顺。然后就一顺百顺,二百多年不动,国家得以发达强盛。其实垂青美国人的这个上帝不是神,而是一位智者,他就是十八世纪法国杰出的资产阶级思想家和法学家孟德斯鸠。他当过法官、法院院长和法兰西学院院士,耗时二十年,于一七四八年完成了被誉为"影响了世界历史进程"的巨著《论法的精神》。他以史为鉴,研究了世界古今各国的政治制度,总结人类社会的演变过程,提出了著名的"三权分立"的理论。即:立法权、行政权和司法权分立,相互依存,相互制衡,才能保障公民的政治自由和巩固国家政体。以华盛顿为首的美国独立战争时期的领袖们,正是读了孟德斯鸠《论法的精神》,如获至宝,烂熟于心,随即便将这一"三权分立"的理论定入宪法,并一直延续至今。一七八九年,法国的资产阶级革命时期也发表了《人权宣言》,宣布没有"三权分立"就没有宪法。果然,到一七九一年法国制定宪法时,就写进了孟德斯鸠的理论。至今,这一理论仍然代表着西方国家的价值观,这也是西方国家得以长期兴盛发达的一个重要原因。

治国必以奉法为重,国无常强,也无常弱。奉法者强则国强,奉法者弱则国弱。"司法"两字,根据字面并不难理解。司:执掌、操作、经营、检察。司法权:是国家审判诉讼案件和监督法律实施的权力。从今年的全国人民代表大会上传出消息,今后五年内,中国将立法七十六部,以宪法为统帅,以法律为主干,健全各种行政法规、地方法规、经济法规……

如此说来中国也已经找到了司法。既能够"走近",还愁不能"走进"吗?

可见进步是毋庸置疑的。

第三辑

说　文

书信大全

——读《邮人说信》

我到现在已经记不清写过多少信，也记不清接到过多少信。可是，最近读《邮人说信》，仿佛才知道什么叫信。信之所以为信，原来还有许多讲究。作者仇润喜，自南开大学中文系毕业后分配到了邮政局，几十年下来，从一般的邮政员直干到局长，而邮政局是必须有信、守信和重信的，简而统之地说就是成天和"信"打交道。长时间地在各种信件里浸沉，仇润喜不免对"信"这一庞大的文化现象有了特殊的感受，遂写成此书，不啻是现代尺牍。

古写的"信"字是左边一个立人，右边一个"心"，人有心才叫信，人有心才会写信。送去的是信，实际是写信人的心，对方接到的是信，其实也是写信人的心。当然，心也会变色、变味、变坏，因此信也有战书、黑信、诬告信、匿名信等等。

《说文解字》里说："信，诚也。"儒家的五字道德箴言在"仁义礼智"之外也还有一个"信"。孔老夫子在《论语》里格外强调，"与朋友应交而有信"。所以，当一个人接到一大堆邮件的时候，最想先打开的就是信。在一大堆信里最想先看的，是跟自己关系最亲近的人的来信，特别是情书、家书。也正因为信有如此大的魅力，世界上才有了各种奇奇怪怪的信，而且又因为信发生了无数奇奇怪怪的事情。

我国的古代有"烽火报信"、"飞信驰檄"，皇帝调兵的信件是"虎符"，军事密信又称"阴符"、"阴书"，还有"鸿雁传书"、"鸡毛信"、"葫芦信"、"诗信"、"画信"……如唐代女诗人陈玉兰的《寄夫》，本是一信，竟成了千古绝唱："夫戍边关妾在吴，西风吹妾妾忧夫；一行书信千行泪，寒到君边衣到无。"

古代的男人不喜欢待在家里,或外出征战,或外出赶考,或外出经商,或云游天下、求道访贤,或风流浪荡、想阅尽人间春色……这不免就产生了大量"思良人"、"盼回归"的书信。空房独守的弃妇、怨妇们穷其才思,想靠书信打动男人,把他们召回到自己身边。《全唐诗话》里记载了一位叫薛媛的少妇,盼夫久不见归,便亲手为自己画了一幅像,再写上一首诗寄给丈夫:"欲下丹青笔,先拈宝镜端。已惊颜索寞,渐觉鬓凋残。泪眼描将易,愁肠写出难。恐君浑忘却,时展画图看。"其夫南楚材见到这封"诗画信"后毅然返乡,与才女妻子终老一生。

那些没有薛媛这般诗才和画才的女人,只要用心思,还会想出其他表达感情的方式。如传口信、带东西。在中国尽人皆知的传情信物是红豆和梅花。同样,国外也有类似的"物信"、"图信"、"羊尾信"、"声音信"等等。公元六七世纪,波斯人进攻黑海北岸的西利亚人,这个游牧民族便给来犯者送去一只飞鸟、一只青蛙、一只地老鼠和五支利箭。其意思是警告入侵的波斯人,赶快像惊鸟那样飞走,像青蛙那样四散奔逃,像老鼠那样打个洞藏起来。否则,就只有尝尝西利亚人的利箭了!那时,国与国之间送斧头就表示宣战,送烟管则表示求和。人与人之间表示友好、亲密、爱情,要送树叶、树枝、羽毛、贝壳等等。

在人类的书信中最丰富多彩的就是求爱信或示爱信,又称情书。同是讲一个"情"字,人类讲了几千年,却没有讲够,因为还没有讲透。有的讲得痴,有的讲得智,有的讲得巧,有的讲得拙,有的弄巧成拙,有的歪打正着,有的靠情书成就了一桩桩美满婚姻,有的因情书破坏了爱情……

生在有情世间,信是有情物件。研究信就是研究人,"说信"就是在说人之情。通过信的变迁,可看出人类情感的变化,以及表达情感方式的变化。一部人类感情史就藏在信里。今天,由于电子通讯技术的突飞猛进,信的概念越来越宽泛,容量也越来越大,在"信"的后面加上一个"息",便呈爆炸的趋势。"信息"有了商业价值,也就有真有假,远不是原来的信的味道了。

信——是人类文明史上伟大的发明,唯愿信息爆炸不要把由"人心"构成的信也炸没了。

天堂在哪里

无论平时人们是否相信天堂,真有了那一天,恐怕没有人不想进天堂而愿意下地狱的。那么,到底有没有天堂呢? 如果有的话,怎样才能找到人们心向往之的天堂呢?

我曾把当代作家分为兴趣的、职业的和精神的三类。活在精神层面上的作家当首推何士光。他在新著《烦恼与菩提——心在什么地方》中,晓畅透彻地解释了天堂的所在。

他先引证当今主流科学对死亡的研究成果——现代科学发现,人的死亡是心灵的剥离,可归纳为这样几个阶段:首先是散乱和昏迷,接着要穿过黑暗的甬道,然后看见光明,最后显现一生里经历过的事情……再往以后,目前的科学手段还没有证明出来。但在佛门宁玛派的重要经卷《中有教授听闻解脱密法》中,却有让人醍醐灌顶的阐释。

佛家所说的"中有",是指意识体。人在死后意识体飘浮着,"没有确切的依附,也没有达到一定位置的时候,佛家就把它称为中有"。

人的意识应该有六种"中有"。

活着的时候有三种:处在母腹中的时候、梦中的存在和禅定出现的意生身。

死后也有三种:死地中有、法性中有和轮回中有。

弥留之际散乱昏迷的过程,便是丧失自我的过程,而后感到自己穿过黑暗的甬道,就是自我意识在隐隐约约地苏醒,跟着就看见了光明……这就是死地中有了,非常地要紧。

何士光说:"这一片清净妙明的光明,其实就正是我们的心灵本相,也正是宇宙世界的元初本相。此时的人刚好脱离了身躯的凝结,也消解了意识的凝结,如果能与这一片光明融为一体,便能即身成佛,回归我们的本源,完成天人合一……天堂和地狱不在别的什么地方,就在我们的心里,不过是我们的意识所展现出来的意象而已。"

活得光明坦荡,死后才不会惧怕光明,有机会和那一片明亮融为一体。活得阴暗龌龊,死后必然被那一片突然出现的光明吓住,错过机会便堕入"轮回中有",甚至入阿鼻地狱。何士光援引佛陀在《楞严经》里的话说:"纯想即飞,必生天上;情少想多,轻举非远;情想均等,不飞不坠;情多想少,流入横生;纯情即沉,入阿鼻狱。"

这里的"想"——不是我们平常的胡思乱想,也不是指思想,而是澄心观想,心无挂碍,宁静宽广。

"情"——是指人心里凝结起来的一切块垒,一切贪、嗔、痴、慢、疑。

现代人最讲实惠,讲究眼见为实,死后固然都愿意升入天堂,却总觉得还不够实在,最好能在活着的时候见识一下天堂。这里就不能不提到幸运的或者说是勇敢的一对德国夫妇了,丈夫叫迪特尔,妻子叫格尔达。二十年前,他们驾着一条九米长的小船开始环球旅行,最终在太平洋里一个无人小岛上安顿下来,一过就是十几年。他们种植了柑橘、香蕉、鳄梨、芒果、菠萝等水果树,养了两只杂种牧羊犬和十八只羊,如今丈夫已经七十二岁,妻子也已六十二岁,他们把这个面积不足三公顷的荒岛就当做了自己的天堂。

或许就是受了这对德国夫妇的鼓励和启发,地球人便都纷纷开始寻找天堂。热闹了几年,国际旅游组织评选出十大"人间天堂";中国的《羊城晚报》也选出了二十一个"梦想中的天堂";美国的《国家地理冒险杂志》根据美国人贪多嚼不烂又酷爱刺激的特点,在全球圈出了二十五个"人间最刺激的天堂"。

把这三个有关天堂的名单放在一起,就发现它们大同小异,且有个非常突出的共同点:现代人向往的"天堂"都是些地球上的最后的秘境,人迹罕至或根本还没有人去过。

如位于喜马拉雅山中段北坡杰马央宗冰川的雅鲁藏布江大峡谷、西伯利亚的远古地域、横跨赤道线的加拉帕戈斯群岛、位于巴基斯坦和中国边境线上的世界最大的冰河系统、乘大象穿过非洲博茨瓦纳的卡拉哈里大沙漠、在新几内亚热带森林里寻找失踪的部落、搭乘小船在秘鲁的亚马孙盆地探险……

原来现代人向往的"天堂"跟佛家所说的天堂大不一样。名为"人间天堂",却又最忌讳有人,似乎人就是魔鬼,聚集多了能毁坏天堂,甚至把天堂变成地狱。只有没有人的地方才是天堂。

如此说来,地球原来就是天堂,是人类把它糟蹋成现在的样子。正所谓:"天堂有路你不走,地狱无门偏来投。"

爱 的 墙

作家是职业写作者。但作家也有写不了或不想用写作表达的时候。

作家写不出来的东西也许正是最沉重和最值得珍惜的。

人们很容易觉得作家要想表达什么是极其容易的,写得太多就容易让人分不清是在创作,还是在生活。

而一个正常的女人,有着所有正常女人应该有的想望和需求。问题出在如果太丰富,想有不同寻常的爱,又想有正常的结果,这就难了。世间真正刻骨铭心的爱多是没有结果的,因其没有结果反而能受用终生。一旦有了结果,所想望的爱就会渐渐地冷却,然后是淡然、漠然。

最好的结局也不过就是被习惯和责任取代。许多人甚至连这样的结果都得不到,由失望而争吵,最后分手,连同过去的许多美好也葬送了。

所谓的"墙",在刚一开始的时候就存在。最初的犹豫不决,皆源于对这堵墙的无奈和恐惧。当爱足够强烈的时候,就看不到这堵"墙"了,看到了也不在乎。当心里有了委屈感,害怕自己"所经历的爱会不可能告终"的时候,那堵"墙"就凸显出来,变得不可逾越了。

当初选择爱时,就应该也选择了对方这个人和他的生活方式。为什么现在会觉得不对头乃至一阵阵地感到对自己不公呢?对方没有变,变的是自己,外在和内心都有了相当大的压力。

人不光需要爱,还需要别的,特别是需要一种能存放爱的堂堂正正的形式。所以爱而不能结合的人,关系总是非常脆弱。

感情不够强大和粗粝时,就变得敏感多疑,容易为一点小事破坏整个情绪。破坏后修复得还慢。不再像以前那样,即便是电闪雷鸣,很快也能云开日出。

无论多么牢固的感情也经不住抱怨。

见面变得被动和无所适从,心中没有底,完全听凭情绪的驱动。当两个人的活动男人做不了主,完全由着女人的兴之所至,就变得危险了。

情书种种

在人类的交往活动中离不开一个"情"字——学会了发声,就有了情歌;发明了语言,随之也学会了说情话;创造了文字,便有了情书。发乎于情,困乎于情,心思用尽,好话说尽。仇润喜的《邮人说信》一书,堪称世界情书大全,分析了古今中外各式各样成功的和失败的情书,读来令人称奇。

就地取材,利用自己的工作优势炫耀才智。一位地理教员的情书里有这样的话:"你是东半球,我是西半球,我们在一起,便是整个地球!"数学教员受启发,也照猫画虎:"亲爱的,你是正数,我是负数,我们都是有理数,就该是天生的一对!"化学教员看他们都成功了,就也学这一套花言巧语:"你是 H,我是 O,我们的结合便是水 H_2O 了。"没想到他的女朋友缺乏幽默感,且格外认死理,回信跟他断了关系:"怎么有两个 H,还没结婚就有了第三者!"

可见写情书也需要创造,需要根据自己的具体情况出新,照抄照搬别人的老套路容易误事。如,以多取胜,烈女怕缠郎。法国画家列克鲁尔,在给情人的情书中就只用一句话:"我爱你!"然而他把这句话重复了一百八十七万次,这可是个功夫活啊!没有点铁杵磨成针的劲头坚持不下来。他恰恰就是靠这种泡蘑菇的功夫打动了对方。大家都知道,一九七四年冬,七十多岁的梁实秋邂逅了小他三十岁的歌星韩菁清,头两个月就写了九十多封情书。后来越写越多,去世后编成了厚厚的足有六百多页的一大本。

工于心计,出奇制胜。现代女孩子们都一窝蜂地想嫁给绿茵场上的英雄。英雄才有几个,女球迷则不计其数,要想把大牌球星追到手绝非易事。荷兰十九岁的少女丹妮,就凭着一封别致的情书,立马便俘获了五次被选为荷兰"足球先生"的世界级巨星克鲁伊夫。克氏收到的情书可车载船装,一般的信他是不看的,有一天收到了一本裘皮精装日记,随意一翻,每一页上都有他的签名。这调动了他的好奇心,便一路翻下去,最后是一封写给他的信:"……我已经看过你踢的一百多场球,每一场都要求你签名,而且也得到了,我多么幸运啊! 现在,爱神驱使我寄出了这个本子,如果你不能接受我奉上的爱情,请把这个本子还给我,那上面'克鲁伊夫'的名字会给我破碎的心一半的慰藉。我多么想也得到那另一半啊……"

这个少女成功了,一周后他们开始约会,并订下终身。爱情确是一门艺术,写情书光靠有爱情还不够,还要有点绝的,会花样翻新,一鸣惊人。

写情书大都要装出被爱情冲昏了头的样子,无耻吹捧,山盟海誓,以肉麻当浪漫,蠢话连篇。情人间的绵绵私语,固然是越蠢就越甜蜜,但过了头也容易被误解,或华而不实,或满纸都是空洞无物的"假、大、空",让情人摸不着头脑,又如何向你托付终身?

——为音乐而生的贝多芬,在爱情上并不走运,他留下的三封情书也许能解开他在爱情上失败的原因。第一封:"我有满怀心事要向你申诉——唉,有时我觉得言语文字殊不足以表达感情——祝你愉快——愿你永远做我唯一忠实的宝贝,做我的一切,恰和我对于你一样。"第二封:"我哭起来了——你固然也有爱情,但我对你的爱情更加浓厚……唉,上帝呀——我们的爱情岂不是一种真正的空中楼阁——可是它也像天一样稳固。"第三封:"请你放安静些——你要爱我——今天——昨天——我因思念你,不觉涕泗滂沱了——你——是我的生命——是我的一切……"

满篇都是删节号和破折号,语无伦次,不知所云。用这种方式表达的爱情,自然会充满波折,或是不知所终。而有些人又因为太会说,花里胡哨,天花乱坠,反而坏了自己的好事。如本杰明·富兰克林,是美国独立战争时期名声仅次于华盛顿的伟大人物,曾参与起草了《独立宣言》和美国宪法,同时还发明避雷针、富兰克林炉等,被誉为"万能博士"。其妻去世后他追求巴黎上流社会里的一位艾尔维修斯夫人,这女人还深爱着已经去世的丈夫,拒绝了他。于是他写了一封很长的情书,卖弄才情,像编造荒诞剧一样说他遭到拒绝后回家就躺倒了,以为自己已经死去,随后便进入天国并看见了那个寡妇艾尔维修斯太太的丈夫。岂知那个男人在天国又娶了新的太太,欢爱异常,把前妻忘得一干二净。富兰克林非常愤怒地替他正在追求的艾尔维修斯太太抱不平,最后还有一神来之笔,说她的丈夫在天国娶的新老婆正是他富兰克林前不久死去的妻子……以期激起她的醋意和恨意,从而跟他结合。岂料游戏玩儿过了头,再一次被人家拒绝。

现代年轻人写情书就轻松多了,嬉皮笑脸,油嘴滑舌,搞一点脑筋急转弯就行了。这里不妨摘一点现代情书中的"经典"句子:"我要正式向你问路,怎么样才能走到你心里?""我真想看看你领子上的标签,想知道你是不是天堂造的?""今天的雨真大,是老天爷冲着你流口水!""请相信我,我一定会让你成为世界上第二最幸福的人。因为有了你,我才是第一最幸福的人!"……

好了,该打住了。别人的情书看得太多,就容易变得写不了自己的情书,眼高手低,如同赛场上的裁判,说起来头头是道,下到场子里却找不到北。

东西南北 横平竖直

建筑本应是一种文化，一种凝固的历史。

可惜，并不是所有的建筑都有文化，比如，五十年代如雨后春笋般建起来的"工人新村"，一九五八年的"干打垒"和城市里的大批"跃进楼"，现在拆掉的正是这些建筑，而不是更古老的房屋，因为这些"解放后"的突击性建筑既不美观，又不结实。天津在一九七六年大地震中倒塌的房屋大部分是"解放后"盖起来的，留之何益？

北京的幸运就在于它一建城的时候，其城市建筑和布局就凝聚了当时的最高文化。封建时代说它有帝王气象，皇家风水。"解放后"继续是政治和文化的中心，至今它仍是世界性的，文化型和历史型的中国第一名城，是当之无愧的无法替代的首都。洛阳、西安也都曾是古都，朝代一换便日渐衰退。蒋介石建都南京也失败了……

北京许多著名的皇家建筑和现代建筑自不必说，单讲北京的胡同，就是一笔丰富的历史遗产和文化遗产。它正南正北，正东正西，横平竖直，四通八达，如同一个方方正正的棋盘。任何一个朝代的"老帅"，在这样的棋盘上都感到方便，来去自如，气运亨通。任何一个普通人，哪怕是不熟悉北京的外地人，进入北京的胡同只要方向不错就准能走得出去。符合中国天圆地方和规规矩矩方块田的观念。

北京的胡同就是北京的风水、北京城的经络。经络通则北京就健康、兴旺。正因为北京有这样的胡同，才养育了北京人的性格，从整体来说他们和首都是相称的，正直通达，刚厚勇烈，关心政治，关心国家大事，在历代政治风浪中，每当国家民族面临生死存亡的关头，北京人都站在最前面,为全国人民做出榜样。

几乎每一条北京胡同都有自己的掌故,都有自己值得骄傲的历史。一条胡同挂着许多四合院,每个四合院都各有千秋。一个外地人不走北京的胡同,不进北京的四合院,就不算真正到过北京。而走进了北京的胡同,又如同走进了中国的历史隧道。四合院代表了中国的文化传统,大都像庙一样坐北朝南,多大的人物都可以住,普通百姓也可以住,四世、五世同堂可以住,儿女们分锅分灶、独立门户也可以住。从外表看不起眼,里面却不知住着什么样的人物。

北京的胡同里藏龙卧虎。

北京的胡同决定了北京的风格,招贤纳士,宽厚量大。四面八方的人都可以到北京来工作,一视同仁地受到重视,得到发展的机会,走仕途的叫当"京官",搞业务的叫进入中央研究机关。条条胡同都走得通,条条胡同都通大道,容纳东西南北。这就叫首都气派,欢迎来工作的,欢迎来朝拜的,欢迎来旅游的,欢迎来叙友谊谈生意的,欢迎一切人,如海纳百川,有容怎能不大! 说到北京的量大能容,很自然地想到另外一些城市,虽然名气也不小,经济繁荣,但那种排外情绪,那种自以为是的小家子气局限了城市的规格。

北京的胡同体现了古人"民可载舟,亦可覆舟"的思想,不只方便大人物,也方便小人物,具有平民意识。

举一小例:每条胡同都有公共厕所,胡同长的设在两头,胡同短的设在中间,且不收费。不要小看厕所,有进无出不为通,有上无下不为达,论阴阳,讲风水少不了这一项。七十年代末巴黎有一位很能干的市长,因为厕所问题没解决好被选民赶下了台。天津市有两任市长大抓过厕所问题,受到群众赞赏。当年有一外地人曾到天津最繁华地区转了两个小时找不到厕所,最后不得不买张电影票到电影院里方便一下。此事被当时的市长在大会上讲出,一时闹得沸沸扬扬。眼下中国的厕所又率先进入高消费,方便一下便宜的两角,不便宜的三角或者更多。但是不少中国人的钱包和教养对此还不适应,宁肯在收费厕所的外面方便。

于是许多城市里又添了这样一道景观:屎尿阵包围着冷冷清清的收费厕所。每见此景便想起可以免费方便的北京胡同里的厕所,那才真叫方便。

北京胡同是北京人的福气,也是进京的外地人的福气。

经济的文化形象

现在人们议论最多的就是经济——跟经济有关的问题太多了，形势、现状、未来、工资、福利、股票、物价、物品，可谓"人人关心经济大事"。

这不足怪，每个人都是"经济人"。人们活着首先是活在物质里，其次才是精神生活。经济关系着每个人的生活，谁都有权谈论经济。

人们关心经济，却不大爱读中国式的经济文章和报告。剧作家沙叶新在回答"你最厌烦什么书"的提问时，直言不讳地讲最不喜欢读所谓经济学方面的著作。他没有说为什么，我想至少有这样几方面的原因：故作艰深，枯涩难读；隔靴搔痒，回避尖锐的大家关心的现实；数字多，信息少；空话套话多，有深刻见地的话少；条条多，思想少；老想解释什么，老想紧跟什么，老也解释不清，老也跟不上，缺乏一种现实的品格，缺乏想象力和深刻的预见性。总之是缺少一种文化。

普通群众不得不从《参考消息》上看外国人怎样评论中国经济。一些西方经济学著作，诸如：《追求卓越的管理》、《成功之路》、《大趋势》、《第三次浪潮》等反倒在中国畅销。

中国人对外国新潮的东西知道得不少，对自己的情况反而了解得不多。议论别人、给别人出主意头头是道，处理自己的事情倒迟疑不决。

大家都在谈经济，似乎也都有道理，又都谈不到点子上。形不成舆论热点或热点话题，经济界也就无从获得群众的智慧和信息。处于一种开放而又神秘的状态。

从几年前就开始鼓动的"企业文化",始终不曾热闹起来,似也不得要领。但表明有人早就开始从文化的层面上考虑中国的经济问题了。

你看见奔驰、西门子公司的电器,似乎就看到了德国的工业形象。一提到丰田、松下,就让人想起日本民族的性格特征及战后的经济奇迹。一位美国作家说:"可口可乐和自由女神同样象征着美国。"可口可乐把一种文化成功地带给美国人,也带给了全世界。

中国也应该也能够出现这样的企业。

至少具有这种气魄、这种追求的企业家为数不少。深圳海王药业公司开发金牡蛎,一举成功,名闻国内外。

他们创业的灵感来自这样一种认识:由于陆生药物和化学合成药物的局限性,人类健康受到越来越严重的威胁。开发海洋药物和海洋保健品,已是世界医学界关注的焦点。他们有祖国传统医学的精华可汲取,又有发达国家的成熟经验可借鉴,成功地擎起了中国海洋药物开发的第一面旗帜。

他们提出一种健康的新概念,指出没有病不等于健康。在疾病和健康之间存在着"第三种状态",身体处于一种不良的运行之中,不适合于现代生活节奏。

总经理张思民,三十一岁,毕业于哈工大,白面长身,儒雅沉静,却充满想象力,胆识过人,有无穷的奇思妙想,随时都可能被一种发现、一种创见燃烧起来。

副总经理朱丹,二十九岁,却成熟自信,敏捷牢靠,是实践家。先毕业于清华大学力学专业,后到上海交大读研究生,改攻西方经济学、市场学、计量经济学,注重务实。

他们代表了中国新的一代企业家,利用高科技、高知识,选择高的起点,开发高品质的产品。思维、做法、魄力、识见,都是新的。不仅追求事业的成功,还追求一种精神的和文化的成功。

他们提出:"企业的成功首先是产品的成功","而从更深更广的角度看,更应该是观念的成功、文化的成功。成功的企业给社会带来了优质的产品和服务,同时也带来了新观念、新文化。成功的企业及其所象征的形象、思维、观念在一定意义上推动了社会意识的发展和更新,从而推动社会的进步"。

一个企业要有它自己的魂儿。

一个国家的经济也应该有魂儿,不可以六神无主魂灵出壳。

当中国的经济形成了自己强大的文化形象,那时就可以说我们成熟了,发达了。

企业家的灵感

　　近几年,作家和企业家的关系异乎寻常地亲密起来。各地纷纷举办作家和企业家的见面会、联谊会、研究讨论会等等。作家喜欢接近和了解企业家,已经不单单是为了获取创作的素材,更多的是作家本人精神、感情和思想的需要。怀着尊重、钦佩、好奇,也许还有羡慕的感情,从企业家身上获得社会信息、生活信息以及当今世界上使作家感兴趣的各种各样的信息。毋庸置疑,企业家主宰或领导着当今物质生活的新潮流,作家想知道生活中发生了什么事情,今后还将会发生什么变化。如果感到眼花缭乱,无所适从的时候,想从企业家身上获得一种"坚强激素"。

　　我想企业家大概也怀着许多同样的感情来跟作家打交道的,我有不少朋友是企业家或者叫企业管理工作者。他们喜欢跟我交往,却不希望我去写他们;我也有自知之明,不到万不得已不会用笔去给他们帮倒忙。这就引出了一个有意思的问题,一个是搞物质产品的,一个是搞精神产品的,是什么力量把他们吸引到一块来的呢?

　　古人讲:"同气贤于同义,同义贤于同力,同力贤于同居,同居贤于同名。"对于国家兴衰的关心,对于民族的未来的责任感,对于现状的不满足,对于自己事业的进取心,是作家和企业家联谊会的精神纽带。作家和企业家结成"同气"般的友谊,是一件好事、乐事、幸事,让社会理想和各自的精神境界都以促进历史前进为目的。《徐官古今印史》是这样解释"气"字的——"气,小篆本作气,气为火所化其出必炎。上故像炎上之形,凡求气者必上,固借为求气字。"中国当代一位未来学家把同气者称为"追求高尚的升华的境界方面相同的人"。用这种解释比喻作家企业家联谊会,我想是不算过分的。

另外,还有一个重要的原因:作家和企业家面临着一种共同的挑战。这挑战是什么?有人说是贫穷和经济落后,我们五十年代喊一穷二白,六十年代喊穷,七十年代更穷,到八十年代还是这么穷,而且讲起穷来脸不变色心不跳,顺口而出,名正言顺。有时甚至拿穷作为挡箭牌,当做一种推脱责任的遁词。近四十年摘不掉穷帽子,一个穷字喊了几十年,这件事本身还不够令人深思的吗?也有人说缺乏先进的技术和设备。北京一个有名的化工厂,二十年前完全引进国外先进的技术,二十年过去了,还是老样子。这能怪设备吗?我们盲目引进,食而不化,上当受骗,被人卡脖子的事情难道发生得还算少吗?

我认为在各种各样的挑战之中,最紧要的是对人的挑战,对人的素质的挑战!没有具有现代化素质的人,实现现代化就是一句空话。去年美国国会提出一个报告,呼吁美国是一个处于危机中的国家。其根据就是美国中学教育质量下降,十几年以后美国人的素质将会不适应美国在世界上所处的地位。可见他们多么重视人的质量,老有人报忧,让大家保持清醒的头脑。日本人是善于引进西方先进技术,然后加以吸收消化,继而超过老师。但是,他们更重视人的现代化。日本战后连肚子都吃不饱,经济基础并不比我们好,却提出一个口号——是出口还是死亡!从全国各地集中了大批优秀人才,发展摩托车、照相机等,很快占领了国际市场。

匈牙利事件之后,卡达尔集中了全国的专家、学者,提出四个改革计划,交全国人民讨论。选中了一个计划,家喻户晓,进行"没有痛苦的改革"。也就是说只能成功,不能失败。十几年来取得令世界瞩目的成效。新加坡一九六八年才开始搞,十来年时间成为东亚的四小龙之一。我们随便举出几个外国人统计的数字,看看人才和经济发展的关系。以原子能发电为例,全世界有二十五个国家,一共建成了二百八十二座原子能电站,发电能力一亿七千四百万千瓦,约占世界总发电量的百分之九。这里面大概没有我们一座,连台湾都有四座核电站,印度靠引进也有一座核电站,其中第四座核电站是用他们自己的技术建造的。不要小瞧印度,它就是把我们当对手的。实事求是地讲,我们科学技术的发展很可能落后于它。我们的原子弹爆炸比它早十年,人造卫星也早上天十年,然而我们自己制造的原子能电站还在建设中,过几年后才能投入生产。要引进国外的核电站,也得引进三四批之后才能消化。印度引进外国先进技术消化是很快的,这些年来它从发达国家引进了六千多项新技术。它比我们的科技人员多。目前世界上拥有科技人员人数美国第一,苏联第二,印度占第三位。

那么,当代企业家或作家应该具备哪些素质呢?现代人的特点是什么呢?

首先我认为作家和企业家都需要灵感。作家需要灵感自不必说,企业家是务实的,难道也需要灵感吗?是的,没有灵感就没有创造。既然科学家也需要灵感,物理学家杨振宁自称在刷牙的时候灵感容易袭来。那么企业家为什么要拒绝灵感的帮忙呢?日本一个搞印刷的小工厂主,在美国同一个人走路时脚上踢了一个东西,人家告诉他这是一个小集成电路板。他当时灵机一动:这个东西如果用印刷的办法生产一定会快得多。结果他回去以后就组织人发明了集成电路用的引线架,用印刷的方法生产。过去生产一个引线架要两分钟,现在一分钟生产五十几个,他占领了世界七十多个国家的市场,连美国生产集成电路都用他的引线架。这就是企业家的创见,它借助于灵感。类似这样的例子不胜枚举,一个有灵感有创见的企业家同一个呆板迟钝的企业家其成效是有天壤之别的。

企业家的灵感和作家的灵感一样,来自永不满足的追求、昼思夜想的勤奋、对社会生活(国内外市场)透彻的了解和紧密的联系。广阔的知识面和信息网、精通本专业和远见卓识的头脑等等。不动脑筋,坐在房子里静等灵感的来临,岂不如同守株待兔?

现代人的第二个特点,对人本身的能力或者说对自身的能力比较有信心。现代社会的人比较富于理想和进取心,在人与自然的关系上,他们相信人能逐步控制大自然,而不是做大自然的奴隶。在人与

369

人的关系上,他们敢于对政府、对上级、对权威、对生活提出自己的看法。关心人类社会问题,喜欢发表自己的见解,甚至关心与自己并无直接关系,乃至距离自己比较遥远的事情。诸如印度毒气泄漏事故、美国大选、两伊战争、菲律宾反对党议员阿基诺和印度总理英·甘地被暗杀等等。现代化国家的公众对这些事情纷纷发表自己的见解,传统社会的国家,公众对事不关己的事情很少关心,更难发表什么见解。在传统国家是不会为抗议核试验、建立核基地或为保卫鲸鱼而去游行示威、静坐绝食,以至冒被逮捕的危险。美国麻省理工学院进行过一次有趣的调查,他们向众多的被调查者提出一个问题:"假如你是这个国家的总理,你如何采取措施解决这个国家当前存在的问题?"结果发现,发达国家和受教育比较多的人都愿意对这个问题谈自己的看法,而且长篇大论,各抒己见。可那些欠发达国家,人们则认为我这一辈子也当不上总理,操那份闲心干什么?根本不回答或持慎重态度。

我在《自然辩证法通讯》上看到一篇文章,从一九五〇年到一九八〇年,中国学生在美国获得物理学博士的有一千七百三十二人,其中如李政道、杨振宁、吴健雄、丁肇中等已为全世界仰慕。这种高水平的广泛性的成功,和国内的物理学界的情况形成一个对比。它证明华裔美籍物理学家群体出现并获得巨大成功,与他们接受了美国的文化价值有关——鼓励竞争;自尊自信是成功的起点;尊重每个人的"隐私权",减少了人们在无聊的斗争中被伤害的可能性;对于"官"的价值观念和中国大不相同,较少等级观念,并不把官看得特别尊贵和显要,当然,它也不是多数人追求的目标。

这难道不能引起我们的兴趣吗?

第三,现代人喜欢探索,乐于接受新事物,思想上倾向于不断革新、比较开放,喜欢标新立异。愿意接受新的文化,喜欢使用新的商品,努力追求新的生活方式。与传统社会的人形成鲜明的对比。受传统文化影响根深蒂固的人,则把标新立异视为不正常的举动,对任何新的事物的出现抱一种观望、警惕的态度,看它能不能为社会所接受,然后再决定自己的态度。

而现代企业家如果持这种观望彷徨的态度,将一事无成。他们认为人应该发奋成就自己的事业,工作就是挑战,就是创造。当然,出色的成绩会带来报酬。这报酬不一定单是金钱、地位,还有荣誉、社会声望和个人心理上的满足。

第四,办事讲究效率,注重计划。现代社会充满激烈的竞争,任何人要想在竞争中保持有利的地位,尤其是一个企业家,要想使自己的企业不被挤垮,而且不断发展壮大,关键的因素就是效率。通过提高效率而获得经济效益。在国外,企业稍有疏忽就会被淘汰,因而凡事都追求高效率。而科学的预测和准确的计划,则是达到最高效率和最佳效果的保证。现代化社会的人比传统社会的人更懂得要达到预期的目的,不能靠别人的恩赐,不能碰运气,也不能单凭苦干。要在科学的指引下制订一个合乎实际的、切实可行的计划,然后按计划进行活动。

作为一个现代化企业的管理者,应特别重视搞规划。一个部门、一个单位、一个企业,必须研究长远发展规划是什么。美国贝尔电话公司的经理,主要任务就是研究新产品,研究用什么产品来代替正在市场上行销的产品;搞企业发展规划,做发展工作,研究发展工作。有许多科学的企业管理方法是在美国出现的,现在日本赶上来了,甚至有些美国的企业管理还不如日本。原因何在呢?一、没有处理好近期成效和长远发展的关系;二、只注重追求生产利润,忽视了企业发展;三、奖励政策偏重于考虑职务和资历,而没有注重个人的实际贡献。

制订计划似乎应该考虑到以下因素:

1.如何保证企业的发展,怎样为社会做出新的贡献?

2.研究企业如何适应环境的变化和未来的发展方向。例如:市场的变化、用户的要求、有没有代用品、技术方面有哪些进步、社会对企业发展有哪些影响等等。

3.还要研究竞争对手的生产能力、服务质量、支撑能力、资金周转率、销售情况等等。

4.要考虑到影响本单位的内部和外部条件。例如各种资源情况、能吸引多少投资、能够得到多少贷款、市场容量有多大等等。

5.企业发展的远景目标:五年、十年后能达到什么水平?

6.为实现企业发展的总目标还要有一套指标体系以及采取的策略。可能会碰到什么机会,遇到什么问题,如果市场减少了怎么办?企业内部有什么措施?

7.资源情况,从哪里得到资源?分析自己能够控制的资源、企业可分配的资源和贷款以及劳动力增长的情况。

8.要有对风险的估计和应变的对策。

9.财务预测。发达国家的企业所有计划都要归结到财务上面。企业发展目标既要有财政做保证,还要有财政收入的目标。

10.研究市场的需要量,进行市场预测。

11.对企业进行不断的技术改造。

总之,善于定法、定规范、定制度,似乎已成为现代化企业家的基本功。

第五,现代企业家的特点是时间观念强,一切活动都愿意按时间表行事。因为时间日益成为决定事业成败的关键因素之一。

现代人还喜欢追求知识。不要说企业家,就是一个生活在现代社会的普通人也需不断地追求新的科学技术知识才能适应社会不断发展的要求。因为现代新的技术、新的产业的发展,不像以前那样只是单一的技术、单一的产业。比如十八世纪,世界上出现纺织机,后来又出现蒸汽机,以后又出现电力,再后出现了核能。这些先后出现的新技术,虽然也带动了其他技术的发展和其他产业的发展,而它们出现时多是单一的。而现在则不一样了,新技术、新产业是一群一群出现的,采取群体的形式,一下子出现了许多新技术、新产业。所以被称为新的技术群、产业群。尽管如此,在这一群中间也有带头的技术和产业。这就是信息技术和信息产业——包括电子技术、电子计算机、微电子、光纤通讯、激光以及整个信息系统。西德巴特尔研究所,从二百五十项技术中检验出十项在不远的将来起关键作用的技术:机器人、传感技术、复合材料、表面技术、新式循环方法、遗传工程、生物物质技术、远距离通信、新式的储能技术、微处理机。而且断言开发和采用这些关键技术,对中小企业、贸易和社会服务部门尤为重要。

在新的技术群和产业群里有一个重要特征——以技术和知识的密集形态出现,而且也是资金密集,投资集中。所以这种新技术、新产业的发展是非常快的。以往每一种重要的新技术的出现,都是要几十年,甚至更长的时间。而现在一个新技术接着一个新技术出现,时间大大缩短了。一九四二年第一个原子反应堆出现,一九四六年电子计算机出现,只间隔四年。一九四七年半导体晶体管出现,一九五七年人造地球卫星上天,一九五九年集成电路出现,一九六〇年新的光源激光诞生,一九七三年实现了遗传基因的剪接和重组。就集成电路来说,集成度每年增加一倍,成本每年降低一半。过去买一个三极管要十美元,到一九八〇年降到一美分,只是原来的千分之一。原材料、设备、工艺,每三年更新换代一次。电子计算机从诞生到现在已是第五代了,每六年电子计算机运转的速度提高十倍,存储量增加二十倍,价格是原来的四十分之一。同样一个产品都在日新月异地发展,更不用说要增加新品种了。

况且新技术、新产业的出现也引起了一系列产业结构和社会结构的变化。诸如在美国就出现了所谓"夕阳工业"和"朝阳工业"。由于技术密集的产业多了,为它服务的产业多了,社会结构就必然会相应地发生变化。知识越来越成为生产力、竞争力和经济成就的关键;信息技术大大提高了人类思维劳动的效率,导致劳动方式的巨大变化。可想而知,一个现代企业没有相应的科学知识,思想陈旧,信息不通,怎么能适应自己的工作!本来在中国混日子是很容易的,甚至目前对很多人来说仍能混下去。然而对一个优秀的企业家来说,混日子的机会越来越少,必须尽快适应现代社会的需要。

第六,企业家要善于选好人、用好人。在选人、用人的问题上,我们倒可以借鉴许多前人的好经验。比如刘邦自知用兵不如韩信,行政才干不如萧何,他的长处是能使用好这两个人。在美国南北战争期间,林肯任命格兰特为指挥官,有人告状说,格兰特这个人当指挥官不行,他嗜酒如命。林肯回答说:"谢谢你!我过去不知道这件事,如果我早知道这件事,我会抬几坛好酒与他痛饮一番。"结果格兰特打了胜仗,为美国的南北统一立下了大功。

我们不仅要引进外国先进技术和经验,还要考虑继承和发扬自己民族的优良文化传统。比如现在日本研究《孙子兵法》就很盛行,有个大公司把《孙子兵法》当做训练干部的必读教材。据说日本从七十年代开始,除了研究《孙子兵法》,还研究《三国演义》。从八十年代开始有一部分日本管理学家在研究《老子》,主要是研究老子对人的认识。我们有些古人有很好的智慧,他们的某些思想很重要。也就是说我们古代有些东西是很有战略思想的。如都江堰就体现了中国古代系统思想的智慧。都江堰到现在已经有两千年了,这个水利工程仍然有生命力。它的设计有系统思想,飞沙堰是清沙,青鱼嘴搞排灌,筑一道堤分成内外江……所以有的史书认为自岷江有了都江堰之后四川才不年年闹灾荒,成了天府之国。而我们现在建的一些水库、水坝却不成功,如三门峡水库,是苏联用五十年代的技术帮助修建的,它的清沙、清淤问题就没过关。

日本和美国虽然都是资本主义国家,但管理方法大不相同。《大英百科全书》的副主编弗朗克·吉布尼认为日本是"孔夫子式的资本主义"。日本人遵循的是孔子人际关系的五条原则:"父子、君臣、夫妇、兄弟、朋友。"注意保持人与人之间和谐的关系,在此基础上发展个性。而美国则是"基督教式的资本主义",注重个性解放,喜欢急功近利,把老人推给社会。美国一万人当中有二十个律师、四十个会计师。日本一万人中只有一个律师、三个会计师。美国什么事情都是法庭上见,日本则比较注意相互间的调解。美国是我今天用你就雇你,明天不用就辞退。而日本许多是终身雇用,把工人看成企业的一个成员。美国是把企业办成一个经济过程的器官,而日本则倾向于把企业办成一个村庄、一个家庭——有个一二百人的小厂,厂长把每一个工人的年龄、家庭、爱好等情况都储存到计算机里,哪一个工人过生日,他前一天就知道了,想办法给他们送礼、送东西,给他们祝寿。

总之，我们引进和学习别人的经验，一定要考虑结合自己的实际情况。切忌一哄而起，一哄而乱，一哄而散。日本《朝日新闻》一个记者，在《神秘莫测的国度》一文中，形容中国人"说话慢吞吞，走路迈方步，做事从来不着急。但是一想到将来，就好像一个晚上要变个样"。这话很尖刻，也许还有失偏颇，我们却不能不深思：为什么会给人家这样一个印象？有人大胆地提出三句话："要改造中国，必须改造中国人；要改造中国人，必须改造中国人的思想方式；要改造中国人的思想方式，必须更新中国的意识形态。"我想对这些问题讨论一下，活跃一下大家的思想，不无益处。

我讲了一些现代人的特点，无非是主张作家和企业家应该成为现代人。至少敢于面对现代人，了解现代人，知道他们的需要，否则就无法为他们服务。倘若一个企业家不适应现代社会，不能为现代人服务，他的企业能获得成功吗？

我讲这些真有点班门弄斧。跟企业家谈企业管理，谈企业家面临的种种新挑战，实在是太幼稚，甚至有好为人师之嫌。其实我这里引用的材料有不少是从专家那里蒐来的，我喜欢跟他们交谈，听他们讲课，看他们的著作和一些根据他们的即兴讲话而整理成的材料。今天被李敦伟同志的盛情逼得无奈，只好东拼西凑，现蒐现卖。有讲错的或引错的地方由我个人负责，并欢迎企业家批评，与那些给我许多教益的专家无关。在这里我只能感激他们。我对企业管理有浓厚的兴趣，愿意当企业家的学生。

我和企业的缘分

多次有人向我提出这样的问题：

"你是愿意当厂长，还是愿意当作家？"

"我因为当不了厂长，才当作家的。"

提问者倘是年轻人，对这个回答多半不满意，还要再问一句：

"假如可以由你自己选择，你是当厂长，还是当作家？"

经过多次试验，我若回答愿意当作家，他们便有些失望。我倘是回答愿意当厂长，他们便欢呼而去。这是为什么呢？我曾认真思索过——

他的语气和神色不像是认为我当作家不够格儿。因为当作家不需要考核，没有硬指标，没有人权限制。现在的作家即便不是多如牛毛，也多如羊毛，光是"著名的"恐怕就多如鸡毛。然而谁都知道，当个厂长则很不容易。

他们很可能认为我当作家是大材小用，是可惜，是浪费，我应该去当厂长。

九年前尚未离开工厂的时候，我确有一套关于企业经营管理的设想，想试验一下，施展一番。但，跟当厂长没有缘分，只当到一个有九百多人的车间主任，便被另一种缘分拉扯着，鬼使神差地成了作家。

跟工厂的缘分并没有断，而且此生都不会断。

自己不当厂长，反而跟中国的厂长们有了更深刻、更广泛的缘分。这些年，东西南北中采访了几百个企业家，还在按部就班地写《中国当代企业家列传》。不受十、百等数字的限制，能写多少就写多少。

是工厂培养了我。

我与工业生活定下了生死之交。

有一天对摇笔杆失去了兴趣，便到工厂去找点活干，问心无愧地欢度余生。

人的一生就看那么几次缘分。

三十多年前，我从技校毕业后连撞大运的想法都没有，是大运撞我。命运像赶羊一样把我分配到尚未完全建好的天津重型机器厂，它人数之多、规模之大、技术设备之先进在当时全市机械行业是首屈一指的。厂长也是中央下来的非同一般的人物。

这对以后我为人为文的风格的形成有很大关系。

而当时同学们向往的理想的工作单位是全国闻名的三条石的工厂。

一条古老的街道，街口铺着三块大青石板，故得名"三条石胡同"。胡同里藏着几十家小工厂，是天津市铸造和机械工业的发祥地，同时也是"资本家剥削工人的活地狱"和"阶级教育展览馆"……陈伯达等当时一些中央的大人物，都去过三条石，并题字留言。

一提天津的工业，似乎就不能不提三条石。

实际上三条石是小生产、小作坊、小手工业。当时我如果幸运地被分配到三条石的某个工厂，就不会是现在这个样子，有现在这样一种命运。

不是好与坏、大与小的问题。那是另一个蒋子龙。

我还是喜欢现在这一个。

进厂不久，我就知道自己喜欢大工业，在雄阔神秘的现代化大车间里，如鱼得水，甚至表现出当工人的天才。

厂里流传着许多关于厂长的神话。他领导着一个近万人的机械王国，在关键的地方、关键的时刻，准有他在场。真是深谙抓重点的艺术，为了打狼敢于舍孩子。一棍子把狼打死，孩子也能得救。

他有重点，全厂职工心里就有重点。他的思路就是战场上的一面旗帜，旗在哪里，哪里就是最前线，就有一场硬仗。一个重点接一个重点,一个高潮接一个高潮,人人都能感觉得到工厂前进的节奏,非常明确,起伏有致,强烈饱满。

绝不像现在的"一步三摇工作法",高喊重点是把经济搞上去,又怕经济一搞活会有经济犯罪,再来个重点打击经济领域不正之风。犯罪有法律管着,你的主要目标是什么?结果点子很多,无一侧重,前面打狼,后面怕虎,孩子丢了,狼也没打着。

这是我平生接触的第一个厂长,而且是个大厂长。不可能不感到新奇,不可能不观察他。

小个子,瘪鼻子翘嘴,眼有精光,一下车间便头戴竹编安全帽,脚蹬大头工作鞋。怎么看他也不像个在那个年代唯一的一种极具权威性的《名人大词典》里占了一页的伟人。可不知为什么,你任何时候见到他,都会感到一种威势、一种力量、一种智慧和信念。

矮汉子高声,他讲话极有魅力,比演戏还吸引人。开全厂职工大会,把几个重要的数字写在手心上,便上台了。如江河直泻,滔滔乎其来。在以后的许多年里,我再也没见到像他那样讲话富有鼓动性的人。

也许那个年代的人容易被鼓动。

现在我自己因听报告听得多了,也变成了一个老戏迷,知道怎样挑刺了。

我们厂在郊区,赶上刮风下雨下雪,他看到有女工抱着孩子站在公共汽车站,就会让出自己的吉普车,到公共汽车站的后面去排队。当时一个国家四级干部做这种事,似乎是很普通、很自然的。职工看到或听到,心里还是会发热。

这样的故事很多。

按理说,他不可能也用不着注意到我这个占全厂万分之一的青年工人的存在。可他不知在什么时候注意到了。也许是在我们车间调整试车的最后阶段,他在现场整整坐了三天三夜。每到开饭前半小时,他到食堂转一圈儿,等我们吃饭回来,他已经在那把木椅子上坐着了。三天三夜没见过他睡觉,没见他吃过东西,没见他打过蔫儿。总是那么精神百倍。真神了！

正式开工生产的时候，我被任命为热处理班的班长。手下有三十多名工人，分为三个班次。其中有一些是从三条石的私营和公私合营企业调来的老师傅。他们级别很高，但对两千五百吨的水压机、百吨的天车、几十米的大炉子、神秘兮兮的各种仪表，见所未见，闻所未闻。再加上被苏联专家吹得吓人呼啦的各种操作规程，好像抬脚动步一不留神就会出大事故。我读过热处理的书，在先我们一步建成的太原重型机器厂实习了半年，年轻好胜，不怵阵。脖子上喜欢围一条毛巾，出炉的时候被千度高温烤得大汗淋漓，毛巾的一角咬在嘴里，脸上留下的汗被毛巾吸收，不会咸嘴。风尘飞扬，充满一种自信、一种自豪，从容熟练地指挥着隆隆天车和滚滚操作机。

这个咬毛巾的习惯动作立刻被许多人仿效，成了年轻人潇洒优美的一种标志。有个姑娘喜欢我，自称就是被我在工作中咬毛巾擦汗的帅劲迷住的。

至今我还留恋那段生活。当个工人并不像现在某些怀有贵族情结的人认为的那么坏。我现在称自己是"工人作家"，有些人不仅不反对，反而很高兴。因为这个称号似乎意味着过时了、不流行了。我则庆幸自己毕竟还有过过时的东西，像有些人那样连过时的东西也不曾拥有过，又该如何呢？在"工人阶级领导一切"的年代，我反而没有这种荣幸。那时候我是"资反路线的干将"、"修正主义黑笔杆子"……

几十年下来，厂长换了一茬儿又一茬儿。不同的个性，不同的风格，不同的做法。千差万别，什么样的人物都有。

"千里不同风，百里不同俗。"

"北方之地，土厚水深，民坐其间，多尚实际。南方之地，水势浩洋，民生其际，多尚虚无。"

再加上国家政策的倾斜、地理环境的不同，使南方和北方的企业家、内地和沿海的企业家，有许多不同。

但，"条条大道通罗马"，好的厂长都有自己的独特的治厂方法。每个厂长都是一台大戏的主角，支撑着中国经济的舞台。

他们有差别,也有共同点。现代经济生产正逐渐世界化。凡成功的企业家身上都体现了这种现代企业精神。

有意思的是他们各自的表现迥然有别——

南方一现代化大型企业的厂长,竟用传统的苦行僧式的办法获得了成功。

平时住在厂里,一周回家一次。尽管家有娇妻爱子,大多数情况下他一回到家便累散了架,进屋倒头就睡。像用乏的电池充电,把一周在工厂里欠的觉都补上。

在他上班时间,不许家里人为私事找他或给他打电话。廉洁得对自己和家人近乎残酷。

他有自己的理论:"我只有把自己的生活搞得四面见光,才能取得把工厂搞好的资格。中国人挨整就是那么几下子,政治问题、经济问题、作风问题、骄傲问题。你把别人在这些问题上对你望风捕影的可能性,早早就根除掉,无后顾之忧,便可换得在管理工厂时有更多的自由、更大的勇气、更硬的权力。"

用高薪把市里的一流教师都收买到厂办中学,用高价买高知,这符合现代意识,使他的职工子弟高考升学率达到百分之九十多。增加工厂的凝聚力和知名度。他的口碑极佳,工程技术人员对他尤其推崇。

与他自身的廉正极不协调的是,工厂退休的老领导,各个上级部门的领导找他开后门,要钱要物或安排个人,他一般都照办。其理论是:"群众同情弱者,我上来他们下去,他们就变成弱者。如今群众看到他们仍能指挥我干这干那,下了台的欺负在台上的,就转而同情我。我就可以利用这种同情干许多正事。"

北方一大型钢铁企业的经理,是典型的政治型企业家。

懂得政治,精通政策,利用政治,跟政治家有良好的关系,在领导层中玩得转。

信息灵,常常能得风气之先,先吃一口。比如承包、扩大自主权等。竞争中常有这种现象,早来的吃口肉,晚来的喝口汤。

这样的企业家知名度大,甚至能影响领导人物。有一次我和一个政治家谈话,他在谈话中几次提到这个企业家的名字和观点。令我惊异。

还有:

知识分子型的;

新潮型的;

能文能武型的;

农民型的……

每一个成功的企业家都是一个独特的类型,很少有完全照抄照搬别人的做法能获得成功的。

我跟企业家的缘分,使我找到了终生的主题:人和经济社会的关系。

人类创造了工业文明,工业文明也制约着人类。至于权力、家庭、伦理、道德等都无一例外地受着经济发展进程的影响。

现代人的人格构建、精神走向在很大程度上也受着工业的影响。现代人有谁能离得开工业产品呢?

因此,是大工业培养了社会的消费品格和文化品格。

令当代作家惭愧的是我们还没有大气象、大规模,与大工业相匹配的工业文学作品;与实际的工业生活相比,文学显得苍白和软弱无力。

巨大的工业文明常常会对人类的需求开玩笑,尤其喜欢拿人类的精神需求开玩笑。

这玩笑使我在近几年跟企业家的关系有点尴尬——

由于众所周知的原因,或者是众所不知和一些说不好、不好说、不说好的原因,作家协会和一些纯文学刊物的经费都“出现赤字”。五年前的某一天,副主编找到我。当时我是某一个刊物的挂名主编。因纸张和印刷费涨价,如果不先交给印刷厂多少万元,刊物就得停印。我们的刊物还是被市领导称为“天津市唯一的官办文学刊物”,没有钱理应找领导。但领导也没有钱,叫我们自己想办法。

挂名主编也是主编,是主编就得负责任,人家副主编解决不了的问题找到你,你就得拿主意。我给一个当厂长的朋友打了个电话,如此这般地把文学的尴尬处境说了一遍,总之是说文学已经开始讨饭了,找他借十万元应急。他答应得很痛快:"别人借钱不给,你借钱没问题。老话说,跑了和尚跑不了庙,现在连庙也靠不住。庙一倒,光剩下几个秃头和尚就赖账。你是大和尚,跑了庙也跑不了你这个和尚。我跟党委书记打个招呼,明天上午叫你的会计来办手续拿钱。"

晚上九点多钟,他又来电话:"老兄,你借钱的事吹了,书记不同意。他说你要是私人用钱,借多少都行。党办的刊物,没钱印刷应该找国家要钱。你等于是替国家向我们借钱,到时候不还,你本人也不丢人现眼,我们又能拿你怎么办?"

太惨了,文艺部门好像不能沾、不能惹。

我又求助另一个厂长,这是个实实在在的大好人,二话不说就借给我们十万元。

不幸被前面那位党委书记言中了。借钱容易还钱难,我几次三番地催促副主编,叫他们还钱。下命令不管用,就求他们,求会计,宁可刊物停办,也不能坑害好心的朋友。死猪不怕开水烫,编辑部没有钱,即便我把他们撤掉也拿不出钱来还账。

如今我已卸职,还欠人家五万元没还上。为此,那位好心的厂长挨了上级领导好一顿批评,说不定还会影响他的官运。

不仅如此,作家协会下面有许多部门,有好几个刊物,各摊儿都要"自谋生计","生产自救"。然而别的本事又没有,便从社会上临时招来一些能言善辩的小姐先生,到各个企业去拉广告、拉赞助。他们见了企业的负责人,第一句都喜欢这样说:"蒋子龙叫我来找你们要多少多少钱……"

人家给了钱,他们就拿着。

人家拒绝了,丢人的是蒋子龙,于他们的脸面无损。

我经常接到企业家的电话、口信和来信:

"你要的那笔钱我已给了。"

"你要的那笔钱再缓几天行吗?"

我多次召集机关的人开会,三令五申请他们不要再打着我的旗号到企业去要钱了。请他们高抬贵手,我的牌子早就被卖倒了,已臭不可闻。请他们权当积德行善,给我留条生路。

话说到这种地步,仍不能完全止住。我不得不写了一纸声明,复印许多份寄给企业界的每位朋友。

这算不算也是一种缘分?

星 与 城

——《星》发刊词

在茫茫宇宙里,星——多而不乱,填补空旷,使神秘的宇宙愈加玄妙,越发璀璨。

从地球看太空,每颗星是一座城;从太空看地球,每座城是一颗星。

探索宇宙先从探索星球开始,没有星便不称其为宇宙。城市是地球文明的发展成果,在地球上星罗棋布,居住着人类中值得羡慕的一群。各个国家和地区的政治、经济、文化的中心是城市,世界上各种重大号令——给人类带来幸运的和给人类带来灾难的,大都是从城里发布出去的。

世界上有完全相同的城市吗? 没有。就像少有完全相同的人一样。外貌大同,风格大异。大同表现了人类文化的融合性和总体趋势,大异表现了各民族文化各地区文化的个性、能动性以及历史和社会的特殊内涵。

城市是现代文明的结晶,也是人类毁坏大自然生态环境的唯一可以称道的收获吗?

矛盾的现代人类希望美城如乡,富乡如城。到底喜欢地球城市化,还是喜欢地球乡村化?

不管怎么说,城市的存在是一种巨大的文化现象。它浩繁、奇特,充满诱惑。真实而丰富地表现和探索城市现象、城市效应,不仅有意思,而且有意义。

——于是"星"被发射升空了。

它在当代浩瀚的文化星空有自己的轨迹,有自己的位置。它观察地球人类有自己独特的视角,对千奇百怪、千姿百态的城市文化尤其感兴趣。

笼而统之地说,人类创造的全部物质财富和精神财富,都可称为文化——即"人类生活的样态"。如果对人类文化进行分类,据说有一百多种,可谓"百家百姓"。

人类生存离不开文化,人类创造了文化,也被文化所创造。想想"文化大革命",就一目了然"文化"的含义之广之深以及对人和社会的影响之大。文化的不同影响着生活的质量、人的质量和社会的精神品格。

了解文化,了解自己——现代人感到了这种需要的迫切。

前几年的"文化热",正表明人们对自身的认识和对生活的认识在深化。现代物质文明一定会引发人们对精神需求的探讨。生命本身就是最奇妙的文化现象。

在经历了各种文化的轮番轰炸以后,我们终于可以静下心来思考一下:

现代文化是多得四处漫溢令人迷茫,还是陷入了无文化的忧患?

文化理应从历史中获得深度,并作用于历史;历史将会怎样评价现代文化?

文化不是供香客朝拜的祀奉物,它的魅力在于创造和发展,它体现着思想的活力,帮助人完善自己;现代人善于还是拙于吸收文化的成果?

城市汇集着多种多样的文化。文化的千支万脉都与城市相连。

建筑风貌,文化风景,众生心态,市井沉浮,生产和交换……生气勃勃的繁衍发展,博大恢宏的无穷蕴蓄,构成了文化的永恒。

在这种高深莫测的永恒面前,小注即满的人难窥其涯。想要探访城市文化的灵魂,既艰难又充满诱惑——"星"恰恰选择了后者。

这种选择确定了它的风格:探索性、现代性、历史性、艺术性、幽默性。

不但要记得人对文化的重要性,更要懂得文化对人的重要性。它能移植生命——这是文化的一大功德。所有精神上和物质上的创造,都可以借用文化的手段繁荣、发展,使人类文明的成果愈积愈厚。

于是,在文化的宇宙里星光灿烂。

于是,地球上的城市愈来愈多,愈来愈密。

于是,"星"有了存在的信心和力量。

存在多么合理,多么美好。文化说到底就是追求这种生命的意趣。感谢古典文化浓厚的根脉,感谢现代文化广阔的空间。

世界在打量你

你说，现代人活得轻松舒适或紧张劳累，还是既轻松舒适又紧张劳累？

哪一种人轻松舒适？哪一种人紧张劳累？哪一种人兼而有之？

高技术、高竞争的社会必然选择高智能的人。要具备高智能未必就是一件轻松舒适的事情。世界的发展在时间上是无限的，在空间上是多层次的。新科学、新技术、新材料、新概念、新观点、新方法等等新潮的东西层出不穷，知识成果越积越多。当代真正能达到高消费的是知识。真正能不断翻番的也是知识的积累。

现代人谁也无法回避"知识轰炸"的现实——如何吸收当代如此浩瀚的各种最新的科学文化知识？

"知识工程"出现了，专门生产和提供知识。人们感到靠个人的头脑是不够用的，于是诞生了"思想库"、"智囊团"、"头脑公司"。

普通人或许用不起这"库"和"公司"，那么还得靠自己的头脑。但不等于说某个普通人就不能拥有自己的"思想库"和"智囊团"。

正如多水而又少水的地球一样，我们泡在知识的海洋里却不是随便喝一口都能解渴的。不能眼花缭乱、无所适从，或人云亦云、东撞一头西咬一口。不被知识淹没，却又能大量吸收新知识，驾驭知识。这就要有鉴别，选择的同时也在舍弃。

不是所有的新的都是好的。一种新是创造和发展；也不可否认还有另一种新，耸听的危言，以失度和偏颇取得标新立异的效果，故意制造"热点"、"黑马"、"新秀"。"科学是进化的，艺术是非进化的"。日本不是正在掀起中国古典智慧热吗？也不能说十九世纪的托尔斯泰比十六世纪的莎士比亚更伟大。面对丰富复杂的新思潮，要把握住决定它们本质的内核。

现代人为了追求现代意识往往忽视了想象，殊不知想象比知识更重要。想象是无限的，推动知识的进步。应该借助丰富的知识和经验催发自己的想象力。发展想象并不是对虚幻缥缈的将来未雨绸缪，而是用想象激发创造生活的灵感。现代科学技术容易为人类提供梦想，如未来学家预言的"后工业社会"就给大家带来多少幻想。然而，社会实践也最能严酷地粉碎人们的梦想。梦是没有用的，但人类不可以无梦。

"现代"不能离开对"过去"的继承而凭空产生和发展。"新"是对"旧"而言。倘若彻底地虚无也将使他自己一无所有。

尽管知识"爆炸"了，却并未炸通当今世界上一个又一个的谜。什么"四大死亡之谜"、"六大自然之谜"，更不要提那个"艾滋病"和"厄尔尼诺"之类的东西。这个世界就是这样的可爱而又可怕。我们吹了几十年，好像已经着实地改造了地球，征服了地球。谁料它稍一变脸，略施小计，人类就叫苦不迭，吃不了兜着走。我们还是无法选择它。只能雕塑自己，接受它的选择。

"城市人"随想

——《城市人》发刊词

人类在什么时候建造了第一座城市？

为什么现在大家突然有兴趣讨论什么是"城市人"、"城市意识"、"城市文学"？

以前的"城市人"难道没有"城市意识"？

谁敢说中国或世界在以前就没有"城市文学"？

可见，"城市意识"这个概念的产生跟人们的"现代意识"有关。或曰是"现代意识"的产物。

现代人另一个层面上的意识苏醒了，用一种新的眼光打量城市，带着一种喜忧参半的感情关心、"向往"城市。这种"向往"跟从前由于城乡生活相差悬殊，人们羡慕城里生活、向往做一个城里人不完全一样。

人们开始隐隐感觉到现代城市对人的强制、挤压和骚扰。

彼此雷同的楼群，万头攒动的街道，五花八门的商店，光怪陆离的夜晚，喧嚣不安的氛围。还有紧张的竞争，追求利润和物质享乐，冒险的机会和偷懒的机会一样多，成功的可能性和失败的可能性一样大……

空间在压缩，人口在增加。现代城市的发展是不可阻止的，现代化程度越高，人们的选择似乎不是更自由，反而受到了限制。

因为靠现代科学技术逐步装备起来的城市，把自己的形象强加给"城市人"。"城市人"在不知不觉中，甚至是舒舒服服地接受了现代科学技术铁面无情的法则。

人们的生活被越来越先进的技术产品改造了。不可否认,人们的生活环境得到了改善。同样也不可否认,城市吞吃大自然的原料,并将消化过的废物再排泄给大自然,制造污染。

城市集中体现所谓的"现代工业社会"。

而未来学家又预言:人类生活在一个正"走向城市的世界"上。

能否说最具有"现代意识"的现代人多是"城市人"呢?

现代城市跟科学技术一样同是人类文明的产物。城市体现人的内涵,同时又将自己的模式印在本城人的行为和思想上。

"城市人"的形态在城市里。

城市体现本地人的意识和性格。

因此,要表现"城市人"就须抓住城市的灵魂,了解城市的历史,把握城市里的各种冲突,熟悉城市的特点和生态环境。

写"城市人"——是个很有意思的大题目。

写好"城市人"——也委实不大容易。

一方面,现代技术在城市里产生了"有益的文化结果","组成一个新的文化秩序"。人们喜欢先进的玩意儿,物质生活水平越来越高。工具是人体的延伸,现代技术就是讯息。人们对世界的认识越来越多,越来越深。如果世界有一天真的变成了社会学家所说的"环球城",大家岂不都成了"城市人"? 这样的"城市人"从思想、意识、感情、语言到生活习惯、生存能力都将大大有别于过去住在城市里的人。

另一方面,现代科学技术最集中的城市,形成"铁板一块的科技世界",是一股"强大的集权主义力量",它把许多时髦的东西强加于人,无视文化和意识的差异。不是有人把洛杉矶、香港等这样一些很发达的城市叫做"文化沙漠"吗? 别忘了洛杉矶还有举世闻名的好莱坞呀!

到底是人统治现代技术,还是现代技术统治人?

精神病、不自在感、压抑、烦躁、孤独感以及各种稀奇古怪的疾病,不都是对人类现代文明的嘲弄吗?

城市是有灵魂的人。或者说是人的灵魂的影像。

每个人也可以是一座城市。文学需要怎样的功力才能穿透城市的秩序,活画出城市人!

能看穿城市的人才能掌握城市。而众多的人都生活在城市的形象之中。

大自然养育了艺术,给一切艺术以灵感。

城市的规律和秩序同样也能给人以自由。

问题是文学怎样认识和掌握这种自由,才不愧对星罗棋布的城市和越来越多的"城市人"。

知青情结

在中国没有人不知道"知青"这两个字的含义,它并不简单地等于"知识青年"。谁还会把现在的中学毕业生称"知青"呢?

曾在黑龙江建设兵团"战天斗地"十一年的一位天津老知青,现在成了富有的私营企业家,前不久又开了一家据说是全国最大的老知青饭店。自开业那天起,天天客满,常常这一桌客人还没有吃完,后边又来了排队等候的人。来的大都是老知青,想吃知青饭,或者说吃也不是主要的,更想感受当年的那种氛围——和当年一模一样的毛泽东画像,当年老知青穿过的绿衣服、绿帽子、红袖章,用过的木柜、农具,墙上贴着当年的标语口号:广阔天地,大有作为;中华儿女多奇志,敢教日月换新天;农业的根本出路在于机械化……

在这样的环境里回忆往事,相互探问,你是哪个兵团的?或你在哪儿插队?哪年回来的?现在怎么样?知青见知青感情格外近,或高唱当年知青歌曲,或笑语喧哗、慷慨激昂,或默默垂泪,或干脆放声大哭一通。有一内蒙兵团的老知青,就专门到老知青饭店痛痛快快地哭了一场。一黑龙江兵团的老知青看了老知青饭店之后,留下了一万元人民币,说不留下点钱心里不平衡。

围绕着老知青饭店,形成一股知青热。饭店老板表示,用老知青饭店赚的钱干三件事:奖励十名优秀知青子女所在学校的校长,每年一次,每人一万元;奖励十名成绩突出的知青子女,每年一次,每人五千元;供给十名家境困难又考上了大学的知青子女上学的全部费用。

知青知青,处处知青,心系知青,雄心勃勃。他不无自豪地讲道,天津老知青三十万人,全国有四千五百万人,其中厅局级干部有多少,省部级干部有多少……

他还没有算上发财的有多少,当厂长、经理的有多少,再过十年二十年以后,知青阶层还会怎样……任何一个老知青,只要谈起知青就有一种共同的自信和自豪。当今中国社会有许多阶层,恐怕没有一个阶层像知青阶层这样阵势强大、声息相通,形成了一种文化景观。从文学到影视,从政界到商界,各行各业,无处不知青。只要是知青,见面就有三分亲。知识青年上山下乡运动过去快三十年了,"文革"结束也近二十年了,随着时间的推移,老知青们的"知青情结",不仅没有淡化,反而更强烈了,也许还要传给下一代。想想不是很有意味吗?

他们之所以抱团莫非因为他们是战友?中国每年都有大批军人复员转业,还有过百万大裁军,而且是从最讲团结最讲纪律的解放军大学校里毕业的,历年的复员军人加起来无以计数,何曾形成一个什么阶层?按复员军人的习惯,在一个班、一个连、一个营共同战斗过才算战友。同在一个团、一个师,勉强还拉得上战友关系,再远了就没有人称战友了。而知青不同,无论你是兵团还是插队,你在内蒙还是新疆,在陕西还是海南,见了面都是战友,不见面同是知青,不熟也亲。

他们之所以如此难道是因为他们遭遇相同,共同的苦难使人相亲相近?"文化大革命"中被打成"牛鬼蛇神"的人很多,"文革"结束后虽然大家都控诉"文革",却未见得受过迫害的人比以前更团结。

唯老知青们例外,形成了一种特殊的社会现象和文化现象。

不知社会学家、人类学家怎样评价这一现象,或者不认为它已成为一种现象,或者太过敏感,故意视而不见……

我却以为老知青现象体现了中国文化和道德中积极向上的那一面。他们之所以成功者较多,是因为他们经历过大苦难,见过大世面,被置之死地而后生,不再惧怕任何艰难困苦,包括失败。从而变得务实、肯干、竞争性强、适应能力强、生存能力强。其实老知青们是很传统的一代,牢靠而稳定。

在竞争激烈的现代社会,老知青们反而真的进入"大有作为"的时代。而现代社会对这一现象的认识和总结却躲躲闪闪,远远没有跟上,甚至没有一本像样的从理论上对"知青现象"加以透析和总结的著作。

中国搞了许多运动,不总结这些运动,怎能真正认识中国? 怎知道哪些该保护、该弘扬,哪些该扬弃、该杜绝?

中国的理论界可算处于"广阔天地"之间,有许多重要课题等着开发,有些题目甚至已被外国人抢先作了。自己何时才能"大有作为"呢?

选美和四环素牙

一九九一年天津市举办第一届月季小姐评比,请我做评委,我坚决拒绝了。一九九三年三月,《特区文学》的主编请我去深圳做东方小姐评选的评委,我又拒绝了。理由很简单,窃以为这些如火如荼的选美活动大多出于经济目的,属于商业活动,劳民伤财。何必去凑这份热闹,甚至会挨骂呢? 美是一种审视角度,一种感觉,一种自然,一种清静。热热闹闹在大庭广众之下选而出之的美,必定要有技巧,有表演,有运气,还有声、光、电及诸多因素。这本身似乎就不太美了,至少美得不够纯粹。

自知这观念失于偏颇,几近迂腐。好在选美对我来说像我对选美一样无足轻重,随便想想,未加深究,一闪而过。

一九九三年五月,天津市举办第三届月季花节,同时评选月季小姐,搞得轰轰烈烈。我却不问不闻。当周围的人议论纷纷时我仍能保持听而不闻,视而不见。选美与自己相距十万八千里,对其本质所知甚少,何必操闲心,说闲话。

不知是月季花戏弄我,还是命运戏弄参加选美的小姐,当月季小姐的评选进入决赛的时候,由于一条无法拒绝的原因,我被推到评委席上。担任评委的还有一个蒋家人,即美国中文电视台总裁蒋天龙,另外,还有电影导演凌子风,美籍华人靳羽西等。

亲身参与一番选美,感慨又不一样了。

被选出的月季小姐,可能是参赛选手中比较美的,但绝不是天津市最美的小姐。当你近距离瞧这些小姐的时候,一些优秀者给你的印象才是"还不错"。绝没有那种美得迫人、美得剥夺了你的想象力的魅力。也许在日常生活中,作为一个普通姑娘被周围的人认为是很美的。但站在选美的舞台上,人们品评的眼光和标准就不一样了。征服一两个或一二十个就可以成为他们眼中的美人,要在大庭广众之下征服千千万万个各式各样的怀有各种不同审美情趣的人就难了。

可见所谓"东方小姐"并非是东方最美的小姐,"美国小姐"也不一定就是美国最美的姑娘,"环球小姐"更不等于是世界第一美人。但这称号的产生又是公平的。谁如不服气都可以报名参赛,一决高低。

站在选美台上,以美比美,美中选美,难有完美。每个小姐的缺陷都被人看得非常清楚,选美实际是很残酷的。

参加选美必须先学会笑,而笑是不可能不露齿的。对女人来说,牙齿是很重要的,古人形容美女是"齿如含贝","樱桃红绽,玉粳白露"。而我们这些二十岁上下的小姐,大多是一口四环素牙——此药现已淘汰,在她的幼年的时候,此药正流行,发烧或有炎症,都用此药救急。此药的其他副作用自不必说,对牙齿的腐蚀却是有目共睹的。脸可以用高级化妆品涂白,唇可以抹红,牙怎么办?既不能化妆,又不能掩藏,一张嘴,红唇黄牙,血唇污牙。天呀,大煞风景,令人不忍多看。

对小姐,只可远观,不可近瞧。近瞧那明显的外表和内在的缺陷,会让你产生一种怜悯、一种同情。

选美有一道必不可少的程序,就是让选手们泳装亮相,展现形体的美。形体很重要,一般的年轻姑娘也不缺乏这方面的优势。但这些小姐的形体只能算得上匀称、漂亮,没有个性,千篇一律。更没有构成形体文化,缺乏内涵,一览无余。因之就没有魅力。正如中国的男性电影演员,不会运用形体语言,缺少形体文化一样。

尽管如此,展示形体或穿上各式各样漂亮的衣服表演,是选手们乐意干的,大体上也都能应酬下来,不会出太大的纰漏。最惨的是当场回答问题,这要表现选手的精神气质、文化修养、应变能力。没有太难、太怪、太偏的题目,仍有人说蠢话、说错话,半天答不上来,或吞吞吐吐,语言无味,东拉西扯,言不及义。更莫提简练、准确、机智的幽默了。文化素质太差了。由于金钱的力量在幕后导演选美活动,可谓商业搭台,美女唱戏,主题是钱,是商业竞争。在色彩缤纷,烟雾腾腾,以及音响的狂轰滥炸中,选美很容易变为选"绣花枕头",重外表轻气质,重泼俏轻优雅。而这次选美由于有了我这样一位苛刻的评委,恰恰使两位内在素质不错的姑娘沾了光——这件事只有我最清楚,却只能说到这个程度。

这场马拉松式的选美到夜里十二时才结束,小姐们有的高兴,有的沮丧。我相信她们中的成功者也未必很清楚自己为什么能成功,失败者也不一定知道自己败在哪里。商界的大亨们以及领导人上台为获胜的小姐颁奖,大厅里却已空空荡荡,只有他们自己的笑容相互陪衬。

我已经不胜其苦,不胜其烦,逃跑似的离开体育馆。回家后记下这篇短文。此文发表后就不会再有人请我当选美的评委了。唯愿如此,谢谢。

市场·情场·官场

　　中国不再是"市"外桃源。

　　现代社会的喧嚣躁动、紧张不安,都跟市场紧密相连。人们的生活也无法摆脱市场的控制和影响,比较价格,挑选商品。市场还通过广告这个触角伸向每一个家庭、每一个角落,从孩子到老人,无一放过,进行永久地狂轰滥炸。人心随着物价的波动而波动,随着通货膨胀而紧张。市场稳则人心稳,人心稳则社会稳。

　　如今在中国很难找到没有市场观念的家庭了。何谓现代意识?说到底就是市场意识。

　　"以经济工作为中心"。什么经济?市场经济。不开放自己的市场,不想法进入世界市场,我们就有可能被开除地球的球籍——就是这么严重!

　　市场不仅在剧烈地改变着当今的中国,也在改变着世界的格局,没有一个国家愿意被抛弃在世界经济市场之外。谁被世界的大市场抛弃,谁就意味着落后、死亡。政治性的国际集团一个个相继解体,如社会主义阵营、社会主义大家庭、华约、苏联等等。与之相对应的资本主义阵营、北约,也失去了原来的意义。但是以经济为目的,为了控制市场的国际组织,一个个建立起来,如欧洲共同体、石油输出组织、关贸总协定、西方七国首脑会议(却加上了一个明明是东方的日本的首相,因为日本是一个不容忽视的庞大的"经济动物")。

　　市场在世界范围内变得领导一切、指挥一切、调动一切了。不管中国人喜欢不喜欢它,习惯不习惯它,都无法回避它、漠视它了。

那么,市场是什么?

对眼下中国的富翁阶层来说,市场是摇钱树,是聚宝盆,是天使。

对另外一些人来说,市场则是魔鬼,是陷阱,是火葬场。

有一句在文件里、在报刊上经常见到的话,叫"把企业推向市场"。一个"推"字最传神,表现了一种无奈,一种被逼迫、被强制。令人很容易想到:推下去摔死,或推出去斩了!

不是一种自觉的行动。北方有许多企业由于不适应市场经济,已经倒闭或濒临倒闭,致使成千上万的职工及其家属陷入贫困之中。最糟的一连八个月不发工资,有的每月只给每个职工发五十元最低生活费。五十元在当今社会能维持最低生活吗?于是有的家庭忍受不了贫穷的耻辱,由于不能为孩子交纳六十元学习费用,三口人一块自杀了。有些是很能干的厂长、车间主任,由于工厂亏损,发不出最低生活费,也一筹莫展……

市场在哪里?

市场是一种意识,市场在心里,或者叫心里有市场。发财的都是"市场人"。

今年春节,天津食品市场掀起一阵"山鸡热"。又新鲜,又好看,送人拿得出手,待客是珍稀野味,自己舍不得吃还可做成标本挂在墙上。这是东北农民的成功,他们发现山里的野菜、野味金贵起来,越土越野,越登大雅之堂。便栽植野菜,饲养山鸡,成本低,售价却高出家鸡十几倍。

翻开富翁们的发家史,发什么财的都有,怎样发财的都有。但有一些共同的东西:有胆有识,坚忍不拔,甚至逆向思维,忽发奇想。"举起鼻子到处去嗅,寻觅可以做生意的地方。没有这种嗅觉和眼力,从底层起步的人是不可能赚大钱的。"(荷兰商业巨子亨利·德特丁语)"整天小心翼翼,如履薄冰,密切注视市场变化,唯恐在商战中败阵。"

市场给现代人提供了无法控制的诱惑,市场是挑战,也是机会。谁清楚自己的目的,找到了自己的市场,谁就是幸运者。

然而市场上的竞争又是变幻莫测、残酷无情的,将彻底埋葬"大锅饭"和平均主义。有成功者就有失败者,而且不同情弱者。英国人A.D.史密斯公布了一个贫富的比例:"有大量财富的地方必然有极大的不平等,有一个富人必须有五百个穷人。"

市场提倡公平竞争,公平交易,但更推崇实力:经济实力,技术实力,产品实力,或者有超人的智慧。

社会是个由政治、经济、文化构成的三面体,三者之间相互促进,相互制约。系统控制理论专家又把经济称做"市场";把文化称做"情场",因为文化里包括信息、情感、精神、宗教、伦理、道德、知识、艺术等;把政治称做"官场"。

中国过去是官场大,市场和情场小,一切为官场服务。"既不促进市场发育,又不促进人性思考。"而所谓西方发达国家则是市场发达,官场萎缩,官场和情场为市场服务,市场往往决定着官场。西方许多政治家的命运都取决于本国的经济状况。在美国发生的事很容易成为世界头号新闻,那不是因为美国总统大,而是由于"美国经济数万亿美元的不断增长,向世界持续提供一个繁荣稳定的大市场"。市场大则国强。

中国的市场正逐渐健全发达起来。

它优待捷足先登者。

文化的位置

沈阳大文化书局邀我在立冬后的第三天,在该书局举行一次签名售书活动。发出这一邀请的是多年的朋友,我无法拒绝。天津一位非常熟悉图书市场情况的朋友得到消息后力劝我取消这次活动。理由有三:一、东北天气太冷,市场进入淡季,非不得已谁愿上街挨冻?你的小说和散文又不是人们生活必需品,当今社会能有多少文学狂热分子会冒严寒上街去买你的书呢?二、签名售书一般都在位于闹市区的大书店进行,听说这个沈阳大文化书局并不很大,且地处沈阳闹市之外,你冒的风险太大了,在军事学上这叫犯了"兵家大忌"。三、如今作家签名售书已不新鲜,前不久在北京的书市上,工作人员得举着喇叭到处吆喝,某某作家在此签名售书,欢迎大家来购书签名。作家和文学已沦落到当街叫卖的地步,你又何必去自寻难堪!

自一九八二年以来,在朋友们的鼓动和安排下我不知搞了多少次签名售书活动,还从来没有碰到过冷场。尝受一次被冷落的滋味有何不可?就像一个演员,能经得住别人的喝彩声,也应经得住别人喝倒彩。朋友的劝告反倒激起我一种渴望——渴望受到冷遇,渴望到签名售书的那一天无一人来买书,看看自己到底有多尴尬?体味一下那将是什么心态?即使那样不也很正常吗?与眼前的文化境况岂不更相符。

我怀着一种近乎勇壮的轻松登程了。在颠簸摇荡中似睡非睡地度过了一夜,早晨六时到达沈阳。上午又参加了一个对话会,经济学家和企业家的对话相当精彩,到十二点多钟才结束。午饭尚未吃饱,售书的时间已到,套用一句商业用语:"读者就是上帝。"岂能让"上帝"等我?经济界又说市场就是战场,只好放下筷子先上"战场"。国际信托投资公司的副总经理张连琨先生用他的车亲自送我去书局,大师级的国画家宋雨桂兄昨天刚扭伤了腰,被夫人搀扶着一定也要到现场为我站脚助威,还有其他一些文化界、新闻界和企业界的朋友已经先到书局去了,将为我掠阵。文学并不孤单,我何惧哉!

事实是文学尚未到慷慨就义的地步,我也无须表现得太悲壮。不就是签名售书吗?多卖几本少卖几本又当如何?

沈阳大文化书局门外已围了一片人,里面人已挤满,无法按原计划让我坐到书局里面暖暖和和地写自己的名字,只好在书局外面宽阔的便道上放了一张桌子、一把凳子。我一分钟都没耽误,也没等任何人讲几句话搞个什么仪式或正式宣布签名售书开始,我一下车便认出了读者,读者似乎也认出了我,让开一条路。我直奔那个属于我的小凳子,坐下来便看到眼前一片手臂伸向我,每只手里拿着一本或三四本乃至十几本我的书。不仅有沈阳出版社刚出版的我的散文随笔集,还有人文、华艺等出版社出版的我的小说集。签名就这样开始了,开始了就无法停下来,甚至连头也没有时间抬一抬。不需要什么勇气,更不悲壮,只是热烈。双脚渐渐被冻得麻木了,但心里很温暖,对沈阳和沈阳的读者生出许多美好的感激之情。

幸好沈阳大文化书局不在市内,门前才有这样一块空场和刚修好的宽阔大道。书局的门正横对着一座刚落成的立交桥。这里不繁华,甚至可以说有点偏僻。也正是在这里才挺立着堂皇的大文化书局的牌子,也许这里正代表了目前中国文化所处的位置——被挤出了闹市,但架子不倒,以自己的高规格高品位吸引着众多的文化知音。

高品位不等于钻进象牙之塔孤芳自赏,大众是文化的保存力量,同时也是文化的革新力量。文化不交给大众,不用来提高民族的整体素质,也便失去了文化应有的价值。

我不相信文化会消亡。但眼前文化确实碰到了无文化的威胁。前不久处于上海市最繁华闹区的南京东路新华书店能否继续存在下去引起热烈争论,文化界一片感叹之声,仿佛是文化在发出悲鸣——偌大的一条南京路,排满了各种各样的商店,难道就没有一个书店的立足之地?文化在商品经济中也应有自己的位置,任何社会都不会不给文化留下一席之地。商界同样也理直气壮:文化不能靠怜悯和施舍,市场经济优胜劣汰,书店被挤出上海的黄金地段,正说明文化的无用和虚弱。

未必,当前中国的商品经济缺少的正是文化品格,却还在盲目地排斥文化。没有文化的经济是不会有前途的,有朝一日中国的商品经济会呼唤文化。即便是眼下一些新型的成功的企业,也是得益于文化,是文化的成功,如珠海的巨人公司。相反,眼下倒闭的或亏损的企业,大都是因为缺少文化,素质差,听天由命或懵懂瞎撞。

可惜人们不认识这一点,只在投机取巧、坑蒙拐骗上下功夫,却不在文化上下功夫。

有人问书局的女经理傅任,为什么叫"大文化书局"?傅经理答得很妙:因为这里不是小文化。我不知文化是否有大小之分,但确有文化和非文化之分。傅经理宣布自己的书局不卖盗版书,不卖庸俗不堪的劣质书,宁缺毋滥,不降格以求。可谓高文化,或者叫真文化。而她的所谓"小文化",我猜是指伪冒假劣的文化产品——我们这个号称有着悠久的文化传统的大古国,当前确实面临无文化的威胁。前几年闹过一阵"文化热",酒文化、茶文化、穿文化,似乎中国人的吃喝拉撒皆文化。我们真的有引以为自豪的饮食文化吗?还有哪一个民族像我们这样,经常由中央下文件,三令五申,规定该怎样吃,不该怎样吃,待哪一级客人该是几菜几汤,开什么样的会伙食该是什么标准,超过了标准该怎样处罚,等等。这是会吃,还是不会吃?又有哪个国家像我们一样每年用公款吃喝?可仍旧照吃不误。可谓穷吃,吃穷。这是有文化,还是没有文化?

这类的事情不胜枚举。文化不能靠强迫命令从上往下压,只能从下面逐渐提高。

从下面看问题在上面,从上面看问题在下面,上下一块抱怨,吃着肉的和吃不着肉的都可以骂娘,正说明了文化的贫困。王尔德有言,国民的憎恶之心,文化越低越激烈。

人类创造了文化,文化也创造着人类。缺少文化甚至排斥文化的民族是不会有希望的,更不会成为先进的强大的民族。看看当今世界吧,所谓经济发达的国家,也都是文化发达的国家。而不发达地区,首先是文化落后。

我对中国的文化充满信心,它决不会被连根拔起。尽管当下有许多人把文化的位置摆错了,这些人经过磕磕碰碰,吃尽苦头,仍找不到出路,最后还得来求助于文化。没有文化上的提高和突破,就不会有真正的经济腾飞。

对一个民族是如此,对一个人也是如此。所以沈阳大文化书局虽未占据一个与其名称相称的好位置,却仍然受到了人们的重视。唯其如此更说明文化的重要,只不过眼前所处的位置有点尴尬罢了。

星星之火尚可燎原,何况中国的文化又岂止是星星之火。它曾是燎原大火,照亮过全世界,燃烧了几千年,又怎会在今天熄灭。

愿一个个的大文化书局坚持下去。

公德何在

谁能说得出,时下人为的社会公害有多少?

打开报纸吧,哪一天里没有令人咋舌的报道! 你外出有安全感吗? 一年轻妇女被一群流氓在大街上猥亵凌辱两个多小时,围观者二百多人,却无人救援、呼告。你到医院看病有安全感吗? 一次"荒唐的手术"闻名全国,一个四岁的患心脏病的孩子被摘除了扁桃体,一个活蹦乱跳的孩子的健康心脏却无端挨了几刀,险些命丧黄泉。他们还算是幸运的,终究还没丢命,且受到的伤害又被曝光,在道义上还讨回了一点公道。某妇产科医院去年因医疗事故死了十六个人,一九九四年一月就因医疗事故死了六个人,可谓创"同时期最高纪录"。所谓"医疗事故"大多是缺少医德,马马虎虎,草菅人命。你买东西有安全感吗? 有人从国营商店买的猪肉,吃后得了脑囊虫病。从前该埋该烧的病鸡、病猪、病鸭一律上市骗钱。牛肉蒸不熟煮不烂嚼不碎,原来是养牛场里为了让牛快长肉,在饲料里加尿素。直接进嘴的韭菜施肥多为烈性农药,长得又粗又壮又高又绿,唯独韭菜味不足,危害性很大。更不要说假冒伪劣,缺斤少两。上海做了一次民意测验,百分之九十四的人对市场消费没有安全感。

公害何其多,不是污染,胜似污染。污染着社会,污染了人类的良知,污染了生存环境,比化学的污染蔓延得还快。

有多少人对此还大惊小怪呢? 似乎发生什么事情都不足为怪,人们已经习惯于见怪不怪——足见其危害多深多大多广!

公德没有立足之地,社会风气便江河日下。"从善如登,从恶如崩",恶气迎人,人人都有一肚子火气,吵架的多,打架的多,出口伤人,拳脚相加,脸色难看,现代文明人差不多变得快不会笑了,不会说客气话了。社会陷于一种病态的不公正——强者可以践踏道德,而道德只用来束缚和伤害弱者。

人们曾急切地呼唤过法律,法律是极为重要的,中国现在不能说没有法了。然而有法和法制还不完全是一回事。徐州一年轻妇女被县委书记强奸,从县告到市,从市告到省,从省告到中央,行程九万公里,几乎走了四个红军震惊世界的"两万五千里长征"! 费时二百九十天,二十八次到南京,两次赴北京,体重下降了二十斤,被医院诊断为"视野明显减少,颅内肿瘤增大",家庭欠债近万元。正当她和丈夫无计可施之际,"她的一位画界师长,素有'彭城侠女'之称的袁成兰利用一次为中央某司领导送画的机会,将其上告材料夹在画中,并请转交中央有关领导手中",犯人被逮捕归案。不过半年过去了,仍未判决(见《东方热土》一九九四年一期)。一点不比"杨三姐告状"容易。倘若她没有一个好师长,材料送不到中央领导手中又如何呢?岂不要冤沉海底。这比"有理无钱莫进来"还难,除去有理、有钱之外,还要有关系、有运气。有多少倒了霉的人还会有这样的好运气和硬关系呢? 所以在上海的那次民意测验中,知道有一个"消费者权益保护法"的为百分之百,回答没有看过此法的亦为百分之百。看了也没有用索性不看,没有用的法,等于没有法。

社会也曾呼唤人们要见义勇为,重奖见义勇为的勇士。然而更多的仍然是视而不见,见而避之,见义勇为远远成不了一种社会风尚。当人们处于较弱的地位,自身还没有安全感的时候,怎么可能强硬有效地制服邪恶? 社会不提供一种强大的安全保证,要求人们以牺牲身家性命为代价去见义勇为,是不现实的。所以见义勇为还停留在被呼唤被重奖的阶段,而不是一种普遍的道德行为。

首先,法律应该见义勇为、除暴安良,社会体制应该见义勇为,权力应该见义勇为。建立起一种强大的维护公德的秩序,道德和理性才会受到尊重。公德公德,公家有德,才会教育公众有德。

在任何人类社会中秩序都起着支配作用。而秩序必须靠一种力量来维护，没有压制的社会组织是不可想象的。歌德说："人类的向善决心并不完美强大，甚至常常屈服于根深蒂固的习惯。"公德是一种违背一些人意志的行为，"有善心之民，畏法自重——畏法才会自重，无法可畏，或有法不可畏，就会不自重。都不自重，社会就乱。没有一种秩序，社会就不可能有良好的公德。而缺少公德的社会，任你怎样呼唤爱心，呼唤善心，也如水中补漏。问题是压制了谁？像"文化大革命"那样的政治运动，压制善良，放纵了邪恶，才有以后的社会道德大滑坡。今天应该吸取过去的教训，别再让金钱继续毁坏已经相当脆弱的社会公德。"罪莫大于无道，怨莫源于无德"，一个无德少德的社会是非常危险的，更不会有繁荣强大的经济。老百姓没有安全感，就是国家没有安全感，只有"民泰"才会"国安"！

而公德只靠"呼唤"是建立不起来的。

幸福是什么

中国还有一个叫《幸福》的杂志，真是让人感到幸福和欣慰。一位热情而幸运的年轻人大学一毕业就当了《幸福》的编辑，并且非常珍惜自己的《幸福》，一定要约我也来谈谈幸福，填写幸福答卷。我拖了一年，千方百计逃避这《幸福》的追问，因为"幸福"这两个字是青少年的专用语，他们正处在对幸福最敏感最渴求的阶段，浪漫可爱，志存高远，对未来充满多姿多彩的幸福设想。如果一个五十多岁的人嘴里老挂着"幸福"这两个字，一定会让人觉得可笑、做作。中老年人谈起这个字眼儿，往往去掉"幸"字，只谈福。长寿是福，健康是福，儿女孝顺算有福。说某某人真有福气，很少说某某人真幸福。

为什么？

福气、快乐、悲痛、思念这些情感是看得见摸得着，可感可信可衡量的。而幸福就不那么具体、不那么容易界定了。有人做过一种试验，让一个自己感觉很幸福的人大叫三声，反问自己：我幸福吗？我幸福吗？我幸福吗？喊问之后，这个人忽然又觉得自己并不那么幸福。

可见幸福是一种很自我的感觉。当你觉得自己幸福，那就是幸福，不要问自己，也不要去问别人，更不要去寻找根据——幸福的人往往是不寻根究底的。幸福是鸟，很容易被吓跑。幸福是玻璃，很容易被打碎。

所以，那些不关心幸福与否的人，可能倒是幸福的。人容易看别人幸福，即所谓"这山望着那山高"。富人也有羡慕穷人的时候，认为穷人自由而快乐，没有钱有没有钱的幸福。而更多的穷人则认为富人是幸福的。

可见,幸福其实是一种感觉、一种精神、一种想象。幸福对渴求得到它的人来说,是异彩纷呈的。追求幸福更多的是借助自己的想象力,在口头上,在纸面上,一旦将幸福抓到手也许就不是那么一回事了。

幸福是一种具有传统意味的精神感受。现代人谈论这个字眼儿越来越少,即使承认世界上还存在着幸福这回事,其含义也不一样了。何况现代人,未必愿意接受传统的幸福观。比如:

传统的幸福观认为,幸福要节制欲念,而不是增加财富——现代人能同意吗?没有想飞的欲念人类就发明不了飞机。没有想要千里眼、顺风耳的欲念就不会发明电视机。过去没有欲念就不会有今天这样发达的物质文明。今天没有欲念社会就会停顿。人类没有欲念是不可能的,再说社会的中心任务就是发展经济,增加财富。在发达的商品社会里,能享受无欲无求的古老幸福的人肯定会越来越少。但现代人也有现代人的快乐,欲念得到一时的满足,财富的增加能享受到现代精神文明和物质文明,等等。和传统意义上的幸福正相反。倘若享受越多,幸福越少,到"物质极大丰富的共产主义",岂不无幸福可言了?那共产主义是"人类幸福的明天",又作何解释呢?

过去还认为,幸福存在于灵魂的平衡之中,谁的心境舒展、平和谁就幸福,幸福属于满足的人,所谓知足常乐,平安是福。叔本华甚至为世人开出了这样一张幸福的药方:人的视野、活动、接触范围越窄,就越感到幸福。如果它很广泛,我们会感到烦恼,而且安全感也会大受威胁。因为随之而来的担心、愿望、恐怖也会增加和激化。

越是闭塞、单调、无知,越容易满足而幸福——现代人能接受这样的观念吗?恐怕宁愿舍弃这种"幸福",也要追求开放、丰富和知识。

现代人心的满足是短暂的,满足之后又会有新的不满足。因此,完全的永远的幸福是不存在的。传统的幸福观喜欢提醒人们,世上没有受不了的罪,却有享不了的福。能够忍受不幸,却被幸福腐蚀毁掉的人太多了。不幸比幸福对人生更有助益。人的成就靠幸福培养出来的很少,往往是不幸造就人才……

现代家庭的父母,哪个愿以不幸来培养自己的子女?哪个人为了成才而宁愿遭遇不幸?躲避不幸,追求幸福是人的天性,无论你把不幸说得多么有益无害,把幸福说得多么虚幻靠不住,也改变不了人的祈福避祸的本性。和平年代,社会安定,哪有那么多的不幸?然而照样人才辈出。不同的时代有不同的社会需要,不同的社会需要造就不同的人才。人类所有关于不幸和幸福的理论,都是为了安慰鼓励不幸者和提醒鞭策幸运者,并不是生活的准则。

生活变了,社会变了,人们的幸福观也随之发生变化。失业者羡慕有一份好工作的幸福,孤独老人希望享有有孝顺儿女陪伴的幸福,经商者希望获得发财的幸福,行善者以造福于人为幸福,热爱大自然的人在绿色安宁中享受自己的幸福,喜欢摇滚乐的人在震耳欲聋的乐声中陶醉于自己的幸福……讲求实际的现代人关于幸福的理论少了,幸福未见得少,全在自身内部是否拥有这份感觉。有时不幸和幸福很难区分,且能相互转化。

《幸福》的编辑对《幸福》的执着和热爱,使我不忍扫《幸福》的兴,终于说了以上这么多关于幸福的话,却并未说清现代人的幸福观。说不清就对了,幸福是不能说的,谁幸福谁心里明白就行了。我写了三十年小说,加在一起也没有这篇短文里幸福这两个字用得多,成了一篇幸福的绕口令了,但愿没有倒了幸福的胃口,给幸福泼了冷水。

莫忘美心

现代社会倡导人们善于美化自己,美化生活,敢穿、敢戴、敢化妆、敢美容成了一种时尚。这无疑是大好事,当你走到大街上稍微留点神,就会发现生活很好看了,美的人多了。

同时,臭美的人也多了。

所谓臭美就是勇气十足,什么都敢往脸上涂,把脸涂成什么样子的都有,且自我感觉甚好,昂首挺胸,招摇过市。或过于浓艳,或过于粗糙,或模仿超现实主义画技,不讲分寸感,不讲色彩均匀调和,只是自得其乐地即兴涂抹。红的血红,白的惨白且厚得如同白灰抹墙,眼睛周围更是鬼画符,或突出一道横眉,或斜刺里扫帚眉一抹,如妖如魅。在脸上折腾了半天,唯独不管脖子和牙齿,被重彩衬得又黄又黑又脏。真乃惨不忍睹,躲避唯恐不及。倘若一开口再满嘴的野腔脏话,越发暴露了智商不高,缺少文化。说得严重点是一种活动污染源,既污染了自己的脸,又污染了别人的视觉和耳根。

美是一种力量,而臭美则是一种破坏。

美能唤起爱,臭美则令人生厌。

眼下大多数人的化妆水平还是"初级阶段",只有胆量可嘉。在一个电视节目里曾这样告诫小伙子,在和女友约会的时候莫忘了带纸巾,到关键的时候可用纸巾把女友的血唇擦净再接吻,不可因嫌脏或怕留下印迹而疏远女友。

为什么会这样呢?脸是父母给的,每个人只有一张,为什么不知道珍惜、认真对待、小心侍候呢?有关化妆品的广告铺天盖地,哪一个模特的脸不是姣美靓丽,为什么不和自己涂抹出来的那张脸对照一下? 没吃过猪肉还没见过猪跑吗? 归根到底一句话:只顾美容,忽略了美心。美容形成了风气,而美心没有跟上。

这个美心不单指美化心灵,还包括提高智慧和文化素质。不信你看,知识女性和高级白领小姐的妆大都化得淡雅得体。一张俗不可耐的脸等于告诉人家:本人文化不高。"美是发自内部生命的光",脸没有这种光的照耀,就没有气质,没有蕴蓄,光靠化妆品是涂抹不出真美来的。脸长得本来就好看,再加上内部生命的投光,就会锦上添花,美得完整。脸长得不太好看,内部生命之光强大,会剧烈地改变你的脸,同样会美得深刻而高贵。想想一些名女人的脸,如撒切尔夫人、美国现任总统克林顿的夫人希拉里、上海演员奚美娟,她们都不是美女型的人,然而谁能说她们不美呢? 美在气质。

脸有多种多样,每个人都有自己的美:清美、艳美、俗美、雅美、平凡美、质朴美、自然美、强烈美、美得迫人、美得霸占人们的想象力……你美在哪里? 你的个性是什么? 你想达到一种什么样的美? 化妆美容最忌把自己搞丢了或搞拧了,千篇一律的花花脸,千篇一律的双眼皮,成了标准件和化妆品涂出的面具,还有什么美可言? 倘若脸和气质不符,脸是心非,或脸非心是,人被分裂,只会滑稽和别扭。所以美容先要找到心,根据心来美化自己的脸,只要脸不要心是美不起来的。

因此可以断言:只有社会道德水准不断提高,人们的素质不断提高,美容术才能使更多的脸越来越漂亮。反之,任何化妆品和美容术都无济于事。

接触的艺术

天地间一切奥秘无不取决于接触的技巧。

接触产生了世界,创造出宇宙间的万千气象——风雨交加、雷鸣电闪、山呼海啸、陨石飞落,无一不是大自然家族成员中相互接触的结果。不接触就没有火,没有光,没有水,世界也不会有运动和变化。

火车的价值要依赖车轮和铁轨的接触,汽车的速度来自轮胎和地面的接触,滑冰运动员的成败取决于冰鞋和冰面的接触,足球是脚和球的接触,篮球是手和球的接触,拳击是拳头和皮肉的接触,钓鱼是钓钩和鱼唇的接触……一切运动都离不开接触。创造更是接触的艺术,绘画写字是笔墨和纸张接触的学问,雕刻是刀和对应物的接触,乐器发出声音是接触的结果,演员感动观众是情感接触的结果。

亲吻是接触,拥抱是接触,人类最高的快乐产生于男人和女人的接触之中。这接触让人类知道什么是爱情,并子子孙孙繁衍不息。地球上的一切生物,都靠接触而维持生存。

人生就是接触。接触的成败往往能决定或改变一个人的命运。比如:一次偶然的接触交了一个朋友或找到了爱情,一次意想不到的接触使自己获得了千载难逢的机会,在各种各样的接触中增加了知识、积累了经验、历练了人生。人们常说的运气好、碰巧了、瞎猫撞上了死耗子,都不是与世隔绝的产物,"运"、"碰"、"撞",是接触。先有接触,后有奇遇。而幸运者的一生就靠那么几次奇遇。

接触多,认识的人就多,机会就多。立于一个开放的社会,"脱离接触"就什么事都难于干成,活着的学问变成了接触的学问。现代人又讲究社交了,越是有钱有身份的人越重视社交,社交就是接触。各大公司都设有公共关系部,"公关学"就是"接触学"。越是大商人越懂得广交朋友、和气生财的道理。他们的接触原则是多个朋友多条路,多个敌人多堵墙,每接触一个人即便不能为自己开辟一条新的道路,也绝不愿给自己竖起一堵墙。倒是那些看上去"气粗"的人,却未必"财大",吆五喝六,见利忘义,用人朝前,不用人朝后,很难"接触"到更高的境界。

接触的方式多种多样,因为每个人对生活的切入点不一样。有的喜欢用脑跟社会接触,有的喜欢用嘴,有的喜欢用肢体……商品社会喜欢用物质接触的人越来越多,请吃请喝是通过嘴接触对方的心,送礼和行贿是通过钱接触人,经济人喜欢经济接触,经济接触使经济案件成几何倍数增长。

在所有接触中最难的最无法回避的就是人跟人的接触。轻了不行,重了不行,深了不行,浅了不行。由于每个人的苦乐不均,品格不同,修养不一,地位不等,再加上感情的起伏跌宕,外部环境的瞬息万变,每人都是"君","伴君如伴虎"。接触不再是万无一失的了,一不小心接触会变成伤害,如同刀锋和伤口的接触一样。贪欲和贪欲接触,恶和恶接触,生活紧张,关系也紧张。人跟人是如此,国跟国、民族跟民族也如此,战争就是接触,是武器和弹药的接触。海湾战争期间最出风头的接触是爱国者导弹和飞毛腿导弹的接触。

现代社会接触变成了一种小心翼翼的艺术。人们怎么可能活得不累不烦呢?

花钱买个高兴

能挣钱是一种本事,会花钱是一种快乐。

世界上的人谁不能挣钱呢?凡是自己能养活自己的人都在挣钱,无非是有多有少罢了。

花钱就更容易了,不会花钱的人几乎没有。没有人挣钱能达到随心所欲的地步,想挣多少就能挣多少,想得到什么就能拥有什么。我也不相信有人花钱能达到随心所欲的程度,无论穷人还是富翁,花钱总要盘算盘算,有人可能在某一时某一地会花钱如流水,一掷千金,但不可能经常如此,一生如此。人和钱的关系就是这么互相追求,互相制约,常有相对的满足,永无绝对的满足。

会花钱不一定就是大花、乱花。有大钱的人不一定都能拥有大快乐。但,在商品社会里没有钱的人要说自己有大快乐就更是骗人。人们花钱首先是为了满足自身生存的必需,有吃有喝活着不成问题了,仍然有闲钱,就想"升级换代",提高生存质量。所谓会花钱就是给自己买一份痛快,买一份舒服,买一份快乐。

快乐无价。在一个什么都涨价的时代,真正的快乐越来越难求,用有价的东西换得无价的快乐,这就叫会花钱。

我最值得把钱花在游泳上。水是我的一个快乐源。对专业游泳运动员来说,游泳是一项艰苦的运动,对我来讲是玩儿。我喜欢水,每天早晨游上一千米,其乐无比。不仅不辛苦,泳后反觉一身轻松,骑上自行车好像不用蹬,车子就自己跑。这快乐已经享受了许多年,钱花得值得。除去应缴的费用,我的游泳装备也不错,泳镜是最好的,泳裤是李宁牌……

每个人的快乐源不一样,先要找到它,然后开发它。如果已经没有快乐源了,比如植物人,花钱可以维持呼吸,要想买到快乐恐怕不可能了。

可见有点爱好,并为自己的爱好下点本儿,让生活变得生动有趣,是值得的。

花钱如搔痒,要真正搔到痒处才好受。倘若不痒硬要抓挠,会起一身鸡皮疙瘩,重了还会皮破血流。生活中是常会花冤枉钱的,或者买得不值,吃亏上当。或者买回来没用,再好的东西没有用也是废物,而且占着地方,抢夺人的空间,变为有害。这就叫花钱买回不痛快。

许多人恐怕都有过花钱买了不痛快的经历。尤其在当今这个"假冒伪劣"充斥市场、防不胜防的时代,去买东西很容易会买回一肚子气。花钱找气受,实在划不来。

因此,我对花钱有两条规定:

一、衣服和用的东西不管买,家人给买什么就穿什么,有什么就用什么,只要别人买回来就说好,绝不挑剔、抱怨。自己用的东西,别人又代买不了,就根据自己能出得起的价钱买最好的。

二、买吃的东西我胆子大,敢花钱。也许跟我贪嘴有关。最好是到超市,明码标价,自由选购,买回来即便别人不爱吃,我还愿意吃,至少能哄着自己开心。外出给亲朋带礼物也大都以食品为主,别人不愿意吃我可以都留给自己。

这是不是有点太自私了?

现在我贡献出自己的快乐花钱秘方,愿看到此文的人今后都能用钱买到自己的快乐。

洗脑大法

我相信，"动"对人有好处，"静"对人也有好处。这个"静"可不是成天猫在屋里不动弹。是心静，静得没有心。心是指大脑——如高僧入定的那种静，清虚灵妙，浑然无我无他。

寻找这种"静"的境界太难了。我听到过许多关于入静养身的故事，也学过几种打坐的姿势，屁股能坐得住，心却静不下来。越坐着不动，大脑就越活动，前五百年后五百年的事都想起来了。后来改为写作卡壳的时候打坐，坐几分钟就通了。

我是一九八九年初夏的一个晚上，突然感悟到该注意身体了。每天大部分时间都坐着不动，却感到身上很累。你说很累吧，躺到床上又没有那种大舒服、大轻松的快感。我干的是累心的事，心不觉得累，四脚倒觉得不对劲，活得没有生气，缺少了那种痛快淋漓的感觉。我明白该给自己找点事干了。

我以前喜欢的运动有打篮球、打乒乓球等，一概没有条件重拾旧艺。只好花钱找关系去打网球，这项运动不错，我对此也有兴趣，但打了几次就不再去了。原因是太麻烦，自知不是网球阶层的人。只有跑步最简单，不用求人，不用道具，我又缺少那样的毅力，下不了那份辛苦，还不知对身体是不是真有好处，每天先把自己折腾得精疲力竭，不划算。

有一次骑车路过海河沿儿，见有人在里面游泳，我脑袋一热也跳了下去。我从小喜欢玩水，是龙哪有不恋水的。而且还有过当海军的历史，艺高胆大，在海里游了几个来回，那份美妙，那份痛快，非言语所能表述。我当时就知道已经找到了适合自己的运动。从那一天起，只要不外出，每天都得下一次水,春夏秋在水上公园的东湖,冬天进游泳馆,当时每月只需交二十元就行。外出必带游泳裤,人到哪里游到哪里,有海游海,有湖游湖,有河游河。没有能游泳的地方身上就很难受,需过几天后才能习惯。

游泳最大的妙处是能"洗脑筋"——这大概不是一句好话,鬼子用它来诬蔑共产党对群众进行思想教育。我每天一入水脑子就被冲洗得干干净净,没有杂念,不走神儿,身体在动,心似入静。我以静求静,没有求到,屡试屡败。想不到在水里,动中求静倒成功了。水把身外的那些又脏又累又烦的尘思全挡住了,只剩下一个赤条条的自己。或轻柔舒缓,或猛烈急速,生命回到单纯的源泉中去了……

游泳不辛苦,不枯燥,更像嬉戏,舒服而快乐。不用咬牙坚持,游上几次就会上瘾,自觉自愿地接受水的召唤。每次从水里出来,心被洗净,面孔湿润、清洁,如同换了一个人。身上有劲儿,肌肉有弹性,整个人就有了活力,摆脱了疲疲沓沓的所谓"第三状态"。

大脑是人的司令部,健身先健脑,脑不健,身自乱。健脑先要洗脑,人脑不同于电脑,电脑对有价值的东西接到特殊指令才会存盘,人脑则专门记住一些不该记的、有害的、倒霉的、痛苦的、惹你烦恼的东西。不经常进行清洗,它们会变成精神病毒,毒害大脑。人还能健康的了吗?"洗心"才能"革面"——心能经常清洗得干干净净、清清静静,面孔就会朝气焕发,变得年轻。

能够洗脑健身的运动并非只有游泳一项。只要是自己喜欢的,在运动的时候不吃力,没有痛苦,能带来快乐,能吸引自己全身心投入,摆脱平时摆脱不开的东西,这就行啦。比如有人就认为钓鱼最有利于洗脑,它需要高度集中注意力盯着鱼漂,心里眼里都只有鱼漂。头上阳光灿烂,周围空气新鲜,能享受到姜子牙、严子陵等前辈仙人的乐趣,还洗不净区区一颗俗脑吗?

洗脑是为了活得好,活得有劲儿,活得痛快,能不能长寿则应顺其自然。光想长寿,也是该清洗的精神病毒之一。

——好了,"蒋氏洗脑健身大法"的精要到此就算说得差不多了。读者诸公还有什么不明白,请到游泳池边看我现场做示范表演。

年的颜色

"年"——应该是有颜色的。

宋代诗人真山民在《新年》的诗里有这样的句子："杏桃催换新颜色,唯有寒梅花一年。"过年就是换颜色,需要让色彩焕然一新。

那么,"年"的颜色是什么样子呢？人们首先会想到,"年"是红色的。"嫩绿枝头红一点,动人春色不须多。""千红万紫报春光……"春联是红的,年画是红的,花灯是红的,蜡烛是红的,大年三十晚上吃的糖葫芦是红的,孩子的脸蛋儿是红的,新衣服也多是大红的,"利市"的封包以及送压岁钱的红包自然就更是红的了……红红火火,喜气洋洋,春节就该是"红海洋"。

还有一说,"年"是黄色的。过年离不开酒,"无复屠苏梦,挑灯夜未央"。酒就是黄的。"爆竹声中一岁除",爆竹也是黄的,炸响后的烟雾同样是黄的。财富、金子,是黄的。更重要的是,在中国传统习俗中,黄色代表吉祥尊贵。

其实,我倒是以为,"年"的真正颜色应该是白的。古人将下雪比做"丰年瑞","海仙篛水看花工,仙人种玉来呈祥"。过年下雪,就是中国人的"圣诞老人"。下雪是下好运,下瑞气,下礼物,下粮食……长空卷玉花,雪飞胜梦蝶,江山洁净,田畴清润,为瑞不嫌多,满眼丰年意。过去讲究"新年雪压客年雪"。在我小的时候,沧州的"年"就是白色的,甚至整个冬天都是雪白的。清凛凛,白浩浩,大地冰冻,空气干寒,晚上雪气打灯,白天异光回绕,既轻松纤软,又干燥坚硬。

我一直认为,北方的男人是冬天培养出来的。他们从小在雪地里摸爬滚打,过一年便长一块,硬一成,在冷和硬的锤炼下,渐渐就强韧长大了。至今心里一想到年,想到冬天,想到家乡,还保留着雪色般的明净,纤尘不染。

其实,并不只是北方的冬天要下雪,南方也有下雪的时候,也同样被视为喜庆祥瑞之兆。这在广州的方志中有记载,贺远宁的《广州下雪诗》里就引了几位广州诗人的咏雪诗,比如何鲲的《乙未腊月二十一夜广州大雪》:"乙未腊月廿一夜,打窗淅沥随风下,千门万户敞凌晨,青年皓首群相讶。初疑罗浮春已催,千树万树梅花开,又疑五月木棉熟,南海庙前飞雪来。子夜飘摇日中止,鸳瓦平沟屐没齿,儿童戏弄范以模,手掬瑶璠仙门里。人尽冰衔在玉堂,蛎墙龙户生辉光。沉香浦冻珠成海,白云山拥玉为冈……"

那个时候连广州都下那么大的雪,却不知从什么时候开始,"千里冰封,万里雪飘"的北国,却渐渐地雪越下越小、越下越少,以至于现在成了稀有物。每到冬天千呼万唤也不肯下来,即便下来了,也不肯纷纷扬扬地铺天盖地一番。没有雪的覆盖,"年"的颜色也随之变得越来越深,越来越脏,土呛呛,灰蒙蒙,不再清亮,不再明净。

这样的"年"便无须小心呵护,在人们的心里失去了几分圣洁、几分畏惧,可以狂欢,可以醉酒,可以胡闹,可以糟蹋……由于"年"的颜色在变,其内容和品质也随之发生了变化。以前过年是回来,亲人团聚,认祖归宗,烧香上供。现在过年是出去,可以到一切自己想去的地方去游玩,主要任务是犒劳自己。

以前认为"年"是一种凶恶的怪兽,相貌狰狞,生性凶残,专以飞禽走兽、鳞介虫豸为食,一天换一种口味,从磕头虫直吃到大活人。此兽平时散居于深山密林之中,每隔三百六十五天便蹿到人群聚居的地方,大饱一次口福。而且出没的时间都是在天黑以后,直至第二天的鸡鸣破晓……这便是"年"的来历,古人视过年是一件非常凶险的事情。而现代人,哪还有怕年的?都把年视为吉祥鸟、狂欢节,放长假,吃大餐……怪兽在哪儿呢?怪兽就是自己,过去人怕"年",如今人就是"年",变成了兽怕人,世界上再没有不怕人的东西。

　　以前过年有许多禁忌,平时可以口无遮拦,到过年了必须学会闭上嘴,绝不能乱说乱道,特别不能在嘴里说出"没"、"坏"、"死"、"糟"等灾难性的字眼儿。因为三十晚上说什么,什么便会应验。比如煮饺子的时候如果一不小心说出个"没"字,说不定满锅饺子就真的一个都没有了。要不人们都爱说过一年长一岁? 人从生下来就是通过过年长大的,在过年的时候知道什么该说,什么不该说,过年就要说拜年话、吉祥话,不可说一些晦气的话,懂的规矩越多,见识就越多,人也就渐渐地长大了。

　　而现在过年是百无禁忌,越是正经话越不正经说,世上就没有不可以调笑嘲骂的事情,这是社会时尚。比如,今年流行的新年贺词和手机上的拜年短信,就净是这样的词儿:"在新的一年里,祝你身体健康,牙齿掉光;一路顺风,半路失踪;一路走好,半路摔倒;天天愉快,经常变态;笑口常开,笑死活该!"还有:"过年了,我不打算给你太多,就给你四千万吧:千万要快乐! 千万要健康! 千万要平安! 千万不要忘记我!"

　　年味儿变了,"年"就变了。"年"变了,人怎么可能不变呢?

全州蒋姓

数年前到广西北海参加一个活动,意外地结识了当时是《北海日报》总编辑的蒋钦挥。不知是因为同姓,还是他身上有某种东西吸引了我……

我因姓蒋,从小就受另一个非常出名的姓蒋的人牵累,有几个外号像影子一样你走到哪里就跟到哪里。如"委员长"、"蒋总裁"……我想钦挥也一样。虽然不会为姓蒋而自怨自馁,却容易在群体中感到孤单。故而见了同是姓蒋的人,从心里觉得亲近,在情感上希望姓蒋的能够更容易理解姓蒋的——这是那次广西之行的最大收获。

蒋钦挥送我一本《全州蒋氏族谱》,里面讲到了蒋姓的起源,我如获至宝。在此之前,我对自己姓氏的来龙去脉一直懵懂不知。全州有八十万人口,其中有十八万人姓蒋。我自从上中学离开家乡沧州,在生活中就很少能碰上同姓的人。一九九五年去台湾,倒是遇见了不少改姓蒋的当地人。

我当年刚开始发表作品的时候,曾有人劝我起个笔名,借以避开名字前面的蒋字,被我拒绝了。理由有二:一、正因为姓蒋,已经被误会和调侃得够多了,越要"写"不改姓,"作"不更名;二、起笔名无非是求新求奇,我的名字一般,只因为前边有了这个姓就有点稀少了,相信不会有重名。

那年从广西回来不多久,就赶上中央电视台《百家姓》剧组为拍摄蒋姓这一集来天津找我,他们还说刚去台湾采访了蒋纬国。如此看来,这个《百家姓》剧组成了中国姓氏的权威,我便先向他们请教蒋姓的来源。他们所讲,竟然完全印证了《全州蒋氏族谱》里的记载。我姓了半个多世纪的蒋,总算弄明白了这个蒋字,不能不感谢蒋钦挥。

去年夏天我再去广西,走进蒋钦挥的书房,见他的案头摆着高高的一摞古书,纸张陈旧变色,文字古奥难解,笔画残缺,模糊不清。他正在点校的是《柏岩文集》,为晚清的名御史、全州人赵炳麟所著。我不由对小我近二十岁的钦挥生出一种钦敬,他能点校、注释这样的古籍,足见其有足够的古文功力。经打问,才知钦挥和他的几位同乡正在干一件大工程,自筹资金校订出版有数十卷之多的《全州历史文化丛书》。

有明代嘉靖初年首辅内阁大学士蒋冕的《湘皋集》,清初有岭南词坛领袖之称的谢良琦的《醉白堂诗文集》,著名画家石涛的《画语录》,山东巡抚谢赐履的《悦山堂诗集》,监察御史谢济世的《梅庄杂著》,四川营山、定水县令俞廷举的《一园集》,融县训导蒋励常的《岳麓文集》、《十室遗语》、《养正编》,河道总督蒋启扬的《问梅轩诗草偶存》,顺天府尹蒋琦龄的《空青水碧斋诗文集》等等。

其中有因"持正不阿,直言敢谏"而被削职为民者;有"一生九年流放,四次被诬,三次坐牢,两次丢官,一次陪斩,履仁趋义而九死不悔"者;有"端正本,除粉饰,任贤能,开言路,恤民隐,整吏治……"者;有"脱胎于山川"、"法自我立"的天才横溢之士……"气愤如山死不平,报国文章皆热泪"——我惊讶全州历史上竟有这么多鸿儒硕彦,留下了如此丰厚的文化遗产。同时更惊讶现代全州人,对全州的文化传统及先辈乡贤的尊崇。

恋乡情结人皆有之,"月是故乡明"嘛!但从蒋钦挥身上体现出来的"全州性格",令我感佩不已。整理出版先贤的遗著,就是对传统的文化道德最好的习得和承传。近百年来的多灾多难,尤其是"文化大革命"的浩劫,几乎砍断了中国传统文化道德的根脉。现在我们开始尝到苦头了,体验到了文化道德的尴尬——特别是道德,仿佛患上了世纪病。人们不能不意识到,必须再把中华民族文化道德的根脉接上!

道德不能没有文化的培养和提升。世界上历来关于文化的定义很多,目前让东西方学者都能接受的是美国学者克罗伯为文化下的定义,他认为文化构成了各群体的成就标志。也正是这个克罗伯还说过:"文化的基本核心包括传统观念,其中观念特别重要。"正是蒋钦挥身上这种强烈的"全州文化观念",深深打动了我。他的观念来自对全州文化传统的自豪,曾经创造了全州的历史和文化的群体,无疑是全州人成就的标志。

从蒋钦挥身上,可以看出全州先贤的遗韵。在全州,继承先贤的精神和文化是有传统的。清代的俞廷举,视"拾人遗文残稿而代存之者,其功德当与哺弃儿、埋枯骨同"。一部人类文化史足可以证实这种文化上的承传对一个地区,乃至一个民族是多么的重要。人类曾经创造过一些灿烂异常的文化,皆因为不珍惜,不懂得承传,辉煌于一时,又绝迹于一瞬。如渊源古老的巴比伦文化,随着巴比伦国家的消失而夭折;盛极一时的玛雅文化,其天文、数学上的成就无与伦比,也早已消亡;还有已经伊斯兰化的埃及文化、雅利安人创造的印度婆罗门文化,都已面目全非,今非昔比了。

所幸,全州人一代代地保存住了自己的文化精髓,这是他们的文化传统,也跟全州人的性格有关。正如蒋钦挥,本是学新闻的,编报纸是他的专业,直面现实,披坚执锐,求真求深;余暇则喜欢沉浸于历史文化之中,衡人论文倍多谨慎,磨砺自己的文化品格和精神品格。人都是现实的,又是历史的。唯其热爱现实,就更需重视历史。历史是过去的现实,现实是明天的历史。无论是对待现实还是对待历史,他的执着、强韧和一丝不苟是一贯的。这就是全州人。

全州可以为它的过去自豪,也可以为它的现在自豪。或许正是全州人的文化传统培养了全州人的性格。他们的性格被概括为八个字:"刚正拙硬,重信重诺"。

有"感"就"动"

一九九五年刚入夏,台湾作家联谊会的会长程国强先生为大陆作家访问团举行欢迎酒会。主人先致辞,几句热诚的友好的礼节性的又必不可少的开场白讲完了,话锋一转,今年是反法西斯胜利五十周年,再过几天就是"七七"事变纪念日,今晚我们要大唱抗战歌曲。

紧跟着一位小姐离座,大厅里立刻激荡起高亢、悲怆的"我的家在松花江上"的歌声。众人情绪为之一振,心底鼓动起一股诚恳的激情。相互间的隔膜、拘谨和生疏感渐渐消失了,找到了一种心契和神会。

大家都熟悉的抗战歌曲继续唱下去,大厅里的气氛变得热烈、火爆。共同的民族情感、共同的记忆,使大家亲近了。

按照老套路,这种欢迎宴会很可能会变成一种客客气气的应酬,从礼节上说大家不能不见面,同时每个人心里又都明白,见面后有许多话题要回避。不敏感、不用回避的话题只剩下一个:谈文学。在这种时候文学往往是做作的,莫非一见面就谈文学,一握手就抓创作,把艺术当下酒菜?使作家们处于一种卡夫卡所说的违反自然的状态,"像变了质的动物"。感谢那抗战歌声,使大家一下子有了生气,有了豪气,精神上也放松了——艺术原本就有一条经验,让人放松。

只有放松了,作家们的相聚才变得真诚而有意味。

在另一次酒会上,酒过三巡,菜过五味,司马中原端着酒杯站起来了,一身中式蓝布裤褂,一排紧密的疙瘩襻系得严严整整,精神矍烁:日本是什么东西我难道还不知道吗?分裂了还不是得认日本做干妈!

李登辉如果把台湾大卸八块,我们不管就不是人……

西装挺括,风度优雅的萧飒接过话头,一个叫麦盘德的英国人,曾把西藏比喻成中国的后门,把台湾比喻成中国的前门。我们一个门都不能丢,更不能让它成了别人的门!

他们激昂充沛的民族意识,受到众人的抚掌赞赏,杯中的酒一饮而尽。

有人这样挖苦也许是恭维艺术家:"他们经常是激烈的(偏激的)或具有破坏性的轻率的和急躁的。"我却以为,现在的有些艺术家正因为失去了这样的"激烈",哪怕是"偏激",而变得太过聪明、讲究实惠、工于心计、八面玲珑,表面上四平八稳谁也不得罪,暗地里拨弄是非、拉帮结伙。鲁迅不"激烈"吗?不"偏激"吗?然而那是多么冷静的"激烈"、多么深刻的"偏激"!

艺术不是公认被当做"医治精神疾病的药剂"吗?当今的艺术自身是不是得了萎缩病、软骨病?不能医治精神,反给人们添病。没有胆气,没有激情,没有义愤,没有热忱和力量,软骨人写软骨作品,不能让小人惧怕,或许艺术本身也变成了小人。难怪有人忧虑,文学正在变成一个没有希望的世界。

司马中原和萧飒二位先生都是六十多岁的老者,平素心性平和,气度从容。但有爆发,有酒后,有兴之所至畅所欲言的时候,这才是真性情,才是真实的作家。

有时敢于大笑大骂、坦荡无私,反而体现了一种人格的成熟。当代文学不也正需要这种成熟的人格气韵吗?

大陆的作家访问团六月三十日中午到达香港,当晚参加了香港作家协会举办的庆祝抗日战争胜利五十周年的大型酒会。酒会历时近三小时,作家、诗人们轮流上台,读一首抗战的诗,唱一首抗战的歌。我所熟悉的著名的抗战诗和抗战歌都听到了,还有一些是不太熟悉的,一次真正的抗战文学的大餐。酒会自始至终,格调昂扬,壮怀激烈。文人们义张勇发,动情动容地喊出唱出了抗战文学的一种精神:反对侵略战争。这是一种精神反抗,是文学的崇高使命,也是文学的人性使命。

在座的有许多是五十岁以下的人,以现代人的视角和情感感受了五十年前的那场战争。经历过那场战争的人,感受自然更强烈。既然精神还能碰出电光石火,该碰的时候为什么不碰?生命既然还有内在激情,该燃烧就燃烧。

我为作家们这份情怀所感动。我也欣赏别人的这份"感动",珍惜自己的"感动"。中国文化里从来都不缺少民族意识和天下意识,虽然当今天下一切都是商品经济,但不等于一切都是做买卖,一切都可以用金钱意识来取代。

事实是金钱意识正日益被强化,它不仅意味着名利双收,还安全可靠。当代文化中的民族意识、天下意识正人为地被淡化,似乎这样就离"政治"远了,躲开了敏感的问题。于是,历史变成了一堆堆与国家、民族关系不大的香艳故事,现实变成了一出出为了金钱争斗不休的闹剧。

人为地躲避什么,是文学不成熟的表现。不能对生活变得"感"而不"动","感"而不会"动","感"而不敢"动","感"而不愿"动",甚至是不"感"不"动"。

然而当今的文化环境又极其圆熟地保护了这种不成熟,这就是文学精神的委顿和环境的疲软正好配套,互为因果。为港台作家的民族情怀所动,想记下一点感想,孰料愈扯愈言不及义,还是赶紧停住为妙。

重庆的个性

《圣经》上说，神创造自然。人创造了城市。

城市最集中地代表了人的欲望，是现代科技的杰作。现代人的生活被越来越完备的先进科技产品所改造，城市体现了这种现代工业社会的品质：激烈地竞争，疯狂地追逐，冒险的机会和偷懒的机会一样多，成功的可能性和失败的可能性一样大。

于是，人们又隐隐地感觉到，城市对人的限制和挤压。

然而，空间在压缩，人口在膨胀，现代城市的发展是不可遏止的。实际上，人类正生活在一个不断走向城市化的世界上。据联合国人口组织公布的调查数字，一九八〇年全世界生活在城市中的人口还只有十四亿，去年却达到了三十亿。

目前世界公认的一个事实是：一个国家的发达程度越高，其城市化的比例就越高；现代社会解决贫穷最有效的办法，就是增加城市人口，减少农村人口。所以，城市像摊煎饼一样向四外蔓延，市内则用钢筋混凝土建造起千篇一律的"石屎森林"。城市的个性正在消失，一座一座都差不多。楼房拥挤，交通阻塞，热岛效应，能源紧张……自以为是的人类总在作茧自缚。

但，重庆是幸运的。因为重庆属于未来。

幸运之一，在人们已经认识到城市建设的弊端之后，重庆才成为中央直辖市，重庆人对城市的认识和定义不一样，对自己城市的规划和设计的起点自然也大不一样了。中国现代城市发展的脉络是：八十年代的代表作是深圳、广州，九十年代是上海、大连，进入二十一世纪就是重庆了。城市会越来越有个性,越来建设得越好。城市的魅力取决于城市的个性,她应该体现本地人的意识和性格。重庆市的个性正如重庆人的个性一样突出和强烈。

幸运之二,重庆的地理位置有着鲜明的个性,这是先天的地理优势。重庆名为"山城",海拔却多在五百米以下。可见造物主不想难为重庆,只是要给她增加韵味,让其起伏有致,多姿多彩。光有山还不行,世界上著名的城市都离不开水,或者近海,或者有江河流过。重庆为两江环抱,又拥抱两江合二为一,汇集所有来水抚慰了中国的第一大河。正是经过了重庆,长江才形成气势。

看看现在的重庆:山,楼,岸,水;船,桥,路,人。错落有致,层次分明,充满动感。像重庆姑娘的性格,清丽自然,泼俏多智。

一个城市建得漂亮,不如建得有特色。本来就有突出的地理个性,又规划建设得好,才能成为一流的城市。世界上的名城无不具备这两个条件。但,城市的灵魂是当地的历史风俗和地域文化。因为城市的存在本身就是巨大的文化现象:地理风貌、建筑特色、历史遗迹、文化景观、众生心态、市井沉浮、生产和交换、扬弃和诱惑、生机勃发的繁衍发展、博大恢宏的无穷蕴藉,构成了一个城市的强势生命。

养育文化的则是人的心灵。人的心灵会不断地对城市加工翻新,心灵是印章,城市不过是印迹。同时现代人的心灵所能得到的最重要的感染,也首先来自城市。因此古希腊的哲学家说过,幸福的第一要素就是出生在有名的城市。由此可以说,作为重庆人也是幸运的。

观察我所接触到的重庆人,他们没有辜负这种幸运,格外地自信和自豪。在以发牢骚和说怪话为时尚的社会风气下,重庆人对自己城市的深刻理解,和从心里生发出来的赞赏、感激和骄傲,让外地人感动和羡慕。

我由衷地祝愿重庆,祝愿重庆人!

家有女生

　　"家有女生"难道有什么特别吗？有的。女孩子小的时候好养，越大越不好养；男孩子小的时候不好养，越大越好养。这是生理上的差别决定的。现代医学证实，女孩子比男孩子的成活率要高，免疫力也更强一些。女孩子小的时候智力比男孩子发育快，显得聪明伶俐一些。所以在小学阶段成绩普遍高于男生，当进入中学，尤其是到高中、大学阶段，大多数女生的成绩开始逐渐落后于男生。以至于步入社会后能挺进最高层的，就更是凤毛麟角了。

　　社会对女孩子和男孩子的要求也不一样。男孩子怎么"野"都没有关系，而且许多人还认为男孩子小时候越淘气，长大后就越有出息。女孩子则要"文静"。因为女孩子去掉中间的"孩"，就成了女子。而汉字"女子"恰恰合成一个"好"字。这是恭维，也是约束。为了让别人说"好"，女孩子从小就懂事早，懂规矩。你越是懂规矩，规矩就越多，好像天底下的规矩都是为女孩子制定的。女孩子们也都恨不得让自己人见人爱才好，这就极容易与社会的公众标准认同，成为公众标准的俘虏。

　　比如，一个健康的女人，只要愿意就可以组织起家庭成为母亲。这是个很自然的过程。却不知从什么时候开始，这件自然的事情变得不那么自然了，母亲成了一种职业，母亲的心灵要成为孩子的最好课堂，家也就随着成了第一学校。这是因为剧烈的社会竞争所致。现代人没有孩子自己拼，有了孩子拼孩子、让孩子拼。过去是"龙生龙凤生凤，老鼠生儿会打洞"。如今龙还想生龙，凤还想生凤，连老鼠也都想

430

生个"龙子凤女"!

世风如此,孩子们的感觉又如何呢?这些女生男生们身上的压力并不比父母轻,他们的竞争从幼儿园就开始了,或许还可以说从在娘胎里就开始了。孩子们不但要承受自身竞争的全部压力,还要承受父母转嫁过来的压力。而父母的期望值又总是过高……在这种情势下,承担一个"家"不容易,在家里当个"生"同样也不容易。因此人们格外需要一种智慧,化解父母及孩子身上的诸多压力和烦恼,让生活变得自然和轻松些,多获得些有"家"和有"生"的快乐。

我读了骆晓戈的新著《家有女生》,觉得看到了这种智慧。她以做母亲的切实体验,并把这种体验放到现代社会的大背景下考量,分析现代生活条件下的家、女人和女生,从而提炼出自己的思想,培育了做母亲和做女生的自信。读来清新质朴,见解独到,且令人信服。

作者是一位成绩不俗的诗人,也曾做过电视台《妇女热线》节目的主持人,故能对现代妇女的境遇感同身受,行文坦诚而富有勇气。尤其对楚文化背景下妇女的种种特点,有不少尤为精辟的论述。她还多年担任湖南儿童文学刊物《小溪流》的主编,并把刊物办成了畅销少儿读物,得以广泛地接触和了解当代少年儿童以及他们的种种心态。举一反三,便把这种心得用在自家的"女生"身上。

女人生下孩子,自己也便成了母亲。当女人和当母亲不完全是一回事,分娩其实也是女人的第二次降生。之后母性就应该随着孩子一同成长、成熟。生下是恩缘,养成是情智。孩子在五六岁的时候都有一个喜欢模仿的阶段,或喜欢拆卸玩具,或喜欢唱唱跳跳……骆晓戈的女儿是喜欢在纸上涂涂抹抹,她成全女儿鼓励她乱画,画了就给她挂起来,她们的家里天天都在举办女儿的画展。这样做只为开发孩子的智力,并不是要她将来当画家。

懂得启发,才是教育最神奇的魅力。教给孩子观察和思考的方法,不是逼孩子活受罪,让她享受把物体变成线条的奥妙和趣味,这就不是痛苦,而成了一种快乐。她的女儿还真就画下来了,兴之所至,信笔涂来,简练而充满活趣,想象活泼而怪诞,且有一种天真而奇异的幽默感。渐渐地竟有了点名气,在国内获得过诸多奖励,也多次参加国际儿童画展,并获得过大奖和荣誉市民金钥匙之类的东西……

这对骆晓戈的"家"和"女生"来说,似乎是机会来了。眼下是个"速成时代",许多家长恨不得自己的孩子一出世就成名人。不是有人让孩子四岁写日记六岁出书吗?现在小作家、小画家、小大人、小人精太多了,经媒体一炒就可发一笔财。骆晓戈和她在部队做技术工作的丈夫,都没有逼迫女儿非要当画家出大名不可,他们明显不赞成以激素喂养和催熟的教育方式。熟得早,掉得快,人生被夺走一个阶段,生活还能健全得了吗?让孩子尤其是女孩子早早失去童真,失去发展童年想象力和创造力的空间,会给今后的生活埋下人工隐患。相反,能让孩子保持童真和孩提时代的完整记忆,对其一生都受用无穷。历史的经验证明,对一个人的一生,影响最大的常常是童年的经历。许多伟人都把自己的成就和对儿时的记忆联系起来。

骆晓戈小心翼翼地保护着女儿的感觉和想象力,培养她的自立能力。二〇〇一年的夏天,她的女儿以六百二十分的高考成绩进入浙江大学物理系,入学第一年就在大学生辩论中获"最佳辩手奖",并被选为理学院的学生会副主席……同那些悟性遭到压制和破坏的孩子大不一样,她兴趣广泛,富于创造性,快乐而自信。因此,她的可塑性很大,对未来的选择余地也很大。

《家有女生》写的就是这一对母女前十几年的故事。母亲无疑是女儿的家。但,以后慢慢地,女儿将成为母亲的家。

解读"三鱼"

上个世纪中叶,产玉之乡岫岩发现一巨玉。当地人视为圣物,顶理膜拜,并守护近半个世纪,方才有机缘出世。遂雕成玉佛,供奉于鞍山玉佛苑。数年前就是在这尊世界最大的神奇玉佛前,我结识了戴喜东先生——可谓玉缘、佛缘、人缘,三缘契合。

在茫茫人海中,任何两个人的相识都是一种缘。有缘相识谓"缘起",相识后交往下来谓之"缘续",成为相知甚深的朋友便是"缘定"。戴先生名字中有个"喜"字,一见之下便相叙甚喜。他气度雅博雍容,苍然有智,并时有惊人之语,却自称"愚叟"。曾出过一本书,书名就叫《愚叟戏笔》。

敢于称自己愚,就证明他有足够的自信。

与他交往多年,让我领略了素有"辽(阳)精海怪"之称的海城人戴喜东之"怪":奇怪的时运,奇怪的造就。而我的职业就是对各种各样的"怪"感兴趣,了解他越多,便越觉其怪得有趣,怪得得法,怪得难得。

他年轻时喜文重教,因穷而病,因病而遭辞退,因失业而陷绝地,因被置之死地而后生:发明了新水泵,随之便组建了自己的企业,创出中国的名牌……

说到牌子,就不能不仔细解读戴喜东亲手为自己产品设计的商标——"三鱼"。

一个人诞生到世界上来,父母要做的第一件事就是为他(或她)起个名字。这个名字里必须要有父亲的姓——姓就是一个家族的徽记。同样,一种商品问世,也必须要有商标。在商品上附以商标,于中国已有数千年的历史,这在不断出土的铜器、陶器等历史文物上可得到证实:上面附有文字和图案,不少还标有工匠、作坊的名称和符号。

唐代的《唐律疏议》一书中记载:"物勤工名,以考其成,功有不当,必行其罪。"这说明,工匠在自己生产的商品上署名,不仅是为了在商品交换中与他人的商品相区别,同时也表示对自己的商品质量负责。到北宋时期,中国就有了图文并茂的商标。

国际上则到一八八三年,才诞生了"万国工业所有权保护同盟"——即正式的商标法。

商标——商品的符号、商品信用的唯一标志。同时,商标又是一个企业的魂!

谁见过没有一个好商标的名牌企业?相反,商标打出了名气,却可以保护企业,甚至当企业出了问题,商标的价值仍然还能存在。如清末浙江巨富胡雪岩在杭州创设的"胡庆余堂"药铺,声名远播。后来药铺破产,作价二十万两白银被他人接营。但,接营者每年须向胡雪岩的第三个儿子胡大均再缴纳三千两,以租用"胡庆余堂"的商标。

可见,商品的竞争,也是商标的竞争。就像人的名字对人的命运有一种宿命般的影响一样,商标对一种商品也有着至关重要的意义。世界上的知名商品,几乎无一例外都有一个知名商标。具有举世公认的权威的《金融世界》杂志,每年都要对世界著名商标进行评估,他们评估的依据是:"该产品的全球销售及利润和增长潜力的综合实力"。去年,他们在全球评出了二百八十二种著名商标,其中排在前三位的是"可口可乐"(价值三百九十点五亿美元)、菲利浦·莫里斯公司的"万宝路"(价值三百八十七亿美元),还有把一切都押在商标上的 IBM 公司的"IBM"。被认为最充分利用的商标是"微软公司"、"吉利公司"等。

在今天的商品世界,商标多如牛毛,浩如烟海,怎样设计和选择商标,让人一见之下就能记住并且喜欢上它,这太难了!

好商标的诞生,似乎有点可遇而不可求。需要才华、灵感,还需要好机遇和几分好运气。三十多年前,戴喜东基于对农村的透彻理解和跟农民的血脉相连,跟一个朋友共同发明了一种实用且耐用的小水泵。当时,他未经深思,当着众人随口就给自己的新产品命名为"三鱼牌水泵"。

"三"——老子云:"道生一,一生二,二生三,三生万物。"

"鱼"——水泵是用来抽水浇地的,水利万物,乃生命之源。而和水关系最密切的就数鱼了,有鱼的地方必有水,且有鱼的水既肥又没有污染。在中国的民俗文化中,"鱼"和"余、裕"同音,鱼就是财!过春节的时候家家要张贴年画《连年有鱼》,或者是一个胖小子抱一条大鲤鱼,取其意:"连年有余","家家富裕"。

"三鱼"——寓意农作物连年丰登,老百姓永远富足。

意思不错,但商标还要有图形。戴喜东便找来一张纸和一支笔,灵思飞动,一挥而就——其状如三鱼顶头,实则是三条鱼共一个头,顶得很用力便旋转起来,形成了强劲的蓝色涡轮。

而水泵正是靠涡轮的飞速旋转才能吸水:简洁,生动,优美。

一个好的商标所应该具有的因素都有了,且韵味无穷。

"三鱼"——果然成了中国水泵的著名商标。在每年的春种前,三鱼公司的门前经常有人排队买水泵。赶上旱季,要排上一个月的队才能买上三鱼水泵。之后,三鱼公司又陆续推出了三鱼牌系列生物肥料……

不仅如此,连三鱼公司的办公大楼、厂房及每个车间里的生产布局,也都是戴喜东自己设计,且算得极为精确。其建筑作品竟成了当地的标志性景观。由于是自己设计,自然也就更符合自己的心意,更合理、耐用。

几十年下来,企业界风风雨雨,沉浮无定,企业难干的叫苦声不绝于耳。唯他从容迈越,老而弥坚,始终认为企业好干。在海城乃至全国的水泵业,声誉日隆,早有口碑流传。他成了重量级的企业家,却仍保留着一副文人习性、教师情怀。建小学,盖中学,读古书,赏字画,救急难,扶贫困。此公的手边时刻都不能没有纸和笔,人海波澜,世象纷披,身经心历,所感所悟,皆述诸笔墨。《愚叟戏笔》里所收,即属这类文字。

看似游戏笔墨,实则发乎性,近乎情,捋玄思,寄幽心。清谈娓娓,睿语絮絮,或庄或谐,或忧或愤,或慷慨放达,或淡泊自然,意到笔随,不拘一格。当今假正经已呈泛滥成灾之势,唯缺独具真智慧、熔冶真情感的"戏笔"。

他虽自称"戏笔",却不缺少忧时济世的赤忱,自励兼励人,自树兼树人。谈古说今,花雨缤纷,"一点妙明心,融融大千界"。胸次包罗,心史纵横,读其文,便可知其人!

他的为人是他的商标的最好注脚。牌子就是人,人就是牌子。三鱼公司能有今天的成功,谁也不能不承认"三鱼"商标所起的巨大作用。牌子出了大名就能保企业,是企业的命根子。所以,成功的企业家都不惜一切代价,也要维护自己商标的荣誉和尊严。

经济英雄主义

前不久我旁听一个企业经理人的座谈会,有位四十多岁的什么经理,在发言中张口闭口总离不开他的"M总":"M总说"、"M总认为"、"M总如何如何"……让人觉得仿佛又回到了"句句是真理,一句顶一万句"的年代。对面有个人听不下去,就插了一句:"既然你这么崇拜M人,为什么还要跳槽离开这家公司?"不想这人勃然大怒,不先解释自己离开公司的理由,却理直气壮地责问对方:"M总的名字是你能叫的吗?"

为尊者讳,一个企业家的名字已经不能随随便便地被人呼叫了!

看得出这个人对他老总的尊崇是真诚的,或许在这家公司内部还有更多的人像他一样尊崇自己的总裁。能够让部下如此尊崇的企业家,想必都有惊人之处。有奇事,方能被人称奇;创造了神话,才有可能被人神化。美国联邦储备委员会的主席格林斯潘,不是早就被神化了吗?美国人甚至认为可以没有总统,但不可以没有格林斯潘。通用电气公司的前首席执行官韦尔奇,也曾在全世界范围内被传得神乎其神……

今年春夏之交,我驱车七个多小时进入太行山腹地的一个山沟里,才找到天津铁厂。无论我所到何处,无论所遇何人、谈论什么话题,对方都会情不自禁地提到他们的总经理刘志嘉。仿佛"天铁"的每一个车间、每一道工序、每一台设备,乃至每一个角落、每一个人,都跟他有着特殊的联系。"天铁"有职工和家属近五万人,构成了自己的小社会,曾长期亏损,十年里换过十二个领导人,而现在已进入了世界钢铁百强的行列,在社会上的下岗大潮中"天铁"竟无一人下岗,每家的孩子毕业后都能保证安排工作……"天铁人"无不为自己的王国感到自豪。现在时兴的是进"外企"、进"合资"。可在"天铁",居然还为自己是国营企业的职工而骄傲!大城市的人不是老抱怨商业社会找不到净土吗?他们说到我们这儿来,我们这里就是一片净土。

显然,刘志嘉就是"天铁"的英雄,就是"天铁"的魂儿。十几年来他从来没有看过一场中央电视台的春节联欢晚会,因为他每个大年三十的晚上都在车间跟生产工人们一块过。同时他还拒绝了上级部门想派给他的几十万元的年薪,到目前他每月的收入还低于车间的炉前工。他的住房一直是一套只有四十多平方米的偏单元……

如果有谁说这是"作秀",在眼下这样一个到处都充满着诱惑的物质社会,不妨也"作"一个出来看看。"作秀"大多是只"作"一两次,像刘志嘉这样在山沟里一"作"十几年,至今还在"作"着,这样的"秀"不能不令人肃然起敬。

"有非常之人,然后有非常之事。有非常之事,然后有非常之功。"无数企业兴兴衰衰的事实证实了一句老俗话:"不怕没好事,就怕没好人!"成功的企业里必有优秀的管理者,成功的企业家也必然要在企业里体现自己的成功。生活是以成败论英雄的,经济界有一句话:"扭亏为盈就是英雄。"中国社会开始神化功勋卓著的企业家,应该说这是一件大好事。战争年代,人们崇拜战斗英雄,他们的名字家喻户晓,他们的事迹到处传诵,是英雄引导社会潮流,净化民族精神,提升民众的品格。新中国建立后,人们崇敬劳动模范,劳动模范是建设战线上的英雄。到了"文化大革命",就开始丑化英雄、打倒英雄,以破坏为能事,以打砸抢为荣,以交白卷为光彩。从此中国便进入了"反英雄时代"。在公共场所坏人公开行凶作恶,很少有人挺身而出。甚至流氓在大街上公然凌辱妇女,围观者达数百人之多,竟无一人肯站出来予以制止!

现在,社会终于渐渐恢复了对英雄的尊敬,进入了"经济英雄主义"的时代。优秀的企业家就是市场经济时代的英雄。这是国家转轨、"以经济为中心"的结果。以前都是官员处于经济生活的中心,现在开始渐渐地转向由企业家处于经济中心，他们成了时代的路标，是生活的界碑。不可否认，企业界也有不少"狗雄"，他们是败家子、贪污腐化分子等。正如战争年代有投降者和汉奸一样，他们并不代表时代的精神走向。

一家教育研究机构调查了五万名中、小学生，其中百分之六十七的人表示将来要当老板、经理、富翁。世界首富比尔·盖茨，成了全世界青年人崇拜和艳羡的偶像。当然有相当多的年轻人疯狂追星，他们之所以喜欢这星那星，也不完全是因为那个星漂亮或唱得好、演得好，还有一个重要因素是星们能挣大钱，财源滚滚，日进斗金。而各种各样的星们，包括各种级别的选美优胜者、年轻貌美的影视明星、名模以及歌星，却都一窝蜂地去追商人、嫁老板——这就是现代社会时尚。从一个侧面也证实了经济英雄时代的到来，就像过去的姑娘争着嫁英雄、嫁劳模一样……

社会对经济英雄的尊重，是经济发展的一个动力，能激发和唤起人们对经济活动的热情。每个社会时代都需要自己的领潮人物，没有这样的人也会创造出这样的人物来。正是当今中国众多的经济英雄们，创造着企业文化，提升了现代经济的文化品位。

电视上不是天天都有"经济论坛"类的节目吗？请两三个企业家对着镜头侃侃而谈。据业内的人士讲，这类节目的收视率还很高。眼下这个花花世界正处于"娱乐时代"，人们无时无刻不在寻找快乐、感受快乐。为什么还有那么多人愿意集中精神听企业家们讲那些并非轻松的"经营之道"呢？如果是举办大型的现场经济讲座，请国内外著名的企业家讲演，其门票的价格要高于世界杯和世界著名三大男高音联合演唱会的入场券的价码，而且还抢不上——这说明国人从观念上真正转变成"以经济为中心"了。

社会对英雄的崇拜，是同样可以造就英雄的。而生活中永远都会有成全英雄行径的机会。越是体制不完善，企业难干，钱难赚，越显英雄本色。经济英雄都是有勇气承担命运、创造模式的。但，他们又各具个性，各有所长，哪个都是蝎子尾巴——（毒）独（遗）一份！

历史学家早就论证过了,历史上出现的优秀人物很多,但绝不重复,每种类型只出现一次。只有败类经常重复出现,连招数也大同小异。而庸人,则可以批量复制。当中国企业界,不只是形成一个厂长经理人阶层,而且英雄辈出,个个都业绩非凡,声名远播,那中国的经济,肯定也步入强盛之道了。

媒体世界

"刘晓庆入狱——又出狱",刹那间无人不知无人不晓,这是媒体的功劳。如果有一件热闹事很快就能让人们不愿再谈论它,也是媒体的功劳。它能急速地把一件新闻炒热、炒熟、炒烂!

只要稍加留意就会发觉,我们现在生活的这个世界已经进入传媒时代,无处无地无时无刻无不在媒体的监视之下。现代世界生活中的一切又无不需要借助于媒体。

比如政治,一时一刻也不能没有媒体跟踪。领导人的重要活动,外出、开会、讲话、竞选、辩论、投票……谁征服了媒体也就等于征服了民众。

比如经济,就更不用说了,早已经进入"传媒经济时代"。铺天盖地的广告要靠媒体,树立企业形象、创立品牌更要依赖媒体,哪家企业得罪了媒体,离遭殃就不远了!

甚至连现代军事行动也要靠媒体动员民众、获得舆论的支持。如伊拉克战争,制造了多少"媒体英雄"!但最典型的还是数体育。过去人们一直把奥运会、世界杯称做"体育盛会"或"体育盛事"。现在没有人这样叫了,自韩日世界杯开始,国际媒体一致称其为"媒体盛事",或者是"世界最大的媒体盛事之一"(one of the world's biggest events)。

"体育盛事"为什么要改成"媒体盛事"呢?

这可不是玩儿文字游戏,也不是世界媒体故意标榜和抬高自己。这是事实,只有这样表达才更准确。世界杯办得空前盛大完全是靠媒体给炒出来的。世界杯的主要财源也是靠出卖电视转播权。所以全球每天才能有近五亿球迷通过电视观看比赛。在地球的任何一个方位都能对赛场上的每一个细节、球员的每一个动作看得清清楚楚。实话说,没有现代媒体,还真就没有现代的世界杯。

不必说那些足球强国,以足球成绩在世界名列第五十位的中国为例,中央电视台购买了全部比赛的电视转播权,各地方电视台又向央视购买国内转播权,同时世界杯期间,各台还纷纷开辟各种各样的世界杯专题节目。另外,全国有几百家报纸,差不多每家报纸在世界杯期间又都推出"世界杯特刊"。世界杯现场就更是不得了,足球大战尚未开始,媒体大战早已经硝烟弥漫,一个赛前的新闻发布会就可以吸引几百家新闻单位的记者。为了抢得新闻先机,各媒体甚至想方设法"包"下可能会出彩的球员,比如给球员送当地的手机,有些球员手里竟拿着三四个手机。而那些什么都不送的"抠门记者",想要采访别人"包"的球员可就难了!

中国足球队的球员简称"国脚",中央电视台的热门节目(当然包括体育节目)主持人被称为"国嘴"。"国脚"踢球,"国嘴"说球,因此这两种国字号的人物谁也离不开谁。但从表面看,"国脚"更主动些,"国嘴"是负责吹的,"国脚"是管踢的,踢得好了球进门,踢得不好就把球踢到了"国嘴"的嘴巴上,封住了"国嘴"。实际上在中国能让"国嘴"难堪的,也唯有"国脚"。

比如距离世界杯开赛还有好长时间,"国嘴"就吹上了,对"国脚"大炒特炒,大鼓大呼。然后就是倒计时:距离中国队上场还有九天、八天……一天!六月四日终于到了,开场之前你看"国嘴"们造的声势,好像世界大战要爆发了,不,是要结束了,而且我们是胜利者!"国嘴"们精神亢奋,喜气洋洋,声音一下子提高了八度,从球场的各个角度向国内观众报道。看他们的精神头,这场球的胜利已经装在他们的口袋里了。"啪"——这个大嘴巴扇的!"国嘴"吹得多高,"国脚"就摔得多重,而且都砸在了"国嘴"上。

在这之前"国嘴"解说外国队的比赛,那是嘴不闲着,从不打锛儿,解说多了偶尔也许会有词不达意的时候,但绝不会出现冷场。实在没词儿了就再背一遍外国球员的履历,从姓字名谁、祖宗三代、遗传基因、结婚与否、绯闻多少、有无伤痛、伤在哪里,到在哪效力、收入多少……那真是如数家珍,滚瓜烂熟。在现场解说中哥之战的是"国嘴"黄健翔和张路,黄还是我比较喜欢的主持人,他和另外两张"国嘴"的"足球聊斋"就聊得松弛自然,不时有机智之语顺嘴溜出。但那一天,两个人都格外谨慎、拘泥,一点灵气和智慧都看不出来了,解说单调乏味,还经常冷场。我想那时候他们变成"机械嘴"了,不解说不行,带着自己的感情和智慧解说也不行,球迷的情绪已经成了火药桶,他们有哪一个词使用不当煽起事端,那还了得?"国嘴"牵涉到"国",这难可就做大了! 不管心里多气多恨多怨,也不能哭,不能骂,不能叫,更不能撞头。还得装得跟没事人似的,让嘴唇咧开三十度,露出半个牙做似笑非笑状,受了大罪啦!

所以,人们不要光看到他们平时是多么的风光,姑娘的求爱信一收就是一筐。"国脚"就是他们的克星! 可话又说回来,看上去是"国脚"踢"国嘴",又怎知不是"国嘴"在耍"国脚"? 吹捧"国脚"的是"国嘴",数落"国脚"的也是"国嘴"。"国脚"踢好了"国嘴"有词儿;"国脚"踢坏了,"国嘴"还有词儿。铁嘴钢牙,哪怕你腿软脚臭!

"国嘴"是什么?就是媒体!没有"国嘴",我们中国人能坐在自己家里就看得上"英超"、"德甲"、"意甲"、"西甲"吗?你看,这还不是"媒体盛事"是什么?

值得思量的是,"体育盛事"变为"媒体盛事",就说明体育的本质已经在悄悄地改变了。它要变得适应媒体,接受媒体的制约。这样的体育自然也会变得更火爆热烈,更具观赏性,大起大落,变化无常。因为"媒体盛事"必然带来信息爆炸,莫衷一是,真假难辨,人们被炸得头昏脑涨。比如眼下盛传哪个裁判作假、哪个队搞了什么阴谋……

体育是有品质的,媒体在最得意的时候也是最应该注重自己品质的时候,否则走到了反面,失去了诚信度,媒体也就不成其为媒体了。

情境领导

　　我意外地得到了一本关于"情境领导"的小册子，知道中国还有一所"终生领导艺术管理学院"。单是这名称就很特别，难道是专门培养"终生领导者"的？莫不是想复辟终身制？世界上真的有"终生领导"这样一种"艺术"？

　　其实，"终生领导"就是"职业经理人"。他们的终生职业就是当企业的领导者，或者说这是任何一个职业经理人的终生追求。目前全球已经有一千多万职业经理人，应该说这是一个职能概念，是一个不断变动之中的职业选择，并不是一种持久不变的职业状态。

　　那什么是"情境领导"呢？其定义为："帮助人们改变他们的行为，可以解决他们被替换的问题。"请注意"被替换"这个词说得非常准确，简直是触目惊心！"被替换"就是被淘汰！市场体制下的竞争中人，谁不怕被淘汰？对"被替换"的恐惧就像一根鞭子，把现代商品社会驱赶得剑拔弩张、鸡飞狗跳，连喘息的工夫都没有。在充满激烈竞争以及公司间频频并购重组的时代中，每个企业、每种产品以及每个人，都面临"被替换"的巨大压力和实际问题。所以，"情境领导"的模式就应运而生了。这种方法教会领导者可以在多种不同的情况下，正面对追随者施加影响力，从而提高他们的工作绩效和满意度。

　　"情境领导"最大的特点是关注追随者的行为，同时以具体任务为基本要素，充分体现了组织行为学的特点。追随者的状态是动态的，随时可以改变。这种动态，一方面是指在不同的任务面前，追随者的状态是不同的；另一方面，采取何种领导风格，也会引起追随者的状态变化,或者往正面的方向发展(例如从没有意愿的状态上升到有意愿的状态),或者向负面的方向衰退(从有意愿的状态下滑到没有意愿的状态)。还有一个因素,人是社会动物,其情绪会随着外面的事件而波动,如股市下跌、配偶有了外遇、孩子没有考上重点学校……

因此,领导者是否使用了最合适的领导风格至关重要。正确的领导风格会促使追随者的状态提升,而不合适的领导风格则会造成追随者状态的下滑。可以说,"情境领导"的根本宗旨,就是有意识地变换领导风格来适应和激发追随者不同的准备状态,提醒领导者该何时介入、何时不介入,以及如何正确有效地介入。从而在管理过程中进退自如,游刃有余,进入崭新的领导境界,使追随者达到最好的工作状态:有能力,有信心,有意愿。并最终实现领导者与追随者的共同发展,提高组织的绩效,创造和谐人性的企业文化。

"情境领导"告诫企业领导者要善于挑选和组织那些赞成、支持、笃信他们所确定的方向而又能发挥作用的伙伴,具备那种赋予人们力量、鼓励人们实干的能力。世界五百强之一的强生集团总裁拉尔夫·拉森说:"一个人所能行使的权力是有限度的,除非你能想方设法使人们做出最大限度的贡献,否则便算不上什么领导艺术。"人的心理以及人性化的认知和表现都有许多共通之处。老子也说过:"欲上民,必以言之下;欲先民,必以身后之。""善用人者为之下",如果你要成为领导者,首先你必须懂得如何追随。这与"情境领导"的内涵不谋而合。或者干脆说"情境领导"的倡导者抄袭了老子的思想,老子才是世界上第一个管理咨询大师!

简单一句话:"情境领导"就是为了提高领导力。而领导力,就是影响他人的能力,能够影响他人做本来可能不会做或做不好的事情。目前,领导力已经成为企业经营中最重要的因素:需求最高而供应最短缺的品质。不信看看世界五百强就明白了,一个优秀的企业绝不是某个单一的因素造成的,但有一个相同的决定性因素,那就是都有一个远见卓识的领导者。杰克·韦尔奇有个观点,整个企业的工作是从最上层的领导开始的,是公司的最高领导为整个公司定下基调,他们工作的力度决定了他们所领导的企业的工作力度,他们工作的努力程度和与下级的沟通,能获得成百上千倍的效用。

尽管优秀的企业领导者在做人的风格上有着极大的差异,但在领导艺术上却有着本质相同之处。比如,为企业确定明智的方向,领导者最根本的创造力是精到的战略头脑,准确地预测和把握未来的趋势,给企业带来变革,"在真正的较量中做出重大决策"。创新就是生命,有人给企业家定义为:"从事创造性破坏的创新者。"独霸世界电脑芯片市场十多年的英特尔公司总裁安迪·葛洛夫出过一本书《只有偏执狂才能生存》——"偏执狂"就是对市场极度敏感和执着,不断地开发新产品、新技术,走在别人前面。

平庸的企业家会认为,从他们登上总经理的位子起,就登上了人生的顶峰。卓越的总经理会认为,自己的事业才刚刚开始。像比尔·盖茨,许多年来一直毁誉参半,甚至官司缠身,他却从没有被这些杂事所困扰,继续领导公司不断开发更多更完善的软件,从网上热线服务到网络系统,设计自动防浪板的电脑程序……因此才使微软的效益不断攀升,直至最后赢得了官司。

优秀领导力的另一个体现是"坠入情网"。出色的总裁首先要热爱自己的企业,以恋人般的热情投入,不顾一切。现代社会变化纷繁,企业家只有审时度势,因势利导,不断培养和提升自己的领导力,才可以帮助公司提升整体竞争力,才有可能创造更多的价值。

娱乐经济

有一句话可能在许多人心里藏了很久了："老实巴交的工人下岗了，一些歪毛淘气倒吃香的喝辣的，如今到哪儿说理去？"比如一种司空见惯的现象：歌星出台唱那么一两首歌，有些歌星其实算不上是唱歌，可以叫哼哼唧唧或扯脖子喊叫，出场费动辄便是几万十几万，乃至几十万元。还有足球，踢得那叫臭啊，害得国人不断地跟着着急上火，这些年恐怕把最难听的话都送给中国的足球了，可球员个个都发了。这是怎么回事？

一句话：社会进入娱乐经济时代。

美国波兹-阿伦-汉密尔顿公司的首席顾问专门写了一本论述娱乐经济的书，书的副标题就叫"传媒力量优化生活"。他把电影、电视、音像、体育、电台、杂志、报纸、书籍、主题公园、玩具产业等等，都归为娱乐业。据此书的统计，在世界许多地区的经济中，增长最快的是娱乐业。

特别是美国的"9·11"事件之后，全球经济一片叫苦不迭，唯娱乐业一枝独秀。美国的个人储蓄率下跌至六十三年来的最低点百分之二点一，娱乐支出却升到了一个占总支出百分之八点四的高百分比。一家调查公司向社会各色人等发出了这样一张问卷：在更多的金钱和更多闲暇娱乐时间之间，你选择哪个？多数人竟然选择舍弃金钱而要更多的闲暇娱乐时间。

这也许使有些中国人目前还难以理解，但仔细一想就会想通。现代商品社会，无论有钱的还是没钱的，无不打拼在激烈的生存竞争中。所以都感到活得累、活得紧张，"过劳死"和精神疾患日见增多。在没完没了的生活重压之下，人们愿意"偷得浮生半日闲"，眼下时髦的说法叫"放松一下"。中国不是已经兴起了假日旅游风？谁在放假的时候如果不出去，就显得很土。有些重量级的大老板，已经时兴在周五的下午坐飞机去外地度假，到周日晚上或周一上午再回来。

现代生活带来了新的情感需求，而满足情感之需，已成为今天人们首先考虑的需求乃至渴求。所以人们格外注重生活质量，愿意花钱买时间，买快乐，买健康。而在商品时代，恰恰一切都可以用钱买，于是这种需求就创造了一个巨大的市场——娱乐是一种商业性的闲暇。人们要借助于娱乐和能带来娱乐效果的产品，在市场上得到最合适的抚慰和满足。一旦人们花钱娱乐，就希望娱乐投资能够换回更满意的回报。

于是，娱乐业便顺势而起，这是一种浪潮，没有力量能够遏制。就如同二十多年前的计算机革命对经济的影响一样重要。因为娱乐业正浸入经济的各个领域，许多与娱乐毫不相干的产业，也在学着融入娱乐内容。比如：有些酒店在设施和家具的配置上，穷尽想象力以追求独具风情，用能给人以惊喜和带娱乐色彩的东西装点房间，讲究一种友善的特质，且"酷"味十足。把客人的住宿变成"一场上演名为《闲适人生》的永不终结的戏剧，让每一位住客都能在这一戏剧中找到自己的角色"。

有的超市设计成娱乐园，将百货店千篇一律式的购物变成一种休闲娱乐的感受。有的还用"咯咯"欢叫的小鸡引导顾客，让人不知不觉地进入一个微缩的迪斯尼乐园般的环境之中。就连近十几年来不太被世界关注的罗马尼亚，在锡吉什瓦拉市的市中心也搞了一个中世纪模样的"吸血鬼餐馆"，以恐怖来娱乐顾客。

今天，人们期望通过一种能激起好奇心的方式，得到能触动情感的东西，可以自始至终都得到娱乐。凡是能够提供这种期望的产品和企业，必然会在市场上一路畅通。而不能提供这种期望、没有娱乐内涵的消费性产品，在明天的市场上将越来越没有立足的机会，会渐渐地烟消云散。娱乐业的内涵实际上正成为现代经济的重要成分。因此,像美国福特汽车公司和花旗银行等一批听上去是冰冷、枯燥的产业,也开始将娱乐因素融入自己的业务,在公司上层引进"娱乐经理"、"首席娱乐总监",以期将娱乐作为其业务底蕴,融合进娱乐技巧和管理技术。

可见娱乐经济的势头之强劲——这正如社会、政治和技术变革带来新的机遇一样,娱乐业已在经济增长和文化演进的前沿占据了不可否认的重要位置。"如同货币一样无所不在,无时不在,正迅速成为新的全球经济增长的驱动轮。"好像谁先认识到这一点谁主动,能得到先机。那就赶快娱乐吧,还等什么? 至于经济不经济,到底谁经济,待娱乐完了算吧。

书写的快乐

一个显而易见的事实是,现代社会从事写作的人数急剧增加。一个中学生、小学生,甚至是一个五六岁的孩子,转眼就能写出畅销书。更不要说商界中人、政府官员……著书立说,屡见不鲜。这年头,谁不出上一两本书啊!

——不可否认,现代世界进入了一个"书写时代"。

所谓的"信息爆炸"、"网络统治",都离不开书写——在纸上,或者在计算机的荧屏上。"信息"的爆炸,其实是文字的爆炸。现代生活中的文字已经多得能够淹没人类。光是"写字"已经远远跟不上需求,到处都在"打字"——你看看,古代"圣人"创造的文字,现在居然需要"打"了! 因此,现代社会不得不借助一种叫做"文字处理机"的机器来帮着人类处理日常的文字。这就是说,作为一个现代人最基本的一项职能就得会书写。你不书写就将被别人的书写所淹没。就像哲人所断言的那样:让自己的大脑变成草地一样供别人践踏。在这个文字爆炸的时代,你光是阅读是读不过来的,书写会有助于阅读的选择,写是为了更好地读,并能帮助更好地记忆。

那么,写什么? 以及怎样写呢? 写诗太难,写小说太费事,人们想当然地认为散文的方式可以借用。散文曾经是一种非常讲究的文体。最难驾驭的是这个"散"字——要散得汪洋恣肆,还要谨严精美;要散得自由舒张、辞赡韵美,还要意境深邃、夭矫奇崛。过去的散文宁失之矫饰,也绝不平淡浅易。

散文必须是美文。

今日的散文却真的"散"了。散到了最能将就的地步,人人尽可为之,写不成别的东西却尽可以写散文。"儒将"的回忆录、"儒商"的经验谈、"儒官"的发言稿……每天支撑着报纸和杂志版面的多是靠散文。近年来许多纯文学杂志纷纷改头换面,说穿了就是以散文取代小说。于是,文坛上掀起了一股散文化倾向:诗歌散文化,诗人散文化,小说散文化,电影散文化,还有电视散文、摄影散文……文学大散特散,无文不散,不散不文。因之,散文变成了一种并不时髦却普及率极高、从未大红大紫却又最具大众人缘的文体。

多年来,在人们一片"小说不景气"、"新诗的读者越来越少"的抱怨声中,散文为什么能不声不响地从文学的一支弱旅一跃而成文学的强项呢?

原因很多,先说社会因素吧——现代人心散、神散、情散、事散,作为社会生活反映的文学,出现散文化倾向一点都不奇怪。散文虽散,毕竟还要有一点真情,有一点思想,有一点事实。篇幅可长可短,立意可庄可谐,题材无所不包,天地君亲师,神仙老虎狗……正好适应了现代人的生活节奏,也最为灵活便捷地反映了现代人掩藏在散漫外表下的紧张、浮躁和不信任情绪。

实际上,在这个书写的时代,文学和作家的概念也极大地宽泛了,越来越模糊。而最能体现这种"模糊"和"宽泛"的就是散文。散文本身自然也就"模糊"和"宽泛"起来了。

世界在变,生活在变,人在变,文学在变,老的适者生存,新的应运而生,适应能力最强的散文就成了今天这个样子。这个样子也没有什么不好,其实散文从来就没有停止过变:魏晋辞赋有别于先秦诸子,韩愈能"文起八代之衰",就是一次大变。欧阳修的丰赡、三袁张岱的自然、龚定庵的峭拔,直至鲁迅的犀利、林语堂的泼俏……散文从未因内容与形式的变化而停滞。相反地,无论哪个时代都出现了自己的散文大师,且不因某个高峰而凝固不前。

眼下似也不必以精英意识把散文中绝大多数作品一概斥之为不是散文。值得讨论的倒是:泛散文时代,能不能出现散文大家?

速成时代

前年,上海的中学生韩寒通过作文大赛一夜成名,然后就出书、退学,引发了一场波及全国的关于"寒流"的讨论。有人对"韩寒现象"抚掌赞赏,说当今文豪出少年,雏凤清于老凤声;也有人说这是揠苗助长,会毁了孩子。应该让他先把学上好,过几年再出名也不迟。

在出版业的一个座谈会上,主持会的人一定要我也说说自己的看法。我记得当时是这样讲的:现在是一个速成的时代,蔬菜水果不管季节,药物一下想叫它什么时候熟就能什么时候熟。鸡鸭猪羊更是几十天或几个月就可长得够了刀。人也一样,过去谈恋爱需要三五年才能完成的程序,现在一个晚上就可以解决问题。如果是网恋则更省事,不用见面,只需几分钟就"搞定"。现代人走路像去奔丧,吃饭风行快餐,要不麦当劳、肯德基怎么会在一个向来讲究细嚼慢咽的国家发了大财呢?现代人就是一切都要快,晚一步就没有你的份儿了。所以人们才天天大讲要抓住机遇……怎么大人抓住了机遇就是本事,少年人抓住机遇就要被说三道四呢?眼下韩寒能出本书、能成名,还能赚到一笔钱,为什么非要叫他再等几年呢?几年后谁能保证他还能写出书,还能赚到这笔钱?在这样一个急功近利的时代,谁看见了能够抓到手的名利还会有耐性再等下去呢?等不了,别人也甭想让他等,更甭想要挡住这种速种速收、速做速吃的势头!

果然,继韩寒之后,很快又出了一批少年作家,黄思路、金今……年纪一个比一个小。"速成"风刮到今年,从天而降的少年天才就更多了。九月,江苏少儿出版社出版了六岁儿童窦蔻的十二万字长篇小说

《窦蔻流浪记》。紧接着是八岁小儿高靖康写的八万言长篇童话《奇奇编西游记》。更有一个十二岁少女出版了她的第二本小说《正在发育》……

我尚未见到此书,只在报纸上读到了这位少女的一段话:"人一结婚,不出五年,男的就不敢仔细地完整地看自己的老婆了。即使看了,也不会仔细看第二遍。然而,我找男朋友,是大大地有标准的。要富贵如比哥(比尔·盖茨),潇洒如发哥(周润发),浪漫如李哥(李昂纳多),健壮如伟哥(这个我就不解释了)……"

——好个"不解释了"!

厉害吧?看来少年作家一夜成名有个共同点:说成人话,说成年人不敢说的话,还要玩深刻,玩尖刻,玩俏皮。

套用一句流传很广的话说:"每个速成天才的背后都站着他们的家长和传媒。"窦蔻七个月大就被父母背着到处打工,两岁半父母就给他制订了学习计划,四岁半开始写日记。《奇奇编西游记》的编辑朱研婷认为,八岁神童高靖康"有很强的文字功底,书的内容也很充实,在此基础上加商业炒作是正常的。出书是对其才能的鼓励,对其以后的发展也有好处"。据报载,《正在发育》的书后,附有小作者的妈妈记录女儿"发育"历程的文字,以及这位母亲对中国教育的深刻反思和独到见解……在女儿七岁的时候,是当母亲的先萌发了让女儿当作家的念头,然后就开始了所谓的"魔鬼训练"。训练的结果是让女儿有了这样的目标:十八岁前买匹马,二十岁前买部车,二十五岁前买别墅……"这位母亲的经验,可供想把孩子培养成作家的父母们借鉴。"

——这话说得再明白不过了,若想让孩子当作家就赶快培养。"速成时代",作家的确可以"速成"!"速成"再加上传媒的炒作,一个小天才就能应运而生!

但,也不能不估计到,这种"速成"法会给现代人已经相当浮躁的心态发酵,很快便会蔓延成一种社会风气。因此,"速成时代"绝不是只速成作家,还会速成其他一些少年"天才"。据报载:九月六日,上海闸北第三责任区刑警队破获了一个黑帮团伙,其"老大"竟是一名姓黄的十四岁少女。河南登封市的十三岁少年杨某,拐卖三岁幼童。辽宁葫芦岛市一姓方的九龄童,能开着其父的"皇冠"轿车在闹市区兜风。黑龙江宾县的六岁男童冬冬,深夜蹦迪,将睾丸蹦过位,向左侧扭转了一百八十度,不得不入院手术矫正……可见在当今的"速成社会",歪才并不比正才少。而且,还有乳臭未干的"恶才"、"杀才"。他们吸毒贩毒,黄口小儿嫖大娟,杀同学、杀老师、杀母亲、杀奶奶……这类事件同样也被传媒炒了个沸沸扬扬。

不管怎么说,"速成"时代都是人才辈出。"人精"也多。何谓"人精"? 即人小鬼大,有妖气,而不是神气,故有别于"神童"。所以要提醒成年人,千万别轻易招惹现在的孩子,一不小心就会被气得翻白眼儿,还没处说理去。如果再赶上一个少年"杀才",那就更够你受的了。"小鬼当家"——可不是一句闹着玩儿的话。

论 时 尚

中国人经历了解放初期的列宁装、干部服；大跃进时期的劳动布、工作服（那时工作服最时髦，上班穿旧工作服，下班换上新一点的工作服，逛街、串亲戚和开会穿的工作服叫"逛服"）；度荒时期的人造棉、的确良；"文革"时期的绿军装、红海洋……如今终于变得漂亮了、时髦了。社会有了时尚，人们追赶着时尚。中国人爱美，也确实美了。

前些年的社会时尚，是北方向南方学，南方向香港学。现在哪，在穿着上南北已没有多少差别，有些北方地区甚至比南方还要更讲究。比如哈尔滨人就比广州人更注重衣着打扮。北方女人化妆的也更多，特别是在冬天，大街上满眼都是浓妆艳抹，脂粉厚了也可以防寒嘛。即使是夏天，许多女人也不会让自己的脸闲着，或描，或勾，或抹……

这些年在天津的大街上还增加了别一种风景：许多骑自行车的年轻女人，披一块白色或彩色的丝绸，护住裸露的肩头和双臂。车子一蹬起来，衣带飘逸，若飞仙腾纵。如果说让下凡的仙子在大热的天骑辆自行车有点不伦不类，那至少也像一只只的蝴蝶，轻灵优美地穿行于车流之中。这的确给燥热的酷夏增添了色彩，只是苦了那些漂亮的"蝴蝶"。天气本来就热，她们又在衣服外面再加一层披肩，虽然防了晒，却捂了汗，给人以"小姐身子丫鬟命"的感叹！

跟上时尚很累，还要有钱。没有多少钱，又想跟上时尚，就要动脑筋，敢于花样翻新。正如《魔鬼词典》所做出的解释：时尚是暴君，谁都可以嘲笑它,却又没法不服从它。百姓如此,自然是受了那些引导时尚的先锋人物们的影响,如今的人们敢了——敢往脑袋上弄,也敢往身上穿,不怕邪乎,而且越邪乎就越能引人注意。那些各色各样的另类、新新人类的装束打扮先不提,单说那些让社会尊重并能带动时尚的阶层,如:艺术家一定要不修边幅,导演大都留一把脏兮兮的胡子,还有球星的野俗,明星们无论身材丑俊一律都要玩命地表现性感……是他们带动了潮流,却多少让人觉得是刻意在体现自己的个性,拼死也要与众不同,至少是想先吓人一跳再说。

现在,中国人走出国门也不会为自己的衣着感到寒酸了,有时甚至觉得自己反比那些所谓发达国家的人穿着更体面。因为中国有相当多的大老板和小暴发户们,更喜欢用一身世界名牌武装自己。如果说还缺点什么,那最缺的恐怕就是随意和自然了。中国人的习俗是"穷家富路","饱带干粮热带衣",特别在意外人、路人和跟自己不相干的人对自己的看法。在家里跟自己最亲近和最爱的人在一起,倒可以破衣邋遢,背心裤衩,还满不在乎——据说这也是婚外恋泛滥的原因之一。每个人经常让自己的配偶看到的是自己最不讲究、最丑的一面,漂亮的都在外面了,自然就要到外面去找……话扯远了,还是回到出国的装束上来。总之,中国人出国都穿得不错,但走在西方的大街上,却很容易被人家一眼就认出来。

记得一九七九年我第一次出国,在朋友的鼓动下特意跑到王府井一家著名的服装店去定做西装,那家店的负责人还跟我说,过去周恩来总理的西装也是他们给做。临走的那天到飞机场一集合,天哪,全团人的西装都是那家服装店做的,面料、颜色、款式都差不多,肥肥大大,系上纽扣后前面还可以塞得下一个西瓜。当我们集体走在纽约的大街上——而我们是要经常集体活动的,不要说外国人看着扎眼,就连我们自己都觉得像是在出操。外国人能认得出我们,不是因为我们穿得不好,而是因为我们穿得整齐划一,呆板僵硬。当然,最容易被认出来也不见得就是坏事,如果我们穿着得体,招人羡慕,不是也很容易创出中国人的名牌吗?

现代西方人的风尚已经明显地分成了两块：一块是上层聚会和隆重的社交场合，男人一个个唯恐打扮得不庄重、不绅士，女人则都想把自己打扮得最漂亮，如中国人很熟悉的奥斯卡颁奖晚会。说老实话，在那样的场合，人家还是比我们敢穿、会穿。即使是在那样的场合，有时也要讲究点随意和自然。今年夏天在纽约举行美国艾滋病研究基金会的表演晚会，请好莱坞的巨星莎朗·斯通担任晚会的主持人，她提前特意给自己定做了一双和衣服相配的新鞋。到晚会开始前她打开新鞋一看，两只鞋都是左脚，再调换已经来不及了，这可真要出大洋相……她是怎样的大腕啊，这是一个多么好的可以发发大腕脾气、摆摆大腕架子的机会啊！可莎朗什么话也没有说，含笑光着脚就走上了舞台，经说明后她博得了长时间的掌声，事后还传成一段佳话。

现代西方人的另一块风尚——是老百姓平常过日子，怎么自然随意就怎么穿戴。如世界最老牌的资本主义帝国，也是公认最容易产生"傲慢与偏见"和最讲究衣着风度的英国，现在普通人的穿着绝对比中国老百姓要俭朴得多，特别是年轻人，几乎一年四季就是运动鞋、牛仔裤、T恤衫，腰里围件长袖的绒衣或毛衣，冷了就穿上，不冷就像门帘子一样吊在屁股后面。但他们的脸色比衣服好看，一个个全都红光满面，一年四季不感冒。

一个人要做到穿着随意并不困难，可要创造一种随意自然的社会风尚，就不大容易了。

风尚是短时期的传统。而我们的老传统是"人配衣服马配鞍"，"人靠衣装，佛靠金装"，认为衣服是人的介绍信，人要由衣服造就。现代人提倡随意和自然，是一种很高的境界，你随意，还要让别人看着自然。不能光顾你随意，污染别人的视觉。有人强调要穿出自己。自己是谁？女人穿衣服是穿给别的女人看，即使是极少数陷于热恋中的女人，想取悦自己喜欢的人，骨子里想的还是要压倒自己所喜欢的男人身边的其他女人。

讲究自然和随意，就是提倡由人来造就衣服。最有说服力的就是那些靠试穿新衣裳成名的模特,最终并不是衣裳提升模特,而是模特提升衣裳,人们是因模特而喜欢上某个品牌。

但,相同的衣服穿在另外一个人身上,可能效果会大不相同,甚至会惨不忍睹——提倡随意和自然的风尚,就能防止发生大面积的惨不忍睹。

替罪何以是羊？

羊年快到了，羊又称"吉羊"。古文里"羊"通"祥"，羊年即"祥"年。古器物上的铭文多将"吉祥"，写为"吉羊"。

于是，关于羊的吉祥物，以及"暴发羊财"、"三羊开泰"的挂历和年画，占据了所有年货市场最醒目的地方，天地间充塞着浩浩荡荡的祥云喜气。

《陇州图经》里记载，秦始皇出巡时，曾路遇两只白羊相争。待近前细瞧，羊却不见，只有两个人向他叩拜。说道："臣非人也，乃上羊之神，今上君到此，特来谒见。"说完倏忽不见，秦始皇悚然动容，立刻下令立庙。

由是，羊被尊为"神羊"。

古时"羊"又通"阳"，"三羊开泰"也可写作"三阳开泰"、"三阳启泰"。"泰"——为《易经》中的阳卦之一。"农历十月为坤卦，乃纯阴之象；十一月为复卦，一阳生于下；十二月为临卦，二阳生于下；正月为泰卦，三阳生于下。"这时阴消阳长，天地交而万物通，春回日暖，吉运当头。也就是"三阳开泰"！现在正时兴与国际接轨，做国际生意，赚外国的钱，羊、洋同音，"羊财"也是"洋财"，企盼着羊年大发洋财！

羊还有令一切生物，包括人类在内都不能不肃然起敬的习性：羔羊在吮吸母乳时必跪膝，以谢母恩。因此自古以来，羊又被视做"孝兽"！可见，羊成为吉祥的象征，由来已久，且当之无愧。在十二生肖中，或许也只有羊最讨人喜欢。它可亲可近，温善合群，敏捷活泼，耐力强韧。人们似乎很难从羊身上挑出什么缺点。但挑不出什么缺点，却不等于就不被冤枉。

"挂羊头卖狗肉"——被牵扯进一句骂人的话,千古流传,堪称冤枉。而且从古冤到今,屡冤屡犯,无从杜绝,从没有人想要给羊平反。几乎无可挑剔的羊成了造假的幌子,虽然有点恶心,但人的本意是抬举羊而贬损狗。眼下却有一桩关于羊的大冤案:近年来媒体忽然一窝蜂地指责羊制造了沙尘暴,说羊的嘴尖,没有草吃就啃吃草根,造成草原沙化,形成令人色变的沙尘暴!

羊是吃草的,天经地义。为什么没有草吃而让它饿得啃土皮呢?羊如果有足够的青草吃,还会将嘴伸到土层里去啃吃草根吗?即使没有羊嘴啃吃,草没有了光剩下草根,就能抵挡住沙尘暴吗?这可真是:马善有人骑,羊善有人欺;人嘴两层皮,横竖不讲理。明明是人类自己胡作非为,破坏了地球的生态环境,却归罪到不会说话的羊身上!最近发布的气象预测称:二〇〇三年将有三十八次沙尘暴袭击中国北部大陆。那么,人类是该欢庆吉祥的羊年到来,还是要诅咒癸未羊带着沙尘暴一同降临?

信奉实用主义的现代人,一边喜气洋洋地祈求羊年给自己带来好运,大吉大利大发"羊财";一边却照样冤枉羊,继续埋怨羊的嘴太厉害,以至于翻沙扬尘……足见现代人是多么的矛盾和虚弱。一方面有奶便是娘,谁给好处就拜谁;同时又端起碗吃肉,放下碗骂娘!

不过要记住,别以为羊老实厚道就可以任意欺侮。凡最老实的,被逼急了有可能又是最狠的。羊也有狠的一面。有句古语叫"羊很狼贪"。古时"很"通"狠",《史记·项羽本纪》有谓:"猛如虎,很如羊,贪如狼。"太史公毫不含糊地将羊和虎狼相提并论。

其实,以羊抵罪的习俗最早是从西方传过来的。古代犹太教,每当赎罪日举行祭祀时,就用羊做祭品。大祭司把手按在公羊的头上,口中念念有词,表示全民族的罪过都由此羊承担,然后把羊赶入旷野沙漠。

基督教也承袭此说,耶稣受难就是替世人赎罪。

这也就等于说,耶稣扮演了羊的角色,耶稣是世人的替罪羊。反过来,不也把羊抬到了救世的高度吗?羊总是被抓来替人赎罪,当冤大头,这是羊的大不幸。但它有救世的功德,能够让人联想到耶稣,却也是一种至高无上的尊荣。

因此,我们在向羊年祈求的时候,还是要先尊敬羊、感谢羊,祝福羊年吉祥!

不要被"年"吃掉

　　塘沽有位老人,几年前染上了轻度老年痴呆症。但每到农历大年初一的清晨,早早地就起来穿戴整齐,静静地坐在厅里等候着,眼睛盯着大门口,两耳听着楼道的动静……据说老年痴呆症的患者并不是所有的神经都痴呆,总有那么一两根神经是令人匪夷所思的警醒。比如,美国前总统里根,患严重的老年痴呆症已经十几年,连自己是谁都记不得了,却认得并能清晰地喊出夫人南茜的名字。塘沽的这位老人也是如此,每逢大年初一的早晨是清醒的,且清楚地知道每年初一第一个来敲门拜年的是谁,他要等候的也很想见到的就是这个人。这个人会很有条理地汇报一些公司的情况,老人则神情专注地听着,目光柔和,充满赞许,该笑的时候会笑,该表态的时候会点头,常常还会热泪满眶……

　　这个许多年来雷打不动第一个来拜年的人,是老人所在的公司现任总经理。他先拜已经退职的老领导和老职工,然后去拜在职的员工……中国人历来非常重视"拜年"的习俗,从除夕夜的子时开始,到大年初一的早晨形成高潮。拜祖宗,拜长辈,拜老人,团拜,相互拜,拜初一见到的所有人……一年到头了,上上下下,老老少少,前后左右,四面八方,该拜的一定要拜一拜。

　　习俗的形成总是跟人的生存相关联。《杂经》上记载,远古时代有一怪兽,其名曰"年",凶猛异常,长有血盆巨口,每到腊月三十的晚上出来寻衅,挨家挨户地残食人类。人们为了能对付"年",便把大量肉食堆放到门外,家家关门闭户。等到初一早晨才开门纳客,人们一见面就作揖拱手,相互祝贺没有被"年"吃掉!

原来"年"是可以吃人的。所以年又称"年关",过年是过关。因此,能够拜年实在是一种资格、一种幸运。这不仅证明你没有被"年"吃掉,还积存下了足够丰厚的"肉食"堆放到门外供"年"吃——拜年是要有东西的,所以过年总要发些奖金!

现在负责任的经理们,为了到年终能够给大家拜年,并让公司积存下过年的东西,就得在上一个三百六十五天里,天天当除夕过,小心翼翼地保持着拜年的真诚。古人讲中国君子的缺点是,明于礼仪而陋于知心。通情才能通心,通心方能通神——通精神、通财神。没有人会对笑、对热情有免疫力。但强笑是笑不出来的,敢于笑自己就说明你强大了,能够创造幽默了。以拜年的虔诚对人,就能笑得出,乐呵呵是一种柔软的坚毅,是一股不屈不挠的韧劲。不要光盯着客户的合同,要多看他的眼睛。眼睛是可以曲径通幽的,通过眼睛可以读懂一个人,了解他的担忧和决心。同样人家也通过眼睛观察你的内心,不敢接触眼神就不敢面对自己的心。人因交往而形成精神和感情,即使是在商品社会,人的交往也并不都是为了赚钱。

现在的大老板,有几个还能经常挂着一张笑脸呢?尤其是对自己的员工。而许多年来一直占据世界五百家大企业榜首的美国通用电气公司,在全球有近三十万名员工,过年却没有一个没有收到过公司总裁韦尔奇的电子邮件,"他总是不失时机地让每个员工感到他的存在"。拜年先给自己的员工拜,自己的年要靠自己过,能吃人的"年"也在自己的公司里,越是遇到难事、大事,越是乐乐呵呵。这种令人着迷的极端性格,反而焕发出平和、内敛的魅力。

古人迷信,认为除夕乃"月穷岁尽之日"。神鬼游走,与人杂处,时隐时现,飘忽不定。所以除夕又称"除岁",在迎新的同时更要倍加谨慎地"驱疫疠、除恶鬼"。倘若国人每天都有除夕般的警醒,时刻准备驱除外界的和自己内心里的魔瘴,对别人却又有拜年般的热情和礼貌,那人们的生活也就会像过年般地快乐。

关于文明的对话

—— 在加拿大2002年国际作家节上的发言

地球上居住着六十亿人口,分布在不同的大陆,彼此相隔千山万水,可我们居然在这个大厅相遇了——这无疑是一件幸运的和令人愉快的事情!

中国有一句古老的话能概括这种情景:"有缘千里来相会!"

缘——是一根丝线把人连起来。这根丝线就是人类的文明。

文明是一种吸引。

半个多世纪前,一位叫诺尔曼·白求恩的加拿大医生,不远万里到中国帮助抵抗法西斯。他是中国人民的朋友,也是中国家喻户晓的英雄。我和许多中国人一样,对这位英雄的家乡充满敬意,正好借这次关于"文明间的对话",亲自感受和了解培养了这样一位国际主义战士的国家以及它的文化。

文明的发达使世界变小,当然也使世界变得拥挤。其好处是人们的交流方便了。在爱尔兰的舞蹈中可以看到非洲黑人舞蹈的影子,在非洲的黑人舞蹈中又有着明显的白人文化影响……现代世界纯而又纯的东西已经消失了,都是你中有我,我中有你。你落后了,就要吸收先进的东西;你太优秀太独特了,就不可避免地要被世界吸纳。每个人或每个民族,又会在吸纳中加进自己的东西。而人类文明就是在这种交融中进步,你在吸纳世界的同时,也被世界吸纳。

因为,人是社会生物,本性需要与他人沟通。不传播的文化,便是死文化。

众所周知,在世界古文明中曾产生过玛雅文化,盛极一时,尤其是天文、数学，无与伦比。后因自以为是而保守封闭，遂逐渐消亡，只给后人留下千古不解之谜。同样渊源甚古的巴比伦文明，随着巴比伦国家的消失也早早夭折。雅利安人创造的印度婆罗门文化，也曾辉煌一时，随着梵文在历史变迁中的灭亡也消散了……

相比之下，在屈指可数的文明古国中，唯有中国，五千年的文化传统从未中断，为世界文明史上所罕见。现在仍以浩如烟海的历史文献著称于世，各种古老的遗迹历历可考。

这当然跟中国传统文化的内涵有关。中国文化重视人与自然的关系，讲究谐调一致和相互依存，即"天人合一，物我一体"。人类生存于大自然之中，一切行为都不能不顾及大自然，也不能不与大自然期求和会与合一之道。天中有人，人中有天，天人互动，天人合德，天人无间，人间天上。

中国文化在重自然的同时，还重传承、重道德。在中国被誉为"百经之首"的《易经》里说："见龙在天，天下文明。"——德行广布于世，就能感化天下的人。中华文明能够长久传承，还应该提到另一个特殊的条件，那就是中国大一统的皇权长期延续，而不像欧洲中世纪那样被分割和架空，对保护和推动中国古代文明起了重要作用。

在十八世纪之前，中国曾经是世界上最先进的国家。明初的郑和下西洋，拥有世界上最先进的船队，是世界航海史上前所未有的创举，赢得了极高的世界声誉。但到了十八世纪末，即清王朝后期，妄自尊大，开始封闭，拒绝与西方先进文化的交流，中国也随之从先进的国家掉到落后国家的行列。

——而文明的兴衰，正是三种力量作用的结果：人与自我，人与他人，人与自然。

"辟草昧而致文明。"人类社会的进步状态与野蛮相对，便产生文明。但文明是积累性的、总体性的，又是阶段性的和取代性的。封建文明战胜了奴隶的野蛮后，自身便成了封建的野蛮；现代文明战胜了封建的野蛮，同样又成了破坏生态环境的野蛮，还有战争、暴力……

人是因了解历史才逐渐长大的。不能忽略历史上那些富于教益的命运安排,从而获得正确的观点。文明是一整套的价值观、伦理观和人生观,是人类对客观存在的积极反映。

关于文明,本来就是个非常广泛的话题,越是广泛的话题越难说出新意。比如语言,无疑是文明的产物,用语言表达思想可以说是文明的发端。而人类学家经多年考证,研究了五大洲一百六十个国家和地区三万年前的语言遗迹,得出结论:在人类进化到智人阶段时,存在着一种全人类通用的"原始母语"。也就是说,当时全世界的人使用一种共同的语言。各地原始人类最初所能表达的事物范围都极其狭小,也非常一致。在那之后,受到地形、气候、食物和社会组织等条件的影响,概念、语言和艺术等领域内部的分化才渐渐开始,不同的文化由此形成,现在世界上的所有语言都是在那个基础之上发展起来的。随着人类的进化,语言越来越精确,便分化成许多种,因此隔阂也产生了。

文明使人沟通,也使人隔绝并产生误解。在现代人心里普遍存在着的孤独,不能不说就是文明的副产品。所以说,文明是一种进步、一种优雅,也是一种约束。文明具有社会性,现代人类必须讲究文明,需要文明,无时无刻不活在文明之中。却又警惕文明,有时还要排拒文明。

文明就是变化,也是一种竞争。其核心价值是差异,唯有差异,才有价值。我们也是因为有差异才聚到一起,如果我们没有差异,这样的对话还有什么意义?当今世界有各种各样的节日,唯作家节是对文学艺术的张扬,是对作家劳动的尊重。

我们为了解而来,以文会友。

在对话中回顾过去,去体会历史,了解文学艺术的成果,追寻人类的足迹。同时更须向前迈进,步入充满进取和冒险精神的未来。这就是关于文明对话的意义所在。

致达扎活佛

尊敬的达扎活佛：

您好！

值此达扎寺岭嘎多饭店开业大吉，乘刘栋先生亲去祝贺之便，带去我的全部祝福。恭贺岭嘎多饭店兴旺发达，广布善缘！

我和天津的许多朋友都非常想念您，大家和您已经结下了深深的佛缘。您出任天津蓟县云罩寺名誉住持时主持的佛事活动，至今仍然是许多人所见过的最隆重盛大的法会。经声佛号，德音发越，天高地阔，神思无极，漫山遍野，信众悟悦。您协助刘栋先生创办了中国唯一的一所擦擦文化展示中心，惊世骇俗，轰动京津，传扬佛学，功德无量。佛学博大精深，您提玄勾隐，解疑释惑，圆融无碍，令人身心豁然。

弘一法师说："佛法在世间，不离世间觉。"世间拜过佛的人无计其数，见过活佛的人屈指可数。朋友们都以拜见过您为幸、为福、为荣。您平和随缘，又不为境界所转。佛思融净，精神内守，天资高灵，身心朗彻。每当尘劳仆仆，想起活佛便足以息心，自净其气。

因此，大家悬想无尽，企盼您再来天津，以慰众望。

我和我的朋友们，由衷地祝福达扎活佛吉祥如意！

蒋子龙

2003 年 8 月 8 日

"超人"和"终极人"

　　商品时代,随着人们对物质的认识不断发展,出现了难以尽数的新观念,人的价值标准也开始变化,彻底摧毁了传统的信仰主义。现代人很难再被一个统一的思想体系所控制,思想体系的没落导致心灵的、理想的、抽象的东西的没落,精神上有一种无依无靠的漂泊感。这就是现代人的特点,需要的是物质现实,直接经验,而不是以理想和信仰为基础来决定自己的行为。比如,现代人惧怕"边缘化"。"边缘化"意味着遭淘汰、失业、贫穷。在一个追求个人价值最大化的商业社会,一个人突然变得无足轻重,不被社会所需要,便陷入了一种生不如死的境况。既怕被"边缘化",却又奉行"打工"思想。"打工"就是给别人干活,纯粹是为了赚钱,养家、养房、养车,积极不是风气,消极可以理解。得过且过,斤斤计较,能偷懒就偷懒,能投机就投机,只要能拿到钱就行。

　　我们也无须把这些人估计得太坏,假定他们都做到了百分之九十,达到良好以上,结果又如何呢? 陈鸿桥先生给出了一个算式:$90\% \times 90\% \times 90\% \times 90\% \times 90\% = 59\%$! 每天或每个人都减一点成色,递减下去最终导致的结果竟然是不及格或者更坏。更不要说还有层出不穷的坑蒙拐骗,花样翻新的假冒伪劣,触目惊心的渎职浪费,连三并四的灾难事故……陈鸿桥列出的是一个古怪的算式,却发人深省,符合中国国情,只要翻翻中国企业的成长史,便一目了然地验证了这道算式:"中国企业的平均寿命是六年左右,民营企业的平均寿命只有三年,代表中国科技产业前沿的中关村电子一条街上的五千家民营企业,生存时间超过五年的不到百分之八。"这些企业在刚创建的时候哪个不是红红火火、信心百倍？

由于眼下"老字号"又吃香了，有人把企业连干带不干的时间攞在一起，也凑出了不少"百年老店"、"百年老厂"。可真正具有"百年文化含量"，承载了"百年国情"的企业又有几家？百年是怎样的一种分量？随便举个例子，福特汽车公司的创始人亨利·福特，尽管气量狭窄，毁誉参半，曾质疑过资本主义，也信奉过反理智主义，却仍然被称做"现代美国公司的缔造者"。他发明的T形发动机轿车"改变了美国文化，让数百万人都能使用大众化交通工具，具有流动性"。同企业一样，现代人防止被"边缘化"最简单可行的办法就是敬业。然而我们喊敬业已经喊了许多年，却始终没有形成敬业的社会风尚，原因就在于实用主义大行其道，只追求眼前实惠，常误以为敬业是提升了公司的价值，对老板有更大的好处。殊不知敬业最大的受益者是自己。陈鸿桥提出："敬业是快乐的，敬业的口碑是职业生涯中最大的财富。"不敬业只"敬钱"，"钱"也难以惠顾你。因为"钱"要依附于"业"，"业"不强何以生"钱"？

当今信息世界是透明的、是扁平的，每个人面临的生存和竞争压力大同小异，如果你又不是天才，将怎样胜出？所以敬业精神应当被视为现代社会最基本的处世之道，尽管你可能永远不会成为天才，通过敬业却可以使自己成为"专才"，成为不可替代的人，一个受人尊敬的人。找到了实现自己价值的平台，凭这个口碑就可以走遍天下，成为个人的护身符、无价之宝，永不会失业。同时，敬业者又都善于发现学习的机会。而学习的机会中常常包含着发财的机会、成功的机会。说得更直接些，在这个竞争激烈、淘汰神速的商业时代，现代人的工作"已经成为一个继续学习的过程，是个人为提高自己的工作市场价值而进行的投资。未来唯一持久的优势，就是有能力比你的竞争对手更快地学习"。

学习就是最好的管理智慧和工作智慧。智者无不是工作学习化，学习工作化。每一天至少有一个对某个人是有用的机会，每一天的某个机会就可能是前所未有的,也绝不会再来的机会,当你精于算计,事事计较,把多干活、干好活的机会推给他人的时候,也就把学习甚或是成功的机会让给了他人。相反,"当一个人把敬业变成一种习惯,在多干活、干好活的过程中学到更多的知识,积累更多的经验,体验到干活好的乐趣,从全身心投入工作中、从思想与业务同进的过程中享受快乐"。

只可惜,现在的社会风气是追求另一种行乐,讲究享受生活而不是创造生活。浮躁、轻狂、虚饰、空话套话废话满天飞,"君子动口不动手"、"劳心者治人,劳力者治于人"的观念,今天越发地变本加厉。因此也更需要敬业的环境和实践。是价值观影响了现代人的道德观,而一个人的道德观是无法分成个人道德和社会道德的。缺少个人道德的社会,也不培养良好的职业道德。在时代的交界处,当世界发生急剧变化的时刻,无论发生什么奇闻怪事,或者迷误转向,都可理解为是一种规律,是世纪的真相。

人类从来都是在认识自己和世界的基础上,改造自己和世界。现代人的迷误正是不知道今后的世界还会怎么变,从而也不知道自己该怎么做? 这让人想到尼采的理论,现阶段的人并不是最理想的状态,人是必须被超越的东西,因此他提出了"超人类"的构想,阻碍"超人类"的最大敌人就是"终极人"。所谓"终极人",就是满足现状的人,认为自己活得最好的人。陈鸿桥的书揭破了现代"终极人"的尴尬,面对价值混乱、道德缺失,他推荐了特里莎修女的《人生十大戒律》。这十大戒律在世界不同的角落被不同的人用来激励自己和身边的人,广为传诵。她写道:"你如果行善事,人们会说你必定是出于自私的隐秘动机。不管怎样,还是要做善事;你今天所做的善事明天就会被人遗忘。不管怎样,还是要做善事;你如果成功,得到的会是假朋友和真敌人。不管怎样,还是要成功;你耗费数年所建设的可能毁于一旦。不管怎样,还是要建设;人们的确需要帮助,但当你真的帮助他们的时候,他们可能会攻击你。不管怎样,还是要帮助他人;将你所拥有最好的东西献给世界,你可能会被反咬一口。不管怎样,还是要把最宝贵的东西献给世界……"

坚持是一种伟大的力量,可以改变际遇,改变人们的生活,"不管怎样,还是要……"的特里莎公式,是战胜一切的法宝。

明镜照物,虚空传响,将人带到一个更广阔的层面,看到一种有希望的生活境界。

何必儒商

　　两年前曾轰传金庸先生以一元人民币的价格,将《笑傲江湖》的电视剧版权卖给了中央电视台。当时在文化圈里很是热闹了一阵,揣摩其意,不外有三:一、开个玩笑,传为佳话,无形的收益大于有形的钞票;二、表达友情,名为卖,实为送。但宁可贱卖,不能白送,在商品社会白送会后患无穷;三、炫耀自己有这个力量和气度不在乎钱,但也表明很在乎对方的这块牌子和市场。

　　钓鱼的行家管这叫"打窝儿"。"窝儿"打好了,四面八方的鱼类会蜂拥而至,再下钩钓它们就容易了。

　　几乎是照搬照抄,二〇〇三年上海的一个区,以年薪一美元的报酬招聘了三名"海归"人士为公务员,聘期一年,也造成了不错的广告效应。招聘单位是徐汇区外经委和招商中心,"特设岗位让这三个人担任兼职副职领导,不占用部门编制数和领导职数,有办公室,但可以不坐班,自己决定工作方式,比如通过互联网、电话、书信工作……"

　　这就是说招聘单位并不指靠他们,有你不多,没你不少。既然属于编外,还能算是真正意义上的公务员吗?当然这对这三个被招聘者也很划算,可去可不去,干多干少随意性很大,耽误不了自己的事情,说不定还会搂草打兔子,有意外的收获。不然怎么解释他们肯为一美元付出一年的劳动时间呢?一美元也是交易,也是报酬。若出于爱心的奉献则完全可以采用做义工的形式,不要这份名义。他们中的一位坦言:之所以这么做是"需要得到这份社会名誉"。

　　有了这份"社会名誉",是不是有助于选择更好的工作?据网上公布的资料看,去年有七千名"海归"找不到工作……如今求职不容易,各出奇招,甚至舍近求远、迂回包抄,也都可以理解,同样也可得到应有的敬意。

当今中国商界有两大情结:第一就是渴望有个"社会名誉",也就是头衔、行政级别。据报载:"私营企业连云港天意消防公司董事长韩金鹏,当选为该乡正科级人大副主任。乡人大副主任按级别套本应是副科级,为表示特别重视,才破格提升半级。"某村的首富为了竞选村长一职,不惜从自己的家里拿出二百多万元贿买选票……每到春天换届之际,报纸上会经常见到这样的消息:有多少富翁和私营企业家入党,当选为某某代表或委员……

开放之初,有相当数量的公务员辞职下海,人们天真地以为大家开始看重金钱,而不那么重视官位了。因为中国人穷了那么多年,好不容易赶上推行市场经济,按以往的规律过了这个村就没有这个店,一步赶不上步步赶不上,还不赶紧忙乎着捞点钱!岂料经过十几年在中国式的商品社会里摸爬滚打,人们发觉社会时尚不仅越发地看重金钱,也更看重官位。这有许多的贪官为证,当官不会影响经济收入,只会来钱更快,来钱更多。

故此不能光是"学而优则仕",还要"商而优则仕"。

第二个情结是打文化的牌。当今的时尚就是把吃喝拉撒睡都须文化一番,吃是文化、喝是文化、玩是文化……人皆称儒。商人尤其喜欢被人称做"儒商",舞文弄墨,风流儒雅,能作深沉,会讲哲学……说什么"以儒术饰贾事"、"士商异术而同志"、"良贾何负鸿儒"等等。只是让人搞不明白:"儒商"到底是什么商?历来人们知道最多的是官商、奸商、军火商……哪个是以"儒"闻名于世的大商呢?

近几十年来倒确有不少文化人下海经商,但真正成功者有几人?古人说,十年可读出一个秀才,十年却未必能学成一个买卖人。大商不以儒荣,儒加上商又怎么个美法儿?须知文化并不在于头衔,而在企业的精神里,在产品的品质里。既是社会风气如此,许多单位和部门也喜欢弄一些文化标签贴在自己的大门上,所以就有了类似一美元的诸多轶闻。

商就是商,追求利润的最大化天经地义,何必以儒遮掩,或以儒标榜? 儒商的钱真的就更珍贵或更干净? 既以商耻,又何必为商? 儒教的创始人,中国第一大儒孔老夫子,当年还是靠一个经商的弟子周济,才得以吃饱肚子宣讲自己的儒学。前不久中央电视台热播长篇连续剧《大染坊》,歌颂了一个成功的文盲商人陈六子,将那些外国商人、汉奸买办以及留洋归来的博士商人等等玩弄于股掌之上,足堪玩味。

但也不能不承认,一向僵硬而傲慢的权力体制,能够接受类似一块钱或一美元这样的事情,应该算是一种进步。任性和随意总能最便捷地嘲弄陈规陋习。世间的许多事物都存在某种偶然因素,某些具有轰动效应的偶然事件,一定有其必然的动因。

候　望

《白虎通》里记载:"猴,候也。"此物在战国前通称"狨",到晚周时期才被叫做"猴"。因它们机灵,泼顽,看见人在地上投食也不会马上捡拾,要蹲在高处或挂在树枝上候望,等人离去或自以为有了机会才下来抢食。

所以,"猴"即是"候"。这就又让人联想到"侯":侯爵、公侯、侯门……人类在企盼好事的时候是不会吝啬想象力的。于是,猴子就成了幸运、显贵和驱邪纳福的象征。

到唐、宋时期,猴子已经变为民俗中的吉祥物,过年的时候会画的要画猴画,不会画的要贴猴画:

猴子骑在马背上——取意"马上封侯";

小猴骑在大猴背上——取意"辈辈封侯";

直到现代的张大千,还画过一幅《九猴献瑞》。同时人们还要在马厩里拴上一只猴子,为的是辟邪、去瘟病,保护牲畜安全,槽头兴旺。因为在古典名著《西游记》里,有一个叫孙悟空的猴子被玉皇大帝封为"弼马温",以后因保护唐僧取经有功,更得到了无限神化。

到近世,人类干脆就尊猴子为自己的祖先……

看看,猴子还了得吗? 所以今年距春节还有一个多月的时候,猴子就已经急不可耐地成了传媒的明星,翘着尾巴天天在报纸和电视上蹦跶:

日本猴岛上的猴子如何捕鱼捉蟹,吃得像狗熊一样肥硕;

泰国猴城拉布里的猴子如何举着易拉罐得意洋洋地大喝啤酒。

这是政府发给他们的奖品,感谢它们为拉布里的旅游业立下了汗马功劳;

中国有十八只恒河猴如何为SARS疫苗实验殉身;

印度的猴子开始实行计划生育……

二〇〇四年的猴子为什么这么沉不住气,早早地就蹿出来闹腾?这或许代表了一种普遍的社会情绪,对羊年不太满意,恨不得它早点过去。羊素来以温驯著称,可你看它把二〇〇三年踢蹬的,世界像得了疟疾,尽情展现其后现代主义的那一套:伊拉克战争吸引了人们的眼球,"非典"袭击又捂上了大家的嘴巴,布什逮住萨达姆,流感袭击美国,朝鲜核危机,日本向外派兵,汽车爆破,人肉炸弹,股市跌宕,人心慌乱……

但也不要因此而忽略了,这个不平静的羊年却结出了意想不到的果子。别人的事我们说不清楚,至少中国就没有让"非典"把中国人怎么样了,该增长的长上去了,该堵住的也正在堵,人们食欲旺盛,餐饮业一片热气腾腾,大家不亦乐乎!

过年嘛,总要祝福一番,企盼一番,说说拜年话,候望来年。

其实,永不满足,喜新厌旧,是人类的通性,说得好听一点叫除旧迎新,"总把新桃换旧符"。有的地区还把"旧年"裱糊成一个巨大的傀儡,当街焚烧或用爆竹炸碎,然后人们大笑大闹,相互祝贺。人嘴两层皮,心随势利逐高低,每到新旧交替之际,就贬旧颂新,拼命说新年的好话,总以为明年会比今年好。

这也正是年的魅力所致。

年是百节之首,是时间的灵魂,因此它能给人以希望。

爱默生说:"年"给了我们许多"日"所不懂的东西。因为有了年,时间才有轮廓、有概念,变得可以感觉。人类也因此学会了回顾和总结,设计和规划,求吉纳福,驱凶辟邪。

于是便随着十二生肖轮番夸赞,到了哪个年就提前大拍哪个年的马屁。

眼下就正在给猴子挠痒痒,划拉它那通红的猴腚,将跟猴子有关的好话都翻腾出来了。

比如：

蔡伦的弟子孔丹是靠猴子的启发才造出了宣纸。

明代大将戚继光曾训练出一支著名的"猴军"，用几百只猴子专门负责施放火器。那真有点神兵天将的意思，别说还有火器杀敌，就是没有火器助威，光凭这群猴兵冲进敌阵撒开了耍把一通，也能把对手弄得人仰马翻，阵脚大乱。

猴子既然有这么多悠久而宝贵的光环，人类难道不该对猴年期待更多吗？

劝君今夕不须眠，且满，满泛觥船。

大家沉醉对芳筵，愿新年胜旧年。

漫议春节晚会

很高兴主持人提出这样一个话题,这是个人人都有话想说的问题。尽管对春节晚会已经非常失望了,有期望才会失望,有些话积存了许多日子,说出来管用不管用的先痛快一下。

各种社会都有其利和其弊,而近年来的春节晚会,却比较集中地体现了我们这个社会的弊端。当今社会上的种种陋习似乎都能通过春节晚会表现出来,比如庸俗、浮躁、夸张、矫饰、走关系、拉圈子……唯命是从,领导意志第一,而不是百姓过年第一、节目质量第一、娱乐性第一。

我们不敢称经济大国、军事大国,但总还是文化大国吧?有着灿烂的传统文化瑰宝,在许多艺术品类中都有绝活。挑选这些绝活组织好了就无比精彩,而春节晚会欠缺的恰恰就是文化品位。当然也不是说春节晚会从来没有过好东西,但好东西太少了,往往好几年晚会才能出现一首好歌,或一两个有味道的新人,更多的是东拼西凑出来一堆杂碎。

可以简单地归纳出春节晚会的几种让人恶心的地方:

1.有歌曲,没有音乐。歌星们成排成连,你方唱罢我登场,常常喊叫了一个晚上却没有一首歌能给人留下印象。

2.凡唱必有伴舞,老套子,乱哄哄,舞又不美,却喧宾夺主,整个就是添乱。

3.用京剧腔调唱新词,赶潮流,颂时代,不伦不类,让人肉麻,这是照抄样板戏的办法,却不如样板戏。糟蹋演员,糟蹋京剧,把京剧变成流行歌曲,唱了许多年可有一段流传开来?

4.中断演出念电报、读来信、介绍英模、演员下台和观众握手、当场摇奖等等。

5.主持人缺少幽默感却非要逗笑,沦为耍贫嘴或失口,既不会严肃,又不能幽默。

6.起哄、跑过场、凑热闹有余,平心静气地展现艺术魅力不足。

春节晚会成为中国人传统除夕夜的一部分,功不可没。虽然形式老化,组织者意识陈旧,但目前还缺不了它。被它培养多年,大多数人除夕夜没的可看,无事可干,有它聊胜于无。所以大家边看边骂,边骂还得边看。年年期望年年失望,年年失望还是要年年期望。

春节晚会要想有给人焕然一新的进步,必须改变组织模式,改变领导思维。比如:先打破多年形成的那个小圈子,吸收一些专家学者的意见,像作家刘恒出任总导演的长篇连续剧《少年天子》,就比许多专职影视导演甚至是大腕导演的连续剧耐看得多。

改变春节晚会的体制,不必大轰大嗡、人海战术,或临时抱佛脚,有个公司或有个班子通过市场运作,真正能把各个艺术门类的精品选拔上来。

也可将整台晚会分成若干版块,由不同的文艺部门或文艺种类竞争⋯⋯

办法有的是,这么大个国家,有这么多文艺人才,怎么会用一年的时间搞不好一台晚会?关键是思想的解放。先弄明白何谓春节?什么叫晚会?中央电视台老以"党的喉舌"的标准办晚会,以文艺为辅,联欢为辅,骨子里恨不得把晚会办成课堂,办成好人好事的表扬会,只是增加或改变几个节目是解决不了什么问题的。

"朝花"——报纸的面孔

　　五十年是个什么概念？一方面是"弹指一挥间"，一方面是"一天等于二十年"。如今的五十年，足可历尽沧桑，一言难尽。

　　《解放日报》的副刊"朝花"，就办了五十年啦，值得大庆！

　　中国五十年来的从"解放"到"开放"，培育了"朝花"，也尽数反映在"朝花"之上。五十年有许多东西都被淘汰了，"朝花"依旧生气勃发、阵容整肃，这得益于它的韵度。

　　"朝花"的一贯风格是：因承载现实而厚重，因坚守着文化品格而有信，因能兼容、能担待、能凝聚而丰富。

　　据说中国的第一份报纸副刊就诞生在上海。一八七九年（清光绪五年）十一月二十四日，《字林沪报》为突破办报的老模式，扩大知识面，增加信息量，便出版了被称为"附张"的《消闲报》，那就是中国最早的副刊。随之各报纸纷纷仿效，很快发展到几乎无报不设副刊的程度。公众评价一份报纸的品位，往往也取决于它的副刊办得怎么样。

　　可见副刊首先是报纸生存的需要，它体现了报纸的一种文化形态，协调着媒体与生活、与人生、与艺术的关系。如果正版是报纸的大脑、是灵魂，那么副刊就是报纸的面孔。

　　到五四时期，鲁迅、胡适等文学大师的许多文章，就是先在报纸的副刊上发表。或许可以这么说，为促进和繁荣当时的新文化运动，副刊功不可没。因此许多报纸也因副刊办得好，而声名大噪，副刊甚至成了一个报纸的标志。

　　——历经一个多世纪，这几乎是大家心照不宣的事实。

所以在"文化大革命"兴起之际,就先"革"副刊的"命"。各报纷纷停掉副刊,继而整个报纸关张,各地只留下一个临时性的"革命通讯"。随即便有五花八门的野报,如杂草丛生般地蔓延开来。奇怪的是这些野报上也开辟了类似"副刊"的东西,刊发诗歌、对口词以及小品文等。

"文革"结束后,各报纸重新开张,随即副刊也渐渐地兴盛起来。今天几乎又是无报无副刊了,凡影响大的报纸都有一个像模像样的副刊,甚至连专业报纸,如《海洋报》、《森林报》、《国土资源报》等等,乃至企业小报,也都有自己的副刊,刊发杂感、随笔和多种样式的文艺作品。

"朝花"自然也益发地灿烂起来,大气舒朗,沉实凝重,以独有的气韵、风骨赢得了人们的信赖和尊重,理所当然地成为当代报纸副刊的一个制高点。

"朝花"的魅力来自整个报纸的风格,这是逐渐积累而成的。有气度把副刊办好、办大,其报纸自身也必定是从容自信的。

值此"朝花"创刊五十年之际,敬献数语,以表贺忱。

除夕的鸡肋

近几年来国人几乎形成一种共识，觉得年味儿越来越淡。或者干脆说年味儿变了，变得什么味道都有，唯独缺少年味儿。年的核心是除夕，年味儿在很大程度上也取决于人们是怎样过除夕的。那么，年到底应该是什么味儿？

原始社会是，"山中无历日，寒暑不知年"。到尧舜时期有了"载"，取意是庄稼收割后装载到车上运回家，载即年。到夏代则称"岁"，繁写的"岁"字就是人举着大斧子，砍杀动物以祭祀神灵。进入周代才有了"年"，古写的"年"字是"人负禾"，人扛着庄稼，"五谷皆熟为有年（有收成），五谷皆大熟为大有年（大丰收）"。最早的年就这么简单，最早的年味儿也很纯净，一股浓郁的成熟的粮食味儿。

到汉代科学和迷信并举，中国的节日风俗也开始定型，"年"变成了一种食人的凶兽，过年的主要内容就是逐疬驱鬼、祭祀神灵和祖宗，以求辟邪降吉。发明了爆竹，开始流行拜年。以后的唐宋元明清也一样，过年的风俗和味道总是要不断变化，这是因为年俗的形成是历史的一种积淀过程，随着历史的演变，每到一个阶段，年味儿都要反映出当时的社会心理状态，折射出国家、民族、地区的文化因素和生活特点。年味儿是从时代这个大铁勺里烹炒出来的，特殊的历史时期，会出现特殊的社会风尚，年俗也会随之发生相应的变化。

比如现在，要想过出以前的年味儿，就得保留许多传统的禁忌。甚至可以说从前过年，过的就是数不清的禁忌，有禁忌才有神秘性，才让人觉得有"年"的味道。像除夕夜，五更不得在床上打喷嚏，否则会一年多病；也不得趴在床上讲话，门外有呼唤声不得搭腔，否则会搭上鬼；起床盥漱后要立即吃年糕，象征"年年糕（高）"；除夕后的当天不能以生米蒸饭为炊，必须吃除夕前做好的熟食……科学发达到今天，谁还愿意受这样的约束？

现代人百无禁忌，甚至还要反其道而行之。比如传统的除夕夜要"静"，因为神鬼出巡，凡夫俗子要待在家里"守岁"。现在则讲究"闹"，要出去，要游岁、赌岁、跳岁、唱岁、笑岁。甚至连千百年流传下来的全家人围坐在一起吃的年夜饭，也要跑到餐馆里去吃，提前两个月就得预订，还得交押金，吵吵嚷嚷，乱乱哄哄，常常为订不上座位，为价格不公，为不让带酒水跟店家闹得脸红脖子粗，年夜饭变成"年夜烦"。还有那个被称为"国看"的春节联欢晚会，成了除夕夜的"鸡肋"，吃着肉不多，扔了还不行，于是就越看越不满意，一边说着闲话一边还得看，年年期望年年失望，年年失望仍然年年期望。

但"万变不离其宗"，年的内核还在，这就是："避凶求吉"。历史上任何一个年代过年说拜年话，都没有现代人说得多，说得巧，说得直露，说得肉麻，说得花样翻新。而且到了什么年就大拍什么年的马屁，鸡年必定金鸡，蛇年必定金蛇，猴年必定金猴，马年必定龙马，龙年则变成飞龙……什么年就是什么味儿，今年岁交丙戌称狗年，自然就充满强烈的狗味儿，各种关于狗的话铺天盖地。人们如此急功近利地讨好狗年，骨子里还是迷信着只要哄好了年，就能避祸得福、大吉大利。

这其实还是古人过年的核心内容。所以，说现在的年味变了是不假，但用一个"淡"字来概括则不准。比如现在过年的商业味儿就更浓了，游乐味儿也更重了。倘若非用一个字概括现在的年味儿，那就是"杂"。酸甜苦辣咸，五味杂陈，个中还夹带着一股股的怪味儿和邪味儿。因为眼下的社会正处于"转型期"，这一个"转"字就转出了大学问、大风景。有的转得快，有的转得慢，有的转过了头，有的刚开始转，有的转蒙了，有的转醒了，有的转了大运，有的转了霉运……社会五花八门，人有七情六欲，过年的滋味自然也就千差万别、一言难尽。

酒的经典

　　毋庸讳言，这是一个过剩的、速成也速朽的时代。一切都显得过于短促、多变和难以把握。因此人们就格外渴望长久，渴望经典。于是争相恢复老字号，挂出老招牌，挖掘老古董，或者既然短命就干脆短个轰轰烈烈，急剧膨胀，贪大求全，称王称霸……

　　然而离经典却越来越远，经典也越来越少。就在人们经历了几番沉浮，看惯了旗帜变幻，都以为自己已经处变不惊了，却还是惊奇地发现，经典就在身边：茅台——就是酒中的经典。我为自己的这个认识兴奋而感动，回味在我心目中一直沉稳厚重的茅台酒，是怎样气定神闲又无可争议地就成了经典……既有意义，又有兴味。

　　这其实是一个非常自然的过程。经典不是刻意追求的结果，历史或曰命运，作用于天地人，自然而然，顺理成章。世界上恐怕少有一生从未喝过酒的人，我远不是酒仙、酒鬼一类的人物，却也记不得自己这大半生究竟喝过多少种酒，第一次喝某一种酒是在什么时候，有着什么样的感觉等等。奇怪的是能清清楚楚地记得第一次喝茅台的情形。

　　那不是个特别有意义的日子，也没有发生什么了不得的大事件，一九六五年初夏一个极其普通的傍晚，我下班后到食堂买饭，看到小黑板上写着"茅台——四角（或两个保健菜条）一两"。我犹豫了，开始在食堂门口转圈儿，实际是在心里寻找喝茅台的理由……

　　在这之前我已经喝过无数次的白酒，大灌、小喝、猛饮、细酌的感觉也都体验过，但都不是茅台。那个时候我脑子里未必有什么关于名酒的概念，不知为什么就觉得喝茅台似乎是一件比较隆重的事——这或许就是茅台的神秘所在，你对它几乎还一无所知，却觉得它不同一般。

但凡能成为经典的东西，有些因素是骨子里就有的，是先天带来的一种优势和魅力。

我思想斗争的结果是决定花这四角钱。有了决定再找理由也很现成，从部队回到工厂已经安定下来，生活上了轨道，特别是和地方上的文学刊物与报纸的编辑部都联系上了，前天在报上发表了复员后的第一篇散文，值得给自己庆贺一下。但，一两茅台放在饭盒里太少了，接到手里倒有一股香气扑鼻，情不自禁先啜了一小口。嘿，一通到底，上下全顺。赶紧端着它回宿舍，一路上酒香诱人，有自觉不见外的就要抿上一小口，等回到自己的房间饭盒里已经没有酒了。但茅台的香味还在，就着它吃了一顿香喷喷的晚饭。

真正有机会大喝特喝茅台，是过了很长时间之后。一九八二年的秋天赴美参加第一次中美作家会议，每餐必有茅台，甚至在会议中间休息时，有饮料，有洋酒，也有茅台，可随意喝。一开始我以为这是特意为中国作家准备的，美国新闻署筹办这次会议的人，可能把我们都当成是"斗酒诗百篇"的人物了。很快我就发现，一些美国作家甚至比我们更喜欢茅台，每饭必要茅台，几杯茅台下肚，就变得轻松活跃起来，又唱又跳。比如被誉为美国"颓废派领袖"的艾伦·金斯伯格，到哪里都带着他的风琴，当茅台喝到一定的火候，就开始自拉自唱，红光满面，抖擞着大胡子，表情生动，异常可爱。

有一次他用手指敲着茅台酒的瓶子考我："蒋先生我给你出个谜语，这个谜语三十年来没有人能猜得破。"我一看他又喝出境界来了，其实我喝得也不少，就仗着酒劲跟他对着吹："我从三岁就开始跟老人学猜谜语，还很少有猜不中的，你出题吧。"他说："我把一只五斤重的鸡装进了这个只能盛一斤酒的茅台瓶子，你猜是用什么工具装进去的？你又怎样把它取出来？"我一听这就是酒话，答道："你是借着茅台酒的酒劲，茅台酒让你无所不能了，再利用语言这个工具，上下嘴唇一碰，用一句话就把鸡装了进去。我现在也是飘飘欲仙，同样也借用语言这个工具,你可看好了,我说一个'出'字,你那只五斤重的鸡就从瓶子里被我取出来了……"

这不过是小孩子斗嘴的把戏,却哄得大家哈哈一笑,其实全是茅台酒的作用,它融合了气氛,软化了神经,人们变得亲近、自然、随和,很容易被逗笑,或者无缘无故地傻笑。我至今也没有打问过,美国筹办那次会议为什么要买那么多茅台酒?是不是在他们眼里茅台代表中国?通过那次的经历,让我对茅台不能不高看一眼,七天的会议,然后是一个多月的旅行,就这么顿顿茅台,竟没有一个人喝得失态过。这就是说茅台确有"国酒"的品质,不辱使命,不负众望,对得起自己的国家。

喝酒的人家里一般都会存几瓶酒,我的酒柜里始终放着一瓶茅台,当做"镇柜之宝"。这几十年里,我亲眼见证了酿酒界的春秋战国,忽而"孔府宴酒销量第一",忽而"酒鬼酒售价最高",忽而"秦池酒夺得标王"……但茅台酒一直占据着我的酒柜的中心位置。

我们都知道,一部经典著作,必须具备一些能够使其成为经典的因素,比如思想、故事、人物、细节、叙述方式等等。茅台又何尝不是如此。先说"茅台的思想"——在我读过的关于酒的文字中,茅台酒的酿造者们对酒的阐释最为精到和别致。他们首先给自己的酒定义为:"流淌着思想的液体。"

酒是一种伟大的发明,它不是一般的商品,而是情感的消费品,丰富并融合人的情感,作用于人的精神,激发人的想象与思维能力,增进人和人的交流。酒公平地给予每个人以快乐,酒和所有人的生活都或多或少地发生联系。

同时,酒的发展历程又总是与人文历史错综复杂地纠葛在一起,在那些历史或人生的重大时刻,无论是个体的喜怒哀乐,还是国家的政治、军事、外交,酒都是悲欢离合的现场见证,为人类的文明史平添了许多戏剧性因素。诸如人们耳熟能详的"煮酒论英雄"、"杯酒释兵权"、"周总理与茅台酒"……

因此,酒厂如何改变市场,酒就将如何改变人们的生活。一家有理想有责任的制酒企业,必须同时也是有眼光的文化创造者和推动者,以个人的生活品质和国家文化精神的重塑为己任,精心维护好自己的品牌。时至今日,酒确实已经成为一种文化象征,也正是茅台酒所蕴含的深厚强韧的文化因素,成全了这个经典的品牌。前些年,文化曾像垃圾一样遍地都是,人们张口就是文化,似乎没有一样产品不是文化的时候,酒的天下,被文化搞乱了。但茅台厂的阵脚,却一直没乱,始终坚持着"一方水土养一方酒"的信念,清者自清。

别说是这种市场上的乱象,就是当年在大跃进时期,毛泽东在中央"成都会议"上发出指示:"茅台酒要搞到一万吨,要保证质量。"那个年代,伟大领袖为一个酒厂下了具体指标,这是何等的压力!当时全国各行各业都在发疯似的"放卫星",茅台酒竟然没有跟风,仍旧实事求是地照样生产原品质的茅台。此后经过了三十多年漫长的努力和改善条件,才达到了毛泽东所要求的万吨产量。

成为经典并不是一件容易的事情,文化本来也不是以多取胜。这也正是茅台的文化品格。它的文化含量达到了这个境界,成了经典,也就有资格、有自信坚持自己的品格了。

书 和 市

1

正当春风化雨之际,盛大的全国书市在天津开幕。

"书"也竟然可以成"市",世界上还有什么东西能够像书这样,最具精神性,却又是物质的。

商品社会,现代人送礼是一大难题,因什么事向什么人送什么礼才最合适,礼送不好会帮倒忙。

近年来,社会上的送礼大军忽然发现好礼远在天边、近在眼前,这就是书。无论因什么事向什么人什么时候送,都不会显得冒昧、寒酸或不得体。

能够看重书,无论如何不是坏事。

2

作家的职业是写书,每当我写作疲沓的时候就去逛书店,各种各样的书名,五花八门的装帧设计,令你目不暇接,精神亢奋。就像农民走进庄稼地,能激发想象力,调动起想塌下身子干活的冲动。当我创作状态有些癫狂的时候,还是去逛书店,里边五彩缤纷,充满诱惑,什么书都有,精的妙的绝的狠的黄的黑的丑的恶的,天下文章好像都让人写尽了,你还能写出什么书,丢进这浩如烟海的书堆中能引起别人注意？保你一下子就可静下来。

3

现代人格外注重养生，都想健康长寿。有一种可延长寿命的方法，既简单可行，又无须求医问药。

这就是读书。

"书是印刷出来的人类"，读一本书就是经历一次别样的人生，书读得多就可以拥有多种经历，选择多种人生。你看，不打麻药便可移植生命，将自己的一生衔接上前人和古人，这岂不等于丰富和延长了自己的寿命？书实现了人类最大的愿望，使他们短暂的一生得以永恒。

4

现代人喜欢旅游，殊不知读书是最好的精神探险。书是人类进步的阶梯，人类思想的发展就是一种神奇的探险，甚至可以说是世界上最神奇的探险。这种探险的特征就是将一个人和一个时代的生气勃勃的思想和经历，传授给另一个人和另一个时代。当然，书不能代替实际的经验，正如实际的经验也不能代替书一样。

5

在这个非常拥挤和喧嚣的商业社会里，孤独和抑郁成了常见病和多发症。尤其是置身于人流当中却感到孤独郁闷，这时只有书能安全地消除和缓解这种孤独感。在嘈杂的环境里，书能提供卓有成效的寂静，给人以自我完善的机会。

同样，当一个人独处时，书又能提供一种可亲的相互关系，帮助人体会和理解生命本身对寂静的需要。

人是不会满足的,在自身的生命以外,总还需要能有另一种生命作为补充。书,就提供了这种可能。

6

只要人类还崇尚思想,书就有地位。现代人不是经常抱怨,物质过剩而思想贫弱,因竞争激烈致使生活失衡……书有益于点燃思想的火花,甚至能引起争论,接受挑战,被人引用。好书能引发必需的思想和行动。同时,读书又是现代人通往心理平衡、让生活感到充实的一条途径。

7

每个人在现实生活中不可避免地要碰到一些愚蠢的人,或许还要跟他们打交道乃至被纠缠。只有读书是结交智者,还可以畅快地与其倾谈。我们之所以能够理解人生,不是因为跟人接触得多,而是因为接触的好书多。

8

历史上最严峻的时刻往往产生伟大的作品,是这些作品对时代承担着特别的责任。衡量一个社会,不仅要看它所体现的力量,也要看它是否关注有利于创作的条件,是否视人本身为最高价值。所以,一个民族如果没有伟大的书籍,它本身的伟大就无法体现。

9

书市是一个巨大的花园,百花齐放,争奇斗艳,身陷其中必然会眼花缭乱,发现什么花都爱,却不能把所有的花都买回家。这就是读书的第一道程序:选择。

　　人的生命短暂,时间和精力都有限,读书有益的条件之一,就是不读坏书和废书,甚至光是好书你一生也读不完。这需要借鉴古人的智慧:存书容易,能读为难。能读容易,记住为难。记住容易,能用为难……

你还写信吗？

这个令当今社会普遍关注的问题，是仇润喜先生在其新著《信海游》里提出来的。并非杞人之忧，似乎已成了不争的现实……我本人也曾接受过这方面的调查：

问：你现在还写信吗？

答：当然。现在通讯手段无比发达，写信变得非常容易，无须跑邮局、贴邮票，自然要比以前写得更多了。比如每天至少要发送十几封电子邮件，多者要几十封。手机短信就更不用说了，随接随回，随时随地，简直难以统计。

问：严格地说电子邮件不算书信。古人云，人言为信，而言又为心之声，故书信是最诚实的心声。邮件里却有垃圾，还有病毒，防不胜防，漫天飞舞。邮件经常是无须写抬头和落款的，或者一次发给许多人，完全不必遵循书信的格式，有事说事，没事乱说。而手机短信就更不能算书信，现代人一般都叫它段子。我们所说的是指严格意义或传统意义上的书信，用笔写在纸上。现在你一年还能写多少封？

答：几乎不动笔了，偶尔碰上特殊情况或许会写上一两封……

说到这儿连我自己都感到吃惊，原来书信确是正在从现代人的生活中渐渐消失。

若依次类推，将要消失的还远不止书信。不是还有人说，"现在是读图的时代，图像要取代文字"，"电子阅读即将淘汰纸质阅读"……两年前比尔·盖茨预言纸质媒介将在十年内被淘汰。去年他又放言，电子报纸将在三年内取代纸质报纸。

当今世界流行两样东西:说大话和恐怖主义。比如《西游记》本身已经够夸张了,可现代人还嫌夸张得不够,又弄出个《大话西游》。眼下时兴的还有"大话电子",仿佛电子时代只要有电子一样东西就足够了,其他的一切皆可淘汰。大话说得斩钉截铁,也能形成一种恐怖效应,甚至能造成一种文化恐慌。

我却不是很相信。尽管我的写作和生活已经离不开电脑和网络,但在网络上阅读最多不能超过四个小时,超过了就头晕眼花,极为疲乏,比抱着一本纸印的书读一天还累。我根本不相信电子图书能在可预见的将来取代纸质图书,文字也更不会被图像所取代。

社会习俗接受方便,不方便或不便宜的东西,不会推广得太快。现代精英分子常常高估了自己的意识,也高估了他们对社会的影响力。淘汰一种强大的流传经久的社会文化,或许还有社会习俗,哪有那么简单? 发现不等于实现,出现不等于普及。

或许我是老顽固了,无论如何都不相信中国的文字和用纸张印出来的书,会死无葬身之地。当然,也包括书信。

仇润喜先生是中国书信文化方面的权威,《信海游》堪称是"书信大全"。其中列举了大量事实,以证明书信不会从电子世界中消亡。尽管现代社会变化急速,不断有老东西消失,新东西出现,但作为一种悠久的文化现象,却不会那么轻易而急速地说没就没了。

书信至少在春秋时期就已广泛应用,诸侯间联系频繁,多是持"书"往来,献书、上书、下书、捎书……刘勰在《文心雕龙》中说:"故书者,舒也。舒布其言,陈之简牍,取象于夬,贵在明快而已。三代政暇,文翰颇疏;春秋聘繁,书介弥盛……及七国献书,诡丽辐辏。"其中有国书、家书、战书、情书、讨伐书、谢罪书、告天下书……延续到今天,各种各样的"书"就更多了,公证书、通知书、判决书、调解书、建议书、离婚书、遗书等等。

而"信",在中古时期做"信使"解,指传送书信的人。宋人程大昌在《演繁露》中考证:"晋人书问凡言信至或遣信者,皆指信为使臣也。"到南北朝时,"书"和"信"合并为一个词语,至唐代遂具备了今人所说的书信的含义。今天的世界尽管已经步入网络时代,但网络终究是虚幻的,它并不能完全取代真实的世界和现代人真实的生活。

诸如网恋,纯属私人情感范畴的活动,最有条件可以"虚幻"一番,当恋到一定程度却仍觉网恋不过瘾、不解渴,必须要见面,要真杀实砍地接触一下,恋爱一场。其结果往往会产生三种可能,一种是见面之后大失所望,甚至被骗被杀。第二种是发生一夜情。第三种也是最好的结果,是换得一张实实在在的"婚书"——你看,又回到"书"上来了。

最私密的个人交往尚且如此,还用说那些频繁的重大政治活动和经济行为吗?一个国家的大使到任后,必须要向派驻国的元首"递交国书",而不能改成"发送邮件"。任何商业贸易的成功进行,也必须签署严格而正规的合同书,绝不能以电子邮件代替。私人交往也一样,有位平时经常通过电子邮件跟我联系的老朋友,最近突然写来亲笔信,并要求我也用笔写封回信,他说老发伊妹儿感到朋友间越来越陌生、越来越疏远,只有见到你的亲笔信才会感到亲切,你的性格、说话的语气,乃至音容笑貌都可跃然纸上,也便于长久保存。他非常怀念以前那个看手稿的年代……

由此我想起每到年后整理贺卡时的选择,一年一堆,都保留不可能,没有地方放,便挑出那些用笔书写的贺卡保存起来。凡提前将祝福的话都印好了,甚至连名字都是打印的贺卡,没有传递对方一点真实的信息,便一律销毁。因为保留那个也没有意义。

近两年还有更怪的事情,有些杂志希望我将电脑打印的稿子再用笔重抄一遍,稿费加倍。这不是有病吗?当年一窝蜂地都拼命"换笔",现在用笔写字又变得金贵了。目前世界上还没有一家出版社拒绝手稿,纽约一家世界上最大的出版社曾请专家论证过电脑打字和手写的关系,得出的结论是:"创作在最辉煌的时候,电脑限制了想象力。"于是这家出版社制定了一条社规:"永远欢迎手稿。"

这也让我对书信更有信心,同样不会在可预见的将来从世界上消失。

说说塘沽这个地方

《天津港史》上说："塘沽地滨渤海，与大沽隔河相对，为天津的海上门户。在一千多年前还是一片汪洋，到距今七百余年时成为滨海低地。"此地滩涂广阔，气候干燥，日照充足，非常适宜早期的塘沽人"煮海为盐"。再加上河道密布，海淡水交汇，渔业资源丰富，更为塘沽先民的生存养息提供了凭借，到明代就出现了"万灶沿河而居"的繁荣景象。

但塘沽得名是在清末。初称"塘二沽"（大沽在先，故称第二），又"塘儿沽"、"塌儿沽"（地势低洼之意）。一八八七年修建京宁铁路经过此地，遂简化为"塘沽"。随后就一直这么响亮地叫下来了。

三十多年之后，塘沽依据其天然提供的鱼盐之利，果真大大地响亮起来。不仅在国内名号响亮，在国际上也开始声名显露，皆因当时的塘沽成了中国民族工业的一个摇篮，至少是中国化学工业的发祥地，出了三位国际知名的民族精英：范旭东、侯德榜和李烛尘。

范旭东在塘沽创建了久大精盐厂和永利碱厂，没有碱就没有化工，而永利碱厂依"侯（德榜）氏制碱法"生产的"红三角"牌纯碱，在当时的"万国博览会"上为中国人摘得了第一个科技发明的金奖。其后他又创办永利硫酸铔厂，使中国的民族化学工业有了碱和酸两副翅膀，紧跟着他又着手在中国建立九个大化工厂……因之被誉为中国的"化工之父"。

只要看看当时永利碱厂的股东都有哪些人，就可见范旭东的魅力：无人不知的梁启超、当过大总统的黎元洪、南大校长张伯苓、金城银行总裁周作民……范旭东去世时毛泽东派周恩来送上亲书的匾额："工业先导,功在中华!"算是对范先生一生的总结。而侯德榜和李烛尘,则是范旭东的左膀右臂,兼任智囊的角色,曾轮流担任永利碱厂的厂长。解放后分别被任命为共和国第一任化工部副部长和第一任轻工业部部长。

更不要说中国的军事工业也是从塘沽地区起步,第一艘军舰、第一杆火枪都诞生在这里……所以,说塘沽地灵人杰,历来是经济发展的重地、福地,实不为过。

历史走到今天,塘沽自然而然地就形成了它的地理优势和经济强势,天津的经济技术开发区、进出口免税区都建在塘沽。二〇〇六年春天由国家批准成立了滨海新区。海上,从天津港出发的航线呈放射状直达世界任何一个地方的港口;陆上,有两条高速公路(京津塘、津滨)、一条一级公路(原津塘公路)、一条双轨铁路和一条轻轨铁路,也呈扇形汇集于塘沽。塘沽位在枢纽,势成要地,集天时地利于一体。

这样一个地方不再出惊世之才,不再创惊世伟业,天理地理人理都说不过去。

所幸的是水到渠成,这样的人,这样的业,已经崭露头角,开始引人瞩目。这就是《塘沽商会精英录》所告诉人们的……这里涉及一个时下最流行的字眼:"精英"。现代人会经常将这两个字挂在嘴边,社会精英、精英意识、精英群体、精英理论,甚至当一批高级知识分子和成功者接连早逝的时候,人们为这种现象冠以"精英症"……

然而"精英"并不是一个现代词汇,早在《晋书》里就有定义:"魏舒堂堂,人之领袖也。"以衣服的领和袖借指为人表率的杰出分子。而宋代的大学士苏轼干脆在《乞校正奏议札子》里喊出:"聚古今之精英,实治乱之龟鉴。"足见精英分子是社会中坚,具有卓越的才能和影响作用。但精英又与一般的天才和优秀人物不同,他们能够在一定社会里得到高度评价和合法化的地位,与整个社会的发展方向相联系,并散布于各行各业之中。

所以任何一个时代,根据精英分子的分布便可了解社会的分层结构状况。

那么,现代塘沽商界的精英都是些什么人物呢?他们出身不同,性格各异,行业有别,产品多样,却有着高度的共同性。比如:年龄都在三四十岁,都是白手起家,在近一二十年迅速发展壮大,身家多的几十亿,少的也有几亿。他们的企业在初创阶段大多带有家族性,"上阵亲兄弟"、"夫唱妇随"或"妇唱夫和"。用经济学家的话说这没有什么不好,家族企业是中国民营企业的一大形态,在世界范围内都是常态。关键是他们能够运用完善的法制,建立健全了自己的发展机制,显露出生机无限。

为什么是这一代多俊杰?他们的横空出世有着深刻的历史和社会背景,可以说是应运而生。他们经历了"社会权力系统的颠覆性转变",中国从"文化大革命"的集权时代向一个更为开放民主的时代过渡,从阶级斗争决定论转变到以经济为重心;他们也经历了最紊乱的价值观的变化,比前一代人更敏锐更深刻地意识到了"什么是自由,什么是市场经济,什么是每个人从底层奋斗上去的独立意识"。因此他们能够适应现代社会的竞争环境,都是把握机遇的高手,既头脑冷静、灵活善变,又有一股子不管不顾的超人意志。所以他们能迅速地脱颖而出,成为"新经济的代言人和新财富的象征",成为中国现代社会的主流和中坚。

精英是许多特点的组合,最重要的是杰出的个性:自信、进取、果断、勇气、真正能吃苦,具有公益心和公共意识。精英意识也可以理解为公平意识,他们能与社会环境和谐平等,不屈服于环境,也不破坏环境。每个人都在属于自己的位置上,才能心安理得,社会环境也才能和谐平顺。

燕　子

　　今年春天,北京一家大型稀有金属公司发生了一件饶有兴味的事,被人们反复谈论。他们的洽谈室温暖而敞亮,多用来跟外国客商谈判。德国非西公司的鲁斯,今年是第二次坐到这间大房子里,讨论和签署明年的购货合同。双方是老客户、老熟人,却不知为什么今天的谈判很不顺畅,房间里非常安静,静得让人感到一种僵硬,气氛老是不能恢复过去的那种和谐和松弛,似乎有什么地方不对劲,大家都有点神不守舍……毛病难道出在合同的条款上? 不,新合同不过是依照往年的惯例,只在数量和价格上做了些调整。再说重要的细节都在电话和邮件中商量好了……是什么地方出了纰漏呢?

　　忽然,双方同时喊出了两个字:燕子! 对,洽谈室里的燕子哪儿去了? 这间大房子顶部的窗帘盒里一直有燕子窝,"经冬好近深炉暖,何必千岩万水归"。今年初鲁斯来的时候,不只是今年年初,去年、前年、大前年,凡是他坐在这个房间里,就立刻能听到燕子叽叽啾啾的鸣叫。有时他们谈得热闹,燕子在屋顶也叫得热闹。燕子叫得热闹,他们的兴致也好。

　　他们谈他们的,燕子忙燕子的,飞进飞出,竟夸轻俊,低飞不碰人,呢喃不避亲。久而久之,燕子便成了他们谈判不可或缺的参与者,他们也习惯了在燕子呢喃声中的那种愉快的交谈和合作。如今这间房子里这么安静,鲁斯自然要问,是不是你们把燕子赶跑了?

　　稀有公司销售部的崔经理一个劲摆头:不,那怎么可能,燕子年年入户飞,向人无是亦无非,它是我们公司的吉祥物。你看专为燕子留

498

的小窗户一直开着，我们随时盼着它们回来。但燕子是一种灵物，它们去而不返肯定是有原因的……我担心它们对人类失去信任。

　　一谈起燕子，话题立刻热烈起来，双方交换着信息，发泄着大致相同的感慨：经历了许多教训，人们好不容易认识到应该把鸟类当作朋友，合作双方都盼着原来住在这个房间里的燕子，能早日回来，"还同旧侣至，来绕故巢飞"。

　　这里是它们最安全的家。

战争和人

　　前不久一所大学的文学社请我去讲"小说结构"。到最后的自由提问时间,有人把话题转到战争题材的文艺作品上:今年八月是第二次世界大战胜利六十周年,反法西斯战争的辉煌在于拯救了人类,决定了历史的走向,创造了无数惊人的战绩、战例,也创造了许多英雄。今天全世界都在缅怀死去的英雄。活着的英雄重新又找回了过去那种英雄的感觉,这是反法西斯战士的节日。但战士跟战士的心情不一样。不同的人对战争有不同的记忆、不同的认识和思索,都在用今天的眼光重新认识战争……战争需要英雄,历史和现实需要英雄,文艺作品也需要英雄,于是"二战"成全了许多关于战争题材的文艺作品,有些在今天看来仍然激动人心,成了经典之作。中国同样经历了艰苦卓绝的抗日战争,有经典的战例,也有经得住历史考验的英雄,而留下的经典作品却不多,更多的是不再具有感染力,随时间而飘散,这是为什么?

　　好大的问题,我恐怕答不好,只能试着做些解释:除去文艺创作自身的僵硬和概念化、公式化之外,可能还有一种因素,对战争和战争中人的理解过于简单和肤浅。从公元前的一四九六年至公元一八六一年,地球上打了三千多年的仗,可谓连年战乱。自"二战"结束到现在,六十年里又打了一百五十多场仗,平均一年打两场还有富余。战争的危害,从第一场战争之后人类就知道了,却屡禁不止,战争毁灭人性,人类又靠战争阻止这种毁灭,使人回归本性。待到人性扭曲、畸变,又会再发动战争……战争是人之大欲的激烈化,是一门"破坏科学",如同有善就有恶,有破就有立一样,"道高一尺,魔高一丈",多种相互对立的东西一直伴随着人类。而战争题材的文艺作品应该反映出历史的战争性、战争中的历史,以及战争中的人性和人身上的战争性。顺便说一句,中国古代可并不缺少战争题材的经典巨制,如《三国演义》、《水浒传》、《东周列国志》等。

此时有一同学,对刚才的"战争制造英雄说"提出质疑:现代战争里没有英雄。比如伊拉克战争,进攻者没有产生英雄,抵抗者也没有英雄。再往前推还有科索沃战争、越南战争等等,也都没有英雄,却并不影响出好作品,如《拯救大兵瑞恩》。如果非要在现代战争中找一个英雄出来,那也只能是用高科技制造出来的武器,或者说是媒体。媒体将伊拉克战争变成媒体的盛宴,看上去更像美国大片,用游戏性和娱乐性掩盖了战争原有的残酷性。

紧跟着又有人借题发挥:伊拉克战争证明,现代战争里没有绝对的胜利者和失败者。战争不再给胜利者带来想要的战利品。美国获胜了却又引发了一系列的恐怖袭击和自杀性爆炸,还要在全世界面前审判自己虐待战俘的士兵。正如美国民主党总统候选人克里在竞选时说的:"萨达姆是个冷酷无情的独裁者,但我们用一个独裁者换来了大混乱,而这种混乱让美国更不安全。"战败的伊拉克人也并未成为美国的亡国奴,以前被千夫所指的萨达姆,成了囚犯后反而不像以前那么让人憎恶了……美国通过战争带来的成果正在被战后的混乱带走,这也正是威灵顿的观点,没有比辉煌的胜利更令人恐怖的了。所以,现代人宁愿选择当亡国奴,也不愿选择战争。萧伯纳说,从人类中除掉爱国主义者,否则和平世界不会降临。过去无论日本军国主义还是希特勒法西斯,都是打着为了国家的利益而发动战争,制造了惨绝人寰的侵略罪行……如今科技发达,全球一体化,地球变成一个村庄,卫星共用,电脑联网,经济纠扯在一起,你中有我,我中有你,国又怎样亡?奴又怎样当?还有,世界上有些国家在经济上是需要依赖他国的,老百姓多用外国货,这又算不算是亡国奴呢?

课堂上的气氛一下子僵住了。我只好把那位同学的话头接过来:

其实你并不知道什么是战争,只从电影上看到过战争,接受了媒体对战争的渲染,难免对战争缺少切肤之痛。如今反战是一种潮流,凡有文化、有同情心、有人道精神的都不可能赞成用战争手段解决争端。但是,如果哪个国家选择当亡国奴,就是选择战争、鼓励战争。只有不怕战争,才能防止战争。准备打,才有可能打不起来。不做打的准备,必然会挨打。势均力敌,才有和平。一强一弱,一硬一软,战争便不可避免。当初一个德国挑起了两次世界大战,就因为它自我膨胀到以为可以独霸地球了。美国独立后,特别是经历"二战"成了世界头号超级大国,在二百年里打了四十多场战争,没有一场是在本土打的,它们有足够的力量可以把战争拒于国门之外。悲惨的屈辱的和平比战争更坏。你之所以这样说,是没有当过亡国奴,哪知个中滋味,那可跟使用外国电脑,看美国大片不是一码事。

请问蒋老师经历过战争,或者说对战争有过切肤之痛吗?

你看看我的年纪,怎么可能没有经历过战争。是战争给我上了第一堂人生的大课,一九四四年盛夏,叫"黎明前的黑暗",或者说是"日寇的垂死挣扎",对华北平原展开了反复的"大扫荡"。鬼子从西边来了,村民们就往东边的庄稼地里钻;鬼子占了我们的村,我们就得往别的村子逃,当地人叫"逃反"。就在这种天天"逃反"的过程中,我们家的大黑驴丢了,父亲像疯了一样,"逃反"几个月老了十几岁。由于没有正经东西吃,天天在庄稼地东抓一把西抓一把,渴了就喝地里的积水,或者在水坑边上捧着喝一顿,有一天肚子痛得我在地上打滚,忍不住哭出了声。而"逃反"最需要安静,本家的二叔吓唬我说,再哭就把我丢在玉米地里不管了。二十三年后,我作为军队的制图员,实实在在地参加了一场战争……不知道在你们看来这算不算经历过战争?

我一讲自己的故事,课堂上就安静下来,我却还想继续刚才的讨论,就尽量将话题往回拉:战争千差万别,却不可否认第二次世界大战的进步作用,消灭法西斯之后在政治上催生了联合国,在经济上诞生了关贸总协定,唯独在思想上没有联合起来,大战结束,"冷战"开始,今天这几个国家合合分分、分分合合,明天那几个国家貌合神离、明合暗不合。现代人思想极端复杂,目标存在着巨大的差异,利益经常发生冲突,争夺激烈,这就决定了地球人类是难以永久安宁的。一九四五年八月,侵略香港的日本战犯田中久一,在广东被处决时高叫:"日本战胜而投降真不服气,且看十年之后,谁执亚洲牛耳!"六十年过去了,现在就听不到这种声音了吗?尽管日本并未"执亚洲牛耳"。难怪美国人本尼迪克特在《菊与刀》里说,欧美文化是"罪恶感文化",日本文化是"羞辱感文化"。存在着战争文化,战争怎会根绝?

但是从表面上看今天的世界进入了一个结盟的时代,这个盟那个盟的全球有数不清的盟,这个盟散了又去进入另一个盟,哪一个国家都同时结了好几个盟。但,结盟归结盟,地球却并不是同心圆。身在盟中,各有盘算。欧盟当下的危机就最能说明问题。因此,最根本的还是强大自己的国家,强化民族团结。现代战争还有个特点,国家内乱常会引来外患,外国人一掺和进来就会更乱,雪上加霜,满目疮痍。

我看看表,这堂课拖得时间太长了,赶紧说几句收场的话下台:尽管人类本性中无可否认地还存在着战争性,但文明还是一天天在前进,地球上好战的力量从来没有停止过破坏,人类还是把自己的生活建设成今天这个样子。所以一切善良的爱好和平的人们,大可不必因忧虑战争而丧失对未来的信心。

"贝贝"传奇

——读长篇小说《福娃》

约定俗成,每举办一届奥运会必须要有本届的吉祥物。不知这是出自谁人的奇思妙想,抑或是奥林匹克在百年演进中自然形成的一种文化景观? 总之,吉祥物已成为奥运会巨大魅力的一部分。它须简洁明快人见人爱地凝聚举办国的文化传统,承载着本届奥运会的宗旨和形象,让其具有象征意味地守护奥林匹克,呼唤奥林匹克精神。

早在前年,距离北京奥运会还有两年多的时间,其吉祥物"福娃"就已经在中国家喻户晓,甚至可以说名扬四海了。福娃分五个,其名依次是:贝贝、晶晶、欢欢、迎迎、妮妮,五个名字连起来的谐音是:"(贝)北(晶)京欢迎你(妮)。"五个福娃的造型则分别融入鱼、大熊猫、奥林匹克圣火、藏羚羊和燕子,其色彩又与奥林匹克的五环相对应。其设计者真是费尽心思。

"吉祥"本是一个典型的使用频率很高的中国词,代表美好、幸运,万事无不利。而加上一个"物"字,不知怎么便有了些"洋味儿",正像以四种中国动物簇拥着奥运圣火一样,"中里有洋,洋为中用"。表达的是"同一个世界,同一个梦想"。

现代奥林匹克究其实,是大规模的文化盛会,对举办国构成一种全方位的文化挑战。既如此,文化艺术界又岂能置身事外? 怎样演绎北京奥运会吉祥物的故事,似乎就成了作家们责无旁贷的任务,尤其是以写童话著称的儿童文学作家们,提出了一个又一个的构思……最后,是谭甫之、赵先德的立意,获得了专家们一致的赞赏。原是小说家的赵先德,多年前下海,出任深圳凤凰影视传媒公司的总经理,积累了丰富的创作"动漫"的经验,在以他为主策划的故事大纲里,以排在第一号的福娃"贝贝"做主人公,并赋予他这样的性格:智慧而又单纯,善良且宽容。让另外四个福娃做辅助,其性格各异。

机灵好动的贝贝,误入时空之门,为寻找回家之路反闯进了奥运时空隧道,巧遇正为盾牌出现裂纹而忧虑的女神雅典娜。女神告诉贝贝,若能帮助找到一八九四年顾拜旦留在雅典卫城下的一个神秘木盒,就能获得修复盾牌的力量。贝贝一口答应,于是福娃们惊心动魄的历险便开始了⋯⋯其中还有两个角色格外值得一提。一个是"皮休",古时的神兽,曾吞掉八仙的仙具,还想吞下太阳。据传孔子曾专为它造了一个字:"猭",可见其贪嘴到什么程度!此时它正为贪吃各种法术和金钱珠宝而撑坏了胃囊,为寻找解药在上个世纪的时空中游荡了百年,当偷听到雅典娜跟贝贝的谈话之后,便决定先把顾拜旦的宝贝木盒抢到手,借其神秘的力量说不定能治愈自己的胃病,得到更高的法术⋯⋯

可想而知它会给贝贝添多大的麻烦。另一个角色是赑屃,品貌猛烈、激奋,传说是龙的第六个儿子,龙身龟头,又称"蟠龟"。中国古代的重要石碑,似乎都驮在它的背上,力大而稳。当贝贝找到它,并经受住了它一系列的考验之后,它答应帮贝贝的忙,甘当福娃们的坐骑。从此后便驮着他们历尽艰难,沿奥运百年中的"二〇〇〇、一九八四、一九八〇、一九七二、一九三六"等五个时空站穿行,最后开启了一九〇〇年的时空之门⋯⋯

即使是这样简单地勾勒小说面貌,也已经非常清楚地看出这部长篇的特点:将中国神话人物与西方神话人物置于同一个时空之下,也就将东西方文化熔为一炉。这表明北京奥运会的吉祥物所代表的精神,既是中国的,又是世界的。通过这个吉祥物在实践诺言的过程中逐渐成长,并最终找到时空之门,得以重返现实的故事,告诉人们福娃所找到的,其实是现代人的"接触之门",是当今世界的"和平之门"。

不是吗?在这个人类越来越不知道该怎样相处的世界上,奥运为人类相互接触找到了一个新的舞台,不同种族、不同颜色肌肤的人们,通过这个舞台互相接触,互相理解,而这种理解的最终目的是达到世界和平。贝贝在其他四个福娃的帮助下最后找到了神秘木盒,并将它交还给雅典娜。那木盒中到底有什么宝贝,能被女神视为"拥有神秘的巨大力量"呢?

是一八九四年顾拜旦面对战乱频仍的世界说的一句话:"把全世界的年轻人召唤到奥运赛场上去竞赛,而不是到战场上去拼杀。"一百多年过去了,世界发生了许多变化,可现代人类却没有自信敢说这个世界有了根本性的进步。顾拜旦的话仍然在警醒着世界,召唤着人类。所以奥运会的吸引力越来越大,参加的人和观看的人也越来越多,已经发展成为全球无与伦比的一个重大节日。

福娃有福,我们读着他的故事,祝愿他给全世界的人带来福气,让人们都能找到自己吉祥如意的"时空之门"。福娃有福,祝愿他给奥林匹克带来福气,使北京奥运会真正成为"福善之事"、"嘉庆之征"。

大港史话

北京人爱抱怨到天津容易迷路,在纵横交错却并不横平竖直的路网中,若身陷现代建筑的八卦阵中,常分不清东西南北。可前不久,有十几位包括北京的作家来天津大港区采风,却一路赞叹不已,惊呼大港的漂亮!其街道不仅东西南北、横平竖直,而且宽阔整洁,绿树成荫,极少塞车……现在居然还有不塞车的地方!

大港的城区建筑确实别有情致,不追求摩天大厦,只求突出个性,且与大港的自然环境相协调。空气清新,环境幽雅,交通方便……挑剔的现代人对居住条件的要求,大港似乎都能满足。就在作家们下榻的宾馆北面,有一片湖泊,湖泊中间是一座郁郁葱葱的青峰,这是真正的山,不是人工堆起来的假山。它就像神话,迷惑了熟悉天津的作家们,他们从没有听说在天津市区有一座山呀?大港人不无自豪地解释说,这确实是一座真正的山,是把河北的一座山原样移到了这儿。

从河北的太行山脉中搬过来一座山?

——说得好轻巧,却显出了大气魄。大港区的东部是渤海,中部还有一个很大的人工淡水湖泊:北大港水库。在全球干旱缺水的大背景下,哪儿有一大片水,哪儿就具有得天独厚的优势。这令作家们不解:大港离庞大而拥挤的首都这么近,不过是又一个大直辖市天津的一个区,为什么一派新开发的气象,能长期闹中取静地"养在深闺人未识"?

若想说清这个问题,须先翻开历史。北京是世界驰名的中国古都,天津建市也有六百多年,而大港建区才区区四十多年。毛主席曾说过:一张白纸能画最新最美的图画。而大港在建区之前是一张怎样的白纸呢?

远古时期,不要说大港,连天津也是浩瀚渤海的一部分。在地球的不断活动中,由于冰川期的影响,地面曾发生过大规模的海进或海退现象。在距今五六千年的一次大的海退之后,天津一带逐渐上升成陆。在漫长的成陆过程中,古黄河下游多次改道从大港这一带入海,同时滹沱河、子牙河、大清河和漳河也从这儿入海,泥沙俱下,几经变迁,终于形成了"潴水港泽,苇塘碱滩"的特殊地貌。

至隋唐时代,大港的马棚口成为以上这些河流的入海口,于是就发达成渤海西岸的重要港口。有人说,"大港"之名,即由此而得。从前曾分为"北大港"、"南大港"。史料这样记载,并非出于推断,至今大港一带仍然保留着在中国沿海绝无仅有的景观:三道"海岸贝壳堤"。那便是天津地区成陆演进的"脚印"。

天津(包括大港一带)海岸后退、平原东进的过程可分三个阶段,所以就留下了三道"海岸贝壳堤":第一道贝壳堤于明、清前形成,堤的走向与现代海岸线基本一致,高一米左右,宽二十至三十米,贝壳以青蛤、白蛤、毛蚶、猖螺等为主。第二道贝壳大堤成堤于战国前,贝堤呈绵延不断的堤岗,长达七十余公里,规模大,沉积厚,高五米,宽一百至二百米,组成物质种类繁多,有各种贝壳和厚层的贝壳砂。第三道贝壳堤成堤在西周以前,多半被掩埋在表土下面,从切开的剖面看,其贝壳沉积层宽三百米,可见规模更大!

最为触目惊心的还数《大港区志》上的记载,读后会对大港地区的历史,有一个更形象深刻的印象。比如:"唐开成元年(836年),蝗虫成灾,草木叶俱食尽。"

"宋淳化三年(992),蝗虫成灾,蔽空遮日。"还有史书记载,那一年蝗虫在吃光芦苇和庄稼后,也一并"吃光窗户纸,咬掉婴儿耳朵"。

"明万历十六年(1588),大旱成灾,饥民外逃,死人甚多。"

"清康熙十八年(1679),大旱,飞蝗遍野。饥民以草根、树皮为食,有甚者人互相食。"——历史上的灾祸,非人类的想象力所能及。

"清嘉庆二十四年(1819)六月,大雨连降四十天,平地水深一丈。"

"清咸丰二年(1852)十二月,大雪连降五日,积雪三丈。"

——水深一丈可行船,积雪三丈足以没人,一百五十年前的天津自然景象令现代人难以想象。表面上看,历史是与自然的斗争,实际是致力于借助自然把握人类、理解人类,希望通过历史中自然的演变,让人类了解自我。

"清光绪二十六年(1900)六月,大风夹雨成灾,禾苗尽倒,滨海雨雪交加。"

——一个世纪前,大港居然在六月还下雪! 真是沧海桑田,物无不变,变无不通。

转过年,即一九〇一年,"'八国联军'在歧口、马棚口一带登陆"。

——以上摘录的都是关于灾祸的记录,还要特别再摘一条,古人也是当做"灾象、奇祸"记载下来的,以后却成全了大港。"乾隆四十二年(1777)六月,烧海凡三四日不熄。"

滔滔渤海里为什么会起火? 而且还大烧三四天不熄灭? 现代人一看便知是油气自溢自燃。可惜呀,一九二六年美国的美孚公司派两名地质专家来中国找油,他们不看中国的地方志,转了一圈之后却得出了中国是"贫油国"的结论。其根据是:"中国石炭纪以后的地层,主要是陆相成因,绝大部分地层缺乏能够生长大量石油的富含有机质的岩层。在中国东北部的主要盆地中,也没有像美国东部和中陆区等主要产油区大量存在的一些明显背斜、穹隆和阶地。"这个结论可是让有些国家幸灾乐祸了好长时间。

新中国成立后,受到西方国家的重重封锁,这么大个国家若真的没有油,何以在世界立足? 几年后就在美国专家宣布绝对不会有油的地方相继找到了大油田,克拉玛依、大庆,紧接着就是大港油田,地跨唐山—天津—沧州沿海十几个区县,中心地带在大港的渤海之滨,油田勘探面积两万平方公里,开发范围八百三十平方公里。于是,一九六三年初,国务院批准建立北大港区,由天津市统一领导。次年末,大港地区的第一口油井喷出了优质工业油流……随即,热电厂、石化总厂等一批大型企业相继建成,继大庆之后中国又一个石油化工基地诞生了。

然而,作家们在参观过大港区之后,相当多的人竟对大港还拥有近百平方公里的"荒地"情有独钟。商品时代往往也是挥霍与浪费的时代,寸土寸金,到处都在炒卖土地,而大港竟然还藏着这么多的"荒地",这比任何已经建成高楼大厦的"繁华之地"更珍贵。现在的"荒地",才是真正的宝地,是湿地,是沼泽,是"处女地",所以才能吸引各种珍禽异鸟,无论春夏秋冬都有"百鸟朝凤"的奇观。

还有作家对大港区的自然布局格外感兴趣,自东向西,渤海—滩涂—石油化工基地——百四十七平方公里的大水库—良田万顷。以水库为界,东部的地下还埋藏着九亿吨的石油和三百六十亿立方米的天然气;西部则盛产著名的小站稻和冬枣……工、农、渔、副,各具优势。作为大城市的一个区,大港的特点真是得天独厚。

数千年仿佛一瞬,大港古老而年轻。古老的历史,告诉大港人什么是好的,什么是合适的,让大港人认识自己。年轻的大港,又用激情和痛苦创造了大量历史,历史是没有结局的。只有大港的历史,才是大港人最好的传记。

关于宣纸你知道多少？

　　小时候上学的第一天，第一次听老师的训导，就是要"敬惜字纸"：上学是来学认字的，而字是圣人造的，字要写在纸上，纸也是圣人之物。没有写字的纸不能丢，写了字的纸就更不能随意糟践，那是对圣人的不敬，是要吃亏受罚的。

　　现在的孩子，从出生的那天起就开始糟蹋纸，比如纸尿裤。擦屁股的卫生纸比手绢还要柔软细致……老土，现在都是用纸巾，谁还用手绢？

　　发达的现代商品社会，盛产各种各样的垃圾，现代人每天不仅制造大量的物质垃圾，也在毫无节制地制造着文字垃圾：铺天盖地的文字信息和广告，五花八门的资料和书籍……承载这些文字垃圾的多是现代机制纸，诸如铜版纸、道林纸、新闻纸、包装纸等等，其寿命不过二百年。

　　这就是说，眼下书店里那些花花绿绿、琳琅满目的书籍，无论作家们多么牛，包括那些畅销书作家、美女作家、八〇后作家以及用身体写作的作家等等，其作品如果不能反复地再版重印，二百年后统统化为灰烬。

　　古时一篇文章写得好，人们往往用"洛阳纸贵"来称赞，却不叫洛阳"文"贵。一本书写得好，被称做"一纸风行"，不称"一书风行"……可见纸是文字的载体。幸哉有纸，文化才得以传承。

　　那么西晋的左思以《三都赋》造成的"洛阳纸贵"，是什么纸呢？

应该是东汉蔡伦发明的"蔡侯纸",以树皮和烂麻做成。到东晋又有了藤纸,至隋代产生了楮皮纸……而纸的经典——诞生在唐代。

——这就是宣纸!

单讲其寿命,就有一千零五十年,所以有"纸寿千年"一说。在一千零五十年之内,宣纸的质地不会发生丝毫变化,单纯地讲保存,却能达到两千年。

更不要说它还"轻似蝉翼白如雪,抖似细绸不闻声"。宣纸文藻精细,吸水润墨,绵韧而坚,百折不损,抗老化,防蛀蚀……因此格外适宜书画。笔墨着纸后,焦、浓、枯、淡、湿,五彩缤纷。轻重缓急,随意变化。

故宣纸一出现,便成为稀罕之物,"有钱莫买金,但买江东纸。江东纸白如春云"(古时宣州一带属江东,故宣纸早称江东纸)。依中国的老风俗,哪个地方有了好东西先得给皇帝老子送去,宣纸理所当然也就成了向朝廷进贡的宝物,成了朝廷和地方官吏作书绘画、立文书档案的专用纸。由于当时生产这种纸的泾县隶属宣州府管辖,进贡时都要打上"宣州贡纸"的字样,久而久之,泾县生产的这种奇妙的纸就有了一个响亮而通行的名号:"宣纸"。

民间有钱的人也可以买来用于书画,或修宗谱、印经文,总之是要将宣纸用在较神圣并希望能长久保存的事情上。

清代蒲松龄写成《聊斋志异》后,因穷困无力刻印,压在箱底多年。到乾隆三十二年(1767),由歙县人鲍延博出资购买宣纸,此奇书才得以印行并流传下来。

另一部经典《红楼梦》的命运也差不多,最初只有手抄本流传。乾隆五十六年(1791),和珅向皇帝报告了民间在流行《石头记》一书的情况,经朝廷批准由徽州人程伟元出资,将曹雪芹写的前八十回和高鹗后续的四十回合在一起,首次用宣纸印刷,使《红楼梦》成为一部完整之作——即风行天下的"程甲本"。

据中国国画图书馆的统计,我国现存的纸质古籍约有三万册

(卷),所采取的形式多为宣纸线装书。甚至连少林寺的武功秘籍都是宣纸印的。再往近里说,国家主席送给美国总统布什的《孙子兵法》也是用宣纸印刷,其内容奇绝珍贵自不必说,单是书的用纸和装帧设计就堪称精美绝伦,具有很高的长久收藏价值。

目前中国的宣纸有百分之五十要出口日本,以前是百分之八十。据说日本现在有些不上班的女人,喜欢在家里练书法,故需要大量宣纸。日本的教育部门也做过一项调查:在宣纸上练书法的孩子,比不练字的孩子犯罪率要低得多。在高雅素净的宣纸上练字,能让孩子的心立刻静下来,定得住性子,有助于培养孩子的耐力,可养成坚忍的品格。

以前曾风闻中日两国的少年,举行过野营拉练式的生存对抗赛,结果是中国的孩子处于下风。莫非是我们生产的宣纸反帮助日本孩子战胜了我们自己的孩子?

难怪日本曾多次想得到中国宣纸的生产技术。据曹天生的《中国宣纸史》记述,清光绪四年(1878),日本内阁印刷局造纸部派遣栖原陈政到中国,化装潜入泾县两个多月,自称是"广东潮州大埔县何子峨太史的侄子",搜集造纸技术情报,回国后竟公开出版了《支那制纸业》一书。

光绪三十一年(1905),日本人内山弥左,以南京高等农业学堂教授的身份,多次深入泾县宣纸厂"调查",偷盗宣纸生产情报。与此同时,日本国内又派人到泾县弄走了一些青檀木树皮。由于日本没有这种树,竟鉴别不出是何种何属。

一九三七年"七七"事变之后,日本利用侵略中国的机会,派遣特务到泾县,搜集了大量青檀树籽,运回日本精心种植。最终因气候和土质条件不同,长出的青檀树质量低劣,用之造出的所谓宣纸润墨性极差,根本不能与中国的宣纸相比。

难道他们现在想明白了,拿钱买中国现成的上等宣纸,要比费尽心机地去偷技术省事得多?除日本之外还有美国、英国一些经济情报人员,也曾打过泾县宣纸技术的主意。

当今中国,可以说是遍地集团了。但,能打出国家旗号的集团却为数不多。在皖南山区,自古就有"七山一水一分田,一分道路和庄园"之称的泾县,于许多年前就诞生了"中国宣纸集团公司",体现出一种不同凡响的气势。甚至在集团的名称里省略了集团所在地,直接以"中国"冠名,可见这个企业的非比寻常和独一无二!

它特殊在什么地方?

需先说一说泾县。世界上最好的宣纸,只能在这个地方才能生产出来,所以泾县的宣纸生产企业,究其实就是中国的宣纸集团。比如,生产宣纸不可或缺的三种原料:青檀木树皮、沙田长秆籼稻草和杨藤汁,有的为泾县所独有,有的数泾县最佳。

这又跟泾县"两高一低"的自然地貌条件有关。泾县境内有大小山峰一百四十余座,分列东西两侧,大多为喀斯特中、高丘陵,为青檀树的生长提供了理想的环境。喀斯特丘陵上的青檀树皮,纤维细密、均匀,成浆率高。

杨桃藤也如此,又名猕猴桃,生于喀斯特的阴山密林或灌木丛内,其茎皮及髓含胶质,掺入檀皮、稻草的纸浆中可使浆液更为均匀,捞出的湿纸便于叠放,提高出纸率。

而泾县的中部,是一条宽阔的河谷平原,是全县的粮仓,又为宣纸生产提供了必不可少的优质沙田长秆籼稻草。此稻草比一般的稻草纤维性强,不易腐烂,容易自然漂白,所以自古便有这样的说法:"宁要泾县的草,不要铜陵的皮。"

这条河谷平原上有大小河流一百四十六条,可谓溪流密布,还为宣纸生产提供了丰富的水源。

写到这儿就不能不提一下造纸的污染了。媒体经常曝光造纸厂排出的黑水如何严重地污染了江河湖泊,泾县这样一个山清水秀的地方,宣纸造了一千多年,古今最好的宣纸,或者说全世界所有叫做宣纸的百分之八十五,都是从这儿生产的,如果有污染现在的泾县该被污染成了什么样子?

现在的泾县依旧是青山绿水。这跟宣纸生产全部是传统的手工操作有关,这个过程中不仅没有污染,相反,对宣纸的生产用水还极为讲究,任何一道工序的取水必须清澈干净,无杂质。其上品便是由喀斯特山崖之水汇聚而成的乌溪,水质清纯,甘之如饴,富含多种矿物质,即古谚所说的"好山出好水,好山好水出好纸"。

一般造纸之所以污染严重,在于添加大量化学元素,诸如漂白剂。而宣纸生产完全是"自然炼白",将檀皮、稻草经过反复蒸煮、沤制和浆洗后,运到朝阳的石坡上摊晒,喀斯特呈四十五至六十度的山地利于沥水、透气,又不易被风吹跑。

这个过程需要六至九个月,让宣纸在成形之初,便饱经大自然的露洗风炼,吸纳日月光华,最大限度地清洗容易氧化的物质,消除原料内部的淀粉含量,提高纸质的纯度,使之拉力强,吸附力强,将来宜于长期保存。同时也在大自然中被陶冶成柔白色,然后方可碎之为浆。

如此造纸,何来污染?

正因为宣纸生产全部依赖手工操作,所以生产周期特别长。一张宣纸从投料到成纸,历时三百多天,需经过十八项关节、一百多道工序。有些特殊的宣纸,如"仿千年古宣",则需耗时十八个月,经历一百三十八道工序。

比如其中有一道重要的工序叫"捞纸"。生产多大规格的宣纸,就要用多大规格的用泾县苦竹编制而成的竹帘,四、五、六尺的单宣、夹宣、双夹宣,丈二的白鹿宣,丈六的潞王宣,现在又有了丈八和两丈的特大规格的巨宣,也都是靠两个人双手抬帘,在纸浆池里轻轻捞摆。只捞两次,一张宣纸就诞生了。纸捞出来就没法改,一遍成形,纸的好与坏,全看这一捞,"轻荡则薄,重荡则厚。然后反腕一扣,湿漉漉的宣纸就脱离竹帘码在旁边。

两个人动作轻灵而准确,必须眼到、心到、手到,一气呵成。宣纸的厚薄、纹理、丝络就全靠两个人手上的感觉和相互极端默契的配合。工人的双手长年累月地在纸浆池里泡着,即便没有污染也会被泡肿沤烂。可能有人会说为什么不戴手套?工人们早就试过了,戴上手套对纸浆的感觉就没有了,生产出来的宣纸等于废品。

或许还会有人发问,现代科技如此发达,改成机器捞纸应该不是太难的事?很容易,但机器捞出来的纸叫机制纸,泾县宣纸的优点也将随之丢弃大半,几乎就不能再称其为宣纸。

宣纸——富有生命,且充满灵性。

再比如另一道工序"烘干"。一间大屋子的中央立着一面光滑的铁铸火墙,屋子里的温度一年四季都保持在摄氏五十度以上,火墙的顶端放着一大摞湿宣纸。

刚从纸浆里捞出来的非常之薄的湿宣纸,摞在一起竟然还能揭得开。工人像舞蹈般弯腰展臂,用左手的手指一捏,右手里的竹丝刷子一托,利索地拧身转体,双臂如大鸟展翅般就将一张湿宣纸贴到了火墙上,竹丝刷子上下一挥,左右一抹,没有一个多余的动作,却将这张宣纸的每一个部位都刷到了,让它服服帖帖地粘到火墙上。将来这张宣纸的平整度就靠的是这几刷子……

任何人到泾县看过宣纸的生产过程之后,都会对宣纸产生一种敬惜之心。

许多中国书画大家都怀着一种类似"朝圣"的心情不止一次到泾县表达感激之心。启功称:"宣纸对中国和世界文化艺术界功德无量!"李可染三下泾县宣纸厂,进厂先对造纸工人三鞠躬:"没有你们就没有我。"

鲁迅说:"印版画,中国宣纸第一,世界无比,它湿润、柔和、敦厚、吃墨、光而不滑、实而不死,手拓木刻,它是最理想的纸。"郭沫若说:"中国书法与绘画,离开了宣纸便无从表达艺术的妙味。"

所以在宣纸上写字写得好、作画画得好,一张纸就可以价值连城。反之也可能一钱不值。宣纸乃"文房四宝"之一,任何人面对宣纸的时候都不能不掂量掂量，自己的字、自己的画、自己的境界，对得起宣纸吗？不可用垃圾一样的东西玷污了它。

清末的一张四尺宣纸可卖价万元，民国时期的一张宣纸也可卖到三四千元，已经有人一次就从泾县购买了百万元的宣纸收藏……倘有人在这样的宣纸上胡乱涂抹，岂不是一种罪过？

然而事实是，精明的现代人绝不会埋没宝贝，只会把宝贝用绝，宣纸的用途被充分扩展了。像当下中国的书画业大发展，书画队伍极度壮大，书画家简直无以计数，但凡有头有脸儿的人似乎都能划拉两下子。于是，有活动就有书法表演，凡是能写字的地方就不愁没有人题词……这一切都要感谢宣纸！

中国的经典那么多，都在陆续用宣纸重印上市，书价动辄几千元几万元，乃至几十万元。连有些官员和富翁们的书，也喜欢用宣纸印刷，不管别人读不读，反正放上一千多年不会烂，可以一辈辈地传下去。

现代人长寿，越长寿就越想永恒的事。据传二〇〇八年北京奥运会的获奖证书要用宣纸印刷，受到国际奥委会和全世界的赞赏。可以想象得出，再过一千多年以后，在奥运会的历史上很可能就只剩下北京奥运会的证书了。北京奥运会之后，其他奥运举办国，要想永远保存证书，就得到泾县订购宣纸。

于是，教育家建议，毕业证改用宣纸印刷，特别是硕士、博士的毕业证，有助于世代保留，便于发扬"忠厚传家久，诗书继世长"的古老传统。社会学家建议，结婚证要用宣纸印刷，在离婚率居高不下的现代社会，有助于巩固现代人的婚姻……

现在宣纸业最真实的困难，是供不应求！

教育的穷和富

连最贫困的地区也曾流传着这样的话:"再穷也不能穷了教育!"

许多年过去了,中国的教育到底是穷了,还是富了? 前不久参加中国校园文学研讨会,其间广泛接触了来自全国各地的两百多位中学校长和老师,自然也议论到了这个话题。先从学校的房子说起,研讨会在浙江海盐举行,参观和游览海盐的景观时发现,全县最漂亮的建筑是元济中学和海盐高级中学。前者占地四十亩,后者占地近百亩,前者高考升学率为百分之九十九,后者高考升学率为百分之九十五。

我所居住的天津又何尝不是如此,即使不能说全市最漂亮的建筑是学校的房子,却可以说比较有品位,也相当别致的建筑,有些是在学校里。就此我请教一些与会的校长,这一现象意味着什么?

他们说,学校的房子变好和变得有味道了,甚至成了当地的标志性建筑景观,在中国沿海和经济较发达地区已相当普遍。虽然学校的房子好坏,并不等同于教育质量的好坏,但改善教育条件,是提高教育水平的一个重要前提。"二战"后,日本列岛一片废墟,"寂静和黑夜笼罩着他们,世界上任何一个国家的人民都没有落到这样的下场,没有遭遇到如此彻底的失败⋯⋯"渐渐地他们建起的第一所房子就是学校。

唯有教育,才能让一个民族通向繁荣,走向强大。

也有些校长说学校的房子好不等于教育富了,在好房子里也可以是"开着灯的在打麻将,关了灯的在搞对象",最明显不过的事例是学术腐败增多了。教育的贫富取决于教育的质量和成果,出了多少名教授和培育出了多少国家的栋梁之才。当年的西南联大,条件差得无法再差了,却创造了中国教育史上的奇迹,至今还为人们所津津乐道。

国际上似乎有一种大家都认同的教育产业观念:教育是一种潜生产力,是极为重要的一项产业。但教育生产,不是一般的物质生产,向社会贡献的也不是货币和利润,而是在生产中起决定作用的劳动者。现在的"教育产业论"似乎是指教育本身就可以产业化,办教育同样可以发财。

一九九六年我在台北结识了一位姓王的富翁,当时台湾有五个类似作家协会的组织,他是其中一个的后台老板。他的亿万资产就来自名下的两所私立学校,其中一所是职业中专。据说美国的哥伦比亚大学也十分富有,在寸土寸金的曼哈顿拥有一条街的房产可供出租获利。英国的剑桥大学下面有三十多个学院,其中一位三一学院的教授曾对我说,当年从剑桥走到伦敦,每一步踏的都是国王学院的土地。他们都得益于当年创办大学的时候,总统或国王大笔一挥或权杖一抢,就将大片的房产或土地划给了他们。

现在我们的"教育产业",更多的还是靠高收费、房地产或银行贷款。银行敢向教育贷款,说明对教育能赚钱有信心。"新东方"不就发了财吗?有的教授也在说,等北大的教授都住上别墅,开着比较好的汽车,就说明中国的经济上去了。

经济上去了是不是就证明教育富了?

时下流行"绕口令"

谁都清楚现在的"粉丝"不是食品,"钢丝"不是建筑材料,炒作不局限于厨房,"韩流"更是与冷空气无关……语言已经发展到和词典没有多少关系,进入一个类似猜谜和绕口令的时代。

比如:"一技以博,一机以造,一寂以收,一击以得。"谁能弄得懂这是什么话吗?据说是最新发明的致富的四个步骤。但最难懂的,还是教育部(注意,是专管为民族培养栋梁之才的国家教育部)于二〇〇七年八月十六日公布的一百七十一个新词汇,让举国哗然,明明是中国话,却有百分之九十让中国人看不懂,剩下的百分之十也只能大概地猜测其意。不妨随手抄几个出来看看:"白奴、白托、白银书;法商、废统、奔奔族;禁电、国六条、国十条、暖巢管家;三失、三手病、三限房、巫毒娃娃……"

有些话乍看绕口,知道了诀窍便不觉得绕了。比如:"爸爸!哎!中石油今天又跌了吗?是啊!咱家的钱到底哪去了?套了!我怎么割也割不了它?套得牢啊……"如果将这番话配上《吉祥三宝》的曲谱唱出来,就会很顺了。关于股市的绕口令更多,有一则精彩的:"在交易所里,一切取决于一件事,是看傻瓜比股票多,还是股票比傻瓜多?"

另有一些话说快了觉得绕,说慢了就不绕,如:管理票据"票证办",预防艾滋"防艾办",消灭野狗"打狗办",济贫助困"扶贫办",下雨涨水"防洪办",天不下雨"抗旱办",对付坏人"治安办",捐赠助人"爱心办",检查落实"督察办"……这个办、那个办,真有了难事还是不知道怎么办!

近年的绕口令,或称《三字经》的极品,是媒体公开发表的启功先生在六十六岁时为自己写的《墓志铭》:"中学生,副教授。博不精,专不透。名虽扬,实不够。高不成,低不就。瘫趋左,派曾右。面微圆,皮欠厚。妻已亡,并无后。丧犹新,病照旧。六十六,非不寿。八宝山,渐相凑。计平生,谥曰陋。身与名,一起臭。"大智大慧,大明大白,诙谐且富深意,足可传世。

有些绕口令不过是隐语或隐喻。如,"三十难立"族群遍布全球,在北美被称为"归巢小孩";在英国叫"口袋小孩";在法国被叫做"赖巢族";在意大利他们是"妈妈的小孩";在日本被称做"飞特族";中国内地则叫他们为"啃老族"。有关专家对我国青少年的体质经过测试后给出了三个字的评语:"软、硬、笨"。软,是指肌肉软;硬,是指关节硬;笨,即长期不活动造成动作不协调。

现代生活中"怨妇"不少,她们也用绕口令发泄心中的怨气:过去,我总是要熬到半夜,他才肯离去;而现在,我总是要熬到半夜,他才肯回家。在爱情中,有人"视死如归";在婚姻中,有人"视归如死"!而金庸大侠却敢唱反调:"我们情愿怕老婆,也不愿怕政府。"因为他生活在香港,才敢这么绕,香港人常常跟政府打官司,还常常能打赢。而跟老婆打官司就麻烦多了,即便赢了也要赔钱,输了就更别提!

另有一种绕口令其实并不绕口,绕的是一种"牛气"。名噪天下的巨人公司上市后,其总裁史玉柱说:"我们造就了二十一个亿万富翁,一百八十六个百万富翁。"他算的可真是精确,如此说来他是制造富翁的富翁,是扶富英雄,堪称"富翁之母"、"成功之母"。这绝对是个人物,事业起伏跌宕,富有传奇色彩,倒下得快,起来得也快,跟头摔得漂亮,几年后又是一条好汉!河南新乡的一所民办小学更能"绕",宣称可以培养出"意念感知神童",到目前为止已经培养出了"初级神童一百二十人,中级神童十三人,高级神童七人"。若照这个速度培养下去,未来的世界无疑将属于新乡。

不要以为只是经济界、教育界能"绕",最讲真理的科技界也可以"绕"。中国工程院院士黄尚廉,曾这样评价时下一些科技成果鉴定会:"红包一发,嘴角一擦,就世界领先了。"媒体在这一年公布了最新医学成果:"胃的工作寿命可达四百七十六年,肺可以坚持几十年。"这让国人兴奋异常,原来我们喜欢大吃大喝是有根据的,是上帝的成全。以前有段子说什么"喝坏了党风,吃坏了胃",全是扯淡,今后可以全无顾及地甩开腮帮子猛嚼猛灌,喜欢吞云吐雾的瘾君子们,也不用担心肺了。

性学家在广州一家大学的讲堂上讲解性文化时开导说:"现在有不少男性处于性失业状态,而在座的各位则处于性待业的状态。"难怪当今社会黄段子满天飞,娱乐场所一家接一家,性病、艾滋病蔓延猛烈,原来都是因"性失业"和"性待业"憋的!

综上所述,现代绕口令不单是绕口,还绕脑子,绕情感,绕生活,绕世道……须格外小心,不要被七绕八绕地绕进去。

守岁即守心

一个朋友从北欧发邮件拜年,顺便提了个问题:他一位当地的邻居,对中国很好奇,却无论如何都想象不出十三亿人口是个什么概念,这么多人热衷的春节又是一种什么景象?这么大的问题,三五句话怎么能说得清楚?我灵机一动便把媒体正热炒的一首《新编沁园春·买票》抄给了他:"春节又到,中华大地,有钱的飞机,没钱的站票,望长城内外,大包小包。大河上下,民工滔滔。早起晚睡,达旦通宵,欲与票贩试比高,须钞票。看人山人海,一票难保。车票如此难搞,引无数英雄竞折腰。惜秦皇汉武,见此遁逃;唐宗宋祖,更是没招!一代天骄成吉思汗,只好骑马往回飙。"

这就是十三亿人口过春节最具代表性的景象,叫"春运高峰"。各种车站、码头、机场均人满为患,万头攒动。倘赶上气候恶劣,飞机停班,车船断行,一个车站一下子便拥挤着一二十万人,差不多等于北欧一个中等城市的人口。大家拼命要赶上的,是"大年三十"!过了三十晚上,回去和回不去就差不多了。

这就是说,除夕是春节的核心。人们之所以都要在除夕前赶到家里,就是为了能够跟家人一起"守岁"。在夏代,"年"不叫"年"而称"岁"。古写的"岁"字像一把大斧子,砍杀动物乃至奴隶,以祭祀神灵。可见守岁是一件非同一般的事情!汉语汉字还有一个很特别的规律:"同音往往同义,音近往往义连。""岁"与"碎"同音,所以在过年的时候打坏了器皿,不仅不吝惜、不埋怨,反而要高兴。因其象征"岁岁(碎碎)平安"!

　　我国守岁的习俗，还影响到东南亚诸国乃至更远的地方，在越南、泰国、日本等地就有除夕守岁一说。在欧美和非洲也有类似的习俗。比如每到年末，纽约人会在时代广场上放一台粉碎机，每个人都可将自己的旧账本、旧契约、旧日记、旧衣物……凡一切束缚过自己或能引起自己不痛快的东西，都可以丢进粉碎机彻底粉碎，以求解脱。不过他们不叫"守岁"，叫"解脱日"，不过用机器代替了有中国特色的大斧子罢了。

　　到了周朝，我们的老祖宗将"岁"改称为"年"，"年岁"一词便一直沿用至今。按照同音同义、音近义连的规律，"年"即"念"。"念"什么呢？想念亲人。所以，除夕夜守岁，即是守心。守心就是守亲，守亲就是守孝、守福，家人团圆。而团圆是一种心的圆满。

　　是年节让人感到亲情的重要。若没有年节，忙碌的商品社会中人，岂不要变成工作机器？所以不管人们对中央电视台的除夕夜春节晚会有多少议论，这台节目也不能取消，而且依旧是一年中全国最重要的一台晚会。皆因它提供了一个守岁的理由和方式，成为中国人传统除夕夜的一部分。被这台节目培养了这么多年，许多人除夕夜除去看节目已经不知道"岁"该怎样守了？守着一台晚会总还聊胜于无。于是大家边看边抱怨，边抱怨还得边看，年年期望年年失望，年年失望还是要年年期望。

　　这是因为经过许多年的热闹，大家意识到守岁还需要一份静。有静才能守住心，而如今的任何晚会骨子里都是一个"闹"字。守不住心，心不团圆，就不可能对节目满意。春节最主要的目的是，人团圆，心相依。可惜呀，现代人越来越有一种倾向，将"节日"和"心"分离，变成单纯的身体感官的享受。甚至有本事将所有节日都变成"赚钱节"和"玩乐节"。春节变成春晚，让一台电视节目担当如此重任，无论再怎样努力也很难让大家都满意。

　　没有年节，时间也就没有概念，没有意义，即所谓"山中无历日，寒暑不知年"。人不过年长不大，过一年长一岁，除夕就是"一夜连双岁，五更分二年"。守岁的感觉是一份永久的记忆，尤其是每个人的童年，这记忆是一份温馨,一份欢乐,一种传统文化的培养液。人没有过年的记忆是不可想象的。

守岁的另一层含义便是"惜阴"。"岁月催人老","年岁不饶人",人们过年最容易发的感慨就是"又长了一岁",离着生命的终结又近了一步。原来"岁"这把大斧子还砍伐人的生命!古人守岁的名句就是:"三十六旬都浪过,偏从此夜惜年华。"以前虚度过许多大好年华,除夕夜守岁时突有所悟,并开始爱惜年华,也还为时不晚。

春节是历史的积淀,有古人的原始崇拜、天地崇拜、鬼神禁忌,也有中华民族生存智慧的凝结,是对民族历代生活习俗的一种传承。春节千余载盛行不衰,传承不止,且每个时期又都有不同的特点。这取决于当时的文化因素和社会心理特点,或形式变内核不变,或形式不变内核变。但"过大年",毫无疑问已经构成一种庞大的文化现象,它的本质是阴阳平衡,天人合一,祈福驱祸。正是缘于此,除夕夜守岁便成了一种精神寄托。让精神有寄托,亲情有归宿,信仰就不会发生危机,灵魂也不担心没有地方安放,家庭自然就有和谐、伦理有美德、社会有公德、职业有道德……

所以,春节要大放假,全民大购物、大出游……春节承载着国家与社会的关系、政府与民众的关系,以及传统文化和现代文化的关系。春节文化甚至是一种凝聚力和创造力的源泉。因此,现代人对春节文化变得敏感和重视了,这里牵涉到中国人的文化自觉,以及文化心理和价值认同。除夕晚上也不再都交给中央电视台的春节晚会,守岁的方式多种多样了,有娱乐的,有饕餮的,有交谈的,也有静守的……无论以何种形式守岁,除夕仍然是现代春节的核心,心的团圆与和美,才是春节的灵魂。

二〇〇九年格外需要这头"牛"

　　说来也巧,或曰老天周全,令世人忧心忡忡并难以规划难以预计的二〇〇九,正好是中国农历的牛年!据传,农历始自黄帝,用"天干"(甲乙丙丁戊己庚辛壬癸)配"地支"(子丑寅卯辰巳午未申酉戌亥),"干"就是树干,"支"就是树枝,历史就是一棵大树,森林就是人类的摇篮。

　　好啦,十二生肖又称十二属相,即把"地支"的十二个年份划分给十二种动物,牛排第二,前面是鼠,后边有虎。牛与十二"地支"相配,则属"丑"。"丑"的古义就是"纽":把一根根细麻搓成粗大坚韧的大绳,力量内藏,禁拉又禁拽,禁磨又禁摔!

　　想想吧,二〇〇九年的世界,需不需要像"丑"一样拧成一股绳?

　　"丑"在十二地支中还表示为"金库"。所以人们都企盼着,去年被老鼠折腾惨的股市,在牛年能变为"牛市"。再想想吧,世界性的金融风暴、经济危机,最需要的是什么?是钱。偏赶上牛年是个大"金库",这不是绝处逢生、天不绝人嘛!

　　但是,牛年再好,光靠躺在牛身上也不行。要熟悉牛性,驾驭牛性,让牛年真正"牛"起来。首先就要"拜四方"。人出生后要一年多才能站起来,慢慢学会走路。而牛犊出生后不到两个小时就能站起来,随后便能跟母牛又跑又跳。

　　这是为什么?是上帝赋予牛一种习性:小牛犊刚出生后筋骨软弱,要不停地站起、跪下,跪下再站起,摇摇晃晃,在原地转圈,向四面八方跪拜。这就叫:"跪拜四方"。牛刚一出世便有这样一番礼仪,"方方面面"还怎肯再难为它,连大自然也对它青眼有加。故而牛的生命力格外强盛。

二〇〇九年要度过金融风暴,战胜经济困难,人类也需要这种最大的善意,与世界和好,与大自然和好,"和气生财"。再不可胡折腾。金融风暴也好,经济危机也好,都是人类瞎折腾的结果。折腾别人者,最后无一例外地都折腾了自己。

自古以来人们就把牛称为"吉祥之首"。牛在十二生肖中也是个头最大的,体魄强健,力大而有耐性,既忠诚质朴,又勇猛倔犟。任劳任怨,坚忍不拔,对人类毫无保留,可谓居功至伟。所以人类常把最美好的赞颂送给它:"老黄牛"、"孺子牛"、"拓荒牛"。

——而这些品质,又都是二〇〇九年最需要的。牛劲、牛气、牛胆……瞪大了牛眼,执住二〇〇九年的牛耳,牵好经济发展的牛鼻子,让牛年真正"牛"起来!

却也不可"牛"过了头,牛什么都不能"牛×"。正是世界上最"牛×"的国家,牛出了一个让世人战栗的经济大衰退。这个年头就因为"牛×"的人太多,才让天下多事。中国自然也少不了这样的"牛×"。比如"最牛的街道办事处",山东邹城市千泉街办事处竟建起了十二层的办公大楼,引得人人侧目。不知现如今在里边过年的人还牛不牛得起来?"最牛的招聘公告",湖南郴州市政府许以五十万年薪录用一位政府副秘书长,引起网上一片责骂声,又匆忙撤回公告,赶紧缩回到牛屁股底下。还有"最牛的富豪榜",只要上了榜就离着被调查不远了……可见大凡"牛×"者,多都牛不长。

二〇〇九需要牛得有根有底,牛在实处,牛出实效,牛了国家民众,牛出一个牛势旺年。

——这才不愧是牛!

过年是一句格言

这个世界常常是喜事和丧事一块来，哪一年里都有好事，也有坏事。而坏事偏偏容易"传千里"，唯好事"不出门"。再加上现代媒体煽情，二〇〇九年似乎就是忧多喜少了：金融风暴，地球变暖，天灾人祸，事故频仍……

既然如此，年就不过了吗？

否。年必须得过，想过也得过，不想过也得过。正所谓"人不过年，年过人"。实际情况是，普天之下没有人不想过年，或不想好好过年的。即便平时过得不太好的人，也是"年年难过年年过，年年过得还不错"。

这是为什么？人嘛，总是要有点希望，有点盼头。

希望是人的本质，人是希望的动物。

而希望又是元旦送给人类最珍贵的礼物。过年就是重新希望，就是有所企盼。新年伊始展望未来，是再自然不过的。所以，新年的魅力是永恒的，"年"永远都是新的。越是"忧多喜少"，就更不能放弃希望。歌德曾唱道："希望是不幸的人的第二灵魂。"

生活在一个污染严重、环境日益恶化的世界上，似乎唯有希望才是一种健康。绝望和逃避才是一种脆弱和病态。

比如处于世界金融风暴中心的美国人，去年献给元旦的一个字是："变"！

——在乱中求变，变则通，通了才能走出危机。

清水寺住持森清范，于二〇〇九年十二月十一日，在一张两平方米的白纸上写了一个大大的"新",这是代表日本人对今年元旦的祝福。

——在困境中唯有出新、创新,才会有新的出路。日本人借元旦希望有个新的开端、新的气象。

英国人送给元旦的是个"我"字:我需要爱、我感到孤独、我觉得还好、我太胖了、我觉得自由……一切都是我。既然管不了世界,或者说世界不管我,干脆自己照顾自己吧。

对于敏感内向的韩国人,元旦给予的启示是个"闷"字:密云不雨、自欺欺人、讳疾忌医……总之就是不痛快。

再说台湾,在新年推出的字是"盼":不愧是我们的同胞,实话实说。而台湾同胞要盼望的东西也实在太多了……

那么我们大陆人呢,中国呢,最希望以一个什么字来概括今年的元旦呢?有着数亿网民的国人如今是最会遣词造句了,二○○九年造出了多少新名词呀?"雷人"、"杯具"、"黑"(打黑和五百年一遇的日全食全黑到一块了)、"门"(艳照门、假捐门)……

但是,一听说要给新年想一个合适的字,喜好一语惊人的人似乎都变得严肃谨慎起来,很少还有人想靠"无厘头"取胜。在已经选出的几个字中,我推崇一个"福"字。金融危机令世界一片叫苦连天,唯中国经济还能保持两位数增长,房价飞涨,汽车量猛增,这说明什么?说明中国"不差钱"。但天下没有十全十美的事,去年中国的灾难并不少,震惊世界的火灾、控制不住的矿难、屡抓不绝的贪官……麻烦又这么多,我们一定还缺点什么、差点什么,这是什么呢?

——福气。

这个"福"字最富传统意义。甲骨文的"福"字双手捧酒,是中国人过年时使用最多的一个字。福有多种解释,代表寿、富、康宁,修好德,考终命,福至心灵,福慧双修,五福临门……如果想不出更好的字,将"福"字贴在今年的元旦上,是再合适不过的了,中国人过年讨厌说丧气话。

根据东汉刘熙在《释名》中的说法,将"福"字跟过年联系起来,并不是现代人发明的。不要说人间，还在神界乱七八糟的时候，负责封神的姜子牙，就创造了"福"字的妙用。他在走背运时，其妻离家出走，后来姜太公手握"封神榜"，他老婆又找回来大哭大闹，却并不是要跟他破镜重圆，而是叫他给自己封神。姜太公便封她为"穷神"，但有一条件，不许她到贴有"福"字的人家去。

于是从那时起，凡过年家家必贴"福"字，防备穷神、恶鬼进门。

"福"字因此也有了新的含义：拒绝感情不专，嫌贫爱富——这不是很适合今天的现实吗？用它代表今年的元旦真是非常贴切。

如此看来，过年确是一句警世格言。它承载着国家与社会的关系、政府与民众的关系，以及传统文化与现代文化的关系。

"元旦年年过，天涯意故长。"我们祈祝以"福"字为代表的二〇一〇年元旦，契合了中国人的文化自觉和价值认同，天人合一，阴阳平衡，祈福驱祸，团圆和美。

奢侈时代的节俭

历来节约都是大事,并不像人们一般理解的就是省几个钱那么简单。节约是个严峻的话题,关系国计民生,关系经济发展,更关乎整个社会进步。但现在谈节约好像很过时,很守旧,因为近一二十年来倡导的是提前消费、借钱买房子、借钱买车、借钱买化妆品、借钱买时髦乃至买人生……中国已经进入一个奢侈的时代。

现代奢侈分三层。首先是上边的奢侈,即时代精神和时尚风气的引导。比如中央电视台的新楼,本可以花七八个亿就能建成,却要花上十一个亿。就为了要逞大、逞洋,成"全国第一",让"世界注目"。比如鸟巢,多亏专家们上书国务院,在装修上一下子就节省了几个亿,现在不是仍然很好吗?奢侈成了一种风尚,电视里的各种综艺节目,其场面都极尽豪华。电视剧里的一个个现代场景,更是弄得金碧辉煌。至于官场的腐败、官场的浪费,经常见诸报端。一个贫困县光吃饭就欠下几十万元的账,花的竟比挣的还多。有的县里亏几百万,却排场很大,大办公楼,楼前有大广场,暴露了一种极端的奢侈、极端的浪费现象。

再谈有钱阶层的奢侈。比如经济界,重庆啤酒节曾泼洒了二十吨啤酒,觉得不过瘾又加了五吨,此举在社会上引起争议。而哈尔滨啤酒节却要效法重庆,放出风准备也喷洒二十吨啤酒,随即惹起众怒,不得不停。八月十一日开幕的沈阳美食节,做了一桌满汉全席耗资二十多万,动用了八十个演员、三十个高级厨师、三十个工作人员,共一百四十个人,摆三天全部扔掉。犯罪啊!最近温州一家富商的闺女叫张颖出嫁,陪嫁的豪华婚宴、轿车、豪宅不算,居然要陪嫁一个侍女,一直要跟到婆家,伺候这个小姐。可见,现代社会炫富、攀比,暴发户们随意烧钱,已经到了什么地步!奢侈浪费实际上是一种态度,它成了中国有钱者的追求,赚钱的目的就是要吃遍别人没有吃过的,穿别人没有穿过的,享受别人没有享受过的。出国要买别人不敢买或买不起的……所以海外的报道(新加坡《联合早报》)说,目前中国人在海外的消费世界第一。我们不过是个发展中国家,人均收入在国际上只排中下等。根据我们国家发布的公告称,到二〇二〇年才能争取进入国际前十名,而且现在的贫富差距已经到了临界点,贫困的人占全部消费收入的不足百分之四点七。我们出国买奢侈品却是世界第一,占全球奢侈品消费的百分之十二,这种巨大的反差是何等的不协调。这种不协调自然就构成了社会和谐稳定的隐患。

奢侈是不是有钱人的必然标志?那么就看看世界上最有钱的比尔·盖茨,他最有资格也最有条件奢侈。他每年都要请一次客,请的都是高贵的客人,有时候是美国总统、副总统,有时是外国国家元首。中国的国家主席也当过他的座上客。按理说这可是他大肆炫耀的绝好机会。可他请这些尊贵的客人吃的菜每年都差不多:每人一个汤,一份牛排,一份沙拉,水随便喝,想喝酒自带。却没人说他穷酸,也没人说他小气,为什么呢?全世界都知道他是最有钱的人,已经向慈善基金捐了几百亿美元,一点都不小气。

与盖茨比起来,中国那些炫富的人,可以说不叫富,叫穷,穷显摆。其实不只是盖茨,《世界财经杂志》总结了国际富翁的几个共同点:第一,性格沉默,生活低调,从不参加豪华派对或者狂欢。第二,垄断一个行业。第三,热衷于慈善事业。二十世纪初的美国首富安得鲁·卡内基,钢铁大王,到晚年把全部精力都投入慈善;还有个金融大王莫根,死后把几百亿美元全部捐献;洛克菲勒说他不是有钱人,等到他死时留下一句话,死而富有是一种耻辱。第四,做事不张扬。

如今中国的奢侈族,从二十岁到五十岁,比国际上平均奢侈年龄年轻五岁。大款和有些官员的孩子在海外上大学,成了一道奢侈的景观,开豪车,住豪宅,功课怎么样那就另说。官场如此,社会风气如此,便引导整个社会潮流以奢侈为荣,豪华为荣,富贵为荣,以勤俭节约为耻。《新华每日电讯》发表了一篇报道,长春有个环卫工人,他说城里人扔到垃圾堆里的都是好东西,他身上穿的衣服、裤子、帽子,全是从垃圾里捡出来的。还有成袋的大米、白面、小包装的面包、饼干,有时还捡到能用的旧手机。没钱的被奢侈风一带领,搞得心理失衡,也大手大脚起来。有钱的大浪费,没钱的小浪费,这就是第三个奢侈的层面,老百姓的浪费。整个社会都在糟蹋东西,我们真的富到能经得住这么糟蹋了吗?

当今世界有个共识,资源的匮乏是人类发展面临的最严重的问题,节能和提高效能已经成为发达国家甚至每个人都关注的问题了。美国为什么要打伊拉克,尽人皆知其中一个重要的原因是为了石油。可美国仅阿拉斯加的石油储藏量,就足够美国用的,为什么还老盯着别人的东西呢?资源是不能再生的,用完就没有了。因此国际上形成了一个心照不宣的惯例,自己的资源不动,到外面去抢别人的,到公海上去抢,到别的国家去抢,有一天全世界的资源匮乏了,那时候谁有资源谁就主动,谁就强大。

没想到,金融风暴给全世界的人上了一堂节约课。连经济总量仍居世界之首的美国人都有了危机意识,有些过去不喜欢储蓄的人也开始存钱、省钱,平时大手大脚惯了的人纷纷抢购便宜商品,甚至减少或不再外出旅游度假。中华民族原本就视节约为一种美德,是行事做人的一种原则。一个不自爱、不奋发的民族,不可能节约。节约是一种精神、一种态度。反过来,一个自信的奋发的民族,必然是勤俭节约的。奢侈是颓废,和腐败有关,如果不谈节约,就我们这点资源、这点钱,一味地奢侈下去,不只是在经济上会损失多少,关键是我们丢了一种精神。

看一个民族是不是奋发有为的,是不是有希望、有追求的,也要看他对物质的态度。

文化是一个民族的"心"

共和国的脚步,所体现的是文化的进步、文化的力量。"后之视今,亦犹今之视昔",历史告诉我们:文化能维系一个社会的稳定和发展。

春秋时代,孔子创立了儒家学说,石破天惊地引出了后来中国文化史上最活跃、最富创造力的文化争鸣局面,并在此基础上形成了大一统的秦汉文化,因此大汉王朝一下子就统治了四百多年。再比如,唐代文化充实丰盈、生气勃勃,成了封建时代的又一个文化高峰。同时唐代也是中国社会发展史上的一个鼎盛时期。

以往的六十年,无论中国还是世界,争争斗斗的事情很多,最终又如何呢?称王称霸的已明显地力不从心;"暴发户文化"无论折腾得多么邪乎、显得多么的不可一世,结果都是昙花一现,不会久长。可见文化是有品位的,有真假、高下、优劣之分。自以为能"横扫一切"的"文化大革命",打着文化的名号其实是反文化的,奉行"交白卷"、"读书无用"……或许可以说正是这种邪恶的"文化",毁了它所谓的"革命"。

而以孔子所代表的文化却是另一种命运。历史上曾有过多次倒孔和尊孔的记录,不管你是真的"砸烂孔家店",还是高骂"打倒孔老二",都伤害不了孔子。每次"倒孔"运动过后,都会带来一场新的"孔子热"和"国学热"。

这就是文化的力量。真正的文化是任何伤害都够不到的。即使是"文化大革命",也并没有"革"掉中国的民族文化,相反,倒激荡出后来一种更有力量的文化。就像丘吉尔说的,不伴随力量的文化,到明天将成为灭绝的文化。

"拨乱反正"、"改革开放"正因为呈现出一种不可阻遏的文化态势。也唯有这种强势的济世文化,才能治愈历史造成的伤口,获得今天的成果。当人们见识了这种文化的力量,便自然而然地掀起了全社会的"文化热",处处都是"文化搭台,经济唱戏"。民间流传着这样的话:"文化是个筐,什么都往里装。"

即便如此,在市场利益的疯狂激励下,仍然靠文化唤回了理智,让社会保持着一定的清醒。历史无数次证明,人类的精神和命运有着太多的局限。幸好有文化帮助人类发现和突破这些局限。文化不仅为经济"搭台",还给当今这个娱乐时代以庄重和理性。因此可以想见,在今后的四十年或六十年,随着中国"转型期"的完成,文化不再只是管"搭台",自己也要"唱戏",甚至由政治和经济为文化搭台。

社会需不断变革才有生命力,文化要推陈出新方可保存鲜活的力量。但文化的发展必然是重建多于毁灭,不会再像以前那样毁灭多于重建。文化将成为决定国家兴衰的关键性因素。凡强大的民族,就会有自己强大的民族文化。正如阿密埃尔所高呼的:"人类文化,统治吧。唯有这才是你的时代。"

而社会文化,也不再是热热闹闹地做表面文章,搞一些贴上文化标签的形式。国家文化必须植根于民众共同的价值观,是共同遵循的目标、行为规则和思维方式的有机整合。民众是保存文化的力量,也是文化革新的力量。只有精神层面上的内容,才是国家文化的实质,是整个民族的灵魂所在。

文化是国家的心,将使民族的气质更为高贵。那么这是一种什么样的文化呢?美国学者本尼迪克特在《菊与刀》中有个著名的论断:"基督教的欧美文化是罪过的文化,日本的文化是羞耻的文化。"我想说中国文化是平和的文化。平和是一种大气、一种智慧、一种沉实。与人是"和为贵",修身齐家治国平天下;与大自然是"天人合一",参赞天地化育万物的哲学思想,用于环境改造;与神是"三教合一",儒教治世,佛教治心,道教治身。

如此,社会发达而气质平和,就构成了一种国家文化的力量。只有有国家,才有世界。一个没有强大文化的国家,世界也不属于你。

第四辑

讲　理

城市和铁

　　我每次去南方总能有新的发现,比如新楼多了,城市大了……无论"调控"也好,"紧缩银根"也好,"国营企业大面积亏损"也好,似乎并未制约南方经济的发展。至少在我这样的只看到表面的外行人眼里,南方的繁荣没有受到太大的影响。

　　我已经有一年多没有南下了,一九九七年早春,有机会两次去广东和澳门,最让我动心的是看到广州、深圳、珠海这些城市已经严严实实地用铁板和铁棍包裹起来了。

　　这些城市基本上是由高楼大厦组成的,人们进入每一栋楼房,必须先要打开通向楼道口的第一道大铁门。楼门洞有多宽多高,铁门就有多宽多大,壁垒森严,厚重安全。一天二十四小时都是紧锁着的,而且是现代非常牢靠的电子密码锁。开启的方法各式各样,有的用遥控器,有的用大钥匙,有的须站在大铁门外对着扬声器喊话,待里面的人对你验明正身,确信你对大楼不构成威胁,才会"咣当"一声打开大铁门上的小铁门,放你进去。

　　过了第一道大铁门,各家各户的门口还安装着第二道小一点的铁门,进入的程序和进入第一道大铁门差不多。北方人现在对防盗门也不陌生了,这里就不再赘述。外人无论想进去找谁,都有一种被探监的感觉。紧张兮兮,盘查严格,手续繁杂。进了屋子,就更有一种强烈的进了铁窗内的感觉,家家户户的窗户、阳台以及所有能爬进人来的地方,都用铁棍封了起来。有的是高层建筑,从下到上也全部是铁棍包装,细的如手指,粗的似小号的擀面杖。富裕的现代人生活在这钢筋水泥和四面铁棍之中,就感到安全了。

并非只有广东的城市才如此,香港、澳门以及世界其他发达国家的大城市恐怕有过之而无不及。无非是铁棍更漂亮或更严实些罢了。

铁棍——是财富的象征。有钱的人家才怕偷怕抢。

过去地主家都讲究深宅大院,高墙坚门。那个时候钢铁工业还不够发达,搞到太多的铁棍不那么容易。更搞不了高层建筑,只有在地平面上发展,在院落和墙壁上做文章。前几年北方曾有一暴富的农民企业家,为自己和村里的其他头头脑脑建起了十几栋豪华别墅,别墅区的外面修了一圈高高的围墙,大门口有警卫日夜站岗。村里有位老人大不以为然:这不整个是一座监狱吗!不想老人一语成谶,那位农民企业家不久即锒铛入狱。

是的,日益富裕起来的城市,也正在日益监狱化。因为人世间最安全的地方就是牢房——尽管那里面没有自由。我看到广东的朋友几乎每个人腰上都挂着一大串钥匙,就很容易联想到从电影上看到的监狱看守屁股后面的那一大嘟噜钥匙……

如果说进楼的第一道大铁门是防外面的强盗小偷的,那么楼内各家各户的防盗门就是防楼内小偷的了?楼内住的都是邻居,以邻为盗,各自为战。想想看,富裕起来的现代人,成天防备着除自己以外的所有人,心里怎会不紧张、不孤独?人人心里设防,人人心里有一座监狱。

但是,监狱被从外面攻破的时候不多,倒是监狱里边闹事的不少。祸起萧墙,监守自盗,家庭解体,财产分割……

可惜,几乎是无所不能的现代人却还没有发明一种能够防心的"铁棍"。防住贼心、花心、妒忌之心、狡诈之心、怨恨之心、歹毒之心等等等等。

北方城市的监狱化程度还相当缓慢。但是不用着急,南方既然已经兴起来了,北方也会有的。近十几年来,许多时髦的东西,新的潮流,都是由南方先兴起来的然后逐渐北上的。诸如打工仔打工妹、生猛海鲜、桑拿浴、炒股票等等。老百姓不是常说"北方学南方,南方学香港"嘛。

何必拒绝广告

现代商品社会有个声势赫赫、君临万物、率领潮流、无处不在、无孔不入的领导者——广告！

当代人谁敢说完全可以不接受它的领导呢？也许可以叫做引导、指南、劝告……听起来更容易接受。打开电视机，越是黄金时间节目越差劲，广告越来劲、越多。花几角钱买一份报纸，整版整版的广告。如果你想拒绝广告，便等于拒绝一切文化艺术和新闻传播媒介，拒绝现代社会。只能与世隔绝，或躲进一个洞穴去做野人——然而要找一个能藏身的洞穴又谈何容易！法国一著名洞穴家独自在洞穴里生活了一百一十天，创造了世界纪录，精神却崩溃了，声称"畏惧死亡，但更畏惧人生"，于是自杀了。

既然躲不开，你还可以采取麻木政策，任它"广而告之"，你却视而不见、听而不闻，或者干脆不听不看。然而你的孩子却自然自觉、心悦诚服地信任广告，接受广告的领导，广告上说什么好就买什么。名牌离不开广告，孩子们通过广告认识名牌、买名牌。真正的广告就是要影响几代人，让孩子从小就记住某个公司或某项产品。广告通过孩子领导大人，实行世世代代的征服。

七十年代末，我第一次出国，见到那铺天盖地的广告先是惊愕，继而是不可忍受。电视里播放优秀电影，两个小时的片子要看近四个小时，每隔十几分钟就被广告打断。想砸烂电视机，又赔不起；想关掉电视机，又挡不住电影的诱惑。只好烦躁、愤怒，自己折磨自己。而外国人则心平气和，欣然接受广告的侵入。

很快中国也有了广告,而且水平还处于"初级阶段"。尽管也有一些精彩的广告,但相当多的广告是模仿别人、毫无新意或粗制滥造、忸怩作态、俗不可耐、胡吹乱谝、东拉西扯、话语不通。广告界有打不完的官司。谁要想生广告的气,就得准备被气死。但你可以选择另一种态度:欣赏广告。

一个当代人如果没有宽容,就难以忍受现代社会生活。一旦你能平心静气地像个高智商的观众那样,对广告采取欣赏的评论的态度,就会发现许多优秀的广告比电视节目还要精彩。因为广告是更剧烈的竞争,制作者需下大力气,花大价钱,在最短的时间里表达最多的内容。请看好莱坞四部电影的广告,每部电影的广告解说词只有一句话:"她一生中有四个男人,一个爱她,一个娶她,一个照顾她,一个杀了她!""如果你开场晚到五分钟,你将失去一次自杀,两次执刑,一次诱奸和情节的关键!""拍这部影片需要胆量,你有胆量看吗?""大多数男人想要但是不该要的那种女人。"

你如果不拒绝广告,还会从中获得社会信息,了解时尚,观察时代潮流。

但我并非主张有广告就看,不看不行。"不拒绝广告"只是一种心理上的宏观把握——这是一个智者在商品社会唯一能选择的态度。具体到对自己不感兴趣或格外低劣的广告完全可以不屑一顾,或顾而笑之,顾而评之。如你的批评也如精彩的广告一样能一语中的,也是一种收获,是智者的收获。

难忘月饼大战

早上五点多钟,我骑车去游泳池,路过一个楼群,看见清洁工人从垃圾箱里捡出两盒月饼,心头不免一震。立刻想起去年在深圳,一位局级干部亲口对我说,中秋节人们相互送月饼真是一场灾难,他收的月饼太多,吃又吃不了,送又送不出去,只好趁夜深人静的时候,把一盒盒原封未动的月饼送到垃圾箱里。呜呼,真是罪孽!

这位朋友极为老实,又是分管一块被人称做是"清水衙门"的意识形态方面的工作。可想而知,那些热门人物的家里又会积存多少月饼! 人们遵循一种陈腐加现代的套子和习惯,不送不行,况且中秋节送礼不用费脑筋就想到了月饼。于是便出现了送出去的月饼旅行一圈又回来了,或者垃圾车大量回收月饼的怪状。

人们似乎已习惯了见怪不怪了——这才是最可怕的。如今月饼大战愈加如火如荼:"中秋酬宾掀巨浪,买月饼中奖可得价值十五万元的一厅两房的商品房一套",其他奖品还有"足金项链"、"金戒指"、"千元现金"、"奉送酒席"、"免费旅游"、"买五盒送一盒"等等无穷花样。广州国强食品厂"为了迎合人们的送礼需要",推出"鲍鱼瑶柱上贡月饼",售价六百八十八元,另送一瓶价值一百八十元的马爹利洋酒。另一厂家也推出一百三十八元一盒的"鲍鱼燕窝孖宝月饼",内搭一条价值三十元的红双喜牌香烟。礼中藏礼,据称"反应热烈"。

月饼不再是为了吃,只是为了送礼。

中国人的饮食结构确实已经发生变化,尤其是孩子们,在各种各样的美食中长大。有多少人还把月饼视为美食呢? 每逢中秋不过象征性地吃一点罢了。厂家又大量生产,人们又拼命地你送我,我送他,怎么可能会不积压不乱丢呢?

据说一小偷光顾某食品店,守夜人抓起一块卖不出去的蛋糕顺手砍去,蛋糕坚如石块,打得小偷满脸开花,抱头鼠窜。守夜人哈哈大笑:"小子,这回便宜你了,下次再来我可要用月饼对付你了!"

中国是世界上节日最多的国家,接着就是圣诞节、新年、春节、元宵节,瓷都有瓷器节,鬼城有鬼节,风筝有风筝节,冰城有冰灯节,还有山货节、葡萄节、月季节、石榴节、西瓜节等。五十六个民族各有自己的传统和节日,各地区都有自己的历史和值得纪念的日子。有节日就有庆祝,有庆祝就离不开大吃大喝和送礼。类似月饼大战之类的游戏肯定还会继续下去,甚至是逐步升级。寻常百姓人家就得考虑一下,是参战呢,还是观战?也许还可以让他们留着月饼去打小偷。

名牌效应

在许多人毫无准备的情况下,世界进入了名牌时代。

首先是在富翁阶层展开了名牌的追逐、名牌的对抗。一顿饭要讲究吃个万元肚,上万元一套的西装,几千元一双的皮鞋,从里到外,从头到脚都包裹在名牌里。吃喝拉撒抽住行全要讲究名牌。

在社交场合,尤其在生意场上,是"土",是"洋",能不能潇洒得起来,就看你是否拥有名牌。

最高的境界当然是自己手里有名牌,自己的企业是名牌,自己的产品是名牌。

其次是自己装备了一身名牌,象征着身价和资本,先把别人镇唬一家伙。

最低也要认识名牌,能够谈名牌,从对方的行头、汽车、笔、打火机、烟等,知道人家的实力、性格、爱好之类。

普通百姓目前恐怕连认识名牌的程度也达不到。但,只要家里有年轻人,就会感到名牌的诱惑和压迫。买不起高档名牌也要弄一件低档名牌;买不起真名牌,也要弄一件不真不假、半真半假、名真实假的玩意儿。

名牌是现代人成功的标志。

它象征着一个人的地位、财富(也可以叫经济效益)。

名牌代表着一种时尚,甚至成了一个人的信心、能力、人格的有形表现。

"精品屋"已经不过瘾了,现在时兴"极品商店"。一双皮鞋三千元,一个打火机四千元,一副眼镜七千元,一条裤子两万四千元,一条皮带一万五千元,一枚戒指三十八万元……

当你到这些"极品商店"转一圈儿之后,自然会生出许多感慨,想不到中国会有那么多有大钱的人,买得起"极品"的大有人在。同时还会发现,绝大部分名牌产品是外国货——也就是说,"名牌效应"成全了国外的厂家。

商品经济从某种意义上也可以叫做"名牌经济"。

某地国营羊毛衫厂倒闭了,引来一位外商,用原设备,原班人马,甚至还保留了一部分原来的产品式样,只是换上了人家的牌子,企业就起死回生了。

因为人家的牌子是名牌。

中国的企业界是否像中国的消费者这样有了如此强烈的名牌意识呢?

也许有人说,相当多的企业生存问题还来不及考虑,哪有精力创名牌。

没有自己的名牌,就得老考虑生存问题,不能永远在饥饿线上挣扎。可是狗熊掰棒子,打一枪换一个地方,上升到理论叫"船小好掉头"——老掉头还能够前进吗?

现代企业一起步就应该有名牌意识。创出名牌就是最好的生存。有名牌意识的企业,从一诞生起点就高,也就更有前途——会成为名牌企业。海王公司、巨人公司,不过是近两三年创建起来的企业,已小有名气,产品相当有前途。利勃海尔、双星运动鞋、太阳神、三九胃泰等等,也不过是近十年才创出的牌子,在国内已经算大有名气了。

创造名牌需要时间。

中国有许多很老的企业,可惜以前注重计划多,注重牌子不够。因此老而无名,老有危机。可口可乐多少年了?奔驰汽车多少年了?它们围绕着名牌调整自己的企业,保住了名牌就不愁保不住企业,甚至越老牌子越香。

这与我们的一些老企业正相反。没有名牌的老,意味着落后、陈旧,随时都可能被淘汰。

所谓"皇帝的女儿不愁嫁","皇帝的女儿"就是块金字招牌。要保住"皇帝女儿"的牌子才能"不愁嫁"。

把经济搞上去是"千秋大业"。"大业"如何"千秋"?

也需要创出名牌,保住名牌。没有名牌,难成大业,保不住名牌无法"千秋"。

我们有许多深刻的教训,至今尚未认真记取。比如好不容易创出一个牌子,刚有点名气,就粗制滥造、弄虚作假、你争我夺,又用自己的手把它砸掉。

名牌不只是代表经济效益以及经济和科学技术的水平,世界名牌是一种文化,可以代表一个国家、一个民族的形象。

如果我们的社会时尚,不只是以消费名牌产品为荣,更多的是鼓励以创造名牌为荣,小名牌变大名牌,国内名牌变世界名牌,那才算是健全的名牌意识。

名牌效应不应只促进消费,还应促进生产。

遍地基金会

对促进台湾和大陆进行交流,一个功不可没的组织是一个基金会——"财团法人海峡交流基金会",简称"海基会"。其董事长是辜振甫。著名的"汪辜会谈",成了到目前为止海峡两岸最高规格的接触。

台湾各式各样的基金会很多,似乎每一次聚会都能发现几个基金会。有时你不主动去发现,基金会还会撞上你。

在高雄飞香港的班机上,我旁边坐着一位台湾太太,她很自信地断定我是跟书有缘的人,于是主动搭话,谈读书。原来她是"周太太读书基金会"的成员,这个基金会只有七个会员,全是太太。不再扩大,人多了不便活动,不便讲话。每两周聚会一次,每次两个多小时,只谈读书体会,不得谈家长里短、婆婆妈妈。这次聚会要推荐出一本新书,供下一次聚会时讨论,中途有人不喜欢,还可以再推荐新书。这个组织是由一位姓周的太太倡议建立的,并拿出了一点自己的积蓄给大家买书。其实这个读书会花不了多少钱,聚会地点各家轮流,谁做东负责提供茶水就行。

据这位读书基金会的太太讲,在台湾这种自发的小组织很多,特别是一些年轻人受过良好教育又不坐班的太太们,更喜欢参加这样的读书活动。我问她读不读大陆的书,她说简化字读起来太困难了……

这大概是最小的基金会了,且属于自助自娱的性质。更多的基金会是助人、助事,或纪念某个人、某件事。

台北一富翁,领导着四个性质不同的基金会。其中一个是每月向一个文艺组织资助二十多万元新台币做活动经费,包括给这个组织的领导人、一位颇有名气的作家发六万元的津贴。

一个作家每月需要从一个富人那里领取工资,这说明商品社会有情,还是无情?这种情况极其少见。在商品世界,所有的人都得靠自己,假如你靠写作不能维持生计,就得另谋其他职业。没有一个组织可以依靠,可以终生端"铁饭碗"。但每个人活得错不错?至少不比有"铁饭碗"的人在经济上差。商品经济培养人的生存能力,长本事。道是无情也有情。

台湾文艺团体很多,有些文艺家协会、作家协会,从会长到会员都另有职业,他们的关系既松散又紧密。松散的是平时分布在各行各业,互不搭界,各干各的,没有经济、人事、政治上的攀比、竞争和种种矛盾。如果大家要聚在一起,那只为了一个原因:有文学活动。因此,文学的关系,文学的情意,反而更紧密。你如果觉得这种紧密妨碍了你,可以疏远一些,可以不参加一些活动,没人怪你。毫无疑问,五花八门的基金会表达了商品经济有情的一面。其根据是所有的基金会都是为了做好事、做善事而成立的,到目前为止,世界上还没有发现一个鼓励作恶学坏的基金会。

既然产生了这么多基金会来做好事,那就说明这个世界很不完美。无以计数的基金会对贫富悬殊的商品社会起到了平衡和保护的作用,它使一些富人变成了善良的好人,甚至是英雄,载入史册。无论他们有多富,是怎样富起来的,今后还会有多富,都被社会承认是道德的事情。一些急需钱的事和人,又很幸运地获得了社会的广泛同情,就有可能通过基金会得到所需要的钱。让现代人在紧张激烈、冷酷无情的商业竞争中,感受到一点温情、一份真诚。得到帮助的是极个别的事和人,知道有基金会存在的是整个社会,缓解了许多冲突,给商品世界增加了些许情感亮色。

市场经济唯市场的马首是瞻,是"唯利是图"的。基金会则是从文化和道德的角度对此加以调节。

没有人能告诉我,世界或台湾总共有多少基金会?基金会有多少品种?只能就我所知道的分一下类,发现文教方面的基金会最多。这既说明天下的文教行业都比较穷,最需要帮助,又说明经济时代对文化的重视。金钱向文化倾斜,借助文化提高经济的品格,塑造良好的形象,对发展经济大有裨益。办基金会并不完全是赔本的事。根据基金会的多少,其品位和办事的效率如何,大体可以看出一个国家或一个地区的经济文化水平。

市场经济又可以称为"富人经济",基金会正是"富人经济"的产物,没有富人的赞助,没有钱,是办不成基金会的。但不是所有的富人都愿意办基金会,也不是所有的基金会都名副其实,有些基金会只挂牌子不干事,或干事很少。基金会更不都是赔钱的,有的把基金拿去投资、经营,经济效益十分可观。

现代种种基金会绝不简单地等同于古代舍粥的大锅。它是一种经济现象,更是一种文化现象。通过形形色色的基金会,可以观察当代社会诸多的社会情态和人的心态。

节日何其多

朋友向我提出一个听来似乎很简单的问题,我却没有答上来——中国一年有多少个节日?

春节、元宵节、龙抬头节、清明节、端午节、中秋节、重阳节等等,引进的圣诞节、情人节,再加上一些少数民族的节日,我想最多也不过六七十个,每月平均有四五个节日足够了。

朋友大摇其头:你这是老皇历了!

光是带花带叶、能吃能喝的节日就数不过来:福建山茶花节、上海桃花节、天津月季花节、辽宁闾山赏花节、大连赏槐花节、山东莱阳梨花节、洛阳牡丹花会、河北荷花节。茶叶节有两个,云南一个,江苏一个,还不包括杭州的茶文化节。还有荔枝节、石榴节、葡萄节、金丝小枣节、辣椒节、鸭梨节、苹果节、山货节、山楂节、宜昌柑橘节、邵阳蜜橘节、美食节、诗酒节、啤酒节、杜康节、绍兴黄酒节、豆腐文化节、武汉欢乐购物节、海鲜节……

全国共有三百七十五个节日,平均一天过一个节还有富余。而且这不是最后的标准答案,截止到提出这个问题的那一天是三百七十五个,新的节日还在不断增加。哈尔滨已经搞了冰灯节,长春也搞了冰雪节,其他寒冷地区为什么不可以搞冰川节或冰冻节?山西搞了国际铜锣节,其他地方为什么不能搞铜锣节?宁夏搞了国际黄河节,为什么不能有长江节、珠江节、运河节、黑河节?湖南有烟花节,别的地方也可以搞鞭炮节或二踢脚节……

过节好,过节容易。遍地是节,随时都可过节。而且大多数节日都冠以"国际"的——这是一种时尚,没有外国人参加似乎就规格不够高,规模不够大。有外国人参加似乎就能赚美元,就是一种"大文化"。因为大部分节日是"政府搭台,经济唱戏",推销自己的土特产品,扩大本地区的影响,赚上一笔钱。

这想法本无可厚非。想不到中国的习性是一哄而上,一窝蜂,什么事都搞成运动。不搞政治运动就搞经济运动:炒房地产运动,下海运动,搞节日也成了一种运动。社会摊派,企业赞助,大张旗鼓,兴师动众,剪彩、开幕、庆典,大手大脚,大宴宾客,要吃好,住好,玩好——畅游名胜古迹,收获好——接受各种礼品。展销,交易,报纸、电台大肆宣传成交了价值多少万元或多少亿元的合同书。从上到下谁都知道这些所谓的合同是靠不住的,兑现率极低。但谁也不捅破。何必煞风景?一旦形成了运动,是一两个人的力量所能阻止得了的吗?

这就是中国的经济所选择的文化,或者叫文化所影响的经济。为了增加文化色彩,每个节日都要有文艺演出,滥竽充数,粗制滥造。更少不了那千篇一律的舞龙耍狮,搞得极其喜欢龙和狮的中国人,一见到那布龙布狮就不胜其烦,难以忍受。而主办者却以为只要有文艺节目,再拉扯上一点传统的东西、民俗的东西,就算有了文化,就能吸引人,就可以提高节日的文化品位。

于是,想搞个"赚钱节",却弄成了"赔钱节"。劳民伤财。而且骑虎难下,搞了第一届,就得搞第二届、第三届,不得不打肿脸充胖子,一年一年地搞下去。

惹得群众抱怨,且洋相百出。有些所谓国际什么什么节,只能拐好几道弯请来一两个外国亲戚,或拉来两三个外国记者充数。搞得某些外国客商叫苦不迭,他们想和中国人做生意,也在中国发展了一些关系,交了一些朋友,不来捧场吧,怕得罪这些中国朋友;来吧,这个节,那个会,一个接一个,外国客商才有多少,哪经得住十几亿中国人一齐拉,实在赔不起时间。有些外国人甚至学会了帮助中国人骗中国人,上镜头,出风头,住好楼,喝好酒,收好礼,最后叫签合同就签,反正事后也不兑现。有些赏花节,日子是固定的,到时候把客人们都请到了,不是花未开,就是花早谢了。大自然千变万化,高深莫测,让各种赏花节的主办者一次次重复武则天的悲剧。

过节总是热闹而又快乐的。但节日太多了也受不了。行笔至此突然想起很小的时候听老人讲的一个故事:有个皇帝打下江山后过第一个春节,甚觉有趣,便下令全国天天过年。他命中注定该坐十八年皇上,结果只坐了十八天便寿终正寝了。

中国当下这三百七十五个节日,大多是出于经济目的。但它到底能给经济帮多少忙呢?说不定还会帮倒忙。当经济感觉受到威胁时,自然会施"魔法"干预,让那些真有价值的节日保存下来,让那些挖自己墙脚、怨声载道的节日逐渐消亡,或者变成集市和庙会。

何必天天过节?谁又经得起天天过节呢?

北 与 南

　　去年有个时期抓廉洁清正很严厉，禁止公款请客，中高级饭店生意萧条。如果有人饭后结账的时候要发票，检查人员就会按图索骥追到食客的单位进行审查。有位外国朋友在一家四星级饭店请我吃饭，能容纳七八百人同时就餐的偌大餐厅，只有我们两个顾客。乐队无精打采地演奏着中国名曲《高山流水》，十几位无事可干的小姐，从四面八方盯着我们，像猎人围住了一个猎物。我感到脊背发冷，心里没底，如同这大厅一样空落落。朋友也显得很不自在。我有点为他难过，今天这乐队这小姐这水这电这大厅的全部开销，非得都算到我们这顿饭上不可，不把他的皮扒下来才怪呢！

　　前不久，我应珠海西区区长之邀南下广东。一踏上广东的土地几乎很快就能感觉出与北方的重大差异，这差异不是指风俗习惯的不同，是精神状态，生活氛围，经济条件。一种明显的宽松、优越和自足。仍旧说吃，广州越是中高级饭店光顾的人越多，号称五星级的花园酒店顶层的旋转餐厅，去晚了居然占不到位子。特别是早晨晚上，各高级饭店里几乎座无虚席，烟雾腾腾起，杯酒乐融融，一片有钱有闲、无忧无虑、安定团结的景象。

　　广东"四小龙"之一的某县县长说：

　　"陪客人吃饭是很苦的，当然请你吃饭除外，所以我自己出马。业务往来太多，请人吃饭的事几乎天天都有，不能跟家人团聚，在饭桌上耗的时间很长，精神紧张，要谈生意，谈项目，无生意可谈还要谈出感情，很累，责任太大。所以我们县里的几个领导干部排出值班表，谁也不能逃脱,轮上谁谁就陪客,不管来多少客人,也是一个人陪。"

我提出廉政的问题,他说:

"你们天津才是社会主义。干部们下了班就回家,轻松愉快地跟家人一块儿吃饭,真让我们羡慕死了。如果我们也过那种日子,群众就会造我们的反。他们喜欢自己的头头经常进出大饭店,脸上喝得冒红光,说明生意谈成了,钱赚到手了。这算不算腐败的特殊化呢?个体户盖起了私人的七层大楼,也是在党的领导下,在中国这块土地上。共产党的干部再特殊也特殊不过他领导下的老百姓。"

不必急于挑剔这番话里的毛病,它代表了一种观念,一种与北方大相径庭的观念。当然,这种观念也是特有政策的产物。

全国评选出十个文明城市,广东省占了三个。论城市的繁华、富足、先进、漂亮、开放,广东自然有无可争议的优势。

再看看榜上无名、人口也不算很多但对国家经济建设功不可没的本溪市,朴实得像一块旧矿石,全市无一座在南方城市随处可见的现代化高层建筑,城市的基调是五十年代盖起来的四五层高的砖楼。天性深厚,以坚实稳定的精神素质沉默于活跃的时代,并不萎缩自己或浮饰自己以适应时尚。通向著名的本溪铁矿的柏油大道,有永远扫不净的黄土,下雨是黄泥。马路两旁是低矮破旧得如同抗震棚一般的平房,房顶和门窗上常年挂着厚厚的尘土。在美国卫星拍摄的照片上,本溪市从地球上消失了,只留下一团神秘的烟雾。有人曾大为恐慌了一阵子,以为本溪成了核恐怖之源。其实是城市上空大气污染严重,浓浓的烟尘像布一样严严实实地罩住了本溪城。地面上生命和工业须臾不可缺的水也极为缺乏……就是生存在这种环境中的本溪人,每年上缴给国家的钱,竟同巨大的跟他们不成比例的广东省相差无几,前几年甚至还略多。然而北方人的生活跟南方人相比是贫穷落后的。北方地区创造的价值大头交国家,小头留给自己。南方地区则相反,有些经济特区甚至向国家分文不缴。这是国家的政策有意向南方倾斜,在政治、经济、历史、文化上自有其深远的意义。任何一个国家都有自己的整体设想,各地区完全端平是不可能的。

　　于是南方创造时尚,时尚也创造了南方。幸运使南方有了优越感。来钱容易,领导消费新潮,看香港电视,海外关系多出国的多,将来海外关系更多,等等。北方则挑着沉重的担子,以致北方愈沉重,南方愈优越。

　　难怪人们称"南北"顺口,叫"北南"拗口。举凡庙宇都是坐北朝南。古今中外都有南北问题,小而穷的越南分过南北,大而富的美国爆发过南北战争,朝鲜至今还南北分治。中国曾出现过南北朝,历史上几次成功的大统一(如秦、汉、隋、宋、元、清的统一中国)都是从北往南打,包括解放战争。而靠北伐成功地统一中国的人还没有。

　　无论历史多么善于重演,也难以让我相信当今中国会出现"南北朝"。但南北差异是客观存在的。我担心的是一味鞭打快牛,"又要牛儿好,又要牛儿拉大套,又要牛儿少吃草",会造成人心失衡。最可怕的是用进步的形式实现的倒退。

再谈"北与南"

人有方位感和地域感,于是才有了南北之说。中国人的南北意识又强烈起来,是近几年的事情。在"出国热"之前先有"南下热",大批北方人怀着各式各样的梦想拥向广东、海南、福建。应该说有不少的人梦想变为现实,在南方落叶生根,自己感到幸运和满足,也惹得别人艳羡。也有更多的人没有撞上大运,以至于广州火车站常常拥动着百万南下寻找工作的大军。北方人到南方出差被认为是美差,到南方开会是令人羡慕的好事,奖励先进人物或慰劳离退休人员的一种很时髦很受欢迎的方式,就是组织他们到广州、深圳转一圈儿,没有到过南方的想去一次,去过一次的还想去第二次、第三次。

为什么北人要南征,而南人很少北上?

人往高处走。非常吸引人的地方一定有非常的魅力。南方充满着新奇和机会,富有刺激性和挑战性。到南方可以开始一种新的人生,可以过另一种生活,可以挑选工作也可以接受工作的挑选。可以发财或至少比北方挣钱多,可以充分施展自己的才能,倘若还混不出个样子就只能怪自己。什么都不可以还可以再回到北方,自己也不丢失什么。去南方仅次于出国,却比出国安全、牢靠、方便。

先有南北的差异,然后才有南方热。

南方毗邻港澳,华侨之乡,吸引侨资外资容易,占天时地利自然成了中国的特区。特区享受特殊的政策,商品经济和外向型经济如出闸之水,迅猛发展。南方富了。商品社会的优势在于商品,社会的吸引力也取决于商品。

愈富愈沾光,愈沾光愈富。

据《2000年大趋势》的作者约翰·奈斯比特公布的材料,早在一九八七年广东就出口五十五亿多美元,占全国出口的首位。广东人均月收入一百美元,和号称亚洲第五条小龙的泰国及正在申请加入欧洲共同体的土耳其相差不多。

有人说,尽管南方很富,每年从利税里却只拿了很小的一部分上缴国家,有的省甚至分文不缴。相当多的南方人还理直气壮:"国家给我们投入少,比如蛇口、珠海等特区的开发,国家没有花钱,凭什么要求我们非给国家上缴不可?"

有些北方人不服气:"国家给了你们优惠政策,政策就是钱,甚至给政策比给钱还管用。"有人说,北方穷,生活水准低,并不是说北方创造的价值少,恰恰相反,国库主要是靠这些地方的利税支持着。北方的利税大部分缴国家,地区留小头。

国家这样分派肯定有它的原因、它的道理。本文不想也没有能力讨论国家这种大经济政策的得失,只想提出一种现象:南富北贫,且差异会愈来愈大,必然会影响人们的心态,出现南北不同的社会心理结构。

于是南北关系成了一个问题。有谁注意到南与北或北与南也应该搞点公共关系呢?

南方的企业家不论大小一般都财大气粗,充满自信,深谙和气生财之道。北方的企业家即便是受过良好的教育,有丰富的经验,管理着大型企业,也谨小慎微,嘀嘀咕咕,难见性格,以循规蹈矩先求平稳再图进取。

南方重视企业经营自主权,政府协助多,干预少。北方则仍然对企业行政干预多,企业的自主权很多并未落到实处。因此北方人容易自我封闭,缺少社会化大生产的眼界。

南方信息灵、观念新,不怕来自南方和东方的台风,却害怕西伯利亚的寒流。担心北方的传统体制和传统思想南侵。有相当数量的北方人,对南方人羡慕、眼红,甚至眼气,感到不公平,不服气。

南方正在成为中国经济的源头活水,更新着经济新潮流。南方想拖着北方前进,拖得动吗?

政治中心却在北方,在意识形态上北方领导南方。

几年前,一句"效率就是生命,时间就是金钱"的口号,从深圳蛇口喊出,很快席卷了中国大陆。这是南方特区对国家的贡献。

南北关系,是个大题目,刚开头,也不可能南北生搬硬套。北方有些地区提出学南方,把政策用到头,企业可凭"白条"下账。业务人员可拿"回扣"。据说这样干就能"搞活"。许多有经验的企业家毫不为其所动,南方也不是单靠"白条"和"回扣"富起来的,发达国家并不搞这一套。

有差别才有比较,有比较就有动力。有一处搞活了就说明不是一盘死棋,全盘都有可能搞活。所以,做一做"南北关系"这篇文章,实在是大好事。

广告对城市的塑造

我问一个第一次来天津的人逗留两天之后对天津的印象如何？他礼貌而严肃地恭维说："天津真是一座酒城！"我大惑不解，公认的八大名酒中没有一种是天津生产的，天津人也不以嗜酒而闻名于世，他何来这种印象？

他解释说，进入天津市第一眼看到的是马路的上空和一座建筑物上横扯着一条条长长的白布，上印红色大字："感谢天津人民对古井贡酒的厚爱！古井贡酒向天津人民致意！"著名的大光明桥的桥头，矗立着两个巨大的酒瓶，令人想起南京长江大桥桥头高高竖起的三面红旗。三面红旗是那个年代的象征，大光明桥桥头的两个巨大酒瓶是不是天津城的象征呢？经济技术协作大厦，是各省驻津办事处的所在地，是一座很别致的大楼，如同一个巨人张开臂膀欢迎来自四面八方的朋友。如今张开的臂膀搂住了"西凤酒"，双肩上分别扛着"国酒茅台，玉液之冠"，好客变成了好酒。大街上的电线杆子中央挂着"孔府家酒"和"孔府宴酒"的白色旗帜，活像酒馆的幌子，整个天津城就像一个大酒馆，引得人一阵阵酒兴难挨——这就是广告对城市进行包装的结果。本来中国要评选"酒城"，绝对没有天津的份儿，但广告误导了陌生人。正如有的地方，电线杆子上贴满了卖壮阳药和治性病的广告，那个地方却未必就是"黄泛区"。

广告已无处不在，无孔不入，构成了一种铺天盖地的社会存在，且还以排山倒海之势发展着。人们陷入了广告的包围之中，有人在广告的汪洋大海里如鱼得水，借此紧密了自己和物的关系。有人无奈，对广告习以为常，熟视无睹。有人大度，喜欢从文化的角度欣赏或评判广告,很少根据广告去投入自己的感情和财力。有人厌恶,能不听就不听,能不看就不看,实在躲不过也不信。虚假广告、垃圾广告太多,不仅对人们的视觉和听觉构成了污染,而且污染了人们的心灵,污染了城市的景观,扭曲了城市的风格。

不管人们对广告持什么态度,喜欢也罢,厌恶也罢,容忍也罢,拒绝也罢,广告只会越来越多,而不会越来越少。商品世界就是广告世界,商品大战就是广告大战。不管你承认不承认,接受不接受,广告已经成为一种社会文化,不断为现代社会创造新语言。如:减肥茶的广告——健康长瘦;驱蚊香的广告——默默无蚊;服装店的广告——衣帽取人;生发灵的广告——聪明不必绝顶;臭豆腐的广告——臭名远扬;衣领净的广告——再现领袖风采……

也应该承认一个事实,眼下好广告太少,垃圾广告太多,而且强加于人。广告给社会以巨大的影响,社会对广告却没有发言权。中国也有广告协会,应该组织消费者对广告进行评比,每年评出最好的广告,也评出最差的广告。让广告商懂得,不仅要对自己的经济利益负责,还要对社会对群众负责。否则,广告作为商业大战的硝烟,就会任意弥漫,一个城市、一个地区,乃至一个国家、一个民族就会逐渐失去自己原有的面貌。

最近从报纸上看到一个材料,美国每年的广告费用占国民生产总值的百分之二点四,日本占百分之一,中国只占千分之一。我恰巧去过美、日这两个世界广告大国,它们的电视、报纸、杂志、商店橱窗里的广告很厉害,但城市的公共空间却比较干净,每个城市都保留着自己的历史风貌和现代风格。中国的广告业刚刚起步,城市的大街小巷却搞得花花绿绿挺热闹,胜过"文化大革命"期间的"红海洋"。难道广告商不懂得物极必反的道理吗?照此发展下去,倘若有一天中国的广告费用达到美国和日本的水平,每个城市都成了广告牌,城市人将找不到一块清洁的公共空间了。

城市的公共空间不该随意而廉价地卖给广告商。

我想全国人民都赞成、都欣赏天安门城楼和天安门广场上没有广告。为什么呢?

闲话移民岛

今年五月初我第二次登上了海南岛，见到了几位从天津、北京来海南落户的朋友，他们的变化惹出了我的这篇闲话。

他们在令北京人羡慕的大城市里生活了十几年几十年，仍没有归宿感。来到海南才三五年，却觉得这里可以安身立命。可以在此安身立命，却没有主人的自得和客人的自谦，大家既非主人又非客人，都是移民。他们无疑是喜欢海南的，却不炫耀这份情感，相反地倒能很清醒地认识海南的局限性，用轻松的口吻谈论海南的趣事更多些——我想这正是他们及海南的优势。我就不能用相同的口吻谈论天津，也谈不出那么多趣事逸闻。更不知天津的优势在哪里劣势是什么。非是我不关心天津，而是满头雾水，摸不着门窗在哪里。

我想起美国人对美国的种种调侃和幽默，有人甚至用国旗做裤衩。但美国人对自己国家的热爱不亚于世界上的任何一个民族，他们充分利用了自己是移民国家的优势。容纳了大量移民，也将成为海南巨大的优势。海南的人文环境有极大的包容性，任何一个地方的人来到这里都不会受到排斥，从语言到生活习惯都没有障碍，很快就融入海南的大文化之中。

所以海南能吸引人、留住人，明显地已经出现了一个高智商阶层。这个阶层的特点是大都受过良好的教育，富于冒险精神和敬业品格，是自觉自愿选择了海南并坚持下来经受住了海南的选择，经历过重新创造自己的快乐和痛苦，相当成熟，不是空谈家，大部分人手里都掌握着经济实体。和拥有的人口量相比，海南岛很大，空间大，是个商品经济的大海,高智商阶层在这里如鱼得水,人际关系宽松,相对来说内耗较少。能干就干,不能干了可以离开,不必挤在一起斗得你死我活。

海南没有雄厚的工业基础,经济却搞得很热闹,富有的人很多。有人说这是"泡沫经济"。有泡沫总比死水一潭要好。世界也曾指责日本是"泡沫经济"。至少海南人对未来充满信心,移民到第二代、第三代,优势会更加明显。新疆有个农垦城市石河子,五十年代初接纳了一大批来自五湖四海的支边青年,扎根建城,生儿育女。他们的第二代身材高大,漂亮,智商高,全国中学生智力竞赛石河子队经常夺冠,各地的剧团都喜欢到石河子选演员……

当今世界喜欢成全移民岛;香港、新加坡、澳洲……希望紧跟着还有海南岛。

广称王 急称霸

中国现在有多少王？

矿泉水大王、喝尿大王（并非笔者胡编，此称号更无贬义，请看《羊城晚报》1994年5月27日第7版）、马桶大王、馄饨王、瓜子王、服装王、领带王、衬衣王、鞋王（目前至少有两个），还有贬义的"水霸"、"电霸"、"路霸"、"房霸"等等。

——这里指人。

再看产品的名称：画王、丽音王、视霸、凉霸、彩霸、天霸、神药、魔水、火箭炮……很容易让人想起日本相扑运动员的名字——鬼雷炮、力之霸、富士王。

企业的名称就更加惊天动地：巨亨美食城、贵族俱乐部、贵妃服装店、皇后美发厅、皇都饭店、帝王酒家、王中王歌舞厅、富豪酒店、大富豪酒楼、富豪王娱乐城……一个比一个大，其实不知谁更大，也许都不大。有人嫌当土皇上不过瘾，给自己的企业戴上一顶带洋味的皇冠：圣彼得饭店、恺撒大酒店、玛利亚美容中心……渴望成为贵族，为成洋贵族，更暴露了一副穷酸土相，一种小家子气。正活画出当前一批商界人物的情态和水准。

称王称霸也许是一切生灵的一种习性、一种生存规则，连公园里的一群猴子也要产生一个猴王。这猴王是经过撕咬和对其他公猴的征服才产生的，因此最强壮，和母猴交配能产生优良的后代，使猴群不退化或减缓退化。这其实是生存的需要，有利于动物界的优生优育。

动物尚且如此，何况人类！

当今世界仍有女王、天皇、国家元首。可见称王称霸本身无可厚非。

中国选择市场经济没有几年,商战如春秋战国,群雄争锋。有的占山为王;有的想制造广告效应自立为王;有的被哥们儿弟兄拥戴为王;有的则是传播媒体为追求轰动效应胡乱封王。总之商场如战场,在战场上兵不厌诈,有点势力的可以称王,并无多少势力或只在本乡本镇本县本地区闹出了一点名堂的也可称王。似乎只要敢于称王称霸,就表明自己势力浩大,在竞争激烈的商品社会已站稳脚跟,人、产品和单位都属信得过、靠得住的了。

事情果真如此吗?前面列出了那么多王,有多少老百姓能知道、承认呢?中国大陆目前还没有超级富翁,更没有产生大的财团,这是每个老百姓都知道的事,从哪里突然冒出这么多"大富豪"和"富豪王"呢?王一多就不再是王,就不值钱了。何况中国人的传统心理对"草头王"总没有太多的好感,心存戒备。眼下的消费者已经见"王"三分怕了:"称王称霸,架子好大,花里胡哨,价格可怕。"

商界中的王应该是自然形成的,是群众公认的。如希腊船王、台湾的塑胶大王、香港的报界女王、美国的石油大王及钢铁大王等等,我只提封号人们就会知道他们的名字。约定俗成似乎一个行业只能有一个王。而且王位并不是"铁打的江山",一些世界公认的老王已经被新的富翁取代,许多新的超级富翁并没有给自己戴上一顶王冠。正像马拉多纳是雄居世界足坛多年的头号球星,却无人称他球王,球王仍是贝利。商战虽残酷,但称王称霸的规则还不同于拳击,只有打倒前面的王自己才能称王。

称王也有称王的风险,王安集团破产成为世界新闻,因为世界曾尊称他为电脑大王。可口可乐并未称王称霸,也没有自称是"神水"、"魔液",却风靡世界近百年,至今仍稳坐世界饮料界的第一把交椅。商品世界靠实力对话,并非制造一顶粗糙的王冠就可一劳永逸。过早地戴上王冠也许还有副作用。朱元璋当年对已大乱的元朝江山势在必得,却接受了大臣的建议:"缓称王,广积粮。""广积粮"是积存和扩大实力,"缓称王"是不过早地树敌招风,最后终于面南称王。如果中国有更多的企业家把功夫下到实处,使自己的产品是无与伦比的,使自己的企业是独一无二的,自然就是天下之王。一国经济中能多出几个这种真正的大王未尝不是好事。

但有许多人站出来乱称王,却说明还缺少真正的大王,还处在山中无老虎的阶段。

劝业场的文化

读了《话说劝业场》，知道了劝业场的历史，似乎也了解了一大半天津市的近代史。既然劝业场被称为天津的"城中之城"、"市中之市"，这就是说天津形成现代格局的繁华是自有了劝业场才开始的。劝业场的兴兴衰衰自然就集中地生动地体现了天津的历史。

在有劝业场之前，即不足七十年前，现在的劝业场一带还是"一片芦苇地，旁边一条梨栈大街，街上有平房和小店铺，附近有个叫紫竹林的茶庄"。劝业场从破土动工建成开业只用了一年的时间，重金请法国人设计，使用从美国进口的钢筋、水泥，可谓"精心设计，精心施工"——可见当年天津发展商业的起步速度是相当惊人的。而且视质量为百年大计：一九三九年发大水，劝业场一楼积水三次，泡了一个多月才退去，以后又经历了大地震，其外形、框架、结构至今安稳依旧。和劝业场同年建成的还有交通旅馆，以后又挺立起渤海大楼、惠中饭店、包子铺，名店云集，名牌荟萃。昔日紫竹林村的风景大变了，奠定了天津作为商业大都市的基础，繁华初具规模。

劝业场功不可没，它一开始就集商业和娱乐为一身，很快就培养了天津人的这样一种习惯：购物到劝业场，吃到劝业场，玩到劝业场。节假日一家人以逛劝业场为乐。穷人以能逛劝业场为荣，视为一次享受。劝业场甚至成了它周围一片名店和名牌的代表：你问他去哪里，他说去劝业场。其实他未必就只去或真去劝业场，也可能是去劝业场附近的什么地方；有人问路，某鞋店在什么地方，某食品店在什么地方，统统回答在劝业场。劝业场名气大，无人不知，无人不晓，到了劝业场再说。

至此，劝业场成了天津繁华的象征，成了中心区或高级地段的代称。从地理位置上说，劝业场根本不在天津老城的中心，离城还有好几里路——这就是商业的力量，也是劝业场自身的力量。

人类创造了商业，然后才创造了都市。

知道天津市的必知劝业场，不了解劝业场则不算真正了解天津。外地人来天津不去劝业场似乎有白来一趟的感觉。

劝业场是幸运的，它形成了自己的文化形象。我说的这个文化不是指出版一两本书、演一两台戏、赞助一些文化事业等等，而是指劝业场的存在影响了天津人的行为方式、行为心理和价值观念，形成了一种文化场和文化力。劝业场文化与天津文化融为一体，很难说是天津创造了劝业场，还是劝业场创造了天津。至少劝业场影响了天津性格，成为天津性格的一部分。至今，劝业场仍是无法替代的。正如故宫代表了中国的传统文化，华尔街代表了美国文化，成为世界第一资本主义大国的代称。劝业场也曾代表过天津文化。

马依内克在《德国的悲剧》中说过一句话：历史不过是文化史。大凡被历史记住的东西，都是有文化价值和文化品位的。

并不是所有的老店、老商标，都能具备文化品位。像劝业场这样形成了自己的文化的商场在天津、在全国，还能举出几个？举世滔滔，形成一种文化，留下一种文化，实属难得。

这跟历史有关，劝业场的诞生顺应了当时世界经济发展的大趋势，资本主义生机勃发，可谓应运而生。同时跟劝业场自身的建筑艺术、地理位置以及经营方针有关，据说当年天祥商场的主人酒后对劝业场的主人高星桥说：我是天，你劝业场再大也是个圈儿（劝），压在我底下。高星桥于是搞了七重天：天华景京剧场、天宫电影院、天乐蹦蹦戏院、天会轩杂耍馆、天露茶社、天外天夜花园、天纬球房，你有一个天，我有七个天，天下是我的。等于把竞争对手天祥降格为和他的二级单位平行。甚至连华世奎为劝业场题写的金字招牌，也成了一个文化景观。谁又能想得到现在仍健在的著名京剧武丑张春华竟是劝业场培养出来的……

今天的劝业场优势仍在。但今天的商界则群雄并立,竞争更为激烈。劝业场必须给劝业场文化注入新的内容,赋予新的活力,才能继续保持自己的优势。经济发展到一定的程度必须借助文化,树立自己的文化形象。经济发达的集团和国家莫不如此。好在六十六年前劝业场就接受了十六个字:"劝吾胞舆,业精于勤,商务发达,场益增新。"

但愿劝业场能够也应该再造辉煌、永葆辉煌。

信息的统治

　　十几年前,美国的未来学家约翰·奈斯比特宣称,世界进入了信息时代。法国前内政部长米歇尔·波尼亚托夫斯基在更早一些的时候也指出:信息遥控时代的来临,使人们突然跨入"昨天还被当做科学幻想的世界",比如人的记忆力的延长和扩大、各类信息系统的进步和完善、各种权力模式可能发生的变化等。其意义可与人类发明文字以后所造成的变化相提并论。

　　我当时把这些高论只作为一个新概念接受下来,并未认真思索这些话的分量,甚至觉得发达世界进入一个什么新时代,往往和我们关系不大。发达的资本主义是工业社会的产物,信息社会应该更胜于工业社会。我们似乎尚未进入工业社会,距离奈斯比特和波尼亚托夫斯基所描述的信息社会还相当遥远……

　　想不到仅仅十来年的光景,信息社会果然超越了资本主义社会和社会主义社会,使世界变成了一个"鸡犬之声相闻"的"地球村"。我们一夜之间也变成了信息轰炸的目标。信息时代就如"天外飞来"的机会,中国的有钱人大部分是抓住了这个从"天外飞来"的机会,得风气之先,信息灵,起步快,动手早,接受了信息社会的挑战,及时地调整自己的目标,使之与信息时代的新经济学相适应。而信息就是财富,于是成功了。想想当前中国成功的企业和个人,哪一个不是适应了信息革命,得益于信息社会呢?

　　那么信息社会是不是就妙不可言,百利而无一害呢?经济信息领域我不熟悉,不敢妄言,看看我们成天被泡在一种什么样的社会信息中吧:好莱坞影星举行第八次豪华婚礼、五岁魔童连杀七人、人咬狗被判刑、岳母帮助大女婿强奸小女儿、小偷洗劫特快列车、耗子给猫发工资、女影迷高挺胸部让影星在上面签名、洛琳娜快刀阉夫……不一而足。对于国际政治信息常常以偏赅全,对于有价值的社会信息挂一漏万,唯独钟情于反映当今社会病态的、疯狂的奇闻怪事:凶杀、抢劫、奸淫、欺骗、吸毒、偷盗等等,这些也是新闻,也应该反映。问题是只有这些可供消遣的东西,大报小报,你抄我转,只有刺激,没有信息。莫非信息社会到了中国也变味儿?

文坛也如此,过去的一年是信息年,而不是创作年。打官司、卖文稿、炒股票、办公司,文人们忙着制造信息,而不是创造作品。炒新闻,争当热点人物,有新闻性,无文学性,寂寞文坛变成了信息文坛。信息淹没了思想。

有人盲目相信"信息就是财富",上了当,赔了钱,甚至被拖上法庭,给一些骗子帮了忙。事例不胜枚举。

大多数中国人还不适应信息轰炸。不是所有的信息都可以变成财富,即便是一则有价值的信息对有的人来说可以变成财富,提供一个成功的机会;对有的人来说就可能是陷阱、是灾难。

西方国家常常把它们落后的、报废的、虚假的信息产品抛售给我们,使我们变成它们的信息垃圾场。所以人们抱怨报纸上净是假的,一边抱怨,一边还得看报,还得相信。

信息社会的特点是创造信息和分配信息——发达国家大量生产信息就像大量生产汽车一样。我们还停留在被动地接受信息的阶段,且没有能力选择或拒绝,一窝蜂,听见风就是雨,一会儿房地产热,一会儿钢材大涨价。一会儿学欧,一会儿效美,信息很轻易地领导社会风尚,指引消费潮流。现代人们心甘情愿地接受了信息的统治。

重新封闭自己是困难的,想逃避或拒绝信息社会更是徒劳的。唯一的出路是放弃执迷过去,直面未来,了解这个新的信息社会和它所带来的变化。

牌子的诱惑

一位朋友得意地向我抱怨：他花四十多元为自己买了一双皮鞋，甚感满意。晚上他在旅游局做导游的女儿回来了，见到桌上的皮鞋便问："这是谁买的？"

他答："我买的。"

"谁穿？"

"我穿，不可以吗？"

"这都什么年代了还穿这种鞋？不怕栽面子，难道还不怕受罪吗？鞋底梆梆硬，鞋帮硬邦邦，怎么穿哪？"女儿说完便把他未上脚的新皮鞋连同鞋盒都扔进了垃圾箱。

第二天，女儿带他们两口子去逛燕莎超级市场，并嘱咐他们只管在后边跟着看，别说话——大概怕他们一说话露出土气，惹人瞧不起。女儿重新为他买了一双老人头牌皮鞋，舒适、柔软、合脚。果然是名牌，立刻平添了几分高贵气派，感到了名牌的温暖、女儿的孝心。

只是心疼那四十多元钱，如果不把鞋扔掉，还可以到商店去退换。但不敢向女儿说出来。

名牌产品武装了青年，开始向中老年阶层包抄。它体现了工业社会的攻击性。同时，富裕社会的标志就是名牌。

名牌简直成了现代人们生活中的火炬，人人都渴慕名牌，如果经济条件允许，恐怕都会选择名牌而不是杂牌。

生活就是一种选择。而选择名牌就是选择一种新潮、一种社会时尚、一种文化、一种风度。

现在是名牌时代。名牌可以代表一个人、一个家庭乃至一个单位的身价、地位和经济实力。创出一个名牌可以救活一个企业,保住一个名牌可以养活几代人。许多"大款"们,从头到脚都是名牌,穿名牌,吃名牌,住名店,坐名车,戴名表。最好再能娶名女,或嫁名夫,做名人。

小孩子还没有懂事就从电视广告上接触名牌,活在一个崇尚名牌的社会,开始一种名牌人生——这是在名牌下长大的一代。他们的灵魂都系在名牌上,不选择名牌将无法生活。

然而衣食住行都选择真正的名牌,其代价是昂贵的。不是所有的人都有这个条件,能够生活在名牌包装里的毕竟是少数人。于是各地都有出售假名牌商标的地方,且生意兴隆。一些时髦少年,买不起真名牌,宁肯用假名牌,也不用非名牌。

名牌被假冒的最多。名牌下的人也有"假冒伪劣"的问题。

"名牌效应"是一种复杂的文化现象和社会现象。现代人摆脱不了名牌,只能选择适合自己的名牌,学会跟名牌打交道。

经 济 年

每一年都是新的。

没有人愿意重复过去。"一日今年始,一年前事空。"每个人都对新的一年抱有新的希望。希望有新的收获,有更好的运气。

同时,人们在过年的时候又最喜欢怀旧。禁不住会回顾过去的一年,即所谓"除旧"才能"迎新"。判断一下今年将会是个什么年头?

我以为今年是个"经济年"。

这可不是经济实惠、省钱省事、凑凑合合的意思。恰恰相反,是指人人大谈经济、受经济左右、唯经济马首是瞻的一年。

全球都在闹经济。

美国人由于对持续的经济衰退不满意,才抛弃了现任总统布什,选择了民主党人克林顿。同样也是经济问题困扰着独联体诸国,对叶利钦的俄罗斯总统职位构成严重威胁的是经济上不去。骄横一时的日本经济在走了几年下坡路后,据说略见缓机。有些小国在闹内乱、闹饥荒,动荡不安的背后,仍然是经济问题。

当今世界可以说被经济问题弄得昏头昏脑了。

中国正处于经济转型时代,从上到下都在试着适应市场经济。炒股票热、办公司热、寻找职业热等等,都是一阵阵的经济旋风。报纸上接二连三地介绍中国的"大哥大"阶层和富翁如何排座次(据国家工商总局统计,我国现有私营企业主已逾四十万户⋯⋯目前国内收入最高的有五种人,其一是私营企业主和个体户,二是走穴演员和组织演出的穴头,三是合资企业中的中方负责人,四为乡镇企业承包者,五为各类经纪人……在南方沿海开放地区拥有千万几千万乃至家产过亿的也不乏其人……）。去年初，人们对"砸三铁"还表现出极大的恐慌不安，"三铁"并未真砸，社会上已闹得沸沸扬扬。如今，砸的也就砸了，没砸的也感到并不"铁"了！

有钱就可以使一个人或一个单位大出风头。

我们以前过政治年过得太多了，过经济年尚不习惯。因此开始争论资本主义发达国家争论了几百年尚未争出眉目的问题。

一种理想主义哲人说：

金钱"可以买床铺，不可以买睡眠；可以买书本，不可以买知识；可以买食物，不可以买胃口；可以买装饰，不可以买美丽；可以买房子，不可以买家庭；可以买药品，不可以买健康；可以买婚姻，不可以买爱情"。

另一种现实主义哲人说：

"难道没有钱就能买知识、买美丽、买家庭、买健康？金钱可以买到一切，乃至人、人的道德和良心。世上确实有比钱更重要的东西，但商品时代没有钱则难以获得那些东西。"

争论还会持续下去。任何一个社会都不会没有高尚的理想主义者。任何一个经济发达的国家在推进商品经济的同时，也不可避免地会产生拜金主义。

金钱不是道德的载体。在商品世界，贫穷更不是道德的卫士。

外国有金钱政治，已不是什么新鲜事。我们也开始出现金钱文艺、金钱意识，各奔"钱"程。

经济开始主宰世界——政治、军事、文化、科技，都离不开经济。

我们开始认识到经济是社会的模具，是现代生活的老师。这些年来反反复复，最后还是通过经济来改变自己、认识自己。

所有的人都关心经济。因为现在国家经济关系着每个人的生活。人们注视着经济，经济教会了人们许多东西，还能使我们防止许多东西。

比如，谁也不能否认，人们的生活水平提高了，口袋里的钱比过去多了。但精神上却有了紧张感,经济上有了危机感,忙忙碌碌想去多赚点钱,想抓住点更牢靠的东西。尽管如此,发牢骚的少了——没有闲心,没有闲空,各人苦乐不同,你发牢骚别人不动心,发了也没用。抱怨怀才不遇的人少了。用"左"的那一套东西蛊惑人心、吓唬人,变得困难了。市场经济破坏了极"左"的市场。以前想都不敢想的事情,现在发生了。发生了也就发生了。经济是强大的,而对铁板一块的经济规律,连"左"派勇士也会产生无法抗拒的失败感和渺小感。第一次使那些在"阶级斗争"中培养起来的"没有运动想运动,不搞运动不会动"的人,感到了深刻的自悲。也许他们嘴上不说,实际已无法再靠整人发迹了。破坏了搞"左"的土壤,这就是经济年的一大收获。

经济成了中心,社会的承受能力增强了。人们的心理承受能力也增强了,不只议论危机,有了危机意识,更多的是思考危机,尽可能依靠自己的力量战胜危机——这不能不说是一种社会的进步。

公式化的生活开始变得丰富多彩了,被抽象化类型化的人变得复杂了具体了,社会不只有共性,还允许个性的存在。

许多人想到经济市场上去展现自己。

谁都愿意相信,新的一年是有逻辑可循的,是可以计划可以把握的,一切都可以了解,可以研究……但我们的实践经验常常提醒我们,现实是难以预测的,未来更无法准确地规划——这恰恰就是新年的乐趣和魅力。

普天下的人都欢庆新年,都有权对新年存有各种各样的幻想。

年无论好过难过都得过。

人人过年,人人说年。有关新年的话题年年说,年年说不够。

最适合今年的一句吉利话是:"恭喜发财。"国家需要发财,老百姓需要发财。金钱世界没有钱固然寸步难行,但得了金钱病也是无法医治的。

社会舆论也不该只是锦上添花,忙于为富翁阶层排座次。还要雪中送炭,统计一下眼下哪些阶层最穷。

　　任何社会,发了财的终是少数,绝大多数是普普通通的劳动者。也正因为有这些广大的老实巴交的百姓,才构成社会。他们的冷暖决定着社会的质量,标志着社会的进步程度。

　　也正因为绝大多数的人都在高高兴兴地欢庆新年,所以我说,今年不错!

现代恐荤症

俗语说，人是铁，饭是钢。

现在的饭还是铁中的钢吗？哪些饭是钢？哪些饭是毒？谁敢保证每天不吃进一点有害的物质呢？

——吃的问题正困扰着现代人。

中国人一向为自己灿烂的饮食文化自豪，眼下这传统的饮食习惯正受着新浪潮的冲击：需用现代卫生学和营养学重新认识每一种食物，否则你将不知道自己吃下去的东西对健康是有益还是有害？是真货还是假冒伪劣？为吃不饱肚子而发愁的人越来越少，为吃得过饱和不知该吃什么好而发愁的人越来越多。

急剧积累和膨胀的现代知识像原子弹爆炸一样，所造成的辐射没有人能躲得过，各种学派、各种浪潮层出不穷，应接不暇，想全部弄懂、吃透几乎是不可能的。许多人只能随大流，或者听见风就是雨，偶尔被什么新理论击中，就按那新理论坚持一段时间，直到又一个新理论出来，否定了前一个新理论……

比如，前些年刮起一阵风，说吃肉有怎样怎样的害处，尤其是肥肉、肥油，更是有百弊而无一利。于是各种包装漂亮的纯植物油便风行于市，用植物油炒菜成了一种新潮。我因此也就有许多年吃不上酥脆喷香的猪油饼了，对身体是否有好处没有感觉出来，但确实委屈了自己的口舌。

前不久，去看望一位据传不太走运的朋友，不想他满面红光，正在经营着一家油脂食品公司，生产精炼动物油。这可真是冷门儿，产品卖得出去吗？难怪他不走运。

我的疑问和关心反倒激起了他的谈兴，他说我得了现代恐荤症——目前许多有文化的人，或多或少，或轻或重，都有恐荤症。事实是中国人不是吃肉太多，而是吃肉太少。明显的例证是我们的体质不行，凡需要力量的对抗性体育项目，如足球、拳击等，我们都弱。世界分成三种菜系：一种是中国菜系，也称东方菜系，饮食结构以植物性原料为主体；一种是法国菜系，也称西方菜系，以酸性动物原料为主体；还有一种是土耳其菜系，也叫清真菜系，动植物各分一半，动物原料中以羊肉为主体。这三种菜系的食者，平均寿命最长的不是我们，体魄最强健的不是我们，退化最慢的不是我们，我们这种体质的长项是技巧和特异功能。西方人创建了绿色和平组织和动物保护协会，为了拯救地球的生态环境，甚得人心，却并未改变西方人的饮食结构和饮食习惯。倒是我们中的许多人，望风捕影，不知该吃什么好了。连我们的老祖宗都说："五谷为养，五果为助，五畜为益，五菜为充。"不吃肉怎能得益？

这家伙什么时候变成了"世界级的厨师"？

说了半天跟你的动物油有什么关系？人们不敢吃肥肉和猪油，还不就是害怕里面的脂肪和胆固醇吗？

他对自己的产品有一种皇帝女儿不愁嫁的信心和自豪：

人体内脂肪过多不好，但也不能无脂肪。根据营养学家的建议，食物中的脂肪含量不超过百分之二十为最佳。偏食不含一点脂肪的植物油，反而会使人体摄入过量的脂肪。就像一个人很渴，没有水就只好喝其他东西，容易破坏维持人体健康的平衡。而精炼动物油把动物原油中的脂肪酸、胆固醇和其他对人体有害的物质都提取走了，保留了洁净有益的食用动物油脂……

他的话里有很浓的广告味儿，老有一个声音提醒我，对广告不可过分信赖。可是在生活中往往不知不觉地要接受广告的引导。回到家我便向妻子贩卖朋友的这套理论，第二天就吃上了猪油饼。一顿没有吃够，又连吃两顿。我想吃，这就说明身体里需要它。吃得心满意足之后,向妻子提出了建议:各种各样的理论可以听,对现代知识理应尊重。但吃是人最基本的需求,随新潮,莫忘老传统,顺其自然。只要条件允许想吃什么就吃什么。

吃为了生存,也是一种快乐。

古语云:要想征服一个人的心,最省事的办法是先征服他的胃。

闲的恐惧

你说现代人怕忙，还是怕闲？

人嘛，哪有不愿意清闲的。俗话说："好吃不如饺子，好受不如倒着。"一般人都认为躺着没事干，清闲自在是一种快乐。中国传统文化曾非常推崇闲云野鹤无拘无束的境界，"采菊东篱下，悠然见南山"——多么美妙的闲适。

然而能够有静心享受这份清闲的人，必须在银行里有大把的存款，不愁衣食住行，不愁给孩子交学费、办喜事，不愁自己老了没有积蓄。在生存竞争非常激烈前程基本上要靠自己把握的商品社会，清闲却是一种灾难。无尽无休的闲降临到谁的头上，谁就将失去快乐，和忧虑烦恼结缘。

中国曾经有过有钱人才有闲的时代。眼下正相反，闲人是城市里最贫穷的阶层。他们因企业倒闭或亏损，失业了或提前退休了，但得不到应有的退休金，只能享受最低生活费。某君在家里闲了一年多了，为了不被邻居笑话或怜悯，每天却装作上班的样子早出晚归，整天整天地在大街上游荡，寻找招聘启事，在书店里耗时间，渴了不敢买饮料，饿了不敢进饭馆，闲知日月长，真是度日如年。他认为有闲就等同于没有本事，没有人要，正在走背运。

闲下来无所事事，没有精神活动，是一种丧失，是一种死，时间长了生命会腐烂发臭。

闲人承受着巨大的精神上和生活上的压力，实际上闲人最苦最累。基于对闲的恐惧，现在真正聪明的人决不抱怨忙、抱怨累、抱怨自己干得多,自己分内的事要干,分外的事也干,能多干就多干。干得多收获就多,认识的人多,门路多,权力多。越忙越吃香,越忙越有安全感,说明人家需要你,离不开你。

那些敢说自己很忙很累的人,是一种炫耀,说明他正在走鸿运。而那些蹲在家里的人则不愿意承认自己是闲人、是多余的人、是在这个偌大的世界上无立锥之地的人。

闲人没有闲心,没有闲情,他们不知如何处理毒菌般的闲暇。只有忙人,忙里偷闲才能真正享受闲暇的快乐。人们喜欢的正是这种"偷闲",而不是别人送的、不接受不行的大闲,彻底的闲和永远的闲。

闲适是一种奢侈,要付出辛苦,要有资格。

生气不如攒钱

因企业倒闭或亏损而没有工作的人除外。只讲在一些运作正常的机关事业单位，有少数人在"优化组合"、"双向选择"、"承包"等过程中被"化"了下来成了闲人。闲人不好当，闲得难受，于是闲是闲非就多，闲气生得也多。本文正是想给这些闲人出主意，也可称之为"闲文"。

有人说"市场经济就是能人经济"，且不管这话准确与否，如果你真有本事，就会有许多机会，单位没事干可以到外面找事干，甚至可以为自己创出一番事业，没有工夫生闲气、做闲人。如果你本事不大也可认真反省一下，为什么人家都不要你？是不是既无本事，又不本分，身上的毛病不少，像老百姓说的是鹰嘴鸭子爪——能吃不能拿的角色！如今可不是大锅饭铁饭碗，哪个单位都讲效率、讲效益，谁都想用能干的人、用好人。如果你吸取教训，以勤补拙，干活多卖力气，做人厚道一些，别人保准会来"优化组合"你。

还剩下一小部分闲人，既无真本事，又不肯反省自己，闲气越鼓越胀，越胀越鼓，开始过渡成小人：写匿名信，打小报告，造谣诽谤，到处告状……闹腾的结果是给单位造成污染，把自己搞得更臭了，更没有人敢要你了。结果没气坏别人反气坏了自己，造成恶性循环。

这些闲小人们也够可怜的，翻来覆去就是这么两下子，半个世纪前已被鲁迅斥之为"畜类的武器，鬼蜮的伎俩"。五十多年过去了还是这一套。大概也是受智商所限，居然不知道时下已是"经济调节"，它比"阶级斗争调节"要公正得多，使"小人效应"大为减弱，甚至"调节"

得小人无效应。虽然有些领导人物仍然喜欢告密者,喜欢马屁精,更不能说当下用人制度已完全杜绝了凭关系、靠后门、"说你行你就行不行也行"的现象,但是好人如能干的人的地位和以前相比得到了基本的改善,不是一般的流言飞语所能伤害得了的。商品经济是要动真格的,迫于经济的压力,稍有良知的领导者都不敢把成事不足败事有余的小人提上重要岗位,提上来也待不长。小人的悲哀在于此——纵然你浑身都是舌头,而这些舌头又一刻不停地在嚅动,又能怎样?徒招人烦恶和厌弃,"流言止于智者",也"止于"经济效益。效益决定一个单位的命运,大家怎会容忍你砸了众人的饭碗!

闲小人因为自己过得不好而不想让别人好过,其结果是比好人更痛苦万分。好人顶多是忍受被小人中伤的痛苦,抓住证据还可以控告,把小人送上法庭或让其恶行曝光。即便采取轻蔑不予理睬的办法,也是一种强大,使小人的中伤如迎风吐唾沫,先脏了他自己的脸。而小人则要承受双倍的痛苦:一方面是自己的失落和不幸所造成的痛苦;另一方面是好人的成功、幸福、欢乐也让他们感到痛苦无比。他们老想靠中伤别人安慰自己不正的心术,于是心灵越发地卑下,整个人堕落为卑下心灵的奴隶——这绝对是一种病态。中国古医书上称这种造谣生事的人是"炉火中烧,可令其神不守舍,精力耗损,疾病滋生"。最近,报纸上公布了德国医学家的研究成果也证实小人行为是一种疾病,如麻风同格。

这病有没有办法医治呢?有。药方很简单,就是天津人的一句大实话:"生气不如攒钱!"

这"攒钱"就是发奋,干成一番事业来证实自己。与其拆别人台不如给自己建个台,何必拉别人来和自己比低,应该和别人比高。

不知闲小人们可愿服此药?

走南想北

　　自一九八九年以来，每年我都要去一次广东，短了一周，长了二十多天。所幸年年都有这样的机会。就像半个世纪前许多沿海大城市的人纷纷投奔解放区一样，现在的社会时尚是投奔开发区。我加入南下的行列并非为了谋求职业或寻找致富门路。恰恰相反，纯粹是出于一种精神需要，感受一种新的生活信息，观察一种希望，跟踪一批企业家。实际上我把广东当做一个"采访点"，在东北、华北、华东都有这样的"采访点"。我是靠这些"点"跟踪中国，观察工业社会的变化，跟生活保持着联系。

　　中国人历来就有走西口、闯关东、下南洋的传统，这走、闯、下是"人往高处走"。是"人挪活"，想活得更好。广东正是当今人们想走、闯、下的"高处"，是个可以"活得更好"的地方。近十几年来北方人一批又一批地大量南下，正说明广东的优势，是一块得现代风气之先的风水宝地。

　　我下广东由最初的惊讶、振奋、钦羡，到最近几年已经可以了解得较为深入，能够冷静地观察和思考了。今后是否还能保持每年南下一次的热情就很难说了。深圳就有两年没去了，并非没有机会，深圳朋友的两次邀请我都谢绝了。有客观原因，也有主观因素——我对深圳的兴趣已不像以前那么强烈了。

　　有些单位，创业初期的勃勃生机和锐气已经消损，或多或少地陷入曾使北方许多国营企业一蹶不振的怪圈。一大批青年俊才云集特区，最初的几年他们和衷共济，创造了奇迹。一旦事业有成，便开始重蹈中国人争争斗斗的覆辙,精英不精,开始分裂。且缺少北方那种争争斗斗的广阔舞台,用弹丸之地,你的老婆在我的部门,我的孩子在你的手下,你中有我,我中有你,关系错综复杂,盘根错节。他们曾吃过钩心斗角、怀才不遇的苦,到了特区没"特"多久,又重吃二遍苦。

我一直在等待着特区人创造一种体制,这种体制能够吸引和容纳各种各样的出类拔萃之辈,使他们各尽所长,且不必把主要精力用在内耗上。创造出这样一种体制,胜过创造千万亿元的利润,实际不愁创造不出更多的利润。否则,特区能"特"多久?特区的未来应该是同化非特区,而不是被非特区同化。

一九九二年三月,我和一个波兰作家住在深圳一个不算低档的宾馆,其管理之差、服务人员素质之差令人难以相信、难以容忍。在总台进行了严格的登记,缴了房费和押金,这是应该的。到了楼层服务台再缴一次押金领钥匙牌,每次打长途电话还要再到楼层服务台登记,缴二百元押金。我问缴给总台的二百元押金是做什么用的?服务员的口气极为生硬:不知道,你去问总台。只认钱不认人,对旅客没有丝毫的信任感,像防贼一样管制。而旅客则有进了贼店的感觉,特区变成了"饿"区,一种对金钱的贪婪和饥饿。

有的朋友之间的人情越来越淡,钱情越来越重,甚至只剩下利用的关系。用人脸朝前,不用人脸朝后。请你的时候一副态度,活动一结束,你的价值被使用完了,又是一副态度,安排立刻降格。一位朋友讲,我们深圳人穷得只剩下一堆钱了。

连"和气生财"的这点文化素质都没有,还能发大财吗?

资本的原始积累阶段,发生各种各样的奇怪的事情是不足为怪的。当经济发展到一定的程度,必然要寻找文化,有了强大的文化蕴涵和形象才有巨大的和永远的成功。试想哪个经济发达的国家不同时又是文化发达的强国呢?

自瓦特发明蒸汽机带动了世界的工业革命,渐渐地西欧就成了世界的经济中心——这个经济中心的形成与繁荣又跟文艺复兴有直接的联系,是政治解冻、思想活跃、人们安居乐业的文化结果。第一次世界大战之后,世界的经济中心向美国转移,联合国总部迁到纽约。特别是经历了第二次世界大战,美国成了世界头号经济大国,同时又是西方文化的中心,无论在文学、电影、电视、出版、新闻,都领导着世界潮流。借助文化的强大辐射力,一大批美国的企业和产品获得世界意义的成功,成为世界名牌,至今仍能享誉全球,如可口可乐。应该说这是美国文化的成功。眼下万宝路对中国市场的征服,首先是一种文化的征服。我们接受了美国产品,实际是接受了美国文化。从影视、文艺演出、体育等多方面进行文化的狂轰滥炸。已经成功的还有泰国的正大集团。从"车到山前必有路,有路就有丰田车"开始,与其说是日本产品占领了中国市场,不如说是日本文化完成了他们以前用武力所没有完成的征服。

随着日本经济的强大,有人提出了世界经济进入多中心的时代,继纽约之后东京也是一个经济中心。而且到下个世纪,很可能中国也要产生一个具有世界影响的经济中心,是广州,还是上海?是珠江三角洲,还是长江三角洲?

中国的版图是一只雄鸡,广东正是鸡腿,肌肉强劲,灵活有力,鸡爪伸向东南亚,成为环太平洋的中心。待香港回归祖国以后,和广东连成一片,交通发达,资源丰富,其优势显而易见。我看广东,还在进入成熟期,或者叫进入稳步发展期,老百姓富,企业富,中产阶级强大,这就增强了经济和政治的抗震力,倒退的可能就减少了。有几次南下使我感受格外深,银根紧缩、治理整顿、压缩投资、整顿金融等,我在北方见到的是冷清、灰色调。到了广东完全是另外一种景象,热气腾腾,该怎样干还怎样干。广东抢先了十几年,时间就是金钱,时间就是机遇,别的地区要超过是很困难的。当今时代是越发达越富裕,越富有就越发达;越贫穷就越落后,越落后就越贫穷。地球上有什么油水,发达国家总是先吃头一口,优胜劣汰,弱肉强食。一步赶不上,步步赶不上。

要成为经济中心,还有一个必不可少的条件:文化。

时下的所谓"名牌大战",其实是一场文化大战。哪个品牌确立了自己的文化形象,具备了自己的民族文化品格,无疑哪个品牌就具有强大的优势。

我们缺少的正是这种能享誉全球、富有持久生命力的名牌,原因就在于这些企业或经济实力。这些报刊不论是国内外公开发行的,还是省内发行的,都是激光照排,彩色印刷,搞得很漂亮,带有强烈的商业味道。

广东正在形成自己的商品经济文化。

这些报刊用较高的稿酬从全国各地征集思想,虽是内部报纸却办得有声有色,没有官方报纸的呆板和枯燥。在大街、车站、码头的报摊上格外受欢迎。

这叫"第二新闻",或者叫"第二文化市场"。

使中国的文化进入"春秋战国"时期,没有主流文化,没有权威报刊,谁有钱就可以竖起大旗,用高稿酬吸引一批优秀的作家来投稿。谁的刊物办得好,谁就是中心。

我以为,与广东的经济思想相比,文化思想显得较弱。

但广东有自己的文化氛围,有自己的主见。全国文坛关于"下海"问题闹得沸沸扬扬,广东作家协会不张扬,不动声色。北方的一阵又一阵的浮躁,似乎也与广东无关。我想广东也许是在全国各作家协会中最稳当、最有实力的。青年文学院向全国招收青年作家,哪个省的作协有如此气魄?

陈国凯兄是个奇怪的现象,我曾几次向他讨教,广东作协如此兴旺发达且把得稳,有何诀窍?他或者秘而不答,或者王顾左右而言他,三言两语应付过去。我每年能来一次广东多半是因为他,每次来广东最愉快最轻松的聚会就是跟他在一起。自一九八〇年的春天在北京文学讲习所相识,十几年来,无论文坛上的风风雨雨,还是商品大潮的冲击,都没有影响我们的感情,而且越来相知越深。他是文弱书生,我是人高体壮,他身上却有一种豪气,在我面前老是一副老大哥的派头。久而久之,我也就很愿意尊他为老大哥了。广东的企业家大半是他领我认识的,我下去采访往往是他帮助安排,没有国凯兄,我对广东是不是还会有这么大的兴趣,是不是能坚持八九年的长期跟踪采访,也很难说。

但这种交往又是不对等的。我来广东多,他去天津少。有一年他去看我,住在我书房的小床上。当天津夜深人静了他的精神头刚来,在我的书架上找书看。当天一亮,大街上吵吵嚷嚷,人们开始上班了,他则想睡觉了。我把天津市能买到的最好吃的东西放在他面前,他则视如忆苦饭。再加上空气干燥,只待了三天就赶紧逃回广东了。

一方水土养一方人,养育一方文化。

但又不仅仅是水土问题,这十几年来有多少北方人来广东工作,又有几个广东人去北方谋生?广东的水土随着粤菜已经风靡了全国。

我可以常来广东看看,但不会把根扎到南方。我的根已经扎在了北方,北方有我熟悉的丰厚的文学土壤。

北方人有南方观念,这是北方人的特长。南方人也应有北方观念,有北才有南,有南才有北。即便是一个非常先进的特区,失去了方位感,也会渐渐地固步自封起来。

"点子"并非都等于钱

在几天前开幕的布鲁塞尔尤里卡发明者博览会上,一位楚楚动人的白人姑娘,坐在一只行李箱上,这行李箱不用提不用拉,却载着姑娘自动行走,或快或慢,或左转或右拐,如同一只魔箱。众人鼓掌喝彩,同时心里也痒痒的,自己怎么没想到这个"点子"?其实道理很简单,在箱子里装个马达就行。带着这样一只箱子外出何等神气,进机场,出车站,别人都手提肩扛,如驴负重,而自己安坐宝箱之上,无翼自飞,出尽风头……

一个"点子"便是一项发明,有一项发明便有一点进步。人类从茹毛饮血发展到今天这般神气,就靠一个又一个的"点子"、一项又一项的发明。世界太大,自然神秘,时空无限,而人又太小,自身的能力有限,多少无穷的巧想妙思,才得以生存天地之间,和宇宙相协调。

空话不必多说,眼下谁都知道"点子"就是金钱。中国出了"点子大王",新闻里已炒得够热闹了,一会儿说发了财,一会儿又说因某个"点子"不慎被索赔甚至对簿公堂……不管怎么说,"点子大王"的功绩是开了人的脑窍:原来靠智慧发财是这么容易、这么省事。于是大家纷纷拍脑门儿,想点子,希望有朝一日靠动动嘴巴也能发一笔财。社会上各色各样的顾问、咨询员多了,各色各样的"点子"也多了,张三想起一个什么"点子"邀李四一块发财,李四想起一个"点子"请王五参与,商海活跃,好"点子"不少,坏的、邪的、怪的"点子"也不少。有人确实弄到了钱,有人则破了财,甚至被坑蒙拐骗、人财两空。

邪门歪道的"点子"可不提,即便是正经八百的"点子"也不一定都能变成钱。某中学的一位教师想出一个"点子":倘能印制大量精美得如同正式出版物的稿纸本,封面印上"处女作"字样,家长们一定愿意买回去让自己的孩子填满里面的格子,像一本书一样可以长期保存,且能圆了著书立说的梦。他认为这个"点子"一定能赚大钱,却几年卖不出去,自己可没有能力将其付诸实践,连"点子"的是否真有用都无法检验。

可见光有"点子"还不行(且不论"点子"优劣),还要有动作能力。若不能付诸实践,再好的"点子"也没有用。正如诸葛亮的"点子"很多,有许多还是克敌制胜、治国平天下的"大点子",如果没有刘备,这些"点子"一点也派不上用场,他只能隐居山林当个空谈家。古今中外无论哪个成功的人物在不同的时期面对不同的情况都有许多很好的"点子",这些"点子"实现的过程就是他们事业成功的过程。出"点子"是第一步,更重要的是认识、判断"点子"的价值,进行实际操作。

时下中国流行的所谓"点子",大多是指某些个人凭自己的聪明拍脑门儿拍出来的。而一个人的才智毕竟有限,如果再没有实际操作的经验,只靠一味地鼓脑门儿拍下去,也许能拍出一些有用的,但多是小打小闹的"点子",也许还会拍出一些臭"点子"。"点子"论规模分大中小,论质量分上中下,论品格分正和邪。世界的事物变得越来越复杂了,西方国家早就把出"点子"变成一门科学,集中多人的智慧,借助现代信息的科学技术,提出更准确、更科学的预测和建议。比如:美国的导弹、卫星系统的部署方案,最早就是由著名的智囊机构兰德公司规划设计的。

尽管如此,这些"点子公司"生产的好"点子"也未必就都被采纳。据报载在朝鲜战争前夕,美国最关心中国将会持何种态度。欧洲德林公司愿将自己的研究成果卖给美国,索价五百万美元。在当时这些钱可以买一架先进的战斗机,美国嫌贵没有要。德林公司的结论只有七个字:"中国将出兵朝鲜。"并附有三百八十页的长篇资料,充分论证了中国绝不会坐视美国入侵朝鲜。事实和德林公司预料的一样,事后美军司令麦克阿瑟曾发牢骚说:"我们最大的失策是舍得几百亿美元和数十万美国军人的生命,却吝惜一架战斗机的代价。"

世界著名的"点子公司"的"大点子"尚且会遭到这种命运,它道出一个事实:世界不是由想出"点子"的人控制的。世界上每天都有许多"好点子"没有被采纳,而许多"坏点子"得以实行,这是世界的悲哀。当大家一窝蜂地想发财的"点子"时,不要忽视了实际。

论企业的形象

世间万物都有自己的形态。不可以设想一个企业会没有自己的形象。

以生命不可缺少的三样东西为例：

阳光——雨后的阳光，夏天的阳光，冬天的阳光，农村的阳光，城市的阳光，南方的阳光，北方的阳光，赤道上的阳光，在太空船上感受到的阳光同，等等。是一样的吗？每一种阳光给人以不同的印象，这就是形象。

空气——海边的空气，山里的空气，化工厂里的空气，等等。在人们的心目中也各有其形象。

水的形象就更容易确认了——其颜色有蓝的、绿的、浑的、清的、黄的、黑的、干净的、污染的；其形式分为大海、江河、湖泊、小溪、水湾、水坑……湖泊里又分成高山湖泊、淡水湖、咸水湖等等。水的形象极其丰富。

物质不灭，世界上有多少种物，就有多少种样子。样子就是形象。

精神就没有形象吗？

一提起马克思主义、毛泽东思想，人们的脑子里就会显出一种形象。

法西斯主义也自有它的形象。

每一次政治运动有自己的形象，每一件精神产品也有自己的形象，如《红楼梦》、《鲁迅全集》。

连看不见摸不着,甚至还不知道存在不存在的东西都有形象。比如人们一提天堂心里会想象出一种样子,想起地狱又是另一种样子。神仙、魔鬼,在人们心目中也都有自己的形象。

人类需要形象,也创造形象。历史记录形象。

人们的记忆需要形象,没有具体的形象记不住。

一切传播媒体的宣传都需要形象。

一个企业别无选择,必须努力创造出独特的美好的形象。

独特很重要。

中国确实有许多企业没有自己的形象,它们默默无闻,没有特色,能活下去就不错了,哪还顾得上什么形象。

越没有自己的突出形象就越困难。

——其实困难也是一种形象,只是不那么美妙罢了。

还有一些企业,日子过得并不困难,也没有建立起自己的形象。一是因为没特色,被众多的企业淹没了;二是企业领导人不重视,缺少形象意识——其实就是文化意识。

太可惜了。

没有自己形象的企业,是很难成大气候的,在激烈的竞争中很容易被淘汰。

有了公认的和稳固的企业形象,在市场经济的激烈竞争中才有可能立于不败之地。

企业形象的建立,至少有三个支撑点:

第一,硬件。产品、经营管理、效益、服务等等。产品树立不起过硬的形象,光靠瞎吹,企业的形象是危险的。德国的西门子电子公司、奔驰汽车公司,美国的可口可乐公司,都是靠产品牢固地树立起了自己的企业形象。

这就是"名牌效应"。

创出名牌,牌子的形象就成了企业形象。

第二,软件。企业精神,也可以称做企业文化。市场经济的高层次是一种文化经济,优秀企业是靠文化来提高自己的品位,塑造自己的形象。

这文化的概念包括企业宗旨、方向。企业不仅在经济领域找到了自己得天独厚的位置,在社会上也高扬自己的旗帜。如计划经济时代的鞍钢、大庆,当时它们的企业精神成为社会的一种精神财富,为国为民做出巨大贡献,历史将永远记住它们。现代企业更是千方百计地在社会上树立自己的形象,如成立基金会为社会做好事,资助文教事业,利用一切文化手段和传播媒体宣传自己的形象,等等。

第三,企业领导人的思想和风度。领导人是企业的又一块牌子,领导人的形象对企业至关紧要。

没有成功的领导者就不可能有成功的企业——这已经为无数历史事实所证明。

企业形象不单是经济问题,还是一种社会现象、文化现象。

现代企业家都明白一个道理:企业没有自己的形象不行。关死门办工厂的时代过去了,企业的知名度很重要。

所以许多企业不惜巨资,让中央电视台用几秒钟的时间喊一句口号,或唱一句歌,为了什么? 企业的形象!

只要你的企业想存在下去,就不能不考虑自己的形象。

没有形象想形象,有了形象更要加倍爱惜自己的形象。

中国有那么多企业,形象突出的之所以不多,就因为一个企业好不容易有了点形象,政策一变,运动一来,或领导一换,前功尽弃。

企业树立起自己的形象,需要有相当长的稳定发展期。当企业的形象非常强大、非常突出,更换领导人已经对它不造成太大的影响——也由于它自身强大,有了挑选优秀领导人的机制,一发现选错了及时更正,同时经得住世界上经济潮流的起伏跌宕,这样的企业就算成熟了。

可口可乐公司换了多少领导人了？经历了多少坎坷,甚至包括战争,它的形象不仅无损,反而更光大了。

当企业的形象大于强于领导人的形象,便形成了一种文化景观。

它对人类的贡献就不仅仅是物质,还有文化。

姜太公遗风何在

花样钓鱼的老祖宗姜子牙,不用香饵、鱼钩,鱼竿上拴根线,线上系根针,往渭水溪头的大青石上一坐,口中还念念有词:"宁在直中取,不在曲中求,非为锦鳞,只钓王侯。"他果然钓来了周文王,自己被尊为相父,拜将封神,成就了周朝八百年帝业。

从此,怡神养性的钓鱼活动,变得不那么单纯了,不仅人跟鱼斗智,还要人跟人斗智。不单单是人钓鱼,还有人钓人、鱼钓人,或者通过鱼钓官、钓权、钓钱、钓命……

某地有一不大不小的干部,当地老百姓都知道他的官是怎样当上去的。两年前他的后台死了,他的命运落在原后台的对立面手中,他打听到这位新领导爱钓鱼,就提前两天去通知养鱼池不许给鱼喂食,把鱼饿疯了,等到他的头头去钓时,即便不用鱼钩香饵,拿根草棍放进水里,鱼也会咬住不放。头头出发,他带着食品、饮料、保健医,伺候左右。头头下钩,他打伞遮阳。头头钓鱼,他钓头头,把一个原本恨他的头头哄得喜欢上了他,提拔了他。

近几年老有一些省市不断地颁发文件,禁止用公款钓鱼——这不比姜太公还要厉害,连直钩都不用,用钱票子就能把鱼或其他东西钓上来。而且是用公家的钱票子。

"款"如何能钓得上鱼来呢?

每周休息两天是中国钓鱼业兴旺发达的一个原因。每到周六、周日的早晨,城市通向郊县的各大路口,会出现相同的景观,一批车队从城里来,一批车队从城外进来,在城郊接合部接头。这是钓鱼的人和被钓的人接头,钓鱼先钓人就从这儿开始下钩或咬钩。事先当然要联系好,有的是钓鱼人先下钩,想钓鱼啦,先决定钓谁? 也就找到出钱的关系户,约好在什么时间、什么地点见面。也有的是被钓者主动邀请别人下钩,想钓鱼吗? 我来安排。接上头以后,车队浩浩荡荡向各个养鱼池奔去。

在每个城市的四周,星罗棋布发展起来许多养鱼池,这些养鱼池的主人就靠公款钓鱼大军发财。从养鱼池里钓上来的鱼,要论斤买,其价格是从自由市场上买活鱼的价格的三倍。郊区有的农民自己挖个水坑,从自由市场上买活鱼放进去让钓鱼大军来垂钓,也能狠狠地发一笔。他们笑脸相迎,热情服务,恨不得让垂钓者多钓鱼。满池的鱼似乎也饿坏了、憋急了,搅动水花,吹起水泡,跃出水面,逗得钓鱼人心喜手痒,忙不迭地抛竿下钩。在这种养鱼池里很少有钓不上鱼来的时候,钓得少了,被钓者也觉得不好意思,会叫主人下网打鱼,分给每个垂钓者。鱼钓得太多了被钓者也心疼,不疼鱼还疼自己的钱,到中午就死气白赖地请垂钓者去吃饭。吃饭花的钱比这工夫钓鱼花的钱还要便宜。知趣的垂钓者,鱼钓得差不多了,比如说已经有几十斤了,人家拉着去吃饭不能不去。否则就会显着太贪了,钓鱼钓红眼了!

常常听到钓鱼者的抱怨,钓那么多鱼,冰箱放不下,吃又吃不完,只好去送人,去交换。用自己钓来的鱼再去钓别的……

钓鱼者也都是被钓者,今天你钓我,明天我钓你。你先钓人,后被人钓,或者你先被钓,后去钓人。一个人要想在钓鱼阶层兜得转,不可能只钓别人,不被人钓。不管谁钓谁,都不是自己出血。你手里有什么就可以用什么去钓鱼,既"直取",又"曲求"。鱼可以钓一切,有鱼就不愁没有熊掌,钓鱼者都是鱼和熊掌兼得。

——这就是钓鱼这项原本安静闲适的活动突然火爆热闹起来的原因。

在生活中,人们只要一听说谁去钓鱼了,立刻会对这个人肃然起敬,高看一眼。因为大家都知道在当今社会能去钓鱼的人,一定非等闲之辈。至少是四通八达兜得转的人物。眼下钓鱼阶层高于工薪阶层自不必说,还高于白领阶层、卡拉OK阶层、"自己的饭基本不吃"的阶层等等,或者说是这些阶层里更畅销的一些人,加上另外一些阶层的畅销人物构成了钓鱼阶层。

唯一的麻烦是,四川著名的"钓鱼王"王勇,在一次垂钓中,被一条"怪鱼"咬伤手指,为了不让鱼毒扩散到全身,只好割掉手指。原来除了鲨鱼,淡水里的小鱼也会咬人,且有毒,能让人致残,甚至丧命。还有的在养鱼池边突发心脏病或脑溢血……

可叹他们还没有姜太公那样的道行和德行。姜太公是在昆仑山跟元始天尊修炼了四十年,才敢下山直钩钓鱼。他钓来了明君,杀了暴君,利国利民。太公遗风何在?

花样钓鱼大军,违背姜太公遗训,小心他会驾土遁、水遁来整顿军纪。

挡

　　生活中不可以没有挡头。有房子就有门,有门就有锁,有桥就有栏杆,有十字路口就有红绿灯……进关过卡,检票验证,不办完手续不会放行。该挡的不挡会出乱子,有时比被挡一下还要麻烦。

　　有一次我去吉隆坡,深夜下机,长长的机场大厅里没有任何挡头,只有一个一个的指示牌。我找到了出关口,冷冷清清,只顾忙着和接我的人打招呼,忘记办出关手续就走出去了,守关的人也没有挡我。一周后当我要离开吉隆坡的时候就没有那么痛快了,行李托运、安全检查都过关了,到需要验明正身的时候把我扣住了。海关人员问我是怎么进来的? 我说是飞进来的。他说,先生你这是非法入境。我说是无法入境,或者叫如入无人之境。我是堂堂正正地从你们的海关走出去的,接我的人可以作证。但没有人拦我,没有人问我,你们没有法,没有关,责任在你们而不在我。他还说按规定这种情况要送上法庭。我回答说自己还从没有上过中国的法庭,能见识一下马来西亚的法庭也算体验生活。我是你们请来的客人,上了法庭丢丑的是你们而不是我。强词夺理还真起了作用,他把护照还给我,让我出关了。在入关时没有被挡节省的时间,在出关时被大挡又浪费掉了。

　　自此以后,我对生活中各种各样的挡就格外留意。凡是人家想挡你,最好就老老实实地接受眼前的现实,该绕的绕,该交费的交费。这一留意不要紧,发现处处是挡。

　　买票进了公园大门,里面还有许多挡,好的景点和展览室都会挡住你再收费。

我每天早晨骑车去游泳馆,要穿过一片楼群,楼群里有纵横交错的柏油路连接两侧的大道。第四十三届世界乒乓球锦标赛开幕前夕,楼群西侧的通道突然被胳膊粗的铁栏杆挡住了,留了一个曲里拐弯的小口,只够通过空身行人。楼群里骑车或坐汽车的人,如果想去西半城,就得走东侧通道绕个大弯子。我也规规矩矩地去绕。绕到第三天,发现西侧很漂亮的半人高的围墙被推倒了一大截,无论骑车的还是步行的,都从那豁口中出出进进。大概推倒围墙比推倒那铁栏杆容易,这叫"你有政策,我有对策"。人流如水流,阻挡不得法会另外冲出一条河道。转眼快一年了,豁口越来越大,越来越平坦。铁栏杆还挡在那里,没有人碰,也没有人管。

我猜测生产那铁栏杆的工厂一定发了财,北方的城市里到处都是那种栏杆。

九五年岁末,早晨七点多钟我和师范大学一位老先生赶到北京站。国人没有不知道北京站的,曾是首都的骄傲,著名的十大建筑之一。如今被我说的那种铁栏杆分割成许多禁区,栏杆外人山人海,横躺竖卧,遍地污秽。我已经见多不怪,同行的老先生却感慨很多,问我为什么要挡起来?我说这么多人,叫您来管北京站您怎么办?

我每次到北京站都会冒出同一个想法:谁若对计划生育不重视,不想节育,就叫她到北京站自己买一次票,上一次车,保管她回去就流产。从售票处外面十几米的地方圈起了铁栏杆,栏杆外面排着长长的队伍,入口由警察把守。我们回天津的火车是八点二十分开车,警察却要到八点钟才放人进去买票。老先生想跟警察理论,我赶紧把他拉走。条条大路通北京,条条大路也能离开北京。我们来到另一排栏杆前排队买了两张站台票,又走到进站口前面的铁栏杆前,跟警察费了点口舌,就进站了。车站大厅内也到处是栏杆,也正因为有了栏杆,车站内才有了一块块的空场,有空场才有干净和稍微安静一点的地方。看上去还像个车站的样子。

天津站也是这样,站前广场被栏杆隔开,大厅内用栏杆隔出一条过人的通道,大部分空间被保护起来。东北许多大城市的车站也如此,凡是人多的地方,就少不了铁栏杆,它冰冷、粗壮、六亲不认、坚持原则,把素质不是很高的人群分而治之。让他们走该走的道,站该站的地方,坐该坐的位置。

看似一种限制,也许从整体流动上更方便了。

比如一间房子,什么东西都不放对人来说才是最自由的,你可以在里边随便折腾。放上一张床,就抢夺了人的生存空间,限制了人的一部分自由,可人累了能够躺上去,岂不是更自由舒服了。不自由也许是自由,最自由也许是不自由。

我这样一想,对生活中许许多多的"挡"就视而不见了。该挡的被挡住,不该挡的挡不住。

名牌的流失

有一则现代寓言近几年非常流行:在一个自然保护区里,为了保护可爱的鹿群不被凶猛的食肉动物伤害,彻底消灭了狼。若干年后发现,由于没有狼的追赶、撕咬、残杀,鹿正一点一点地退化,变得不爱跑,不爱跳,该跑也跑不快,该跳也跳不高,又懒又笨,体质下降。失去了狼的威胁,鹿也不再成其为鹿。于是各自然保护区又纷纷把狼请回来,那些驯良的动物一下子又有了恐惧和危险,因之也有了生气和活力。

狼来了——成了一件好事。

一九七九年年末,美国可口可乐公司要无偿赠送给中国一条罐装生产线,激起了一场轩然大波,有人惊呼:狼来了!

狼来了肯定有狼来了的好处,至少让中国人见识了什么是狼,不再神秘,不再认为它们是"纸老虎"。发达国家这头经济大狼是分三步来到中国的,第一步先把大量的产品卖到中国;第二步把资金借给中国;第三步,也是最厉害的一招,把自己的牌子输到中国。外国的商标琳琅满目,外国商品的广告铺天盖地,中国已到处是"狼",遍地是"狼",家家引"狼"入室。有人甚至以"狼"招人、骗人,以"狼"多或全是"狼"为荣。

狼来之后,中国的鹿群、羊群、牛群、马群等等是不是变得兴旺强大了,不敢妄言,那要经过调查考证,要有科学根据。我感到触目惊心的是狼吃鹿,或者叫"洋"吃"土"的这个过程。

中国碳酸型饮料,曾有所谓八大名牌:健力宝、崂山矿泉水、北冰洋汽水、山海关汽水等,现在已经有六家跟美国的可口可乐和百事可乐合资了,一合资就得打人家的招牌了。家电行业洋招牌更多,最典型的是有九家中国企业同时引进意大利梅洛尼公司的同样型号的冰箱生产线,一霎时八家商标都加上了"阿里斯顿"的字样,于是电视广告上就成天在叫喊"阿里斯顿"、"阿里斯顿"。中国号称自行车王国,原有九大名牌,现在倒了四个:红旗、金鹿、长征、白山,剩下的五个也呈现出下降的趋势。洋牌子却一大堆,如狼似虎地扑过来,斯普瑞克、英莱克、菲利浦、三枪、海尔曼斯、斯塔特、捷安特等等等等,而且势头越来越猛。汽车就更不用提了,人们张口就是奔驰、宝马、法拉利、劳斯莱斯。国内名牌奥迪、桑塔纳,也带着洋味,不能算纯正的中国货。连中国人吃的药,也是杨森、史克、华瑞、大冢⋯⋯

如果"市场就是战场",那么名牌产品就是尖刀班、十八勇士、先锋队、铁血团、主力军。这些发达国家的王牌军和精锐部队蜂拥到我们的领土上来,可不都是为了学白求恩来的,他们是要为自己打天下,占领制高点,扩大根据地,长期最好是永久地驻扎下去。名牌能征服人心,的确可以一劳永逸地占领中国市场。而市场又是现代市场经济的生命,艾丰先生在《国际竞争和名牌战略》一文中,引用一位美国人的话说:"美国决策层认为,如果美国能够全面地控制中国的经济和政治,美国还能繁荣二十五年。"

外国人出牌子,利用中国的人力和资源,生产并非高技术的洋货,在中国市场上卖给中国人,他们却赚大钱——对外国企业来说是多美的事,对我们来说是多傻的事。我们却无法到他们的国家去注册商标,连著名的同仁堂老店的药品出口日本都不能使用自己的商标,五星啤酒出口却要用"九星"商标⋯⋯

名牌产品卖得贵,卖得多,卖得快,将名牌产品保护住,就能变成名牌公司,如日本的松下、索尼,美国的通用、微软等公司。名牌产品的名牌公司多了,就会成为名牌国家。当人们要买一件商品,不知道哪个公司生产的最好,自然就挑国家,美国、德国、日本等工业发达国家往往在首选之列。经济发达国家,常常就是名牌国家。

名牌国家的魅力就不单单是商业上的了，全世界的人才、科技、资金都要向那里流动。我们损失的也不单单是名牌产品，还有更多的名牌人物。任何一个中国人只要随便一想，掰起指头就能数出一串已经到国外去生活的影星、歌星、冠军的名字。其中一个最通行的办法也是"合资"，我们的"名牌"嫁给老外，第一选择是美欧，实在不行嫁个四小龙、四小虎也行。这是老百姓都知道的。还有许许多多各行各业的优秀分子、漂亮人物，也都向名牌国家流失。

诸如每年数学、物理、化学等各种竞赛的尖子学生有几个还留在国内？教授、科技和文化名人的子女有多少还没有出国？石娃先生在《美女消失》一文中说，他见到城里美女大量消失，就向北京人和上海人打问："你们城市的美女哪里去了？他们悻悻然，说嫁到外国去了！"

洋牌子吃掉土牌子，其实是富吃穷，是富雇穷。名牌人物向名牌国家流动其实是随着金钱流动，那些洋丈夫或龙丈夫、虎丈夫，未必个个都是"凤子龙孙"、"虎头虎脑"，但没有一个是穷光蛋。在现代富裕社会有谁敢冒险认为穷光蛋很可能是最优秀的呢？人们宁愿相信，优秀分子多在富裕阶层。

"土"和"洋"的关系已争论过不知有多少年了，我们反对过"崇洋媚外"，提倡过"洋为中用"和"土洋结合"。现在不提口号，没有争论，却实实在在地干。一九七九年我在南斯拉夫，不止一次听到当地人讲，五十年代有许多人跑到了西德、英国、法国去谋生，几十年后开着汽车，口袋里装着外汇又回来了。当年台湾人也有个纷纷外流的阶段，许多年以后有人发觉在台湾发展比在国外发展还要容易些，就打道回府了。中国大陆什么时候也具备了那样的魅力，出去的人纷纷回来，外国人也争着进来，已经不能用他们的牌子吃掉我们的牌子，而是购买我们的牌子，在他们的眼里我们成了真正的洋……

装修经济学

自然界会刮风,社会上也要不断地兴起一股股风——人好像总要兴点什么,追点什么,什么事不搞成一阵风,活着就寂寞了。时下中国城市里刮得最猛烈的一股风,就是家庭装修!有房就一定要装修,把原来配备的东西全部拆掉,统统再换上新买的:崭新的铸铁水龙头拆下来扔掉,再买铸铜的装上;把原来所有的电器开关及插座统统拆掉,改地方另掏窟窿换成新的;暖气也要拆的拆、加的加,合并同类项……这还只是小打小闹。更要命的是本来有墙的地方非要开成门,本来是门的地方偏要垒成墙……大拆大改,大兴土木,铿铿锵锵,烟尘滚滚,把一幢幢崭新的楼房砸得摇摇晃晃,面目全非!

装修的民工唯恐你不拆不改不换,他们按着工程量的大小计算工程费。于是乎,家庭装修渐渐演变成了一种灾难:电锯放进屋里,锯木头、锯瓷砖,声如霹雳,刺耳欲聋。电钻打眼,大锤钉橛,地动墙摇,头上掉灰……不知现代人为什么非要在屋子里掏那么多窟窿?白天胆战心惊,夜里噩梦不断,大凡装修多是持久战,开工有日,结束无时。

话说回来,如今的新房只是一个空壳,不装修根本无法进住。于是,我也赶热闹准备过一把装修的瘾。只要你一起这个心,立刻有关装修的各种信息、知识和经验教训,从四面八方汇集过来:有人说要每周给装修的民工炖一锅肉;也有人说不论你对民工多好,他们也会偷工减料地糊弄你;还有的朋友把装修注意事项打满三页纸,通过传真发来,让我遵照执行……装修尚未开始我的脑袋已经大了!

事已至此,也只好撒手闭眼。朋友们给找来民工,搞设计、备工具、买材料……摊子一下子就铺开了！老伴曾大包大揽地说过由她负责，可真等摊子一铺开，她哪里还控制得住局面？能插上手的就只剩下搞点后勤供应了：这周炖肉，下周熬鱼，八月十五送月饼，隔三岔五送水果……她的小恩小惠却无助于解决工地上的混乱。人多主意多，一会儿一变，前边干，后边改，改就是返工，返工就是无效工，民工自然不乐意。不乐意就吵架，光吵架还是好的，把气撒在了活上就会吊儿郎当、草三潦四，质量一稀松二五眼监工的朋友便有了火气，带着火气说话嗓门就冲，你冲我也冲，你急我更急，话赶话赶不上劲就动了手……

天哪，一动手可就天下大乱了！当时我真觉得自己是花钱找病，一着急就让老伴靠边站，改由自己上阵指挥——这叫临阵换将，为兵家之大忌！已经急得火上了房，也就顾不得许多了。谁料我这么亲身一参与，对房子的装修有没有帮助不得而知，倒是发现许多有趣的现象，足可写一部《装修经济学》。我和负责工程监理的朋友去买红樱桃木的皮子，摊主看我这副心急火燎的样子，张口就要一百元一张。监理很不客气地说：这么扔人啊！他二话不说拉我就来到另一个装饰城，找到相同的红樱桃皮子，店主报价却只要六元一张。我吃一惊，张口就说这么便宜呀！监理瞪了我一眼，事后点拨我说：你要不插那一句嘴，我用四块钱就能拿下来。我说好在就是一两块钱的事……监理说：你知道整个装修下来要买多少东西吗？每样省一两块可就大发了。我心头一震，深感他说得有理，何况人家是在给我省钱。

同样是为了省钱，我们跑到塘沽去买瓷砖，装了多半卡车。我犯愁，这么死沉的东西，到了现场可怎么往楼上搬呢？送货的司机却蛮有把握地不让我们管。快进市的时候，他将卡车开到一个桥边停下，没有吭声便呼啦一下有五六个民工爬上了卡车。大家随车来到我的楼下，下车就搬瓷砖。我问卡车司机，你们也不谈谈价钱？他说用不着，这都是死价，一个人十五元。原来在装修行业管这些临时搬运工叫"水猫"，又称"扛楼的"。全市有好几个"水猫"市场，在每个刚落成的住宅区里都有这样的"水猫"点儿，以后我们凡买了沉重的装饰材料,运到楼下不等发话就会有"水猫"围过来,扛一袋水泥到楼上只需一元钱,四个人把六十张大芯板扛上楼每人十元……

围绕着城市里的装修风,社会分工已经成龙配套,可以说相当精细。给我装修的民工来自安徽,时间长的已经在天津干了十七年,短的也干了有四五年。他们有自己的组织,里面从设计师到木工、瓦工、电工、油工、管子工,一应俱全。每个民工都无须自己去揽活,由队长给他们派活,按时发给他们生活费和工资。技术优秀的民工可以同时为几个队干活,互通有无,哪儿急需就到哪儿救急。他们的组织既严密,又灵活,人人都不愁没有活干,也不会窝工。队长在民工中很有威严,说一不二,根据每个人的技术水准和贡献大小发给不同的报酬。民工——既是农民,又是工人。很难说现在的城市是属于城里人的,还是属于民工的。在城市里建造房子的是民工;为这些房子装修的还是民工;搭桥修路的是民工,在各个自由市场摆摊的还是民工……是民工改变了城市,他们还给传统意义上的城里人留下多少空间呢?我怀疑城市里的装修风其实是民工煽起来的,他们借此掏光了城市人的口袋,改变了城市人的居住观念,还可借此长期在城市里工作下去。

民工摸透了城里人的心态,让城里人明明知道装修是一场灾难,却欲罢不能,乐此不疲。这到底是为什么呢?我猜想可能有如下理由:城里人多年来住惯了千篇一律的公房,好不容易有了自己的房子,怎能忍得住不好好折腾一下?现代城市里污染严重,秩序混乱,城里人管不了大环境,管不了别人,倘若能把自己的小家弄舒服了,回到家就如同进了星级宾馆,岂不优哉游哉!另外,城市里的平民是处处都要被人管的,在单位被领导管,走在马路上被警察管……都羡慕当老板的。通过装修,便可实实在在地当一回老板,指挥民工,掌握工程,调度材料,和民工斗智斗气斗勇,跟卖装饰材料的砍价,人人都觉得把价格砍到了最低限度,占了大便宜。殊不知,买的不如卖的精,如果装修的个个都占了便宜,城市里那么多的装饰城为什么还那么火爆?他们又是赚了谁的钱?再有就是中国人爱攀比,你装修我也修装,你装修得好我比你装修得更好。我的钱没有你的多,却可以花样翻新……

实在不行,我装修的动静也要闹得比你大,我少花钱却可以在墙上多掏窟窿多挖槽!

　　人都是活在欲望里,而城市就是培养欲望的。虽然城市里有下岗的,有感叹挣钱难活着也不容易的,但各个住宅新区里的装修热潮,多多少少给城市增加了一种生气、一种希望。从各地拥进城市里的民工们,正是利用了城里人的这种欲望和虚荣,使自己成了现代城市里不可缺少的一个阶层、一种力量,或许有一天他们还会真正成为城市的主人。

会议经济学

在当今的社会文化里,有两种景观不可忽视:一种是开会,一种是过节。

先说开会。无论新版或旧版的《辞海》里,都没有对"开会"或"会议"这样的词句作认真详细的解释。至今还没有人考察过会议的起源,人类是怎么就发明了这种沟通方式,然后就再也离不开了?简直可以说,人类的历史就是各种会议的结果。我有一部厚厚的一九五四年版的《世界政治词典》,里面的档案处部分内容是会议记录,什么国家,什么组织,搞了个什么运动,开了个什么会,形成了一个什么决议,对国际形势起了什么样的影响⋯⋯或许开会就是人的本性使然,人有一张嘴,有嘴就要说话,而说话是为了给别人听,你说别人也想说,几个人几十人几百人乃至成千上万的人聚集在一起说话,不就是开会嘛!

所谓"政治领导",究其实就是"会议领导"。一切政治决议的形成,无不依靠会议;而方针政策的发布和贯彻执行,也要借助会议。所以在历史的每一个转折点都有一个著名的会议:古田会议、遵义会议、庐山会议、十一届三中全会等等。

过去有句顺口溜:"国民党的税多,共产党的会多。"其实,哪个党的会也不少!就连封建时代每天的"早朝",也是一种例会,可称"御前会议"。领导的征服就是会议的征服,许多领导者的风采是通过会议体现的,一个报告,一篇讲演,就轰动开来,树起威望,传为佳话。如林肯的葛底斯堡演说、毛泽东在延安文艺座谈会上的讲话⋯⋯

六十年代初,我给曾经当过团中央总书记的冯文斌做秘书,每逢有他讲话的大会,就是全厂的节日。他不用讲稿,只在手心上记下几个数字,就能讲三四个小时,职工们听得如痴如醉,绝没有出出进进、提前溜号的现象。八十年代初曾有位知名的女作家因听一个报告而爱上了作报告的人,并在一部长篇小说中全文引用了那个一万多字的报告。有句老话叫:"英雄美在嘴上"——所言不虚。嘴好就要表现在会议上,不是私下里自言自语,那是有病。但是,什么事情一做过了,就会适得其反。

人们一定还记得"文山会海"的年代,试想老泡在海里谁能受得了?于是会场上打盹的,打呼的,"咔吐、咔吐"嗑瓜子的,"哗哗哗"织毛活的,"喀嘣、喀嘣"剪指甲的,"喊喊嚓嚓,嚓嚓喊喊"哥们儿姐们儿扎成一堆神聊的……即使这样也有人不想参加会,有的是因为忙,有的闲着没事也不愿意去听会——听会者是光带俩耳朵,但人长两只耳朵是用来听有用的话,如果都是空话、套话、废话,甚至还有假话,那耳朵就会受不了。人们因此想出了许多逃会的办法——用一个"逃"字和会联系起来,让人想到了逃难、逃跑……足见人们对开会的惧怕或是厌烦。

各级领导自然也想出了种种对付逃会的办法,诸如开会发钱,不参加会的算旷工,停发工资捎带扣奖金。以后干脆演变成一种惯例:开会必须发礼品、送红包。名之曰:材料费、阅读费、车马费……"车"和"马"的费自然就有车有马,这都什么年代了,还有谁能坐着马车去开会?想得何其浪漫!

有段时间我曾以为就是我们中国人会最多,也最会开会,小会两三个人,大会可集结百万之众,如"文革"期间的领袖接见。散漫的在炕头和田间地头也能开会,庄严的会在人民大会堂隆重举行——世界上可能只有中国有人民大会堂。会堂会堂,就是专门开会的地方,人民当家做主,就体现在有了开会的权利和资格!一九八二年我第一次去美国,在纽约参观了联合国总部,看了一个厅又一个厅,也都是开会的地方,才知道联合国就是专门开会的组织。我们从电视新闻里经常会看到联合国开会的场面,台上讲话的人煞有介事,台下听的人稀稀拉拉,会场上一片空椅子。这跟中国正相反,中国开会要求人多,你只要到场,听不听由你。会场上人多,显得郑重其事,头头作报告才有兴奋点。联合国则不然,你不来是你的事,有人听没人听并不重要,重要的是我开过会了,我讲过了。开过讲过就记录在案,就算做了一件事。

那么没人听的会算不算讲废话?开会不都是废话,开会又不可能没有废话。据说当今世界上最会讲废话的有三种人:一种以英国伊丽莎白女王为代表,高高在上,不掌实权,在参加重要的大会或会见什么人的时候都必须要讲话。女王每次都讲得非常得体,非常优雅,非常真诚,让听者非常感动。等这些被感动的人回去仔细一回味,却发觉女王的话里一句有用的也没有。她明明讲了许多话,还博得了一阵阵热烈的掌声,却等于什么都没说。高,这就叫精彩的废话!她的身份约束她,不能对人说"一句顶一万句"的能够兑现的话。

还有一种人手握特殊的权力,一句话被人误解就会造成极大的混乱。以美国联邦储备委员会主席格林斯潘为代表,他是故意把有用的话变成废话来说,把地球人的语言说成外星人的话。这叫机智的废话!因为他不能不说。而《金刚经》上说,所有言说皆为虚妄。你的思想一旦用语言表达出来就容易被人曲解,因此格林斯潘一开口就绕啊绕啊……不把人绕迷糊了不算完。再有就是官员,他们把废话当有用的话说,把空话当实在话说,甚至当做指示发布。有时还把假话当真话说……这是最枯燥的废话!他们也是身不由己,无论哪个国家的官员都差不多,他的这个官当得好坏,能升还是会降,在一定程度上取决于他会不会开会,在开会的时候会不会讲话。

我这么不厌其烦地讲开会,就是想表达一种惊奇:有人竟想得出利用开会这样一种司空见惯的现象赚钱!靠给人们提供说话的机会,包括说废话、空话乃至假话,创造了一种"会议经济学",并在世界范围内形成一种生气勃勃的经济现象!

我很想知道是谁最早想出这个主意,使沉闷的会议成为精彩的商业活动？但查不到资料，只回忆起许多年前去拉斯维加斯，下榻在希尔顿饭店。该城的所有酒店都是赌场，我以为他们的酒店就是以赌业赚钱，谁料陪同我的朋友第二天要去参加一个世界电脑会议，他说上午有比尔·盖茨的发言（那时他还刚刚出名），问我有没有兴趣去看一看。不用出酒店，通过甬道就可以进入希尔顿国际会议大厦，里面如一座浩大的迷宫，同时有三个国际会议在举行，还有一个视听设备展览。朋友告诉我，希尔顿国际会议大厦每年要接待十万人的会议，其效益不比酒店的收入少多少。美国人赚钱真是赚绝了，他们把会议地点设在世界著名的赌城，参加者自然踊跃，这是不言而喻的。同时也给真想去赌的人提供了一个公差的理由。开会为酒店拉赌客，赌博吸引来开会的人……相辅相成，相得益彰。

中国的"会议经济"成气候，我想是自二〇〇〇年的上海APEC会议始。当时上海的所有五星级酒店全部客满，连以前鲜为人知的周庄，也因各国外长去参观而声名大噪。现在去上海的人都想去看看周庄。而且，因那次会议带来的经济效应还在延续、还在扩展。据报载，北京和上海现在每天平均有至少五场国际会议和产品展示会在举行……现在，中国所有的酒店都愿意承接会议，派出销售人员到处揽会议。你看，在经济利益的驱动下，开会就这么不动声色地变得吃香起来了！

以前人们厌恶听会，现在听人作报告却要付费了。前美国总统克林顿，去年到深圳说了半个多小时就赚走了几十万元。其实他的那些话真对人有用的也不会太多，可能免不了也有废话、套话和空话，他卖的是名。听中国人讲话要交钱的也多起来了，比如你想去青岛海尔公司看看，如果只是走马观花地转一圈，那是免费的。倘若你想听人家讲话，介绍一下经验等等，那就要付费。一天有一天的价，三天有三天的价，一个人听三天要交两千六百元。花过这笔钱的一个朋友跟我讲：值，太值了！其实又何止是去海尔，这几年中国各地、各行业、各单位，不是以各种各样的形式纷纷组团出国去开会吗？发布会、招商会、展示会、交流会、短期培训，在国外的会议上自己也要象征性地讲几句做引子,主要是听外国人讲,那可是要花大钱的!

"会议经济"将会议分出了等级:花钱去开的会是有价值的,是自己真想去的。有些会议不要你花钱,反而给你钱,或者管你吃住,那也是用你在会上的讲话换来的,你的发言值这个价。如果你在会上不讲话也管吃管住,甚至给礼品,给红包,那是买你的时间,就看你自己觉得划算不划算了。如今能到处参加会的都是正风光的人。倘若成年累月没有会可开,或者是没有人请,或者是有了开会的通知又没有人给出路费,远离会议渐渐就会被社会遗忘,谈何"与时俱进"? 于是,开会成了一个人或一个单位的标志,一个单位连会也开不起了,也就等于说快黄了!

但从全局来看,当今世界充满了事件,事件多会议就多。开会多赚钱的机会就多,现代人摸着钱边钻钱眼的经营意识是会想出无数名堂,吸引人们凑在一起来开会的……所以,作为一种经济现象分析,"会议经济"方兴未艾,大有前途!

节日经济学

　　世界上任何一个民族的节日风俗的形成，都是一种历史和文化的积淀。社会发展到一定的阶段，形成特有的风尚，再加上已经积累起来的天文、历法和数学知识，便形成节日。如中国的传统节日春节、元旦、元宵、端午、重阳等等，大部分都起源于先秦时代，到汉代定型。发展到盛唐时期，由于国家的强盛统一，科学技术的长足进步，农业生产从几百年的战乱中恢复起来，社会经济发展，人民生活稳定，给社会风俗的演进提供了历史条件，节日便将原来所含有的禁忌、祓禊、禳解、迷信等神秘性，转化成以娱乐、礼仪为主的"良辰佳节"。除夕夜驱鬼的爆竹成了热烈欢庆的表达，元宵节祭神的灯火成了让人观赏的花灯，中秋节的拜月成了赏月……甚至渐渐形成一种奢靡之风。

　　现在，也兴起一股大办节日之风。据报纸上公布的数字，现在中国每年有四百多个节日：白菜节、苹果节、烧饼节等等，不一而足。节日名目很多，但大都是搭节日的台，唱经贸的戏，至于效果如何，却不得而知。只见有些节日兴起得快，消亡得也快；有些节日虎头蛇尾，有开幕没有闭幕，或者开幕即是闭幕；有些节日打肿脸充胖子，还在苦苦地撑持；有些节日得不偿失，赔了个底掉……在商品经济时代，要想把节日做大做强并长久地坚持下去，就必须有强大的经济效益，"赔本赚吆喝"的节日是难以持之以恒的。世界上有不少著名的城市，就是靠吃一个节日。如苏格兰一年一度的"爱丁堡国际文化节"，每年都给苏格兰带来滚滚财源。节因城而闻名，城因节而获益。

　　在中国五花八门不胜枚举的现代节日中，确实也有办得成功的。

我本人就比较喜欢哈尔滨冰雪节,据说每年可带来十亿元左右的经济收益。这当然取决于哈尔滨的地理优势和气候特点。因为雨水越来越少,雪是雨的精魂,就更难得一见。于是,人们对雪就格外想望。外国的圣诞节不可无雪,中国人过春节企盼有"瑞雪兆丰年"。但连年缺少大雪,使得这个传统习俗中最重要的节日也变得干巴巴,有燥热而无温润,越来越让人提不起精神。连中央电视台晚间的天气预报,都不得不靠一个短暂的大雪动画片来增加冬季的色彩和祥瑞之气。北方人过惯了四季分明的日子,该冷的时候不冷,甚至该冷的时候热,该小热的时候大热。心里已经旱透了,感觉总是黏黏糊糊,精神处于无尽无休的温吞状态。所以,每到冬季就羡慕东北人,从天气预报中一见到他们下雪就眼馋。哈尔滨就最会利用这种冰雪优势,自一九六三年的冬季就创办"冰灯艺术博览会",至今已举办过三十届"冰灯展"。一九八五年又经地方人民代表大会立法,确定每年的一月五日为"哈尔滨国际冰雪节",今年已经是第十九届了……

冰象征着水的品骨,古人称冰为"脂膏",多指美妇人的容颜,谓之"冰清玉润"。杜甫曾唱过:"冰雪净聪明,雷霆走精锐。"可见冰是当今更为紧缺的物质,连北极的冰层都在一点点地融化……人们都渴望借哈尔滨冰雪节被认真地冻一冻,在冰天雪地里摸爬滚打一番。尽管哈尔滨这三个字当初在满语里是指晒网场,但它给现代人的感觉却是响亮上口,从外表到骨子里都透着一股"洋"。目前国际生态学界一致的结论是,"构成现代城市环境美的个性因素是——水"!大凡国际名城,没有不临水的。哈尔滨恰恰有一江好水,这样的城市何其幸运!

每到冬季,雪色明净,天空高爽,空气香冽纯明,吸一口清凉有筋道,肺腑立刻洁净通爽,精神为之一振。走进太阳岛的雪雕园,立即会有投身于北国冰雪大怀抱的感觉。江风猎猎,吹彻周身,雪干而脆,细如珠粉般的在脚下飞旋浮动。天空晴朗,充满阳光,清澈而凛冽。冰雪重新设计了大自然的风貌,装点世界,遮掩了一切芜秽,天地一片洁净。空气酥脆,变得晶莹明亮起来。虽然冰封雪覆,却让人明显地感到大地充满生机。凝固不是窒息,是孕育,是积蓄。人也像其他一切有生命的东西一样,在冬季需要大雪的覆盖和滋润。雪深一尺,则入地一丈,东北的黑土地之所以格外肥沃,大概也跟每年冬季都要被大雪覆盖有关。

雪是欢乐的温床,奇异而迷人,所有的人在雪地上都变成了孩子。大家都想在未被踩踏过的白雪上留下自己的脚印,都想摸一摸雪或将雪攥成雪球,最好是用雪球攻击别人,或是放入别人的衣领内……这是对纯洁的向往,还是人天性中的破坏欲?同时,冰雪也让人萌生出许多奇思妙想,人人又都想对洁白无瑕的雪进行再创造,天地万物,人间胜景,清绝幽香,神韵风流。在辽阔无垠的雪色衬托下,千奇百绝的雪雕作品皎洁多姿,纤尘不染,同阳光相辉映,熠熠耀眼。

哈尔滨的冰雪世界里,有灵机一动的点缀,有神来之笔的妙构,有单件小品,有鸿篇巨制,有铺垫,有主题,有回旋,有高潮……由小及大,由近到远,层层推开,波澜壮阔。当天色乍黑,松花江如一条白练静静地舒展开来。南边是灯火通明的哈尔滨城,北面是光彩璀璨的冰雪公园。玉城瑶砌,画梁雕栋,亦虚亦实,若梦若幻,令人惊叹不已!人们常用仙境来比喻自己向往的地方,这儿就是人间仙境。宫殿嵯峨,楼阁层叠,水晶亭榭,翠娇红冶,两旁雪山护卫,背后长城巍峨。鲜冰玉凝,素雪珠丽,清虚透亮,光摇万象,一轮红光里霓裳舞,寒气朦胧妙庄严……冰雪使人们欢乐,长空卷花,香熏笑语,头上明月交辉,脚下玉碎珠跳。情为景催,气势不输杨万里:"银色三千界,瑶林一万重。新晴天嫩绿,落晚雪轻红。"

冰雪为天地灵气之所钟,将哈尔滨变为童话,将童话变为现实。冰雪塑造了哈尔滨,哈尔滨用冰雪塑造了自己城市的理想。在当今这样一个务实的竞争激烈的商品时代,能走进童话般的冰雪世界,"净心抱冰雪",享受奇异的晶莹和宁静,感受大自然纯洁坚定的力量,倍增清爽,仿佛从里到外彻底消了一次毒,激活了体内潜藏的生命力!难怪这冰雪世界里万头攒动,摩肩接踵。哈尔滨就是中国冬季的"主题公园"。人们从世界各地拥到这里,什么肤色的都有,操什么语言的都有,这里的冰雪构成了名副其实的"大世界"!更令我惊异的是,刚踏进冰雪大世界时感到空气清凛,寒光万里,渐渐地因被冰雪景观所吸引而忽略了寒冷。"大世界"里冰雪作品太多,想要仔细地都看过来,恐怕至少需要三天时间!我们目不暇接,在里面流连忘返,待的时间一长反而从心里生出一股热力,觉得脚下的雪地变得如阳春般地温暖起来……这使奇异的冰雪世界越加地神奇。

人们到哈尔滨来是寻求冰雪,渴望寒冷,想不到体验了冰雪的温暖、冷的热力。冷可以是热,热也可以是冷。哈尔滨借助冰雪很好地保护了城市的自然命脉,热力发散,成了冬季一座北方最著名的"热城"!

家族的故事

　　二〇〇三年十月九日的《羊城晚报》，以一个整版的篇幅，登载了记录一周前广州数万人争购利德治疗仪的文章，通栏的大标题是：《羊城再掀抢购潮》。几天后广东一朋友约我南下参加一个活动，并要我顺便买一台利德治疗仪给他带去。原来这个东西还是天津生产的，自我感觉一直甚好的老广，竟然这般崇拜天津产品，颇令我意外。不久我就寻到一个机会采访了生产利德的厂家，它叫"天津利德医用设备公司"，是一家家族企业。妹妹王景毅是董事长，周身散发出混合着自信、敏锐和清朗飒然的魅力，她精神层面上的底色是智慧，喜欢眯起来盯视的眼睛里有股诱人的力量。她的哥哥王健是总经理，有一种稳健、沉实的魅力，这倒和利德的产品相协调，给人以信任感。在这个浮躁的商品社会，平和、专注已经是男人最美的眼神。

　　最早创建利德王国的正是这一对兄妹。兄妹齐心，不啻稀世珍宝。

　　既是一个家族自然还有别的人。"利德"这个名字是他们的父亲王荣业定的，原是经营医疗器械的行家，六十多岁也正是爱管闲事的年龄，却有足够的智慧置身事外，把公司完全推给儿女，只保留在自己认为不能不说话时的发言权。王母倒是对"参政议政"的热情似乎更高些，平时会从身边的张姐、李姨嘴里听到一些有关公司的信息，听得多了就有话想说，想说话了就到公司说上一大篇，听不听在儿女，说不说在自己，企业既然是家族的，这点民主还得要有，它体现了一种权利。王景毅下面还有个小妹妹，还有她们各自的配偶，也一并加盟利德,都有必须独立负起责任的岗位。但他们最主要的职责似乎是从自己的位置上倾全力维护一个核心,王氏家族对外始终只有一个声音,那就是王景毅的声音。

这是自然形成的,是历史造就的。一个家族企业的灵魂,必然承载了这个家族的智慧、运道和福泽。当今企业界优秀的女老板往往特别能干,她们经历一番奋斗,打下一片天下,身上自然就有了一种大气和刚性。再加上她们天生具有柔的一面,所以能刚柔并济,左右逢源。一个有着经营才干,似乎是专为开放的市场经济而生的女人,想要封闭自我是不可能的。既知道自己的优势就没法不施展,否则会心里不平衡。

生活就是一种平衡。在一个成功的家族企业里,必然会有一两个天才人物。即使以前没有这样的人物,在创业的过程中也会造就出来。王景毅和王健就是个市场天才,许多年前,他们就能把一个默默无闻的产品卖成风靡一时的好东西,他们似乎对自己的见识很有信心,敢于做自己认为是正确的事情,且不会因别人的反对而放弃。而只要是他们认为确有价值的产品,就一定能做强做大,利德的百万台销售市场就是这样开辟出来的。

利德公司及其产品的性质决定了他们从一起步就着眼于利人、得人。现代人视自身的健康为第一财富,健康意识正在成为世界规模的宗教,利德可谓生逢其时,占尽天时和人和。

家是心之居所,人们更习惯于说家是社会的细胞。而今社会是商品社会,家便成了市场的细胞。因此,家族最容易成为事业的起跑点,家族企业既是最古老也是最成功的资本积累方式之一。血比水浓,古人说"上阵父子兵"嘛。现在的家族企业形式就更多样化了:"夫妻档"、"兄弟班"、"亲友团"等等。

欧美的早期工业化就是随着家族企业发展起来的,曾经长期控制美国的"十大财阀",无不是家族企业。像瑞士的劳力士以及美国的杜邦集团等家族企业,已经超过了二百年。即使在当今市场经济时代,家族企业仍然是最活跃的力量,是举足轻重的庞大群体。据国际上公布的资料:世界企业界的百分之八十是家族企业,在美国则占了百分之七十五。《财富》五百强中有一百七十五家是家族企业,世界上市公司的百分之四十为家族企业所控制。我们熟悉的有强生、福特、宝洁、惠普、沃尔玛、迪斯尼、洛克菲勒、摩托罗拉,以及香港李嘉诚的长江实业集团、台湾的王永庆、马来西亚郭鹤年的郭氏兄弟集团等等。

一谈到家族企业人们很容易想到它的生命轨迹。经济学界对家族企业做过统计,有百分之七十未能传到下一代,有百分之十五可延续到第三代甚至更长,一般的家族企业是到第三和第四代开始变化。如韩国的现代集团,曾经掌握着韩国的经济命脉,二〇〇一年创办人郑周永辞世后,将董事长一位传给他最欣赏的儿子郑梦宪。可二儿子郑梦九立刻从集团挖走了现代汽车一大块肥肉,小儿子郑梦准也随即将自己拥有的现代重工剥离出去,庞大的现代帝国立即空了,郑梦宪于是二〇〇三年八月四日跳楼自杀。

哈佛大学的教授拉瑞葛雷纳将家族企业的发展分为学步期、青春期、盛年期、稳定期。美国经济学家伊查克·艾迪思则将家族企业的生命周期分为三个阶段:成长阶段、成熟阶段(包括盛年期和稳定期)、老化阶段(包括贵族期、内耗期、官僚期、死亡期)。

关于家族企业的管理,在全球范围内都一直是最热门最棘手的课题,其中最根本最微妙的就是所有权与经营权的矛盾。在世界性的产权革命的冲击下,企业的竞争不只是产品和价格的竞争,还有产权的竞争。家族企业不得不受到人的本性和经济社会游戏规则的制约,比如自身权威、家族利益和管理现代化之间的权衡和冲突。

管理一个家族不比治理一个王国更容易。家族企业可以托庇祖荫而兴盛,同时也拿家族的命运作了抵押。至于家族企业怎样才能传之久远,不妨思索一下进化论的老祖宗达尔文留下的名言:自然界的幸存者不是最强悍的物种,也不是最有心计的物种,而是那些最能应对变化的物种。

我想对于利德公司来说,这些还都是后话,他们目前还处在"青春期"或曰"成长期",正是生机勃发,把家族企业的优势发挥得淋漓尽致。但是,他们显然已经意识到或根据企业的实际需要,正逐步将家族企业社会化,其中一个重要的趋向就是决策层成员的社会化。在利德公司的经理层中,已经有近一少半是外姓人。企业制度也正在借鉴现代公司制的经验,并不实行家族制。公司的生产方式正由小生产向大生产转化,企业增长方式也由粗放型向集约型过渡……

财富是所有人心里的痛,缺少它的想拥有它,已经拥有它的想要得更多。因此世界上的许多事情常常是财富在起作用,财富不仅掌握现实,还操纵灵魂。王景毅却说,我们家谁都挣钱,谁又都不管钱。利德公司里当然有管钱的,她说的是一种态度、一种境界。一个上升的家族企业的内部机制更应该是如此。曾连续十二年荣登吉尼斯纪录大全世界销售第一的宝座,被誉为"世界上最伟大的推销员"的乔·吉拉德,总结自己一生的经验只提炼出一句话:"你一生中卖的唯一产品就是你自己。"

只有自己的勇气才能给予自己机会。

结缘"黑松林"

黑松林——松树林绿得发黑,黑得冒烟。

松林敢于称"黑",还要大到一定的规模,走进去深不可测,外面阳光灿烂,林内黑咕隆咚。黑松林还要绿得无边无际,波澜壮阔,才会绿出层次,产生出深绿和墨绿。

我的家乡就曾经有过这样一片黑松林。它在我童年的记忆里占有重要位置,大多惊险刺激的故事都发生在黑松林里。比如,天一黑,黑松林就变得恐怖无比;三伏天,黑松林里胜过现在的空调房;越是急着赶路,就越是闯不出黑松林;越是害怕,在黑松林内就越容易碰上鬼打墙;黑松林内有千年的大蟒蛇,还有能把人像抓小鸡一样抓到空中的老雕……

历史上曾经有那么一个时期,这样的黑松林不少,在江苏黄桥也有一片。当地有个秀才,好不容易赶考得中做了京官,却发现当官远不如守着家乡的黑松林做个草民惬意,后来便寻机辞官回乡,重返黑松林做了一名普通百姓。

后来黄桥又有一个聪明人,用"黑松林"作商标,创造出中国的名牌黏合剂。

可谓从小机会,开始干成了大事业。其实世界上的许多大事业,都是从小机会开始的。

我由于欣赏"黑松林"的商标,在一篇文章中转引关于黑松林的故事,因此结识了黑松林黏合剂厂的厂长刘凯鹏。这是个有心的人,善于观察,勤于思索,凡归纳皆诉诸笔墨,此书便是以散文的笔调叙述企业管理上的心得,读来举一反三,兴味盎然。

作者博闻强记,精细多智,以做事为本,且喜为文自娱。事有所成心有所得,心有所得必有所悟。悟是一种精神收获,不可不记之留存。世间能够留存下去的多是精神,而记的过程又是一种反思、一种升华,探微取精,涉笔成趣,久而久之,积腋成裘,遂编成此书。

读做事的人根据自己做的事写成的文,又不同于专职为文者的文字,每论必由一事生发而来,每事均有切肤之感,平实鲜活,根脉条畅。

"黑松林"厂一个来自农村的年轻营销员,收入颇丰,幸福洋溢,于是买了摩托车,在乡镇大道上风驰电掣,好不得意,甚至不穿雨衣却在风雨中兜风。刘鹏凯不想扫这个年轻人的兴,又让他能永远都安全地感觉这么良好,就买了一个头盔送给这位营销员,外加两句话:"保持冷静头脑,家人盼你早归。"

从此,凡厂里职工买了摩托,必会收到厂长赠送的头盔和两句话。

小事是大事的根,俗云"天大的事有地大的人去做"。人间万事,毫发常重泰山轻,无论什么事,只要值得做,就值得做好。

几十年下来,"黑松林"厂的"摩托青年",就真的没有出过值得一提的事故。培养出一种习惯,并变为佳话流传下来,渐渐就会演变成企业的一种精神。

锅炉车间是"煤老虎",然而这只"煤老虎"要受锅炉工的控制。也就是说,只要管好锅炉车间的人,就能控制住"煤老虎"。制度很严密,"管、卡、压"一阵,煤耗就低一点,抓得稍微松一点,煤耗就上来。什么事情老紧就不紧了,再严密的制度也没有人的思想情感更精密更复杂。比如从表面上看一切都按制度办了,可就是没有将煤烧透,剩下很大的煤渣。

刘鹏凯选了个雨后,带领有关人员来到锅炉车间的煤渣堆旁,他的本意是要召开一个"追求煤炭燃烧率最大化与燃烧后煤渣含煤量最小化"的现场会。来到现场却改了主意,他将开会变成做游戏,从口袋里掏出一枚硬币,甩手投进煤渣堆,让他的部下去拣回来,看谁用的时间最短。

在很容易拣到硬币的一刹那间,参加现场会的人突然都脸红了。热量完全燃尽的煤渣是灰白色,硬币掉下去很难找得到。而没有烧透的煤渣,经雨水一冲是黑的,硬币掉上去非常显眼,拣起来自然是很容易的事情。

企业管理如水之四流,随地成形。领导处事如日月四照,能设计和创造出一种环境、一种氛围。所以,管理者最需要的是综合能力。

管理人的根本不是有多少财富,也不是有多大权力,而是责任心。对于一个有心的管理者来说,没有哪件事情是没有用的,并对这些代表某种征兆或预示某种变化的事情,及时作出敏锐而积极的反应。

刘鹏凯说,人有麻筋儿,企业也有麻筋儿。点中了麻筋儿,如同针灸刺中了穴道,让人麻而酸,麻而痛,酸痛之后是舒泰,是祛病消疾,甚至起死回生。

一个电工小伤大养,想吃上"黑松林"了。许多年来工厂里都流传着这样的话:"死车工活钳工,不三不四是电工。"他们屁股后面挂一个电工工具夹,晃里晃荡,眼睛朝上,一般都是哪儿出了故障才去找他们,所以他们习惯于被人求、被人捧,端架子摆谱儿,又臭又硬。此电工还练就了一副三寸不烂之舌,喜欢到处给人看手相。

于是刘鹏凯就请他给自己看手相,电工对着厂长伸出来的双掌却丈二和尚摸不着头,他那点把戏不知该怎么耍了?原来他相手术是看人下菜碟,人看不透便不敢论手了。刘鹏凯便倒过来给他看,抓住他的手一边相一边说:"嘿,歇了这么久,反而磨出了老茧,手心的纹路里还存留着丝丝油污,指甲缝里藏污纳垢,你是天天在你父亲开的修车店里帮着修摩托车。这是个来钱的行业,你的手艺也凑合,其实可以辞职专门修车,省得心里不踏实。如果还舍不得'黑松林'这份收入,就只能利用业余时间去帮忙,赚钱要赚得心安理得。"

这个电工第二天就上班了。

现代管理就是以人为中心的管理。管理人,则"胆欲大而心欲小,智欲圆而行欲方"。市场经济竞争激烈,成败在于一瞬,变化多端,云谲波诡,成功会掩藏起许多小人,一旦失败会识破许多朋友,"以人为中心"谈何容易?

管理的复杂和难度也正在其中。所以世人把优秀的企业家称为"管理大师"。

目前企业界出现了不少优秀的管理者,到什么时候有了一批公认的"管理大师",中国的企业就将真正"迈上了新台阶"。

天下谁人不识君

——唐山湾状若满弓　曹妃甸弦上之箭

唐山,厉害!

凡华夏子孙若想回避唐山,或说不知道唐山是很难的,容易被认为无知。因唐代极盛时期,声誉远播海外。自大唐之后海外的华侨、华裔便习惯性地称祖国为"唐山"。在海外到处建"唐人街",外国人甚至对中国人通称为"唐人"。国人即便在国内不熟悉唐山,一出国到处都会听到"唐山、唐山"的,想装不知道唐山都难。

所幸我是河北人,自小就知道有个神秘的地方叫"唐山"。经常听到有人说一句俏皮话:"倒霉上唐山。"这使我纳闷儿,为什么去唐山倒霉?既然会倒霉为什么还非要"上唐山"?后来考到天津读书,才知道天津市委、市政府的办公大楼,原来就是唐山开滦煤矿的驻天津办事处。好家伙!一个办事处就如此堂皇,它在唐山的总部又该是怎样一番景象?

还有,天津最繁华的劝业场以及附近几栋最显眼的大楼,也都是在开滦煤矿发了财的人投资兴建的……原来那句俏皮话是利用谐音逗趣,本意是"倒煤上唐山"。煤是"黑色金子",实际就等于说"发财上唐山"。

以后我有机会多次去唐山,但均与发财无关,都是公差。给我的想象造成强烈冲击的,竟是唐山的颜色。原以为这样一座著名的"煤都",其基调应该是黑色的,至少也是深色调,到处都是煤堆……这是在其他产煤的地方得到的印象。但唐山不同,以周围无边无际的油绿托浮着一片突出的白色。油绿是唐山四周的植被,或许是唐山地区的土质好,庄稼好得出奇,绿得冒油。我因在农村长大,喜欢庄稼,对庄稼的认识比较敏感。绿海中一片高耸的白色,就是唐山市区,街道也相当干净,看不到煤,连开滦煤矿大厦,也是一座雄伟的乳白色建筑。

唐山市的色调,更像唐山的另一种著名产品:瓷器。这给我的感觉很特别,盛产"乌金"的城市为什么是白色的? 如此强烈的反差,让人感到了唐山的两个极端:厚重和轻盈。

厚重的是城市的经济、城市的根基;

轻盈的是它的文化,这是个会创造也会享受、会赚钱也会消费的城市。

我想凡第一次到唐山的外地人,差不多都会生出相同的疑问:让这个干净漂亮的唐山早就声名远播的煤矿,藏在哪里呢? 一九七六年秋,我有机会能深入唐山矿井,从三百米深的巷道开始,一层层地直钻到七百多米深的采掘面,真正见识了原始状态的煤的漂亮。

对,我用的就是"漂亮"这个词。人们恐怕很难把漂亮和煤联系起来,但当时我觉得光说漂亮还不够,应该再加上"洁净"。巷道两边是切割非常整齐的煤墙,乌黑发亮,在灯影里星星点点,闪烁着光芒。往前深不可测,左右厚不可量,我一下子就明白为什么要把煤称做"乌金"了! 煤在地下没有被采掘以前,的确是很美的,干净漂亮,真的像金子一样闪闪发光。只有被开采下来运到地面,才有了煤渣、煤粉,随即也变得脏了,谁碰了谁黑,染到哪儿哪儿污。

乌变污,掩住了原有的光泽。但煤的品质还在,以金子类比实不为过。唐山以此立市,才养成了它平实强健的品质和性格。

为了运煤,唐山修建了中国的第一条铁路:唐(山)胥(各庄)线。有了铁路自然就要有火车,唐山又造出了中国的第一个火车头。然后是为满足城市建设的需求,唐山请德国人帮助建成了中国的第一个水泥厂……

唐山以其在传统文化上的独特象征性和经济上的强劲优势,迅速成为令人艳羡的个性突出的城市。然而命运对一个城市的成全,往往还要借助灾难,而且不是一般的灾难。对唐山的品性最严酷的考验,就是划时代的一九七六年的大地震。

地震并不是新鲜事,世界上每年不知要发生多少次,也不知会在什么地方说震就震那么几下。这种事发生在别处就叫邢台地震、营口地震、云南地震……唯独发生在唐山,就成了"大地震",乃至创造了一个震惊世界的家喻户晓的专用词:"唐山大地震"!确实,任何一场地震都没有唐山大地震这样的影响,一日之间使唐山成为举世瞩目的城市。这当然不只是由于地震"大",还因为唐山大地震富有重要的象征意蕴,它预示了"文化大革命"十年封闭而动荡的结束,和一个大开放时代的开始。

大地震后的第四天,我得到特别准许搭乘运送救灾物资的火车进了唐山,却看不到唐山市了,原来的城市变为一片废墟。地震来自地心,奇怪的是距离地心更近的无数矿井反而受损失最轻,地震时凡在矿井里劳作的人,大多安全无恙。

我当即就明白了,唐山大地震摧毁的是表面上的一些东西,其城市的"根"并没有受损。有根脉品骨就不会倒,精神也不会垮!

这让我想起芝加哥,过去曾是美国的"屠宰中心",每天集结着从中西部草原上运来的无以计数的牛马猪羊。一八七一年因一头牛踢翻牛棚的油灯而引发一场大火,竟将整个芝加哥城烧毁。大不幸带来的大幸,是在一篇黑色的焦土上芝加哥得以重新规划和设计,后来新建成的芝加哥,被誉为"世界建筑艺术博览会"。

果然,大地震之后的新唐山,比过去规模更大、气势更大了。煤炭、陶瓷、水泥等原有的王牌工业优势仍在,且借开放的大势越加生机焕发,高歌猛进。由于唐山北依燕山、南濒渤海的特殊地理位置,又被首都相中做伙伴,北京的一些招牌企业东移唐山,如著名的"首钢"。这种"强强联合"使唐山如虎添翼,有了大港口、大钢铁……以曹妃甸为龙头的科学发展示范区,引起世界瞩目。我非常喜欢一个比喻:唐山湾状若满弓,曹妃甸就是这弓弦上蓄势待发的箭镞。

更具有象征意味的是,中国第一条高速公路,被命名为"京津唐高速"。高速离不开唐山,唐山在高速。至此,唐山现在的地位和无可限量的将来,便一目了然了。

"天重"效应

　　每个人的一生，肯定都经历过几桩痛快事。我人生中的一大快事，是刚参加工作便一步跨进当时的头等大厂："天重"——天津重型机器厂的简称。作为全国"五大重机厂"之一，曾是工业时代的一个标志。不只在天津，在全国也赫赫有名。我亲身经历了它波澜壮阔的辉煌，也见证了它在新时期的转型。正是这个过程，成全了我的文学创作。改变我人生轨迹的《机电局长的一天》、《乔厂长上任记》等早期的一批作品，都取材于这个厂。我文字中的气脉、视野和个性，也得益于这个厂。

　　我至今还记得刚进厂时的震惊，展现在眼前的是一个巨大的工业迷宫，如果单用两条腿，跑三天也转不过来。厂区里布满铁道，一个工厂竟然趁三列火车，无论是往厂里进原料，还是向外运产品，没有火车就拉不动。当天车钳着通红的百吨钢锭，在水压机的重锤下像揉面团一样翻过来掉过去地锻造时，车间里一片通红，尽管身上穿着帆布工作服，还是会被烤得生疼……我相信无论是什么人，在这种大机器的气势面前也会被震慑。我小说中的"局长"、"厂长"，就是在这样的气势中诞生的。

　　"乔厂长"身上有着"天重"第一任厂长冯文斌的影子。他是从中央下来的大干部，还不是一般的大，我作为秘书在帮他搬家整理东西时，发现了两张毛主席亲笔写给他的条幅。一张是"谦虚使人进步，骄傲使人落后"，另一张是批评独立王国针插不进、水泼不进……我想那两条让全国人民耳熟能详的语录，说不定就是专门送给他的。但他确

630

有大人物魅力,作大报告时会将早、中班和正常班的职工集中到一起,至少也有四五千人,他却只在手心上记几个数字就上台了,一讲两三个小时不打断流。台下绝对没有打喳喳、织毛衣、嗑瓜子以及出出进进的,大家都觉得比看电影还过瘾。

抓工作就更狠了,每天上班来必定先到各主要车间转一圈,从他嘴里听不到"研究"、"商量"一类的词,他说了的事就得非办不可。有一回车间里需要高压无缝钢管,供应科长派采购员到鞍钢去买,一个星期没有下文。在生产调度会上车间里又提出钢管问题,厂长责问供销科长是怎么回事?科长不敢说别的,只好说钢管很快就到。说完借着去厕所就溜号了,一口气跑到车站登上火车就去了鞍钢。第二天他从鞍钢打电话给车间,说钢管已经发货。他这次若弄不来钢管,简直就不敢再见冯厂长的面了。

还有一件事,水压机进入安装调试阶段,技术人员认为至少需要十天,冯厂长却指示必须三天拿下来。他布置完任务后就让我给搬了把椅子往现场一放,他坐下后不说话,也不跟着干,更不干扰工人干活,整整坐了三天三夜,没见他打过盹,甚至没见他伸懒腰、打哈欠,也没见过他吃饭。只是在工人吃饭前的半小时,他会到食堂转一圈,嘱咐食堂把饭菜搞好,或许他就抓这个时间吃点饭。等到工人们吃完饭回来,他早已经坐在现场等着了。因为他坐在现场,工程师们和各有关科室的头头全都来到现场,跟着工人连轴转。只用了三天三夜,果真把设备调试好了,大家都觉得从来没有干过这么漂亮的活。冯厂长当即宣布,每人回家好好睡上两天两夜。他说:打仗的时候,如果这个山头有战略意义,就一定得拿下来,死人也要拿下来。搞生产也是这个道理,该下决心的时候就得下决心。如果我心一软,你们说十天就给你们十天,一晃荡说不定半个月也完不成。

冯厂长的故事多,"天重"的故事自然也少不了。农村的改革开放是从土地开始的,城市里则从国营大企业开始。当时全社会都重视工业,大工厂成了各地最重要的景观,不只是国家领导人会不断地来视察,外国的首脑也常来参观。我当时担任锻压车间主任,车间里包括四大块:六千吨水压机、两千五百吨水压机、锻工、热处理和粗加工,总共有一千多名员工,以后渐渐地改为三个分厂。在我的记忆里有两次最为惊险,事后我的厚帆布工作服竟让被吓出的一身冷汗给浸湿了。

　　一次是国家主席李先念和夫人,陪同柬埔寨的西哈努克亲王来车间参观,那天碰巧刮大风。幸好六千吨水压机正在干一个一百五十吨的大活儿,一千三百度的高温将钢锭烧得发白了,贵宾们被烤得都退到了车间门口。而门口风又大,只站了一会儿就由市领导引导着出去了。领导人刚走出车间,三十多米高的房顶窗户就被大风吹开,碎玻璃碴子喊里咕嘟地砸下来……还有一回,一位懂行的国务院副总理来视察,辅助天车从炉膛里钳出一个烧透的大钢锭,放在一百七十五吨锻造天车的链条上,天车操作机铿铿一较劲,底下的链条断了。天车司机还算机灵,立刻将天车开到旁边重换了一根新链条,然后才开始锻造。一般外行人看不出是发生了事故,可那位副总理是行家,转过头问我:你的设备在开炉前不作检查吗? 我的汗立刻就下来了,生产前哪能不检查? 况且是国家领导人来,那真是查了又查,可偏偏就这么寸!

　　我的第一部中篇小说《开拓者》,获一九八〇年全国优秀中篇小说奖,领奖时有记者问我:你是个工厂的业余作者,却在小说里写了个D副总理,这虚构得有点离谱吧? 你见过副总理一级的人物吗? 对这种身份的人物的言行,你怎么把握? 他的提问带着一种蔑视,认为工厂的业余作者就没见过世面。我当即回答说:巧了,我不只见过一个副总理,还跟其中的一位副总理有过一段交往。那位副总理原来的单位,跟“天重”同属于天津第一机械工业局,当上劳模后我帮他整理过材料。后来被周总理看中并提名,在第四届全国人民代表大会上选为国务院副总理,主管工业。一九七八年解职后又回到一机系统的天津机械厂,从头再来还是由工人干起。我曾抓了个中午休息的空去看他,只见他在屁股底下垫了个稻草袋子,后背靠着工具箱,脸上盖着半张报纸,正呼呼大睡。我提前准备了一肚子的安慰话都没用上,改为开玩笑说:您可真是吃得饱睡得着啊! 他跟我说:从一当上副总理就严重失眠,每天能睡三个小时就很不错了。说也怪,自打一回到天机,嘎噔一下失眠就彻底好了。由于他肯吃苦,干得好,再加上改革开放到处都需要能人,他一步步地又升了起来,组长、班长、技术改造办公室主任,最后调到华北物资公司担任总经理。我曾在当时的《海南纪实》上发表过一篇报告文学:《从副总理到总经理》。

话题还是再回到"天重"。由于它牌子硬、厂子大,用人的地方多,再加上冯厂长名头响亮,四处搜罗人才。久而久之,"天重"成了工业系统的一个大人才库,或者叫领导干部培训中心。"天重"里出能人,在天津出了名。不要说冯厂长手下的四梁八柱都非等闲之辈,就连一般的中层干部,甚或是在"天重"很不起眼的人,一离开"天重"调到别的厂,立刻就显露出在大厂见过大世面的优势,知道什么叫领导、什么叫管理,很快就成为厂里领导,或尖子式的人物。

进入改革开放的新时期,厂子活泛了,人的流动也多起来,人往高处走嘛。某一天,有些过于敏感的人忽然发现,天津市的头头脑脑中怎么有这么多"天重"的人啊? 市里管工业的领导,还有经委、计委、统计局、人事局、技协等重要的经济技术部门的领导,几乎都是从"天重"出来的,到哪里都不愁碰不上"天重"的人。

原来我那个车间的一名技术员,现在是一家私人大型锻造公司的董事长,拥有个人的万吨水压机,专门生产重型曲轴。正是受他的启发,我才答应了一位好编辑的约稿,正在搞一部新时期国营大厂的调查报告。

甚至连老"天重"退休的人,也"退"出了一种别样的味道。有天早晨我在公园里撞上了当年的总工程师,手握一杆一米多长的大笔,在湖边低头塌腰,蘸着湖水在地面上写大字。这种地书的大笔都是自制的,笔杆用塑料管或拖把杆代替,笔头则是海绵或泡沫塑料做的,蘸一下湖水能写五六个字。省钱,省事,用不尽的湖水,写不完的大地,既练字,又健身,还可养神益智。于是我走过去小声凑趣:好啊,水边写水字,字水灵,人滋润。

老总身边有位老太太扫了我一眼,质问道:什么叫水字?这是地书,懂吗?我们有个正经八百的地书协会,会员比在纸上写字的书法家协会的人还多!我赶紧改口:失敬失敬,地面练地书,越练越地道。老总也借机站直了身子,端详我半天才笑模悠悠地说:你是大笔杆子?(这是我在工厂时的外号)我笑了:梁老总,您现在的笔杆子可比我的笔杆子大多了!多年没见想不到您改行了,留美的炼钢博士,如今竟成了地书协会的会员。好风雅,好情趣,越老越精神!梁老总摆摆手:行啦,别在这儿又臭转,我知道你的本意是想说,水边写水字,越写越水,字水人也水……不敢,不敢!我也学着他的样子赶忙摆手。老工程师依然像过去那么风趣,年近八旬还有这般风采……

乘着改革开放的大潮,不光有许多"天重"的人出来,还有许多外边的社会名流,一窝蜂地要进入"天重",深入生活、下放劳动、带着学生实习……说来也同样令人振奋,这些艺术家们在"天重"经过一段时间的"摸爬滚打"之后,个个都硕果累累。

评剧演员刘宝生,成了影视界的著名编导。老作家万力,在"天重"的两年间,完成了一生中唯一的一部长篇小说,还编辑出版了六卷本文集。中国美术家协会副主席秦征,带着学生在"天重"写生期间,接受了天津市长的邀请,为改建的天津新火车站大厅,创作了六百平方米的穹顶油画《精卫填海》,成为天津市的经典景观。

常来"天重"深入生活的还有天津美院的教授、著名画家吕云所,以后他去美国弗吉尼亚艾莫雷大学和1912美术馆定期举办个人画展,成为被邀请的第一位东方艺术家,画展取得了"震撼人心的效果和成功"。艾莫雷大学美术系主任古斯比,在为《吕云所画集》美国版的序言里说:"吕教授的艺术是地球上最长的连续文明产生的令人难忘的艺术传统的一部分,他的经历及风景艺术,为人们展示了耳目为之一新的东西,也是西南弗吉尼亚山区人们似曾熟悉的东西。"吕云所的中国画为什么能引起美国人的共鸣,并让他们感到"震撼"?这都是些什么样的作品？是吕云所的"积墨太行系列"。大块的积墨,大团的黑色,强劲而雄奇,深厚而通透,获得了极强烈的视觉冲击效果,巍巍太行仿佛迎面扑来。我站在吕先生的画前,不知为什么总会想到"天重"的大机器、大钢锭……

或许正因为常有一些艺术家到"天重"来,给这个庞大的重型机器王国,增添了一抹不甚协调的柔软和温情。一九八〇年春天,在我身上又发生了一件意想不到的事情。车间里生产压力非常大,厂党委却通知我这个主管生产的主任到北京进修,而且进修的科目与工厂的生产毫无干系,是让我到文学讲习所读书。这简直有点匪夷所思,却无疑是我人生中的又一件快事。对我来说,在文讲所的小一年,重要的不是读了多少书,听了多少课,而是拜见了文坛真人,领略了文学殿堂的风光,了解了一些当红作家的写作个性和习惯。

我说的"文坛真人",就是秦兆阳先生。文讲所请他做我和广东作家陈国凯的导师,每周二下午我俩要到秦先生家里去,或者听先生讲课,或者听先生批改我们交上去的稿子。由是我得以近距离真真切切地观察和感受这位文学大家。先生像一团慈祥的火,温暖而洁净,一点点地开导和提升着我们。有时我的作业交得很仓促,而秦先生却看得非常认真,并详细提出修改意见,一次次使我如醍醐灌顶,汗颜无地,那简直就是让导师帮着自己构思小说。以后听《李双双小传》的作者李准讲过一句话,令我更深切感悟到,能够让秦先生改稿子,享受其点石成金之术,是何等的幸运。李准的话是:"只有秦兆阳改过我的稿子。他敢提意见,敢改任何人的稿子。"这不是责怪,语气里带着尊敬和骄傲。

我是个工厂的业余作者,进了文讲所才知道什么是文坛,大开眼界,大长见识。特别是跟当时文坛上的一些才子、才女们朝夕相处,知道了他们为人和为文的特点,以及这两者间的联系和区别,对我启发很大。文讲所的经历,对我的创作起到了一个催化剂的作用,毕业后不久便发表了中篇小说《赤橙黄绿青蓝紫》,这是我前期创作中有代表性的一部作品。就这样,在我的前期作品里完成了两种"人物模式"的创造。

一种是"乔厂长模式",一段时间各种各样的乔厂长式人物出现了不少。另一种就是"刘思佳模式",他便是《赤橙黄绿青蓝紫》里的人物。在一个封闭的时代,一切都因循旧习,谁冒一点尖或出一点头就被视为大逆不道。而他,却个性突出、玩世不恭、桀骜不驯、喜欢抗上。在一段时间里,这样的年轻人形象忽然多了起来,甚至在有些部队题材的小说和影视作品中,也把年轻的军人弄成这样的性格。

作为那个时代的伴随物,自然也会有批判、有争议。我每在报纸上看到一篇批判我的文章,下班后会在路上买一瓶啤酒、五角钱的火腿肠,当夜必完成一个短篇小说的初稿。上个世纪的八十年代初,社会敏感,生活激荡,思想活跃,至今还令人感念无尽。

华西随想

在华西村的三天里,脑子里经常回旋着两个久违了的字眼儿:"共产主义"和"大邱庄"。

二〇一一年秋,华西村为庆祝建村五十周年,斥资三十亿元建造了七十四层、高三百二十八米的"国内最大单体酒店",名"龙希国际大酒店"。号称"超五星级",在全世界摩天大楼中排名第十五位。我问一位服务员:"龙希"是什么意思? 她未假思索便脱口而答:"龙的希望!""天下第一村"为什么不建个"世界第一高"? 不是没有能力,是北京的最高建筑为三百二十八米,"华西村要与中央保持高度一致"。酒店的六十一层为"空中花鸟园",六十二层是摆着许多金银珠宝的博物馆,所以又称"黄金酒店"。

七十二层是旋转自助餐厅,我每天在里面用餐都会看到许多当地人,神色从容地相互打着招呼,熟门熟路地端着盘子"自助"。经打问他们确是华西村村民,在轮流享用自己的豪华的大酒店。村里规定每次可以有一百多户,拉家带口地在酒店里白吃白住一个月。我对"共产主义"毫无研究,只从字面上觉得他们"共"到了"国际大酒店",简直就是"共"出了"国际水准",或者说正将华西式的"共产主义"与"国际接轨"。

有一村民告诉我,他们住在这座超豪华的大酒店里,就跟在自己家里一样。因为建酒店时他们每户出了一千万元。我惊讶,你们家里会有那么多钱? 他对我的大惊小怪甚不以为然,能跟闹着玩似的拿出一千万,就说明家里至少不止一个一千万,何况这个钱也不是真的从每户家里出。我们的工资只领三分之一，其余的入股，年终分红，奖金一般是工资的六七倍，收入是全国农民平均收入的四十二倍，是城市人均收入的十三倍……说了半天我也没闹清楚华西村村民到底有多少钱？但听懂了一点，他们有强大的"共同财产"：经济统一管理，劳力统一安排，福利统一发放，村庄统一规划建设……

作为天津人，来到华西村不可能不想到当初与之齐名，甚至有时风头还要盖过华西村的大邱庄。同去的朋友们也很自然地都要跟我谈起大邱庄，语气间颇多感慨。大家心头似乎有同一个疑结：为什么华西村能够长盛不衰，自成体系，而大邱庄却昙花一现，繁华不再？但没有人能给出一个令大家信服的理由，最后只好归结到南北差异上。与其说是"一方水土养一方人"，不如说是"一方水土养一方文化"，文化不同人的生存方式和命运就大相径庭。华西村一带水网密布，交汇融通，在文化上更具灵活性和包容性。该村原本只有零点九平方公里，后来与周围二十个村子合并，形成大华西村，面积达三十平方公里。也因之才有今天的豪华气象。

而大邱庄的启示是，有人"财大"之后就会"气粗"，"气粗"了就与四面八方的关系搞得紧张，乃至上下不容。不容就争斗，争斗则害人害己。这或许是受了"远交近攻"的误导。其实哪有什么"内战内行"的便宜事，"内战"必然造成"内伤"，即便当时没感觉，以后也会知道"内伤"的严重。再说"财大气粗"又怎比得"权大气粗"？即使是"权大气粗"粗过了格，上边还有更大的"法"管着，或曰"湛湛青天"，自会帮你调气、正气。正如后来的事实所证明，当初一心要置大邱庄于死地的人，自己的问题更大，败露后畏罪自杀。

为此社会上还曾流传过一个笑话：从腐败现象上也可以看出南北文化的不同，南方的贪官没有选择自杀的，一般从宣布被"双规"的那一刻起就开始交代问题，等到了"双规"地点，差不多在汽车上就把问题快交代完了。而北方的贪官却往往选择自裁，或饮弹，或服毒，如果实在没机会了结自己，关进监号后也要搞它个"自杀未遂"……由华西村的大富大贵竟谈到犯罪和自杀，有点煞风景，赶紧打住。

后　记

　　此生让我付出心血和精力最多的,就是建构了属于自己的"文学家族"。感谢人民文学出版社提供机会,能将这个"家族"召集起来、编成队列。

　　——这就是整理《蒋子龙文集》。

　　整理文集确实像召开家族大会。将我亲手创作的各色人物,聚集到一起,大大小小,林林总总,他们的风貌、灵魂、故事……(即便是散文随笔中也有人物、事件和思想)一下子勾起我许多回忆,感慨万端。

　　有的令我欣慰,有的曾给我惹过大麻烦,如今竟都让我感到了一种"亲情",不仅不后悔,甚至庆幸当初创造了他们。

　　将他们收拾停当,排出先后次序,送到人民文学出版社这个"大广场"上,像所有等待检阅的人一样,有兴奋,有期待,还有紧张。

　　首先将检阅我这个"家族方阵"的是责任编辑包兰英,然后是人文社的老总。他们是我写作上的贵人。而人民文学出版社是我的文学福地。

　　"文革"结束后,我头一次住在出版社的招待所里改稿子,就是在人民文学出版社。

　　我在文学讲习所读书时,导师是人民文学出版社的秦兆阳先生,他看了《赤橙黄绿青蓝紫》后给我写过一封长信,那是我收藏中的珍品。

　　我的第一部长篇小说《蛇神》在人民文学出版社《当代》杂志上发表;我下功夫最大也是自己最看重的长篇《农民帝国》,也是在人民文学出版社出版。

写了大半生，能在人民文学出版社出版文集，我视为是一种"终身成就奖"。

由衷地感谢包兰英先生的举荐，感谢人民文学出版社的厚意。

蒋子龙

2012年12月31日于天津